Fanny Müller

*Keks, Frau K. und Katastrophen*

# Keks, Frau K. und Katastrophen

ALLE
GESCHICHTEN
VON

FANNY MÜLLER

HAFFMANS VERLAG
BEI ZWEITAUSENDEINS

Erste Gesamtausgabe
1. Auflage, August 2004
2. Auflage, November 2004
3. Auflage, Juni 2005
4. Auflage, Oktober 2005
5. Auflage, Dezember 2005
6. Auflage, Januar 2006
7. Auflage, Dezember 2006
8. Auflage, November 2007
9. Auflage, Oktober 2008

Nachweise am Ende des Bandes.
Copyright © 1995, 1997 und 2003 Verlag Klaus Bittermann.
Lizenzausgabe exklusiv für Zweitausendeins,
Postfach, D-60381 Frankfurt am Main.

Alle Rechte vorbehalten, insbesondere das Recht der mechanischen, elektronischen oder fotografischen Vervielfältigung, der Einspeicherung und Verarbeitung in elektronischen Systemen, des Nachdrucks in Zeitschriften oder Zeitungen, des öffentlichen Vortrags, der Verfilmung oder Dramatisierung, der Übertragung durch Rundfunk, Fernsehen oder Video, auch einzelner Text- und Bildteile sowie der Übersetzung in andere Sprachen.

Der gewerbliche Weiterverkauf oder gewerbliche Verleih von Büchern, CDs, CD-ROMs, DVDs, Videos oder anderen Sachen aus der Zweitausendeins-Produktion bedürfen in jedem Fall der schriftlichen Genehmigung durch die Geschäftsleitung vom Zweitausendeins Versand in Frankfurt am Main.

Umschlagbild »Das Festessen« von Andy Wildi. Aus: »Ansichtssachen«.
Copyright © 2000 by Edition Tiramisù, CH-6986 Novaggio.
Produktion und Gestaltung von Urs Jakob,
Werkstatt im Grünen Winkel, Winterthur.
Satz: Fotosatz Reinhard Amann, Aichstetten.
Herstellung: Ebner & Spiegel, Ulm.
Printed in Germany.

Dieses Buch gibt es nur bei Zweitausendeins im Versand,
Postfach, D-60381 Frankfurt am Main, Telefon 069-420 8000,
Fax 069-415 003. Internet www.Zweitausendeins.de,
E-Mail info@Zweitausendeins.de. Oder in den Zweitausendeins-Läden in
Bamberg, Berlin, Bochum, Bonn, Bremen, Darmstadt, Dortmund, Dresden,
Düsseldorf, Erfurt, Essen, Frankfurt am Main, Freiburg, Göttingen, Gütersloh,
2 x in Hamburg, in Hannover, Karlsruhe, Köln, Leipzig, Mannheim, Marburg,
München, Neustadt/Weinstraße, Nürnberg, Oldenburg, Stuttgart, Tübingen,
Ulm und Würzburg.

In der Schweiz über buch 2000, Postfach 89, CH-8910 Affoltern a. A.

ISBN 978-3-86150-535-8

*Inhalt*

1. Geschichten von Frau K.

9

2. Mein Keks gehört mir

77

3. Das fehlte noch!

173

4. Für Katastrophen ist man nie zu alt

311

5. Sag ich doch

491

*Anhang*

Nachweise

581

Alphabetisches Register aller Geschichten

583

Inhaltsverzeichnis

587

Frau M.: »Ich nehme an, Sie haben in Ihrem Leben
   schon alles gesehen?«
Frau K.: »Zweimal.«

# GESCHICHTEN VON FRAU K.

*Für Nachbar- und Untermieterinnen:*
*Beate, Andrea, Gila, Martina, Mira, Petra und Petra*

## Trixi

Eine der letzten Concierges Hamburgs wohnt parterre in unserem Mietshaus. Frau K., mit dem für den Jahrgang 1916 revolutionären Vornamen Marianne, geboren auf der Veddel, riecht durch diverse Türen hindurch, ob ein Hausbewohner – nüchtern oder breit – die Treppen hinaufschleicht, oder ob ein Fremder sich erdreistet hat, ihr Haus zu betreten. Dieser wird dann peinlichst ins Verhör genommen. Um Mißverständnissen vorzubeugen: den Mietern gegenüber zeigt sie keineswegs Blockwartmentalität. »Leben und leben lassen, das hab ich beier Marine gelernt« (das ist eine andere Geschichte), sagt sie und äußert höchstens mal, wenn es vom 4. Stock herunterstöckelt: »Das is Frollein M., die Bordsteinschwalbe, die muß jetzt zun Dienst!«

Frau K. zur Seite steht Trixi, eine komplett haarlose Dackelin, die unbeirrt *der* genannt wird: »Der hat heute nacht wieder gebellt wie nix Gutes.« Vor Trixi hatte sie nämlich nur Rüden; der letzte eine große matte Promenadenmischung – die Anwohner werden sich noch lange an ihre Rufe »Attila, hierher!« erinnern.

Kurz und gut, letzte Woche komme ich die Treppe runter, unten neben den Briefkästen steht Frau K. auf ihren Stock gelehnt. Zu ihren Füßen Trixi, die mal wieder so tut, als hätte sie mich noch nie im Leben gesehen, und knurrt und bellt, daß es nur so eine Art hat.

»Trixi!« schreit Frau K., »hör auf! Du mußt nich auf das ganze Haus passen! Das reicht, wenn du auf Oma paßt!«

**Hassu ma ne Maak**

Frau K. muß zum Einkaufszentrum PLAZA, einen Wäscheständer für den Garten kaufen, und ich begleite sie. Das hätte sonst Tochter Gerda gemacht, aber die hat einen neuen Bekannten und ist mit dem in die Baumblüte gefahren. An einem Wochentag! Wo das noch alles hin soll! Frau K. ist nur noch am Kopfschütteln.

Die Dritte im Bunde ist Trixi, die Hundewurst. Trixi mißfällt dieser Ausflug. Außerdem hat sie noch ihren Flanellanzug angekriegt (den sie haßt), weil der Himmel bedeckt ist und sie sich womöglich erkältet, so ganz ohne Haare am Körper. Für alle Fälle haben wir die Einkaufstasche auf Rädern mit, »falls der schlappmacht«, sagt Frau K. mit einem Blick auf Trixi. Trixi kuckt giftig zurück. Warum sie denn nicht allein zu Hause bleibt, bis wir wieder da sind? »Da grault der sich.« Na gut. Am Bunker Mistralstraße ist es dann soweit. Trixi hat sich auf ihre Wampe fallen lassen, was keine schwere Übung ist, da diese ohnehin nur einen Zentimeter vom Erdboden entfernt ist und macht auf tot. Glücklicherweise wanken gerade ein paar Punks heimwärts, die ihren Vormittagsdienst *(Hassu ma ne Maak)* an der S-Bahn Sternschanze beendet haben, und legen mit Hand an. Frau K. hats im Rücken, und ich behaupte gleich mit, daß ich auch nen Rücken habe. Die Punks und Frau K. sind sich über die respektiven Köter nähergekommen. Man kennt sich, man grüßt sich. Nur wie die immer mit den Tieren rumbrüllen, das kann sie nicht ab. Und dann die Namen *Hexe, Satan, Bulle.* »Und einer heißt *Schimanski*!« Sowie Trixi in der Tasche hockt, macht sie ein verschlagenes Auge auf. »Der is so raffiniert, der hätte bestimmt noch bis nache

Vereins- und Westbank gekonnt«, sagt Frau K. Trixi furzt. Inzwischen sind wir an der Feldstraße angekommen. Trixi schnarcht im Einkaufsbeutel. Da wird morgen wieder das Gemüse drin transportiert. Nach erfolgreicher Geschäftsabwicklung und nachdem Trixi geschifft hat, allerdings außerhalb des Beutels, verlassen wir PLAZA selbdritt. Nicht ohne Tributforderung. »Das sind nich unse«, flüstert Frau K. mir zu und laut zu den Punks: »Ich hab selbs keine Maak«, und setzt etwas unlogisch hinzu: »Ich hab noch nich ma zehn Maak!«

»Was, Oma, bei der dicken Rente noch nich ma ne Maak?« Da sind sie aber an die Richtige gekommen. Frau K. hält jetzt einen längeren Vortrag; anklagend, sozialkritisch, allgemein, aber auch die Details nicht aussparend – seine Wiedergabe würde den Rahmen dieses Büchleins sprengen – und endet mit den Worten: »... und überhaupt, ihr seid doch jung und gesund...« Die Punks winken ab, das kennen sie schon.

Kennen sie nicht! »... ihr könnt doch ma ne Bank überfalln!« Triumphierender Abmarsch unsererseits. Der Gegner bleibt geschlagen zurück. Alles in allem ein gelungener Vormittag.

**Liebe und Erotik**

Als ich letzte Woche runterging, um Frau K. die beiden Pakete vom Otto-Versand zu bringen, die bei mir abgegeben wurden, weil sie gerade mit ihrer perfiden Dackelin auf Einkaufstour war, öffnete sie erst beim dritten Klingeln. »Ich mach grad Kaffee – wie sehn Sie denn aus, Kindchen – komm Sie gleich ma rein!« Sie humpelt in die Küche. »Mein Freund...« beginne ich zaghaft. Frau K. winkt ab. Das wußte sie sowieso, der ist ja schon ewig nicht mehr dagewesen, oder? Sie dreht das Gas unter dem pfeifenden Kessel ab. Trixi, das fette Stück, liegt auf einem der drei Küchenstühle und wirft mir einen haßerfüllten Blick zu. »Mit Verrückte kann man nich zusammenleben«, eröffnet Frau K. das Gespräch und schneidet mit der Rosenschere den oberen Rand der Filtertüte ab. Sie hat die Tüten mal irgendwo für umsonst dazugekriegt, und die passen nicht in ihren Filter. »Aber ich hab ja gar nicht mit dem zusammenge...« »Das is egal!« sagt Frau K. bestimmt und schüttet den Kaffee in die Tüte. »Den ein nehm und den annern damit vorn Kopp haun, was, Trixi?« Trixi ist desinteressiert; sie ist schon seit langem jenseits von Gut und Böse. »Und was hat er angegehm?« fragt Frau K. und fängt an, Wasser aufzugießen. »*Wenn* er überhaupt was angegehm hat«, setzt sie mit der Erfahrung ihrer 80 Jahre hinzu. Ich beschließe, offen zu sein: »Er ist mit ner Nutte abgezogen, er sagte, er braucht mal...« »Genau wie Jonni!« schreit Frau K. (*Jonni* wird in Hamburg so ausgesprochen, wie es geschrieben wird, nicht etwa *Dschonni*). Während Frau K. weiter Wasser nachgießt, setze ich mich möglichst weit entfernt von Trixi hin und höre zu, obwohl ich die Geschichte schon ein gutes halbes

Dutzend Mal gehört habe. Jonni, Frau K.s Ehemann, als Soldat in Frankreich stationiert, hatte ihr 1943 geschrieben, sie möge ihn doch freigeben, er habe eine Französin getroffen und wisse jetzt endlich, was Liebe und Erotik sei. »Liebe und Erotik!« sagt Frau K. mit tiefer Verachtung und gießt den Kaffee in die Tassen. »Wir ham uns 1930 auf der Veddel im Arbeitersportverein kennengelernt. Da gab das so was nich. Und in der Zeitung stand das auch nich. Und Fernseh kam ja erst später. Nehm Sie Milch?« 1944 wurde Jonni dann gefangengenommen und nach Amerika ins Internierungslager gebracht. »Da hatte sich das dann mit Liebe und Erotik!« bemerkt Frau K. triumphierend. »Und 46 kam der dann wieder angekrochen. Da hatt ich aber schon 'n annern.« Nach einer Pause und abwesend ihren Kaffee schlürfend setzt sie hinzu: »Das war aber auch son Dösbaddel. Den hab ich nacher Währungsreform weggejagt. Und denn ham wir das ganz nachgelassen, nich, Trixi?« Trixi schnarcht bereits. Außerdem dürfte zu jenem Zeitpunkt selbst ihre Urgroßmutter noch kaum das Licht der Welt erblickt haben. Ganz nachlassen? – Frau K. beobachtet meinen Gesichtsausdruck. Ein Gedanke erleuchtet sie: »Heutzutage kann man ja auch lesbisch wern« (Fernsehen erweitert den Horizont, da kann man sagen, was man will), »denken Sie ma an Frollein Beckmann oben. Da denkt sich auch keiner mehr was bei.« Nach kurzer Überlegung fügt sie jedoch hinzu. »Die macht aber nie die Treppe. Und duhn is die auch immer.«

## Trauerfälle

Jetzt, wo der Dauerregen in Hamburg mal ein bißchen aufgehört hat, ist es bei uns im Hinterhof voll gemütlich geworden. Ich hänge überm Balkongeländer, unten im 12-qm-Garten sitzt Frau K. nebst Bettwursthund Trixi auf drei Küchenstühlen – Trixi auf zweien davon – und erzählt von früher. Wer hier alles gewohnt hat und wer *mit Tod abgegangen ist*. Beispielsweise Frau W., die 14 Tage im 3. Stock gelegen hat, bis Frau K. die Feuerwehr holte. 600 Stück Seife haben sie da gefunden und dreizehn Pelzmäntel. »Die hat ja immer ältere Herren gefleecht, wissen Sie.« 60 oder 70 Twinsets, die die Erben nicht haben wollten und ihr schenkten, hat Frau K. zusammen mit der Seife an die Alsterdorfer Anstalten gegeben: »Ich wär da so durchgefallen, trotzdem ich auch nich dünn bin, aber die W., die hat vielleicht gewogen!« – Oder die alte B., die vor Frau K. die Wohnung hatte, als Frau K. noch nach vorn raus wohnte, ohne Garten und alles. »Die hat ja nur die Schlafkammer behalten und die Wohnstube an Horsti, den Transvestiten, vermietet. Die ham sich ja immer gekabbelt.« Jeden Samstag kamen die Tunten mit ihren Pömps an und denn gab's Party. »Denn ham die sich einen Tag wieder inne Wolle gekricht und denn hat er sie gewürcht. Beier Polizei hat er sacht, da wär einer durchs Klofenster gestiegen.« Frau K. wuchtet sich hoch, was von Trixi nicht gern gesehen wird; sie fängt an zu schnauben. Ich folge Frau K.s anklagendem Zeigefinger und werfe einen Blick aufs Klofenster. Nein, da kann überhaupt keiner einsteigen. Frau K.: »Noch nich ma Trixi!« Trixi bellt mißtönend. Meiner Meinung nach kann Trixi sowieso durch nichts mehr steigen, was kleiner als ein offenes Scheunentor ist, aber das behalte ich lieber für mich. Frau K. ist da empfindlich.

Frau B. war zwar schon über 70 gewesen, aber noch gut zugange, die hätte die Gartenwohnung noch Jah-ren-den besetzt halten können. Und wie denn der Sarg rausgetragen wurde und Horsti in Handschellen hinterher, da war Frau K. natürlich froh.

**Nehm Sie kein**

Frau K. ist mit meiner Weltreise, wie sie das nennt, nicht ganz einverstanden. Dabei fahre ich doch nur nach Neuseeland, um den ausgewanderten Teil meiner Familie zu besuchen. Allerdings ist Onkel Heinrich schon vor zwei Jahren gestorben, und Tante Lotte ist den Zeugen Jehovas beigetreten, was nicht schön ist, und Kusine Hannelore befindet sich in Japan, wo sie angeblich Japanern Englisch beibringt. Nach ihren chaotischen Briefen zu urteilen, ist sie aber ständig dabei, Kühlschränke aus zweiter Hand auf Skateboards in ihr Heim zu transportieren, begleitet von grinsenden Japanern, die das als Höflichkeit verkaufen, was ich aber nicht glaube.

Jedenfalls ist Frau K. der Meinung, daß ich mir unterwegs einen Kerl angeln will und gibt mir jeden Tag unerbetene Ratschläge mit auf den Weg:

»Nehm Sie kein Alten, da müssen Sie nachher immer die Kamillenteebeutel hinterhertragen« (wenn's das nur wäre). »Nehm Sie kein Jungen, der will bloß Ihr Geld« (welches Geld??). »Nehm Sie kein Ausländer, den verstehn Sie nich« (das wäre ja eine Fügung des Himmels). Na ja, und so weiter. Im Grunde will sie nur sagen, daß ich überhaupt keinen nehmen soll. Und da sind wir uns dann wieder so was von einig.

## Tischmanieren

Das muß schon einige Jahre her sein – Frau K.s 77. oder 78. Geburtstag – und die Kaffeetafel war auf fünf Uhr angesetzt. Ich komme erst gegen halb sechs aus dem Büro und eile im Laufschritt die Susannenstraße hoch, als mir Ywonne, Frau K.s damals 11jährige Enkelin, in die Arme läuft. Sie verläßt gerade das Café Stenzel mit einem riesigen Tablett voll Butterkuchen. Wieso denn erst jetzt? »Trixi hat die Käsesahne aufgefressen!« Unterwegs berichtet sie, daß Oma die Torte erst mittags gebacken, dann zum Abkühlen draußen vor die Küchentür gesetzt und dabei unvorsichtigerweise die Tür offengelassen hat. Trixi, das *entfamte* Dackeltier, hatte gut die Hälfte der unverhofften Zuspeise weggeschlabbert und sich danach auf dem Rest zur Ruhe gelegt. Als wir ankommen, sind schon alle da. Gerda, Frau Petersen, Martina, Emmi, Gila und Anneliese Köster. Mit einem Blick auf den Kaffeetisch überzeuge ich mich, daß wir auch ohne den Butterkuchen nicht verhungert wären. Und verdursten werden wir auch nicht. Auf der Fensterbank steht eine Batterie Flaschen: Eierlikör, Apfelkorn, Cherry Brandy und Stonsdorfer. Das kann ja heiter werden. »Für nachher gibt das noch Schnittchen!« verkündet Frau K. Übrigens hat sie Alfred und Herrn Kuhlmann nicht eingeladen. »So wird das gemütlicher!« Frau Petersen hat tatsächlich auch schon ihr Korsett aufgehakt. Unter der Heizung liegt Trixi und nimmt übel. Sie ist mit dem Gartenschlauch abgespritzt worden. Nachdem wir alle kräftig zugelangt und den einen oder anderen Gürtel oder Reißverschluß gelockert bzw. runtergezogen haben – wir sind ja unter uns Frauenpersonen –, kommt das Gespräch auf die abwesenden Nachbarn. Als wir damit durch sind, kommen die Schnittchen. Danach tritt allgemeine Mattigkeit ein, die Frau K. dazu veranlaßt, den Fernseh einzuschalten. »Das gibt so ne Talkshow mit Kerle, die auslännische Frauen an deutsche Mannsleute vermitteln.«

Die Unterhaltung ist schon im Gange. Vier Herren in tadellosen Anzügen und dito Jackettkronen werden von einer Moderatorin interviewt. Gerade wendet sie sich an einen der Herren, den wir Herrn B. nennen wollen und der in Pinneberg (kann auch Elmshorn gewesen sein) eine entsprechende Agentur besitzt. – Ihm sei doch vor einigen Monaten etwas Erstaunliches passiert? Herr B. berichtet bereitwillig: Im Zuge einer kleinen Herrenparty – er habe gerade in zwangloser Kleidung auf dem Tisch gesessen – sei ihm von einer Philippinin, »meine damalige Verlobte«, der Penis abgebissen und auf den Teppich gespuckt worden. »Ywonne!« sagt Frau K. scharf, »du gehst jetzt ma in die Küche und kuckst nach, ob die Eisschranktür zu is!« Ywonne mault. »Immer wenn das spannend wird...« – »Raus!« Wir wenden uns wieder dem Bildschirm zu. Herr B. lobt die Geistesgegenwart seiner Freunde, die sofort 112 angerufen, das Glied eingesammelt hätten und dann mit Blaulicht ins Krankenhaus. Und siehe da: es wurde wieder angenäht. »Und heute«, schmunzelt Herr B. in die Kamera, »steht alles wieder zum besten.«

Eine tödliche Stille breitet sich sowohl im Studio als auch bei uns im Raume aus. Wer wird das Schweigen brechen? Frau Petersen. »Also, ich weiß das ja auch nich«, sagt sie, »aber diese Auslännerinn' ham irgendwie kein Benimm...« »Du sachst das«, unterbricht Frau K., »bei uns zu Hause hieß das immer, was aufen Tisch kommt, das wird auch aufgegessen!«

**Der Bekannte**

Gerda hat schon wieder einen neuen Bekannten. Ein Bekannter ist eine Beziehung, die nicht bei einem wohnt. Zieht er ein, ist er ein Verlobter. Frau K. kann ja nicht viel sagen, weil sie nach dem Krieg eine Beziehung namens Onkelehe geführt hat, deren Frucht schließlich Gerda war. Fehlt nur noch, daß Ywonne mit »was Kleines« ankommt, dann ist die dritte Generation komplett. Ywonnes Pappa war nämlich auch nur ein Verlobter.

Wir sitzen im Garten am Kaffeetisch. Gerda schwärmt. »Inn Lokal hat er mir den Stuhl zurechtgerückt.« Frau K. ist nicht beeindruckt. »Wart ma ab, in 14 Tage schneidet der sich die Fußnägel in deine Küche.« »Und Trixi findet er auch süß.« »Das glaub ich nich«, sagt Frau K., »den mach keiner. Nur Oma, was, Trixi?« – Trixi rollt sich zur Seite und beginnt eine schorfige Stelle an ihrem Unterleib zu kratzen. Ich muß die Kuchengabel beiseite legen. Gerda läßt sich nicht beirren. »Und kochen kann er auch.« »Das is das Letzte«, sagt Frau K., »'n Mann inner Küche. Hinterher weichen die alles ein, aber abwaschen tun die nich. Nehm' Sie ma vom Butterkuchen, Frau Müller, den hab ich selbs gemacht.«

Gerda ist noch nicht fertig. »Der wäscht seine Sachen alle selber.« »Wieso?« fragt Frau K., »is seine Mutter tot?«

Den größten Trumpf hat Gerda noch zurückgehalten. »Und wißt ihr was? Der guckt keine Sportschau!« Frau K. fährt zusammen: »Gerda! Mach das nich! Das issn Perverser!«

## Stark sein gibt weniger

Es ist ein selten sonniger Frühlingstag in Hamburg. Ich schaufle die alte Blumenerde aus meinen Balkonkästen in Müllbeutel, und Frau K. hängt unten im Garten ihre Unterwäsche auf. Selbstverständlich sagt sie nicht Unterwäsche, sondern Leibwäsche, manchmal auch Unterzeug, obwohl Unterzeug eigentlich nur für Männer ist. Trixi, ihre übelgelaunte Dackelin, sitzt auf einem heruntergefallenen Schlüpfer, den man beim besten Willen nicht als Slip bezeichnen kann, falls man darunter diese dreieckigen Dinger versteht, deren Aufgabe nicht mehr darin besteht, heikle Stellen zu bedecken, sondern in diesen komplett zu verschwinden. Ich bin gespannt, was heute Thema ist, denn Tagesgespräch in der Nachbarschaft ist Elfi, die gestern nachmittag verhaftet wurde, weil sie ihren Mann vergiftet haben soll.

Und richtig: »Das geht immer auffe Schwachen«, sagt Frau K. und schlägt ein paarmal eine zerknitterte Untertaille aus. – Wen meint sie jetzt, Elfi oder die Leiche? – Elfi. »Wenn die man nich so spillerig gewesen wär, denn hätt' die den Ahsch schon lange totgehaun, so wie der die immer kujoniert hat. Sie ham das ja auch mitgekricht.«

Klar, bei den dünnen Wänden, da wird das Private öffentlich.

»Und denn«, fährt Frau K. fort und holt zwei Klammern aus ihrem Beutel, »denn wär das inn Effekt gewesen, wie bei Bubi Scholz. Das gibt weniger.« – »Zuchthaus«, setzt sie erläuternd hinzu. Ich will gerade sagen, daß Zuchthäuser heute Gefängnis heißen, zögere aber noch, weil mir der Unterschied gerade nicht einfällt, da unterbricht Frau K.

meine Gedanken: »Und Sie«, sagt sie mit einem kritischen Blick auf meine bloßen Unterarme, »Sie könn auch ma'n büschen was zulegen!«

**Selber**

Nach wochenlangen tropischen Temperaturen hat in Hamburg wieder das bekannte Nieselwetter eingesetzt. An der Ampel Stresemannstraße wartend, entdecke ich auf der anderen Seite Frau K., Trixi im Einkaufswagen neben sich, in der rechten Hand mehrere Plastiktüten. Ich winke, aber sie spricht gerade mit einem jungen Mann, der neben ihr steht. Nach einem kurzen Disput wendet sie sich kopfschüttelnd ab, während er mit einem auch ohne Fernbrille erkennbar fassungslosen Gesichtsausdruck zurückbleibt. Ich warte auf meiner Seite und fange Frau K. ab: »Was war denn?« Gott, eigentlich nichts, sie hat ihn nur gefragt: »Könn Sie mir wohl ma über die Straße helfen?« Das sei doch selbstverständlich, habe er geantwortet – offensichtlich erfreut, seine gute Tat für diesen Tag schon vor dem Mittagessen abhaken zu können –, man müsse nur noch Grün abwarten und dann... Vor so viel Unverstand ist Frau K. immer noch am Kopfschütteln. Diese Jugend! Zu dumm, um außen Fenster zu kucken! »Also wissen Sie«, hatte sie ihm mitgeteilt, »bei Grün kann ich selber!«

**Emmi**

Schon bevor ich bei der PRO um die Ecke biege, höre ich Trixi bellen. Frau K. kauft also auch ein und hat ihren fetten Köter draußen angebunden. Trixi ist von einem Pulk junger Punkerhunde mit Lätzchen umringt, die sich stumm, aber verwundert ihren Vortrag anhören. Ich mache, daß ich in den Laden komme und sehe Frau K. schon am Tchibo-Stand stehen, auf ihren Stock gestützt. Normal trinkt sie keinen Kaffee, aber heute ist Werbetag.

Eine Viertelstunde später stehen wir nebeneinander in zwei verschiedenen Schlangen vor den Kassen und geben uns dem nachbarschaftlichen Small Talk hin: »Ich bin ja wieder mit der Treppe dran das Wochenende...«»Gut, daß Sie das sagen, ich muß nachher noch die Lottozahlen anrufen...« Unsere Unterhaltung wird umrahmt von leisen Klängen (Frühlingsstimmenwalzer) und von lauten (Trixi). Frau K. wird ärgerlich. Mühsam dreht sie sich um und hebt ihren Stock drohend in Richtung Tür, die gerade offen steht, weil ein Kunde reingekommen ist.»Trixi!!« Für eine Sekunde ist es draußen still. Dann fühlt Trixi sich durch die wieder geschlossene Tür genügend abgeschirmt und lärmt weiter. Dies wird von Frau K. jetzt aber ignoriert, denn beim Umdrehen hat sie einen Blick auf die beträchtliche Schlange hinter uns werfen können und an deren Ende jemanden entdeckt.»Emmi«, schreit sie los. Ich rücke in der Schlange eins vor und habe einen guten Überblick. »Waas?« kommt es von hinten. Emmi ist recht betagt und macht einen klapprigen Eindruck.»Ilse hat nach dir gefragt«, brüllt Frau K. Inzwischen hört der ganze Laden zu. – Emmi. Emmi? Sollte das *die* Emmi sein, die in den vierziger Jahren, als Jonni sich von Frau K. scheiden lassen wollte, diesem zuckersüß einen Platz in ihrer Einzimmerwohnung in der Budapester Straße angeboten hatte, trotzdem Frau K. ihre Kusine ist? »Weer?« fragt Emmi weinerlich. Ihre Perücke sitzt nicht ganz gerade. »Ilse – die bei Doktor Schlecht arbeitet!« Dr. Schlecht, Facharzt für Haut- und Geschlechtskrankheiten (»Sagen Sie ruhig Dr. Geschlecht zu mir«) ist im ganzen Viertel bekannt. Emmi legt die Stirn in Falten: »Wieso?« – »Ob du immer noch diesen schlimmen Ausschlag hast – du weißt schon wo.« Wir sind jetzt beide mit dem Bezahlen dran und drehen uns wieder um. Von hinten hört man ein Gemurmel und Gerücke, als würde irgendwie Platz gemacht werden ... Draußen bindet Frau K. die immer noch zeternde Trixi los und verspricht ihr zur Feier des Tages ein Cornetto. »Oder willst du lieber Erdnußlocken?«

## Mutter werden ist nicht schwer

Samstagmittags nach dem Wochenendeinkauf trifft sich die Nachbarschaft im Café Stenzel. Seitdem Trixi, Frau K.s fette Dackelin, mal vor den Kuchentresen gekotzt hat, darf sie nicht mehr rein und wird draußen angebunden. Als ich letzte Woche im Stenzel einlaufe, wundere ich mich, Frau K. am Ecktisch sitzen zu sehen, obwohl draußen weit und breit keine Trixi auszumachen ist. »Der kuckt fern, das gibt Tennis.« Ach so. Ich setze mich zu ihr und Anneliese Köster. Anneliese ist im Umgang ein wenig anstrengend, weil sie zu den Leuten gehört, die eins-zu-eins erzählen: »Da sacht der Chef, das is doch wohl klar, und ich sach, das könn Sie mit mir nich machen Herr Groppe, und er sacht, das wern wir ja sehn, und denn kommt Ilona und sacht...« usw. ad infinitum. Ich bestelle mir ein kleines Frühstück. Anneliese ist wieder voll im Gange. »Das glaubt ihr nich...« Kurz und gut, sie hat neulich im 111er gesessen, um ein Paket vom Altonaer Hauptpostamt abzuholen, weil sie bei der Anlieferung nicht zu Hause gewesen war. Neben ihr sitzt ein kleiner Junge, gegenüber eine Punkerin »schwanger bis über beide Ohrn, ich denk noch, gleich geht das hier inn Bus los...« Da sagt doch der Bengel zu der werdenden Mutter: »Du hast gefickt, was?« Anneliese wurde nicht mehr. Die Frau antwortet: »Ja, stimmt.« Anneliese denkt, sie trifft der Schlag. Und dann sagt der Bengel: »Und – wie war das?« Die Frau: »Och, so lala.« Anneliese sieht uns streng an: »Könnt ihr euch so was vorstellen?!« »Gott ja«, sagt Frau K., »du vielleicht nich?«

## Terrorismus

Frau K. benutzt das Wort Terrorist ziemlich oft. Erst in zweiter Linie meint sie damit Politiker. Meistens fällt dieser Begriff im Zusammenhang mit ihrer Dackelin Trixi: »Der hat wieder auffen guten Sofakissen geschlafen, der Terrorist.« Sie kann sich nach den vielen Rüden, die sie vor Trixi hatte, immer noch nicht daran gewöhnen, daß diese weiblichen Geschlechts ist. Meinem ehemaligen Schwager geht es übrigens genau umgekehrt. Nach drei Töchtern in erster Ehe zeugte er in zweiter Ehe noch zwei Söhne und sein stereotypes »Mach was, die Kleine schreit« bringt seine neue Gattin furchtbar auf.

Nach den *wirklichen* Terroristen befragt, muß Frau K. erst mal mit dem Kartoffelschälen aufhören und überlegen. »Gott«, sagt sie zögernd, »wenn man den, Sie wissen schon, den mitten Schnurrbart, mitgemacht hat... wo man denn hinterher den ganzen Schutt aufräumen mußte... denn denkt man da anners über.« Wie denn anders? »Na ja«, Frau K. hat die Worte nicht so parat, »die sehen irnkwie nich schlecht aus, nich? Ich mein, wenn einer über dreißig is, denn kann er was für sein Gesicht.« Nun ja, ein eher marginaler Gesichtspunkt, oder? Aber was meint sie zu den Opfern – es sind ja Unbeteiligte bei den Aktionen der RAF umgekommen. »Schön is das nich«, sagt Frau K., »aber inn Krieg hat da auch keiner was nach gefragt, wie wir inn Bunker gesessen sind und die Bomben sind runtergekomm und Napalm, das hieß da bloß anners.« Wir haben aber doch jetzt keinen Krieg? Frau K. legt das Messer beiseite: »Was? Wir ham kein Krieg? Nu wern Sie ma nich komisch. Sie gehen doch auch jeden Tag über die Stresemannstraße. Da kann ich froh sein, wenn ich bei einmal Ampel ganz rüberkomm und nich übergenagelt werd. Und wenn ich den fauln Terroristn da mithab (Trixi wälzt sich auf die Seite und tut, als wäre nichts), denn muß ich inner Mitte stehnbleim. In den ganzen Ozon. – Na!« Sie greift nach der nächsten Kartoffel und legt jetzt richtig los.

Wenn man nur mal an das Sozialamt denkt! Mit der zuständigen Tante steht Frau K. auch auf Kriegsfuß. Die meint nämlich, daß Frau K. keine neue Waschmaschine braucht: »Wo ich jedesmal drei Feudel unterlegen muß und der Fußboden is schon ganz rott!« Und Häuser werden angezündet! Und wenn man erst mal an die Mieten denkt. Und die Rente! Statt Querrippe kauft sie jetzt schon Schwarten für die Gemüsesuppe. Schmeckt ja auch, aber das Wahre ist das nicht. »Wenn ich jünger wär...« Frau K. greift wieder zum Messer. – Ja? Was wäre dann? Dazu will Frau K. nichts sagen. »Nachher schreim Sie das alles wieder auf und denn komm die womöglich und holn mich ab. Neeneenee.« »Is ja auch alles verwanzt«, setzt sie dunkel hinzu. »Ich bleib zu Haus mit Trixi, was, Trixi? Ich bin 'n treuen Staatsbürger und mach alle vier Jahre 'n Kreuz, aber di-ah-go-nahl, wenn Sie wissen, was ich mein. *Das* könn Sie ruhig aufschreim, aber das annere, das denken Sie sich mal selber aus. Wofür sind Sie denn 'n Dichter.«

**Nicht schön**

Als ich bei Frau K. klingele und die Tür sich öffnet, bin ich erst mal wie vor den Kopf geschlagen. Ein mir unbekanntes tropfnasiges uraltes Wesen, aber ganz offensichtlich männlichen Geschlechts, steht mir Aug in Auge gegenüber... aber da erscheint schon Frau K. hinter ihm. »Frau K.«, flüstere ich heiser, »ist das wahr, was ich da sehe?« – »Ja, das is wahr. Eddie, du gehst sofort auffen Sofa zurück. Und mach den Bademantel zu!« Eddie schlurft ins Wohnzimmer, während ich, immer noch schwach in den Knien, Frau K. in die Küche folge. »Das is mein Schwager, nich was Sie vielleicht denken«, sagt sie, während sie in der Küchenschublade nach dem Lottoschein kramt, den ich mit wegbringen sollte, »Irmi is inn Krankenhaus. Die wußte nich, wohin mit dem. Der kann ja noch nichma Kaffeekochen. Aber trinken kann er. Trixi kann ihn auch nich ab, was, Trixi?« Trixi hört nicht zu, weil sie gerade vor ihrem Napf sitzt und mit entsetzlichen Geräuschen Hühnermägen in sich hineinschlürft. Gedankenvoll hält Frau K. einen Moment in ihrer Suche inne, den Blick auf das Gekröse gerichtet: »Ja, wissen Sie... Eddie... so sind die Mannsleute nun ma... wenn da ganix mehr an is – ein Auge is raus und hörn tut er so und so nix –, denn mein' die aber immer noch, dassie die Familienjuwelen herzeigen müssen. Schön is das nich.«

# Konfirmation

Frau K.s Enkelin Yvonne ist konfirmiert worden, und Tochter Gerda hat nun alle Damen der Nachbarschaft zur Nachfeier eingeladen. Trixi ist auch mit von der Partie und plaziert sich vor die Heizung. »Tu dich ja benehm', sonst...« droht Frau K. und sinkt ächzend auf das Sofa. Trixi läßt ein Schlappohr über ihr rechtes Auge hängen und versucht einigermaßen halbherzig, und auch ohne nennenswertes Ergebnis, den treuen Hundeblick hinzukriegen. Die Hauptattraktion ist aber erst mal Frau Petersen, der sie »alles rausgenommen« haben. Das muß natürlich millimetergenau erzählt werden. Die Schwarzwälder schmeckt trotzdem. Die Damen warten mit ähnlichen Erfahrungen auf (»... sacht der Doktor, so schlimm wie bei mir hat er das überhaupt noch nich gesehn...«) selbst ich fühle mich animiert, die Geschichte von Tante Hilde zum Besten zu geben, der sie ja auch alles..., und wie ich als Kind das wörtlich genommen hatte, und unter den Kaffeetisch kroch, um beobachten zu können, wie das, was sie oben reintat – und das war nicht wenig –, unten gleich wieder rausfallen würde... Nachdem die Gynäkologie abgehakt ist, wendet sich das Gespräch naturwüchsig einem verwandten Gebiet zu – den Männerkrankheiten. Inzwischen ist das fesselnde Thema Impotenz nämlich über die schicken Zeitschriften hinaus auch von der Regenbogenpresse aufgegriffen worden. Allerdings erübrigt sich in unserer Runde eine tiefer gehende Diskussion über das Woher und Wohin, weil Frau K. die Sache zu schnell auf den Punkt bringt: »Das is doch alles nix Neues – in den Moment, wo du dir selbs 'n Kleid kaufen kannst, da könn' die nich mehr.« Und fügt nach einer kleinen versonnenen Pause hinzu: »... das gibt ja Schlimmeres...«

**Eine Nacht mit Fanny M.**

Das geht so: Um 23 Uhr geht Frau M. ins Bett, nachdem sie das Fernsehprogramm nicht gekuckt hat. Sie vergißt, das Telefon leise zu stellen. Frau M. macht es sich gemütlich und greift zu einem philosophischen Werk. Aus dem Treppenhaus ertönt ein Ächzen. Der Bademeister kommt vom Bademeistertreff. Er hat es mit dem Herzen. Frau M. überschlägt das Vorwort und beginnt mit dem ersten Kapitel – Quietsch-klirr, quietsch-klirr. Slatka trägt ihr Fahrrad in den zweiten Stock, um es dort anzuketten. Sie hat Spätschicht bei Palmolive gehabt. Das Fahrrad fällt einmal hin. Frau M. liest: »In der Ruhe liegt die Kraft.« Nun läßt Frau K. Trixi noch einmal zum Urinieren in den Garten. Trixi bellt das Universum an. Frau M. schließt das Fenster. Frau M. fehlt die rechte Konzentration. Sie tauscht den Philosophen gegen Agatha Christie ein. Schon auf Seite 2 findet die bildschöne Lady Attenborough die Leiche des Butlers im Jagdzimmer. An der Haustür findet Dieter, der Videofreak, das Schlüsselloch nicht. Jetzt hat er es doch gefunden. Bampbampbamp kommt er die Treppe hoch. Schepper! Jetzt sind die Kassetten runtergefallen. Dieter war beim Video-Treff. Gleich ist er bei der zweiten Stufe von oben angekommen, die einen Tick kürzer ist als die anderen. Kawumm. Jetzt ist er auf die Fresse geflogen. Dieter hat es mit der Leber. Frau M. hat es mehr mit den Ohren. Sie wirft einen Blick in die Ohropax-Dose. Es sind noch vier Stück da. Sie beschließt, noch etwas zu warten. Der Punker-Bunker hat heute noch nichts von sich hören lassen. Inzwischen ist ein gutaussehender Major auf Attenborough-Castle eingetroffen. Unklar ist, ob es sich um den verschollenen Erben oder um einen Verbrecher handelt, der schon einmal in der Maske eines Pferdeknechts... Das Telefon läutet. Frau M. lauscht einige Zeit. »Nein«, sagt sie dann höflich, »ich habe meine Strapse gerade nicht an und ficken tun Sie sich am besten selber. Mein Vorschlag: ins Knie.« Jetzt wird es langsam Zeit für den Beruhigungstee. Frau M. erhebt sich und setzt das Wasser auf. In der Küche eine Etage höher wirft Jens der Wirtschaftsprüfer (»Ich bin noch immer ein Single« Zwinker-Zwinker) seine Waschmaschine an. Bei Frau M. läutet das Telefon. Sie weiß schon, wer anruft: Martina von unten. »Nein, das bin nicht ich, das ist der über mir.« Das Wasser kocht, das Telefon läutet jetzt oben. Frau M. geht mit einer Tasse Kräutertee ins Bett. Agatha Christie ist jetzt doch zu schwierig. Frau M. greift zur *Hamburger Morgenpost*. Ihr Horoskop empfiehlt, gutnachbarschaftliche Beziehungen zu pflegen und sich durch Kleinigkeiten nicht irritieren zu lassen. Die Punks stellen jetzt ihre Anlagen auf die Fensterbänke. Pink Floyd. Das geht ja noch. Im Hamburg-Teil vermeldet die *Morgenpost*, daß das Leben im Schanzenviertel bunt und abwechslungsreich sei. Frau M. schreibt auf einen Zettel »Isomatte ins Büro mitnehmen« und macht das Licht aus.

## Sommer in der Stadt

Eigentlich hatte ich es für eine gute Idee gehalten, den Sommer in Hamburg zu verbringen, wenn die anderen Idioten alle unterwegs sind. Fakt ist aber, daß die, die jetzt von Rechts wegen in Bangkok Kinder schänden und in Südfrankreich Waldbrände legen sollten, zu Hause geblieben sind. Und Parties veranstalten. Jeden Abend. Bei mir nebenan, unten im Garten. Ich weiß überhaupt nicht, was die zu feiern haben. Ich jedenfalls erinnere mich an keinen Zeitpunkt meines Lebens, an dem ich Anlaß gehabt hätte, mich drei Tage hintereinander zu amüsieren. Drei Monate Sack und Asche, das schon eher. Allmählich finde ich zu meinem Gott zurück, man muß ja irgendwann mal schlafen. »Herr, laß es regnen«, heißt die Devise. Das nützt natürlich nichts. Aber was sonst? Die Bullen rufen? Das würde meiner Weltanschauung diametral entgegenstehen (Pullezei, Nackedei, auf der Straße liegt ein Ei). Außerdem war man ja auch mal jung. Allerdings nicht so jung, um achtmal hintereinander »Sei nicht traurig, Susann, es fängt alles erst an« zu grölen. Frau K. schläft jetzt auch schon nach vorne raus, obwohl da zwischen zwei und vier Uhr morgens die Punks ihre 25 Köter spazieren führen und gerne mal so aus Bock einen einzigen Knochen in die Mitte schmeißen.

Frau K. hat mir heute morgen einen Prospekt von *Rainbow Tours* vor die Tür gelegt. Zehn Tage heiße Beach Partys auf Korsika. Mit Ulf und Roland, bis der Arzt kommt. Inklusive Flirt-Kurs. Da bleibe ich doch besser zu Hause und warte, bis der Briefträger kommt. Dieser Meinung ist dann auch Frau K. »Sie sind ja jetzt langsam in dem Alter«, sagt sie.

## Immer wir

Frau K. steht im Garten und beäugt den großen Farn. Der Farn sieht schlecht aus. Um diese Zeit dürfte er noch nicht so braun und bröselig sein. Jetzt kommt Anneliese Köster aus ihrem Garten rübergetappt. Von meinem Balkon aus bemerke ich das, aber Frau K. nicht, denn sie ist gerade in einen gegen Unbekannt gerichteten Monolog verwickelt: »Das kommt alles vonner Umwelt!« höre ich sie sagen. Frau K. kuckt regelmäßig Fernsehen. »Das kommt alles von Hermann Kuhlmann«, sagt Anneliese zu Frau K.s Rücken. Anneliese kuckt regelmäßig aus dem Fenster. Frau K. zuckt zusammen: »Gott, Anneliese, was hast du mich verjagt!«

»Der miegt da jeden Abend gegen, wenn er vonner Spätschicht kommt«, sagt Anneliese und kommt in Fahrt, »ich seh das genau, ich mein, so genau kuck ich da natürlich nich hin, wer will dem sein Piedel schon genau sehen, aber hörn tu ich das immer. Daß die bei Beiersdorf keine Klos haben, glaub ich auch nich, und daß der das nich bis zu Hause schafft – vielleicht hat der ja Prostata wie Attila« (Frau K.s vorvoriger Hund), »der hat ja auch überall... die sind sich überhaupt ähnlich... Männer und Hunde!« sagt sie, und ihre Stimme bekommt etwas Feierliches, denn sie ist nun bei ihrem Thema angelangt, »Männer und Hunde! Also, das ist... die sollte man... das is ja krankhaft... und denken sich bei nix was bei... und wir! Wir müssen hinterher alles saubermachen!« Da kann man nur zustimmen, auch wenn die Überleitung logisch nicht ganz einwandfrei ist. Und der Farn paßt da irgendwie auch nicht rein. Aber wo die Maus keinen Faden von abbeißt: Wer muß hinterher immer alles saubermachen, meine Damen? Wir. Wir. Wir.

# Einkaufen

In der Mittagspause hetze ich zu Frau Tietz, vormals Elfriede Mayer, in die Susannenstraße. Zwar ist es da teurer als in der PRO, aber nirgendwo anders in der Gegend gibt es lose Milch und Sauerkraut vom Faß. Der Tresen ist schon von einem Kunden besetzt. Klein, dürr, kurz vor der Rente und mit einer Visage, von der man sich sofort abwenden muß, um keine Krise zu kriegen. Mit einem Satz, es handelt sich um Hermann Kuhlmann. Zum Glück erblicke ich eine vertraute Gestalt – Frau K. –, die mangels anderer Sitzgelegenheiten auf dem niedrigen Rand der offenen Kühltruhe thront, zu ihren Füßen Trixi. Ich lasse mich neben Frau K. nieder, und gemeinsam verfolgen wir den eher einsamen Flirt, den Kuhlmann mit Frau Tietz veranstaltet. Was sich darin ausdrückt, daß er an jeden Satz »Frau Tietz« ranhängt. »Ein Achtel Leberwurst, Frau Tietz, und drei Scheiben Edamer, Frau Tietz, aber machen Sie den roten Rand ab, Frau Tietz.« Wir sitzen und warten, bis es Frau K. zuviel wird. »Mach hin, Hermann, wir wollen heute noch ins Kino.« Kuhlmann zeigt sich dieser feinen Ironie nicht zugänglich, aber Trixi, aus Frau K.s Tonfall Morgenluft für Feindseligkeiten ihrerseits witternd, schleppt sich zu ihm rüber und beginnt, schlapp an seinem Hosenbein zu kauen. Ein halbherziges »Bakalut, hierher!« von Frau K. läßt sie wieder zurückkehren. Wir warten. »Und zwei Würstchen, Frau Tietz.« Frau Tietz hält ein paar Wiener hoch: »Sehn die nich gut aus?« Kuhlmann holt tief Luft, wirft sich in die Brust und wendet sich nun auch uns beiden zu: »Sieht gut aus, sieht gut aus«, lärmt er los, »was nützt mir ne schöne Frau, wenn sie im Haushalt nix kann...« Obwohl seine Assoziationskette nicht astrein ist, sind wir uns darüber im klaren, daß jetzt eine längere Probe Kuhlmannscher Philosophie ansteht und daß dies um jeden Preis verhindert werden muß. Frau Tietz, ganz Geschäftsfrau, macht sich im Hintergrund zu schaffen. Ich werfe ihm meinen Spezialblick zu, der, den eine Flasche DDT einer Kakerlake zuwerfen würde. Das bringt aber nichts, weil ihn seine Mutter wahrscheinlich schon gleich nach der Entbindung so angekuckt hat. Frau K. ergreift die Initiative. Sie wuchtet sich hoch. »Mit die Kerle«, sagt sie drohend, »mit die Kerle is das genau annersrum. Taugen tun sie alle nix, aber denn solln die wenichstens nach was aussehn. Und jetzt sind wir dran, Hermann!«

## Überall ist Hafenstraße

Auf unserem Platz ist Flohmarkt. Eines der größeren gesellschaftlichen Ereignisse, seitdem der öffentliche Sperrmüll abgeschafft worden ist. Frau K. und Trixi sitzen hinter dem Stand von Tochter Gerda und Enkelin Ywonne, die Kaffee und Butterkuchen verkaufen. Nachdem ich mir durch einen Rundgang einen allgemeinen Überblick verschafft habe, geselle ich mich zu ihnen. Trixi kaut lustlos auf einem Stück Kuchen und sieht meinen Knöchel als eine willkommene Abwechslung an. Ich rücke auf die andere Bankseite.

Jetzt kommt Anneliese Köster aus ihrer Haustür, und schon geht es los. Sie zeigt auf den Stand nebenan, wo Pizza, Stadtteilzeitungen und Poster der Hafenstraße mit den bunten Häusern drauf angeboten werden. »Daß die sich nich schäm, wie die Häuser aussehen...« Frau K. weist auf unser Haus, das gegenüber liegt: »Und findest du das besser?« Der Putz ist abgeblättert, die Haustür ist umrahmt von Graffiti: *USA raus aus der Welt* und *Sandra ist eine St.Pauli-Nute*. Anneliese geht nicht darauf ein, sie ist heute irgendwie giftig. »Un überhaupt, da wohn ja Terroristn und Gruppensex machn die un...« »Und Heiratsschwindel?« wirft Frau K. ein. Das hätte sie nicht sagen sollen. Anneliese kommt immer »in Brass«, wenn sie an die Geschichte erinnert wird. »Mein Sparbuch hatter aber nich gekricht!« sagt sie wütend. »Weil sie den vorher verhaftet ham«, stichelt Frau K. weiter. »Und verheiratet sind die sowieso nich, das wolln die ja garnich...« kommt Anneliese auf die Hafenstraße zurück. »Mamma war auch noch nie verheiratet«, mischt sich Ywonne ein. Gerda grinst, Frau K. macht ein tolerantes Gesicht. Anneliese ist noch nicht zu Ende: »Un dann brechen die ein un klaun un...« – »Und wofür sitzt Kalle?« fragt Ywonne. Kalle ist Annelieses Neffe. »Da war der duhn!«

»Also, wenn ich ma einbrechen geh, denn bin ich auch vorher duhn«, sagt Frau K., »das gibt Prozente beim Gericht, aber nich so duhn, daß ich bei meine eigene Tante einbrechen tu.« Anneliese verschlägt es für einen Moment die Sprache. Ywonne hakt ein: »Un ich, ich hab...« »Du bis jetz still!« sagt Frau K. scharf. Das möchte sie wohl doch nicht, daß alle erfahren, wie Ywonne bei Budnikowsky ausgelöst werden mußte, weil sie Präservative geklaut hat. Ich glaube nicht, daß sie die mit ihren 14 Jahren schon braucht, aber man weiß ja nie.

# Nestlé

Frau K., die ja noch mit Ausdrücken wie »prima« für erfreuliche und »Ach du liebe Güte« für weniger erfreuliche Begebenheiten aufgewachsen ist, hat durch die vielfältigen Kontakte mit den jungen Leuten im Haus einiges von der heutigen Sprachkultur aufgeschnappt.

Als neulich mein Gasboiler im Bad mal wieder den Dienst aufsagte, rief sie die verantwortliche Firma an – das gehört zu ihren Aufgaben als *Concierge* –, und ich händigte ihr meinen Wohnungsschlüssel aus, weil ich ins Büro mußte. Wieder zurück, stellte ich fest, daß a) der Boiler immer noch nicht funktionierte und b) der Teppichboden im Flur und das Badezimmer mit fettigen Rußflocken nur so übersät war. Ich runter zu Frau K.

In meiner Gegenwart rief sie bei der Firma an, machte einen neuen Termin aus und beendete das Gespräch mit den Worten: »... und passen Sie ma auf, daß die Auslechware nich wieder so schweinigelich aussieht, sonst flippt Frau Müller aus!«

Kurze Zeit später wurde auf der Stresemannstraße ein kleines Mädchen überfahren. Die Nachbarschaft strömte zusammen und besetzte die Straße. Ich klingelte bei Frau K. Aber sie war bereits ausgehfertig angezogen, und ich mußte ihr nur noch helfen, Trixi in den fahrbaren Einkaufsbeutel zu verfrachten, was diese mit rasendem Gebell quittierte. (Mit der Ausrede, noch mal zu »müssen«, wusch ich mir hinterher rasch die Hände.) Auf der »Strese« angekommen, stellte ich den mitgebrachten Klappstuhl für Frau K. neben ihrer Kusine Emmi und Frau Petersen vom Fischladen auf, mit denen sie offensichtlich schon verabredet gewesen war.

Ich blicke mich um.

Alles wie gehabt.

Die Männer stehen in der Mitte und erörtern die wichtigen Fragen. Leider meist per Megaphon. Die Frauen sitzen auf Kissen und Decken am Rande und haben die weniger wichtigen Dinge organisiert, wie beispielsweise Kaffee mitzubringen und den anfangs ziellos herumtobenden Nachwuchs mit Rollschuhen, Skateboards, Malkreide, Bällen, Comics, Eis und Keksen zu versorgen. Frau K. stupst mich mit dem Stock an: »Kucken Sie doch ma, was die Kerle da zu dröhn ham.« Eben will ich in den Pulk der Männer eintreten, als ein mit Jeans und schmuddeligem T-Shirt bekleideter Endzwanziger, hager und mit glühendem Blick, Typ Missionar, mich ins Visier nimmt und anklagend auf die Flasche Mineralwasser weist, die ich in der Hand halte. »Wissen Sie eigentlich, daß diese Flasche zum Nestlé-Konzern gehört?« Ein Kreis beginnt sich um uns zu bilden. Ich sehe an mir runter. Ach so. Ich habe noch den schwarzen Rock an und das graue Jackett mit Brosche am Revers. Er hält mich für eine Mutti aus dem Volk, die der Aufklärung bedarf. Meinetwegen. Ich werde es zunächst mit der höflichen Nummer versuchen: »Und weißt *du* was? Morgen kauf ich mir 'ne andere Flasche, und dann kommt der nächste Blödmann und erzählt mir, daß die von Dow Chemical ist. Verpiß dich!« Aufheulen seinerseits. »Du mordest kleine Kinder in der Dritten Welt«, kreischt er, »du tötest kleine Babies, es ist dir ganz egal, daß...« Nun reicht es aber! Da kann ein Typ noch so matt in der Birne sein, noch so besoffen oder auf Droge – mit Sicherheit sucht er sich die Person aus, die ihm am wenigsten gefährlich werden kann. Da hat er sich aber geschnitten! Ich packe das *corpus delicti* fest am

41

Hals, erhebe den Arm und teile ihm mit, daß, wenn er nicht sofort die Fresse hält, er dieselbige poliert bekäme. Ihm quellen schier die Augen aus dem Kopfe, aber ehe er sich mit ebenfalls erhobener Faust auf mich stürzen kann, erscheint über meiner Schulter ein Krückstock, bohrt sich in seine Hühnerbrust, und weithin ertönt die Stimme von Frau K.: »Hau ab, du Wichser!«

# Phallus

Frau K. hat mich gebeten, sie zu Anneliese Köster zu begleiten. Anneliese ist Vertrauensfrau vom Otto-Versand »und hat zwei Pakete für mich zu liegen«.

Wir werden schon mit Kaffee und Kömbuddel erwartet, aber beide nehmen wir nur eine Tasse Kaffee an. Anneliese stellt die Flasche weg. Irgendwie kommt das Gespräch auf die Ausländerfrage. Daß wir »nichts gegen Ausländer« haben, muß zum Glück nicht erwähnt werden, denn natürlich haben wir alle was gegen Aram, der immer die Punks anmacht, daß sie mal arbeiten gehen sollen. Bei Anneliese bin ich mir da allerdings nicht so sicher.

Frau K. rollt jetzt die ganze Sache historisch auf. »Früher«, sagt Frau K., »da wars du ja schon Ausländer, wenn du bloß aus Quickborn wars. Die warn aber auch irgendwie komisch... nehm wir nur ma Dora (ihre Schwägerin) – die hat immer Streifen auf ihrn Regenschirm gemalt, das gab da ja noch keine bunten, und wie das denn regnete, denn is die ganze Farbe auf ihrn Übergangsmantel...«»Und Lenchen Dallmann«, trumpft Anneliese Köster auf, die allerdings nicht so ganz pottnüchtern ist, wie sie gerade vorher behauptet hat, »Lenchen Dallmann hat ja immer ihrn Mann verdroschen!« Wir können nicht so richtig folgen, denn weder Lenchen noch ihr Mann Klaus-Dieter, der zur See fährt und übrigens auch so aussieht wie er heißt, sind aus Quickborn, geschweige denn *richtige* Ausländer. »Der hat ausn Ausland immer son unanständigen Kram mitgebracht. Fallobs. Da hat sie ihn denn mit gehaun.« »An-ne-lie-se«, sagt Frau K. langsam und deutlich, »mit Fallobs kannstu kein haun. Das kannstu schmeißen. Das machn die immer auf

Präsidenten un Kanzler un so was. Aber nich zu Hause. Da schmeißtu mit Por-ze-lahn.« »Ich wer euch ma was sagn«, sagt Anneliese aufgebracht, »Dietsche hat mir ein davon gegehm, un den zeich ich euch jetzt...« Sie greift nach hinten unter die Anrichte. Der Stuhl fängt bedrohlich an zu kippeln, aber Anneliese fängt sich im letzten Moment. Mit puterrotem Kopf hält sie uns einen aus dunkelbraunem Holz geschnitzten Gegenstand entgegen. Ich hatte es mir fast schon gedacht. Daß Lenchen ihren Mann aber nun wegen so was verprügelt haben soll, scheint mir eher eine Schutzbehauptung zu sein – wenn man mal an die Zoten denkt, die sie selbst oft schon am frühen Morgen zum Besten gibt und bei denen sogar ich erröte, obwohl ich schon häufig in einer Kantine ausgeholfen habe.

**Aus dem Berufsleben**

Frau K.s Enkelin ist mit der Schule fertig, und nun geht es um die Berufsfindung. Ich sitze von meinem Tagewerk völlig erschöpft mit Frau K. und Ywonne, dem Gegenstand der Sorge, auf dem Spielplatz. Gleichzeitig halte ich ein Auge auf meinen zweijährigen Neffen, den ich in Pension habe. Er hockt im Sandkasten und backt Kuchen.

Anneliese Köster ist eben dazugekommen und läßt sich auf die Bank fallen. Sie hat eine Thermoskanne Kaffee mitgebracht. »Was willst du denn arbeiten«, fragt sie Ywonne. Ywonne gibt wahrheitsgemäß an, daß sie gar nicht arbeiten will, sie will bloß Geld verdienen. Eine Idee, mit der auch ich seit einigen Jahren sympathisiere. Ich frage mich nur, warum dieser Gedanke noch nicht bis zu den Gewerkschaften durchgedrungen ist. Die hatten doch immerhin über hundert Jahre Zeit, um draufzukommen.

»Ohne Arbeit gibt das kein Geld«, sagt Anneliese und schenkt den Kaffee aus. Der riecht irgendwie komisch. Ich wette, sie hat ihn wieder mit einem »Schuß« versetzt. »Das is ja nich wahr«, schaltet sich Frau K. ein, »in Blankenese sitzn Haufen Arbeitslose in Villas rum.« »Denn ham die das geerbt«, sagt Anneliese, »von ihrn Vater oder Großvater und die ham gearbeitet...« – »Das denks du!« sagt Frau K. und stellt im folgenden die europäische Geschichte ein wenig verkürzt dar, »das warn alles Raubritter und Seeräuber und so was, das is doch alles geklaut.« – »Bei so altes Geld is das egal«, widerspricht Anneliese, »kuck allein ma die Sparkassenräuber, die wolln auch immer gebrauchte Scheine!« Wir sind für einen Moment sprachlos. »Anneliese«, sagt Frau K. schließlich, »das is nich logisch.« – »Logisch is das logisch, das steht doch immer inner Zeitung!« Oha. »Anneliese«, fährt Frau K. fort, »was hast du inn Kaffee getan? Nich, daß wir jetz auch gleich anfangen mit son Tühnkram.« Annelieses Erwiderung kriege ich nicht mit, denn jetzt fängt mein Neffe an zu brüllen. Er hat versucht, seine Sandkuchen aufzufressen. Ich flöße ihm Mineralwasser ein und setze ihn zu uns auf die Bank. Anneliese beugt sich zu ihm herunter. »Na, mein Schieter, was willst du denn ma wern, wenn du groß bist?« – »Tante«, sagt er hilfesuchend und krabbelt auf meine Knie. »Das is kein Beruf«, dröhnt Anneliese, die unter Garantie schon zu Hause den Kaffee probiert hat. Außerdem hat sie Unrecht. Wenn ich mir die letzten beiden Tage mit meinem Neffen vor Augen führe, dann bin ich ganz sicher, daß Tante doch ein Beruf ist. Ein schlechtbezahlter, um nicht zu sagen, ein überhaupt nicht bezahlter. Wo man dann hinterher noch angerufen wird, wo die rotblaue Mütze geblieben sei. Dabei hat der nie im Leben eine mitgehabt.

## Arbeiten oder nicht arbeiten

Ein Großteil der Punks von nebenan hängt ja an der Nadel. Frau K. kommt da nicht mit. Sie selbst kuckt noch nicht mal hin, wenn ihr beim Arzt Blut abgenommen wird. Wenn die jungen Leute so herumtorkeln, mag sie auch nicht hinkukken. »Annererseits«, sagt sie, »wie Hermann Kuhlmann noch gesoffen hat, das sah auch nicht schön aus. Der hat ja überall hingebrochen.« »Die solln ma arbeitn gehn«, sagt Anneliese Köster, die neben uns auf der Bank vor der Haustür sitzt. »Du bis wohl nich ganz richtig inn Kopf«, erwidert Frau K. »Wills du die vielleicht inn Büro neben dir sitzen ham? Du bist doch immer so eisch mit Riechen.« »Die könn sich ja waschen!« Ich weiß, daß Frau K. das auch findet, aber bei Anneliese juckt es sie immer: »Und die Haare schneidn und 'n Jiensanzug an und 'n Aktenkoffer oder was? Denn sehn die ja alle aus wie du!« sagt Frau K. »Oder wie ich«, setzt sie höflich hinzu. Daß alle wie geklont rumlaufen könnten, ist kein Argument für jemanden wie Anneliese, die toupierte Haare und einen Trevira-Hosenanzug immer noch für das Nonplusultra an elegantem Outfit hält. Ywonne, Frau K.s Enkelin, kommt zu uns rübergelaufen. »Oma, hast du ma was Geld? Meine Strümpfe sind kaputt, ich muß mich doch vorstelln gehn.« Seufzend kramt Frau K. in ihrer Schürzentasche. »Daß du auch Strümpfe kaufst! Nich wieder bloß Süßkram!« – »Ja, Oma.« Ywonne zieht ab und macht Platz für ein Rudel Punks mit Hunden oder ein Rudel Hunde mit Punks, das ist nicht so genau auszumachen. Anneliese will was sagen, aber bei dem Krach gibt sie wieder auf. Jetzt bleibt die Bande auch noch direkt vor uns stehen und hält mit Gebrüll eine Erziehungsstunde für

die Köter ab. Worte sind nicht zu verstehen; das einzige, was deutlich herauszuhören ist, ist der Ton, der zu Hause geherrscht haben dürfte. Frau K. wird es zuviel. Zudem wird sie noch von einem der älteren Punks angehauen: »Hassu ma 'n paa Groschn über, Oma?« – »Ich hab dir so und so oft von meine Rente erzählt«, schreit Frau K. aufgebracht, »wasch ma deine Ohrn...«, sie zuckt zusammen, als sie Annelieses Grinsen wahrnimmt, aber der Ärger ist doch stärker, »... und überhaupt, du kanns ja ma a...« Anneliese grinst, daß es nicht zum Aushalten ist. Im letzten Moment kratzt Frau K. die Kurve: »Du kanns ja ma Anneliese fragn!«
Gewonnen!

## Endlich daheim

Nach drei Monaten bin ich endlich wieder zu Hause. Hamburg grüßt mit Hochwasser, fünf Meter über Normal und »überfrierender Nässe«. Frau K. und Trixi empfangen mich an der Haustür: »Sie sehn aber braun aus. Die Handwerker warn da.« Die Mitteilung, daß die Russen dagewesen wären, hätte mich noch vor zwanzig Jahren in einen ähnlichen Begeisterungstaumel versetzt. (Heute muß man ja mehr mit der UNO rechnen.) »Was ist es denn diesmal?« Das Klo. Martina unter mir soll ja knietief in der... Ich werfe einen Blick ins Bad. Eine reife Leistung, selbst in einer Zeit des allgemeinen Sittenverfalls: Die Hälfte der Kacheln ist weggeschlagen und nicht ersetzt worden. Die Handtuchhalter sind abgebrochen. Der Duschvorhang besteht jetzt aus zwei Teilen und die kleine Wanne, in der ich meine nasse Wäsche zu transportieren pflege, ist verschwunden. Die Kloschüssel ist innen irgendwie grau. Da haben sie die Reste vom Kleber reingeschüttet, die sich mit dem Porzellan aufs innigste vermählt haben. Frau K. hat es nämlich schon mit Scheuern versucht. »Ich hab denn gesacht, daß Sie bestimmt gleich mitten Rechtsanwalt...« Da können die aber Gift drauf nehmen. »... und denn ham die gesacht, daß die morgen früh wiederkomm'...« Genial. Ich bin seit 36 Stunden auf den Beinen und hundemüde beziehungsweise habe einen »Jetlag«, wie meine im Lifestyle-Jargon besser bewanderten Freunde es ausdrücken würden. Und mitten in der Nacht kommen die Handwerker. Bringen ihr Radio mit, rauchen Zigaretten, telefonieren auf meine Kosten mit der Firma oder Amerika oder was weiß ich mit wem und versauen mir die Auslegware. »Sie könn auch bei mir auffen

Sofa...« bietet Frau K. an. Nein danke, das Sofa ist Trixis Domäne und selbst wenn sie in der Küche eingesperrt wird – ich bin noch zu kurz in Hamburg, als daß meine Geruchsnerven schon nicht mehr funktionierten. Um zwanzig Uhr liege ich im Bett, bin aber um zwei Uhr morgens wieder glockenwach. Ich sehe die angesammelten Zeitungen durch: »Ein Tampon kann nicht König werden.« Sind die denn alle verrückt geworden? – Es wird acht Uhr. Es wird neun Uhr. Es wird zehn Uhr. Kein Handwerker. Die Mafia hat heute offenbar die Zerschlagung anderer Wohnungen auf dem Zettel. Ich setze Kaffeewasser auf und greife zu den Gelben Seiten. Irgendwo in der Nähe gibt es doch dieses Last Minute Reisebüro. Man muß ja nicht immerzu allem und jedem die Stirn bieten wollen.

# Vergewaltigung

Ich stehe bei Frau K. in der Wohnstube und plätte ihr gutes Schwarzes, das sie zu Ilses Silberhochzeit anziehen will. Sie hat sich die Hand verstaucht, als sie Trixis Futternapf füllen wollte. Trixi in ihrer Freßgier hatte ihr den Stock weggeschlagen und sie war hingefallen. »Verbrecher!« sagt Frau K. und fixiert aufgebracht ihre Wachhündin, die platt unter der Heizung liegt und woanders hinguckt. Ich angel mir das Ärmelbrett, und Frau K. beobachtet mich, ob ich auch keine Falten in die Ärmel bügele. »Die ham ja gestern eine im Sterni-Park vergewaltigt«, eröffnet sie mir. Es klingelt. Anneliese Köster stürmt herein, um uns genau diese Nachricht zu überbringen. »Und wißt ihr, wer das war? Die Lütte, die früher bei *Tausend Töpfe* anner Kasse war! – Hassu ma'n Schnaps?« »Na sowas«, sagt Frau K., »und *wen* hat die vergewaltigt?« Anneliese hört gar nicht hin und holt die Flasche Cherry Brandy vom Vertiko runter. »Die hat aber auch immer Röcke an ... bis da.« Sie zeigt auf eine Stelle in Höhe ihres Bauchnabels. »Meine Tante«, sagt Frau K., »die ham sie auch ma vergewaltigt, da trug die aber Röcke mit ner Schleppe. Und 'n Korsett. Da kenn die nix.« Anneliese findet, daß man Männer nicht provozieren muß, und abends spazierengehen, das ist ja auch nicht nötig. Sie schenkt sich ein Glas Likör ein. Ich stelle das Ärmelbrett beiseite und gebe zu bedenken, daß manche Frauen Spätschicht haben. Anneliese bleibt hartnäckig. »Denn müssen die sich vernünftig anziehn!« Frau K. ist auch dieser Meinung: »Altes Zeuch, büschen schielen, humpeln is auch nich schlecht.« Sie kommt richtig in Fahrt. »Keine Haare waschen, Berchstiefel an, 'ne Eisenstange inner Hand. Und denn ganz gemütlich auffe Straße. Anneliese, du bis doch nich ganz dicht.«

**Alles Karl**

Vor der PRO an der Stresemannstraße. Frau K. unterhält sich mit einer Punkerin. Ich stelle meine Kiste mit Mineralwasser ab und geselle mich dazu. Man spricht so dies und das. Das Hundefutter ist auch teurer geworden. Und der Frühlingsquark. Hinter uns lümmelt ein schwer angesäuselter Punk auf der Kühlerhaube eines Schrottautos und brabbelt Unverständliches vor sich hin. Plötzlich richtet er sich auf und tippt Frau K. auf die Schulter: »Ey, wie schreibt man einklich ›klah‹?« »Meinst du ›klar wie Kloßbrühe‹?« »Joah.« Sie buchstabiert. »Scheiße!« schreit er auf, »Kalle! Die schwule Sau! Den machich fertich!« Er krempelt mühsam seinen linken Ärmel hoch. Quer über den ganzen Oberarm steht frisch tätowiert »alles karl«. Frau K. versucht ihn zu beruhigen: »Der is bloß Legastheniker.« – »Waswaswas«, brüllt er wieder los, »die schwule Legasthenikersau, den machich fertich!« Er sackt wieder zurück. »Scheiße! Das geht ja nich. Der is ja gestern in 'n Knast.« Er streichelt seinen Arm. »Arme schwule Legasthenikersau. Da machn se ihn fertich.«

**Esoterik**

Ich bin mit Frau K. auf dem Weg ins Krankenhaus, Anneliese Köster besuchen. Anneliese mußte sich an einer delikaten Stelle einen Furunkel entfernen lassen, und ich hoffe dringend, daß sie uns diese Stelle nicht zeigen wird. Leute, von denen man sonst im ganzen Leben noch nicht mal das Knie sieht, werden im Krankheitsfall ja häufig vulgär.

Als wir ankommen, ist das Zimmer schon überbesetzt. Frau Petersen füllt den einzigen Sessel aus und Hermann Kuhlmann ißt die Pralinen auf, die er der Patientin mitgebracht hat. In seiner Gegenwart wird Anneliese sich wohl zusammenreißen, hoffentlich muß er zwischendurch nicht aufs Klo. Außerdem hat er ihr noch ein Heft mit Kreuzworträtseln besorgt, die er gerade selber löst. »Sacht ma 'n Schicksalsschlag mit sechs Buchstaben.« »Männer«, sagt Frau K. Frau Petersen macht ein Auge auf und schließt es wieder. Hermann bleibt ungerührt: »Die haben sieben.«

Das zweite Bett im Raum, eine Gallenblase, hat auch Besuch. »Das is ihr Geschiedener«, flüstert Anneliese. Wahrscheinlich hört man sie noch im Schwesternzimmer drei Türen weiter. »Ers wollte der nich bezahlen, aber denn hat sie ihn mitten Rechtsanwalt...« Frau K. gibt dem Gespräch eine Wendung in Richtung auf Annelieses Topfblumen, die sie betreut. Das wäre nicht nötig gewesen, denn die Bettnachbarin klärt ihren Geschiedenen gerade in ähnlicher Weise wie zuvor Anneliese über deren Angelegenheiten auf (»Denn ham die sich verlobt und denn isser mit 'ner Schlampe wech«).

Hermann sitzt über dem Rätselheft. »Sacht ma 'n großen Staatsführer mit acht Buchstaben.« – »Hermann!« sagt Frau

K. Hermann kuckt geschmeichelt. »Das sind bloß sieben...« – »Hermann!« Frau K.s Stimme wird lauter, »hör jetz auf mitte Fragerei! Wir wolln uns unnerhalten.«

Die Gallenblase verschwindet mit ihrem Besuch auf den Flur, eine rauchen. »Die is irnkwie komisch«, sagt Anneliese mit ihrer natürlichen Stimme, die wahrscheinlich im ganzen Stadtteil zu hören ist. »Die glaubt an Seelenwanderung und so was...« Hermann blickt skeptisch. »Du hast doch so und so keine Ahnung«, sagt Anneliese, »aber wenn das so was gibt, denn hast du bestimmt noch nich viele Leben als Mensch gehabt.« – »Das is sein erstes«, läßt sich Frau Petersen vernehmen, die wir längst eingeschlafen glaubten, »wenn überhaupt!« Hermann läßt das Heft sinken. »Und? Was soll ich vorher gewesen sein?« – »Das wer ich dir sagen, Hermann«, mischt Frau K. sich ein, »wenn ich dich ma genau ankucken tu, denn wars du'n Kugelschreiber.«

## Beerdigung

Frau Petersens Schwester Gertrud ist hochbetagt gestorben und kriegt jetzt ein schönes Begräbnis. Gespielt wird das »Largo« von Händel, und der Pfarrer ist einer von der Herz-Jesu-Fraktion, der alle zu Tränen rührt. Dabei fällt kaum auf, daß er Gertrud gar nicht gekannt hat und von trauernden Kindern und Kindeskindern redet. Gertrud war nämlich aus Prinzip ledig geblieben und hatte immer Wert darauf gelegt, als Fräulein Kleinschmidt angesprochen zu werden. Bevor der Sargdeckel geschlossen wird, dürfen wir alle noch mal reingucken. Gertrud ist prima zurechtgemacht. »Die hat in ihrn ganzen Leben nich so gesund ausgesehn«, flüstert Frau K. mir zu. Herr Mahnke, der emeritierte Frisör des Viertels, ist auch gekommen. Jetzt hat sein Sohn den Laden und nennt sich Hairstylist, was Frau K. aber nicht daran hindert, ihn als den »Jungen Putzbüdel« zu bezeichnen. Herr Mahnke wirft einen professionellen Blick auf die Dauerwelle der Leiche und findet, daß weniger hier mehr gewesen wäre. Aber schließlich muß die ja lange halten.

Hinterher sind wir bei Frau Petersen zum Kaffee eingeladen. Anneliese Köster, die jetzt zu uns stößt, hat aus Gründen, die man leicht riechen kann, einen Blackout und gratuliert herzlichst, statt zu kondolieren. Frau Petersen bleibt gelassen: »Anneliese, übernimm dich nich, dahinten is die Bar!«

Hermann Kuhlmann, der sich gerne als Pragmatiker bezeichnet, fragt zwischen zwei Tortenbissen nach dem Erbe. »Erbe?« sagt Frau Petersen, »meinstu ihr EMMA-Abonnemang? Das kannstu gerne ham.« Hermann möchte nicht.

Im Laufe des Nachmittags erfahren wir aber, daß die Verblichene doch eine testamentarische Verfügung getroffen hat: ihre Untermieterin soll die Wohnung übernehmen. »Das nenn ich humanes Sterben!« sagt Frau K.

**Frau Maibohm**

Über Nacht hat es tüchtig geschneit und Frau K. ist vorm Haus mit der Schneeschippe zugange. Trixi hockt nahe der Haustür und friert ganz offensichtlich, aber sie muß natürlich dabei sein, wenn was los ist. Eigentlich ist sie aus dem Alter raus, in dem man glaubt, daß das Leben nur da tobt, wo man gerade nicht ist. Ich nehme Frau K. die Schippe weg. Sie humpelt hin und her, um sich warm zu halten. Trixi bellt Frau Maibohm, die Briefträgerin, an. Nun, man kann von einem Hund nicht verlangen, daß er eine Briefträgerin auf einem Fahrrad unbehelligt läßt. Das wäre ja wider die Natur. Trixi wird von Frau K. handgreiflich beruhigt, danach beginnen die beiden Damen eine Unterhaltung. Das Wetter, der Hund, die Familie. Frau K. hält Frau Maibohm übrigens für eine ganz linke Socke, weil sie immer die Postkarten liest. »Woher soll die sonst wohl gewußt haben, daß Ilse zu Besuch kommt?« sagt Frau K., als die Briefträgerin im nächsten Haus verschwunden ist. Ilse ist die Nichte von Frau K. und schreibt Postkarten, weil ihr Telefon regelmäßig gesperrt ist, wenn sie mit ihren Hypothekenzinsen in Verzug ist. Ilse ist häufig mit ihrem Mann überquer und hatte sich schon letzte Woche für heute zum Kaffee eingeladen. Frau K. ist nicht begeistert. »Das is doch immer dasselbe, was die erzählt, trotzdem sie Mittlere Reife hat.« Ilses Ehemann Kurt gehört zu der Fraktion »Und wenn auch das Blut die Wände runtertropft, wir haben jedenfalls ein eigenes Haus«, während Ilse Anhängerin einer entgegengesetzten Ideologie ist: »Warum soll ich das Geschirr heute abwaschen, es ist morgen ja auch noch da.« Ein strenges Glück.

Ich schippe jetzt den Schnee auf einen Haufen. Frau K.

geht immer noch auf und ab und ist am Überlegen, ob sie selbst einen Kuchen backen oder Ywonne zum Café Stenzel rüberschicken soll. Abwaschen müßte sie auch noch, denn Ilse muß nicht unbedingt in ihrer Anti-Hausfrau-Haltung bestärkt werden. Frau Maibohm erscheint am Ende der Straße, heftig winkend und etwas Weißes schwenkend. Eine Postkarte. »Ilse kommt doch nicht. Der Kleine hat Mumps.« Sie hat die Karte gerade eben gefunden; sie war irgendwo dazwischengerutscht. Einerseits, findet Frau K., ist das ein Glück; sie hat heute nachmittag ihre Ruhe, andererseits müßte Frau Maibohm mal Bescheid kriegen. Nun ja, des Lebens ungemischte Freude ward keinem Irdischen zuteil, um es mit Schiller zu sagen. In diesem Fall stimmt das aber nicht, denn als Frau K. mir die Karte überreicht, weil sie ihre Brille nicht dabei hat, lese ich: »Liebe Frau Maibohm, sagen Sie bitte meiner Tante, daß ...«

# Weihnachten

Frau K. hat Hermann Kuhlmann für den Heiligabend eingeladen, obwohl Gerda damit nicht einverstanden ist. Hermann hat Frau K. »für umsonst« den Tannenbaum besorgt, da er einen Arbeitskollegen hat, der einen Schwager hat, der in einer Baumschule in Pinneberg arbeitet. Da kann man schon mal was abzweigen. Gerda ist giftig. »Der hat da doch bloß auf spekuliert, der Weihnachtsmann!«

Frau K. hatte schon vor Jahren versucht, ihre Tochter mit Hermann zusammenzubringen, trotzdem er ja viel älter ist. Aber Hermann hat eine feste Arbeitsstelle und mit Trinken hat er aufgehört. »Mit was annerm hat der bestimmt auch aufgehört«, behauptet Gerda. Das findet Frau K. nicht so schlimm, im Gegenteil. Insgesamt muß ich aber Gerda recht geben. Innere Werte schön und gut, aber schließlich würde auch ich davor zurückschrecken, mein Schicksal an das eines Mannes zu binden, dessen Erscheinung den Eindruck erweckt, als wolle er jeden Moment die Gardinenstange hochsausen, um dann von oben mit Kokosnüssen zu schmeißen. Wenn sie sonst nichts vorzuweisen haben, dann sollten Männer zumindest dem Auge etwas bieten.

Spät am Heiligabend laufe ich runter, um »Frohes Fest« zu wünschen und eine Kleinigkeit für Frau K. abzuliefern. In der Wohnstube ist dicke Luft. Ywonne führt mich eilig in die Küche und schenkt mir ein Glas süßen Weißwein ein. »Mamma is stocksauer und Oma auch. Und breit sind die!« »Was war denn?« Sie setzt mich ins Bild. Hermann war mit einem Strauß Nelken plus Spargelkraut angekommen und hatte Gerda ein Buch geschenkt. Hermann ist im Buchklub. Anscheinend hatte er ihr das Geschenk mit ein wenig gönnerhafter Miene überreicht und dazu einen Vortrag gehalten, wie gut es einer Frau anstünde, auch mal ein Buch ... und Gerda, die schon eine halbe Flasche von irgend was Kräftigem vernichtet hatte, wurde fuchsteufelswild. Sie teilte ihm mit – wenn auch nicht exakt mit diesen Worten –, aktuelle Untersuchungen hätten gezeigt, daß heutzutage Frauen durchaus in der Lage seien, sich eigenständig Zugang zu Büchern zu verschaffen. Danach hatte sie ihm gesagt, was er mit dem Buch machen solle. »Das wollte er aber nich«, fügt Ywonne hinzu. Und? – Was war das für ein Buch? Tja, das wäre ja noch das Größte überhaupt, ein unanständiges Buch! Von Rosamunde Pilcher. Gerda hatte den Titel vorgelesen. »Die Muschisucher« oder so.

## Pubertät

Ywonne ist in der Pubertät – »Früher hieß das Flegeljahre«, sagt Frau K. – und sie nervt nicht ihre Mutter Gerda, die verpißt sich nämlich, wenn es hart auf hart kommt, sondern ihre Oma, die sie ja schließlich mehr oder weniger aufgezogen hat.

Ywonne kommt mit einem neuen Rock an, als ich kurz bei Frau K. reinschaue, um zu fragen, ob ich ihr irgendwas vom Einkaufen mitbringen soll. »Das sieht nich aus«, sagt Frau K. Ywonne braust auf. »Nu krieg dich ma wieder ein«, sagt Frau K., »das is kein Rock, das is ne Gesäßmanschette.« Am nächsten Tag ruft Ywonne an, als ich Frau K. wegen der Handwerker sprechen will. Sie wird gleich das Bügeleisen rüberbringen, das sie ausgeliehen hat. Gerda nimmt ihrs täglich in die Firma mit, weil sie immer denkt, sie hätte es nicht ausgemacht. »Und übrigens«, sagt Frau K. ins Telefon, »egal, was du anhast – zieh was anneres an!«

Auch abends kriege ich immer alles haarklein mit, wenn ich auf dem Balkon bin und meine Blumen gieße. Ywonne kommt in den Garten: »Oma, wann soll ich wiederkommen? Ich geh mal kurz zu Michelle und Hatiye.« Frau K. überlegt: »Also, ich hab ein paar Brote gemacht und du kannst gleich mitessen und dann...« Ywonne regt sich auf: »O Manno, ich platze gleich!« Frau K: »Wieso, weil ich gesagt hab, daß ich Brote gemacht hab?« Ywonne schreit: »Scheiße, du verstehst mich nicht!«

Am liebsten möchte ich aufspringen und Ywonne sagen, daß dies das Erwachsenenleben ausmacht. Weder ihre Oma noch ihre Mutter, noch irgendwelche Männer noch sogenannte gute Freundinnen werden sie jemals ganz verstehen.

Die Sprache reicht dafür bei weitem nicht aus, sie wird mit den meisten ihrer Gefühle und Gedanken immer alleine sein und ...

Aber Frau K. hat schon kapiert, was Sache ist.

»Iß was«, sagt sie und schiebt Ywonne den Teller mit den Butterbroten hin, »du brauchst Kraft zun Leiden.«

# Handys

Als ich mich über den Balkon lehne, sehe ich Frau K. unten im Garten sitzen und neben ihr auf dem Tisch an der langen Schnur das Telefon, aus dem es ununterbrochen quakt. Frau K. liest im *Altonaer Wochenblatt* und scheint das Telefon überhaupt nicht zu hören. »Frau K.! Das Telefon!« Sie guckt hoch. »Das is bloß Anneliese, die findet die Aus-Taste nich und jetz sabbelt die in einer Tour. Das geht schon ne halbe Stunde so.« Anneliese Köster hat also ein Handy, du liebe Zeit! »Sie könn ruhig ma runterkommen und zuhörn. Jetzt singt sie gerade.«

Ich gehe nach unten in Frau K.s Garten und kriege gerade noch mit, wie Anneliese mit erstaunlich sicherer Stimme »Auf der Reeperbahn nachts um halb eins« zum Besten gibt, um dann zu einem Potpourri von Peter Maffay überzugehen. Ich lege den Hörer schnell beiseite.

»Ywonne mußte ja auch 'n Handy haben«, sagt Frau K. und legt die Zeitung auf den Tisch, »und unterm Arm rasiert sie sich jetzt auch, un denn will sie noch ne Diät machen«, faßt sie das ganze Elend zusammen.

»Herr Overdieck hat ja auch son Apparat«, sagt sie und faltet die Zeitung sorgfältig zusammen, weil sie sie noch nicht zu Ende gelesen hat. Da steht meistens drin, wie Trickbetrüger alte Menschen reinlegen, und das liest Frau K. mit dem größten Vergnügen, weil sie sich *nie* reinlegen läßt.

Herr Overdieck ist kürzlich bei mir gegenüber in die Einzimmerwohnung gezogen und ist oft nicht zu Hause. »Und denn hat er mir die Telefonnummer gegeben, damit ich ihn anrufen tu, wenn ma was mit Handwerkern is oder so«, sagt Frau K. Vor einer Woche war der Schornsteinfeger da und kam nicht in die Wohnung rein. Frau K. hatte Overdieck angerufen, aber da war eine Frauenstimme am Telefon, die Frau K. gefragt hatte, was denn so ihre Wünsche wären und womit sie sie denn verwöhnen könne. »Das war seine Freundin«, sagt sie, »die hat in der Stresemannstraße son...«, sie sucht nach dem Begriff, »... son, son Swinegelclub!« Einen was? Frau K. erklärt: »Da treffen sich Leute, die Partnertausch machen.« Ach so, sie meint einen Swingerclub! »Ja, so heißt das. Früher machten das ja nur Männer«, sagt Frau K., »aber heute, wegen der Ezam... Emapi... also wegen der Gleichberechtigung, da machen die Ehefrauen das auch!« Frau K. steht jetzt auf und legt energisch den Hörer auf die Gabel, nachdem sie vorher noch reingebrüllt hat: »Anneliese, aus is da, wo aus drauf steht!« Sie selbst, sagt Frau K., während ich ihr in die Wohnung folge, würde ja lieber eine Domina sein, »mit Peitsche und so«, sagt sie mit glänzenden Augen, »und zum Schluß müßten die Kerle mein Badezimmer auffeudeln!« Resigniert setzt sie aber hinzu: »Das kann sowieso keiner richtig. Unterm Waschbecken vergessen die immer.«

**Straßenfest**

Im Viertel findet ein Straßenfest statt, als hätten wir noch nicht genug zu feiern: Hafengeburtstag, Japanisches Kirschblütenfest, Stuttgarter Weinfest, Alstervergnügen und viermal im Jahr der Dom, ein riesiger Jahrmarkt auf dem Heiligengeistfeld.

Als ich über die neu gestaltete Piazza am Schulterblatt schlendere, die Frau K. hartnäckig als »Pizza« bezeichnet, höre ich schon von weitem Trixi, die mal wieder bellt, daß einem Hören und Sehen vergeht. Frau K. sitzt ungerührt neben ihr vor der Roten Flora, umgeben von einigen Nachbarinnen, die Plastiktassen mit Kaffee in der linken Hand halten und in der Rechten verschiedene Kuchenstücke balancieren, da es nur Stühle und keine Tische gibt. »Was ist denn los?« frage ich Frau K. und lehne mich an einen Stand mit Kinderklamotten, möglichst weit von Trixi entfernt. Ich habe nichts übrig für Hunde, die einen für schuldig halten, bis man das Gegenteil beweisen kann. Ich bin mehr für demokratische Hunde.

»Hör auf zu bellen, wir wolln das nich!« schreit Frau K. jetzt doch Trixi an. Zu mir gewandt sagt sie: »Ich hab ihn angebunden, der wollte unbedingt den Kapellmeister beißen.« Der Kapellmeister ist einer von den Langhaarigen, die nachher zum Tanz aufspielen werden. Tanz ist allerdings nicht ganz richtig, es handelt sich um irgend etwas sehr Lautes, vermutlich experimentell, was man auf Straßenfesten eben so spielt und das mich, wenn es losgeht, gleich dazu veranlaßt, das Weite zu suchen.

Nachdem Trixi wegen der Leine genug Spektakel gemacht hat, begnügt sie sich jetzt damit, alles was an Menschen vorbeikommt sowie Pflanze, Tier und Mineralreich in etwas verminderter Lautstärke anzubellen.

Die Frauen geben sich dem täglichen Meinungsaustausch hin. Jede wartet, bis sie drankommt, und hört vorher schon mal vorsichtshalber nicht zu. Es geht unter anderem darum, daß Milben gut dafür sein sollen, daß die Hautschuppen aus der Auslegware wegkommen, daß man sich beizeiten umsehen muß, wie man klar kommt, und daß alles noch viel schlimmer werden wird, ehe es besser wird.

Da geht auf der anderen Straßenseite ein Fenster auf. Eine Frau beugt sich heraus: »Horsti!« Ein Mann, der tief über seinem Bierglas hängt, bewegt kurz seinen Kopf. »Ja.« Sie: »Ich bin hier oben.« Er: »Ja.« Sie: »Soll ich runterspringen?« Er: »Ja.«

Frau K. und alle Nachbarinnen haben die Szene aufmerksam verfolgt. »Tja«, sagt Anneliese Köster, »das is Horst Bettermann. Den muß man nehmen, wie er is.« »Und ihn verfeinern«, setzt Frau Taubenheim hinzu, die auf alles immer noch einen draufsetzen muß. »Normal«, sagt Frau K. und leckt sich die Kuchenfinger ab, »hab ich ja nix gegen Männer. Aber bei *den* würd ich ne Ausnahme machen.«

## Das Horoskop

Es ist wieder Sonnabend und ich sitze mit Frau K. und Anneliese Köster im Café Stenzel. Man gönnt sich nach dem Einkaufen eine Tasse Kaffee und das eine oder andere Stück Kuchen. Trixi ist neben der Eingangstür angebunden und läßt keinen Kunden mehr rein. Frau K. wuchtet sich hoch, humpelt nach draußen und bindet sie nebenan vor dem Jesus-Center an, was ein rasendes Gebell zur Folge hat. Aber das stört jetzt niemanden mehr, weil um diese Tageszeit noch keiner ins Jesus-Center will – erst mittags, wenn es was zu essen gibt.

Frau K. kommt zurück und läßt sich schwer atmend im Sessel nieder. Im Café ist auch gerade die Rede von Jesus. Zwei jüngere Frauen in Schlabberkleidern unterhalten sich am Nebentisch: »Jesus war ja Schütze«, sagt die eine. Und die andere: »Ja, das erklärt uns so manches...« Was uns das erklärt, erfahren wir nicht mehr, denn Anneliese liest jetzt laut aus ihrem Horoskop vor: »Ich soll mir heute Nachmittag nix vornehm, aber abends ist eine gute Zeit für einen Flirt.«

Frau K. ist alarmiert: »Heißt das, daß du heute mein' Komposthaufen nich umgräbst?« Anneliese wackelt unschlüssig mit dem Kopf. »Und wo willst du heute abend drauf los?« Anneliese überlegt: »Ich könnte ja mit Hermann nach Hummel und Quiddje...« – »Ers ma«, sagt Frau K., »ham die bloß bis 19 Uhr auf...« – die Wirtin ist über 80 und hat nur zweimal die Woche geöffnet, weil sie sonst die Konzession verliert – »... und denn möchte ich ma wissen, was du mit Hermann zu flirten hast. Der kann doch so was ganich.« Ich sehe Frau K. an, daß sie sich ein »Und du auch

67

nicht!« verkneift, schließlich soll Anneliese ihr noch im Garten helfen. Anneliese hat aber weiter gelesen und ist jetzt bei Frau K.s Horoskop angelangt: »Was bist du man noch? Krebs?« »Nee«, sagt Frau K., »Brikett.« Anneliese hört nicht zu und liest vor, daß bei Frau K. die Dinge sich völlig anders entwickeln werden als geplant und ihr Partner möchte, daß sie sich ihm mehr widme.

Frau K. wuchtet sich hoch: »Da kanns ma sehn, wozu 'n Horoskop gut is – ich muß ma schnell nach Trixi kucken.« Aber bevor sie das Café verläßt, wendet Frau K. sich an mich, die ich unter dem gleichen Sternbild geboren bin ». ... aber wir Krebse glauben ja nich an son Scheiß, was, Frau Müller?«

**Schlimmes Alzheimer**

Ich treffe Frau K. bei Dr. v. B. und sehe mich suchend um, weder drinnen noch draußen habe ich Trixi gesehen. »Der sieht fern. Den durfte ich nich mitbringen.« Was für ein Segen! »Und?« frage ich, »was guckt sie? 'n Liebesfilm?« Frau K.: »Nee, irgendwas mit Bandwürmern.« Das wird Trixi garantiert interessieren, denn vor kurzem hatte sie ja auch ...

Die Sprechstundenhilfe kommt und bittet Frau K. zur Toilette, um dort eine Urinprobe abzugeben. Frau K. erhebt sich stöhnend und humpelt zum Klo. Wenige Minuten später ist sie schon wieder da: »Das kann ja wohl nich angehn, Frau Müller, gehn Sie ma kucken, Sie ham bessere Augen, da is so'n komischer Zettel ›Bitte den Becher beschiffen‹...« Ich brauche aber gar nicht nachzusehen, denn ich weiß, daß da steht: »Bitte den Becher beschriften.« Frau K. humpelt wieder los, wendet sich nach ihrer Rückkehr aber wieder ihrer Sitznachbarin Frau Brömmer zu, mit der sie in ein Gespräch vertieft gewesen war. Frau Brömmer gehört zu den Personen, die ich immer »Da-mußten-sie-ihm-das-Bein-abnehmen« nenne und die mit tödlicher Sicherheit hinter mir im Bus sitzen, wenn ich morgens mit halbgeschlossenen Augen zur Arbeit fahre.

Diesmal geht es um Frau Peters, die immer so eine plietsche war und jetzt hat sie Alzheimer, wie Frau Brömmer Frau K. berichtet. Frau K. ist gebührend beeindruckt: »Das is ja schlimm!« – »Ach Gott nee«, sagt Frau Brömmer, »es is nicht das schlimme Alzheimer, sondern das inne Arme und Beine.«

Da hatte ich dann für den Rest der Wartezeit noch einiges

nachzugrübeln, was nämlich Alzheimer in den Armen und Beinen sein könnte, und kam schließlich mit Hilfe des Doktors auf Parkinson. Und dann auf die Frage, ob es wohl schlimmer ist, wenn man nicht weiß, daß man das Bier auf dem Tisch trinken kann, oder wenn man weiß, daß man es nicht zu fassen kriegt.

## Vatertag

»Vatertag!« sagt Frau K. und holt tief Luft. »Das is ja auch so was!« Sie sitzt im Garten und palt Erbsen aus. Draußen sind allerhand Männer zugange mit geschmückten LKWs, Fahrrädern, sogar auf Tandems, und einer sitzt auf einem Kinderfahrrad, das gefährlich schwankt. Man grölt sich die Seele aus dem Leib. Ich sitze mit unter dem Partyzelt, das Gerda und Ywonne neulich aufgestellt haben. Allerdings weitab von Trixi, die leise knurrt und mich mit bösartigen Augen fixiert. »Der tut nix, der will bloß spielen«, sagt Frau K. ohne Überzeugung, als sie meinen Blick sieht. Das haben schon Generationen von gebissenen Menschen vorher gehört. »Die Zähne sind ja auch nich mehr so«, fährt sie fort und entkräftet damit ihre eben gemachte Aussage. Also hat sie doch schon mal jemanden gebissen? »Das war bloß Hermann Kuhlmann«, sagt Frau K., als wäre es mir nicht egal, ob Trixi mir unsympathische Leute beißt oder nicht. »Das war letztes Jahr am Vatertag. Da kam der hier besoffen an und hat meine Vitrine umgeschmissen. Da *mußte* Trixi ihn ja beißen!« Ich hoffe, daß ich nie aus Versehen irgendwas bei Frau K. umschmeiße.

»Früher hieß das ja Himmelfahrt«, sagt Frau K., ihren Gedanken wieder aufnehmend, »nich, daß ich kirchlich wäre, aber da war Ruhe inn Karton un mitten inner Woche 'n Feiertag – Hermann is ja noch nich ma *Vater*!« Sie denkt einen Augenblick nach: »Jedenfalls nich, daß ich wüßte.« Sie hält wiederum einen Augenblick inne: »Allerdings – das Kind von Dora Brauer sieht dem ja ähnlich wie außem Ei gepellt.« Was? – Gott ja, so kann man es auch ausdrücken. »Aber angegehm hat sie den nich als Vater, das kann man ja keim Kind zumuten, und daß der sowieso nich zahlen würde, wußte ja jeder.« Frau K. legt die Schüssel mit den Erbsen beiseite. »Da hat sie eben Adolf Brinkmeyer angegehm.« Und der habe auch gern bezahlt, sagt Frau K., weil die Leute immer sagten, er sei impotent. Frau K. nimmt die Schüssel mit den Erbsen wieder auf. »Heute is das anners, da kriegen sie die ja mit Ge-ne-tik und so gleich bei de Büx.« Brinkmeyer? War der nicht früher in unserem Viertel ein... »Ja, der war Arzt«, sagt Frau K. und wirft ein paar Schoten in den Eimer, »hat nix anneres gelernt. Seine Frau sagte ja immer, er wär Internist, aber in Wirklichkeit war er Prokto-lo-ge. Sie wissen ja, das is so einer, wo die Leute im Wartezimmer immer auf der Stuhlkante sitzen.«

## Totensonntag

In Hamburg ist inzwischen der Winter ausgebrochen. Ich sitze lustlos beim Mittagessen, es regnet, alle Welt ist erkältet und heute ist auch noch Totensonntag. Das bedeutet, daß die Moderatorinnen in den geschmeidigen Sendern – keine älter als 25 – was davon faseln, daß man sich dem Tod stellen müsse, er gehöre zum Leben dazu und mit dem Abschied von einem geliebten Menschen gehe auch immer ein Stück von einem selber... Dieselben Leute, die einem sonst den ganzen Tag vorblöken, wie unheimlich gut sie wieder drauf sind. Ich wasche ab und begebe mich runter zu Frau K., die mich zum Kaffee eingeladen hat: »Irnkwie muß man den Tach ja überstehn.« Sie hat aber schon Besuch von Anneliese Köster, die ungewohnt schweigsam am Kaffeetisch sitzt. Die beiden scheinen sich dann wohl wieder versöhnt zu haben. Letzte Woche hatte Anneliese einen Hut weggeschmissen, weil Frau K. genau den gleichen hatte, und vor kurzem erst hatte sie demonstrativ eine andere Handtasche aus ihrer Wohnung geholt, weil Frau Petersen, mit der sie zum Senioren-Wandertag gehen wollte, eine ganz ähnliche über dem Arm trug.

Trixi, die Anneliese aber auch so was von nicht ausstehen kann, was übrigens auf Gegenseitigkeit beruht, ist in die Küche gesperrt worden. Dort führt sie allerhand Tänze auf, aber Frau K. sagt, daß sie alles hochgestellt habe und Trixi nirgendwo dran kann.

Anneliese nippt an ihrem Kaffee und sagt dann gedehnt: »Tjaaa, wenn ich ma nich mehr da bin...« Frau K., scheinheilig: »Wieso? Willst du schon wieder verreisen?« Anneliese stellt die Tasse hin. »Ich mein, wenn ich ma verreisen tu – für immer!«

»Ach sooo«, sagt Frau K. und schenkt Anneliese nach, »du meinst nach Ohlsdorf!« Ohlsdorf ist der Hamburger Zentralfriedhof. »Sach das doch gleich! Daß du von Sterben redest. – Hast du vielleicht Krebs? Oder hast du schon ein' gebechert?« Anneliese ist beleidigt, kommt aber aus der Sofaecke, in der sie mehr oder weniger eingeklemmt sitzt, nicht heraus und beschließt, Frau K.s Bemerkungen zu überhören. »Also, ich hab mich jetzt entschlossen, daß ich eingeäschert werd, un ihr sollt bei der Beerdigung keine dunklen Sachen anziehen.« Was das eine mit dem anderen zu tun hat, ist mir nicht ganz klar, aber dann sagt Frau K., die besser durchblickt: »Also, das glaub ich nich, daß die das machen, so bei lebennigen Leib!« Anneliese will gerade Protest einlegen, aber Frau K. fährt fort: »... und wir solln nix Schwarzes anziehn, weil wir denn so ähnlich aussehen wie du.« Wie Anneliese? Die ist doch, seit sie ihre Rente hat, immer schreiend bunt angezogen. »Neenee«, sagt Frau K., als sie meine hochgezogenen Augenbrauen sieht: »Wie ihre Asche.«

## Schlecht zuwege

Wir sitzen bei Anneliese Köster in der Küche, und Frau K. ist schlecht zuwege.

»Du bis aber schlecht zuwege!« sagt Anneliese. Frau K. fährt auf: »Gestern hab ich die Tagesschau in Fernseh wieder ausgemacht. Ich kann das alles nich mehr ab!« Ich frage, was sie denn nicht aushalten kann. »Reformen!« sagt sie. Früher hätte man sich ja bei der Erwähnung von Reformen irgendwie gefreut, aber heute ... »Da krich ich immer Nakkenhaare – die nehm das ja vonn Lebennigen!« Anneliese mischt sich ein: »Das geht Deutschland ja wirklich schlecht und *uns* geht es viel zu gut!« Jetzt kommt Frau K. aber in Fahrt: »Das is ja wohl die Höhe! Dir geht es also gut? Und wieso arbeitest du noch halbtags bei Lidl und füllst die Regale auf – in deim Alter?« – »Ich bin ers dreiundsechzig«, sagt Anneliese geziert. »Nach meine Rechnung«, sagt Frau K., »bis du neunundsechzig. Is aber egal jetzt. Und Deutschland geht das schlecht und wir kleinn Leute sollen wieder alles bezahln? Wo is denn das viele Geld von Import und Export oder wie das alles heißt – ham die das verbuddelt?«

»Früher«, räumt Anneliese ein, »war doch alles viel besser ...« – »Geh bloß wech!« sagt Frau K., »*früher* heißt ja wohl, wie du inn Krankenhaus geputzt hast, das war ja wohl auch kein reines Amüsemang, und Kalle auf Montahje in Dithmarschen war und vonn Gerüst gefallen is und davon hast du die kleine Rente!« Betretenes Schweigen herrscht im Raum. Anneliese schenkt Kaffee nach.

»Und überhaupt«, sagt Frau K., »wieso hast du da Katzenfutter stehn? Du hast doch schon seit Jah-ren-den keine Katze mehr!« – »Das issn Geschenk«, sagt Anneliese eilig.

»Für Oma Behrend, was? Die wird ja neunzig«, sagt Frau K., und, nach einer kurzen Pause: »Die hat aber auch keine Katze!«

Das Schweigen wird ein wenig drückend, Anneliese schenkt verzweifelt noch mal Kaffee in die vollen Tassen. Frau K. nimmt sich zusammen. »Naja, *mir* ham sie ja wenigstens mehr als 20 Jahre die Rente bezahlt. Klein genuch war sie ja.« Dann gerät sie aber wieder in Rage. »Heute möchte ich aber auch nich mehr 65 sein. Dann kann man sich ja zehn Jahre später aufh...« Frau K. wirft einen Blick auf Annelieses verbiestertes Gesicht und schließt lahm: »... auf den 75. Geburtstag freuen.«

# Mein Keks gehört mir

*Für Milena*

*Aus dem Familienleben*

## Die Jacke

Seit Monaten versucht meine sechzehnjährige Nichte mir meine Jeansjacke abzuschnacken und entwickelt dabei eine Power und Fantasie, die, für andere Zwecke eingesetzt, durchaus die dringend notwendigen revolutionären Umwälzungen in dieser Gesellschaft in Gang setzen könnten.

Angefangen hat sie mit: »Sag mal, Tantchen, diese olle Jeansjacke da, die trägst du doch in deinem Al... die trägst du doch wohl nicht mehr...?« Ich versicherte ihr, daß ich das sehr wohl noch täte, daß ich darüber hinaus die feste Absicht hätte, diese Jacke auch noch ins Seniorenheim mitzunehmen, in das sie mich später zweifelsohne stecken würden (»Nie im Leben, Tantchen!«), und daß mein Taufname nicht »Tantchen« sei, und wenn sie mich noch einmal so nennen würde, würde ich ihr die Jacke noch nicht mal testamentarisch vermachen, sondern nach Rußland schicken lassen, oder wie die allerneuesten Bundesländer dann auch immer heißen mögen. Zwei Wochen später versuchte sie es mit einer kleinen Erpressung: »Weiß Oma eigentlich, daß du schon wieder 'n neuen Typen hast?« »Nein. Sie weiß auch nicht, daß du dich neulich bei Karstadt in der Kosmetikabteilung beim Klauen hast erwischen lassen...«

Eine Zeitlang gab sie Ruhe. Dann kam der raffinierte Schachzug. Ich solle ihr die Haare schneiden, das wäre ganz einfach, man müsse nur alle zusammennehmen und in sich selbst drehen, als wringe man ein Küchentuch aus, und dann an einer Stelle – zack! – abschneiden. Die Mutter ihrer Freundin hätte das bei ihrer Freundin gemacht, und das sähe einfach klasse aus. Nach längerem Hin und Her folgte ich schließlich ihren Anweisungen. Sie marschierte zum Spiegel, und die Katastrophe brach über mich herein:

»Wie seh ich aus! Nirgends kann ich mich mehr blicken lassen! Ich möchte tot sein! Meldet mich auf einer anderen Schule an!«

Da war ich dann die Jacke los.

## Einhüten

Meine Schwester hat ihre Kur bewilligt bekommen und ruft an: Ob ich für vierzehn Tage bei ihr einhüten könne. Die beiden Jüngsten, die noch zur Schule gehen, bräuchten eine Aufsicht.

Ich treffe am Nachmittag ein. Die sechzehnjährige Aggi öffnet mir mit verheulten Augen die Tür. Sie ist abends zu einer Klassenfete eingeladen. Sie hat einen Pickel. Sie möchte tot sein. Die Problematik ist mir noch dunkel in Erinnerung. Mir fällt ein, daß ich auf keinen Fall: »Das macht doch nichts, die anderen haben auch Pickel« sagen darf. Mit Stecknadel, Wattebausch, reinem Alkohol und Abdeckstift kriege ich die Sache einigermaßen hin. Keiner wird den Pickel sehen. Auf den Partys zu meiner Zeit war die Beleuchtung eher schummrig. Ich nehme an, daß dies eine der wenigen Traditionen ist, die bis heute überlebt hat. Während ich oben in meinem Zimmer auspacke, wird sie mir einen Tee kochen. Mir fällt der letzte Tee ein, den sie zubereitet hat. »Zwei Minuten ziehen lassen, Aggi. Nicht zwanzig!« »Alles klar, Tantchen.« Unten knallt die Haustür. Das ist die dreizehnjährige Lisa, die von der Nachhilfe kommt. Ich höre eine Tasche auf den Fußboden plumpsen. Danach fällt noch irgend etwas hin.

Auf meinem Bett liegt ein Zettel meiner Schwester. Sie hat den Kindern die Order gegeben, heute ihre Zimmer aufzuräumen. Ich werfe einen Blick nach nebenan. Nun ja. Ich habe schon in Wohngemeinschaften gelebt, wo es ähnlich aussah. Allerdings bin ich dort wegen der Seuchengefahr immer ziemlich schnell ausgezogen. Lisa kommt nach oben gestürmt, verpaßt mir einen flüchtigen Kuß und inspiziert meinen offenen Koffer. »Tantchen! Super! Trägst du diese Boots überhaupt noch?« Ich bejahe diese Frage energisch. Zu viele mir liebgewordene Kleidungsstücke sind schon in den Kleiderschrank meiner Nichten gewandert. Oder exakter gesagt: liegen in zerknülltem Zustand irgendwo unter, neben oder hinter ihren Betten.

Aggi ruft zum Tee. Im Flur steige ich über Lisas Schulmappe und über einen Stapel Computerzeitschriften. Lisa vertritt das männliche Prinzip in der Familie. Sie liest keine Bücher, sie liest Fachzeitschriften. Der Tee ist ganz in Ordnung, er hat sicher nicht länger als acht Minuten gezogen. Lisa berichtet aus der Schule. Die Biolehrerin ist voll genial, und der Mathelehrer ist voll blöd.

Aggi sieht auf ihre Armbanduhr und springt auf. Um Gottes willen, sie muß sich für die Fete fertigmachen. Es ist fünf Uhr. Sie wird um acht abgeholt. Ich stelle das Geschirr in die Spülmaschine, schalte sie ein und gehe nach oben, um meine Sachen einzuräumen. Lisa tackert in ihrem Zimmer auf dem PC; dazu ertönt Musik, wenn man das als Musik bezeichnen möchte. Immerhin bin ich mit den Beatles aufgewachsen. Ich gehe wieder nach unten und fange an, das Abendbrot vorzubereiten. Um sieben erscheint Aggi in der Küche, nachdem sie zwei Stunden das Badezimmer blockiert hat. Sie trägt ein ehemals weißes Männerunterhemd mit kurzen Ärmeln, darüber ein Sommerkleid mit Spaghettiträgern, das aussieht, als hätte es hundert Jahre ganz unten in einem Koffer gelegen. Darunter abenteuerlich gemusterte Strumpfhosen, die sich in den Farben mit dem Kleid beißen. An den Füßen Stiefel, die ich allenfalls zu einer Bergwanderung anziehen würde. »Schick«, sage ich matt, eingedenk der Tatsache, daß ich in dem Alter auch nicht jung und frisch, sondern bleich und verworfen aussehen wollte. »Schick??« schreit sie auf, »ich sehe schick aus?? Das ist ja grauenhaft!!« Ich besinne mich: »Ich meine, äh, groovy, oder so...« Sie ist aber schon in ihrem Zimmer verschwunden, dann klappert die Badezimmertür. Eine halbe Stunde später erscheint sie wieder.

Inzwischen sitzt auch eine hungrige Lisa am Küchentisch. Meines Erachtens sieht Aggi genauso aus wie vorher, nein, sie hat andere Strümpfe angezogen, diesmal mit Laufmaschen, und im Unterhemd sind ein paar Risse, die vorher nicht da waren. Lisa nimmt mir die Beurteilung ab: »Klasse! Du siehst voll scheiße aus!« Das finde ich auch, begreife aber, daß es sich um ein Kompliment handelt. Trotz meines Hinweises, daß so was gut für den Teint ist, stochern beide nur im Salat und machen sich dann lieber Brote mit Nutella. Ich vermute, daß Clearasil und Nutella sich gegenseitig sponsern. Wenn es nicht sowieso *eine* Firma ist.

Aggi wird gegen acht von zwei Klassenkameradinnen abgeholt, die ihr in punkto »scheiße angezogen« das Wasser reichen können, und wirft mir ein »Um zwölf bin ich wieder da, Tantchen« zu (sie kommt um drei). Nachdem ich den Geschirrspüler ausgeräumt habe, spiele ich mit Lisa Mini-Rummy im Wohnzimmer. Ich hatte es abgelehnt, mir Video-Clips mit »voll geilen Gruppen« anzusehen.

Sie schlägt mich bei jedem Spiel, was sie wieder in gute Laune versetzt. Da fallen mir ihre Schularbeiten ein. Schularbeiten? Die macht sie morgen früh. »Morgen früh?« – »Im Bus.« In den nächsten Tagen muß ich hier wohl einige Linien ziehen. Morgen werde ich ihnen als erstes »Tantchen« abgewöhnen.

## Mit Oma ins Krankenhaus

Vor etwa fünf Jahren, mit 79, hat unsere Oma beschlossen, verrückt zu werden. Nicht, daß sie es angesagt hätte – meine Schwester Marion und ich merkten nur an verschiedenen Anzeichen, daß sie nach und nach gaga wurde: Als erstes ließ sie Harry, den Nymphensittich, verhungern. Unsere Vorhaltungen tat sie lapidar ab: »Wir müssen alle mal nach Ohlsdorf« (Hamburger Zentralfriedhof). Dagegen ließ sich nicht viel einwenden.

Dann erinnerte sie sich nicht mehr an unsere Namen, beschimpfte uns zeitweilig sogar als Verbrecher, die ihre Sparbücher klauen wollten, gab uns unvermittelt Kopfnüsse, wenn wir ihre Schuhe zubinden wollten und dabei vor ihr knieten. Sie war nämlich vom vielen Essen so dick geworden, daß sie das nicht mehr allein schaffte. Auch stopfte sie eines Abends ihre Perücken ins Klo und stellte nur so aus Daffke alle Herdplatten an, bis sie durchbrannten. Als wir Essen auf Rädern bestellten, nahm sie zwar etwas an Gewicht ab, aber inzwischen hatte sie sich an Bedienung so gewöhnt, daß sie überhaupt keinen Finger mehr rührte, außer beim Essen. Wir wuschen, putzten und schalteten den Fernseher ein und aus; das letztere unter ihrem lautstarken Protest, obwohl sie nicht mehr mitkriegte, was da lief. Sie hielt alles für Tennis und gab in diesem Sinne Kommentare ab.

Marion und ich betreuten sie gemeinsam mit Aishe von der Sozialstation, die auch ihren Teil von den Ohrfeigen abkriegte. Eines Tages war es dann soweit: Der Hausarzt teilte uns mit, daß Oma zu einer gynäkologischen Untersuchung ins Krankenhaus müsse. Ins Krankenhaus deshalb, weil sie eventuell wegen eines Eingriffs dort bleiben würde. Die Einzelheiten des Warum und Wieso möchte ich an dieser Stelle übergehen. Jedenfalls setzten wir die ganze Maschinerie in Bewegung und wanderten mit Oma ins nahe gelegene Allgemeine Krankenhaus.

Uns war überhaupt nicht wohl dabei – das Ganze hatten wir übrigens Oma gegenüber als kleinen Ausflug deklariert und legten unterwegs bei einer Frittenbude eine Pause ein – denn Oma war noch nie in ihrem Leben einem Gynäkologen unter die Finger geraten. Wie sie ihr einziges Kind, unsere Mutter, auf die Welt gebracht hat, wird ein Rätsel bleiben. Das Familiengerücht besagt, daß sie sowieso erst im sechsten Monat gemerkt hätte, daß sie schwanger war, im achten zwei Knöpfe ihres Kostümrocks aufmachte und im neunten dann das Kind gebar, vermutlich im Koma. Und jetzt, mit 84, zum ersten Mal zum Frauenarzt? Auch Aishe, die uns begleitete, wurde immer schweigsamer. In der Klinik angekommen, wurden wir zunächst in eine Sitzecke im Flur verfrachtet. Dieser Flur war, nebenbei gesagt, nicht in diesem Kackgrün gestrichen, das man von Krankenhäusern gewohnt ist und auf das Psychologen jahrelang studieren, sondern mit Tapeten verschönt, die von offenbar neurotischen Gärtnern entworfen worden waren.

Hier und da öffneten sich nun Türen, und Patientinnen in Morgenmänteln schlurften den Flur entlang, böse Blicke auf uns werfend. Wahrscheinlich hielten wir die Raucherecke besetzt. Aber uns war alles egal. Wir warteten. Oma war zusammengesackt und schnarchte. Wir warteten weiter. Dann plötzlich wurden wir von fünf Ärzten umringt, die alle keinen Tag älter als 25 und Squash-gestählt aussahen. Endlich ging es los: »Frau B., wie alt sind Sie?« – Oma schreckt auf: »Das sach ich doch nich!« – »Wie viele Kinder haben Sie, Frau B.?« – »Das geht Sie gar nix an!« Widernatürliche Freude keimt in uns auf. »Welcher Jahrgang sind Sie, Frau B.?« – »Erstersechsternullsechs«, schnarrt Oma. Scheiße, reingefallen, Oma.

Aber lieb haben wir sie doch. Wer, außer ihr, hätte denn damals auf unserem Hinweg zur Schule die wollenen Unterhosen (die nicht nur so hießen, sondern auch so aussahen) aufbewahrt und auf dem Rückweg wieder ausgehändigt, weil Mutter nach unserer Heimkehr immer einen kritischen Blick unter unsere Faltenröcke warf? – Inzwischen haben es die Herren irgendwie geschafft, Oma von uns wegzubugsieren. Man verschwindet hinter der Tür mit dem Schild »Untersuchungsraum«. Marion und ich verziehen uns in die hinterste Ecke des Flurs und halten uns die Ohren zu. Aishe hält tapfer so aus. Ein gräßlicher Schrei. Noch einer. Mir wird schlecht. Marion wird auch schlecht. Die Zimmertüren öffnen sich; der Flur ist voller Morgenmäntel. Jetzt ist wieder Stille. Dann geht die bewußte Tür auf. Flankiert von zwei der Herren humpelt Oma auf uns zu. Singend. Mit übermenschlich schöner Stimme brüllt sie: »Hoch soll sie leben, hoch soll sie... « bis zum bitteren Ende, bei dem sie ins Maskulinum verfällt (»er lebe hoch, er lebe hoch, er lebe dreimal hoch«). Ohne Absprache singen wir drei mit. Der Flur ist jetzt voller Frauen. Alle klatschen. Zwei haben sich eine Kippe angesteckt, denn die Ärzte sind verschwunden. Oma hockt wieder im Sessel, kuckt verschlagen um sich und kaut ein Butterbrot, das Aishe von irgendwoher organisiert hat. Eine ganze Weile wird jetzt auf dem Flur diskutiert (»Man muß sich auch nicht alles bieten lassen«), bis unsere Sportsfreunde wieder auftauchen. Sie teilen uns mit, daß sie leider gegen den Willen der Patientin nicht... sie sei ja nicht entmündigt... Ein paar grinsende Schwestern kucken um die Ecke. Die allgemein angeregte Stimmung hält an. Wir bestellen großartig ein Taxi. Während wir warten, lese ich laut aus dem Diagnosezettel vor, den man uns gerade in die Hand drückt: »Altersdemenz... Alzheimer... Frau B. ist hochgradig verwirrt...« Das Vorlesen wird von den Medizinern nicht gern gesehen, insbesondere auch deshalb nicht, weil Marion und Aishe ständig unterbrechen: »Ach nee, wer hätte das gedacht... da wären wir ja nie draufgekommen...« usw. Der Taxifahrer läuft ein, was Oma zu erneutem Gesang animiert. Diesmal ist es aber »Waldeslust«. Wir versuchen ihm zu erklären, daß... aber er winkt grinsend ab. Er ist so einer mit Pferdeschwanz. Das bewahrt ihn aber nicht vor einer Ohrfeige, als er Omas rechtes Bein in den Fond nachschieben will: »Das kann ich alleine!« brüllt sie, und schon kriegt er eine gewischt. Unsere Abfahrt wird von Winken und Rufen aus dem ersten Stock begleitet. Die Damen schwenken Blumensträuße und brennende Kippen und wünschen »noch alles Gute!«

Nun sind wir endlich wieder zu Hause. Aishe und ich betten Oma aufs Sofa, schalten den Fernseher ein und fallen in unsere Sessel. Marion setzt Kaffeewasser auf. Oma stiert in die Glotze. Sie kann die Augen kaum noch offenhalten. Auf einmal schießt sie hoch: »Das ist ja alles so furchtbar!« – »Was denn, Oma?« – Sie sinkt wieder zurück. »Alles muß man selber machen!« Ja, Oma, da ist was dran. Wir trinken unseren Kaffee, während Oma wegschnarcht.

Inzwischen ist sie nun doch nach Ohlsdorf gekommen.

# Hochzeit

Neulich wurde ich zu einer Hochzeit in meinem Heimatdorf eingeladen. Man hatte zu einem *brunch* gebeten. Vorher gab es einen *Empfang,* mit einem *Gläschen Sekt.* Voller Wehmut gedachte ich der ausschweifenden Völlereien und der heidnischen Rituale, von denen die Hochzeitsfeiern meiner Jugend begleitet waren. Und das waren nicht wenige, denn jede einzelne meiner Klassenkameradinnen aus der Volksschule mußte im Alter von 17, 18 Jahren heiraten, und natürlich wurde ich eingeladen. Das »Heiratenmüssen« war auf dem Dorf übrigens schon damals keine Schande. Der Bauer kaufte schließlich auch keine Kuh, die nicht wenigstens einmal den Beweis ihrer Fruchtbarkeit angetreten hätte. Die Mahnung der Mittelstandseltern »Komm mir ja nicht mit einem Kind nach Hause« greift hier nicht. Die Devise heißt eher: »Komm mir ja nicht mit einem Kind vom Falschen nach Hause«, das heißt von einem, der zu viele saure Wiesen respektive zuwenig Vieh im Stall hat.

Die Verlobungen geben nicht viel her, denn die finden ja erst statt, wenn schon »was unterwegs« ist – und weil die Hochzeiten unmittelbar auf dem Fuße folgen mußten, wenn man nicht Gefahr laufen wollte, daß die Niederkunft vorher stattfand. Das hätte wegen der Vaterschaftsanerkennung unnötig Geld gekostet. Der Bauer liebt solche Ausgaben nicht.

Die Hochzeit fängt mit dem Polterabend im Elternhaus der Braut an. Die jungen Männer des Dorfes haben bereits am Nachmittag Tannen geschlagen. Nun sitzen sie auf der einen Seite der Diele und lassen die Flasche kreisen, während die jungen Mädchen auf der anderen Seite Zweige zu Girlanden flechten, die am nächsten Tag das Hoftor schmücken werden. Die Trennung der Geschlechter löst sich im Laufe des Abends auf, und so wird an einem solchen Polterabend oft der Grundstein zu einer weiteren Feier gelegt. Dies wohl wissend, holen meine zur intellektuellen Elite des Dorfes gehörenden Eltern mich zu meinem Bedauern immer zu früher Stunde ab, so daß ich nur Bruchstücke der weiteren Ereignisse, und diese auch nur von meinem Zimmerfenster aus, verfolgen konnte. Spätnachts wird nämlich unter Gejohle der Bock – ein Tischlerbock, verziert mit bunten Bändern – zur Kammer desjenigen Mädchens gebracht, von dem man annimmt, daß es die nächste Braut im Dorf sein wird. Nicht jede ist darauf gefaßt. Deshalb ist die Freude immer groß, wenn man den Bräutigam in spe gleich mit erwischt. Das aktuelle Brautpaar ist stets mit von der Partie und gehört nicht selten zur Abteilung der hochgradig Angeheiterten.

Nach der Trauung am nächsten Morgen gibt es erst einmal für alle Gäste – meist das halbe Dorf – ein anständiges Frühstück mit Speck und Spiegeleiern. Auch die Kömflasche darf nicht fehlen. Danach werden bereits die ersten Herren, aber auch einige Damen, beiseite geschafft; ein Teil von ihnen taucht aber gegen Abend wieder auf. Gegen zwei Uhr dann das Mittagessen. Der Bauer liebt die Überraschung nicht: Sommers wie winters gibt es immer das gleiche Menü: als Vorspeise eine Rinderbrühe mit Fleischklößchen und Eierstich, danach Schweine- und Rinderbraten mit Rotkohl und Backobst. Dazu natürlich Salzkartoffeln. Das Vitamin hat auf dieser Tafel keinen Platz. Der obligatorische Nachtisch ist die Welfenspeise. Dabei handelt es sich um eine weiße Creme ohne Geschmack mit einer gelben

Weinsoße. Weiß und gelb waren die Farben der Welfen, des hannoveranischen Fürstengeschlechts. Der Bauer denkt in langen Zeiträumen.

Die gemischtgeschlechtliche Sitzordnung wird nach dem Essen aufgehoben. Zum Tanz in der Diele sitzen die Damen wieder unter sich. Die Herren halten sich vorwiegend in der Mitte des Saales auf, wo sie ihrer Angebeteten bei Beginn eines Tanzes schneller ein Zeichen machen können – gewöhnlich einen kurzen Pfiff. Um als Dame zu wissen, ob man gemeint ist, muß man die Herren stets streng im Blick haben, was die Konversation untereinander nicht unerheblich erschwert.

Die Musik wird übrigens von Hand gemacht, was ihren Genuß manchmal schmälert. Die Musiker sind von allen leiblichen Genüssen nicht ausgeschlossen, und da Künstler, wie man weiß, von Haus aus zu exzessivem Verbrauch von Rauschmitteln neigen und diese darin keine Ausnahme machen, sind die Tänzerinnen und Tänzer gezwungen, sich recht eigenwilligen Rhythmen hinzugeben.

Dauern die Pausen zwischen zwei Tänzen zu lange, kommt es auch mal vor, daß der Brautvater ein Machtwort spricht: »Musik, oder ick schiet inn Sool!« Von »Schiet« ist sowieso viel die Rede. Nicht nur der deutsche Mensch schlechthin, insbesondere der deutsche Bauer ist ein rechter Analerotiker. »Een Swien schiet« (*Ain't she sweet*) ist ein Schlager, der häufig verlangt wird, wenn die deutschen Volksweisen ein wenig überhandnehmen. Der Bauer kann sich darunter etwas vorstellen.

Gegen Mitternacht geht als Höhepunkt der Sinnlichkeit ein mit Bier gefüllter Nachttopf herum, in dem eine Bockwurst schwimmt. Daraus müssen alle einen Schluck nehmen. Aber ich habe vorgegriffen – es ist erst 17 Uhr, und jetzt gilt es, die Sahnetorten und Butterkuchenberge zu bewältigen. Der Kaffee tut einigen erhitzten Gemütern auch ganz gut, denn die erste Schlägerei kann kurz vorher gerade noch abgebogen werden. Danach rüstet man sich für den Abend und die kommende Nacht. Die Damen ziehen sich um und die »richtigen« Ballkleider an, die Herren kriegen die Hochzeitskrawatte umgelegt. Das sind bereits fertig gebundene Schlipse mit einem Gummiband hinten. Wenn man so was trägt, kann man nicht gewürgt werden. Der Bauer schlägt sich zwar gerne einmal, aber es muß ja hinterher nicht gleich zu einem Prozeß kommen.

Den abendlichen Ball eröffnet das Brautpaar mit einem Wiener Walzer. Obwohl beide schon reichlich einen in der Krone haben, wird ein schicklicher Abstand gewahrt, nicht zuletzt dank der Leibeswölbung der Braut. »Das arme Kind«, flüstert meine Mutter, »das muß da immer mittanzen...« – »Und denn noch auf dem Kopf«, sagt unsere Nachbarin. Sie ist Hebamme und weiß Bescheid. Auch darüber, daß die Myrthe, die unsere Braut trägt, nicht etwa ein Symbol für Jungfräulichkeit darstellt, was hier auch etwas albern wäre, sondern ein von alters her bekanntes Abtreibungsmittel ist. – Nach und nach treibt das Fest jetzt seinem Höhepunkt zu. Die zunächst noch verbalen Feindseligkeiten (»Hagener Kosaken mit'n Pisspott oppn Nacken«) werden unter den jungen Primaten aus verschiedenen Horden, also den verfeindeten Nachbardörfern, ausgetauscht; die ersten Paare sind »nach draußen« verschwunden, was von der Müttergeneration akribisch vermerkt wird. Einmal Rausgehen ist in Ordnung, aber nach dem dritten Mal mit demselben ist eine Verlobung fällig – falls er denn eine gute Partie ist. Der Rauch wird dichter, einzelne Schreie steigen zum Heuboden hoch; die Kühe, deren Boxen sich hinter den Damensitzen befinden, stimmen dumpf mit ein. Es kann auch vorkommen, daß ein paar Männer sich kurz die Ärmel hochkrempeln und beim Kalben helfen müssen. In einer Mischung aus vaterländischer Begeisterung und Nebel im Hirn beginnen die Musikanten das Deutschlandlied als Foxtrott aufzuspielen, was vom Lehrer, der den Schnapsspiegel niedrig und das demokratische Ethos hochhält, unterbunden wird. Nicht alle sind damit einverstanden, aber ehe es zu Handgreiflichkeiten im Saale kommen kann, wird zum Mitternachtsimbiß gebeten. Kartoffelsalat und Würstchen, Eierbrote mit Sardellen und die Reste vom Mittagessen als Gulasch. Der Bauer kann zwar großzügig sein, ist aber kein Verschwender. Inzwischen ist die Geisterstunde längst vorbei. Die ganz alte Generation ist ins Federbett gekrochen oder sitzt im Hinterzimmer beim Skat im ruhigen Zentrum des Sturms. Überall sonst ist der Teufel los. Ein zufällig vorbeikommender Wandersmann würde das ungezügelte Johlen und Kreischen, die unwirklichen Dissonanzen des Schifferklaviers, die aus den Fenstern wirbelnden Flaschen, die in der Dunkelheit der Nacht umherirrenden Schemen, die ineinander verkeilt Kämpfenden und Kopulierenden, tobende Greise, fluchende Jungfrauen als nicht von dieser Welt begreifen und das Weite suchen.

## Wie ich mich einmal gefreut habe

Nach dem Scheidungstermin gingen mein nunmehriger Ex-Ehemann und ich noch gemeinsam bis zur U-Bahn Eppendorfer Baum. Von dort an sollten unsere Wege sich für immer trennen – so glaubte ich.

Als wir am Isebekkanal vorbeikommen, zieht er plötzlich den Ehering vom Finger, wirft ihn ins Wasser und ruft aus: »Du wirst nie wieder von mir hören!«

Dagegen hatte ich ja nichts. Die Sauerei war nur, daß ich die Ringe bezahlt hatte und sie zu verkaufen beabsichtigte, um mir endlich mal was Anständiges zu gönnen. Meinen eigenen Ring habe ich dann doch behalten, weil es sich als praktisch erwies, die linke Hand ganz unauffällig in die Debatte zu bringen, wenn ich mal nicht angebaggert werden wollte.

Kurz darauf erfuhr ich, daß er bei einer Zeitung angeheuert hatte, von der jeder behauptet, er läse sie nicht, höchstens wegen dem Sportteil. Anlaß genug für mich, *stante pede* das Standesamt aufzusuchen und mir für 15 Mark meinen alten Namen zurückzukaufen. Insbesondere auch deshalb, weil mein früherer Gatte unter voller Namensnennung verantwortlich zeichnete für Titel wie: »Geheimnisvolle Frauenkrankheit – schon Tote?«

Das war's dann, dachte ich und ging weiterhin ruhigen Blutes meinen unterschiedlichen Jobs nach: Babysitterin, Kellnerin, Stewardess auf dem TEE (heute heißt der ICE) – was auch nichts Besseres ist als Kellnerin, außer daß man mehr Leuten als gewöhnlich die Suppe auf den Schoß kippt, weil ein normales Restaurant nicht so wackelt.

Der interessanteste Job war meine Aushilfe beim Ärztlichen Notdienst. Da rufen die Leute an, wenn die Praxen geschlossen haben, und meine Aufgabe bestand darin, die Anrufe entgegenzunehmen und die Angaben in ein vorgedrucktes Formular einzutragen. Bedingung für diese Arbeit war die Fähigkeit, den hiesigen Dialekt simultan übersetzen zu können. »Mein Mann hat das midde Bronschieten« heißt Bronchialkatarrh, und eine Frau, die es »midde Schildkröte« hat, darf man nicht ins Tierheim schicken. Eines schönen Sonntagmorgens nehme ich den Anruf einer aufgeregten jungen Dame entgegen. Gestern abend habe es eine kleine Feier gegeben und ihr Verlobter sei soeben aufgestanden, weil er großen Durst verspürt habe, und infolge einer gewissen Verwirrtheit habe er eine Dose Haarspray geöffnet, dieselbe ausgetrunken und nun sähe er so komisch aus.

Ich wundere mich flüchtig, wie man so ein Ding wohl überhaupt aufkriegt – ich selbst habe oft schon Schwierigkeiten mit einfachen Kronenkorken –, frage dann aber professionell nach: Name, Geburtsdatum, Krankenkasse... Und dann sagt sie *seinen* Namen.

## Literatur und Leben

Wenn viele Autoren davor zurückschrecken, Geschichten aus dem richtigen Leben zu schreiben, dann liegt das nicht daran, daß sie nie was mitkriegen, sondern daran, daß bekanntermaßen das Leben Geschichten schreibt, die zu absurd sind, als daß sie einem abgekauft würden.

Ich denke da an meine Schulfreundin Sonja, deren große Schwester kurz vor dem Abitur mit unserem Pastor durchbrannte, der verheiratet war und vier Kinder hatte. Und wir uns daraufhin ernsthaft fragten, ob unsere Konfirmation jetzt noch gültig wäre. Oder nehmen wir nur mal meinen alten Bekannten Hans-Walter Wiedemeyer, der jahrelang mit seiner verwitweten Mutter zusammenwohnte, und nachher stellte sich heraus, daß sie in Wirklichkeit sein Vater war. Das glaubt einem doch kein Mensch. Und dann meine älteste Nichte, 19 Jahre alt, eine Pest, wenn sie sauer *und* müde ist. Die hat letztes Jahr auf einer Interrail-Fahrt von Athen nach Prag eine Zugräuber-Bande von cirka 15 Mann nachts bei der Arbeit überrascht und derartig terrorisiert, bis die ihr mehrere Rucksäcke zur Auswahl anboten. Sie griff sich ihren, zog sich ins Abteil zurück und setzte ihre unterbrochene Nachtruhe fort. Ohne im übrigen auch nur entfernt auf die Idee zu kommen, irgend jemandem Bescheid zu sagen.

Oder neulich in Neuseeland. Ich hatte meiner Tante Hilde brieflich versprochen, trotz der Zeitverschiebung an ihrem Geburtstag anzurufen, wenn die ganze Verwandtschaft am Kaffeetisch sitzt. Nun befand ich mich gerade mitten in der Pampa, hatte aber richtig eine Telefonzelle ausfindig gemacht – nachts um vier – und steckte die Karte ein. Nichts passierte. Kaputt. Ich in die Tankstelle nebenan, wo man mir mitteilte, *no problem*, die nächste Telefonzelle sei nur 50 Kilometer entfernt. Ich könne aber den Operator (eine Art Hiwi der Telefongesellschaft) anrufen, das ginge auch ohne Telefonkarte; vielleicht wüßte der eine Alternative. Gesagt, getan. Und was sagt der Operator? »*Don't worry*, geben Sie mal die Nummer Ihrer Kreditkarte durch.« – Keine zwei Minuten später hatte er mich verbunden.

Ich muß schon sagen, Tante Hilde hat einen ganz schönen Schreck gekriegt, als sie mich über 28 000 Kilometer hinweg schluchzen hörte.

## Nachrichten aus der Provinz

Geburtstag. Halb acht Uhr morgens. Wir haben reingefeiert. Das Telefon klingelt. Mutter: »Herzlichen Glückwunsch! – Stell dir vor, wir haben Knuffel gestern zum Tierarzt gebracht, Lungenemphysem auf beiden Seiten! Links mehr von oben.« (Vaters Stimme im Hintergrund: »Rechts mehr vom Magen her...«??). »Und weißt du, wer sich verlobt hat? Elli! Mit Ernst Klintworth! Dabei ist der vier Jahre jünger als sie!« Ich weise Mutter nicht darauf hin, daß mein Freund neun Jahre jünger ist als ich, was sie weiß, aber wir werden uns ja auch nicht verloben, was sie nicht zu wissen vorgibt. »Wir haben dir eine Wärmeplatte geschickt, für auf den Tisch zu stellen. Aber nicht, daß die Wohngemeinschaft die wieder benutzt!« Ein Angetrauter dürfte damit machen, was er wollte, sie mir sogar an den Kopf schmeißen, solange er nicht saufen und das Geld nach Hause bringen würde. Übrigens brauche ich eine Wärmeplatte so dringend wie ein Lungenemphysem. »Tante Mimi hat dir ein Paar Socken gestrickt, die habe ich gleich mit eingepackt.« Ein Lichtblick! Tante Mimi ist halb blind und wählt deshalb unorthodoxe Farbzusammenstellungen, die mir aber zusagen. »Was hast du denn sonst so gekriegt?« Was soll ich bloß schnell sagen – die WG hat mir unter endlos albernem Gelächter ein, wie sie es bezeichnete, Ganzkörperkondom überreicht. Einen Pullover mit Kapuze und Beinen und vorne draufgestickt: »Gib Aids keine Chance«. Den kann ich natürlich nirgendwo anziehen. »Ein paar gute Bücher«, stottere ich, »eins von...« – »Das ist ja schön«, unterbricht Mutter, »Tante Friedchen läßt auch grüßen. Letzten Freitag hatte sie ja sonne Art Hexenschuß, und da haben sie ihr in der Apotheke nur Dolviran gegeben. Da hat sie dann abends die Spasmo-Soundso-Zäpfchen von dem Hund genommen, und was glaubst du – die haben geholfen!« Das wundert mich nicht, denn Tante Friedchen und ihr Pudel sind sich ziemlich ähnlich, zumindest was die Frisur und das Temperament betrifft. Aber Mutter ist schon weiter: »Albert ist ja nun auch weggefahren, die ham ja alles vertuscht...« Das wußte ich noch nicht – Onkel Albert ein Verbrecher? Langsam werde ich jetzt doch wach. Es stellt sich aber heraus, daß es eigentlich um Karl Tiedemann geht, der die Kasse vom Schützenverein veruntreut und dadurch die Gefahr heraufbeschworen hatte, daß der Ausflug zum Hermannsdenkmal nicht stattfindet. Albert und der Schlachter und der Lehrer haben aber vorgeschossen, und Karl stottert nun in kleinen Raten ab. Weiterhin erfahre ich, daß die Brombeeren dieses Jahr reichlich getragen haben, daß es das beste für Oma Wiebusch war, daß sie nun endlich gestorben ist, und daß die Dahlienknollen schon aus der Erde sind und verpackt im Keller lagern. »Und jetzt erzähl du mal!« Ich? Erzählen? Was denn? In Hamburg ist nun wirklich nie was los.

## Goldene Hochzeit

Kürzlich war ich zur Goldenen Hochzeit meiner Großtante Martha auf ihren Bauernhof eingeladen. Ich wollte erst nicht hingehen, weil ich die ganze Familie hasse, außer Tante Martha, und weil die ganze Familie mich haßt, außer Tante Martha. Dann fiel mir ein, daß sie schon seit 35 Jahren geschieden ist. Da ging ich dann doch hin, allerdings ohne Geschenk. Später kriegte ich eine goldgeränderte Karte, auf der »Vielen Dank für das schöne Reisenecessaire« stand. Soviel zum Zustand meiner Tante.

Sie sagte auch andauernd Annemarie zu mir, weil sie mich mit meiner Mutter verwechselte. Als sie mich an ihren Busen drückte, wußte ich nicht, ob ihr Korsett krachte oder meine Rippen. Sie sagte gleich, wie gut ich mich gehalten hätte. »Das hätte ja kein Mensch gedacht, daß du dich noch mal so rausmachst, Annemarie«, sagte sie zu mir, während meine Mutter direkt neben mir saß.

Als ich ankam, standen alle männlichen Gäste vor der Scheunentür und rauchten Zigarren, aber ich erkannte niemanden, bis auf Onkel Ernst-August und Onkel Heinrich, die seit 100 Jahren immer gleich aussehen. Sie sind Bauern, tragen schwarze Anzüge und Gummistiefel und reden über das Wetter. Nur Ernst-August nicht, der redet meistens über die Pferde von Heinrich. Von den Pferden hat eines nur ein Auge und das andere ist blind. »De hebbt jo mehr Orslöcker as Oogen«, sagte er. Das ist ja logisch, aber Onkel Heinrich wurde ganz rot im Gesicht. Er hielt sich aber zurück, weil der Pastor in der Nähe war und weil Damen anwesend waren (ich). Ich sagte zu Heinrich, daß ich es mir nicht gefallen lassen würde, wenn einer so was über meine süßen kleinen Pferde sagte. Eine kleine Schlägerei vor dem Essen kann einen ja manchmal aufheitern. Es klappte aber nicht.

Die Damen waren in der Küche zugange und richteten das kalte Büffet. Meine Mutter fragte mich laut, warum ich nicht was Anständiges angezogen hätte. Das tat sie aber nur wegen der Tanten und Kusinen. Ich hatte mein kleines Schwarzes an, das nach ungefähr zwei Millionen Wäschen tatsächlich ziemlich klein ist, allerdings nicht das Dekolleté. Meine Schwester, die mit Petersilie herumhantierte, als sei es ihr angeboren, trug irgendwas Gerafftes mit Tüll an der Seite. In so was würde ich mich noch nicht mal tot sehen lassen wollen. Ich fragte sie, um wieviel Uhr die Demaskierung sei, daraufhin sprach sie den ganzen Tag nicht mehr mit mir. Das hatte geklappt!

Während der Pastor die Rede hielt, die er immer hält, aber mühsam gereinigt von Begriffen wie »unser hochgesegnetes Paar«, eröffnete ich das kalte Büffet. Ich bin bekannt für meine Büffet-Eröffnungen. Ein ziemlich klasse aussehender junger Mann gesellte sich zu mir, und wir plauderten gemütlich, während wir gut die Hälfte der Lachsschnittchen beiseite schafften. Seine Mutter, eine Kusine namens Gisela oder Gerda oder so, zischte mir zu: »Olav (oder Bernd oder so) könnte dein Sohn sein!« Diese Information sagte mir nichts, aber er sagte dann den ganzen Abend »süße kleine Mutti« zu mir, und zwar laut. Da redete Gisela oder Gerda auch nicht mehr mit mir, was gut war, denn sie hat eine Heißmangel und eine Strickmaschine, und zwischen diesen beiden Polen bewegt sich ihre Konversation. Zwei Kusins, die in der Schule immer gepetzt hatten, insbesondere was Doktorspiele betraf, die ich angeblich mit ihnen gemacht haben soll, was ich mir aber nicht vorstellen kann, so wie die heute aussehen, hakten mich nach dem Essen unter, als es ans Tanzen ging. Ich brachte das Gespräch unauffällig auf Lesbisch-Sein und daß ich solchen Perversionen immer schon recht vorurteilsfrei gegenübergestanden hätte. Damit waren die auch erledigt. Es ist gar nicht so schwer, sich Leute vom Hals zu schaffen. Man muß nur einen festen Willen haben.

Die Tanzerei war ziemlich anstrengend. Die Kapelle, eine Hammondorgel, hatte den komatösen Getränken ebenso stark zugesprochen wie die übrigen Herren. Von einem durchgehenden Rhythmus konnte kaum die Rede sein. Die Damen tranken Cherry Brandy und unterhielten sich darüber, bei wem »was unterwegs« war.

Nur Tante Martha blieb nüchtern und steckte mir zum Abschied ein Sparbuch zu. Es waren bloß 300 Mark drauf, aber dafür war es auch von vor der Währungsreform.

*Yin & Yang*

## Der Keks

Trotz des Hinweises meiner Freundin Lisa P. (»Laß dich bloß nicht unter Niveau provozieren«) besorgte ich mir einen alten SPIEGEL und las die Titelgeschichte »Genervt vom Feminismus – Die Männer schlagen zurück«. Sie hatte recht. Es stand nichts drin, was ich nicht schon zweimal erlebt hätte.

Erst vor wenigen Wochen, als ich mich zwecks Verwandtenbesuch zwischen Hannover und Springe befand, ereignete sich ein bemerkenswerter Vorfall. Szenerie: ein gut besetzter Bummelzug, Sonnabend mittag um zwei Uhr. Die Berichterstatterin, in Jeans plus dezente Bluse gekleidet, auf den Knien *Eso es*, ein etwas veraltetes Spanisch-Lehrbuch, und neben sich auf dem freien Sitz eine Tüte Bahlsen-Butterkekse. Gegenüber ein Herr unbestimmbarer Provenienz; nicht groß, nicht klein, nicht jung, nicht alt usw. Sie liest in ihrem Heft und memoriert lautlos Vokabeln; dabei greift sie ab und zu in die Kekstüte. Und dann beginnt das Drama. Wieder einmal holt sie sich einen Keks, und dabei streift ihr Auge unversehens das Auge des Gegenübers, das auf die Tüte starrt. Gutmütig, freigebig und menschenfreundlich, wie unsere Korrespondentin nun einmal ist, reicht sie wortlos die Tüte rüber und will sich dann wieder ihrer Lektüre widmen. Damit ist es jetzt natürlich vorbei! Der Herr beginnt mit einer etwas wirren Erzählung, in der seine Aktentasche und deren Inhalt (viel Geld) und das Schützenfest im nächsten Ort (da wohnt er) eine gewisse Rolle spielen; er endet mit der Aufforderung, daß man dort doch gemeinsam aussteigen und sich prima amüsieren könne. Zweimal lehnt sie höflich ab, aber dann platzt ihm der Kragen. An die Mitreisenden gewandt, gibt er inhaltlich etwa folgende Erklärungen ab: »Die hat ja keinen Ehering, die wollte wohl keiner.« (?) »Wahrscheinlich hat sie Willy Brandt gewählt.« (??) »Eine in Hosen, da weiß man ja.« (???) Da sich langsam eine Art Crescendo in seine Stimme einschleicht und die Korrespondentin als nächstes Handgreiflichkeiten befürchtet, sieht sie sich im Abteil um. Die Männer blicken aus dem Fenster, die Frauen mustern sie, als wäre sie keine Dame.

Ihre Klamotten unter dem Arm, verläßt sie fluchtartig den Raum und kriegt als letztes noch den Aufschrei einer gequälten Männerseele mit: »Erst 'n Keks anbieten und dann frech werden!«

Ja, liebe Schwestern, und was lernen wir jetzt daraus? Das dürfte doch wohl klar sein. Mein Keks gehört mir.

## Der Regen fällt von oben nach unten

»Schön und treu, aber nicht unbedingt intelligent – so wünschen sich die deutschen Männer ihre Idealfrau«, melden die Tageszeitungen im Januar. Dies habe eine Untersuchung der Münchner Gesellschaft für rationale Psychologie im Auftrag der Zeitschrift *Petra* ergeben.

Was mir als erstes dazu einfällt, ist: Der Regen fällt von oben nach unten. Was mir als zweites dazu einfällt, ist Neil Postmans Bericht über Psychologen, die herausgefunden haben, daß Menschen, die Aufgeschlossenheit für einen Wert halten, toleranter als andere gegenüber Menschen sind, deren Werte von ihren eigenen abweichen. Mit anderen Worten, aufgeschlossene Leute sind aufgeschlossen. Na so was! Wer hätte das gedacht? Ja, haben sie denn alle einen an der Klatsche? Alles, was man von Haus aus weiß oder was man mit Bordmitteln herauskriegen kann oder was einem spätestens Oma mit auf den Weg gegeben hat (»Heirate einen Beamten, dann bist du abgesichert. Querstreifen machen dick«), wird heute von einer Bande wild gewordener Akademiker erforscht, daß es nur so rattert. Und der Rest der Welt ist hin und weg.

Machen Sie sich doch mal die Freude, Ihren Bekannten zu erzählen, daß Sie eben gehört hätten, nach dem Genuß eines einzigen Bechers Joghurt gingen ungefähr 20 Millionen Gehirnzellen flöten. Sie können von Glück sagen, wenn Ihnen das nur geglaubt und nicht noch behauptet wird, daß man das auch gerade gelesen habe. Und was nützt es Ihnen zu wissen, daß jede dritte Ehe in Deutschland ein Flop ist? Handeln Sie etwa danach? Sagen Sie sich: Silvia hat geheiratet und heult mir jeden Tag die Hucke voll, Renate hat geheiratet und trägt sich mit Mordgedanken, ich bin die dritte und laß es lieber sein? Na? Erzählen Sie mir nichts. Sie machen es doch trotzdem!

Was soll der ganze Untersuchungsquatsch also? Marx ist tot, der liebe Gott auf Urlaub, und der Mensch braucht nun mal was, womit er sich amüsieren kann, meinen Sie? Fall Sie noch alle Tassen im Schrank haben, schlage ich vor, Sie sperren selber mal die Augen auf, vorausgesetzt, Sie haben nicht zuviel Joghurt gegessen.

Um zum Schluß auf die anfangs zitierte Untersuchung zurückzukommen: Könnte man nicht doch etwas daraus lernen? Nämlich, daß Frauen, die unbedingt einen Mann haben wollen, einfach Rouge auflegen und sich ein bißchen doof stellen sollten? – Falsch. Das brauchen wir nicht zu lernen. Das haben wir schon immer so gemacht.

**Wider die Ehe**

Heutzutage wird ja wieder geheiratet wie blöd. Dagegen muß jetzt mal etwas gesagt werden. Früher war es nämlich besser, da hielt man uns junge Mädchen so lange wie möglich fern von Männern. Nur die nötigsten Hintergrundinformationen wurden nach der Devise »Das Schlimmste in Kürze« übermittelt (»Männer weichen ein, waschen aber nicht ab«). Und das war gut so. Wie viele Frauen meiner Generation danken noch heute ihren alten Müttern, die sie darauf hingewiesen hatten, daß ein Geschlecht, das sich den am Rückenausschnitt gepackten Pullover von hinten über die Rübe zieht, nicht ganz dicht und überdies nicht das Geschlecht sein kann, das man heiraten sollte. Und daß solche Personen noch zu ganz anderen Dingen fähig sind. Wie beispielsweise einem im überfüllten Bus alle Einzelheiten über das Leuchtenbürstenchromosom mitzuteilen. Und sich Werbespots auszudenken, die mir selbst vor meinem Hamster peinlich sind. (»Wenn's drauf ankommt, zählt, was draufkommt.«) Meine Freundin Birgit A., die eine Toleranzschule besucht hat, meinte allerdings, das sei alles eine Frage des Standpunkts: »Für die eine ist es Duplo, für die andere die längste Praline der Welt.«

So kann man das natürlich auch sehen. Aber deswegen gleich heiraten?

## Schamverletzer

Filme teile ich für gewöhnlich in drei Kategorien ein: Alpha, Beta und Epsilon. Alpha ist gut, Beta ist vielleicht auch gut, aber nichts für mich (Wim Wenders), und Epsilon ist nur für Männer. Manchmal gibt es aber auch Überlappungen.

Beispielsweise entdeckte ich kürzlich in einem ausgesprochen Epsilon-artigen Film eine Alpha-Szene: Eine Frau nähert sich in einem Park einem Mann, der plötzlich vor sie tritt und in bekannter Manier seinen Mantel öffnet. Sie bleibt vor ihm stehen, verharrt einen Augenblick und sagt dann: »Sieht aus wie ein Penis. Nur kleiner.« Spricht es und stöckelt davon.

Ich selbst habe noch nicht gelernt, Schamverletzern gegenüber eine solch nonchalante Haltung einzunehmen, was sich aber aus meiner Biographie erklären läßt. Meine erste Erfahrung mit Personen dieser Art fand bereits in früher Jugend statt. Leider kann ich meine Mitwirkung daran nicht ganz leugnen. Mein Freund Klaus, der rote Haare und ein Schlappauge wie Karl Dall hatte – was ich damals aber nicht bemerkte, weil Liebe bekanntlich blind macht –, forderte mich zum gegenseitigen »Anschauen« auf; anschließend spielten wir noch viele schöne Spiele, die alle in unserer selbstgebauten Höhle im nahe gelegenen Staatsforst stattfanden. Dann wurden wir zusammen eingeschult. Klaus erzählte den anderen Kindern ALLES. Die gingen dann immer mit zusammengekniffenen Augen um mich herum und sagten: »Jaja, Fanny, jaja...« So etwas prägt einen fürs Leben.

Nun sind ja nicht alle Männer Exhibitionisten. Viele sind schon befriedigt, wenn sie ein eigenes Telefon haben. Vor kurzem hatte ich einen nächtlichen Anruf, wo mir folgendes gesagt wurde, das ich allerdings aus sprachästhetischen Gründen nicht direkt wiedergebe, sondern ins Hochdeutsche übersetze: »Ich möchte ohne Verzögerung ein ehebrecherisches Verhältnis mit Ihnen beginnen, die Sie ein nicht domestiziertes Mitglied einer Spezies sind, welche in Wäldern lebt, sich vorwiegend von Eicheln ernährt, und die wahrscheinlich gerade im Moment eine spezielle Sorte von farbigen Strumpfhaltern trägt.« Er lag natürlich völlig falsch mit seiner Annahme. Aber hätte es etwas gebracht, wenn ich ihm die volle Wahrheit gesagt hätte – daß für mich nämlich Flanellhemden nachts einfach der Gipfel sind?

Was aber sagt man als Dame in einem solchen Fall? Die Ratschläge von Männern erschöpften sich in dem Ausruf: »Trillerpfeife, Trillerpfeife.« Das ist natürlich Blödsinn. Da würden mir bei den dünnen Wänden nur die Nachbarn auf den Pelz rücken. Die Frau, die unter mir wohnt, zählt zum Beispiel jede Scheibe Brot mit, die ich mir morgens zum Frühstück abschneide.

Meine Nichten gaben ganz andere Ratschläge. »Tantchen!« schrien sie begeistert, »das ist doch klasse – du sagst einfach ...« Ich winkte ab. Ich weiß schon, was ich nach deren Ansicht sagen soll. Solche Wörter kommen mir nicht ins Haus.

Eine sehr wirksame Methode, unerwünschten Anrufern noch weitere psychische Defekte beizupulen, erfand eine Freundin von mir spontan. Sie erhielt einen »Hrach-hrach-hrach-Anruf«, als wir gerade gemütlich beim Kaffee zusammensaßen. »Einen Augenblick«, sagte sie höflich, »Sie wollen sicher meine Mutter sprechen«, und reichte mir den Hörer. Ich: »Wie bitte? – Mutti – ein Anruf für dich!« und gab ihr den Hörer zurück. So ging es dann immer weiter. Wir waren bis zur sechsten Generation gekommen, da legte er freiwillig den Hörer auf.

Was ich meinem vorhin erwähnten nächtlichen Anrufer nun geantwortet habe? Das wird Sie enttäuschen: »Klaus!« sagte ich, denn ich hatte seine Stimme erkannt, »Klaus! Ich habe dir die Telefonnummer von Luise Rinser gegeben. Ich habe dir die Telefonnummer von Gabriele Wohmann gegeben. Ich habe dir die Telefonnummern einer Unmenge von Frauen mit furchtbaren Doppelnamen gegeben. Also laß mich gefälligst in Ruhe!«

Klaus ist jetzt nämlich ein bekannter Regisseur, der gerade einen Dokumentarfilm über die Reaktionen von Frauen auf sexuelle Belästigungen vorbereitet und die Recherchen persönlich betreibt, weil er »am Ball« bleiben möchte. Allerdings halte ich diese Begründung für fadenscheinig. Man weiß heute ja auch, warum Männer bei der Freiwilligen Feuerwehr mitmachen.

## Schöne Neue Welt

Man soll sich ja nicht einbilden, daß, wenn man neue Wörter gebraucht, alte Inhalte nur neu definiert werden. Die Inhalte verändern sich. Und das ist gut so.

Früher sagte man, wenn jemand sich in einer prekären Situation verpißte, er sei feige. Heute heißt es konfliktscheu. Wer würde solch einem Menschen in die Eier treten wollen? Hier sind vorsichtige Erkundigungen nach seiner Mutterbeziehung am Platze. Vielleicht stellt sich eine präembryonale Tantenliebe heraus. Und dafür kann ja nun wirklich keiner was. Sollten Sie zu denen gehören, die morgens immer verpennt sind, so ist dies kein Grund mehr, es auch so auszudrücken. Wie finden Sie: »Ich bin kein matinaler Typ«? Hört sich das nicht prima an? Fast wie »mediterraner Typ«? Und die Vorstellung von zugeklebten Augen, Bettmief und einer Tasse Kaffee im Stehen tritt sofort zurück, zugunsten der Vision eines sympathischen Spätaufstehers, der intellektuell alles im Griff hat.

Und wenn jemand außer seinem eigenen Namen alle anderen Eigennamen falsch schreibt (Berthold Brecht und Jimmy Hendricks beispielsweise) und Kommata als Relikte aus dem Mittelalter betrachtet, dann ist er keine faule Sau, sondern Legastheniker. Was dem Begriff Akademiker ziemlich nahe kommt. Faulheit ist übrigens auch abgeschafft und durch Antriebsschwäche ersetzt worden. Darf ich noch ein paar Vorschläge machen? Brutal = durchsetzungsfähig, Puff = Eros-Center, Hampelmann = Ich-Schwäche, bescheuert = Unsere Gäste im Studio – Was sagen Sie? Das gibt es schon? Das ist ja klasse.

**Diskretionszonen**

Diskretionszonen schön und gut. Aber nicht in Banken und Sparkassen! Ein Blick auf fremde Kontoauszüge sagt einem manchmal mehr über einen Menschen als seine Frisur. Es kann auch aufschlußreich sein, haarklein mitzuerleben, wie der Bankangestellte Herrn Piepgras nahelegt, seine Unterhaltszahlungen doch mal endlich als Dauerauftrag... Diskretionszonen wären woanders angebracht, zum Beispiel an nach 1918 erbauten Mietshäusern. Gegen 23 Uhr geht es nämlich los. Über, unter und neben meinem Schlafzimmer. Wenn man es nicht selbst gehört hat, glaubt man es nicht, wie viele Variationen von Oh und Ah es gibt. »Das gibt's in keinem Russenfilm«, sagte meine Nichte begeistert, als sie das mal mitkriegte. Sie ist zwölf. Wenn andere Leute »erstaunlich« sagen, sagt sie: »Das gibt's in keinem Russenfilm.«

Gewöhnlich gehe ich während des Vorspiels (»Stell dich nicht so an«) in die Küche und korrigiere die Briefe meiner Bekannten auf Kommafehler durch. Und hoffe, daß die nebenan, wenn ich fertig bin, schon bei der Manöverkritik sind (»War's schön für dich?« – »Nein, was denn?«).

Aus dem Alter, in dem mich das Gejodel amüsiert hätte (zwölf) bin ich raus. Schließlich sitze ich ja auch nicht mehr hinten im Bus und kreische »Pipi-Kaka, Pipi-Kaka«. Irgendwann sollte für jeden die Party mal zu Ende sein.

Allerdings soll es erwachsene Menschen, sogenannte Voyeure, geben, die sich so was auch noch *ankucken*. Daß es keine weibliche Form davon gibt, sollte einem nicht zu denken geben. Frauen sind ja vorwiegend inhaltlich an anderen Menschen interessiert (Kontostand).

Im Sommer, wenn die Fenster offenstehen, kriegen die

Nachbarn von der gegenüberliegenden Straßenseite auch mit, was bei uns im Hause läuft. Die hängen dann in ihren Netzunterhemden überm Balkon und grölen: »Jawoll! Gib's ihr!« – »Gib's ihm«, grölen sie nie. An diesem Punkt möchte ich aber keine Lanze für die Gleichberechtigung brechen.

Die über mir sind gerade erst eingezogen und »kommen« immer im gleichen Moment. Das kennt man ja. Das ist der Anfang vom Ende. Wenn die Wohnung wieder frei wird, weiß ich schon, wer da einziehen kann. Ein ehemaliger Kollege von mir, der ist impotent. Jedenfalls haben mir das drei Kolleginnen glaubhaft versichert, mit Einzelheiten. Ein Gespräch unter Kolleginnen kann einen manchmal für den ganzen Tag aufheitern. Herr Piepgras übrigens war ein Kunde unserer Firma, mit dem vor allem die Kollegin S. zu tun hatte. Wenn sie ihn anrief, nahmen wir Deckung unter unseren Schreibtischen. Frau S: »Kann ich Herrn Piepgras sprechen? – Sie sind es selbst, Herr Piepgras? Herr Piepgras! Ich möchte die Konten mit Ihnen abstimmen, Herr Piepgras!« Wie man mit dem Namen überhaupt in die Verlegenheit kommen kann, Alimente zahlen zu müssen, wird mir ein Rätsel bleiben. Er sieht zwar nicht schlecht aus, wenn man Männer mag, die Probleme mit den Nebenhöhlen haben und zu offenen Sandalen Socken tragen, aber Nomen ist immer noch Omen. Eine Freundin von mir sollte mal einen Franzosen heiraten, der Chivert hieß, was ich nicht schlimm fand, sie aber doch, weil das grüne Scheiße heißt. Sie nahm von einer Heirat Abstand, weil sie nicht Zielscheibe französischer Witze (Bonmots) werden wollte.

Außer Kriminalromanen lese ich im Moment nur noch wissenschaftliche Werke (Wie programmiere ich das Telefon auf laut und leise, ohne anschließend eingeliefert zu werden), weil da keine *Stellen* drin vorkommen. In den neueren Krimis allerdings schon. Da muß man dann ein paar Seiten überschlagen. Wenn es anfängt mit »Brutal knöpfte er ihre Bluse auf«, blättert man weiter bis »Er fiel auf die Seite und schlief sofort ein«.

Da lobe ich mir die viktorianischen Romane, wo am Ende des 1. Kapitels zwei einander bei einem Picknick vorgestellt werden, und zu Beginn des zweiten Kapitels führt sie bereits ein kleines uneheliches Kind an der Hand. Wem das nicht reicht, der kann ja ein paar Seiten Kinski oder eine beliebige Illustrierte dazwischenlegen.

Spätestens jetzt wird man von mir erwarten, daß ich zugebe, daß ich prüde und eine verklemmte Zicke bin. Logisch – was denn sonst. Ich bin sogar so verklemmt, daß ich einen der *Portiers* in der Großen Freiheit (St. Pauli), der mir zurief: »Extra langschwänziges Negerballett eingeflogen, die Dame«, anlog, das hätte ich sowieso zu Hause, ich sei verkabelt. Ich und verkabelt! Das wäre ja noch schöner. Was weiß denn ich, was die mit ihren Satelliten alles machen. Womöglich können die in mein Schlafzimmer reinhören, die Schweine. Ist eigentlich auch egal. Das Glucksen kommt von meiner Wärmflasche, und das Stöhnen kommt von mir, wenn ich Lesbenkrimis lese, von denen man auch Besseres erwartet als: »Meine Zunge fand diese harte, kleine Knospe, versteckt wie eine Perle in der Auster. Ich küßte...« Ach du liebe Zeit. Knospen. Perlen vor die Austern. Saumäßiger Stil. Höchste Zeit, in die Küche zu gehen. Heute ist wieder jede Menge Post gekommen.

*Aus dem Berufsleben*

## Ausreden

Wenn es darum geht, mal einen Tag blauzumachen, sind die konservativen Betriebe den Alternativprojekten bei weitem vorzuziehen. Man muß sich natürlich was einfallen lassen. Herrn Behrmann, unseren Abteilungsleiter, kann man beispielsweise mit dem Argument, der Wagen sei nicht angesprungen, überhaupt nicht beeindrucken: »Dann fahren Sie eben mit der Bahn und bleiben nachmittags etwas länger da!« Er gehört noch zur alten Schule, die davon überzeugt ist, daß zumindest die höheren Angestellten niemals Wildlederschuhe tragen dürften, weil man dann nicht sieht, ob die geputzt sind oder nicht.

Aber den hab ich auch geschafft!

Nach einer ziemlich anstrengenden Nacht habe ich mal bei ihm angerufen: »Leider kann ich heute nicht kommen, ich habe so starke Regelschmerzen, daß...« Er unterbrach mich sofort mit einem Hustenanfall und »... äh ja, selbstverständlich, natürlich ... und gute Besserung auch ... «

Jetzt brauche ich in ähnlichen Fällen nur noch zu sagen: »Herr Behrmann, ich fühle mich nicht ganz wohl...«, und schon ist die Sache ohne jede weitere Nachfrage »geregelt«.

Bei den Kolleginnen und Kollegen ist das nicht ganz so einfach. Aber dazu ist mir letztens auch was eingefallen. Ich habe unter der Hand das Gerücht verbreiten lassen, daß ich neuerdings in einer Wohngemeinschaft lebe, und wenn ich jetzt mal zu spät ins Büro komme, behaupte ich einfach, ich wäre vor der Badezimmertür in der Katzenscheiße ausgerutscht.

**Betroffenheit**

Hamburg, Pferdemarkt, 2. Juni. Die Demonstration anläßlich der Solinger Ereignisse klingt aus, wie es im Radio heißt. Die Export-Abteilung unserer Firma hängt aus dem Fenster, um die Straßenschlacht auf dem Pferdemarkt unten aus sicherer Höhe zu kommentieren. Grüne, Bunte und Schwarze jagen herum, ohne daß der unschuldige Betrachter irgendeine Taktik oder Methode und schon gar keinen Sinn und Verstand darin erkennen kann. Außer daß es natürlich viel mehr Spaß macht, hier zuzukucken, als sich an hinterhältig piependen Computern die Augen zu ruinieren.

Per Lautsprecher wird der Allgemeinheit polizeiliche Fachsprache zur Kenntnis gebracht: »Allamannavorn« und »Lecktunsnrücken«. Um ja nichts zu verpassen, steht die Kollegin Frau Gröhn auf dem Schreibtisch, während sie mit ihrer Mutter über die Todesstrafe telefoniert. Wie es scheint, ist Frau Gröhn dafür, während ihre Mutter so was nicht hart genug findet. Unten fliegen Pflastersteine. Übrigens trägt sie immer ein Obstmesser in einem grünen Futteral bei sich, um Faschisten zu schälen (die Mutter). Frau Gröhn (die Tochter) findet das nicht hart genug. Brüllend und gefährlich weit hängt sich unser Abteilungschef Herr Behrmann aus dem Fenster: »Gib's ihm, Junge, jawohl, gib's ihm!« Wir erkennen unseren Herrn Behrmann nicht wieder! Es stellt sich aber heraus, daß er das Päckchen meint, das der junge Mann vom Kurierdienst dem Kollegen Pallenberg, der, schwankend nach seiner dreistündigen Mittagspause, das Haus betreten will, nicht überlassen möchte, weil er ihn für nicht unterschriftsfähig hält. Lalülala, Leuchtkugeln zischen, ein Laternenmast auf der anderen Straßenseite wird umgelegt. Herrn Behrmann sollen wir erst wieder Bescheid sagen, wenn Barrikaden gebaut werden. Der mittlerweile eingetroffene Pallenberg möchte nur gestört werden, wenn es zum Atomwaffeneinsatz kommt. Er übersetzt gerade ein italienisches Risotto-Rezept in eine andere ihm auch nicht bekannte Sprache (Deutsch). Zu Hause hat er nicht soviel Ruhe. Wasserwerfer ziehen auf. Frau Müller, die praktisch denkt, findet, daß die Fenster das auch mal nötig hätten. Ansonsten unterhält sie sich lautstark mit ihren Bekannten unten vorm Haus, die allesamt so aussehen, als hätten sie irgendwo eine Strumpfmaske einstecken. Fräulein Brinkmann, die Verlobte Pallenbergs, studiert versunken einen Kinderwagenkatalog, wirft aber ab und zu höflich einen Blick nach draußen, um Frau Müller nicht gnadderig zu machen. Frauensolidarität!

Neue Hundertschaften marschieren aus verschiedenen Richtungen ein, treffen an der Bushaltestelle aufeinander, rücken vor und wieder zurück, setzen Helme auf und ab, kratzen sich unkoordiniert am Sack – ein grauenvolles Durcheinander und jedem ordnungsliebenden Menschen ein Greuel. Pallenberg wirft einen Blick nach draußen und äußert die Vermutung, daß in der Einsatzzentrale mal wieder jemand den Joystick nicht richtig bedienen kann. Fräulein Brinkmann zeigt ihm die besonders gelungene Aufnahme eines Buggys. Pallenberg scheint den Ernst der Lage nicht richtig zu erfassen. »Aber nur mit Fernbedienung«, knurrt er und blättert verzweifelt in seinem Wörterbuch.

Nun wird vor dem Chinarestaurant eine Barrikade aus Holzbohlen errichtet. Herr Behrmann wird geholt. »Die sind doch blöde. Das brennt doch gleich weg. Da gehören Autos hin.« Das löst jetzt spontane Betroffenheit aus, und der Dienst wird zwecks Sicherstellung der eigenen »fahrbaren Untersätze« vorzeitig für beendet erklärt.

## Der Mantel

Man soll ja alle 10 Jahre den Beruf wechseln und alle 5 Jahre den Arbeitsplatz, nur wie das mit den Männern ist, das sagen sie einem nicht. »Gar nicht erst anfangen«, schärfte mir meine Mutter immer ein, aber als ich mit 23 noch nicht verheiratet war, meinte sie, ich könne mir ja mal eine Dauerwelle machen lassen...

Jedenfalls habe ich mich vor zwei Wochen bei einer Firma vorgestellt. Laut Anzeige sollte es sich um ein junges und kreatives Team handeln. Das muß ja nicht verkehrt sein.

Die Sekretärin geleitet mich in ihren Designer-Jeans zu Herrn W. Herr W. ist der Personalchef und trägt auch richtig einen Pferdeschwanz zu seinem Kaschmirjackett. Ich trage meinen Frühjahrsmantel, diesen beigen mit dem altrosa Stich drin, bißchen schmuddelig ist er auch schon, den ich vor sechs, sieben Jahren im Secondhandladen in der Susannenstraße gekauft habe, dieser Laden, der eigentlich nur Zombieklamotten feilbietet, aber alle paar Monate gibt es was richtig Gutes... Ich nehme mal an, das interessiert keinen. Also weiter. Herr W. wirft einen Blick auf meine Turnschuhe (die gehören meinem Bruder) und dann Herr W.: Darf ich Ihnen den Mantel abnehmen? Ich: Nö, den kann ich auch anbehalten. (Das T-Shirt »On the eighth day God created Harley Davidson« ist vielleicht doch eine Spur zu auffallend.) Herr W.: Ich habe da einen Schrank, da kann ich ihn reinhängen. Ich: Nicht nötig, der kann über die Stuhllehne... Herr W.: Warum lassen Sie ihn mich nicht einfach in den Schrank... Ich: Der liegt hier gut. Herr W.: Der Schrank ist extra für Kleidung, da sind Bügel drin... Ich:

Dem Teil macht 'n bißchen Knautschen nichts aus. Herr W.: Im Schrank wäre er aber... Ich: Wenn es Sie glücklich macht – da isser. Herr W.: Sie wissen wohl auch nicht, was Sie wollen, oder?

Sicher haben Sie schon erraten, daß es sich um einen Psychotest handelte, den alle Kandidaten erst durchlaufen müssen. Natürlich ist er mit Pauken und Trompeten durchgefallen.

Jetzt sitze ich wieder im kleinen Schwarzen bei meinem alten Chef Herrn Behrmann im Büro. Praktisch sehe ich aus wie vorher. Allerdings ist trotz dreimaligen Waschens die Grüntönung noch nicht ganz aus dem Haar rausgegangen.

**Eine peinliche Begegnung**

Neuerdings gehöre ich nicht mehr zu den Leuten, die in den besseren Zeitschriften über Leute lesen, die andere Leute kennen, die ein Häuschen in der Toscana besitzen, sondern ich kenne selbst solche! Jawohl! Und die haben mich sogar eingeladen, und ich bin sogar hingefahren, obwohl ich überhaupt kein Wort Italienisch kann. Im Zug nach Florenz saß mir ein streitendes Paar gegenüber, ich verstand kein Wort, aber sie schien die besseren Karten zu haben. Als sie aufs Klo ging, schmierte er heimlich einen Popel an die Innenseite ihres Mantels. Es war wie zu Hause. Das Patriarchat schlägt zurück.

So schwer ist Italienisch aber gar nicht. Zumindest gibt es nur drei Vornamen (Buongiorno, Permiso und Ciaomario), da scheint mit der Rest auch erlernbar zu sein. Nun gut.

Die peinliche Begegnung: Sie findet statt im Supermarkt in Paganico. Ich in Begleitung meiner Gastgeber. Er Professor, sie staatliche Kulturfrau. Wir biegen um die Nudelecke. Mein Chef Herr Behrmann und Gattin kommen uns entgegen. Was tun? Ich erwäge eine Ohnmacht. Ein Blick auf den Steinfußboden rät mir davon ab. Sie kennen das ja: In Momenten der Panik kann man plötzlich blitzschnell denken. Als ich zum Beispiel mal einem Beinahe-Zusammenstoß beiwohnte, hatte ich auf der Stelle ein ganz kompliziertes Soufflé-Rezept in allen Einzelheiten parat.

Wenn ich nun allein eingekauft hätte, wäre alles nicht so schlimm gewesen. Ich hätte Hallo gesagt und so getan, als wäre nichts. Das ging nicht, weil meine Begleitung auf Etikette hält. Tatsächlich hatte ich in deren Haus auch ein Benimmbuch gefunden und gelesen, wenn auch nur flüchtig.

Die Vorstellung! Eine Dame bleibt sitzen, raste es mir durch den Kopf, während wir unerbittlich gegeneinander vorrückten, wenn ein Herr ihr vorgestellt wird, einen Bischof redet man mit Eure Eminenz an, oder war es Exzellenz, nein, das waren die Diplomaten, wirbelte es durch mein überfordertes Hirn, der Dessertlöffel liegt oberhalb des Gedecks... die Dame behält im Lokal den Hut auf, nicht aber im Theater... aber nun saß ja keiner bzw. keine von uns, und beim Essen waren wir auch nicht, und auch nicht im Theater. Oder doch? Dafür standen aber ziemlich viele Nudelpackungen herum. Ich besinne mich wieder; die Frage des Status und des Alters muß jetzt bedacht werden. Wir sind nur noch wenige Meter voneinander entfernt. Das Adrenalin läßt sämtliche geistigen Reserven blitzartig aufmarschieren: Behrmann sieht zwar alt aus, vom vielen Couponschneiden, nehme ich an, während der Professor, der ja alles von seinen Studenten erledigen läßt, sich jugendliche Spannkraft erhalten hat. Trotzdem hat er wohl 10 Jahre mehr auf dem Buckel. Die Gattin ist jünger als die Kulturfrau, aber Kultur machen ist wohl was Höheres als nur Geld haben, oder was? Und wieviel verdienen Professors überhaupt? Ich hätte doch einen dezenten Blick auf die Kontoauszüge werfen sollen, die er auf dem Schreibtisch hatte liegenlassen. Die Zeit rast. Zwischendurch fällt mir ein, daß angelaufenes Silber wieder wie neu wird, wenn man einen Teelöffel Natron und einen Teelöffel Salz zusammen mit etwas Alufolie in warmes Wasser gibt und das Silber einige Zeit darin liegen läßt... Das hilft auch nicht weiter. Ich kann schon das Weiße in Behrmanns Augen sehen. Unaufhaltsam naht der Augenblick der Wahrheit. Reiß dich zusammen, sage ich mir, wer sind wir denn eigentlich? Und wo sind wir überhaupt? Gibt es nicht größere Probleme?

Beispielsweise... mir fällt gerade keins ein, aber ich bin sicher, daß noch vor wenigen Minuten die Probleme nur so aus mir herausgerattert wären. Außerdem habe ich sowieso einen Ruf als Enfant terrible zu verteidigen, was soll das also? Habe ich das vielleicht nötig? Groß, bildhübsch, blond... nein, blond ist die Gattin, das hab ich jetzt verwechselt. Hoffentlich stimmt das andere, ich muß zu Hause dringend mal in den Spiegel... Ich bin etwas verwirrt, die Konturen verschwimmen, an Weiteres kann ich mich nicht erinnern. Später versicherte man mir, daß ich mich tadellos benommen hätte: »Sie kennen sich ja bestimmt alle«, soll ich gesagt haben, »ich muß mal eben dahinten die schlimme Augenwurst kaufen.« Und dann haben sie alle artig ihren Namen gesagt und sich verbeugt und geknickst und was man so macht. Sie wissen ja, wie das ist. Warum eigentlich nicht gleich so?

*Aus dem Vereinsleben*

**Feuerwehr I**

Zur Feuerwehr hatte ich schon immer eine relativ enge Beziehung, denn in dem 600-Seelen-Dorf, in dem ich aufwuchs, war sie neben der gemischten Liedertafel der einzige Kulturträger.

Das heißt, daß die Feuerwehr den Pfingstball ausrichtete, während der Gesangverein traditionell für das Kostümfest im Februar zuständig war. Bei diesen gesellschaftlichen Ereignissen war das Publikum identisch, und auch die Darbietungen der gastgebenden Vereine wiederholten sich: Unsere Retter aus Feuersnot und -brunst schlugen sich jeweils wacker am Tresen, und die Liedertafel war – besonders zu vorgeschrittener Stunde – nicht mehr zu bremsen, allerlei bewegendes Liedgut zum besten zu geben, aus dem das geübte Ohr so manches Holdrio und Heißassa heraushörte.

Ein noch näheres Verhältnis zur Feuerwehr stellte sich her, als unser Weihnachtsbaum brannte und meine Mutter, die Bescherung in Augenschein nehmend, sich wünschte, wir hätten ihn brennen lassen. Ein weiteres Erlebnis – wenn auch mehr ideologischer Art – verdankte ich einige Jahre später meinem ehemaligen Zukünftigen, der als Kriegsdienstverweigerer vor der entsprechenden Kommission die Frage: »Und was machen Sie, wenn das österreichische Bundesheer in die Bundesrepublik Deutschland einmarschiert?« mit dem Satz: »Ich rufe die Feuerwehr an« beantwortete. Was ihm eine Geldstrafe von 100 Mark einbrachte und mir die Aufgabe, im Bekanntenkreis eine Solidaritätssammlung zu veranstalten.

Alles lachte sich tot, und man versicherte mir, das sei wirklich unbezahlbar, aber insgesamt kamen nur 28 Mark zusammen. Das veranlaßte uns dann, die Beziehung zu diesen Leuten, die immerhin bereit waren, 80 Mark für ein Opernticket hinzulegen, noch einmal kritisch zu überprüfen.

**Feuerwehr II**

Sie wissen ja, wie das ist.

Erst ist man eine Riesenfamilie von fünfzig, sechzig Personen, und dann geht es los: Oma und Opa verabschieden sich. Tanten »verreisen«. Ein Onkel nach dem anderen macht Feierabend. Vettern geben reihenweise den Löffel ab.

Und die paar Übriggebliebenen sitzen da und müssen den Nachlaß ordnen. Nämlich ich. Zuletzt den von Onkel Albert, weiland Kreisbrandmeister und vor vierzehn Tagen eingegangen in das Große Spritzenhaus.

Nach der Grobsortierung amüsierte ich mich erst mal damit, die verschiedenen Helme des Verblichenen aufzuprobieren und in Tante Lisbeths Poesie-Album zu blättern: »Ich saß mal in der Laube, da flog mir was ins Auge, ich dacht, es wär ein Edelstein, da wars das liebe Jesulein.« Aber dann fiel mir das *Handbuch für den Feuerwehrmann*, 14. neu bearbeitete Auflage 1984, in die Hände. Mit glühenden Wangen las und las ich bis zum späten Abend. Mein Urteil: Ein Schatzkästlein präsemantischer Ausdruckskraft. Sätze von ergreifender Schönheit wechseln in heiterer Folge mit... aber urteilen Sie doch bitte selbst. »Sinnloses Draufgängertum und Kopflosigkeit führen niemals zum Erfolg«, S. 367. Wie wahr! Allerdings frage ich mich, wie wir auf andere Art und Weise die deutsche Einheit geschafft hätten. Aber zurück auf Seite 364. »Bei Fahrten im geschlossenen Wagen darf kein Wettrennen einsetzen und ein Fahrzeug das andere überholen wollen.« (»Erster, Erster, Herr Brandmeister, wir waren Erster!«) Berücksichtigung findet auch der Umweltschutz, wobei die Fallstricke der deutschen Grammatik kühn umschifft werden, wenn Sie mir diese

Metapher mal so durchgehen lassen wollen: »Wie soll man mit Wasser umgehen? Sparsam. Der Rohrführer sollte so damit umgehen, als wenn er jedes Liter Wasser selbst bezahlen müßte.« Fehlt noch: und jedem Kilo Schaum.

Poetisch wird's dann bei den lebensrettenden Maßnahmen. Schlicht der Anfang (*Ladies first* usw. laß ich mal weg): »Wie verhalten wir uns bei der Rettung von Vieh?« (S. 373) »Die Rettung des Viehs ist nicht immer einfach.« Das stimmt. Die streben nämlich immer in den Stall zurück, was auch erwähnt wird. Es folgt eine Aufzählung möglicher Methoden: »Bei Schafen den Leithammel herausführen, alle anderen folgen größtenteils«, die in dem schönen Satz gipfelt: »Federvieh kann man in Säcken stecken.« Ob nun wegen des Reims oder nicht, da dürfte es jedenfalls keine Schwierigkeiten geben. Bei allen Bränden, denen ich bisher beiwohnte, war ein Mangel an alten Säcken, die da herumstanden, gewiß nicht zu beklagen!

Doch zu guter Letzt sind auch Spiel und Spaß mit von der Partie. Auf die Frage: »Wie schützen wir uns vor Hitzestrahlung?« lautet die Antwort: »Kopfschutzhaube und Hitzeschutzhandschuhe.«

Sagen Sie das bitte 10 x hintereinander fehlerlos auf! – Na? Auch bei Hitschehutsch steckengeblieben? Macht nix. Der Schwierigkeitsgrad ist schließlich weitaus höher als bei »Rotkraut bleibt Rotkraut und Brautkleid breibt Blautkreid«. Ich hab's ausprobiert.

# Rallye

Als ich vorletztes Jahr im Großraum Heidelberg/Mannheim zu meiner ersten Bikerhochzeit – verbunden mit einer Rallye – eingeladen wurde, wußte ich schon das Wichtigste:

1. Fast alle Mopeds (nie *Motorrad* sagen, oder man ist enttarnt), außer Harleys, sind Reisbrenner – »Wer Harleys nachmacht oder verfälscht oder nachgemachte oder verfälschte Harleys in Umlauf bringt, ist ein Japaner.« Solche mit Plexiglasverkleidung vorne heißen zusätzlich *rasender Joghurtbecher*.

2. Wenn am Moped rumgemacht wird, dann heißt es nicht reparieren oder basteln, sondern schrauben. Tatsächlich wird auch meistens oben was abgeschraubt und unten was angeschraubt oder umgekehrt. Warum, weiß kein Mensch.

3. Es gibt zwei Kategorien von Frauen: Hühner (unter 20) und Schlampen (über 20). Beide sind da zum

a) Aschenbecher saubermachen,

b) kann man sich denken,

c) Maul halten.

Diese Liste ist variabel.

Ehrlich gesagt, ganz so schlimm war's nicht. Es gab auch gar keine Aschenbecher, weil die ganze Geschichte in einem Wäldchen mit integriertem Grillplatz stattfand. Trotzdem – meinen Feministinnen-Ausweis hätte ich da nicht vorzeigen dürfen.

Das Hochzeitspaar hatte einen kurzen Auftritt gleich nach der Titten-Show, danach tauchte es im schwarzen Gewühl unter.

Wirklich gut wurde es erst am zweiten Tag. Ferdi (von

»fix und ferdi« – das ist Dialekt), Ferdi also hatte sein Jahr als *Prospect* abgerissen und sollte nun feierlich in den MC aufgenommen werden. Das geht natürlich nicht ohne Härtetest. Die Jungs hatten in der Fußgängerzone des nahe gelegenen Städtchens – verkaufsoffener Samstag! – eine Holzkiste von 1 x 1 x 1 m aufgestellt. Da hinein mußte Ferdi und wurde sitzend bis zum Hals mit Sand zugeschüttet. Selbstverständlich war er splitternackt. Dann wurden an die Passantinnen kleine Plastikschaufeln ausgegeben.

Was soll ich sagen – da wurde gearbeitet! So schnell konntest du gar nicht kucken.

## Wenn Frauen zu sehr Rommé spielen

Skat und Doppelkopf ist ja mehr was für Männer. Obwohl ich Sprüche wie »Karo heißt mein Hühnerhund« und »Hinten kackt die Ente« auch sehr reizvoll finde. Aber haben Sie als Frau schon mal versucht, bei diesen Spielen einzuwerfen: »Sag mal, wo hast du eigentlich diesen süßen Pullover her...?«

Männer spielen, wenn sie spielen. Frauen schätzen ein geselliges Beisammensein mit Schnittchen und vielen verschiedenen Themen und können dabei auch Karten in der Hand halten. Wenn sie es noch können. Bei unserem ersten Rommé-Damenabend erschien B. schon reichlich angeheitert. Nun muß man bei Rommé nicht so aufpassen. Aber man muß doch wissen, ob man bereits eine Karte vom Stapel genommen hat oder nicht. Sich zuschütten ist eine Sache, aber dann noch Widerworte haben, eine andere. »B., du mußt noch eine nehmen.« – »Habbich schon.« »Hast du nicht.« – »Wohl.« Na gut, dann nimmt sie eben keine. Können Sie sich das bei einer Männerrunde vorstellen? Oder daß man eine Karte ablegt, dann »Scheiße! Die wollte ich doch behalten!« schreit, und man darf sie wieder zurücknehmen? Aus Rücksicht auf B.s Zustand wird die Schnittchenpause schon frühzeitig eingeläutet. Es nützt nichts. Jetzt behauptet sie, daß wir ihr in die Karten kucken – was stimmt –, und spielt mit dem Kopf auf den Knien und den Karten in Knöchelhöhe. Trotzdem flattern immer wieder ein paar auf den Teppich. »Herr Ober, die niedrigen Stühle!« lallt sie. Unterm Tisch liegt ihr Weinglas. Den Inhalt hat sie mit ihrer Socke aufgewischt.

Inzwischen haben auch wir anderen dem Weißwein und

dem Dunkelbier zugesprochen. J. erfreut uns mit einem Potpourri aus »Leb wohl, mein kleiner Gardeoffizier« und anderen Liedern, die meist auf »Rotfront! Rotfront!« enden, was wir dann alle mitsingen. Sie hätte bei ihren Nachbarn noch was gut, behauptet die Gastgeberin S., die würden schon nicht die Polizei holen.

Gegen Mitternacht entflammt ein Streit. R. hatte die Buchführung übernommen und macht einen Zwischenbericht. (Erste Siegerin, zweite Siegerin ...) »Das kann nich angehn!« »Nie im Lehm habbich 800 Miese!« Es läßt sich nicht mehr nachprüfen, weil sie die Zahlen im Kopf addiert und jeweils eine neue Summe eingetragen hat. R. weist zurück, daß sie als Legasthenikerin nicht nur Buchstaben, sondern auch Zahlen verdrehen soll.

Ein Versöhnungstrank ist jetzt angebracht. Weißwein ist alle, nun kommt der Eierlikör, auf dem S. bestanden hatte, auf den Tisch. Ein Damentreffen ohne Eierlikör hat es ihrer Meinung nach irgendwie nicht. Das stimmt. B. wankt in die Küche. »Ich glaub, ich muß mal brechen.« Das Regal mit den Grundnahrungsmitteln geht dann auch zu Bruch. Wir zanken solidarisch, welche von uns die beste Haftpflichtversicherung hat. Ein Taxi wird bestellt. J. fällt dem Fahrer in die Arme: »Mein Mädel ist nur eine Verkäuferin«, brüllt sie, »in einem Schuhgeschäft, mit zwanzig Franc Salär in der Woche, doch sie liebt mich ...« Wir entschuldigen uns, doch er winkt ab: »Ich bin Taxifahrer. Ich hab schon viel Elend gesehen.«

Ich taumle zu Fuß nach Hause. Unterwegs überholen mich zwei Punks. »Na Mutti, auf 'n Swutsch gewesen?« Was man sich als Dame, die sich nur mal kurz amüsiert hat, alles bieten lassen muß!

Nächste Woche ist der Rommé-Abend bei mir. Ogottogott, ich hab im Flur gerade einen neuen Teppich verlegt. Ich könnte hinterher natürlich auch ausziehen, aber wohin?

## Kultur

Als Kind hielt ich Kultur für etwas, das Erwachsene in einem Beutel mit sich führen, wenn sie verreisen. Dieser Eindruck änderte sich im Laufe meines Lebens, allerdings neige ich heute immer mehr dazu, meinem ursprünglichen Urteil recht zu geben.

Nach jahrelanger Abstinenz wagte ich neulich wieder einen kulturellen Vorstoß. Nachmittags besuchte ich eine Vernissage, und abends hatte ich eine Karte für ein Jazzkonzert im »Birdland«. Zu der Vernissage ist zu sagen, daß die dort ausgestellten Bilder selbst einem Hieronymus Bosch das Mittagessen versaut hätten. Nach diesem Erlebnis wäre ein vor der Glotze verbrachter Abend das einzig Wahre gewesen, aber ich hatte die Karte schon bezahlt. Irgendwie mußte mich der Nachmittag aber doch in eine Art geistige Verwirrung versetzt haben: Ich stieg an der Haltestelle Osterstraße aus dem 113er und hatte die Adresse des Clubs vergessen. Keine Telefonzelle weit und breit, aber gegenüber eine Kneipe des Typs »Bei Harry und Käthe«.

Wirt und alle Gäste (männlich) zeigten sich äußerst hilfsbereit: »Börtländ? Ist das der Schuppen, wo öfters Neger drinne sind?« Ich gab zu, daß das schon sein könne. Aber wo der nun ist, wußte auch keiner. Als ich bemerkte, daß der Wirt im Branchenbuch »Hotels und Gaststätten« aufgeschlagen hatte und unter »Bört...« nachguckte, bestellte ich lieber doch erst mal ein Bier und kam mit einem Herrn ins

Gespräch – er gab dann im Laufe des Abends noch so einiges aus –, dessen Frau ihn nach dreißig Jahren Ehe vor zwei Tagen verlassen hatte. Morgens ging sie immer vor ihm zur Arbeit, er deckte dann bereits den Abendbrottisch (»mit gefaltete Servijetten inne Tassen«), bevor er das Haus verließ. An diesem Abend kommt er also zurück und hatte auch noch extra zwei Sülzkoteletts besorgt, und da hängt an der Garderobe ein Zettel: »Ich gehe. Edith.« Das war ein Schlag! In ihrer Gemeinheit hatte sie auch noch den Küchentisch umgedreht. »Umgedreht?« Mit allem, was drauf war, einfach umgedreht. »Sie war ja sonst immer so orntlich.« Ich gab zu bedenken, daß alles noch viel schlimmer hätte kommen können; ich selbst habe schon mehrfach mit Hilfe einer einzigen Flasche Rotwein die Notwendigkeit kompletter Küchenrenovierungen herbeigeführt (leider handelte es sich dabei mit einer Ausnahme immer um meine eigene Küche).

Kurt – wir hatten inzwischen Brüderschaft getrunken – lud mich dann noch zur Tatortbesichtigung ein, aber ich habe ganz feige gekniffen, mein Mann wäre so eifersüchtig und würde womöglich noch ganz was anderes umdrehen als nur den Küchentisch. In Wirklichkeit kann ich bloß Männer nicht ab, die mit Sülzkoteletts Umgang haben. Eine derartige Kulturlosigkeit ist mir ein Greuel.

**Im Kino kann man was erleben**

Vier Damen wollen ins Kino? – Nichts einfacher als das. Karten werden besorgt, der Film gekuckt, man geht noch ein Glas Bier trinken und dann ab nach Hause. Ganz falsch.

Es fängt schon damit an, daß eine endlose Telefoniererei losgeht. Eins möchte was Lustiges sehen, Zwei hat lange keinen Problemfilm gekuckt, Vier hat selber genug Probleme, Drei will keinen Liebesfilm, weil ihr Kerl gerade abgehauen ist.

Und in welches Kino soll man gehen? Eins und Drei möchten ins Abaton, weil sie direkt daneben wohnen, Vier will ins Zeise, weil sie direkt daneben wohnt, und Zwei ist alles egal, weil sie bei ihrer Mutter wohnt, seitdem es über ihr gebrannt hat.

Dann die Zeiten. Zwei und Drei wollen in die frühe Vorstellung, weil sie normal schon um neun mit einer Wärmflasche im Bett liegen, die anderen beiden wollen spät gehen, weil sie ihrer Beziehung noch das Abendbrot richten müssen. Das Dilemma wird dadurch gelöst, daß eine der Beziehungen Freikarten besorgt hat.

Eins und Drei, die die Karten abholen sollten, stehen natürlich nicht, wie verabredet, am Eingang, sondern hängen am Kiosk und trinken vorsichtshalber schon mal ein Bier. Es soll sich um einen Film mit Überlänge handeln. Vier kauft Popcorn (die andern: »Igitt!«), Zwei kauft Eiskonfekt (die andern: »Igitt«), Eins hat sich Butterbrote mitgebracht (die andern: »Igittigitt«). Drei kauft ein Bier (die andern: »Laß mich auch mal«).

Dann sollen die Plätze eingenommen werden. Zwei und Drei möchten hinten sitzen, weil sie ihre Brillen nicht vergessen haben, Eins und Vier möchten vorne sitzen, weil sie ihre Brillen verlegt haben. Man sitzt in der Mitte, nachdem der Vorschlag der Brillenlosen, die anderen beiden könnten doch je nach Bedarf den Fortgang der Handlung erklären, abgeschmettert wurde.

Nun geht die Werbung los. Man rückt sich gemütlich zum Raten zurecht. Eine Schönheit hüpft auf eine Yacht. »Damenbinden!« brüllt Drei. Drei ist dafür bekannt, daß sie gleich die Stimmung verdirbt. »Trockenfutter«, flüstert Eins. Eins ist dafür bekannt, daß ihr alles gleich peinlich ist. Jetzt fällt Drei ein dringenderes Problem ein: Was ist, wenn ihr Verflossener mit seiner Neuen im Kino auftauchen sollte? Die Beratung nimmt den Rest der Werbezeit in Anspruch und wird von den umliegenden Reihen mit Interesse verfolgt. Man einigt sich auf den spontanen Ausruf: »Da kommt das Arschloch mit der Schlampe!« Weitere Vorschläge aus dem Publikum werden wegen Vulgarität und/oder Frauenfeindlichkeit verworfen.

Nun beginnt der Film. Es ist ein chinesischer Film, und – typisch chinesisch – gleich von Anfang an stört ein eigenartiger Dauerton das verwöhnte mitteleuropäische Ohr. Vier findet, daß das Quälende dieses Geräuschs auf subtile Weise die innere Zerrissenheit der Protagonisten rüberbringt. Nach zehn Minuten stellt sich heraus, daß es die Alarmanlage des Kinos ist, die nur von der Feuerwehr ausgeschaltet werden kann. Alle Besucherinnen werden ins Foyer gescheucht. Es herrscht eine angenehme Panikstimmung. Anlaß genug für unsere Damen, vier Biere am Kiosk zu bestellen, um die angegriffenen Nerven zu beruhigen. Die Feuerwehr trifft mit zwei Löschzügen ein. Es tut sich nichts. Es brennt auch gar nicht. »Hab gleich gewußt, daß das 'n Scheißfilm is«, sagt Drei, »lassuns inne Kneipe.«

Die Kneipe liegt gegenüber, ist eine In-Kneipe und hat auch richtig eine handgeschriebene Karte, die allerdings einige Fragen aufwirft. Vier arbeitet in einer Apotheke und behauptet, daß sie jede Schrift entziffern kann. Sie leiht sich eine Brille und liest vor: »Als Dessert gibt es Zitronen-Phimose.« Heutzutage wird aber auch alles recycelt. Die Bedienung wird herbeizitiert: »Wir möchten den Nachtisch. Aber nicht essen. Bloß kucken.«

Eins schämt sich so, daß sie beinahe Stücke aus dem Holztisch herausbeißt. Aber nach etlichen Runden sind doch alle vier Damen der Meinung, daß es sich um eine gelungene Veranstaltung gehandelt habe, die geradezu nach Wiederholung schreie.

## Im vegetarischen Restaurant

Bevor das vegetarische Restaurant in den Alsterarkaden abbrannte, war ich häufig dort zu Gast, denn selbst zu Stoßzeiten hatte man seine Ruhe – die meist vereinzelt sitzenden älteren Gäste waren fortwährend in Gespräche vertieft, an denen außer ihnen sonst niemand teilnahm...

Dort hatte ich einmal ein zunächst beschämendes Erlebnis, aber dann wendete sich doch noch alles zum Guten: Als ich eines Mittags das im ersten Stock liegende Restaurant betrat, winkte mich ein mir bekannter Professor der Philosophie an seinen Tisch, aber ich lehnte ab, weil ich einen Platz haben wollte, von dem aus ich mein nicht angekettetes Fahrrad beobachten konnte (»Trust in Allah, but watch your camel«, wie der Araber sagt). Der Professor ist zwar ein ganz netter Mensch, aber nicht unbedingt von der Sorte, mit der man eine sehr lange Bahnfahrt verbringen möchte. Oder anders gesagt: Wenn Sie ein Regisseur wären und einen Darsteller für einen verstorbenen bayerischen Ministerpräsidenten bräuchten, dann würden Sie bei seinem Anblick Ihre Suche als beendet betrachtet haben. Kaum hatte ich nun Platz genommen, da fing er über drei Tische weg an zu toben: ... typisch deutsch. Wenn man in Griechenland eine Einladung ausschlägt, kriegt man gleich ein Messer zwischen die Rippen ... gegenüber materiellen Dingen sind in Deutschland gute Gespräche marginal... usw.

Es war mir schrecklich peinlich, aber da ich mich als Kosmopolitin betrachte, erhob ich mich, pilgerte an seinen Tisch, und schließlich unterhielten wir uns auch ganz friedlich über seine These: Die voll entwickelte Fähigkeit zum

Neinsagen ist der einzig gültige Hintergrund des Ja, und beide geben realer Freiheit erst ihr Profil.

Später, auf der Polizeiwache hinter dem Rathausmarkt, führte ich dann noch ein anregendes Gespräch mit dem Wachhabenden über die Pflege von Phönix-Palmen, nachdem die Formalitäten wegen des gestohlenen Fahrrads erledigt waren.

## Wie ich einmal beinahe
## Theodor W. Adorno kennenlernte

Während der letzten Frankfurter Buchmesse wurde ich zum Fest einer großen Zeitschrift eingeladen. Die Getränke waren frei und das Essen auch. Es schmeckte aber nicht. Deshalb mußte man sich mehr an die Getränke halten. Es war ziemlich langweilig. Ich saß mit einigen Bekannten aus meiner Heimatstadt in einer Ecke zusammen, und wir überlegten, wie wir noch etwas aus dem Abend machen könnten. Da kam aber erst mal ein Redakteur der gastgebenden Zeitschrift mit einem Herrn vorbei, dem er mich als »Luise Rinser« vorstellte. Er selber gab an, Günter Grass zu sein, sein Begleiter sei Ernst Jünger. Das brachte mich auf eine Idee. Ich schlug meinen Bekannten vor, unter den Anwesenden Prominente auszumachen und dann über sie herzuziehen. Wir erkannten dann auch gleich Nana Mouskouri, Gregor Gysi und Bata Illic, aber die gaben nicht viel her. Zudem kannte außer mir niemand Bata Illic. Wir riefen dann zwar ein paarmal »Stasi, Stasi« in Richtung von Gregor Gysi, aber er reagierte nicht, nur Frau Mouskouri kuckte irritiert. Vielleicht heißt Stasi auf griechisch irgendwas.

Wir wendeten uns dann dem Nebentisch zu, wo ein Herr mit einer scheußlichen Krawatte saß, der eine unglaubliche Ähnlichkeit mit Karl Lagerfeld hatte. Wir vermuteten, daß dies Bernd Lagerfeld war, der mit Recht unbekannte jüngere Bruder von Karl Lagerfeld. Während wir ihn fixierten, gaben wir laut einige teils erfundene, teils nicht erfundene unerfreuliche Anekdoten über Karl Lagerfeld zum besten, um seine Reaktion zu testen. Die war aber enttäuschend, nämlich gleich Null. Da ging die Tür auf, und es kam der bekannte Verleger G. herein, aber wirklich. Er trug eine sehr bunte Freizeitjacke und fing gleich ein Gespräch mit Günter Grass an, der ebenfalls eine sehr bunte Jacke trug, was mir jetzt erst auffiel. Ich arbeitete mich zu den beiden durch und fragte, ob sie beim gleichen Couturier arbeiten ließen, eventuell bei Bernd Lagerfeld. Das verstanden sie nicht, auch war ihnen anscheinend ihr Gespräch wichtiger. Ich kehrte an meinen Tisch zurück. Die Jacken beschäftigten uns aber weiter, besonders die Frauen. Eine Zeichnerin meinte, daß G. diese Jacke gekauft habe, um sich seiner letzten Eroberung wegweisend präsentieren zu können. Rein vom Stil her müßte das ungefähr 1975 gewesen sein.

Wir bestellten noch mehr Getränke, konnten aber trotzdem keine weiteren berühmten Leute entdecken. Jetzt versuchten wir es einmal anders herum. Wir nahmen eine Person aufs Korn und rieten, womit sie einmal berühmt werden würde. Eine Frau zum Beispiel, die aussah wie Hildegard Knef, nur jünger und mit einem Schuß Maria Schell, stuften wir als moderne Lyrikerin ein:

> Und schufen
> auch
> gleich ein Gedicht wie sie
> es schreiben
> würde.

Das machte solchen Spaß, daß schon einige Tische zu uns hinübersahen. Dann setzte sich ein junger Mann mit einer unerhörten Haartolle zu uns und bestellte eine neue Runde. Ein Zeichner, war unser aller einhellige Meinung. Und zwar von der Sorte, die so zeichnet, daß man annimmt, das könne man selber viel besser, was sich dann meistens auch als richtig herausstellt. Wir hatten uns aber geirrt. Er holte einen Block heraus und zeichnete aus dem Kopf einen fantastischen Cartoon à la James Thurber. Der konnte er aber nicht sein, weil der zwei Tische weiter saß.

Später wurde dann getanzt. Ich wurde von Gregor Gysi aufgefordert, der meine Blicke von vorhin wohl falsch interpretiert hatte. Er trat mir mehrmals auf den Fuß und entschuldigte sich, was ich, ganz große alte Dame, mit »Das macht doch nichts« quittierte. Ich klebte ihm aber meinen Kaugummi auf die Schulter.

Noch etwas später machte dann die Redaktion der Zeitschrift das Bolschoi-Ballett. Es hörte sich nicht so an, sah aber so aus wie die Nußknacker-Suite.

Anschließend sangen sie, untergehakt, »Maleen, eine von uns beiden muß jetzt gehn«, was ich ziemlich albern fand, weil sie zu sechst waren. Ganz zum Schluß fand noch irgendein Wettbewerb statt.

Gegen Morgen machten wir uns mit fünf Personen zu Fuß auf den Weg ins Hotel. Wir stützten uns gegenseitig. Unterwegs stoppten wir an einem Zigarettenautomaten, der aber irgendwie klemmte. Ein Polizeiauto hielt an. »Was machen Sie denn da?« – »Officer«, brüllte unser Anführer, »ich bin Peter Frankenfeld. Wir brauchen was zu rauchen.« Der Cop runzelte die Stirn: »Dafür, daß Sie tot sind, können Sie aber noch ziemlich gut an dieser Parkuhr herumrütteln.« Um seine Verlegenheit zu überspielen, begann Frankenfeld, uns alle vorzustellen: »Frau Rinser, Dalida, Günter Grass, Siegfried Unseld. Wir kommen gerade vom Ersten Offenen Theodor-W.-Adorno-Ähnlichkeitswettbewerb.« – »Und?« fragte der Polizist, »wer hat gewonnen?« Daran konnte sich nun beim besten Willen keiner von uns erinnern. Irgendwie war uns aber so, als wäre Adorno selber dagewesen, hätte das Ganze abgeblasen und uns mit dem berühmten Adorno-Wort »Wenn es am schönsten ist, soll man aufhören« rausgeschmissen.

**Wie ich einmal einen berühmten
Zeichner kennenlernte**

Schon die Anreise war sehr schön. Ich fuhr mit dem Nachwuchszeichner R. 8 Stunden im Interregio im Mutter-Kind-Abteil nach Greiz in Thüringen zu einer Ausstellung. Ich trug eine scheußliche orangefarbene Sonnenbrille, R. trug eine Bluse, deren Muster mich an die Küchengardinen meiner Mutter aus den 60er Jahren erinnerte, und eine Hose mit vielen Flecken, von denen er behauptete, es seien Stockflecken. Die anderen Menschen im Zug waren alle anständig gekleidet. Die Zeit verging wie im Fluge. Ich brachte R. das Kreuzworträtsellösen bei. Er wußte nicht, daß es Worte wie *Esol* oder *Torlettenpapier* gar nicht gibt. Danach lasen wir uns gegenseitig die Leserbriefe aus der Auto-BILD vor. R. hatte einiges an Bier mitgebracht, bis ich die Nase rümpfte. Da ging er aufs Klo und putzte sich, ganz Gentleman, die Zähne.

In Greiz angekommen, trafen wir gleich eine Menge berühmter Zeichner und Autoren, sogar Frauen. Mir wurde der berühmte junge Zeichner S. vorgestellt, der aus dem Osten kommt, aber nicht so aussieht. Er war fast genauso scheiße angezogen wie R. Die beiden sind auch befreundet. S. hatte sehr große Füße, die mir noch viel Kummer machen sollten. Doch davon später. Nach kurzer Bekanntschaft erklärte er mir, was eine *Saalwette* ist. Das wußte ich nicht, weil ich nie fernsehe, sondern lieber ein gutes Buch (!) lese. Außerdem wußte ich, daß Männer einem gerne was erklären. Umgekehrt hat mich noch nie einer gefragt, wie Plattstich geht oder Béchamelsoße.

Bei den abendlichen Arbeitstreffen lernte man bekannte

Leute auch mal von der menschlichen Seite kennen. Z.B. hatte ein Redakteur einer großen Zeitschrift noch seinen Blinddarm; ein anderer hat in seinem Leben noch keinen Deostift benutzt, weil ihn das abhängig macht. In bezug auf Alkohol war ihm allerdings eine ähnlich kompromißlose Haltung nicht anzumerken.

Die Glanzlichter der Veranstaltung bildeten zwei Wanderungen, die ich am Sonnabend und am Sonntag unternahm. Am Sonnabend in Begleitung mehrerer berühmter Schriftsteller und Zeichnerinnen, die sich auf einem hohen literarischen Niveau unterhielten. »Das ist doch alles kalter Kafka«, sagte zum Beispiel der eine Schriftsteller zu dem anderen. Wir bezahlten im *Waldhaus* 17,30 DM für sechsmal Wiener mit Brot, drei große Bier, ein Eis und einen Kaffee. Das erlebt man in Westdeutschland heute nicht mehr. Am nächsten Tag machte ich die gleiche Wanderung noch einmal, diesmal in Begleitung der miteinander befreundeten Zeichner S. und R. Der Aufstieg zum *Pulverturm* – die erste und schwierigste Etappe – fiel ihnen nicht leicht. Bis dahin hatten sie schon jeder etwa neun große Bier getrunken. Ich ging vorneweg und hörte hinter mir die Lebern und Herzkranzgefäße rasseln. Als ich darüber eine kränkende Bemerkung machte, sagten sie gleich, daß mein rechtes Bein etwas dicker als das linke sei. Daraufhin wechselte ich an das Ende der Schlange und mäkelte meinerseits an ihren Waden herum (zuwenig Haare, zuviel Haare). Das nannten sie »eine billige Retourkutsche«. Bis zum *Waldhaus* hatten wir uns aber wieder vertragen. Wir aßen eine Rostbratwurst, d. h., ich aß gar nichts, weil mir irgendwie schlecht war, vier Bier (die beiden) und einen Kaffee (ich) für 11,10 DM! Jeweils eine Flasche nahmen die beiden Zeichner dann noch für den Rückweg mit. Auf dem Rückweg unterhielten sich die jungen Leute über Witze, die sie vermarkten wollten. Ich konnte nicht darüber lachen. Meistens ging es um Autofahrer, die in einen Tunnel fahren, das Fernlicht einschalten und vergessen, es wieder auszuschalten, wenn sie aus dem Tunnel heraus sind. So leicht möchte ich auch mal mein Geld verdienen. Zwischendurch umarmten die beiden Zeichner immer wieder mit geschlossenen Augen verschiedene Bäume und behaupteten, damit würden sie Energiekreise erzeugen, ähnlich wie Kornkreise. Das hielt ich für einen ausgemachten Blödsinn und sagte das auch. Ein neuer Streit bahnte sich an.

Da wurde aber plötzlich eine Zaunübersteigung angemeldet. Weil meine Beine zu kurz sind, mußte ich auf den Rücken von S. klettern. Da brach der Zaun zusammen. S. machte einen Salto rückwärts und haute mit seinem Schuh (Gr. 64) auf meinen Wangenknochen und dann auf mein Schlüsselbein. Beide wurden später blau. Mein Zahn-Provisorium hüpfte heraus. Ich schrie: »Ich habe eine Gehirnerschütterung«, was aber nicht stimmte. Jetzt kriege ich eine Original-Zeichnung von S., was nur gerecht ist. In Amerika hätte ich mehr gekriegt (6 Millionen). Das war ein »schöner« Abschluß von diesem Klassenausflug! Die beiden Zeichner beteiligten sich dann noch an der Suche nach dem Provisorium, aber ich fand es, weil ich da gesucht hatte, wo es hingeflogen war, während die beiden da gesucht hatten, wo man besser sehen konnte.

Wieder zu Hause, mußte ich zwei Stunden beim Zahnarzt warten, aber ich habe aus dem Wartezimmer den Rezeptteil aus der BRIGITTE mitgehen lassen.

Wenn ich ein atmosphärisches Resümee dieser Veranstaltung ziehen soll, dann mit den Worten des berühmten Kolumnisten G., der in mein Autogramm-Album schrieb: »Dies, meine Liebe, signiere ich Dir kniend, von Irren umringt.«

## Wie Rex Gildo einmal beinahe meinen Kugelschreiber behalten hätte

*Budnikowsky,* genannt Budni, ist der beliebteste Billigdrogeriemarkt in Hamburg. In der Filiale im Schanzenviertel ist es total gemütlich. Man muß zwar über Kartons, kleine Kinder und andere Kunden steigen, die irgendwo herumwühlen, aber man trifft einfach jeden, wie bei *Tchibo.*

Letzten Dienstag hat direkt nebenan *Kloppenburg* aufgemacht, auch ein Drogeriemarkt, auf 300 Quadratmetern. Das halte ich ja für glatten Selbstmord. Ich gebe denen ein halbes Jahr, das habe ich der Kassiererin bei Budni auch gesagt. Montag ging es schon los, da gab es jede Menge Sonderangebote bei Budni, sogar ein Glücksrad, wo man meistens eine kleine Tube Hormocenta gewonnen hat (ich hatte mich dreimal angestellt).

Dienstag mittag fing es dann bei *Kloppenburg* an. Sie hatten vor dem Eingang einen überdachten LKW aufgestellt mit drei Musikern und einem Moderator, und da sollte Rex Gildo auftreten. Es waren viele Leute da, von denen die meisten wohl hofften, daß er besoffen von der Bühne fallen würde. Ganz vornean standen viele türkische Kinder, dahinter standen wir. Dann kam noch mein Filialleiter von der Hamburger Sparkasse, der gerade Mittagspause hatte. Der konnte nicht einschätzen, warum ich da war – nämlich aus beruflichen Gründen –, und druckste herum, als ich ihn fragte, wie er das hier so fände. Auf der anderen Straßenseite saßen fünf Punks und ein Rastamann auf dem Baugerüst vor dem kurdischen Restaurant und tranken Bier. Dann sagte der Moderator, der einen großen roten Kopf hatte, Rex Gildo an: »Kommissar Rex, unser Sunnyboy aus Rosenheim.« Rex Gildo kam dann sofort ans Mikrofon gesprungen, in einem grauen Anzug und mit einem sehr braunen Teint, und schrie gleich los: »Hossa, hossa, hossa!«, was von einigen Umstehenden auch erwidert wurde. Dann sang er »Fiesta Mexicana«, aber a cappella. Einmal fiel ihm das Mikro runter, aber er sagte gleich, er hätte gar nichts getrunken, bloß Kaffee. Dann sang er »Verrückt, verliebt und atemlos«, aber diesmal mit Musikbegleitung. Währenddessen unterhielten sich die Leute. Frau Petersen aus dem Fischladen sagte, wie alt er wohl wäre, und die Frau aus dem Kaffeegeschäft sagte, daß Julio Iglesias jetzt auch Hautkrebs hat. Die Punks blieben auf dem Gerüst sitzen und tranken noch mehr Bier. Danach sang Rex Gildo weitere Songs, aber jetzt aus seiner neuen LP/CD, die sehr gut angekommen wäre, wie er sagte. »Im Namen der Sehnsucht werd ich immer bei dir sein.« Darin kamen vor: der Hafen in Piräus, mehrmals Sirtaki und verschiedene Tavernen, was die Griechen, die im Eingang der gegenüberliegenden »Taverna Romana« standen, sehr zu erheitern schien.

Zwischendurch wies Rex Gildo noch auf die Eröffnung von *Kloppenburg* hin und sagte zwei- oder dreimal zu uns »Isch glaub an Eusch«. Da ging ich aus Trotz zu Budni rüber und kaufte eine Packung Filterpapier 102 und das Angebot Strumpfhosen, 10 Stück für 8,90 DM. Dort traf ich auf einen befreundeten Zeichner, der mich aufforderte, ihm zu *Tchibo* zu folgen und ihm einen Milchkaffee zu bezahlen, weil ich mit Ausgeben dran wäre.

Wir gingen aber nicht sofort, weil jetzt eine neue Attraktion angesagt wurde. »Hans, der singende Schutzmann aus Wolfsburg mit seinen Polifriends.« Die Polifriends waren sechs singende Kinder, die er als »meine Jungs« vorstellte, es waren aber fünf Mädchen dabei. Nun hielten es die Punks und der Rastamann nicht länger auf dem Gerüst aus, und sie latschten über die Straße zu uns herüber.

Hans sang als erstes sein bekanntes Lied »Zebrastreifen«. »Ze-bra-strei-fen, Ze-bra-strei-fen«, schrien die Punks und fingen an zu tanzen. Dann sang er sein beliebtestes Lied, den Verkehrs-Rock 'n' Roll »Wir trampeln auf den Boden, wir klatschen in die Hand, draußen auf der Straße, da braucht man den Verstand«. Die Punks und der Rastamann schrien: »Mann, is das taff, Mann«, und trampelten herum und klatschten in die Hände. Zum Schluß sang er »Ich liebe alle Kinder dieser Welt und kämpfe für ein bißchen mehr Menschlichkeit«, was die Punks auch klasse fanden: »Kämpfen, kämpfen, o Mann!« Sie machten dann so viel Krach, daß er eine Zugabe singen mußte, eins seiner besten Lieder, wie er selber sagte, das Ampellied »Stop and go mit Hans und Co«. Danach wies er noch auf die Eröffnung von *Kloppenburg* hin und daß er und Rex Gildo nachher eine Autogrammstunde abhalten würden und daß gleich das Bingospiel anfange. Da gingen wir erst mal zu *Tchibo*. Dort zeichnete der Zeichner ein Porträt von Rex Gildo auf ein Papptablett, auf dem vorher unsere kleinen Kuchen gelegen hatten. Das Porträt fiel nicht sehr günstig für Rex Gildo aus. Außerdem hatte der Zeichner noch darübergeschrieben: Rex »Wuff« Gildo, weil ich kurz erwähnt hatte, daß ich mal einen Schäferhund namens Rex im Fernsehen gesehen habe.

Dann gingen wir wieder zurück, weil gleich die Autogrammstunde anfangen sollte. Vorher sang Rex Gildo aber noch einmal wegen der großen Nachfrage, wie er sagte, »Fiesta Mexicana« mit »Hossa« und allem Drum und Dran. Jetzt hatte er einen grünen Anzug an und ein anderes Mikro, auch grün. Die Punks grölten sich die Seele aus dem Leib. »Jungs, ihr seid Spitze«, rief Rex Gildo, »wir gehn nachher einen zusammen trinken.« Ich glaube, das sagte er nur aus der guten Stimmung heraus. Er und Hans verteilten fertige Autogrammkarten, aber ich hielt ihm das Papptablett hin und meinen Kugelschreiber. Er hat dann auf der Rückseite unterschrieben und sich zum Glück die Vorderseite nicht angekuckt. Nach mir war einer der Punks dran, der auch einen Extrazettel hatte und dem zwei Vorderzähne fehlten. Den fragte Rex Gildo nach seinem Namen und schrieb dann: »Für Lücke, alles Gute«. Bei mir hatte er »Viel Glück« draufgeschrieben. Dann wollte er meinen Kugelschreiber einstecken, aber ich habe ihn zurückverlangt. Hossa.

**Weihnachten**

Winter! Weihnachten! Geschenke! Übelkeit und Erbrechen! Verschneite Straßen und Plätze! – Moment, »verschneit« ist gestrichen; schließlich ist in Hamburg nur dann Winter, wenn der Regen kälter wird. Das war nicht immer so und kommt alles von der Umwelt, denn als Kinder zogen wir noch mit Schlitten und Gesang durch Altona und zockten die Nachbarn ab: »O wie klötert das in mein Butterfaß.« Da gab es Bonschen, Kekse, Fünfzigpfennigstücke. Inzwischen ist ja »Hassu ma ne Maak« zum saisonunabhängigen Hit geworden.

Für mich ist jedenfalls in diesem Jahr ein ganz anderes Weihnachten angesagt. Voriges Jahr saß ich nämlich am Heiligen Abend in einer Jugendherberge in Neuseeland und aß Hamburger bei 28 Grad im Schatten. Außerdem traf ich dort einen Kollegen aus der EDV-Abteilung unserer Firma. Das möchte ich nicht noch einmal erleben. Aber was ist denn »ganz was anderes«? War es das Fest, an dem unser Baum brannte und meine Mutter Wörter gebrauchte, von denen sie nachher behauptete, sie gar nicht zu kennen? Oder als mein Großvater – eine Seele, aber geizig wie was – meiner Großmutter ein Riesenpaket überreichte, das, ausgepackt, immer kleinere Kartons zutage förderte, bis zuletzt in einer Zigarrenkiste ein Briefumschlag mit 20 Mark lag? Filmreif auch das Gesicht meiner Mutter, die, meiner ewigen Kreuzstichdeckchen müde (die zudem halbfertig überreicht wurden mit der Drohung, sie auf jeden Fall noch in diesem Jahr fertigzustellen), sich »etwas Praktisches« gewünscht hatte und nun auf einen Plastikeimer plus Feudel in Geschenkpapier starrte.

Inzwischen selbst im Besitz dreier Nichten, gelange auch ich in den Genuß persönlich gefertigter Gaben. Wie beispielsweise Frühstücksbrettchen in Brandmalerei mit dem Text »Jimi Hendrx lehbt« und ähnlicher Resultate des Orthographie-Unterrichts sowie der modernen Kunsterziehung an unseren Schulen. Mal abgesehen von der individuellen Schusseligkeit.

Unvergeßlich übrigens auch jener Heilige Abend, an dem meine Schwester zu Hause Haschplätzchen verteilte. Als Erklärung für das eigenartige Aroma gab sie an, ihr sei da zuviel Kardamom reingeraten, und man solle nur ein bis zwei essen, das ginge sonst auf den Kreislauf...

Also, wie soll das kommende Fest nun gestaltet werden – heiter, besinnlich, orgiastisch? Etwa wie vor zwei Jahren, als wir Tango tanzten, bis die Nachbarn drohten, die Udls (Hamburgs uniformierte Sicherheitskräfte) zu rufen, und wir dann anschließend durch das verschneite Schanzenviertel... »verschneit« ist wieder gestrichen; zumindest war der weiche Haufen, auf dem Theo ausrutschte, kein Schnee. Und in der Ambulanz in der Stresemannstraße gab es dann nichts mehr zu trinken. Die *vibrations* waren dort sowieso negativ. Mag sein, es lag daran, daß Theo dem Personal zunächst vor die Füße kotzte, um es sodann mit Schiller-Zitaten zu beleidigen (Theo blickt auf eine erfolgreiche Karriere als Statist im Schauspielhaus zurück). »Das war kein Heldenstück, Octavio!« schnauzte er den Arzt an, der eine Pinzette hatte fallen lassen, und drohte, als ein anderer Doktor mit der Spritze nahte: »Mach deine Rechnung mit dem Himmel, Vogt!« Setzte aber resigniert – wenn auch politisch nicht ganz einwandfrei – hinzu, indem er seine Hinterbacke frei machte: »Mut zeiget auch der Mameluck, Gehorsam ist des Christen Schmuck.«

Auch ich, die ich nicht den geringsten Anlaß dazu gegeben hatte, bekam mein Fett ab: »Teures Weib, gebiete deinen Tränen!« Na ja, so ging es immer weiter, der Abend herum, und es war überstanden.

Mit einem Riesentamtam verließen wir das Ärztehaus – »Auf ins Feld, es geht zum Siege, Krieger, gen Valencia!« (nicht Schiller) tobte Theo noch auf der Straße. Im Taxifahrer fand er allerdings seinen Meister: »Rückwärts, rückwärts, Don Rodrigo«, ließ dieser verlauten und bugsierte ihn in den Fond, »rückwärts, rückwärts, stolzer Cid!« Auch nicht Schiller, glaube ich. Ich selbst verfüge über eine kaum nennenswerte klassische Bildung und halte es mehr mit dem Prediger Salomo, der da spricht (Vers 12, 1): »Das sind Tage, von denen wir sagen: Sie gefallen uns nicht.« Und was mir nicht gefällt, das verdränge ich. Und was ich nicht verdrängen kann, das vergesse ich einfach. Weihnachten? Pah!

*Hamburgensien*

## Inner, auffer und anner

Sollten Sie als Nichthamburgerin einmal in unsere schöne Stadt kommen und mich besuchen wollen, dann kann ich Ihnen nur dringend raten, sich einen guten Stadtplan zu besorgen. Kurbeln Sie *nie* das Fenster runter und fragen Einheimische nach dem Weg. Auch dann nicht, wenn Sie der Meinung sind, daß Sie den Dialekt beherrschen. Das geht nämlich so: Beier Schilleroper? Warten Sie ma – wo sind wir jetz? Jetz sind wir anner Stresemannstraße. Da fahrn Sie ümmer gradeaus, untere S-Bahn-Überführung durch, und denn paß auf: denn sehn Sie auffer rechten Seite die PRO und auffer linken Seite issn Haus mitten Vorbau, sonne Art Veranda mit Raffgardinen, da wohnt übrigens Rene Dürang, jaja, der, wo das Salambo auffer Großen Freiheit hat, da steht auchn Weihnachtsbaum inn Fenster mit so rote und grüne Kerzen an, allens elektrisch, aber jetz nich, ers inn Oktober. Und davon wiesawie, hinter son graues Haus, wo ne Arbeitsvermittlung drinne is – da is auchn Schild dran, wo das draufstehn tut –, also da geht ne ganz lütte Straße ab, da kucken Sie leicht an vorbei. Und *die* – die nehm Sie *nich* ...

**Regen ist nicht schlimm**

Nehmen wir nur mal diesen Sommer in Hamburg. Gut – es hat geregnet. Aber wieviel Schönes wäre mir entgangen, hätten wir einen Sommer wie '92 gehabt! Im Juni ging es schon los. Ich machte einen Spaziergang an der Alster mit Hanna und Kurt. Er Internist, sie Psychiaterin. Mit von der Partie Purzel, ihr neurotischer Dackel, der unterwegs immer kotzen muß. Dagegen kriegt er Valium; kein Problem in so einem Haushalt. Gerade ist er wieder am Würgen, ich kucke woandershin und fange den Blick eines Mannes auf, der uns entgegenkommt. Zack, hat er mir eine runtergehauen, zack, habe ich ihn mit dem Regenschirm verdroschen. Hanna meinte später, er sei schizo gewesen, der Internist tippte mehr auf Magengeschichten. Ich selbst pflege in solchen Fällen keine Diagnose zu erstellen. Ich frage Sie aber: Wie hätte ich ohne Regenschirm dagestanden?

Im Juli ging es dann weiter. In einer Regenpause eilte ich zur Bücherhalle, um meine überfälligen Krimis abzugeben. Diese Hast war übrigens völlig unangebracht, denn die Säumnisgebühr hätte ich zehn Minuten später auch zahlen müssen; aber wir Frauen sind nun mal unlogisch, das macht uns ja so liebenswert.

Jedenfalls fährt da einer so dicht an mir vorbei, daß mein Übergangsmantel von oben bis unten mit dieser Mischung aus Dreckwasser und Hundescheiße bekleckert wird. Und, was soll ich sagen, der Typ hält an, steigt aus und zieht die Brieftasche. Zweihundert Mark! Dabei hat der Mantel im Secondhandshop nur 75 Mark gekostet. Er stieg dann wieder in sein Auto, ohne nach meiner Telefonnummer gefragt zu haben. Deshalb mußte ich ihn nachher auch nicht heiraten wie Doris Day in diesem Film, wo ihr das gleiche passiert ist. Glück muß man schon haben.

Hätte es nicht immerzu geregnet, hätten meine Untermieterin und ich auch nicht ganze Sonntagvormittage rumschlampen können, sondern uns verpflichtet gefühlt, irgendwas zu unternehmen, was garantiert auf Ozonvergiftung, Aids und was weiß ich hinausgelaufen wäre.

Letzten Sonntag stand ich gegen 14 Uhr unter der Dusche, als das Telefon klingelte. Gut, daß man eine Untermieterin hat. Frisch gebadet erscheine ich in der Küche, wo Petra ihren siebten Himbeergeleetoast kaut. »Da hat 'ne Frau angerufen. Schröder oder so.« »Kenn ich nicht, eigentlich erwarte ich einen Anruf von Frau Köhler.« »Genau! So hieß die.« Okay, okay. Nachmittags mache ich mich zum Kaffeetrinken auf den Weg ins Schanzenviertel. Im Café unter den Linden treffe ich auf meine Bekannte Isabella Gröhn. Isabella: »Ich hab vorhin bei dir angerufen, da warst du unter der Dusche...« Was für ein Glück, daß Petra schon beim Legasthenikerverband arbeitet.

Was macht man bei gutem Wetter? Man geht in die einschlägigen Cafés und Kneipen, trifft immer dieselben Leute, die einem immer dieselben Sachen erzählen, kurz, es ist öde. Als ich letzte Woche schnell beim Fotofritzen nachkucken wollte, ob meine Fotos schon da sind, wurde ich von einem Wolkenbruch überrascht und suchte im Bandagengeschäft gegenüber Zuflucht. Ich muß schon sagen, mit der Verkäuferin hatte ich ein hochinteressantes Gespräch. Fazit: Die spätbürgerliche Wetterpolitik dient in der kapitalistischen Gesellschaft als Einübung in die Nicht-jetzt-Struktur des schizoiden, um seine eigene Zeit betrogenen Lebens. Sie verkauft das Ursprüngliche, Gegebene und Selbstverständliche (Sonne) als Fernziel, als utopischen sexuellen Reiz. – Natürlich habe ich dann ein paar besonders günstige Gummistiefel gekauft und kriegte noch einen großformatigen Kalender mit, der auf 12 Seiten Kreuzbänder, Schuheinlagen und Endloswindeln in jeweils ansprechender Umgebung präsentiert. Es hat eben alles seinen Preis.

*Zu Hause*

## Der Schirm

Ich muß ja nicht so früh raus wie andere. Deshalb stelle ich nachts die Klingel immer ab, weil ab sieben Uhr früh dauernd wer vor der Haustür steht und ausgerechnet bei mir auf die Tube drückt, obwohl wir schließlich 12 Mietparteien sind. Erst kommt das *Hamburger Abendblatt,* dann der Müll, dann die Post, dann die Paketpost... Um die Klingel abstellen zu können, muß ich mit der Spitze des Regenschirms so einen kleinen Dubbas oben über der Wohnungstür nach rechts schubsen. Er sitzt direkt unter der Decke, und anders komme ich da nicht ran.

Manchmal vergesse ich das Abstellen oder finde den Schirm nicht. Letzte Woche hatte ich ihn im Büro gelassen, und prompt klingelt es. Nachts. Um vier Uhr.

Ich raus an die Tür und vorsichtig gefragt: » – ?«

Sagt eine Stimme: »Keine Bange, ich will dich nicht zum SPD-Frühschoppen einladen.« Es war gerade wieder Vor-Wahlzeit in Hamburg. Meine Nachbarin aus dem 2. Stock! Ich öffne die Tür, und da steht sie. Mit einem Herrensakko an, ansonsten barfuß bis zum Hals. Und hat eine Fahne. Und grinst wie nichts Gutes. Ich laß sie rein und gebe ihr einen alten Jogginganzug, bevor ich frage, was passiert ist.

Sie folgt mir in die Küche und setzt mich ins Bild. Sie hatte einen Herrn zu Besuch, den sie kurz vor vier wieder aus der Wohnung gelassen hat, wobei sie ihm zuvorkommenderweise das Treppenhauslicht – zwei Meter von ihrer

Tür entfernt – anknipste. »Wieso ich so 'n Service biete, weiß ich auch nich, ich muß ja komplett meschugge sein.« Natürlich fällt ihre Tür ins Schloß. Und wo ist jetzt der Liebhaber? Verduftet. Hat mir aber die Jacke dagelassen.« Ich offeriere mein Sofa. Will sie aber nicht. Oben liegt noch eine Kippe auf dem Tellerrand, und die Katze kriegt Depressionen, wenn sie nicht bald wieder da ist. Sie kuckt mich an. Allmächtiger, ich weiß doch auch nicht, wie sie die Tür wieder aufkriegen soll. Vielleicht die Feuerwehr?

»Gott bewahre«, schreit sie, »wenn man einmal im Jahr vögelt, muß zur Strafe gleich die Feuerwehr kommen?? – Neeneenee!« Dann vielleicht der Schlüsseldienst? Der Schlüsseldienst ist zu teuer.

Sie hat da eine bessere Idee. Sie wird in Frauen-WGs anrufen, da wissen einige total gut mit Dietrichen und so Bescheid. Ich begebe mich wieder in mein Bett, während sie etwa eine Dreiviertelstunde lang herumtelefoniert. (»Ey, kann ich ma Katja ham, das is dringend...«)

Die Expertinnen sind entweder nicht zu Hause, zu müde, wohnen sowieso in Bergedorf oder knallen den Hörer gleich wieder auf. Schließlich ruft sie doch beim Schlüsseldienst an, und gegen halb sechs klingelt es. Sie marschiert mit dem Mann nach oben. Ich sinke in die Kissen zurück. Es klingelt.

»Kanns du mir ma 'n Fuffi leihn, die wollen Bares sehen. Vorher, wie im Puff.«

Den ganzen nächsten Tag sehe ich sie nicht. Schläft wohl aus. Ich melde mich auch krank. Nachts um halb drei geht die Klingel. Sie bringt den Fuffi zurück.

Ich hab jetzt einen Schirm gekauft, der ist *nur* für die Klingel.

## Ladies first

Ja, das können sie! Ozonlöcher machen. Asylantenheime anzünden. Haschisch verbieten. Und sich überhaupt benehmen wie die Sau von Jericho.

Aber Telefonkabel erfinden, die *nicht* innerhalb eines Vierteljahres von 6 m Länge auf 15 cm zusammenschnurren, das können sie nicht. Auch wenn die Post jetzt Telekom heißt. Da habe ich nämlich letzte Woche angerufen, um mal wieder ein neues Kabel zu bestellen. »Es kommt dann jemand am Mittwoch zwischen 7 Uhr 30 und 13 Uhr«, hieß es. Ich wußte schon, wann der kommt. Um 7 Uhr 30. Handwerker fangen ihre Runde nämlich grundsätzlich bei mir an. Nicht bei denen, die ihre Betten um 6 Uhr aus dem Fenster hängen. Nicht bei denen, die ihre Köter um 5 Uhr auf die Gasse führen. Bei mir fangen sie an. Ich bin die erste Kundin. Das geht nicht nach dem Alphabet oder nach verkehrspraktischen Erwägungen, sondern da wird garantiert folgendermaßen verfahren – Auftragsbesprechung bei (wahlweise) Schornsteinfeger, Installateur, Gasableser, Heizungsmonteur, Elektriker:

»Gib mal die Liste rüber, Fred. Welche Torte ärgern wir denn heute zuerst... Müller!« »Jawoll, Chef!« »Und daß du mir ja nicht die Schuhe abputzt! Und hinterher auf jeden Fall den Müll liegenlassen!« »Wird gemacht, Chef!« »Und schreib 'ne Stunde mehr drauf, das merkt die nicht, morgens sind die Weiber immer so dusselig.« – »Is gebongt, Chef!«

So läuft das, da bin ich aber so was von sicher. Das glauben Sie nicht? Mein Ordner mit den genauen Daten kann jederzeit während der üblichen Bürozeiten bei mir eingesehen werden.

# Krankheit

Wenn man krank ist, sollte man seine Besucherinnen nur getrenntgeschlechtlich empfangen. In Gegenwart von Männern läßt es sich nicht so gemütlich über Auswurf, Ausfluß und dieses Stechen im Rücken – da, nein da, weiter unten – plaudern. Männer sollte man sogar ganz vom Krankenbett entfernen. Sie wissen nicht, was sie sagen sollen, und die ganze Last der Unterhaltung muß man dann mit seinen gebeutelten Bronchien alleine bestreiten. Außerdem bringen sie einem immer Weintrauben mit. Groß, grün, weich und sauer. Gemüsehändler haben dafür Extrakisten, falls Männer nach Weintrauben fragen.

Frauen bringen einem vernünftige Sachen mit wie fertige Mahlzeiten und leichte, aber spannende Lektüre (Apotheken-Umschau) und gehen auch mal in die Küche, um dort die Hände über dem Kopf zusammenzuschlagen und dann eventuell aufzuräumen.

Auch meine Nichten warten mir im Krankheitsfalle auf. Sie bringen ihre schmutzige Wäsche mit, die sie in meiner Maschine mit meinem Waschmittel waschen, legen mir halbfertige Seminararbeiten mit einer grauenhaften Orthographie vor – »Schau da kurz mal rein, Tantchen, ja?« –, nennen mich Tantchen und leihen sich 20 Mark bis nächsten Donnerstag. Das war aber schon bei meiner letzten Erkältung im Mai. Wenn man bloß eine Erkältung hat, heitert es einen enorm auf, wenn man in der Apotheken-Umschau alles über Epilepsie und den künstlichen Darmausgang liest. Oder den Fortsetzungsroman »Ich weiß, wohin ich gehe« von Karl Zumbro, der im Ärztemilieu spielt. Der gutaussehende Oberarzt Dr. Paul Rotermund wird von der gutaussehenden, aber irgendwie zu flotten Barbara von Stein gebeten, eine Abtreibung bei ihr vorzunehmen. Eine Forderung, »die ihn in ihrer schamlosen Direktheit erschreckte und empörte«. Da war mein früherer Frauenarzt anders: »Was eine Frau im Frühling träumt, das wird im Sommer ausgeräumt«, skandierte er und verlangte und erhielt 1500 Mark, cash und steuerfrei. Arzt ist schon ein Traumberuf. Im Urlaub mit Freundinnen haben wir auch mal Romane geschrieben. Erst einigten wir uns über den Titel, z. B. »Hermann, die See ruft«, und dann schrieben wir drauflos. Unser Ärzteroman hieß »Erbschleicher im weißen Kittel« und kann hier inhaltlich nicht wiedergegeben werden. Die Zensurbestimmungen sind heute ja großzügig, aber so großzügig nun auch wieder nicht. Frauen können mitunter sehr gewöhnlich werden.

Ermüdend ist es, wenn die Besucher einem mitteilen, was man als kranker Mensch zu tun und zu lassen hat. *»Echinacin*!« rief eine Bekannte aus, »du nimmst doch nicht etwa *Echinacin*!« Ich erfuhr, daß *Echinacin*, bei Erkältungskrankheiten, lange der Hit in meinen Kreisen, völlig aus der Mode sei. Man nimmt jetzt *metavirulent*, was ich aber nicht tue, weil ich es sofort mit »furchtbar ansteckend« zu übersetzen wußte. Ein Abitur kann manchmal lebensrettend sein. Mein Hausarzt hält sich in puncto Ratschlägen zurück, seit er bei einer Freundin eine psychosomatische Geschwulst diagnostizierte, und was dabei herauskam, war ein Achtpfünder (Säugling). Er weiß, daß ich das weiß. Jetzt fragt er mich nur noch, wie meine Diagnose lautet und was er mir verschreiben soll. Irgendwas daran finde ich grundverkehrt. Oder auch nicht, wenn man bedenkt, wie oft ich Taxifahrern sagen muß, daß sie hier nicht reinfahren dürfen, das ist eine

Einbahnstraße. Nun ja. Eine strikte Trennung der Berufe gehört ins Mittelalter mit seinen Gilden und Gewerken. Allerdings sollte man die Demokratie auch nicht auf die Spitze treiben. Vor einigen Jahren gab es eine Ausstellung in Hamburg »Ärzte malen«. So was muß ja nicht sein. Eine Ausstellung »Maler operieren« gab es leider nicht. Die wäre bestimmt amüsanter gewesen. Und farbiger. Die Ärzte hatten es hauptsächlich mit den Aquarellen.

Mit Psychosomatik soll mir auch noch mal einer kommen. Jetzt fangen sogar die Zahnärzte damit an. Ein halbes Jahr lang wurde bei mir ein psychosomatischer Zahn mit Tröpfchen und Kügelchen behandelt. In langen Gesprächen (ich bin Privatpatientin) erfreute ich den Doktor mit scheußlichen Einzelheiten aus meiner Vergangenheit. Ladendiebstahl, Rauschgiftdelikte, Klavierspielen nach 22 Uhr und Inzest noch und noch. Da mußte er durch. Beinahe glaubte ich es selbst, aber es war natürlich alles gelogen. Was geht den meine normale glückliche Familie an. Ich möchte übrigens nicht wissen, wie hoch der Prozentsatz ähnlich gelagerter Geschichten ist, auf die Freud sich bei seinen Theorien gestützt hat. Ich sage nur: Ödipus! Penisneid!! Das hätte auch von mir sein können. Als der Zahnarzt in Urlaub fuhr, war ich gerade kurz davor, ihm zu berichten, wie ich '89 mit Hilfe der Stasi diesen Riesendeal mit den gefälschten Arbeitsunfähigkeitsbescheinigungen angeleiert habe (leider wurde dann nichts mehr draus). Da wäre ihm die ärztliche Schweigepflicht aber sauer aufgestoßen.

Sein Vertreter stellte dann fest, daß die Wurzel entzündet war. Jetzt ist Schluß mit lustig, jetzt wird nur noch gebohrt. Eigentlich schade.

## Elefanten

Sie wissen ja, wie das ist – man hat keine Idee, und dann sagt plötzlich einer: »Elefanten«. Dazu fällt mir doch sofort mein Schulkamerad Klaus Tödter aus der vierten Klasse ein, der zum Thema »Ein Tiererlebnis« ungefähr folgendes schrieb: »Gestern bin ich mit meinem Vater in unserem neuen Opel Caravan nach Stade gefahren. Unterwegs haben wir einen Igel gesehen. Der Opel Caravan hat fünf Gänge, die durfte ich durchschalten. Wir haben ihn auf Raten gekauft, sonst wäre es nicht gegangen.« Klaus schwänzte übrigens damals ziemlich häufig die Schule (um seinen Fahrstil zu verbessern, wie er mir anvertraute) und fälschte perfekt das Entschuldigungsschreiben, was aber trotzdem aufflog, weil er mit »Meine Mutti« unterschrieben hatte. Wir sind heute noch in loser Verbindung, er arbeitet als Angestellter bei einer Bank und fährt einen Jaguar. Das ist jetzt aber mehr das Problem der Bank. Ist ja auch egal.

Ich selbst weiß ziemlich viel über Elefanten, aber nicht soviel wie über Ratten. Neulich saß nämlich eine in meiner Toilettenschüssel. *Saß* ist nicht ganz korrekt, sie war mehr so am Toben. Gott sei Dank waren die Brille und der Deckel runtergeklappt, es hängt auch eine entsprechende Aufforderung überm Klo, aber wegen was anderem. Jedenfalls hörte ich da so ein Platschen und hob den Deckel hoch. Sie kuckte mich aus blutunterlaufenen Augen an, zumindest glaube ich das, so genau habe ich nicht hingesehen, weil mir der Deckel gleich wieder aus der Hand rutschte. Valium ist ja immer im Hause, deshalb konnte ich nach einer Stunde in aller Ruhe den Klempner anrufen. Der fand meinen Bericht höchst amüsant und bat mich, ihn seiner Frau gegenüber zu wiederholen (»Uschi, komm ma schnell her, das glaubs du nich!«). Wann er nun kommen würde, konnte er mir nicht definitiv sagen, tröstete mich aber mit dem Hinweis, daß es in der Klempner-Fachliteratur (*Gas Wasser Scheiße*, nehme ich an) Hinweise darauf gebe, daß Ratten mit Hilfe von veralteten Rohrsystemen bis in den vierten Stock gelangen können. Mit anderen Worten, ich kann bei meinen Nachbarn genauso in den Arsch gebissen werden und die Pest kriegen wie auf der heimischen Brille. Da wäre mir ein Elefant tausendmal lieber gewesen. Der Elefant ist nämlich ein sehr reinliches und für gewöhnlich gesundes und sensibles Tier. Er stammt entweder aus Afrika oder Indien und ist hierzulande meist im Zoo zu bewundern.

Den Rest lesen Sie gefälligst selber im Lexikon nach. Ich habe was anderes zu tun. Man sollte es wirklich nicht für möglich halten, wie schwierig es ist, in einer Weltstadt wie Hamburg (Hamburg – Tor zur Welt) einen simplen Nachttopf aufzutreiben.

# Einfach gar nicht ignorieren

Das ist Ihnen doch auch schon passiert: Das Telefon klingelt, Sie gehen ran und nuscheln Ihren Namen in den Hörer bzw.: »Vereinigte Spülfelder Lüneburg e.V.« oder: »Werks-Marine Peek und Cloppenburg, guten Tag« (oder wo Sie gerade arbeiten), und eine Ihnen unbekannte Stimme stottert: »Oh, äh, Schulligung, ich hab mich falsch verwählt.« Das nehmen Sie ja noch hin, aber wenn dann hinzugefügt wird: »Vielen Dank auch für die Störung«, dann sind Sie als promovierte/r Germanist/in erst mal für diesen Tag bedient. Falsch. Denn Sie machen ja anschließend noch einen Gang zur Vereins- und Westbank, um nachzukucken, ob Ihr Prämienlos gewonnen hat. Und da ist natürlich vor Ihnen ein Bäuerlein dran, das einen Scheck über den Tresen schiebt: »Kann ick mol för hunnert Maak Geld hebben?« oder, was auch vorkommt: »Ick schall hier'n Scheck utlösen...« Halb von Sinnen taumeln Sie nun in den nächsten Krawattenladen, weil Ihnen eben eingefallen ist, daß morgen eine Geburtstagsüberraschung für Papas 70. fällig ist. Dort wiederum wird vor Ihnen eine Kundin bedient, der die Gesamtkollektion vorliegt, die aber sämtliche Schlipse mit der Feststellung: »Die sind ja schon gar nicht mehr passé!« zurückgehen läßt.

Bevor Sie nun endgültig dem nägelbeißenden Horror verfallen, entsinnen Sie sich glücklicherweise Ihrer persönlichen Maxime: »Entweder konsequent oder inkonsequent, aber nicht immer dieses ewige Hin und Her«; eilen nach Hause, pfeifen zwei bis sechs Valium ein und reißen das Telefon aus der Wand.

Aber kommen Sie bloß nicht auf die Idee – falls gerade

Freitagabend ist –, das Radio anzustellen! Da gibt der pensionierte Richter Dr. Erwin Marcus im NDR 4 nämlich Rat in allen Lebensfragen.

Anrufer: »Herr Dokter, ich hätt gern ma'n Problem...«

## Freche kleine braune Jeans

Zwar bin ich durchaus noch im besten, wenn auch nicht mehr im allerbesten Alter – ich erwähne nur, daß meine Kinderfotos überwiegend in schwarzweiß gehalten sind und einen gezackten Rand haben –, aber das ist überhaupt kein Grund dafür, mir unaufgefordert das *Bäder-Galerie-Journal* ins Haus zu schicken. In dem ich dann lesen muß: »Du hast Deinen eigenen Stil, Du weißt, was Du willst. Bei Deiner Einrichtung machst Du keine Kompromisse. Die Bäder-Galerie ist ganz auf Deiner Linie.« Das ist ja die Höhe. Per Du auf einer Linie mit Badewannen und Klosetts. Vor dreißig Jahren war ich immerhin auf einer Linie mit unserm HErrn, vor zwanzig mit Mao Tse-tung, vor zehn mit einem anderen Herrn, der fortzog, um mit meiner besten Freundin Linien zu ziehen. Aber, und da hat das Bädermagazin wieder recht: »Auch in der Welt der Brauseköpfe ist die Auswahl groß.« – cut –

Ich hasse es auch, daß, wenn ich einen Laden betrete und braune Jeans anzuprobieren wünsche, mir auf die Pelle gerückt und vertraulich zugeflüstert wird: »Freche kleine braune Jeans – ja?« Und das von einem Schnösel mit faschistoider blonder Tolle, der mein Sohn, ja, mein Schwiegersohn sein könnte. Allerdings wäre mir so eine Frisur nicht ins Haus gekommen. – cut –

Braun sollten die Hosen schon sein, aber klein? Ich verlange von Hosen, daß sie unten bis zum Knöchel gehen und oben bis zur Taille, das sind immerhin etwa 95 Zentimeter; aber ich verlange nicht, ich verbitte es mir sogar, daß Sachen, die ich kaufe, Eigenschaften aufweisen, die ich selbst gar nicht oder nicht in einem mich befriedigenden Ausmaß besitze. Meine Hose frecher als ich? Eine Zumutung. Mein Sofa eine höhere Lebenserwartung als ich? Soweit kommt es noch! Wenigstens im privaten Bereich sollte man die Fäden selbst in der Hand behalten. – cut –

Seit einiger Zeit verbindet mich eine Brieffreundschaft mit einem schlecht angezogenen Zeichner, der seine unzusammenhängenden Mitteilungen mit dem Wort »cut« voneinander trennt. »Ich stecke Dir die Info, daß Günter W. nächste Woche 40 wird – cut – Gleich muß ich in den Keller, um am Fundament zu kratzen – cut – Venceremos.« Und so weiter. Mit dem und einer Freundin war ich auch schon öfter auf einem Einkaufsbummel. Diese Freundin gehört zu den Frauen, die in regelmäßigen Intervallen stark zu- und abnehmen. Als wir einmal zusammen eine Boutique besuchten, war sie gerade in der zunehmenden Phase. »Darf man gratulieren?« dienerte der Besitzer. »Aber immer!« Als wir einige Monate später wieder aufkreuzten, die Freundin inzwischen rank und schlank, fragte er: »Na, was ist es denn geworden?« – »Nichts.« Er war peinlich berührt (wir nicht), und wir verließen den Laden mit stark heruntergesetzten Schnäppchen. So kann man aus nichts noch etwas machen. Der Zeichner, aufgefordert, eine beißende und schonungslose Zeichnung anzufertigen, wußte aus dieser Geschichte allerdings nichts herauszuholen. Er könne den Inhaber der Boutique gut verstehen, der sei uns zwei Medusen ja quasi schutzlos ausgeliefert gewesen. Er meinte Megären, was die Sache auch nicht besser macht. – cut –

Fremdwörter sind Glückssache, wie man weiß. Es gibt aber auch viele Leute, die noch nicht mal gewöhnliche Redensarten richtig behalten können. Vor einiger Zeit habe ich mir aus beruflichen Gründen die Super-Hitparade (Schlager von 1969 bis 1975) mit Dieter Thomas Heck ansehen müssen. Er nannte die Platten-Verkaufszahl eines Schlagersängers und setzte hinzu: »Das muß man sich mal auf dem Munde zergehen lassen.« Außerdem sagte er noch, wenn er einen *Hit* ankündigte: »Ein Riesending!«, und zwar mehrmals. Da ich allein im Hause war, sagte ich immer wieder »Mein Gott« zu meinen Tapeten. Die Schlagersänger, von denen ich die Hälfte noch nicht mal vor 25 Jahren gekannt habe, traten übrigens meist barbrüstig in weißen oder in Glitzersakkos auf, einige hatten sich die Brust rasiert. Jedenfalls nehme ich das an, weil nach meiner Erfahrung 50jährigen Männern mit üppigem Haupthaar nicht zuerst die Brust- oder die Beinhaare abfallen, sondern leider erst ganz zuletzt. – cut –

Das beste war eigentlich, daß ich mir die Sendung nicht noch in Farbe ansehen mußte, weil ich nur einen Saba Schwarzweißfernseher besitze, den ich 1976 gekauft habe. Vom Kauf eines Farbfernsehgeräts schrecke ich immer noch zurück, weil ich befürchte, daß man mir ein »kompromißloses« Gerät anbieten und mich dabei »junge Frau« nennen wird. Oder »Süße«. Oder »Babe«. Ich kucke mir also nach wie vor Naturfilme in Schwarzweiß an, mit der Einschränkung, daß ich Pflanze, Tier und Mineralreich nicht voneinander unterscheiden kann. Was aber nichts ausmacht, weil, wenn ich den Fernseher einschalte, beinahe sofort das Telefon läutet und junge Mädchen anrufen, die einen gewissen Carlo sprechen wollen, der die gleiche Telefonnummer hat wie ich, außer, daß er am Schluß eine 9 hat und ich eine 0. Mit denen unterhalte ich mich dann so lange, bis der Film zu Ende ist, und gebe ihnen gute Ratschläge, z. B. daß man sich schon in jungen Jahren in Läden nichts gefallen lassen soll. – *cut* –

# DAS FEHLTE NOCH!

*Für Isabella*

## *1. Kapitel*

The path to enlightment requires a flashlight with fresh batteries.
(Den Weg zur Erleuchtung nicht mit durch-
gebrannter Birne antreten.)

*Englisches Sprichwort*

## Knöterich

Mietshäuser sind ja auch so ein Problem. Nehmen wir nur mal Birgit und Lars von schräg unten. Die haben letztes Jahr ein Kind gekriegt. Lars nimmt dir sein Auto auseinander und setzt es wieder zusammen wie nichts, aber was er nicht schafft, ist, die Flasche für nachts richtig zuzuschrauben. Das Baby gießt sie sich dann über den Kopf und brüllt wie am Spieß, und er muß kommen und das Kinderbett neu beziehen. Zwischendurch kommt Birgit rein und brüllt fast genauso laut: »Das kann ja wohl nicht wahr sein!« Danach erfahre ich noch so allerhand, was ich gar nicht wissen möchte, z. B. was seine Mutter zu ihrer Mutter gesagt hat, als sie sich verlobten. Am nächsten Tag streiten sie immer alles ab und behaupten, ich hätte es wohl an den Ohren.

Oder Jens und Ilona, die direkt unter mir wohnen. Die haben einen Knöterich gepflanzt. Der ist hochgeklettert, hat meinen Küchenbalkon total überwuchert, ist durch das Oberlicht rein und ratzfatz hinter den Geschirrschrank gekrochen. Hoffentlich stellt er da nichts an. Vorsichtshalber habe ich noch nicht nachgeguckt. Abschneiden darf ich ihn nicht, sonst bin ich wieder die Pflanzenschänderin, wie im letzten Jahr. Da haben sie im Treppenhaus einen Zettel aufgehängt, daß ich das Leben nicht achten und mich noch mal wundern würde. Dabei habe ich bloß mal wieder wissen wollen, wie die Welt da draußen hinter dem Knöterich aussieht. Sven macht eine Croupier-Ausbildung in Hittfeld, und Ilona arbeitet in einem Fingernagel-Studio. Das nenne ich beides keine hochgradig ökologischen Berufe. Sie behaupteten aber auf dem Zettel, sie hätten eine Beziehung zu dem Knöterich aufgebaut.

Ich schnippel jetzt immer nachts beim Schein meiner Taschenlampe kleine Knöterichbeinchen und -ärmchen ab, vorsichtshalber mit Ohropax. Damit ich die Schreie nicht höre.

**Chakren**

Obwohl ich behauptete, Mantras nicht von Mantas unterscheiden zu können, schleppte mich meine Kusine Julia im Anschluß an die Beerdigung von Onkel Albert auf die Esoterik-Messe. Da gäbe es garantiert Wahrsagerinnen, wischte sie meine Einwände beiseite, die uns ein Gespräch mit Onkel Albert vermitteln könnten. Ich wüßte allerdings nicht, was wir den hätten fragen sollen (»Und – wie fandest *du* die Beerdigung?«). Julia ließ gleich am ersten Stand ihre Aura in Farbe fotografieren. Die Analyse ergab, daß sie aus einem gut situierten Elternhaus stamme und sehr wohlhabend sei. Das hätte ich ihr für 40 Mark auch sagen können, weil ich es erstens sowieso weiß, und zweitens trug sie ihr Dolce-&-Gabbana-Kostüm und handgenähte Pumps.

Außerdem wurde ihr noch gesagt, daß sie »Ja!« zum Leben sagen soll.

Ich habe mir dann für 7 Mark von einem Karma-Computer ausdrucken lassen, was ich in meiner letzten Inkarnation gewesen bin. Es waren ziemlich viele Rechtschreibfehler drin, aber was dabei herauskam, kann man in zwei Worten sagen: Mutter Teresa. Der Tip für mein Hier und Jetzt hieß »Neinsagen lernen«. Da fing ich gleich an zu üben und sagte *Nein!* zum Oberton-Singen mit Jörn Raeck aus Düsseldorf, sagte *Nein!* zu einem Treffen mit Manuela und den Engeln (Heilung durch Engelenergien und Erdmeditationen) und sagte abermals *Nein!* zur Chakrenmassage. Das stellte sich aber als Fehler heraus, weil es kostenlos angeboten wurde. Da habe ich es natürlich machen lassen.

Die Chakren muß ich mal erklären: Man hat sieben oder fünfzehn Stück, wobei das tiefste an einer Stelle sitzt, zu der meine Mutter früher »untenrum« sagte (»Wasch dich auch untenrum«). Das höchste sitzt im Kopf, wächst oben raus und sieht aus wie die Blätter von einer Ananas. Natürlich nicht wirklich, das soll man sich bloß vorstellen.

Man mußte die Schuhe ausziehen, was einigen Leuten peinlich war, mir aber nicht, weil ich immer frische Socken trage, seit verlangt wird, daß man die Schuhe auszieht, wenn man wo eingeladen ist. Bei der Massage wurde man nicht angefaßt, sondern es wurde hinter, neben und über einem herumgewedelt, was einen angenehmen Luftzug verursachte. Als ich gefragt wurde, ob mir jetzt kalt oder heiß sei, sagte ich: »Unten kalt, oben warm«, was aber falsch war und aufzeigte, daß meine Chakren irgendwie nicht okay waren. Unterdessen hatte Julia mehrfach *Ja!* zum Leben gesagt, und bei einer schönen Tasse Yogi-Tee und einem Häppchen Manna zeigte sie mir ihre Einkäufe. Ein Dinkelspreukissen, einen Auralon-Energiefeld-Harmonisierer, ein Pendel und das Buch von Brigitte Gärtner »Das Pendel kennt die Antwort!«. Überdies hatte sie sich für 750 Mark für ein spirituelles Schnupper-Wochenende angemeldet. Da ließ ich sie dann das Manna bezahlen. Das Manna schmeckte übrigens nach nichts, was ja nur dann in Ordnung ist, wenn man es während einer Wüstenwanderung geschenkt kriegt.

Nach unserem Imbiß suchten wir einen Wahrsager auf, der uns tatsächlich mit Onkel Albert in Verbindung brachte, allerdings über einen Mittelsmann. Dieser teilte uns mit, daß Onkel Albert den Polizisten getroffen habe, der ihm damals den Führerschein abgenommen habe, und der habe ihm gestanden, dabei selber besoffen gewesen zu sein. Eine versicherungstechnisch interessante Offenbarung, wenn sie dreißig Jahre früher erfolgt wäre. Ein wenig deprimiert zogen wir dann zu der Wahrsagerin Frau Matheika, um etwas über meine Vergangenheit zu erfahren; im Zuge ihrer neuen Lebensauffassung wollte Julia es bezahlen. Zum Glück hatte Frau Matheika keinen Termin frei, denn eigentlich finde ich, daß meine Vergangenheit keinen was angeht und ohnehin schon zu viele Personen darüber Bescheid wissen.

Julia war sehr enttäuscht darüber, daß wir nirgends Informationen über das Ewige Leben erhielten, denn sie hatte gehört, daß das jetzt der Hit in Esoterik-Kreisen sein soll. Darüber wollte ich nichts wissen, weil es nicht unbedingt ein schöner Gedanke ist. Man muß sich nur mal klarmachen, mit was für Leuten man dann bis zum Jüngsten Gericht herumziehen muß. Ich finde, irgendwann muß jede Party mal zu Ende sein.

Außerdem stellte ich fest, daß die Erkenntnisse, die durch die Esoterik gewonnen werden, eher kurzlebiger Natur sind: Für den nächsten Tag hatte Julia ausgependelt, daß wir zusammen zum Shopping ausgehen. Ich hätte *Nein!* sagen sollen. Als wir uns trafen, hatte sie das *Ja!*-Sagen komplett vergessen, und ich mußte meine Einkäufe selbst bezahlen.

## Aromatherapie

Wenn Sie früher eine andere WG besuchten – denn Sie wohnten natürlich auch in einer, weil Sie jeden Scheiß mitgemacht haben –, dann brannte meist irgendwo ein Räucherstäbchen, und wenn Sie Glück hatten, wurde Ihnen zu passender Musik ein Joint angeboten, bevor man zur Demo aufbrach. Diese Zeiten sind natürlich vorbei. Heute sind die Demos rarer geworden oder vielleicht auch die Demogänger. Sie nehmen Valium, halten sich eine Putzfrau und einen Volvo, die Poster sind geschmackvoll gerahmt, und es gibt die Aromatherapie. Die tut nicht weh und ist praktisch für alles gut. Ich weiß Bescheid, ich habe mir ein Buch darüber gekauft.

Die Lektüre fiel mir zunächst nicht leicht, weil vorausgesetzt wird, daß mir positive und negative Schwingungen und Engelsenergien ebenso präsent sind wie die Existenz von Geistheilern, Kristallsehern und Hellsichtigen.

Die Kapitel »Chakrenenergien und Aromaöle« und »Kristalle und Öle – eine heilsame Partnerschaft« habe ich überschlagen und mich den Themen »Sex, Spiritualität und Aromaöle« und »Die Heilung unseres Planeten« zugewandt: »Die Erdmutter ist schwer verwundet. Wir haben ihre Schätze geplündert, ihre Meere und Flüsse vergiftet...« Was heißt hier eigentlich »wir«? *Sie* vielleicht, *ich* jedenfalls nicht! Das habe ich schon damals von mir gewiesen, als unser Gemeinschaftskundelehrer sagte, daß die Umweltverschmutzung daher kommt, daß die Arbeiter immer ihr Butterbrotpapier in den Park schmeißen.

Egal, wer Schuld hat, jedenfalls muß was unternommen werden, nämlich auf die physische, mentale und feinstoffliche Art. Physisch heißt Abfallvermeidung, mental heißt an Zeitungen schreiben und feinstofflich... damit fangen Sie am besten zu Hause an, weil in Ihrem Schlafzimmer bereits negative Energiemuster aufgebaut sind, da bin ich mir bei Ihnen so was von sicher; danach arbeiten Sie sich zu einer unfallträchtigen Straße oder anderen heilungsbedürftigen Orten in Ihrer Nähe vor (Fußballstadien?), und nach und nach haben Sie dann die ganze Erde im Griff. Zu diesem Zweck bitten Sie Ihre Freunde zu einer gemeinsamen Meditation; hilfreich ist das kollektive 40minütige Singen der kosmischen Silbe OM. Währenddessen läßt man ein passendes ätherisches Öl verdunsten, in diesem Fall ist Rosenholzöl optimal. Nicht vergessen: Beim Ausatmen Ihre heilenden Kräfte auf den Ort richten, den Sie ins Auge gefaßt haben.

Die ganze Prozedur läßt sich auch auf Menschen in Ihrer Umgebung ausdehnen, die Urheber für Probleme »zu sein scheinen«... »Dabei kann es sich um einen örtlichen Politiker, einen Grundstücksspekulanten oder den Anführer einer Bande Halbstarker handeln.« Diesen Menschen sollte man lieber eine Heilung zukommen lassen als feindselige Gefühle. Leicht für einen Opportunisten wie Sie und schwer für eine wie mich, die bisher hauptsächlich nach dem Motto »Was willst du? Zoff? Aber immer!« gelebt hat.

Nachdem wir die Erde erledigt haben, kommen wir jetzt zum Sex. Dafür ist Jasminöl das Gegebene, falls Sie Spiritualität in Ihre sexuellen Beziehungen einbauen möchten, was Ihnen ähnlich sehen würde. Patschuliöl wiederum hat eine günstige Wirkung auf Leute, die Beziehungsprobleme haben, also quasi auf alle. Vor dem Zubettgehen in die Badewanne und dann in eine Duftlampe im Schlafzimmer geben.

Sollten Sie zu den Leuten gehören, die es lieber im Büro, im Wald oder auf der letzten Bank im Nachtbus treiben, dann gilt natürlich dasselbe. Nehme ich jedenfalls an, weil das nicht extra erwähnt wird.

Sie können auch mit Ihrem Partner gleichzeitig meditieren. Lehnt er oder sie das ab, dann sollten Sie sich fragen, ob er/sie der/die Richtige für Sie ist oder ob er oder sie nicht was Besseres verdient hat. Wenn Sie gar keinen Partner haben, weil Sie zum Beispiel häßlich und gemein sind, dann ist Majoranöl im abendlichen Bad sehr zu empfehlen, da es eine antiaphrodisische Wirkung entfaltet. In diesem Falle sollten Sie einige Freunde, falls Sie noch welche haben, was ich aber für unwahrscheinlich halte, auffordern, für Sie zu singen. OM.

# Intuition

Manche nennen es den sechsten Sinn, andere Besserwisserei, wieder andere weibliche Intuition. Wobei weibliche Intuition ja bloß bedeutet, daß Frauen ihre fünf Sinne immerzu beisammen haben und deshalb alles besser wissen. Männer können nur eine Sache auf einmal bewältigen: entweder fernsehen oder lesen oder stricken, während ich das alles gleichzeitig mache und dazu noch telefonieren und die Mangelwäsche fertig machen kann. Solche Fähigkeiten führen dann dazu, daß jedenfalls nicht ich aus allen Wolken fiel, als Frau Behrmann sich scheiden ließ. Ich hatte schließlich die Hemden von Herrn Behrmann gesehen (ungebügelt), die Kinder gerochen (ungewaschen), war im Treppenhaus über ihren Müll gestolpert (Pizzaschachteln) und hatte gehört, wie Frau Behrmann Herrn Behrmann betreffs der damaligen Prophezeiungen ihrer Mutter einiges ins Gedächtnis zurückrief.

»Aber auf der Konfirmation letztes Jahr waren die doch noch...« wandte Harry ein. »Auf der Konfirmation«, unterbrach ich ihn, »lag er sturzbetrunken in der Küche, und sie hat sich noch nicht mal dafür entschuldigt. Das sagt ja wohl alles!« Das sagte Harry natürlich nichts.

Alles schneller und besser zu wissen, macht nicht immer glücklich und kann auch eine Last sein. Besonders für die anderen. Susanne F. sagte kürzlich, daß ich mich Fanny »Hab-ich-dir-doch-gleich-gesagt« Müller nennen sollte. Oha! Ich sage jetzt nichts mehr, ich denke mir nur meinen Teil. Wie neulich, als Harry mein defektes Radio reparieren wollte. »Das wird nichts«, dachte ich intuitiv. Die Kaffeemaschine hat er mir auch schon ruiniert, deshalb hatte mir jetzt mein sechster Sinn geraten, vorher den Netzstecker zu ziehen. Als Harry das spitzkriegte, entstand eine ziemliche Schreierei, und er haute ab. Das hatte ich auch schon vorhergesehen. An diesem Abend gab es den Schlager-Grand-Prix und auf den anderen Kanälen Fußball. Während *meiner* Sendung habe ich dann neue Aufhänger an die Frottees genäht, ein Fußbad genommen und mit Ilse telefoniert (Oliver wird wohl durchs Abitur fallen, das wußte ich aber schon, man muß nur mal sehen, was der für Klamotten anhat). Als ich dann gemütlich zu Bett gehen wollte, war Schluß mit meiner Hellseherei. Darin ist mir nämlich Fräulein Kühne von oben überlegen. Die wirft immer dann die Waschmaschine an, wenn ich mein müdes Haupt mal allein aufs Kopfkissen bette. Das muß die riechen oder fühlen oder was. Wahrscheinlich hat sie aber nur gesehen, wie Harry Leine gezogen hat.

2. *Kapitel*

Das hört das Frauenauge gern.

*Ich*

## Kranz & Schleier

Als ich neulich in Hamburg-Sternschanze aus der S-Bahn steigen wollte, klemmte die Tür natürlich wieder, aber mit Hilfe einer Dame, die in ein für ihre Jahre etwas zu pfiffiges Kostüm gekleidet war, schaffte ich es dann doch, die Bahn zu verlassen. Wir versicherten uns gegenseitig, daß man jetzt ja auch im vorgeschrittenen Alter sei und nicht mehr so könne, und überhaupt sei ja alles nicht mehr so wie früher. Während wir die Treppe hinunterstiefelten, teilte sie mir mit, daß ihr Mann schon fünf Jahre tot sei, »da bin ich aber schnell über weggekommen«. 30 Jahre war sie verheiratet, »und das Meiste war bloß Durchhalten«. Das glaubte ich gern, denn er war im Gaswerk beschäftigt gewesen, aber mit Schlips und Kragen, und jeden Morgen war es dasselbe: »Wo ist mein grüner Schlips« hieß es über all die Jahre hinweg. Erst hatte sie immer gedacht: »Wenn die Kinder aus der Schule sind...!« Danach: »Wenn die Kinder aus der Lehre sind...« Dann war er zum Glück von alleine gestorben.

Jetzt hat sie einen Bekannten, ist aber sehr vorsichtig (da standen wir schon an der Ampel Schanzenstraße). Er ist ja nett, aber man weiß nie, auf einmal werden die komisch. Sie wohnt für sich, und der wohnt für sich, und kochen tut sie nicht für den. Manchmal kocht er und macht dann Andeutungen, daß sie mal den Tisch decken könne. Tisch decken! Das fehlte noch! Das hat sie 30 Jahre gemacht. Man ist ja ein dummes Huhn gewesen, aber heute immer noch ansprechbar und ansehnlich, sagen Sie mal selber! – Inzwischen waren wir auf der anderen Straßenseite stehen geblieben. Ihre Mutter war schon mit 20 Jahren Witwe geworden und hatte dann später auch einen Bekannten, das war damals noch gar nicht modern, und sie hatte zu ihrer Mutter immer gesagt: »Mutti!!!«

Heute versteht sie ihre Mutter besser, es ist ja auch gar nichts dabei. »Bloß nicht heiraten!« funkelte sie mich an, als hätte ich in Kranz und Schleier vor ihr gestanden. Schließlich gaben wir uns noch die Hand zum Abschied (»Alles Gute noch!«), und ihr letzter Satz war: »Glauben Sie das man – die guten Jahre, die man hinter sich hat, können nicht schlechter wiederkommen.«

Da hatte ich dann auf dem Nachhauseweg noch was wegzugrübeln.

# Schnäppchen

Am liebsten würde ich ja den Sommerschlußverkauf vergessen, weil ich mich ungern an Orte begebe, wo von Rechts wegen flächendeckend Zwangsjacken ausgeteilt werden müßten. Die Nichten wünschen sich aber zu Weihnachten immer weiße Bettwäsche, weil sie mit Mickymäusen auf dem Kopfkissen groß geworden sind. Die mögen sie jetzt nicht mehr. Also auf zu den Sonderangeboten. Kurz vor Karstadt sticht mir eine Boutique ins Auge. Seitdem die herrschende Mode vorschreibt, daß man wie Hölle aussieht, egal ob man sich bei Versace oder Woolworth einkleidet, habe ich es eigentlich aufgegeben, mir Klamotten zu kaufen. Eine Bekannte machte mich bereits mehrmals darauf aufmerksam, daß z. B. Schulterpolster so was von out seien. Mir doch egal! Ich habe sie bezahlt, und ich trage sie, bis sie verrotten.

Trotzdem konnte ich nicht widerstehen, als ich im Schaufenster der Boutique so einen Designer-Leinenfummel in rostrot mit Seidenunterrock für sage und schreibe 70 Mark entdeckte. Die Verkäuferin trug übrigens ein T-Shirt mit der Aufschrift »Monsieur Condome«. Es war auch noch ein Bild drauf. Wenn ich mir so was ansehen möchte, schaue ich normalerweise in einem medizinischen Handbuch nach. Meistens möchte ich aber nicht.

Das Kleid zog ich dann gleich an. Im Foyer von Karstadt nahm mich eine Kundin beiseite: »Ich will ja nicht aufdringlich sein, aber Ihr Unterrock schaut vor.« Der mußte ich dann sagen, daß das die Absicht des Modeschöpfers gewesen sei. Da war sie beleidigt. Ich finde aber, daß man Leute, die es gut mit einem meinen, nicht belügen soll.

In der Bettenabteilung war es noch einigermaßen ruhig; nicht alle Leute sind so vorausschauend wie ich. Neben der Rolltreppe war ein Ständer aufgestellt mit etwas, das so aussah, wie ich mir Suspensorien vorstelle. Ich habe noch nie welche gesehen, meine Intuition sagte mir aber, daß es Schweinkram sein mußte. Dieser Ständer jedenfalls war so dämlich plaziert, daß man ihn beim Rausgehen umschmeißen mußte, was ein ziemliches Aufsehen erregte. Gleich kam eine Abteilungstorte angeschossen und hielt mir einen Vortrag, daß das jetzt wieder jemand aufräumen müsse. Ich hielt meine Plastiktüten fest und sagte: »Das mache ich auf gar keinen Fall. Ich komme aus einer zerrütteten Familie.« Sie sagte: »Ich auch«, was man auch sehen konnte. Da biß ich die Zähne zusammen, und wir sammelten es gemeinsam auf.

An der Zentralkasse mußte ich dann ziemlich lange warten, weil die Kassiererin gerade telefonierte. Ich erfuhr alles über Edith und Heinz. Heinz hatte Edith gräßliche Sachen angetan, aber Edith würde es ihm heimzahlen. Es hörte sich nicht an wie ein geschäftliches Gespräch. Das machte mir aber nichts aus, im Gegenteil. Im Geiste notierte ich mir die interessantesten Ideen. Es kann nie schaden, wenn man außer Rumbrüllen und Sachen Kaputtmachen noch was anderes in petto hat.

Auf dem Weg hinaus schaute ich noch kurz ins Schnäppchen-Center rein und traf dort zu meiner Überraschung meine Kusine Julia an. Der Unterschied zwischen uns ist, daß sie reich und sparsam ist und ich arm und sparsam. Ich hätte erwartet, daß sie ihre Schlußverkäufe am Jungfernstieg tätigt und dort Pullover kauft, die knallhart von 4000 auf 3900 Mark herabgesetzt sind. Eine diesbezügliche Anspielung meinerseits konterte sie mit: »Weihnachten steht vor der Tür, mein Engel, und die Familie ist groß.« »Wieso, hast du keine Bürsten mehr?« gab ich schlagfertig zurück. Als wir nach dem Hinscheiden ihrer Mutter deren Dachboden aufräumten, hatten wir ein Arsenal von Bürsten vorgefunden, von denen sie mir die Hälfte als Dank für meine Hilfe geschenkt hatte. Damit hätte ich den Jungfernstieg pflastern können. »Zu Weihnachten schenkt man etwas Persönliches, mein Engel«, sagte sie. Ich warf einen Blick in ihren Korb. Was an angestaubten 4711-Geschenkpackungen persönlich sein soll, möchte ich mal wissen. Sie musterte mein Kleid: »Nicht übel, mein Engel, ist das nicht ein Modell von Dings... genau meine Größe... aber Rot solltest du nicht tragen... Was hast du bezahlt?« Jetzt hieß es Farbe bekennen: »Schlappe 500, Sonderpreis.« Ich ließ mich dann breitschlagen, es ihr für 450 zu überlassen, weil ich es schon angehabt hatte. Dafür bezahlte Julia aber anschließend unseren Tee in der Cafeteria. Ich hoffe, sie liest das hier nicht.

## Chippendales

Rita, meine frühere Arbeitskollegin, hatte aus obskuren Quellen, die sie mir nicht nennen wollte, zwei Karten »für umsonst« für die »Chippendales« besorgt. Ich sagte ihr, daß ich mir aus Möbelausstellungen nichts mehr mache, seit ich neulich bei einer war, in einem Entspannungssessel festgeklemmt lag, während mein Begleiter die Hände rang und rief: »Bitte, bitte, jetzt nicht sterben!«

Es sei aber gar keine Ausstellung, sagte Rita, sondern eine Überraschung. Und ich solle mich auf keinen Fall aufbrezeln, obwohl es eine Ladys night sei. Das war aber dann auch gar nicht nötig, weil das die anderen 2000 Ladys schon gemacht hatten, die den Saal 2 im Hamburger Congress-Centrum füllten. Allein über die Schuhe könnte ich schon Seiten und Seiten schreiben. Ich selbst trug solche, von denen die Nichten immer sagen, daß sie sich darüber wundern, wie ich mich damit noch in die Öffentlichkeit traue.

Die Plätze waren nicht numeriert. Zuerst saßen wir hinter einem Club von acht Damen, setzten uns aber wieder um, weil die schon eine halbe Stunde vor Beginn mit präsexuellen Kreischübungen anfingen. Jetzt saß vor uns eine Truppe von überirdisch schönen Geschöpfen, die aber alle sehr tiefe Stimmen hatten. Insgesamt war viel Leder und Satin und wuscheliges Blondhaar vertreten. Und Figuren! So was hat es früher nicht gegeben. Ich fragte Rita, was die ihrer Meinung sonst wohl so machten. Sie sagte: »Disco, Fitness-Studio, Büro.«

Dann fing es an. Sie werden schon erraten haben, daß jetzt schwer body-gebuildete amerikanische Männer auftraten, die sangen und tanzten und sich dabei auszogen. Der Gesang war Playback, eine Choreographie nicht auszumachen, und beim Ausziehen blieb zum Schluß immer noch eine kleine Unterhose übrig. In der Pause, als Rita auf dem Klo war, unterhielt ich mich mit zwei Ladys aus Schwerin, die meinten, das sei auch besser so. Bei diesen ganzen Anabolika würde ja – die eine spreizte den kleinen Finger ab –, und überhaupt *ihr* Freund, der würde da Gewichtigeres auf die Waage bringen... Ihre Freundin bestätigte das; sie schienen wirklich sehr eng miteinander befreundet zu sein.

Nach der Pause ging es dann weiter. Die Jungs hatten sich wirklich Mühe gegeben, Frauenträume auszuloten. Mal kamen sie als Handwerker – es ist bekannt, daß Frauen auf Klempnern mit Riesenäxten stehen –, mal als Rocker – was gibt es Schöneres, als Männer mit nacktem Popo auf einer Panhead Bewegungen machen zu sehen, die an sich nicht dahin gehören; mal durften wir zuschauen, wie einer aus der Abteilung »Lonesome Cowboy« zunächst ein Sofakissen verführte, dann verzweifelt unter die Dusche stürmte und diese sowie die Duschwand vergewaltigte. Und alles in einem Höllentempo. Kreisch-kreisch-kreisch. »Möchtest du so was zu Hause haben?« schrie ich Rita zu. »Gott bewahre«, schrie sie zurück, »in zwei Sekunden von Null auf fünftausend Umdrehungen? Herzlichen Dank!« Mittlerweile fieberte ich bereits dem Ende der Vorstellung entgegen, weil ich die Hoffnung fallen gelassen hatte, daß das Ganze irgendwann noch einen Sinn ergeben würde. Aber Rita war unerbittlich, und wir mußten die Herren noch einmal in Marineuniform anschauen, die sie aber die ganze Zeit anbehielten – es ist bekannt, daß Frauen auf Uniformen stehen –, und dann war Schluß. Aber erst nachdem sie alle noch einmal den Arm zu einem Gruß erhoben hatten, der meiner Ansicht nach seit 1945 verboten ist.

Es war aber doch nicht ganz Schluß, denn Rita bestand darauf, daß wir ins Foyer gingen, wo auf der einen Seite T-Shirts und Kalender verkauft wurden, und auf der anderen Seite konnte man sich mit den Darstellern fotografieren lassen. Rita zog mich ganz nach vorne und sagte: »Jetzt paß mal auf. Gleich weißt du, warum die Schnecken sich so aufgedonnert haben.« Tatsächlich war die Party noch nicht zu Ende. Die Herren grinsten wie nichts Gutes in die Kamera und flüsterten den Ladys was ins Ohr; nämlich ihre Zimmernummer. Natürlich nicht allen; sie mußten schon die richtigen Argumente mitbringen. Als eine dran war, die so überzeugende Argumente hatte, daß sie fast vornüber fiel und es auch gar nicht nötig hatte, irgendeine Art von Gesichtsausdruck vorzutäuschen, flüsterte ich Rita zu: »Glaubst du, daß die überhaupt englisch kann – ich meine, ob die überhaupt *sprechen* kann?«

»Die Sprache der Liebe ist nonverbal«, sagte Rita.

Was? – Liebe? – Na gut, in der BILD-Zeitung steht auch immer: »... dann mußte sie den Einbrecher lieben ...«

»Und wieso haben wir überhaupt für teures Geld studiert?« bohrte ich nach.

»Keine Ahnung«, erwiderte Rita, »wir müssen komplett meschugge gewesen sein.«

Oder auch nicht.

## 3. Kapitel

Im Grunde sind das lauter Gemeinheiten.

*Heimito von Doderer*

## Hexenschuß

Die Lesereise in den Süden bzw. Westen des Landes mit der Kollegin Susanne Fischer war nicht sehr amüsant, obwohl wir als Motti vorher ausgegeben hatten »Das fehlte noch« und »Im Grunde sind das lauter Gemeinheiten«. Gleich nach der ersten Etappe erlitt ich in Göttingen beim Frühstück einen Hexenschuß. »Das fehlte noch«, sagte Fischer, »laß jetzt den Scheiß, morgens kann ich nicht lachen.« Ich auch nicht. Ich konnte nicht mal husten, ohne mich vorher auf den Fußboden zu legen. Fischer sagte, daß das alles nicht so schlimm sei, schließlich könnte ich das Mißgeschick doch kolumnemäßig ausschlachten bzw. verwursten. Im Grunde sind das lauter Gemeinheiten.

Fischer ist eine große und fitte Dame, weil sie Mitglied in einem Tennisclub ist. Da, wo sie wohnt, wäre der Schützenverein die Alternative gewesen, aber da wollten sie sie nicht haben. Das hätte auch noch gefehlt. Jedenfalls mußte sie meinen Rucksack tragen, den sie den »alten Sack der Kultautorin« nannte. Manche Leute meinen ja, daß man sich Behinderten gegenüber alles erlauben kann.

Auf unserer nächsten Station in Reutlingen warf sie allerdings das Handtuch und besorgte einen Karton, wo sie rigoros und trotz meines Protestes alles hineinpackte, was ich ihrer Meinung nach nicht unbedingt brauchte, und brachte ihn zur Post. Im Grunde sind das lauter... Mir blieben zwei Unterhosen und meine Zahnbürste und keine Perlonstrümpfe und keine hochhackigen Schuhe. Ich mußte ihren Lippenstift mitbenutzen. Das fehlte noch. Es war überhaupt nicht meine Farbe. Und trug auch nicht gerade dazu bei, daß nach den Lesungen gut gewachsene junge Männer unsere Garderobe stürmten. An sich ist die Gefahr sowieso nicht groß, weil die Anzahl solcher Sorte Groupies bei uns in Richtung minus unendlich tendiert.

Für die nächste Reise werde sie mir einen kräftigen Zivildienstleistenden sowie einen Rollstuhl besorgen, verhieß Fischer beim Abschied und wollte sich kaputtlachen. Das fehlte noch! Im Grunde...

## Romeo & Julia

Kürzlich riefen mich zwei junge Menschen an, die ich der Einfachheit halber Romeo und Julia nennen möchte, und luden mich zu ihrem Umzug in die Dingsstraße ein. Ich wußte schon, was das bedeutete, und erwähnte gleich meine Betagtheit inklusive Bandscheibe, sagte ihnen aber, daß ich hinterher gerne auf ein Gläschen Champagner vorbeischauen würde. Das tat ich dann auch. Die anderen *Gäste* waren schon gegangen, als ich das Paar eng umschlungen und den Tränen nahe in der Küche antraf. Sie hätten soeben im romantischen Kerzenlicht eine Kakerlake auf dem Zuckertopf entdeckt, welche mit blutunterlaufenen Augen freche Blicke um sich geworfen habe. Durch mehrere Südamerika-Aufenthalte geschult, wußte ich, daß der Kakerlak ein geselliges Tier ist, das gern in großen Familienverbänden lebt, wenn auch eher im Verborgenen. »Kühlschrank!« sagte ich ganz abgebrüht zu Romeo. Romeo kippte den Kühlschrank nach vorne. Es war eine *sehr* große Familie. Und zudem sehr lebhaft und geschäftig unterwegs, während die verstorbenen Familienmitglieder an der Seite des Kühlschranks klebten. Ich hätte stundenlang zuschauen können. Julia jedoch erklärte mit bebender Stimme, daß sie keine Minute länger in dieser »übel verseuchten Kakerlakensiffbude« zubringen werde, dagegen seien die Ratten in ihrer vorigen Wohnung richtig niedlich gewesen. Na ja, was blieb mir übrig? Und wozu brauche ich eigentlich drei Zimmer, wenn Gandhi (oder war es Wittgenstein?) überhaupt keins brauchte? Und noch andere Leute, deren Namen ich jetzt vergessen habe. Nach der zweiten Flasche war ich überzeugt. Alle Lebensmitteltüten, Büchertüten und Wäschetüten wurden zusammengerafft und ein Taxi gerufen. Es waren ungefähr 73,5 Teile. Der Taxifahrer blickte ziemlich lange auf den Tütenberg.

Nach und nach wurden die jungen Leute aber zu einer echten Bereicherung des Haushalts, auch wenn sie für meinen Geschmack einen zu hohen Kerzenverbrauch hatten. Romeo hat zwar studiert, ist aber von Haus aus Elektriker, das liegt an seiner polygalaktischen Erziehung, oder wie das in der Zone hieß. Ich hatte schon lange darüber nachgegrübelt, wie ich an einen Handwerker komme, ohne daß ich ihn heiraten oder womöglich bezahlen muß. Es kam dann aber so, wie ich es schon vermutet hatte, als ich die Tüten voller Kerzen bemerkte, die sie mitgebracht hatten: Als er den Boiler reparierte, brach anschließend die gesamte Hauselektrik zusammen, was meinen Ruf bei den Nachbarn nicht gerade verbesserte. Es war der Abend, an dem das Halbfinale von Wembley lief. Außerdem funktionierte Romeos Laptop zwei Tage lang nicht, was schade war, denn ich konnte damit »Shanghai« spielen und faxen und ins Internet gehen und Sachen von Leuten lesen, die Peter Jensen heißen und ihr Gedicht »Perfekte Menschen« mit »Gibt sie es überhaupt?« anfangen, während ein Stephan Wohlfahrt findet, daß Geborgenheit ein Zeichen ist und »falls ihr mehr lesen möchtet, schreibt mir«.

Wir schmeißen den Haushalt gemeinsam, das heißt, daß Julia und ich einkaufen gehen und kochen und die Küche wischen. Romeo hat mit seinem wichtigen Beruf wirklich genug zu tun. Die beiden Male, die er bisher abgewaschen hat, gleich nachdem er den Toaster auseinander genommen hatte – natürlich bei Kerzenlicht, was man dem Geschirr auch hinterher ansah –, erfreute er uns allerdings mit Liedern, die ungefähr so gingen: »Über Grenzen, die des Krieges Hader schuf, springt der Ruf, springt der Ruf...« Solche Lieder sollen angeblich kleine Kinder in der Zone gesungen haben.

Wir beiden Westlerinnen revanchierten uns mit »Ich bin verliebt in die Liebe, sie ist okeh-he für mich«. Da war es an ihm, nervös zusammenzuzucken. So haben wir jeden Tag unseren Spaß.

# Hottehüs

Die »Bodega Nagel« am Hamburger Hauptbahnhof ist in Hamburg, vor allem aber in Skandinavien ein sehr bekanntes Lokal, weil sich da jeden Tag ganze Busladungen voller Schweden mit preiswerter Ananas-Bowle plattmachen. Was weniger bekannt ist: Die Damentoiletten bei »Nagel« sind absolutes »Must«. Die dort zu besichtigenden Sprüche wechseln wöchentlich, halten aber ein gleich bleibendes Niveau, das als federführend für den gesamten norddeutschen Raum gelten dürfte. Angefangen bei den täglichen schmerzlichen Erfahrungen von Frauen: »Jeder ist seines Glückes Schmied, doch nicht jeder hat ein schmuckes Glied«, hinabsteigend in die Tiefenpsychologie: »Ödipus, du sollst deine Mutti anrufen«, hinaufsteigend ins Metaphysische: »Jesus, du bist unser Scheißer« bis hin zu einem Bekenntnis, das mich letzte Woche arg ins Grübeln brachte: »Ich weiß 2 Sachen übers Pferd, von denen 1 sich nicht gehört.«

Nun weiß ich über eine Menge Leute eine Menge Sachen, die sich bestimmt überhaupt nicht gehören, wie z. B. Nägelkauen, Ladendiebstahl, nicht wählen gehen, aber heimlich die Briefwahl beantragen. Oder sich Marianne Rosenberg über Kopfhörer reinziehen, obwohl man gar nicht schwul ist. (Um das Schlimmste erst gar nicht zu erwähnen: daß sich wer vorstellt mit »Ich bin der Horst, und das ist die Sabine«.) Aber Pferde? Wie sollen die sich denn danebenbenehmen? Diese unschuldigen großen Hottehüs?

Das wird wohl für immer ein Geheimnis bleiben. Schon deshalb, weil berücksichtigt werden muß, daß ich selbst es war, die diesen Spruch dort hinterlassen hat. Ich weiß auch noch, daß mir die tiefere Bedeutung seinerzeit glasklar vor

Augen stand. Weiter möchte ich mich zu diesem Thema nicht äußern. Über den Verlauf jenes Abends sind von meinen Bekannten schon genügend unqualifizierte Aussagen verbreitet worden, die ich an dieser Stelle jetzt mal samt und sonders zurückweisen möchte.

**Arbeit**

Eigentlich wollte ich es ja nicht zum Äußersten kommen lassen, aber es blieb mir nichts anderes übrig. Als Grund für meine wieder aufgenommene Berufstätigkeit pflege ich anzugeben, daß man von der Schreiberei nicht leben kann (was stimmt), eventuell aber doch davon leben könnte (was auch stimmt), *wenn man nur ein bißchen toleranter wäre;* ich es aber vorziehe, bunten Illustrierten und dem Fernsehen Absagen zu erteilen (was beinahe stimmt), wenn die mich anrufen, um zu fragen, ob ich mal was Nettes über Männer schreiben könne. Kann ich wohl. Ich kann über jeden Quatsch was schreiben. Ich finde aber immer, es wirkt irgendwie fundierter, wenn *Männer* was Nettes über Männer schreiben.

Jedenfalls betrat ich vorletzte Woche mein neues Büro, das vorher vom Hausmeister belegt gewesen war, der aber alles aufgeräumt hatte. Dazu will ich jetzt mal nichts sagen. Ich könnte z. B. Spekulationen darüber anstellen, wie es bei ihm zu Hause wohl aussieht, wenn er *das* aufgeräumt nennt, aber ein Hausmeister ist einfach zu wichtig, als daß man öffentlich über ihn nachdenken dürfte. Sonst ist er richtig nett und trägt auch einen Pferdeschwanz. Und Schuhgröße 46. Das weiß ich, weil seine Stiefel noch unter dem Regal stehen. Da, wo oben die Ersatzbirnen und die Schrauben und Muttern drinliegen, gleich neben den ausrangierten Ordnern vom Chef. Dazu paßt dann auch sehr schön der Jahreskalender von der Polizeigewerkschaft. Den hat mir aber meine Freundin Andrea besorgt, die immer meint, sie müsse auf alles noch einen draufsetzen.

Im Moment kann sich noch keiner um mich kümmern, weil die Firma ein neues Computersystem bekommen hat, und das funktioniert natürlich nicht. Die Hälfte der Belegschaft sitzt andauernd in irgendwelchen Krisensitzungen herum und probiert zwischendurch die Rechner aus, ob es jetzt klappt. Die andere Hälfte, die es schon ausprobiert hat, ist krank geschrieben. Ich selbst tue das, was man im Büro so macht. Sie kennen das ja. Kaffeetrinken, aus dem Fenster gucken, für umsonst telefonieren.

So ein neues Computersystem soll manchmal Jahre brauchen, bis es wirklich funktioniert. Das würde mir dann ja echt leid tun.

## 4. Kapitel

Jeder hat einen Sparren, und wer's nicht glaubt hat zwei.

*Deutsches Sprichwort*


**Postboten**

Jetzt ist es also soweit. Man kann noch nicht mal mehr den Briefträgern trauen. Daß Taxifahrer und Fahrradkuriere meistens einen höheren Universitätsabschluß besitzen als man selber, daran hat man sich ja langsam gewöhnt. Daß Kellnerinnen eigentlich an ihrer Magisterarbeit schreiben oder den Dr. Ing. haben – alles klar. Aber daß jetzt auch noch Briefträger...

Am Samstag klingelte ein Aushilfspostbote, um mir einen dicken Brief zu überreichen, der nicht in meinen Briefkasten paßte. Ich sei ja wohl nicht diejenige, die dieses Frau-K.-Buch geschrieben habe? – Ähm, ja doch, irgendwie schon. Und habe er mich nicht gestern abend bei dieser exklusiven Filmvorführung »Liebe dein Symptom wie dich selbst« über Žižek gesehen? Das mußte ich auch zugeben. Ich kenne eine der Filmemacherinnen und war zur Premiere eingeladen. So was kann man nebenbei ja ruhig mal fallenlassen. Die Leute glauben nämlich immer, ich kenne nur Personen, die bei Tchibo Kaffee trinken gehen. Das tut die Filmemacherin übrigens auch, was man ja nicht gleich erwähnen muß.

Žižek, der »Held« des Films, versteht sich als Philosoph in der Nachfolge Freuds und Lacans. Der Briefträger hatte natürlich Lacan gelesen, ganz im Gegensatz zu mir. Da kann einem das Leben schon mal bitter werden, wenn einem im eigenen Haus auf der Treppe Vorträge gehalten werden. Na ja, der Film hatte dem Briefträger und mir jedenfalls sehr gut gefallen. Wir einigten uns auf den Terminus »Intelligente Unterhaltung«. Žižek erklärt u. a. den Zustand der derzeitigen Sexualität am Beispiel eines englischen Werbespots: Ein Mädchen küßt einen Frosch, dieser wird zu einem Mann, der wiederum das Mädchen küßt, um dann statt des Mädchens die Flasche einer bekannten Biermarke im Arm zu halten.

Das Gespräch mit dem Postboten war jedenfalls sehr interessant und anregend. Ich könnte mir aber vorstellen, daß es doch eher anstrengend sein wird, wenn mir die Müllabfuhr demnächst mit Wittgenstein kommt oder mit Berichten von abgefahrenen Vernissagen und die Fleischereifachverkäuferin mich mit der Ethikfrage in der Gentechnologie konfrontieren möchte.

Was soll ich dann wohl bitte sehr noch mit meinen Freundinnen diskutieren? Wie Harald Schmidt gestern wieder war?

## Sadisten

Die einzigen Sadisten, die meiner Kenntnis nach gewerkschaftlich organisiert sind, sind Kellner und Verkäufer. Eventuell könnte man noch Frisöre dazurechnen, die nicht begreifen wollen, daß Frauen, die gerade einen Frisörladen verlassen, nicht so aussehen möchten, als würden sie gerade einen Frisörladen verlassen. Allerdings weiß ich nicht, ob sie überhaupt eine Gewerkschaft haben – IG Waschen und Legen?

Jedenfalls war ich zwischen Weihnachten und Neujahr, als es gerade so saukalt war, bei Karstadt, um nach herabgesetzten Vor-Schlußverkauf-Klamotten zu fahnden. Da sagt doch eine Verkäuferin zu mir: »Für die stärkere Dame bitte im 2. Stock!« Ich habe Größe 38 und war ja so was von sauer, aber letztlich mußte ich ihr doch recht geben: Ich überschlug die Anzahl der Sachen, die ich anhatte, und es waren 19 Teile; Schuhe und Socken einfach gerechnet.

Wem ich aber überhaupt nicht recht geben konnte, das war die Verkäuferin in der Edeldrogerie, wo ich mit der Nichte kurz vor Weihnachten war, um ihr ein sündiges Parfüm zu kaufen. Das heißt, das Parfüm war nicht sündig, bloß der Preis. Die Nichte ist erst 16, aber es mußte was von Calvin Klein sein. Ich selbst bin ja mit meinem Kölnisch Wasser immer ganz zufrieden gewesen. Die anderen Kundinnen und auch die Nichte kriegten an der Kasse noch mehrere entzückende kleine Flakons dazugeschenkt. Ich aber nicht. Die Verkäuferin musterte mich eindringlich und sagte dann: »Und für Sie haben wir was Pflegendes!« Was sie eigentlich sagen wollte, war: »Und für Sie haben wir leider keinen neuen Kopf!« Dabei sah ich aus wie immer, also ganz normal, was man von der Verkäuferin allerdings nicht behaupten konnte. Ich sagte zu ihr, daß es für Schnepfen wie sie in der Volkshochschule schon recht preiswerte Benimmkurse gibt. Es gab dann noch allerhand Geschrei, auch mit der Filialleiterin.

Der Nichte war es peinlich, und zu Hause meinte sie, daß ich auch kein Benehmen hätte. Ich sagte ihr dann, daß jemand, der sich für 80 Mark ein Parfüm schenken läßt, das von einem Unterhosenfabrikanten stammt, in puncto gute Kinderstube ja wohl besser die Klappe hielte. Da war sie still.

**Katzenmörderin**

Zum ersten Mal in der neuen Hauptstadt. Ich wohne in der Schlüterstraße bei einer Bekannten, die gerade verreist ist und mir ihre Wohnung im 5. Stock zur Verfügung gestellt hat. Inklusive einer geistig behinderten Katze und eines amerikanischen Untermieters, der sie auch nicht alle hat, wie sie mir am Telefon sagte. Bei meiner Ankunft finde ich einen Stapel von Zetteln mit wichtigen Mitteilungen vor, die ich aber nicht lese, bis auf die ersten beiden.

Auf denen steht, daß ich die Explosionsgeräusche in der Küche nicht beachten solle. Das sei bloß der Kühlschrank, der mal abgetaut werden müsse, und falls ich bügeln wolle – wie sie darauf kam, weiß ich auch nicht –, brauchte ich mich über den dabei entstehenden Lärm, nämlich Gurgeln und Spucken, nicht zu wundern; das Dampfbügeleisen habe einen kleinen Defekt.

Als ich gegen Morgen heimkehre, reiße ich erst mal das Fenster auf und falle dann ins Bett. »Plopp«, sagt es. Ich bin gerade am Grübeln, welches Haushaltsgerät jetzt wohl seinen Geist aufgegeben hat, als vom Fenster her ein scheußliches Gejaule anhebt, welches mir nicht von einem Apparat auszugehen scheint. Ein Blick aus dem Fenster sagt mir alles. Die debile Katze sitzt in der Regenrinne und schafft die Dachschräge zum Fenster nicht mehr zurück. Mein erster Gedanke: »Scheiße, wenn die runterfällt, wirst du nie wieder eingeladen.« Mein zweiter Gedanke: »Die arme Katze.« Ich will jedenfalls stark hoffen, daß ich das dachte.

Was tun? Das Wichtigste ist immer: Ruhe bewahren. Ich schieße zu meinem Bett, reiße das Bettlaken herunter, zwirbel irgendwie einen Knoten an das eine Ende und rase zum

Fenster zurück. Mit einem Aufheulen quittiert die Katze das Auftauchen des Lakens und kriecht in der falschen Richtung die Regenrinne entlang. Anscheinend hat sie nicht die gleichen Filme gesehen wie ich. Ganz ruhig bleiben.

Ich schließe die Schlafzimmertür hinter mir, weil die Katze immer noch auf dem Dach herumbrüllt, was ich so früh nicht gut abkann, gehe in die Küche, stelle die Kaffeemaschine an und rauche erst mal eine. Kaum daß der Kaffee durchgelaufen ist, fängt die Kaffeemaschine an zu scheppern. Das bringt den Untermieter auf den Plan, den ich jetzt zum ersten Mal sehe. Er ist in ein weißes Badelaken gehüllt, und ich sage zu ihm: »You look like Nero«, worauf er sagt, er sei Nero und ob ich mal Feuer hätte und was hier eigentlich los sei. Daraufhin führe ich ihn in das Unglückszimmer. Dabei fällt mein Blick auf ein weiteres Fenster, das sich aber tiefer an der Wand und näher an der Regenrinne befindet. Und siehe da: Die Katze sitzt schon dahinter und guckt unwahrscheinlich dumm aus der Wäsche.

Leider stellt sich dieses Fenster als ein Spezialfenster heraus, das nur mit einem Vierkantschlüssel zu öffnen ist. »Vierkantschlüssel« gehört nicht zu meinem englischen Wortschatz, und selbst für »Werkzeugkasten« ist es noch zu früh am Tage. Also frage ich den Untermieter mit dem einzigen Wort, das mir in diesem Zusammenhang einfällt, wo unsere Wohnungsinhaberin wohl ihren »Hammer« habe. Wo ein *hammer* ist, da ist ein Vierkantschlüssel oft nicht weit. Er zieht die Toga etwas enger um sich und schüttelt den Kopf. Ich reiße alle Schubladen auf und werde bei der vorletzten fündig. Es ist kein Vierkant dabei, dafür aber neben dem üblichen Kram ein Duspol und zwei Kreuzschlitzschraubenzieher.

Doch ehe ich dem Ami zeigen kann, was eine deutsche Frau und ein deutscher Werkzeugkasten alles auf die Beine stellen können, klingelt es an der Wohnungstür. Der Nachbar. Ich starre auf einen kochfesten, gestreiften Schlafanzug, und er starrt auf ein ziemlich kurzes Nachthemd, auf dem Minnie-Maus in Überlebensgröße abgebildet ist. Wir sagen gleichzeitig »Auf Ihrem Dach ist eine Katze« und »Haben Sie einen Vierkant?« Danach sagen wir gleichzeitig: »Vielen herzlichen Dank, das ist mir auch schon aufgefallen« und »Ja«. Das Weitere ist dann ein Kinderspiel.

Der Vierkant paßt nicht, also lasse ich mir vom Nachbarn nacheinander verschiedene Schraubenzieher zureichen und schraube das Fenster auf. Der Untermieter steht die ganze Zeit wie angenagelt daneben. Die bescheuerte Katze springt ins Zimmer, läuft wie der Blitz zum anderen Fenster und blickt sehnsüchtig nach draußen. Ich bin kurz davor, ihr das Fenster wieder aufzumachen.

Später, nachdem ich noch den Staubsauger repariert habe, sehe ich die Zettel durch, die ich am Vortag nicht gelesen hatte. Meine Bekannte schreibt, daß, wenn man das Fenster öffne, die Katze gleich raushüpfe. Das mache aber nichts, weil sie sowieso ein besser aussehendes Tier mit mehr Grütze im Kopf anschaffen möchte. Und der Untermieter heiße übrigens Nero und sei Ingenieur.

*5. Kapitel*

Das kursiert auf Wahrheit.
*Heino Jaeger*


**Husten**

Am Abend vorher kündigte sich die ganze Sache schon an: Während einer Lesung bekam ich einen Hustenanfall.

Ich möchte jetzt mal was zu den Leuten sagen, die als Publikum mit einer solchen Situation konfrontiert sind: Ich finde, Sie sollten nicht plötzlich mucksmäuschenstill werden – das sind Sie ja sonst auch nicht bei Veranstaltungen –, sondern sich an Ihren Nachbarn wenden und ein Gespräch beginnen, vielleicht auch ein bißchen husten (Solidarität!) oder in Ihrem Täschchen kramen. Was Sie auf gar keinen Fall tun sollten, ist, mit vorgebeugtem Oberkörper auf Ihrem Stuhl zu sitzen und mit offenem Mund zu verfolgen, wie sich auf der Bühne jemand tothustet.

Wieder zu Hause, war meine Stimme am nächsten Morgen weg. Kein Krächzen, kein Piepsen, rein gar nichts.

Meine Nachbarin Martina brachte mir gleich eine Pakkung Salbeitee und die Apotheken-Umschau vorbei. Der Salbeitee schmeckte nicht so gut wie ein Milchkaffee und eine Zigarette, und in der Apotheken-Umschau stand alles über Kehlkopfkrebs.

Mein HNO-Arzt wollte sich totlachen, als ich ihm einen Zettel mit meiner Diagnose überreichte. »Wenn Sie Kehlkopfkrebs haben, dann habe ich Prostata!« sagte er väterlich zu mir. Das beruhigte mich überhaupt nicht; ich fand schon immer, daß er so einen komischen Gang hat.

Wenn man nicht sprechen kann, heißt das ja nicht, daß man gleich taub ist oder daß die Intelligenz irgendwie gelitten hat. Die Bäckereifachverkäuferin, der ich pantomimisch übermittelt hatte, was los war, zeigte auf verschiedene Brötchen und brüllte: »Das – frisch, das – gestern.« Da ging ich nur noch in den Supermarkt zum Einkaufen, für schwer behinderte Menschen das einzig Wahre. Man darf dort aber keine Nachbarn treffen. Die hören normalerweise ja gar nicht hin, was man auf ihre im Vorübergehen »Wie geht's?« – Fragen antwortet, Hauptsache, es kommt irgendein Geräusch. Bei mir kam aber keins. Das führte dann dazu, daß Frau Behrmann nicht mehr von meiner Seite wich und Sätze vorbrachte, auf die keinesfalls mit einem Kopfnicken oder -schütteln zu antworten gewesen wäre, nämlich: »Wo haben Sie sich das denn aufgesackt. Günther Kuhlbrodt soll ja in der Sauna einen Herzinfarkt gekriegt haben. Seine Frau ist auf Gran Canaria.« Auf einen mitgebrachten Block schrieb ich: »Das weiß ich nicht. Wie furchtbar. Wie schön.« Frau Behrmann starrte den Zettel an, dann mich. Sie hatte schon vergessen, was sie gesagt hatte. Inzwischen hat sie überall herumerzählt, daß es mich ja wohl ganz schön erwischt hätte.

Ich blieb dann einfach zu Hause, wo es aber sehr langweilig war und auch sehr teuer wurde. Fernsehen konnte ich nicht, weil ich dabei immer reden muß, sonst halte ich es nicht aus (»Herr im Himmel! Das kann ja wohl bald nicht wahr sein!«); telefonieren ging auch nicht, da blieb mir nur das Faxgerät. Wahrscheinlich haben Sie auch ein Fax von mir bekommen, ich habe ja praktisch jedem eins geschickt.

Inzwischen ist meine Stimme wieder da. Dafür habe ich eine Sehnenscheidenentzündung im rechten Arm und kann nicht mehr schreiben.

Nach Diktat verreist: *Fanny Müller*

## Handwerker

Als es im letzten Herbst noch nicht ganz so saukalt war, sollte das Geländer vom Küchenbalkon mit neuer Rostschutzfarbe angestrichen werden.

Am Montagmorgen kamen die Handwerker, obwohl ich wegen des strömenden Regens vom Vortag nicht mit ihnen gerechnet hatte. Ich hatte den Balkon natürlich nicht leer geräumt.

»Kein Thema, Frau Müller«, sagte der Geselle mit dem rechten Mundwinkel. Im linken hing eine Kippe. »Po a po kriegen wir das alles inn Griff«. »Zucker«, sagte er zum Lehrling, »geh'ma Rundstücke holen«. Während er sich am Küchentisch niederließ und ich den Kaffee aufgoß, interviewte er mich. Was ich für ein Sternzeichen sei. Krebs, soso. Das sei seine Bekannte auch, die Wohnung immer gemütlich und top in Schuß, echt kein Thema. Bücher schreiben täte ich also? Lustige? Aha. Vom Frühstückstisch aus behielt er den Lehrling, der inzwischen mit etwa acht Rundstücken zurückgekehrt war, auf dem Balkon scharf im Auge. »Nimm die andere Bürste, Zucker, und auch von hinten abkratzen.« Nach etlichen Zigaretten verfügte er sich dann selbst auf den Balkon, nicht ohne mir einige Sätze hinterlassen zu haben, nämlich »Hauptsache, man hat's nötig«; »Wenn Schluß ist, ist Schluß« und »Das kursiert auf Wahrheit«.

Bis zum Mittag hatten sie das, was ein Kollege von mir mal »deine permanente Open-air Sperrmüll-Vernissage« genannt hat, abgeräumt, in meiner Küche sowie im Hausflur wieder aufgebaut und den gesamten Knöterich abgesäbelt, hinter dem der Balkon schon so gut wie verschwunden gewesen war. Übrigens mit Hilfe einer Küchenschere, die sie sich von mir liehen; einer Rosenschere, die sie sich von Sven unter mir liehen, und einer Handsäge, die sie sich von oben irgendwo im Haus geliehen hatten.

Nachmittags bemerkte ich, daß noch jede Menge Restknöterich vom Geländer hinunterbaumelte. Der Geselle war auf dem Nachbarbalkon zugange, als ich gerade darangehen wollte, die Zweige abzupfriemeln. »Das lassen Sie ma nach«, rief er herüber, »das macht nachher der Lehrling. Das machen wir doch gerne für eine Frau, die auf den Spuren von Eugen Roth wandelt, was, Zucker? Kein Thema, Frau Müller!«

# Jienshose

Im Januar nahm ich an einer Komik-Tagung in Marburg teil. Die Bahnfahrt trat ich mit einem Hamburger Zeichner an. Wir unterhielten uns sehr angeregt über das Thema Nr. 1 unter Kunstschaffenden, nämlich über Steuern. Als wir damit durch waren, holte er ein Ostzonenautoquartett aus seiner Zeichenmappe. Wenn man die Regeln ein bißchen ändert, kann man das sehr schön mit zwei Personen spielen.

In Marburg wurden wir am Bahnhof von netten Studenten abgeholt, die in schwierigen Dialekten zu uns sprachen. Doch da wir wußten, worum es ging, stiegen wir in bereitgehaltene Automobile ein, und in rasender Fahrt ging es zur Unterkunft, wo wir auf den Kopfkissen rosa Baumkuchenschweine vorfanden.

Nachdem wir uns »frisch« gemacht hatten, »pilgerten« wir in eine Ausstellung im Rathaus, wo Comics hingen, die erklärt wurden. Bei dieser Gelegenheit wurde eine scheußliche Polaroid-Aufnahme von mir gemacht. Da ging ich nach draußen eine rauchen, wo ich auf einen älteren Herrn traf, der für gewöhnlich Führungen durch Marburg veranstaltet, mir aber kostenlos einige Häuser am Marktplatz erklärte. Da ging ich wieder hinein.

Anschließend äußerte ein junger Mann aus Göttingen, der Dichter von Beruf ist, den Wunsch, eine Hose zu kaufen bzw. eine »andere« Hose zu kaufen, weil er, wie ich denke, vielleicht nur eine besaß. Übrigens bin ich in einem Alter, wo »junger Mann« bis 39 geht. Ich erklärte mich bereit, ihn bei diesem Vorhaben zu unterstützen. Seine Vorstellung, wie solch ein Hosenkauf zu bewältigen sei, bestand darin, daß er auf ein Modell im Schaufenster zeigen und ich dann im Geschäft die Transaktion abwickeln würde, während er draußen wartete. Diese Nummer kannte ich schon, weil ich mal verheiratet war, und schob ihn trotz seines Protestes in den Laden hinein. Dort forderte ich die Verkäuferin auf, eine Kollektion »Jienshosen« vorzulegen. Diesen Ausdruck, der dem Hamburger durchaus geläufig ist, ebenso wie »Haarfrisur« übrigens, benutzte ich, um die Situation zu entspannen und etwas heiter Spielerisches hineinzubringen. Dem Dichter stand nämlich schon der Schweiß auf der Stirn. Bevor er mit zwei Hosen die Kabine betrat, flehte er mich noch an, auf keinen Fall die Tür aufzureißen und »Bist du schon fertig?« zu sagen. Die erste Hose saß etwas knapp, warf aber Falten am Gesäß. Dem Dichter klebten bereits die Haare am Kopf. Um die allgemeine Aufmerksamkeit von ihm abzulenken, denn weiteres weibliches Personal war herbeigeströmt, fragte ich die Verkäuferin, ob sie jetzt auch schon diese Herrenunterhosen hätten, in die Polster eingenäht sind, um einen sogenannten Knackarsch vorzutäuschen, also quasi einen Wonderbra für hinten. Der Dichter floh in die Kabine, zog sich in Rekordzeit um und kaufte dann unbesehen die zweite Hose. In den nächsten Tagen konnte man ihn mit der Plastiktüte in der Hand Marburg erwandern sehen.

Am ersten Abend kehrte man in eine »Wunderbar« ein. Ich war sehr erschöpft von den Unternehmungen des Tages und blieb überhaupt nur deshalb so lange, weil ich für die Rückkehr zum Gästehaus eine männliche Begleitung haben wollte, um ungefährdet durch den Botanischen Garten zu gelangen. In meinem Leichtsinn erwähnte ich diesen Wunsch, woraufhin verschiedene Herren mir Vorträge über statistische Unwahrscheinlichkeiten hielten. Das war mir ganz egal. Wenn hinter knorrigen Bäumen stiernackige Verbrecher mit frisch geschärften Handäxten lauern, um mir ein Schicksal schlimmer als der Tod zu bereiten, kann ich nicht mehr an Statistiken denken. Später sagte mir eine Studentin, daß die Treppe, die man zum Botanischen Garten hinuntergehen muß, im Volksmund »Vergewaltigungstreppe« heißt. Meistens seien da aber nur Männer, die ihren Mantel aufmachten. Nachts um vier kann ich mir aber was Schöneres vorstellen als Männer mit aufgemachten Mänteln. Oft bleibt es ja auch nicht bei den Mänteln. Soviel zu Statistiken. Im Grunde waren diese Künstler alle bloß zu faul, um ihren Hintern aus der »Wunderbar« hinwegzuheben.

Über die zwischenmenschlichen Kontakte, die sich allgemein ergeben haben, möchte ich nichts sagen, das hat ja sowieso jeder mitgekriegt. »Es ist doch immer dasselbe«, schrieb mir ein Bekannter, der krankheitshalber an diesem Familientreffen nicht teilnehmen konnte, »ob Kongreß, Konzil oder Schullandheim: irgendwie ist's doch fein eingerichtet, daß, wenn auch bisweilen auf eher fast quasihumanoiden Ebenen, der Mensch doch machtvoll zum Gegenüber strebt, wie tatsächlich beliebig sich jenes auch gerade einfindet oder darstellt...« Oder, wie mein früherer Küchenchef immer sagte: »Nach einer alkoholdurchzechten Nacht macht sich der Geschlechtstrieb in geradezu lächerlicher Weise bemerkbar.«

Später erfuhr ich, daß der Dichter die Tüte mit der Hose hinter dem Tresen in einem Lokal liegen gelassen hat. Typisch.

*6. Kapitel*

Plus ça change, plus c'est la même chose.
(Es gibt nichts Neues unter der Sonne.)
*Französisches Sprichwort*

## Heteropack

Es ist ja sonst nicht mein Stil, aber vorgestern habe ich doch die Polizei herbestellt. Das junge Paar mit Kind aus dem 4. Stock – Trudi, die direkt daneben wohnt, nennt sie immer »das Heteropack« – waren oben im Treppenhaus zugange. Und zwar so laut, daß ich es in meiner Wohnung im Hochparterre hören konnte. ER kommt meistens besoffen nach Hause, und SIE hat dann ein blaues Auge. Diesmal hatte eine Nachbarin aus dem Dritten das Baby schon übernommen. Ich sagte den Eltern, daß sie mal aufhören sollten mit dem Scheiß, woraufhin ER mich »Schlampe« titulierte und ich ihn »Arschloch«, kurz, was man sich unter Nachbarn so sagt, wenn man dabei ist, den Überblick zu verlieren. Na, jedenfalls rief ich dann die Bullen an, weil Trudis Telefon abgestellt worden ist und weil ER behauptete, SIE habe ihn mit einem Messer gestochen. Das stimmte sogar, war aber nicht so schlimm, als daß er nicht zu Fuß hätte gehen können, als die Ordnungskräfte ihn nachher mitnahmen. Daß sie ihn tatsächlich mitnahmen, wunderte mich ziemlich – die waren zu viert gekommen, drei Männer und eine Frau, und die Männer sahen aus wie ER, während die Frau aussah wie SIE.

Später am Abend traf ich SIE auf der Treppe, da war sie schon wieder ganz munter und sagte, daß ER auch eine böse Kindheit gehabt habe und seine Mutter gesoffen hat und er eifersüchtig auf das Kind ist. Daß sie ihn im Knast besuchen wird, wenn er sie vorher gerade halb tot geschlagen hat, erwähnte sie nicht. Brauchte sie auch nicht, das weiß ich sowieso.

Trudi meinte auch, daß am nächsten Tag bestimmt wieder eitel Sonnenschein ist, was auch stimmte. Ich hatte IHR angeboten, daß sie beim nächsten Mal bei mir klingeln könne. Da rastete Trudi beinahe aus, als sie das hörte. »Die soll bloß mal bei mir anklopfen, da fliegt die aber hochkantig raus, die Butze!« schrie sie. »Aber Trudi«, erwiderte ich, »das Kind nimmst du aber doch!« – »Was?!« kreischte sie, »den Bankert?? – Den schon zweimal nicht!« Ich glaube aber, daß sie das doch tut. Ich habe sie schon öfter erwischt, wie sie geholfen hat, die Karre nach oben zu tragen. Es ist sogar zu vermuten, daß sie von ihrer Stütze Windeln kauft, falls die Sache mal länger dauern sollte.

**Rabattmarken**

Mit Besorgnis höre ich Meldungen, daß junge Menschen wieder ganz wild sind nach den sogenannten alten deutschen Schlagern wie »Du bist nicht allein« und »Ein Bett im Kornfeld«. Was übrigens, genau genommen, schon damals nicht das Allerneueste gewesen ist. Ich nehme an, daß seinerzeit W. von der Vogelweides »Unter den Linden auf der Haide, da unser zween Bette was« auch irgendwie ein Hit war.

*Ein* Gutes hat es ja doch – man kann jetzt wieder »Hör mal Schatz, *unser* Lied« sagen statt: »Hör mal Schatz, *unser* Geräusch!« (Falls man noch »Schatz« sagt. Ich kann ja nicht alles wissen.) Ganz allgemein finde ich aber, daß der aus der Soziologie bzw. Psychologie stammende Vers »Wird man wo gut aufgenommen, muß man ja nicht zweimal kommen« im Musik- und Modebereich dringend diskutiert werden sollte.

Die letzten 50 Jahre haben wir ja bereits erledigt, als Nächstes stünden dann die dreißiger und zwanziger Jahre auf dem Zettel, das heißt, eine gewisse Avantgarde läuft ja schon seit längerem mit faschistischen Frisuren herum (vorne lang, hinten kurz), aber daß der Charleston wieder modern werden müßte und 37 (oder so) Parteien den Standort Deutschland verteidigen statt nur vier oder fünf, das allerdings fände ich wirklich albern.

Den größten Schock hat man mir allerdings neulich bei »Budnikowsky« versetzt. Ich hatte eine Flasche Spülmittel in meinem Einkaufswagen, und als ich beim Bezahlen an der Kasse stand, wollte die Kassiererin mir doch ein Rabattmarkenheft in die Hand drücken.

Mit Rabattmarken fängt es immer an. Das sagte schon meine Großmutter, die den ersten und den zweiten Weltkrieg mitgemacht hat. Erst gibt es Rabattmarken, dann kommen die Klebebildchen für die Margarine-Alben, dann Lebensmittelkarten und dann der Dritte Weltkrieg.

Und dann fängt wieder alles von ganz vorne an. Amöben, Schachtelhalm, Keilschrift, dreidreidrei – bei Issos Keilerei, Mozart, Kapitalismus, Elvis Presley und Rabattmarken. Aber nicht mit mir! Selbstverständlich habe ich das Heft auf der Stelle zurückgegeben. Wegen Elvis ist es natürlich ein bißchen schade.

**Laster**

Gute Vorsätze für das neue Jahr denke ich mir nicht selber aus, das wäre ja noch schöner, für so was habe ich Harry. Jetzt hat er gesagt: »Wir hören mit dem Rauchen auf.« Das kann er ja meinetwegen machen (übrigens raucht er nicht), aber ohne mich. Ich rauche gern! – Das stimmt natürlich nicht, weil ich hinterher immer so ein Kratzen im Hals kriege. Und wenn ich abends in meine Wohnung zurückkehre, könnte ich kotzen, so wie die riecht.

Es gibt aber Situationen im Leben einer Frau, da hilft kein Beten, da müssen Zigaretten her.

Wie vor fünf Jahren, als mir Harrys Vorgänger mit dieser Schlampe abgehauen ist. Ich hätte ja auch losgehen und seine Wohnung kurz und klein schlagen können. Dagegen sprach meine gute Erziehung, über die ich allerdings zur Not mit mir hätte reden lassen. In erster Linie verbot es mir aber eine Sehnenscheidenentzündung im rechten Arm. Alles, was ich noch halten konnte, war eine Zigarette. Ich begann also wieder mit dem Rauchen und mußte feststellen, daß sich in den letzten Jahren einiges geändert hat. Im Gartenlokal fangen sie an, mit den Servietten zu wedeln, wenn ich drei Tische weiter eine Kippe anzünde. Außerdem werfen sie mir Blicke zu wie die, die ich damals meinem Französischlehrer zuwarf, als er sagte, wenn ich so weitermachte wie bisher, sollte ich am besten sofort heiraten. – Gleichzeitig kann übrigens direkt hinter einem ein Junkie zusammenbrechen – der wird dezent übersehen. Was diese Leute eigentlich wollen, weiß ich auch nicht. Gesund sterben? Ich frage mich bloß, was wohl passiert, wenn man sich Alkohol, Zigaretten, Schokolade und Brötchen (weißes Mehl – igitt!)

abgewöhnt hat. Mir kann doch keiner erzählen, daß eine leckere Tofu-Suppe alles wieder rausreißt. Irgendwo muß man doch mit seinen Lastern bleiben! Und überhaupt: Die Summe aller Laster auf der Welt bleibt konstant. Das habe ich irgendwo gelesen. Das heißt also, wenn *Sie* mit irgendwas aufhören, fängt ein *anderer* damit an. Und daran sind *Sie* dann schuld. Darüber denken Sie mal nach! Wollen Sie das wirklich, daß ein blutjunges kerngesundes wunderschönes Geschöpf sich *Ihr* Laster reinzieht? Na? Das können Sie doch gar nicht wollen!

Wenn das hier so weitergeht, kann ich ja gleich nach Amerika ziehen und mich mit Fastfood fertig machen.

Boah! jetzt muß ich mir aber eine anstecken.

## Sonnenaufgang

Männer können einem ja sonst was erzählen. Meine Freundin Annemarie war mal mit einem Makler zusammen, der behauptete, er sei Fliesenleger. Sonst hätte sie ihn wohl auch nicht genommen. Ein Meister seines Fachs war er ja nicht gerade – Sie hätten mal ihr Bad sehen sollen, als er es gekachelt hatte. Da wußte sie natürlich Bescheid. Er lief ihr dann mit einer Werbetorte davon, was eine mehr als gerechte Strafe für ihn war.

Weniger hart traf es eine andere Freundin von mir, die einen Herrn liebte, der von Beruf Rauschgifthändler (bloß Haschisch) war. Sie wußte es zuerst nicht, aber dafür gab es immer erstklassiges Dope, und das söhnte sie dann auch mit seiner Matte und der Rockerkluft und der lauten Musik aus. Leider fuhr er ein; seitdem hält sie sich wieder an Rotwein und Zigaretten.

Als Frau ist man den verschwiegenen Hobbys der Männer ja hilflos ausgeliefert. Es gibt natürlich auch positive Fälle. Ich denke an Jackie Kennedy, die einen netten, kleinen, älteren Herrn heiratete. Und was stellte sich heraus? Er ist Multimillionär! Das Gleiche ist Sophia Loren passiert. Deshalb nenne ich so was auch das Ponti-Syndrom. Leider ist diese Erkrankung bei mir noch nie aufgetreten.

Manchmal dauert es etwas länger, bis man herauskriegt, was wirklich los ist. Da ehelicht man beispielsweise einen Herrn mit einem x-beliebigen Beruf – meistens einen Juristen – und ist dann auf einmal ein paar Jahre später Bürgermeistersgattin. Das ist ja den beiden ersten Frauen von Herrn Klose und Herrn von Dohnanyi passiert, zwei sehr respektablen Damen. Die haben aber noch Glück gehabt, denn die Herren ließen sich scheiden und heirateten in zweiter Ehe Frauen, die sie dann wirklich verdient haben.

Es kann auch vorkommen, daß einen die Männer über ihre Steckenpferde vorher informieren. Das ist allerdings auch keine Garantie für ungetrübtes Glück. Ich war mal mit einem Herrn liiert, der mich wissen ließ, daß er zu seiner geschiedenen Frau eine weiterhin freundschaftliche Beziehung unterhalte. Warum auch nicht? Aufgeschlossene, erwachsene Menschen können auch anders als durch Hauen und Stechen miteinander kommunizieren. Als sich herausstellte, daß diese Beziehung darin bestand, daß er einmal in der Woche mit ihr essen gehen mußte, alle kirchlichen und weltlichen Festtage mit ihr verbrachte, ihre Balkonpflanzen umtopfte, ihre Teppiche verlegte und mit ihr in Urlaub fuhr – na, da wehte mich doch ein leises Mißtrauen an, ob ich für ein solches Verhältnis bereits die nötige Reife hätte. Hatte ich nicht.

Umgekehrt sind wir Frauen auch keine Unschuldslämmer. Mein Hobby ist beispielsweise der Haushalt. Das aber habe ich bisher noch jedem Herrn, der diesen Haushalt frequentiert hat, verschwiegen. Damit werden Mißverständnissen natürlich Tür und Tor geöffnet. Keiner hat bisher kapiert, wieso ich davon ausgehe, daß eine leere Klopapierrolle durch eine neue Rolle (die direkt daneben liegt) ersetzt werden kann, auch von Besuchern. Und unwillkürlich greife ich nach einem stumpfen Gegenstand, wenn ich sehe, wie ein Besucher sich in meiner Küche die Fußnägel schneidet. »Hättest du doch was gesagt!« bekomme ich dann zu hören. Aber das kann ich genauso wenig, wie ich jemandem mitteilen könnte: »Morgens geht die Sonne auf, und abends geht sie unter.«

*7. Kapitel*

Spaß muß sein, sagte Hans und
kitzelte Greten mit der Mistgabel.

*Deutsches Sprichwort*

## Drecksack

Im Büro haben sie mir jetzt einen Rechner hingestellt. Ich will ja keine Namen nennen, aber der ist von einem erfunden worden, der 450 Sportwagen hat. Das muß ja nicht sein. Die Kollegen sind alle neidisch, weil ich soundso viel Megabyte mehr habe als sie – bei mir mußte nämlich ein Statistik-Programm eingebaut werden, das schon ziemlich viele Megabytes frißt. Nun ist er trotzdem völlig überfordert. Sowie ich ihn einschalte, erscheint ein Fenster auf dem Bildschirm: »Schwerer Bedienungsfehler. Sofort ausschalten.« Der schwere Bedienungsfehler bin ich. Weil ich ihn eingeschaltet habe. Ich nenne ihn »Drecksack«.

Aus Rache habe ich für zu Hause jetzt einen ganz anderen Rechner gekauft, da will ich auch keine Namen nennen, aber es ist ein Stück Obst drauf. Die älteste Nichte war total begeistert, als ich es ihr erzählte. Sie hatte auch so einen haben wollen, aber ihr Freund war gegen einen »Weibercomputer«, wie er sich ausdrückte. Er hat keinen Hobbykeller, deshalb mußte er einen Drecksack kaufen. Wenn Männer irgendwas kaufen, das ganz einfach bloß funktioniert, denken sie ja gleich, daß sie unter Niveau bedient worden sind. Außerdem bestimmt der Mann, was für eine Sorte

Computer ins Haus kommt. Wenn die Nichte mal nicht weiterweiß, setzt er sich gleich vor den Apparat, fängt an zu erklären, hört mitten im Satz auf zu sprechen, sitzt dann zwei Stunden mit offenem Mund und glasigen Augen davor und hämmert auf den Tasten herum. Währenddessen macht die Nichte die Wäsche. Da kann nichts schiefgehen, denn die Waschmaschine durfte sie aussuchen.

Ich habe es besser! Ich habe nämlich eine Hotline zu Sönke, der aus Schleswig-Holstein und ein in sich ruhender Mensch ist. Das muß er auch sein, weil ich ihn andauernd anrufe und ihm meine Probleme vorquake, nämlich: »Ich hab das Ding angeschaltet und wo drauf schreibe ich jetzt?« – »Wie sieht denn dein *Finder* aus?« – »Mein was?« – »Dein *Schreibtisch*.« – »Och, je, wie immer, ziemlich unordent...« – »Ich meine – wie sieht es auf deinem *Bildschirm* aus?« Naja, dann sage ich, daß da rechts verschiedene Dinger aufgetaucht sind, und er erklärt mir zum zehnten Mal, daß das Ding ganz oben meine Festplatte symbolisiert. Mit Sönkes Hilfe habe ich der jetzt einen Namen gegeben, damit ich sie gleich im Auge habe: »Fanny seine Festplatte«. Das finde ich toll. Jetzt brauche ich nur noch einen Namen für den ganzen Kasten. Vielleicht hat ja jemand einen Vorschlag?

## Buchmesse

Die diesjährige Fahrt zur Buchmesse nach Frankfurt gestaltete sich etwas problematisch. Der ICE wurde plötzlich nicht mehr in Hamburg-Altona eingesetzt, sondern erst am Dammtor-Bahnhof, wohin ich mit der S-Bahn fahren mußte und im letzten Moment noch aufspringen konnte. Übrigens zusammen mit einem Hamburger Dichter, der einen Seesack dabeihatte, den wir dann auf der Fahrt bis zum Hauptbahnhof mit Müh und Not verstauen konnten. Am Hauptbahnhof angekommen, wurden wir Reisenden darüber belehrt, daß wir aus »betriebsbedingten Gründen« den Zug zu verlassen hätten und in einen anderen bereitgestellten ICE auf Gleis 13 umsteigen müßten. Wir standen auf Gleis 4. Auf dem Weg zum Gleis 13 fragten wir uns, wieso es nie nur einen betriebsbedingten Grund gibt, sondern immer mehrere, und warum sie einem nie sagen, was diese Gründe eigentlich sind.

Der neue ICE war kürzer als der alte und voll bis zum Anschlag. Da setzten wir uns in die erste Klasse. Kurz vor Lüneburg kam der Schaffner vorbei, warf einen Blick auf den Seesack und auf meine zugegebenermaßen nicht ganz frischen Jeans, beugte sich väterlich herunter und sagte: »Wissen Sie eigentlich, daß dies die erste Klasse ist?« »Junger Mann«, erwiderte ich, »Millionäre sehen heute so aus!« Dann wollte er unsere Fahrkarten sehen. Da sagten wir, daß wir die aus betriebsbedingten Gründen erst in Frankfurt vorzeigen könnten. Das durften wir aber nicht und mußten viel Geld nachbezahlen. Dafür sagte der Schaffner aber Gnäfrau zu mir und ob er mir einen Kaffee bringen dürfe. Ich glaubte, daß so was im Preis mit drin sei, aber der Dichter meinte, seinen Informationen nach sei Kaffee nicht in den Betriebsbedingungen enthalten, was sich auch als richtig herausstellte. Nächstes Mal fliege ich. Da ist der Kaffee umsonst, und wenn man unterwegs mal plötzlich aussteigen muß, dann kriegen die Angehörigen wenigstens eine schöne Summe überwiesen.

**Polizei**

Mein erster unmittelbarer Kontakt mit der Polizei fand vor Urzeiten statt, als es noch einen Schah und Anti-Schah-Demos gab. In eine solche geriet ich einmal mit meiner Schwägerin; eigentlich wollten wir für ein bevorstehendes freudiges Ereignis in der Familie einkaufen gehen. Die Schwägerin tobte dann ganz furchtbar auf der Mönckebergstraße herum, so daß ich mich schämen mußte und einige Meter hinter ihr blieb. Natürlich war ich es, die festgenommen wurde. Eine Herausforderung für die Schwägerin, die gleich herbeigeschossen kam. An meinem linken Arm hingen zwei Polizisten im Kampfanzug, an meinem rechten Arm hing sie. Daraufhin wurde auch sie verhaftet. Die Anklage lautete auf Widerstand gegen die Staatsgewalt und versuchte Gefangenenbefreiung. Bekannte von uns steckten es aber der *Hamburger Morgenpost*, und da wurde das Verfahren eingestellt. Die Schwägerin ist nämlich 1,54 m hoch und befand sich zu dem geschilderten Zeitpunkt drei Wochen vor ihrer Niederkunft. Spaß muß sein.

Einige Jahre später packte ich gemeinsam mit einigen weiteren Damen in einer spontanen Aktion diverse Kisten im Hamburger Freihafen aus, in denen wir Waffen für Südafrika vermuteten. Ein Lagerhallenfuzzi sprang ganz aufgeregt um uns herum und schrie, wo denn unser Führer sei. Ich antwortete: »Der Führer ist nach Diktat verreist.« Da rief er die Polizei an. Die kam 30 Sekunden später, weil wir sie nämlich schon bestellt hatten. Die Polizisten grinsten wie nichts Gutes, aber nicht lange, denn sie mußten die Gewehre wieder einpacken, weil wir sagten, das wäre ja wohl Männerarbeit.

Eine weitere Variante aus meiner persönlichen Notruf-Serie steuerte ein Bekannter aus dem Hessischen bei, den ich kürzlich besuchte. Er ist Geschäftsmann, und als wir beim Frühstück saßen, liefen zwei Herren ein, die ihre Kripoausweise zückten und sich vorstellten mit: »Isch bin de Kallheinz, und des is als de Günnä. Mer könne auch du sage.« Mein Bekannter händigte ihnen ohne Umschweife eine für solche Fälle bereit gehaltene Tafel Schokolade aus, deren Verfallsdatum schon eine Weile zurücklag. Das heißt, es war so gut wie kein THC mehr drin. Damit zogen sie dann ab und ersparten sich und uns eine lästige Hausdurchsuchung.

Eine Hausdurchsuchung anderer Art – eingeleitet durch ein ausgehebeltes Fenster – konnte ich besichtigen, als ich im letzten Frühjahr die Pflanzen meiner über Ostern verreisten Nachbarin gießen wollte. Ich wählte 110.

Ungefähr fünf Stunden später trafen auch richtig zwei Polizisten von der Wache nebenan ein. Der eine war von der väterlichen Sorte, der andere hatte einen Überbiß und lernte gerade das Protokollschreiben. Als er damit fertig war, hielt er mir sein Buch zur Unterschrift hin. Ich holte meinen Rotstift raus und blätterte zurück, um alles durchzukorrigieren. Da riß er mir das Buch weg – ich könne seine Schrift sowieso nicht lesen. Die konnte ich sehr wohl lesen, z. B. »Straße« mit hs in der Mitte. Ich sagte den beiden dann noch, daß ich Rechtschreibung nicht so wichtig fände. Wichtiger fände ich es, wenn sie nachts um vier mal auflaufen würden, wenn die Leute im Sozialbunker ihre Anlagen testen und die Untermieterin und ich tränenden Auges in der Küche sitzen, um auszurechnen, ob eine Kalaschnikoff noch im Etat drin ist oder nicht. Übrigens bekam meine

Nachbarin von der Versicherung allerhand Geld zurückerstattet, auch für Sachen, die ich in ihrer Bude noch nie gesehen habe. Aber ist das vielleicht mein Problem?

## Amsel

Weil es im Frühjahr so kalt war, betrat ich meinen Küchenbalkon gar nicht oder jedenfalls sehr selten. Das nahmen zwei Amseln wohl als einen Freifahrtschein und bauten ein Nest im Balkonkasten. Ich kriegte es zuerst nicht mit, obwohl ich bemerkte, daß sie mit Fusseln im Schnabel auf der Wäscheleine herumturnten. Das hielt ich bloß für den üblichen Quatsch, den Vögel im Frühling so veranstalten. Dann wurde es wärmer. Und als ich ein paar Zimmerpflanzen an die frische Luft schaffen wollte, sah ich die Bescherung. Es waren sogar schon fünf türkisfarbene Eier im Nest. Zu spät, um eine fristlose Kündigung auszusprechen. In Null Komma nichts waren die Jungen ausgeschlüpft und wurden im Fünf-Minuten-Takt von den Alten versorgt.

Ich muß schon sagen, schön war das nicht. Stellen Sie sich vor, Sie sitzen vor einem Teller Spaghetti mit Tomatensoße, Ihr Blick fällt durch die offene Tür, und kaum zwei Meter von Ihnen entfernt hockt einer auf dem Balkongeländer und hat was ganz Ähnliches im Schnabel wie Sie selbst, nur daß es noch am Leben ist. Das kann einem schon den Appetit versauen.

Ein bißchen nett in der Sonne auf dem Balkon zu sitzen konnte ich auch vergessen. Einmal versuchte ich es, da wurde ich total unverschämt angekeift, ich glaube, von IHM. ER stand mit seinen Streichholzbeinen auf der Wäscheleine, den Kopf auf die Schulter gelegt, und funkelte mich aus einem Auge an, das Gefieder gespreizt wie was. Ich laß mir doch nicht von Figuren drohen, die noch nicht mal richtig geradeaus gucken können! Allerdings hatte ich kürzlich einen Film gesehen, in dem Vögel ziemlich furchtbare Sachen... da zog ich mich dann doch lieber zurück.

Trudi von oben, die zum Telefonieren kam, weil sie ihr wieder das Telefon abgestellt haben, sagte ganz eiskalt, ich solle die Jungen, die ja sowieso häßlich seien wie die Nacht, doch der Katze von Frau S. nebenan vorwerfen, dann sei Ruhe. Letztes Jahr haben die Amseln bei ihr gebrütet. Da hat sie immer nur nachts heimlich und leise die leeren Bierflaschen auf den Balkon rausgestellt.

Jetzt sind die Kleinen natürlich weg, und erst fehlte mir direkt was, aber dann sah ich, daß sie mir den Knöterich total verätzt haben, die Schweine.

**Hühnerwaschen**

Eigentlich kann ich es mir ja nicht leisten, aber manchmal verreise ich auch weiter weg, zum Beispiel nach Neuseeland, via Bangkok. Da kann man was erleben!

Schon angeschnallt beim Abflug in Frankfurt, fällt mein Blick auf einige bereits stark angeheiterte Herren. Mein erster Gedanke: Warum fliegen die nach Bangkok? Haben die keine Kinder zu Hause? Mein zweiter: Ich will hier raus. Da hatten wir aber schon abgehoben.

Bangkok selbst ist eine faszinierende Stadt! Ein Ambiente wie der Hauptbahnhof einer beliebigen deutschen Großstadt in Kombination mit der schlimmsten Autobahnraststätte am Freitagnachmittag, die Sie sich vorstellen können – bloß lauter.

In der Hotelhalle treffe ich gleich auf Ethel, eine Australierin in bestem Alter, die ihrem deutschstämmigen Gatten jahrelang das German Housewife gemacht hatte. Man kennt es: Montags große Wäsche, dienstags die Fenster, mittwochs Grundreinigung, donnerstags die Damen der umliegenden Reihenhäuser zur Tortenschlacht einladen, und am Wochenende wird man dann verhauen. Bis er eines Tages seine große Liebe in der Person einer anderen Dame aus der Tortenabteilung entdeckte.

Ethel war irgendwie nicht ganz unzufrieden mit dieser Entwicklung, denn außer der Hausarbeit und dem Verhauenwerden gehörte auch das Waschen seiner Vögel zu ihren Aufgaben. Was das für welche waren, konnte ich selbst unter Hinzuziehung eines Wörterbuches nicht herauskriegen. Jedenfalls mußten sie gewaschen werden, bevor sie auf der Landwirtschaftsausstellung gezeigt werden konnten. Nach der Scheidung, erzählte mir Ethel unter donnerndem Gelächter, sei sie Buddhistin geworden und jetzt auf dem Weg zu einem Kloster in Nepal, um sich dort zwei Monate zu amüsieren »to have fun«. Wenn es denn schon eine Religion sein muß, dann scheint mir der Buddhismus nicht die schlechteste zu sein. Jedenfalls habe ich Nepal schon mal auf meine Liste »Wo haue ich im Alter am besten auf den Putz« gesetzt.

Sonst wäre noch zu sagen, daß das Essen überall ganz hervorragend ist, vorausgesetzt, man mag Chili in allem und jedem und es stört einen nicht, wenn die Bedienung im Restaurant fünfzehn Mann hoch um einen herumsteht und glitzernden Auges darauf lauert, daß man alles wieder heraushustet.

*8. Kapitel*

Wer lügen will, soll von fernen Landen lügen,
so kann man ihn nicht nachfragen.

*Deutsches Sprichwort*

## La Palma (Olé)

Es fing schon damit an, daß die Nichten im Flugzeug nach La Palma angewidert auf das Essen starrten und dabei Brechgeräusche simulierten. Sie hatten ja recht, aber aus erzieherischen Gründen aß ich alles auf und sagte, sie sollten mich daran erinnern, daß ich nachher den Piloten nach dem Rezept frage.

Am Strand wurde es dann ganz furchtbar. Beide trugen Badeanzüge, die für eine Neuinszenierung der Versuchung des hl. Antonius mehr als ausgereicht hätten. Deshalb hatte ich mich darauf eingerichtet, unter meinem Sonnenschirm als Fliegenklatsche aufzutreten, welche die Caballeros wegscheucht, aber das konnten sie viel besser als ich. Die Szenen, die sich abspielten, gaben mir einen erschreckenden Einblick in die eiskalte Psyche moderner junger Frauen.

Einmal z. B. näherte sich ihnen ein Einheimischer und bat höflich um Feuer oder um einen Kugelschreiber, jedenfalls um etwas, was er überhaupt nicht brauchte, denn er hatte weder eine Zigarette noch Briefpapier dabei. Das konnte man ganz genau sehen, denn er hatte gar nichts an. Die Nichten sprechen beide so schnell spanisch, daß ich noch nicht mal die Wörter erkenne, die ich kenne, aber ich ließ es mir übersetzen. Die eine hatte gesagt: »Hängen Sie mal ein Handtuch da rüber, das sieht ja schlimm aus.« Die andere: »Ach was! Ich habe schon Schlimmeres gesehen.« Danach zankten sie sich weiter auf deutsch, welche von ihnen das Allerschlimmste gesehen hat.

Am Strand trafen wir noch zwei junge Männer aus Kiel wieder, die neben uns im Flugzeug gesessen hatten und die ich für Klempner und Elektriker hielt, was auch stimmte. Die stahlen meinen beiden so ziemlich die Show. Wir kriegten mit, wie sie zwei Frauen namens Sandra und Ramona erzählten, daß sie Gynäkologe beziehungsweise Hubschrauberpilot seien. Als der Rettungshubschrauber vorbeidonnerte, sagte der eine: »Ach, eine CS 304 Y, die bin ich auch schon geflogen.« Das konnten die Nichten nicht aushalten und nannten die beiden gleich »Hitler und Röhm«, bloß weil der eine ein bißchen dick war und der andere einen eigenartigen Schnurrbart trug. Immerhin freut es mich, daß sie heute im Geschichtsunterricht schon bis zum Dritten Reich kommen. Zu meiner Zeit war mit dem Ersten Weltkrieg Schluß, weil meine Lehrer den Zweiten selbst mit angeschoben hatten.

Jedenfalls nahm ich die Nichten dann ins Gebet und erinnerte sie daran, wie sie sich noch vor zwei Jahren auf Mallorca als Verlobte von Mitgliedern der Hannoverschen Band »Platzende Pelikanpatronen« ausgegeben und Autogramme verteilt hatten. Das war diese Band, wo die Mädels alle in weißen T-Shirts erschienen, weil nach jedem Lied mit Tinte gespritzt wurde. Natürlich gab es die Band gar nicht; es hätte sie aber leicht geben können, wenn man bedenkt, daß es Gruppen gibt, die z. B. »Armaggedon Dildos« heißen.

Die beiden blieben meinen Vorhaltungen gegenüber verstockt und guckten mich an, als wollten sie sagen, daß sie niemals in mein Alter kommen möchten. Werden sie aber.

Nachdem sie die vorbeiziehende Männerwelt durchgecheckt und insgesamt für unangesagt erklärt hatten – dabei spielten die Art der Muskeln (Surfer- und Bodybuildermuskeln – alles widerlich) und die Farbe sowie der Schnitt von Badehosen eine Rolle –, wandten sie sich ihrer Tante zu und erklärten, mir jetzt einen Kurschatten besorgen zu wollen. »In deinem Alter heißt das doch Kurschatten, Tantchen!« Mir ist es ganz egal, wovon einer seine Muskeln hat, und die Farbe seiner Badehose ist mir auch wurscht, Hauptsache er hat eine an. Das Problem ist nur, daß ich zu Hause schon einen Verehrer habe. Mit der Einschränkung, daß er – wie Männer eben so sind – noch nichts davon weiß. Diese Information behielt ich natürlich für mich, weil die Nichten ja sofort alles in der Verwandtschaft herumposaunen und meine Mutter schon lange auf einen Anlaß wartet, mir den Rest meiner »Aussteuer« zu schicken, wie sie die scheußliche Sammlung schockfarbener Frotteehandtücher nennt.

Als die beiden mir nach einer Reihe von Gigolos einen weiteren vorstellen wollten, der mir bei meinem letzten Aufenthalt auf der Insel schon gezeigt worden war und der »Carlos, der Stecher von La Palma« heißt, hatte ich die Nase voll. Ich teilte den Nichten mit, daß ich schon seit längerem entschlossen sei, mich dem weiblichen Geschlecht zuzuwenden.

Da die menschliche Bereitschaft, eine Erklärung zu akzeptieren, direkt proportional zur tatsächlichen Unwahrscheinlichkeit zunimmt, hatte ich endlich meine Ruhe.

**Provence (Allô)**

Es ist schon ein paar Jahre her, aber immer noch erinnernswert: Der Urlaub in Südfrankreich.

Es sollte ein Abenteuerurlaub werden – Essen, Trinken, Gauloises rauchen, wie angenagelt im Café sitzen und pausenlos Pastis bestellen. So kam es dann letztendlich auch. Nur setzte der Franzose – nach Lektüre des Buches von Frau Borowiak »Frau Rettich, die Czerni und ich« schon damals in unserer kleinen frankophoben Gemeinde im folgenden »Kackfranzose« (kurz KF) genannt – gleich anfangs einen bösen Akzent. Die verspätet anreisende Frau M. (ich) sah sich nämlich am 5. Juli im Gare de Lyon in Paris ausgesetzt. Der KF hatte die südlichen Gleise blockiert. »Rien ne va plus« hieß es frech. Wohin das Auge blickte, Ruin und Verfall der gallischen Kultur.

Das zeigte sich dann auch im Flugzeug, das ich besteigen durfte, nachdem ich mich von zehn häßlichen Hundert-Franc-Scheinen getrennt hatte: Tomatensaft und Rauchverbot. Wenn die Dichterin Frau B. nicht gewesen wäre, die, telefonisch vorgewarnt, am Flughafen in Avignon ein Taschenflacon bereitgehalten hätte ...

Im Hauptquartier angelangt, wurde ich sogleich von T. (13, Intellektueller) mit den Worten »Hello again« und »Keine Panik. Euer Udo« empfangen, was mir ungefähr den Rest gab. Übrigens sollten dies auch fürderhin seine einzigen Beiträge zur Unterhaltung bleiben: ab und zu ergänzt durch »Alles wird gut« und »Ein Lob der Köchin«. Nun kam erst mal das Abendessen (Ein Lob der Köchin), wobei sich der Hund der Dichterin B. auf meinem Fuß wälzte, den ich ein Jahr zuvor gebrochen hatte. »Das meint der nicht so«, spielte Besitzerin B. gleich alles herunter. Aber so leicht ließ ich mir meine Mißstimmung nicht verderben. Erst einige Stunden und Flaschen später sorgten die Invasion von Killerameisen auf dem Abendbrottisch und die Entdeckung eines Skorpions an der Fußleiste des Salons (Keine Panik. Euer...) wieder für gute Laune. Und als dann noch Jurist W. seine mitgebrachten Milkana-Käseecken auspackte (Hello again), war des Frohseins überhaupt kein Ende mehr. Gott ja, und so ging es dann immer weiter. Sie wissen ja, wie das im Urlaub so ist (Alles wird gut).

## La Gomera (Hóla)

Bevor ich zwecks *richtigen* Geldverdienens nach viereinhalb Jahren Pause wieder an meine alte Arbeitsstelle zurückkehren mußte, verbrachte ich elf Tage auf La Gomera. Zum ersten Mal war ich vor zehn Jahren dort gewesen, als die Tschernobyl-Mütter ihren Nachwuchs den dreckigen Sand am Babybeach fressen ließen. Damals war die »Szene« noch unter sich, denn man konnte in jedem beliebigen Lokal nach dem Essen aufstehen und in die Menge rufen: »Spielt noch wer Doppelkopf mit?«, und gleich hatte man eine Runde zusammen. Man traf leider auch jederzeit Leute mit Stirnglatze und Bart, die Sätze sagten wie: »Ich möchte gern mal ein Tanzprojekt bei uns in der Kirche machen.«

Inzwischen sind TUI und andere Reiseveranstalter groß eingestiegen, und die alte Szene zieht über die neue Szene her und umgekehrt. Ich möchte aber mal wissen, was der Unterschied sein soll zwischen einem, der zu Hause alle Günther-Pfitzmann-Videos hat sowie eine Country-Bar mit Bildern, wo kleine Jungs Frauen unter den Rock gucken, und einem, der den ganzen Tag bekifft auf einer Bongotrommel trommelt, noch keine dreißig ist, aber alles besser weiß.

Ich traf natürlich auch andere Leute, z. B. eine junge Frau namens Dolly aus Essen, die gerade durchs zweite Juraexamen gefallen war, in ihrer frühen Jugend aber mal in Spanien einen jungen und hübschen Scheich kennengelernt hatte, der sie prompt nach Davos einlud. Seine Brüder und Cousins hatten auch Damen dabei, welche Blankoschecks kriegten, um die Boutiquen leer zu kaufen. Dolly hatte keinen Scheck angenommen, weil sie noch an die wahre Liebe glaubte, hehe. Wenn sie erst mal vierzig ist, wird sie diese Einstellung bedauern, aber dann ist der Zug längst abgefahren. Der ist ja praktisch schon mit zweiunddreißig abgefahren, außer man bewahrt sich den Mäderl-Status, was mit einem Ruhrpott-Akzent aber schwer zu bewerkstelligen ist und sich quasi nur in Wien durchführen läßt. Da aber, bis man hundert ist.

## Wien (Küß die Hand)

Nachdem in der ZEIT und in der *taz* von Harry Rowohlt bzw. von Susanne Fischer schon ausführlich über unseren gemeinsamen Ausflug nach Wien berichtet worden ist, z. B. daß ich Harry Rowohlt eine Nagelschere geliehen hatte und sie tatsächlich wieder zurückgekriegt habe (dasselbe ist mir mal mit Rex Gildo passiert, nur daß es sich da um einen Kugelschreiber handelte). Nachdem das Wichtigste also schon gesagt worden ist, bleibt mir nur noch übrig zu erzählen, daß Susanne und ich im berühmten Café Hawelka zwei Geldweiber in Nerz wieder trafen, die uns schon im Flugzeug unangenehm aufgefallen waren. Im Hawelka war es so warm, daß sie den Nerz ausziehen mußten. Darunter trug die eine aber ein Chanelkostüm. Normal merke ich so was gar nicht. Glücklicherweise lief aber um ihren Ärmel eine Art Spruchband, auf dem stand CHANEL CHANEL CHANEL. Meine Oma ließ auch immer die Preisschilder an unseren Weihnachtsgeschenken dran, weil sie befürchtete, wir könnten sie sonst nicht richtig würdigen. Ich finde es noch einfacher, wenn die Preise zukünftig gleich auf die Klamotten gestickt würden. Ich war sehr froh, daß auf dem schwarzen Anzug, in den Harry Rowohlt sich abends geschmissen hatte, nirgendwo C&A C&A C&A zu lesen war.

Wien war sehr schön, und ich lernte auch interessante Menschen kennen aus dem Show-Biz, wie wir Insider sagen, z. B. Pamela Anderson, die, glaube ich, Irmi heißt und aus Pankow kommt. Ich erwähne das nur, um Gerüchten entgegenzutreten, daß ich nur mit Leuten verkehre, die ich an Bushaltestellen kennengelernt habe.

Und wo ich gerade beim *name-dropping* bin: Auf einer

unserer Lesungen erschien ein Paar, wovon der weibliche Teil einen angetrunkenen Zwischenruf machte und der männliche Teil Siebeck hieß. Ja, ja. Der nämliche, der in Zeitungen über Essen und Trinken schreibt und einem den einzigen Laden z. B. in Hamburg sagt, in dem man die *wirklich* optimale Petersilie einkaufen kann.

Zu Hause wurde dann wieder alles normal. Meine Nachbarin Frau Behrens fragte gleich, wie es denn gewesen sei, war nicht beeindruckt, hörte auch gar nicht hin und sagte abschließend: »Hauptsache gesund!« Das sagt sie aber immer, sogar, wenn man sie direkt aus dem Krankenhaus anruft.

## London (Hello)

Gerade war ich zum ersten Mal in meinem Leben in London. Es war gar nicht so schlimm, wie ich gedacht hatte. Wenn man einmal irgendwo auf der Welt eine U-Bahn kennengelernt hat, kennt man sie alle. Das ist wie mit den Männern, was aber heute nicht das Thema ist. Ich mußte kein Porridge essen und keinen Nierenpudding, und das Wetter war genauso wie in Hamburg. Meine Gastgeber luden mich in typisch englische Restaurants ein, nämlich zum Chinesen und zum Inder. Da gab es zwar kein Rindfleisch, aber jede Menge Witze über mad cows. (Sagt eine Kuh zur andern: »Hast du gehört? Horrible. Sie bringen uns alle um.« Sagt die andere: »Wieso *uns*? *Ich* bin eine Giraffe.«) Am letzten Abend gingen wir alle in einen großen Park, wo etwa 5000 Engländer entweder auf Decken lagerten oder in diesen gestreiften Liegestühlen saßen. Sie kennen die bestimmt noch, obwohl die bei uns praktisch ausgestorben sind, diese Holzdinger, die man nie wieder richtig auseinander bringt, wenn man sie einmal zusammengeklappt hat, und wenn Sie es doch versuchen, können Sie eine Gartengesellschaft den ganzen Nachmittag kostenlos unterhalten. Alle Zuschauer hatten Picknickkörbe und Kühltaschen mitgebracht und Wein und englisches Bier, das übrigens schmeckt wie etwas, das man einnehmen muß, wenn man ernsthaft krank ist.

Vorne spielte ein Sinfonieorchester Wiener Musik, worunter ich mir Strauß vorgestellt hatte, es war aber Beethoven und Mozart. Der Dirigent sagte die Stücke selber an und machte auch ein paar Witze, was mir sehr gefiel. Stellen Sie sich mal Karajan vor, wie er »Ladys and Gentlemen, kennen Sie den ...« sagt. Zum Schluß gab es ein Feuerwerk. Da sagten alle zueinander: »*O Darling, it's wonderful, isn't it?*« Das kenne ich bloß aus Romanen.

Wenn man jung und weiblich ist, sagen sie in London übrigens »*luff*« zu einem, was Dialekt ist und »*love*« heißen soll. Da ich aber schon über zwanzig bin, sagten alle »dear« zu mir, wenn ich in der U-Bahn jemanden fragen mußte, wo der Bahnsteig für die Northern Line ist. »Dear« finde ich aber besser als »junge Frau«, wie sie einen in Hamburg nennen, wenn man irgendwas zwischen 30 und nicht mehr von dieser Welt ist. Ich fahre bestimmt wieder nach London.

P. S. Diesen Text schickte ich den Londoner Bekannten und erhielt daraufhin eine Karte: »Wir sind beleidigt! I. A. Verband der englischen gestreifter Liegestühlen. Du mußt das nächste Mal auf dem Gras setzen.« Mach ich!

*9. Kapitel*

It's all Greek to me.
(ich verstehe immer nur Bahnhof.)
*Englisches Sprichwort*

**Potenzamt**

James Thurber beschreibt einmal, wie er seine Brille zertreten hat und wie er anschließend in den Straßen New Yorks die sonderbarsten Dinge beobachtet. Zum Beispiel sieht er einen sehr kleinen General, der aus dem Fenster guckt und einen Dreispitz auf dem Kopf hat. Nachher war es dann nur ein Blumentopf.

Probleme mit kaputten Brillen habe ich überhaupt nicht, weil ich meine sowieso nie aufsetze – außer im Kino –, die sieht nämlich so imperialistisch aus. Ich meine damit, daß dazu nur noch ein künstliches Orchideengesteck plus Namensschild (Mrs. Harry S. Schnurpl) am Busen fehlt, und ich könnte direkt aus dem Stand die amerikanische Botschaft überfallen, ohne daß es groß auffallen würde.

Neulich fuhr ich in Berlin, natürlich ohne Brille, an einem Haus vorbei, auf dem in großen Buchstaben »Potenzamt« stand. Da kam ich gleich ins Träumen. TÜV für Männer! »Sehr geehrte Frau Müller«, stellte ich mir vor, würde amtlicherseits ein Brief beginnen, »am Montag, den Soundsovielten ist die jährliche Überprüfung Ihres Mannes fällig. Erscheinen Sie bitte pünktlich um 14 Uhr...« Da würde ich ihn dann abliefern, eine schöne Tasse Kaffee trinken gehen, bis er – bis sie ihn – also, bis sie irgendwie mit ihm durch sind oder ihn erledigt, ich meine, fertiggemacht haben, und abends hätte man im Freundinnenkreis ein herrliches Thema (»... und bis wann hat deiner die Plakette?«). In Wirklichkeit hieß es natürlich »Patentamt«.

In der Großen Bergstraße in Hamburg ist mir letztens was Ähnliches passiert. Ich stand mit einer Bekannten vor einem Elektroladen und las: »Dieser Herd hat eine elektronische Topferkennung.« Das lag ja jetzt wieder an der fehlenden Brille, denn einen Topf als solchen zu erkennen, schien mir immer die vornehmste Aufgabe eines jedweden Herdes gewesen zu sein, und meine Herde hatten sich bisher ohne Elektronik nicht dumm angestellt und einwandfrei jeden Topf erkannt, den ich auf sie draufgestellt habe. Diesmal habe ich aber richtig gelesen; meine Bekannte hat es mir noch einmal vorbuchstabiert.

**Fußball**

Ich gucke quasi nie Fernsehen, weil ich das Gefühl habe, daß ich irgendwas versäume, wenn ich das tue. Was genau ich da versäumen könnte, weiß ich aber auch nicht.

Wenn ich früher mal einen Abend nicht ausging, ging es mir schlecht, weil ich fürchtete, daß ich jetzt garantiert wahnsinnig interessante Leute nicht kennenlernen würde. Im Laufe der Zeit lernte ich die dann leider doch alle kennen. Letztlich läuft es heute darauf hinaus, daß ich früh im Bett liege, morgens um acht aufstehe und bis elf Uhr herumhühnern muß, weil alle Welt der Meinung ist, Freiberufliche würden sich in angesagten Kneipen mörderisch amüsieren, um dann den ganzen Vormittag zu verschnarchen.

Ehrlich gesagt, habe ich letztens doch mal ferngesehen, nämlich 14 Tage vor Weihnachten. Aber nur, weil ich was für ein Fußballbuch schreiben sollte. Die Herausgeber dachten wohl, daß es sich ganz gut macht, wenn eine Torte, die von Abseits und Elfmeter keine Ahnung hat, irgendwie herumquakt. Da hatten sie sich aber geschnitten. Zugegeben, es war zunächst ein bißchen schwierig. Ich besitze nämlich nur einen Schwarzweiß-Fernseher, da konnte ich die verschiedenen Turnhosen gar nicht voneinander unterscheiden und habe öfter an den verkehrten Stellen gejubelt, was Harry, der neben mir saß, dazu veranlaßte, seine Augen gegen die Decke zu richten und noch ein Bier zu holen. Jedenfalls habe ich historische und persönliche Verbindungen zum Fußballsport wie nur eine und bin noch mit Beckenbauer (!) groß geworden und als Hamburgerin mit Charlie Dörfel (!). Die damalige Verlobte von dem war Frisöse und hat Mutter und mir immer die Haare gemacht. Sie war nicht besonders an Fußball interessiert, obwohl sie immer mit durfte, und er nicht an Frisuren, was ja einleuchtend ist, wenn man mal ein Foto von ihm gesehen hat. Ob auf dieser Basis dann später eine Ehe zustande gekommen ist, die womöglich noch mit Kindern gesegnet wurde, weiß ich aber nicht. Und – jetzt kommt's – eine sehr gute Bekannte von mir hat den Töchtern von Uwe Seeler Blockflötenunterricht gegeben!! Das soll mir erst mal eine nachmachen.

**Primzahlen**

Heute wollen wir mal nicht über so albernes Zeug schreiben wie sonst, sondern auch mal an den einfachen, aber bildungswilligen Leser denken, der es im Leben zu etwas bringen möchte. Meinetwegen auch an die dito Leserin. Ich sage aber immer, daß Frauen mit einem gepflegten Äußeren und netten Umgangsformen sehr viel schneller weiterkommen als mit unnützem Wissensballast.

Für diesen Beitrag halten Sie bitte Kugelschreiber und Papier bereit.

Ich weiß eine Menge sehr nützlicher Dinge, z. B. wie Hohlsaum geht oder Butterkuchen. Jetzt noch *nicht* mitschreiben. Dann weiß ich noch eine Menge unnützer Dinge, die aber was hermachen, z. B. was Morgendämmerung auf Spanisch heißt (madrugada) und Eichhörnchen auf Französisch (écureuil) und was eine Primzahl ist. Primzahl *jetzt* aufschreiben. Eine Primzahl ist was ganz Tolles, ich erkläre das jetzt mal für die, die kein Abitur haben und trotzdem ein Buch lesen. Eine Primzahl kann man durch sich selbst und durch eins teilen. Kapiert? Also z. B. die 1. Oder die 2 oder die 3, auch die 5 und die 7 gehören dazu. Schreiben Sie das jetzt auf, ich mache mal eine Pause, da können Sie das nachrechnen ... Fertig? Wenn Sie denken, das geht jetzt so einfach weiter, neenee, jetzt wird es richtig schwer. Zuerst erkläre ich mal Produkt. Produkt ist das Ergebnis einer Multiplikation, das kennen *Sie* als Mal-neh-men. Wir Hochgebildeten nennen das Mul-ti-pli-ka-ti-on. Jetzt schreiben Sie mal auf: 105. Haben Sie's? 105 ist das Produkt von 3 mal 5 mal 7. Das rechnen Sie dann später nach, soviel Zeit haben wir heute nicht. Und jetzt die wichtigste Information. Folgendes ist bewiesen: Jede eindeutig positive ganze Zahl – also nicht 17,3 oder was – jede eindeutig positive ganze Zahl läßt sich als Produkt zweier oder mehrerer Primzahlen definieren.

Was Sie mit dieser Information anfangen sollen? Nun, lieber Leser, Sie werden damit auf jeder Betriebsfeier den Hecht im Karpfenteich machen. Und *Sie*, liebe Leserin, ähm, Sie sollten ganz spontan Ihrer Intuition folgen und besser den Mund halten. Man könnte sonst glauben, daß Sie irgendwie angeben wollen.

## Normalität

Kürzlich machte ich den halbjährlichen Pflichtbesuch bei Tante Lenchen in Bargteheide. Lenchen hat ja die Zwillinge, die partout nicht heiraten wollen, und Lenchen wünscht sich so sehr ein Enkelkind, und vor zwei Jahren ist Trudchen, Lenchens Schwester, als erste Großmutter geworden. Seitdem hat es Lenchen die Sprache verschlagen. Sie kann nicht mehr sprechen und muß alles aufschreiben. Für eine Therapie ist sie zu alt, sagen die Psychologen, und sie soll mal warten, bis ein Enkelkind kommt, sagen die Verwandten. Haha! Das kommt nie, ich weiß nämlich zufällig, daß die Zwillinge schwul sind. Es besteht also durchaus die Chance, daß wir den Blödsinn, den Lenchen immer von sich gegeben hat, nie wieder hören müssen.

Wenn Sie Lenchen nicht kennen, macht das übrigens nichts, ich wollte auch gar nicht über sie schreiben. Und wenn Sie Bargteheide nicht kennen, macht das auch nichts, im Grunde kennen Sie es nämlich doch, weil Sie bestimmt schon in irgendeiner Kleinstadt gewesen sind, die Sie richtig fertig gemacht hat, mit Einkaufsmeilen und aufgemöbelten Fachwerkhäusern, wo früher Sie oder Ihresgleichen gewohnt haben, aber jetzt Ärzte und Rechtsanwälte, die einfach mehr Stil haben als Sie. Und mehr Geld. Im Grunde ist das ja auch alles ganz egal, weil ich nur darüber berichten wollte, daß ich hinterher ganz durch den Wind war und heilfroh, als ich am S-Bahnhof Sternschanze in Hamburg ausstieg und dem normalen Leben zurückgegeben ward. Beim Gemüse-Türken treffe ich dann gleich meine Nachbarin Frau Behrens, die mir erzählt, daß die Bullen da gewesen wären wegen ihrem Mann, weil der nachts wieder auf der Melodica geübt hat. Alle zwei Sekunden schreit sie ihre brüllende Tochter im Kinderwagen an: »Michelle, halts Maul!« Auf dem Mäuerchen vor der Apotheke sitzt der Alte aus dem Pflegeheim in Jogginghosen und hält mich an: »Moin.« – »Äh – Moin.« – »Heute mal ohne Schläge?« – »Äh – ja.« – »Die Sonne steht zu hoch, was?« – »Äh – ja.«

Fast habe ich meine Haustür erreicht, da saust Frau Behrens Schwiegermutter um die Ecke und ergreift meinen Arm. Ich höre nicht zu und kriege nur den letzten Satz mit: »Ich gebe Ihnen jetzt ma nich die Hand wegen Ehtz, das is total gefährlich.« Dann saust sie weiter und läßt mich einigermaßen verwirrt zurück.

Zu viel Normalität ist auch anstrengend.

**Autos**

Wenn Sie aus dem Urlaub zurückkommen, liegen bei Ihnen wahrscheinlich auch immer Briefe auf dem Poststapel, die anfangen mit »Guten Tag, Frau Müller« (bei Ihnen steht dann natürlich was anderes), »ganz ohne Umschweife: Könnte bei einer Ersparnis bis zu vierzig Prozent nicht ein Wechsel Ihrer Kfz-Versicherung fällig sein?«

Da fange ich immer an zu grübeln, ob ich auf dieses Klasse-Angebot eingehen soll, bis mir einfällt, daß ich von gar keiner Versicherung zu überhaupt gar keiner Versicherung wechseln müßte. Ich habe nämlich kein Auto. Und das kam so:

Vor vielen, vielen Jahren, als noch ein Rosenzüchter und ein Spitzbart die Geschicke unserer Vaterländer bzw. unseres Väterlandes lenkten, erwarb ich einen Führerschein und dazu einen Fiat 500, allerdings mit einem 600er Motor (!). »Da sollen Sie keinen Schaden von haben, Frau Müller, das verspreche ich Ihnen«, hatte der Verkäufer zu mir gesagt. Ha! Das heißt, damals hieß ich nicht Müller, aber auch nicht viel besser.

Dieses Auto hatte jedenfalls erstens den Nachteil, daß das Chassis unter dem Fahrersitz durchgerostet war und man mit dem Hintern quasi Bodenberührung hatte, zweitens hatte es den Nachteil, daß man im Winter – oder war es im Sommer? – praktisch alle 500 Meter vorne irgendwo Wasser reingießen mußte, weil es sonst anfing zu qualmen. Auf die weiteren Nachteile komme ich noch.

Ich wohnte damals in Geesthacht, ein Ort, den man sich auf gar keinen Fall merken muß, und fuhr jeden Tag nach Bergedorf (dafür gilt das gleiche), um dort in die S-Bahn nach Hamburg umzusteigen, wo ich einer Erwerbsarbeit nachging. Auf dem Beifahrersitz saß dann meistens ein Individuum, mit dem ich mich leider kurz zuvor verheiratet hatte und das mir versprochen hatte, die Klappe zu halten, wenn es neben mir im Auto sitzt. Diese Person, obwohl zweimal durch die Fahrprüfung gefallen, feuerte mich immer wieder an, Lastwagen in unübersichtlichen Kurven zu überholen, von denen es etwa zwei Dutzend gab. Mein Gatte behauptete, daß er riechen könne, daß da vorne alles frei sei. Der vierte Nachteil war, daß der Fiat nicht schneller als 70 Stundenkilometer fuhr.

Es endete, wie es enden mußte. Ich kam mit einem Nervenzusammenbruch ins Krankenhaus – naja, nur beinahe –, verkaufte das Auto und reichte die Scheidung ein.

Mein zukünftiger Ex versicherte mir, daß, wenn ich die Scheidung durchzöge, er sich erschießen würde. Der hatte mir schon ganz andere Sachen versprochen. Zum Beispiel, daß er zur Hochzeit auf gar keinen Fall seine Mutter einladen würde, die aber dann doch im letzten Moment in ihrem räudigen Pelzmantel ... das interessiert wahrscheinlich wieder keinen.

Einige Jahre später traf ich ihn jedenfalls wiederholt in Damenbegleitung in Hamburger Kneipen an, und tatsächlich sah er ziemlich erschossen aus. Unaufgefordert erzählte er mir jedes Mal, daß die Grünen ihm »gerade eben« den Lappen abgenommen hätten.

Mich fragt ja keiner, aber ich finde, Autokauf und Eheschließung sollte man zeitlich und räumlich strikt voneinander trennen. Noch besser: Gar kein Auto kaufen (wozu hat man gute Bekannte, die einen gerne morgens um vier zum Flughafen bringen?). Dasselbe Argument gilt übrigens fürs Heiraten.

*10. Kapitel*

Wo man blöken hört,
da sind auch Schafe im Lande.

*Deutsches Sprichwort*

## Radio

Neulich wurde ich für Geld ins Radio eingeladen zu einer Talk-Sendung, wo auch Hörerinnen und Hörer anrufen konnten. Das Thema hieß »Liebe für ein ganzes Leben – gibt es das?« Es dauerte zwei Stunden, aber zwischendurch wurde furchtbar viel Musik eingespielt von der Sorte, die keinem weh tut, so daß man nicht so viel reden mußte.

Zuerst rief ein Herr Reiter an, der seit vierzig Jahren glücklich verheiratet ist. Daß er glücklich verheiratet ist, liegt vor allem daran, daß er mit seiner Frau viel gemeinsam hat, nämlich den Kegelklub und das Geschäft. Das heißt, er hatte das Geschäft, und sie hatte das Geschäft und den Haushalt und die Kinder. Das konnte ich mir gut vorstellen. Außerdem sagte er noch, daß man sich »aufeinander eingewöhnen« und sich Liebe erkämpfen müsse. Der Moderator fragte ihn, ob er mal ein Beispiel dafür geben könne. Da gab es erst mal eine Pause, und Herr Reiter sagte dann, daß das jetzt ad hoc ein bißchen schwer sei. Und auf diese Frage sei er gar nicht vorbereitet. Im Hintergrund hörte man seine Frau lachen.

Danach rief eine junge Frau an, die der Meinung war, daß es irgendwo auf der Welt einen Mann gebe, der für sie vorbestimmt sei. Das konnte ich ebenfalls gut nachempfinden, weil ich das auch schon fünfmal geglaubt habe. Ich fragte sie, was denn sei, falls der Mann für sie vielleicht auf Papua-Neuguinea gebacken worden ist. Das fand sie nicht schwierig, weil man sich auf jeden Fall irgendwo treffen würde. Ich hielt das nicht für wahrscheinlich, jetzt, wo die Flugzeuge andauernd runterkommen, sagte aber lieber nichts.

Zwischendurch gab es ein kleines Mißverständnis, als der Moderator mich fragte, ob ich mich noch an Schiller »Der Wahn ist kurz, die Reu ist lang« erinnern könnte. Ich erwiderte ziemlich spitz, daß ich so alt nun auch wieder nicht sei. Er hatte aber nur wissen wollen, ob ich mich noch an »Die Glocke« erinnern kann.

Dann sprach ein Hauptpastor darüber, daß man aneinander reifen müsse und daß der Mensch nicht ohne Hoffnung leben kann. »Ein Blick genügt, und man weiß, daß man sich gerade gestritten hat«, sagte er. Ich fand, daß man dazu nicht unbedingt heiraten muß. Außerdem sagte ich noch, daß ich es persönlich lustiger fände, wenn man mehrere Liebschaften hintereinander hat. Das fand sonst erst mal keiner.

Eine Dame, die schon 77 war, erklärte, daß sie kein »Fachmann« sei wie »die Herrschaften, die Sie da bei sich haben«, meinte aber, daß, wenn junge Menschen wie zwei Sterne ineinander stürzen, es nicht ein ganzes Leben halten kann, und sie ihre Liebe als eine Schicksalsgemeinschaft empfindet. Als nächstes kam eine junge Frau dran, die am folgenden Tag heiraten wollte. Der wünschte der Moderator, auch in meinem Namen, daß ihr »die Früchte der Liebe so richtig vollreif in der Gegend rumhängen« möchten. Ich hätte das aber anders formuliert.

Dann rief Herr Zimmermann an, der schon 31 Jahre verheiratet ist und der betonte, daß man der Frau auch in der Ehe noch Komplimente machen solle. Vor der Ehe würde man einen Handstand machen, um die Frau zu kriegen, und hinterher... »Hinterher liegt man flach«, warf ich ein. Das wurde aber ignoriert. Auch sei die Frau »im Grunde nicht so ein Wandervogel, wie der Mann veranlagt ist«, sagte Herr Zimmermann. Da solle man aber trotzdem mal gucken, welche Wünsche die Frau habe, z. B. wenn sie mal wohin möchte...

Herr Graff, der dann anrief, fand, daß Liebe der Schlüssel ist, warum wir hier sind, und daß erst Sex, dann Herz und dann der Geist kommt, insgesamt die Evolution aber noch greife, nämlich die Evolution des Geistes, der Seele und das Ethische. Ich sagte, daß das bei Frauen anders wäre, nämlich Sexualität einen erst jenseits der dreißig richtig aufmöbele und deshalb ältere Frauen mit jüngeren Männern besser bedient seien, welche ja noch ein gewisses vitales Interesse aufbrächten.

Was ich damit meinte, war eigentlich, daß mir junge Säcke lieber sind als alte Säcke. Das wäre aber nicht hörfunkkompatibel gewesen. Damit konnte Herr Graff nichts anfangen: »Es ist doch nicht im Prinzip der Sache, nur dem Sex nachzugehen.« Außerdem bezeichnete er mich als »die Frau da«, was ich als ungehörig empfand, Müller ist immerhin ein Name, den man sich merken kann. Und dann sagte er noch, daß ich wohl etwas primitiv sei. Da haben wir im Studio gelacht, auch die Techniker, und ich sagte, daß ich noch primitiver werden könne. Da waren die Mikrofone aber schon abgeschaltet.

## Klapskalli

In Hamburg ist alles anders. Beispielsweise war hier der Krieg früher aus, weil der hiesige Gauleiter schon am 3. Mai '45 fand, daß es nun aber gut sei, und mit der weißen Fahne beim Engländer aufmarschierte.

Auf dem Staatsakt fünfzig Jahre später sollen der Bürgermeister Voscherau und Prinz Charles sprechen.

Für Voscherau, der wie ein Konfirmand aussieht und wie ein Diakon spricht, hätte sich wohl kein Schwein extra auf die Socken gemacht, aber was die Leute an PC finden, weiß ich schon zweimal nicht. Jedenfalls komme ich zu spät auf dem Rathausmarkt an, weil Rouge auflegen und Fußnägel neu lackieren mehr Zeit beansprucht haben als geplant. Außerdem habe ich beim Frisör eine Stunde lang warten müssen.

Als ich die U-Bahn-Station verlasse, wird schon Barockes zum Mitsingen (Wassermusik) vom Balkon des Rathauses geblasen. In einen Pulk junger Menschen eingekeilt, muß ich folgenden Dialog mit anhören: »Was issen das für Musik?« – »Weiß nich. Weltkriegs-Dschingel oder so.«

Direkt vor der Pressetribüne, zu der ich mich durchboxe, werden dann sechs andere junge Menschen mit einem Transparent »Deutsche Täter sind keine Opfer« von Sicherheitskräften abgeschleppt, was am nächsten Tag von der *Hamburger Morgenpost* mit »Deutsche Opfer sind keine Täter« beinahe korrekt wiedergegeben wird.

Ich klettere die Leiter hoch, als ein Polizist gerade dabei ist, Fachsprache in sein Walkie-Talkie einzugeben: »Der Staatsakt wird von störenden Störaktionen – äh – gestört.« Während der Rede des Bürgermeisters beschäftigt mich die Frage, ob dreifache Negation den Urzustand wieder herstellt oder nicht. Danach diskutiere ich mit einer Fotografin den Bericht des *Hamburger Abendblatts* von gestern, worin steht, daß PC im Gästehaus des Senats spartanisch untergebracht sei, und als was das *Hamburger Abendblatt* wohl unsere respektiven Unterkünfte bezeichnen würde – Unterschlupf? Käfig? Stall?

Dann ist PC dran. Fähnchen werden geschwenkt, die der neue TV-Sender HH 1 vorsorglich verteilt hat: »HH 1 grüßt Prinz Charles«. Tamponschwenkende Frauengruppen darf man allerdings vergeblich suchen. Das kollektive Gedächtnis ist auch nicht mehr das, was es einmal war. Ich möchte daran erinnern, daß vor zwei Jahren PC seiner Freundin Camilla Parker-Bowles gegenüber den Wunsch geäußert haben soll, den Platz dieses hygienischen Artikels bei ihr einnehmen zu dürfen. Was sie darauf erwidert hat, wurde nicht berichtet, es würde mich aber interessieren, was »Nun mach aber mal halblang, du Klapskalli!« auf englisch heißt.

Jetzt beginnt PC mit seiner Rede. Er spricht deutsch mit einem süßen Akzent, was alle süß finden. Von der Tribüne aus kann ich trotz Fernbrille kaum was sehen, noch nicht mal die Ohren. Aber hören kann ich gut, nämlich: »Krieg ist ein unerklärliches Paradox.« So ist es. Unerklärlich und paradox wie Sonne, Mond und Sterne und wie die Erhöhung meiner Miete. »Er zeugt von der schlimmsten Entartung« (mein Vermieter), »aber auch von selbstloser Aufopferung« (ich). Allerdings habe ich einen Rechtsanwalt engagiert, womit die Parallelen dann wieder im Arsch sind. Mit Hilfe eines Tempo-Taschentuches beginne ich meinen Lippenstift zu entfernen.

Eine Zeitungstorte von *Bild der Frau* oder *Frau im Bild* oder *Wild und Hund*, die hinter mir steht, wiederholt ihrem

Kollegen gegenüber immer wieder, daß PC doch ein richtiger Gentleman sei. Wieso sie das auf einer öffentlichen Veranstaltung feststellen kann, weiß ich nicht. Ein Gentleman ist bekanntlich eine Person, die, nachdem sie sich geschneuzt hat, nicht im Taschentuch nachguckt, ob es was gebracht hat, auch wenn sie ganz alleine ist.

Als PC sagt, daß es ihm eine Ehre sei, einmal diese bösartige deutsche Stadt besuchen zu können, hole ich den Lippenstift wieder raus, stecke ihn aber gleich wieder weg, weil ich im Rede-Text, den die Journalisten bekommen haben, nachlese, daß es »großartig« geheißen hat.

Unter den Kameraleuten und Rundfunksprecherinnen bricht jetzt ein Disput darüber aus, wer es an der Stelle von PC besser gebracht hätte. Die Mehrheit ist für E II mit dem Argument, daß man einmal im Leben diese Frau gesehen haben muß, die als letzter Mensch auf dieser Erde einen Damensattel benutzt und deren Auswahl an scheußlichen Hüten von niemandem mehr übertroffen werden kann. Andere stimmen für die Queen-Mum (immer einen Gin-Tonic in Reichweite), wieder andere für Diana (immer einen Reitlehrer in Reichweite). Ich selbst hätte gern einen Vertreter des »*Ministry of silly walks*« gewählt, am liebsten John Cleese. Aber ich glaube nicht, daß der zur Verwandtschaft gehört.

## Telefon

Ein bekannter Schauspieler sagt jetzt immer im Fernsehen, daß er kein Telefon hat. Das glaube ich aber nicht, denn wenn wer kein Telefon hat, dann ich. Genau wie ein Fernsehen, das habe ich auch nicht, und die Info über Manfred Krug hat mir bloß jemand erzählt.

In Wirklichkeit habe ich natürlich doch beides. Ich benutze sie bloß nicht, weil ich finde, daß Geräte Geld sparen und nicht welches kosten sollten. Das wird ja übrigens auch im Fernsehen gesagt. Außerdem bekam ich früher immer Anrufe von Männern, die gerade noch ihren Namen herauswürgten, um dann erwartungsvoll zu schweigen. Der Rest des Gesprächs war dann meine Angelegenheit. Gefragt, aus welchem Grund sie mich anriefen, antworteten sie, sie hätten »mal anrufen« wollen. Na! Jetzt wird nur noch der Anrufbeantworter eingeschaltet. Den habe ich von Harry besprechen lassen und höre ihn auch immer ab, das kostet auch gar nichts, und wenn mir die Nachricht nicht paßt, rufe ich einfach nicht zurück. Und wenn ich die Leute womöglich hinterher noch treffe, kann ich immer sagen, daß sie wohl jemand anderen angerufen hätten oder ob das vielleicht meine Stimme gewesen wäre?

Der Nachteil ist, daß ich das mit Harry nicht machen kann.

Früher, als ich noch glaubte, daß mich eventuell interessante Leute anrufen würden (Harvey Keitel), habe ich sogar öfter die Post herbeizitiert, wenn das Kabel mal wieder so zusammengeschnurrt war, daß man sich praktisch neben das Telefon legen mußte, um überhaupt was zu hören. Dort habe ich auch mal angerufen, als die Post sich in Telekom umgetauft hatte. Da sollte ich 20 Mark für ein neues Kabel bezahlen und 80 Mark für den Anfahrtsweg (heute würden sie mir wahrscheinlich noch eine Aktie aufschwatzen oder was). Für solche Fälle habe ich aber den Blick »Die-Welt-ist-schlecht-zu-kleinen-Frauen« auf Lager, und da sagte der junge Mann auch gleich, das gehe »schon irgendwie in Ordnung«, er schreibe was anderes auf seinen Zettel. Und für eine Tasse Kaffee sei er immer zu haben. Den hätte ich also womöglich auch noch dazugekriegt.

Es ist jetzt nicht so, wie Sie vielleicht denken, daß ich gar nicht telefoniere. Das tue ich, aber selbstverständlich tagsüber, wenn ich in der Firma bin. Rufen Sie doch mal durch. Ich habe da auch einen Anrufbeantworter.

*11. Kapitel*

Das Maultier sucht im Nebel seinen Weg.
*Goethe*

## Grammatik

Apropos Rechtschreibung – an dieser Stelle muß es einmal gesagt werden: Ich habe früher als Lehrerin gearbeitet. Da war ich es gewöhnt, mit Wörtern wie »Popmanee« oder »Tehoretiger« konfrontiert zu werden. Was mir aber dann doch mal zuviel wurde – allerdings handelte es sich nicht um ein Problem der Rechtschreibung, sondern um eines der Semantik –, war der Entschuldigungszettel eines älteren Schülers: »Sehr geehrte Frau Müller, entschuldigen Sie bitte das Fehlen Ihrer Deutschstunde. Ich war einer Grippe erlegen. Ich wünsche Ihnen noch alles Gute. Venceremos. Frank Schulz.« Er überreichte mir diesen Zettel übrigens persönlich und war keineswegs dahingeschieden, wie man hätte vermuten können.

Semantik kann man nur sehr mühsam lernen, Rechtschreibung kann man nachgucken, aber mit der Grammatik wird es dann wieder schwieriger. Besonders für Ausländer und besonders, wenn es um »der, die, das« geht. Mark Twain schrieb in seinem *Bummel durch Europa*: »Im Deutschen hat das Fräulein kein Geschlecht, während die weiße Rübe eines hat. Man denke nur, auf welche übertriebene Verehrung der Rübe das deutet und auf welche dickfellige Respektlosigkeit dem Fräulein gegenüber.« Nun ist das Fräulein heute ja Gott sei Dank fast ausgestorben. Schlimmer sind sowieso die trennbaren Verben, die in keiner anderen Sprache vorkommen. »*I arrived in Paris*« heißt auf deutsch »Ich kam in Paris...« ja was – nieder? – auf meine Kosten? – auf den Hund? – unter die Räder? Ach so – bloß »an«. Warum kann man das nicht gleich sagen. Mark Twain verabscheute diese Verben zutiefst und behauptete, die deutsche Sprache sei von ihnen übersät wie von Blasen eines Ausschlags, und gibt uns gleich eine Kostprobe aus einem zeitgenössischen Roman: »Da die Koffer nun bereit waren, REISTE er, nachdem er seine Mutter und Schwestern geküßt und noch einmal sein angebetetes Gretchen an den Busen gedrückt hatte, die, in schlichten weißen Musselin gekleidet, mit einer einzigen Teerose in den weiten Wellen ihres üppigen braunen Haares, kraftlos die Stufen herabgewankt war, noch bleich von der Angst und Aufregung des vergangenen Abends, aber voller Sehnsucht, ihren armen schmerzenden Kopf noch einmal an die Brust dessen zu legen, den sie inniger liebte als ihr Leben, AB.«

Und damit aufhöre ich. *Venceremos.*

**Ufos**

Ufologen-Treffen in Hamburg! »Wieso gehst du da hin«, sagte meine Kollegin Ramona, »Außerirdische haben wir hier schon genug.« Damit meinte sie vermutlich Frau Hagedorn aus der Mahnungsabteilung, die immer durch die Flure schleicht und »Jaja, die Mutter« vor sich hin murmelt. Ich ging trotzdem. Etwa sechzig Personen, vom BDM-Mädel (grauer Dutt, dunkelblaue Strickjacke) bis zur hochtoupierten Brünetten. Und jede Menge ehemaliger Volksschullehrer (grüner Lodenmantel). In der Pause bemerke ich, daß überdurchschnittlich viele der Besucher mit den Füßen nach einwärts gehen. Ein Zeichen? Sind SIE doch unter uns? Der erste Vortragende, den meine Mutter als »Tangojüngling« bezeichnet haben würde, wird als Präsident von irgendwas vorgestellt. Unscharfe Dias lassen deutlich erkennen, wie die NASA Fotos vom Mond und Mars farblich verfälscht hat, damit wir glauben sollen, daß dort kein Leben existiere. Warum die NASA so was macht, wird nicht erklärt. Insgesamt entsteht aber der Eindruck, daß die da oben machen, was sie wollen, was ich sowieso schon immer vermutet hatte. Jetzt tritt Herr C. auf. Herr C. geht ins Historische, wobei fliegende Scheiben, bereits bei Karl dem Großen und später bei einer Seeschlacht vor Stralsund, eine tragende Rolle spielen.

Auch ist die Rede von »kunstgenössischen Stichen«, die Einschläge von Meteoriten in Feldern darstellen sollen. Fazit: »Es ist alles schon mal dagewesen.« Gott ja, wenn ich an die derzeitige Mode denke, das Zeug fand ich schon vor Jahren ziemlich... Nun meldet sich aber ein ehemaliger Lehrer, der schon in den dreißiger Jahren den »Kosmos«

abonniert hatte, wie er eingangs vermeldet, und stellt eine Frage, wie sie von solchen Personen auf jeder beliebigen Veranstaltung gestellt werden wird. Nämlich eine Frage, die mit dem Thema nichts zu tun hat, lediglich den Bildungsstand des Fragenden vorführen soll und auch nur von diesem ganz allein beantwortet werden kann. Es war irgendwas mit Zarathustra.

Da ging ich raus, um eine zu rauchen und über eine andere Frage nachzugrübeln, die auch im weiteren Verlauf des Nachmittags niemand beantworten konnte: Gibt es überhaupt intelligentes Leben auf der Erde?

**Okey-doke**

Die Untermieterin ist jetzt ausgezogen. Nicht, daß es das erste Mal gewesen wäre. Es war das dritte Mal.

Nach dem ersten Mal kam sie wieder bei mir an, weil sie sich mit dem neuen Obermieter nicht über die Ansage auf dem Anrufbeantworter einigen konnte. Er wollte seinen Text nicht löschen, der mit »Hallihallo« anfing und mit »Okey-doke« aufhörte. Da habe sie sich vor ihren Bekannten geschämt.

So was wäre mir ja total egal. Ich bin aus dem Alter raus, wo man irgendwas drauf gibt, was andere Leute denken, weil die sowieso was anderes denken, als man selber denkt. Bei der zweiten Obermieterin mußte sie ausziehen, weil die beim Nachhausekommen schon in der Tür rief: »Kuckuck, ich bin's – deine Froschkönigin.« Jetzt hat sie eine eigene Wohnung ganz in der Nähe gefunden, deshalb wollte sie sich auch den Möbelwagen sparen und hatte einen Bekannten namens Gernot engagiert, der mit seinem alten Cortina alles transportieren sollte, der kam aber ohne Auto und sagte, es sei Glatteis. Daraufhin ließ die Untermieterin eine Schimpfkanonade los, die mit »Weichei« anfing und mit »dumm wie Brot« noch lange nicht zu Ende war. Ich hielt ihr vor, daß man einen, der gar nichts für das Wetter könne, nicht beschimpfen dürfe. Sie sagte aber, wenn er grinse, dann schon.

Als ich ein paar Tage später den Cortina sah, war ich ganz froh, daß wir den nicht gekriegt hatten. Wir mußten nämlich an der Polizeiwache Stresemannstraße vorbei, und hinten auf dem Wagen stand drauf: »Pullezei, Nackedei, auf der Straße liegt ein Ei.« So was mögen die nicht.

Gernot besorgte dann drei Einkaufskarren vom PRO-Markt, damit konnten wir den Umzug ganz gut über die Bühne kriegen. Möbel hat die Untermieterin ja sowieso nicht. Diese mobilen Singles heutzutage machen sich von so was nicht abhängig. Denen reichen für die Einrichtung ihre Laptops oder alte amerikanische Spucknäpfe und Sammlungen von angeblich witzigen Postkarten. Letztlich mußten wir dann doch an die fünfzehn Mal mit den Karren los, weil sie so viel zum Anziehen hat. Das fiel mir zum ersten Mal richtig auf, als ich ihr beim Packen half. Das heißt, eigentlich packte ich allein, weil sie bloß herumhühnerte und nicht wußte, wie man einen Pullover richtig zusammenlegt. Da schickte ich sie zum Abwaschen, wobei sie ein Gesicht machte, als hätte sie früher mal was von »Abwaschen« gehört, wüßte aber nicht mehr genau, was das ist.

Gernot machte sich nützlich, indem er mir die Plastiktüten zureichte. Ich wunderte mich, wie viele schicke Klamotten die Untermieterin hat; ich kenne sie nämlich nur in Sachen, in denen man in meiner Jugend gerade richtig zum Schweinehüten angezogen gewesen wäre. Kein zweites Bettlaken, aber dafür viele Lederjacken und eine davon nagelneu. »Hast du die gerade gekauft?« Direkt gekauft habe sie die nicht, nur beinahe. »Beinahe gibt's nicht«, sagte ich, »entweder gekauft oder geklaut!« Das gibt es aber doch. Sie hatte die Etiketten vertauscht. Meine Bemerkung, daß, wenn alle es so machten, der Standort Deutschland gefährdet sei, tat sie gleich ab mit: »Ach was, dann gäbe es kein Deutschland mehr!« Ein Gedanke, der einen schon mal ins Träumen kommen läßt.

In der neuen Wohnung standen noch ein Menge Farbeimer und eine geliehene Leiter herum. Das werde sie demnächst alles wegräumen, sagte die Untermieterin: Ich wußte schon, wann das sein würde, nämlich am St. Nimmerleinstag.

Wir Umzugshelfer wurden dann noch, wie es sich gehört, zum Pizzaessen eingeladen. Dafür mußte ich noch mal zurückgehen, um Teller und Bestecke zu holen, weil sie so was nicht hat. Was sie hat, ist eine Spargelzange und ein Trüffelhobel, wofür es aber noch keine Saison war.

Als sie zwei Wochen später eine Einweihungsparty gab, standen die Eimer immer noch da. Die Stimmung war zunächst lau, stieg aber blitzartig an, als eine Frau in einen der Eimer trat. Ich hätte auch herzlich gelacht, wenn es jemand anderem passiert wäre. Gernot fuhr mich nach Hause, und erst beim Aussteigen, was nicht ganz einfach war wegen der Plastiktüte über meinem Fuß, bemerkte ich, daß er ein neues Schild an seinem Cortina hatte: »Pfoten wech! Dies ist ein Gefangenentransport.«

**Butterkremtorte**

Nach dem Klassentreffen sitzen wir hinterher noch zusammen. Thema: »Früher war alles besser.« Da sind wir uns so was von einig. Die Rosinenschnecken kosteten 20 Pfennige und mit Geburtstagsgeschenken erlebte man keine peinlichen Überraschungen – man kriegte entweder ein Alpenveilchen oder eine Sammeltasse. Außerdem war man noch nicht verpflichtet, sich nach einem Discobesuch wildfremden jungen Herren in einem Auto hinzugeben. Erstens gab es keine Discos, zweitens gab es keine Pille und drittens und viertens gab es zwar junge Herren und Autos, aber die waren noch nicht kompatibel. Was wir auch nicht hatten, war Zellulitis, Magersucht und Fernsehen. »Fernsehen«, versicherte uns einst unser Deutschlehrer, »Fernsehen haben nur Schlachter.«

Wenn Ilse, die Mutter meiner besten Schulfreundin, nicht dabeigewesen wäre, hätten wir wohl einen kollektiven Weinkrampf bekommen. Ich möchte das auch damit entschuldigen, daß schon eine Menge Getränke bestellt und konsumiert worden waren. Ilse fragte jedenfalls, ob wir nochmal zurück möchten. »Pickel«, sagte sie, »Adenauer und Hüftgürtel«, setzte sie nach. Das brachte uns wieder nach vorn. »Zigeunerschnitzel«, sangen wir im Chor, »Gerhard Wendland. Klosterfrau Melissengeist zum Muttertag. Camelia gibt allen Frauen Sicherheit und Selbstvertrauen. Kah-Peh-Deh-Verbot. Dan-ke Re-xo-na.« »Und Butterkremtorten?« hakte Sabine nach, die schon immer die Klassenletzte gewesen war, »was ist mit Butterkremtorten?« Butterkremtorten seien heute quasi ausgestorben, belehrten wir sie, und das mit Recht, denn sie enthielten keineswegs Butter, sondern Margarine und Kokosfett und zwar schon damals. Das war Betrug! Wie alles andere auch! Übrigens hat mir gerade ein Connaisseur erzählt, daß es Butterkremtorten praktisch nur noch in Berlin gebe, das ja sowieso für seine schlechten Bäckereien bekannt sei. Ich gebe das mal ungeprüft weiter. Allerdings dachte ich immer, Berlin sei für seine schlechten Mauerbauer bekannt; die letzte hat ja noch nicht mal 30 Jahre gehalten. Letztlich stellten wir fest, daß uns die gute alte Zeit am Arsch vorbeigeht, beziehungsweise uns mal an die Füße fassen kann. Hier und heute hoch die Tassen, Mädels! »Im Hier und Jetzt!« krähte Sabine. Die Frau hat noch nie begriffen, wann was vorbei ist. Soll sie doch nach Berlin gehen und Butterkremtorte fressen! »Beim Fernsehen!« gab Ilse noch einen drauf, »mit dem Schlachter.« Prost! Salü! Beziehungsweise Rotfront.

## 12. Kapitel

Wo nehmen wir eigentlich die Kraft her?
*Elsa F.*

### Frisör

Wenn Sie endlich eine Frisörin gefunden haben, die Sie nicht so zurichtet, daß nur noch ein Bleyle-Hosenanzug fehlt, damit Sie aussehen, wie Ihre Mutter in den 50er Jahren beim Kaffeekränzchen ausgesehen hat, dann bleiben Sie ihr treu. Auch wenn es ein bißchen mehr kostet.

Als ich in meinen Frisörladen stürme – heute soll es eine neue Farbe geben, das wird wieder teuer –, kommt mir Frau P. in einem superschicken blauen Pulli entgegen: »Eine Katastrophe! Können Sie noch eine Stunde warten?« Sie deutet dezent auf eine Kundin aus der Abteilung Perlenketten-Mafia. Sie kennen das ja: Armani-Kostüm, handgenähte Schuhe und einen scheußlichen Schal mit Pferdeköpfen drauf für 400 Mark. Dazu allerdings knallgrüne Haare. Gott bewahre. »Sie hat nicht gesagt, daß sie es vorher selbst mit irgendwas gefärbt hat. Ich muß da noch mal ran.«

Ich lungere ein wenig im gegenüberliegenden Café herum und finde mich dann in der Boutique nebenan wieder, wo ich den superschicken Pulli von Frau P. entdecke, aber in Rot. Liebe auf den ersten Blick. Gut, daß es Euroschecks gibt. Ich behalte ihn gleich an.

Drei Stunden später bricht eine neue Krise aus. Meine Haare sind klasse, einfach ein Traum, aber das Rot beißt sich mit dem Pulli. Grauenhaft. Den kann ich praktisch in die Altkleidersammlung geben. Als erwachsener Mensch sollte man in der Öffentlichkeit eigentlich nicht losschluchzen. Frau P. ist eine resolute Frau: »Sie kommen jetzt mal mit nach hinten!« Kurz danach verläßt eine glückliche Kundin den Laden. In Blau. Frau P. winkt mir hinterher. In Rot. Sie hat behauptet, daß der rote ihr sowieso besser steht. Ich beschließe, das mal zu glauben. Wenn man seiner Frisörin nicht vertrauen kann, wem sonst? Und schon gar nicht dann, wenn man jahrelang den Laden quasi mit Hilfe des Überziehungskredits mitfinanziert hat. Ich zum Beispiel kann mir nur einen Urlaub bei meiner Tante in Klein-Fredenbeck leisten, wo ich dann meistens noch beim Johannisbeerpflücken mithelfen und mir die ewig lange Geschichte über die Scheidung von Herbert anhören muß (den größten Teil in wörtlicher Rede), die ich mittlerweile schon singen kann. Frau P. fliegt nach Mauritius.

**Quarksprudel**

Das Schönste an der Leipziger Buchmesse war der Abend meiner Rückkehr nach Hamburg, wo das dritte Italien-Vorbereitungs-Essen bei Sannah stattfand, einer der vier Teilnehmerinnen. Das Motto des Abends lautete: »Wo nehmen wir eigentlich die Kraft her?«

Speisefolge: Eingelegter Fisch mit Fladenbrot, Pilz-Spinat-Möhren-Lasagne, Quarkstrudel mit Eis. Die Rezepte (Freiumschlag!) können beim Verlag angefordert werden, nur das Rezept für den Quarkstrudel nicht (der übrigens zum Zeitpunkt seines Erscheinens bereits »Quarksprudel« hieß), das sage ich jetzt gleich: Aus der Packung nehmen und den Ofen auf 200 Grad vorheizen.

Themen während der Vorspeise waren: Unsere Mütter, unsere Topfpflanzen, wo hört Schizophrenie auf, lustig zu sein, Männer, die Leipziger Buchmesse. Von der Leipziger Buchmesse konnte ich berichten, daß ich mit Ernst-Dieter Lueg in einem Aufzug gefahren bin und daß er sich vor mir hinausdrängelte, obwohl ich ganz vorne stand. Dann kam die Lasagne, die vom Umfang her für den Kirchentag oder für die Leipziger Buchmesse gereicht hätte, und wir wurden aufgefordert, ordentlich zuzulangen, was wir auch taten. (Wo nehmen wir eigentlich die Kraft her?) Trotzdem blieb ein erheblicher Rest zurück, den Elsa sich erbot mitzunehmen, um ihn am nächsten Tag in der Firma in ihrer Espressomaschine peu à peu aufzuwärmen. Ich habe vergessen zu erwähnen, daß auch reichlich Getränke angeboten wurden.

Themen während des Hauptgerichts waren: Skandalöses Verhalten von Prominenten, ob man beim Sockenstricken bei der Ferse mogeln darf oder nicht, Männer, das Für und

Wider paradigmatischer Partizipialprogramme (Wo nehmen wir eigentlich die Kraft her?) und die Leipziger Buchmesse.

Von der Leipziger Buchmesse konnte ich berichten, daß die Zeitschrift, die mich zu einer Lesung dorthin eingeladen hatte, mir ein Privatquartier besorgt hatte, wo ich samt mitzubringendem Schlafsack (seit 20 Jahren aus meinem Programm gestrichen) auf dem Terrazzo-Fußboden in der Küche hätte schlafen sollen.

Themen während der Pause zwischen Lasagne und Quarksprudel waren: Skandalöses Verhalten von linksorientierten Tageszeitungen, Männer, Vor- und Nachteile von Latexmatratzen und gemeinsames Singen von »Du bist nicht allein«.

Dann rauchten wir erst mal ein paar Spezialzigaretten, die anzubieten ich deshalb in der Lage war, weil ich vor zwei Wochen von einem Bekannten direkt aus einem Amsterdamer Café angerufen worden war, der gerade »irrsinnig begeistert« irgendeinen Text von mir gelesen hatte und sich erbot, mir deswegen »was Schönes« mitzubringen. Das gab uns Kraft für das Dessert, denn dieses von der Küche ins Eßzimmer zu schaffen erwies sich als schwierig. Das Blech war irgendwie mit dem Backofen verschweißt, weil zuerst aus Versehen das Eis hineingestellt worden und anschließend ziemlich viel Quark ausgelaufen war. Die Vorschläge, wie man dennoch in den Genuß des Nachtisches kommen könne, waren: 1. Alle stecken die Köpfe in den Ofen und essen direkt vom Blech (einstimmig abgelehnt). 2. Der Herd wird im Ganzen auf den Eßtisch gestellt (von Sannah abgelehnt). 3. Wir versuchen es mit Gewalt. Vorschlag Nummer 3 wurde angenommen und erfolgreich durchgeführt (Wo nehmen wir eigentlich die Kraft her?), wobei etwa ein Drittel des Sprudels auf die Birkenstock-Sandalen von Juliane fielen.

Themen während des Desserts waren: Die skandalösen innerbetrieblichen Zustände der Firma Birkenstock, wieso ich immer alles mitschreibe, Männer, die Leipziger Buchmesse. Von der Leipziger Buchmesse konnte ich berichten, daß ein Frankfurter Redakteur, der, nachdem er im ICE Gerhard Löwenthal getroffen hatte, auch noch bei einem Mastino privat untergebracht worden war, und ein anderer Redakteur bei einer Hundertjährigen im Jogginganzug. Damit meine ich, daß er in ihrer Wohnung wohnte, nicht in dem Anzug.

Im Laufe des Abends ergaben sich dann noch folgende Themen: Warum sollen Männer es besser haben als wir, kann eine von uns überhaupt Italienisch (nein), bestellen wir ein Taxi oder brechen wir gleich auf die Straße, wo nehmen wir eigentlich die Kraft her und die Leipziger Buchmesse.

## Männer!

Es gibt einen Satz, den wir nicht mehr von euch hören möchten. Tanten, Schwestern und Schwägerinnen erzählen davon. Mütter und Großmütter erinnern sich daran. Töchter und Enkelinnen wälzen sich auf dem Boden.

Zugegeben, es ist immer wieder komisch. Wenn ihr zufällig an einer Frauenrunde vorbeikommt und hört dieses nicht enden wollende, aber irgendwie metallische Lachen – dann ist dieser Satz soeben referiert worden: »Das hat mit unserer Beziehung nichts zu tun.«

Ich muß euch sagen, daß es auf die Dauer gefährlich für euch werden kann. Einmal hört unsereins es sich an, auch zweimal – einen guten Witz kann man auch zweimal hören –, aber beim dritten Mal...

Der letzte, der sich diesen Scherz mit mir erlaubt hat, konnte gerade noch zur Seite springen, als ich einen mittelschweren Eichenschrank auf ihn kippte. Dabei wollte ich gar nicht, daß der stirbt. Jedenfalls nicht so schnell.

Es ist doch gar nicht so schwer! Und ihr wüßtet auch Bescheid, wenn ihr nicht jedes Buch zu diesem Thema, das eure Lebensgefährtin euch dezent hingelegt hat, primatenmäßig vom Nachttisch fegen würdet.

Merkt euch jetzt einfach mal, daß, wenn eure Frau Freundin tobt und brüllt, es doch was mit eurer Beziehung zu tun hat. Und übrigens, ihr könnt sicher sein, daß sie es ihren zehn besten Freundinnen sowieso weitergesagt hat und allen Kolleginnen im Büro und der Kassiererin im Supermarkt. Mal ganz abgesehen von eurer und ihrer eigenen Mutter.

Sollte eine Nachbarin euch nach einem solchen Ereignis

einmal ganz vigeliensch angrinsen, dann ist klar, was die denkt: *Blödmann. Dich kriegen wir auch noch.* Ihr werdet beobachtet. Da braut sich was zusammen. Seht euch also vor.

Eben kam übrigens Sabine vorbei. Ihr Typ ist fremdgegangen. »Das hatte doch mit eurer Beziehung nichts zu tun – oder?« frage ich. Wir liegen uns kreischend in den Armen. »Ach was!« schluchzt Sabine, »es hat sich irgendwie ergeben!« Und das ist dann der zweite Satz, den wir nicht mehr von euch hören möchten, Männer. Den dritten füge ich der Vollständigkeit halber hinzu, obwohl der erst in der nächsten Sitzung dran ist: »Die Kinder bleiben natürlich bei mir.« Natürlich. Schön wär's ja. Guten Morgen, liebe Studenten.

## Damen!

Sie sind älter geworden, und die Zeit arbeitet gegen Sie? Glauben Sie das bloß nicht – das ist eine Lüge, die die *Forever-young*-Generation sich aus reklametechnischen Gründen hat einfallen lassen. In Wirklichkeit hat die Zeit immer für Sie gearbeitet. Okay, okay – Ihre sogenannte Jugend ist vorbei. Sie wälzen sich nicht mehr kreischend auf dem Teppich, weil es keinen Nachtisch gibt; Sie sind kein übelgelaunter mit Pickeln behafteter Backfisch mehr und keine junge Ehefrau, die die Nächte durchweint, weil sie IHN blutüberströmt in einem Graben vermutet (in Wirklichkeit ist er bloß in der Kneipe nebenan versackt).

Solchen Zeiten wollen Sie nachtrauern? Ich bitte Sie! Das alles haben Sie doch endlich hinter sich, und es geht Ihnen gut. Es geht Ihnen sogar besser. Besser als je zuvor.

Oder möchten Sie etwa noch ultimativ verpflichtet sein – wie Ihre Töchter, Nichten und die Mädels von nebenan –, abends um 23 Uhr ein schreiendes Make-up aufzutragen, sich in häßliche Klamotten zu werfen, in noch häßlicheren Schuhen die Treppen hinunterzutrampeln, um dann mit Altersgenossen, die Ihnen in puncto Aussehen das Wasser reichen können, eine angesagte Kneipe nach der anderen aufzusuchen?

Ist es nicht zu und zu schön, statt dessen in Ihrem gemütlichen Bett zu liegen – Kopfteil verstellbar und eine Wärmflasche an den Füßen –, einen dicken Schmöker wegzulesen und sich mit angenehmem Schaudern an jene Zeiten zu erinnern, als Sie noch glaubten, das Leben würde an Ihnen vorbeirauschen, wenn Sie mal einen Abend zu Haus blieben? – Wer allerdings tatsächlich an Ihnen vorbeigerauscht ist, das ist Ihr Traummann. Und das ist auch besser so. Sie wissen ja heute, daß ein Traummann immer den Garantieschein für ein böses Erwachen mit sich führt.

Dagegen kann Ihr persönlicher Lebensgefährte, der ein paar Zimmer weiter – das will ich jetzt mal für Sie hoffen – vor sich hin schnarcht, immerhin einen Nagel halbwegs gerade einschlagen und erweist sich beim Möbelrücken für den Frühjahrsputz als einfach unersetzlich. Zwar sind seine Hüften etwas breiter und seine Schultern etwas schmaler, als man es erwarten würde, wenn man sich an den Reklamebildern für Herrenparfüms orientiert hat, aber das ist Ihnen egal, dafür ist er jedenfalls nicht mit Ihrer besten Freundin durchgebrannt oder höchstens beinahe.

Was Sie vielleicht mehr stört: Kaum haben Sie Ihren Frühjahrsputz bewältigt, da steht schon der nächste ins Haus. Das liegt daran, daß die Zeit schneller voranschreitet, als sie es in Ihrer Jugend tat. Das macht aber überhaupt nichts, denn heute haben Sie gelernt, sie besser zu nutzen. Rechnen Sie nur einmal aus, wie viele Stunden es Sie gekostet hat, mit Ihren Freundinnen Gespräche der Sorte »Dann hab ich gesagt, dann hat er gesagt« zu führen. Heute tauschen Sie nur einen Blick aus, wissen Bescheid und können sich wichtigeren Themen zuwenden, z.B. der Schönheitspflege. Auch hier sparen Sie jetzt eine Menge Zeit. Ihre Augenbrauen brauchen Sie nicht mehr zu zupfen, weil nach all den Jahren da nichts mehr zu zupfen ist, und die zirka 15 Haare auf Ihren Schienbeinen müssen auch nicht mehr zeitraubend mit dem Epilator behandelt werden. Erstens guckt da sowieso keiner mehr hin, und zweitens lehnen Sie heute sadomasochistische Praktiken ab. Deshalb nehmen Sie auf Reisen oder in Cafés auch keine Bücher mehr mit, deren Titel andere Leute vom Hocker reißen sollen, sondern packen in aller Seelenruhe Ihre Rosamunde Pilcher oder ein Kreuzworträtselheft aus und genießen die Zugfahrt oder Ihren Cappuccino. Schließlich stehen Sie keinesfalls im Zentrum der Beobachtung Ihrer Mitreisenden oder der anderen Kaffeehaus-Gäste. Da standen Sie noch nie, aber als Sie jung waren, wußten Sie das nicht.

Überhaupt wissen Sie heute eine Menge mehr als früher. Daß junger Gouda und Fischstäbchen quasi ungenießbar sind und der Gipfel der Haute cuisine nicht beim Pizza-Service anzutreffen ist. Und Sie wissen auch, daß Sie diese und andere Binsenweisheiten keinesfalls Ihren Nachkommen übermitteln dürfen.

So sind Sie heute eine selbstsichere Frau geworden, eine tolerante Partnerin und Mutter, weise und mit stillem Humor begabt – eine Frau, die den Zeitenlauf gelassen verfolgt. Das Leben ist schön!

Leider gibt es eine Situation, glücklicherweise aber nur eine, in der die Gefahr besteht, daß Sie lebensgeschichtlich wieder zurückfallen und zu einer verbitterten jungen Frau werden, zu einem aufsässigen Teenager, zu einem tobenden Kleinkind: Ihre Mutter kommt zu Besuch.

Versuchen Sie es mit Fassung zu tragen – auch hier arbeitet die Zeit für Sie.

**Langeweile**

Das geht Ihnen wahrscheinlich auch so: Nächste Woche haben Sie Geburtstag und gucken mal kurz in Ihren Personalausweis – und siehe da, Sie werden 43. Obwohl Sie gestern oder jedenfalls neulich noch ungefähr 28 waren.

Wenn man jung ist, vergeht die Zeit allerdings überhaupt nicht. Viele Leute haben ja vergessen, wie unendlich lang und langweilig ihre Jugendjahre gewesen sind. Besonders, wenn man sie auf dem Lande verbracht hat und dies schon ein bißchen her ist. Kein Fernsehen und die Mappenzeitung nur alle vierzehn Tage neu. Meine Schwester und ich haben uns wirklich furchtbar geödet. Alle Vierteljahr vielleicht eine Beerdigung. Da konnte man wenigstens von der Küche aus den Trauerzug beobachten und zugucken, wie Opa mitwalzte und seitlich aus seinem Chapeauclaque ein Strumpf herausbaumelte. Er bewahrte normalerweise seine Strümpfe darin auf und hatte beim Aufsetzen einen übersehen. Das gab aber höchstens für zwei Wochen Gesprächsstoff. Genauso viel wie die roten Übergardinen der Junglehrerin, die gegenüber einzog, oder als Johann Klintworth besoffen in den Feuerwehrteich gefallen war.

Danach lagen wir wieder kraftlos auf dem Sofa, blätterten mit halbgeschlossenen Augen in der BRAVO und warteten, daß die Zeit mal einen Zahn zulegte, damit wir endlich 18 sein würden. Um dann Groupie von egal welcher Gruppe zu werden, am liebsten in Amerika. (Als ich später tatsächlich mal in Amerika war, sah ich zu, daß ich da möglichst schnell wieder wegkam.)

Kürzlich fand ich in einem Buch von Nancy Mitford den

Dialog zweier Schwestern, der in etwa wiedergibt, was sich bei uns abspielte:

»Wie spät ist es?«

»Rate.«

»Viertel vor sechs?«

»Viel besser.«

»Sechs?«

»So gut nun auch wieder nicht. Fünf vor sechs.«

»O Gott.«

*13. Kapitel*

O du dulle Welt, was krabbelst du im Düstern?

*Deutsches Sprichwort*


### Quastenflosser

Die Untermieterin ist jetzt aus Hollywood zurückgekehrt, wo sie gearbeitet hat, wie sie sagt. Vorher hat sie schon geschrieben, daß sie mir was Tolles mitbringt, nämlich einen Toaster und eine Kaffeemaschine. Das hatte mir gerade noch in meiner Sammlung überflüssiger Haushaltsgegenstände (Eierschneider, Trüffelhobel) gefehlt. Gott sei Dank waren es dann nur so kleine Dinger mit einem Magneten hinten dran, für den Kühlschrank.

Wenn die Untermieterin nicht wäre, würde ich im kulturellen Sektor sehr unzureichend auf dem laufenden sein. Sie erzählte gleich eine Menge über den Ami als solchen, was ich aber schon wußte, weil sie nämlich vorher in Hamburg in einem Laden gearbeitet hat, wo alle Mitarbeiter Baseballmützen verkehrtrum auf dem Kopf tragen und die Geschäfte vom Auto aus erledigen.

Was es hier allerdings noch nicht gibt, ist, daß die Crack-Dealer von nebenan jeden Samstag ein *drive-by-shooting* machen. Hier bei uns bewerfen sie sich, wenn's hochkommt, mit alten Pizzaschachteln, was ich auch eine ziemliche Schweinerei finde.

Einmal hat die Untermieterin auf einer Party David Copperfield von schräg hinten gesehen, er hat aber nichts gemacht. Sonst macht der ja das ganze Jahr über das, was die katholische Kirche nur zu Ostern und Pfingsten fertigbringt.

Dann hat sie noch viele scharfe Klamotten mitgebracht, z. B. Unterhosen, wo vorn ein Porträt von Bill Clinton drauf ist und hinten eins von seiner Frau. Für Männer gibt es die umgekehrt, sagt sie. Und Meditationsstiefel. Die gehen bis zum Knie, und bevor sie den ersten bis obenhin zugeschnürt hat, ist sie schon eingenickt. Weil die Untermieterin jung ist, geht jetzt den ganzen Tag das Telefon, und sie muß verschiedene Partys und Lokale besuchen. Manchmal nimmt sie mich mit. Beispielsweise zu der Batman-Party; dafür hatten sie den ganzen Hauptbahnhof ausgeräumt. Der Darsteller von Batman stand oben auf der Empore, und wir hofften, daß er gleich runterfliegt. Beinahe tat er es auch. Er war so hacke, daß der Regisseur im Stechschritt herbeikam und ihn am Ellbogen festhalten mußte. Der Regisseur sagte dann ein paar Mal, das sei der Jetlag.

Tagsüber schlampen wir so herum und nennen uns gegenseitig Frieda und Anneliese – das haben wir aus dem Radio – und erzählen uns, was wir während des Krieges getan haben (24 Stunden Rasenkanten schneiden und über uns der Tommie), und denken uns männerfeindliche Witze aus. Bei der Untermieterin geht das ungefähr so: »Kommt ein Arschloch nach Hause und sagt ... nee, warte mal ... geht ein Arschloch zum Bäcker ... Moment ... ein Arschloch meldet sich beim Proktologen an ...« Dann fällt ihr aber keine Pointe ein.

Wenn die Untermieterin abends nicht ausgeht, gucken wir zusammen fern. In Amerika ist es jetzt modern, daß man vor einer Sendung wettet, wie oft ein bestimmtes Wort vorkommt, z. B. mother oder fucking oder beides. Gewonnen hat diejenige, die am dichtesten an der richtigen Zahl dran ist. Wir haben einen interessanten Film über Quastenflosser gesehen. Das Wort »Quastenflosser« kam 62mal in 38 Minuten vor. Ich hatte 50mal gesagt und die Untermieterin 100mal. Wenn »Quastenflosser« nicht manchmal durch »Tiere«, »Kolosse«, »lebende Fossilien« und »dieser seltene Fisch« ersetzt worden wäre, hätte sie gewonnen. Leider haben wir aber vorher nicht ausgemacht, was die Gewinnerin kriegt.

Letzte Woche wurde die Untermieterin in den Pudelsklub im Hafen eingeladen, wo eine Ausstellung semiberühmter Maler stattfand. Da bin ich auch mitgegangen. Es war aber so schummrig, daß man die Bilder zum Glück nicht sehen konnte. Es ist total cool dort, weil die Angestellten zu Höherem im Leben geboren sind, nämlich Tanztheater machen oder Low-Budget-Filme in schmutzigen Garagen drehen. Ich hatte mir eine Flasche Bier bestellt und ein Glas dazu, was ein Fehler war, weil es vom Barkeeper als Zumutung oder vielleicht auch als Körperverletzung empfunden wurde und das Glas ungefähr eine Million Fingerabdrücke aufwies. Es sind dort aber z. T. hochanständige Menschen zu Gast. Die Untermieterin hat sich mit einem jungen Mann aus Husum unterhalten, der »dieses süße Lächeln muß doch einen Namen haben« zu ihr gesagt hat. So etwas erlebt man in Amerika nicht.

**Frühstücken**

Im Café Broder, das früher in der Susannenstraße war, wurde ein Frühstück angeboten, das hieß »Kamikaze« und bestand aus einem Espresso und einer Gauloise. Als ich noch in einem Hotel arbeitete, erklärte mir unser Oberkellner Herr Lendt (Alles rennt, einer pennt, das ist Lendt) einmal, was ein Kellnerfrühstück ist: Rauchend auf dem Scheißhaus sitzen und die BILD-Zeitung lesen. Das fand ich nicht schön. Schöner finde ich ein üppiges Frühstück, aber natürlich nicht zu Hause. Das fehlte noch. Woher soll ich wohl am Tag vorher wissen, worauf ich am nächsten Morgen Appetit habe? Und vor dem Frühstück einkaufen gehen – das fehlte auch gerade noch.

Harry will ja immer mit mir zusammen frühstücken, aber ich will das nicht. Oder möchten Sie vielleicht gleich nach dem Aufstehen das schmutzige Geschirr von gestern abend abwaschen, bzw. während des Frühstücks Ihr verschwiemeltes Auge auf fettigen Tellern ruhen lassen (Harry kocht abends) und dabei noch zuhören, wie jemand die Leserbriefe aus der *taz* vorliest? Ich jedenfalls stehe auf, ziehe mir irgend etwas über, meistens den Pullover, den ich die letzten 14 Tage schon anhatte, und dann geht es zu Emilia.

Korrekt heißt das kleine Stehcafé »Pastelaria Transmontana«, und es liegt gegenüber der Roten Flora, falls sie mal in Hamburg sind und hereinschauen möchten. Vor fünf oder sechs Jahren war ich da zum ersten Mal. Damals waren nur Portugiesen zugegen, was mich aber nicht störte, im Gegenteil. Ich kann kein Portugiesisch und verstand nur ab und zu den Namen bekannter Fußballvereine. Ich mußte mich über nichts ärgern und konnte in Ruhe meinen Gedanken nachhängen. Das sage ich jetzt nur mal so, denn in Wirklichkeit denke ich morgens natürlich überhaupt nicht, und im Gegensatz zu Leuten, die ich kenne, halte ich dann auch den Mund.

Vielleicht sollten Sie meiner Empfehlung aber doch nicht folgen, denn in den letzten zwei Jahren ist Emilia ein Geheimtip geworden. Was sich darin ausdrückt, daß häßlich angezogene junge Menschen dort verkehren, welche beim Film und Fernsehen zugange sind. Meistens haben sie ein Drehbuch unter dem Arm und sagen Sätze wie: »Furchtbar! Letzte Nacht war ich wieder fünf Stunden am Set« und: »Wie fandest du das Casting gestern, war das nicht grauenhaft?« Das verstehe ich Gott sei Dank alles nicht. Was ich verstehe, ist, wenn sie einen »Galao« bestellen, das heißt auf Deutsch Milchkaffee. Ich sage so was aber nicht, da würde ich mich ja zu Tode schämen.

Ich brauche Emilia gar nichts mehr zu sagen; sie stellt mir gleich einen Milchkaffee hin und ein Croissant oder zwei, falls ich zwei Finger hebe. Das könnte ich mit Harry so nicht machen. Der will immer Bitte und Danke hören und »Das Brötchen hast du wieder klasse eingekauft, Harry«.

Sonntags hat Emilia zu, da gehe ich entweder ins »Café unter den Linden«, wo mehr so Leute sind, die französische und italienische Zeitungen lesen, jedenfalls gucken sie da rein, als könnten sie's, oder ins Café »Stenzel«, das mehr so plüschig ist, beinahe spießig, was man daran merkt, daß die Bedienungen sehr freundlich und aufmerksam sind und die Brötchen sehr knackig. Abi Wallenstein, der ein bekannter Hamburger Musiker ist und auch ab und zu in die letztgenannten Lokale zum Frühstücken kommt, hat mal in einem Interview gesagt – auf die Frage, was für ihn das Schlimmste wäre – das Schlimmste wäre, wenn er Frau Stenzel im Café unter den Linden träfe.

Das würde mir nicht soviel ausmachen, außer, sie hätte eine kleine Sonnenbrille auf und würde da einen Film drehen wollen, der dann später »Galao« oder »Cappuccino« hieße. Oder »Wer mit wem gefrühstückt hat«.

**Infos**

Als in diesem Jahr der Winter in Hamburg ratzfatz von heute auf morgen in den Sommer überging, holte ich meine Abonnenten-Karte vom Verkehrsverbund hervor und wanderte zum Hafen hinunter. Mit der Karte kann ich nämlich umsonst die Fähren benutzen. Solche Fahrten sind sehr lustig, weil man da viele merkwürdige Dialekte hören kann. Und seitdem die Mauer weg ist, sogar ganz fremde Sprachen.

Am letzten Sonntag fuhr ich bis Finkenwerder, und auf der Rückfahrt stieg ich in Neumühlen am diesseitigen Ufer der Elbe aus, um noch einen kleinen Strandspaziergang zur »Strandperle« zu unternehmen, wo man ganz andere Informationen bekommt. Beziehungsweise Informationen der anderen Art. In der »Strandperle«, genauer gesagt außerhalb der »Strandperle«, denn die ist eigentlich nur eine Art Verschlag, trifft man einfach jeden. Falls man selber im Film-Fernseh-Werbe-Geschäft tätig ist, was bei mir so direkt nicht der Fall ist. Deshalb ging ich auch dahin, weil ich sicher sein wollte, niemanden zu treffen, den ich kenne. Da waren sie alle. Mit ihren Sonnenbrillen, die sie schon den ganzen Winter über aufgehabt haben. Und standen am Tresen für eine lauwarme Knackwurst und ein Täßchen lauwarmen Kaffee an. Wäre ich so schön und so reich, würde ich es mir bestimmt woanders gemütlich machen. Neu Hinzukommende werden mit »Servus, Bussi« begrüßt. Früher hieß es in Hamburg »Moin«, und zwar zu jeder Tageszeit, danach kam dann »Tschau«, ungefähr zeitgleich mit dem allgemeinen Verzehr von Prosecco. »Tschau« ist heute ziemlich prollmäßig abgerutscht, das kann man vergessen. Das sagt ja schon der Verkäufer im Käseladen zu mir.

Die Informationen, die an diesem Tag mein Ohr erreichten und die ich hiermit gerne weitergebe, sind folgende: Israel ist jetzt total hip. Die Frauen sind ziemlich klasse. Die Männer knackig. Und Tel Aviv ist einfach mega, Leute.

Die Nachrichten, die ich letztens im Radio über Israel gehört habe, waren irgendwie anders, aber schließlich gehöre ich auch nicht zu den Insidern. Und da entgeht einem oft das Wesentliche.

**Brunftzeit**

Normal liege ich immer schon um neun Uhr mit meiner Wärmflasche im Bett und amüsiere mich mit einem Krimi. So richtig warm wird mir dann gegen elf Uhr ums Herz, wenn die jungen Leute von oben die Treppen runtertrampeln, um ihre Pflichtbesuche auf der Piste zu absolvieren. Daß man aus dem Alter raus ist!

Das nützte mir aber nichts, als letzte Woche eine Bekannte vorbeikam und mich auf eine »Fisch sucht Fahrrad«-Fete mitschleppen wollte. Falls Sie das nicht kennen: In den gängigen Szene-Zeitungen geben Leute Bekanntschaftsanzeigen auf und versehen sie mit einem FsF-Kennzeichen und einer Chiffre-Nummer. Diese heften sie sich an den Busen (männlich als auch weiblich) und gehen damit einmal im Monat auf die FsF-Fete, um eventuell andere Leute zu treffen, die ihre Anzeige gelesen haben und womöglich ganz scharf auf sie sind. Hinzu kommen noch jede Menge anderer Personen, die wissen wollen, wer wohl der Blödmann hinter der Chiffre-Nummer XY ist.

Ich lehnte es natürlich ab mitzugehen, aber meine Bekannte schlug mich mit meinem eigenen Argument, nämlich daß man jeden Scheiß *einmal* mitmachen sollte.

So trafen wir mit 2000 jungen Menschen unter dem Schild »Leute, es ist Brunftzeit« zusammen. In Wirklichkeit hing das da natürlich nicht, aber es hätte da leicht hängen können. Wie hier irgendwer irgendwen kennenlernen sollte, blieb mir ein Rätsel: »Sind Sie öfters hier?« – »Was?« – »Ob-Sie-öfters-hier-sind!« – »Was? – Ich versteh nix, die Kuschel-Musik ist so laut.« Wie soll man hier bloß den »attraktiven 38jährigen von 180 cm« treffen, der vorher in der *Szene*

*Hamburg* gefragt hatte: »Bist du spontan, witzig und vielleicht offen für eine sinnliche Beziehung...« Nicht daß ich so einen Langweiler kennenlernen möchte, aber es wäre doch wirklich sehr lustig, den Inhalt der Anzeige mit dem Simpel zu vergleichen, der sie aufgegeben hatte. Ich floh beizeiten auf die Damentoilette, wo ich sehr gemütlich mit der Klofrau zusammensaß und plauderte, aber als mir eine Besucherin 50 Pfennige in die Hand drückte, ging ich wieder nach oben, wo gerade 10 Personen auf der Bühne die Reise nach Jerusalem machten und sich dabei gegenseitig auf den Schoß hüpften. Das war mir dann doch zu sinnlich und spontan, und ich ging nach Hause. Wozu bin ich eigentlich 1,62, brün., habe 1 eig. Whg., wertv. Büch. u. 1 h. Wärmfl.?

## 14. Kapitel

Tages Arbeit! Abends Gäste! Saure Wochen!
Frohe Feste!

*Goethe*

## Tupperparty

Die Untermieterin ist auf dem Dampfer, daß alles, was früher doof war, heute total hip ist. Sie hat schon von mir verlangt, daß ich mir Fernseh-Serien anschaue und mindestens ein Buch von Günter Grass zu Ende lesen soll.

Jetzt wedelt sie mit einer Karte vor meiner Nase herum. »Was soll denn das sein – ein Beitrittsformular für die Zeugen Jehovas?« »Tupperparty, Tupperparty«, jubelt sie. Gott bewahre. Da hat ja selbst meine Mutter mich noch nie hingekriegt.

Die Party findet im Reihenhaus von Frau Höpfners Schwiegertochter statt. Anwesend sind etwa sieben tupperversierte Damen, die sich anläßlich des Ereignisses reichlich aufgebrezelt haben.

Begeistert mustert die Untermieterin die Einrichtung. Raffgardinen, eine romantische Schleiflack-Schrankwand und ein Sofa in kreischlila, das den Namen »Erlebnisecke« trägt. »Unterirdisch!« brüllt sie in mein Ohr.

Auftritt der Tupper-Beraterin, die sich mit Frau Przypiontycz oder so ähnlich vorstellt, was Frau Höpfner senior dazu veranlaßt vorzuschlagen, daß wir uns doch alle mit Vornamen anreden sollten. Frau P. bzw. Sabine weist auf den Ecktisch, der, mit einer Spitzendecke verziert, unter den Produkten der Firma Tupperware fast zusammenbricht: »Frische, kristallklar, eingetuppert!« sagt sie, »man wird wissen wollen, woher Sie diese eleganten Vorratsbehälter haben!« Ungeteilte Aufmerksamkeit herrscht, als sie nun die Neuheiten vorstellt: Preludio Eiskönig, Mittlere Clarissa, Große Hitparade, Sonnentrio. Und die Knusperrunde. Und ganz aktuell vor Weihnachten: die zwei Frischetürme für Lebkuchen. Die Untermieterin wirft hungrige Blicke auf den Couchtisch, auf dem für nachher Mini-Dickmanns, Choco Crossies und Chips bereitliegen. Die werden aber von der Gastgeberin bewacht.

Mittlerweile hat die Konzentration etwas nachgelassen. Neben mir unterhalten sich die Schwiegertochter und ihre Freundin über Günter. Sie haben nämlich den Platz in der Tiefgarage gekündigt, weil da immer Kalk von der Decke auf den Lack fiel. »Du kennst ja Günter!« Die Freundin kennt Günter. Ich kenne Günter Gott sei Dank nicht.

Die anderen Damen bleiben beim Thema Kinder-Frühstücksboxen, das Sabine gerade angeschnitten hat: »Mein Bruder ist 18, der nimmt den Snacky (14,50) immer noch zur Arbeit mit!« Doch nun präsentiert Sabine das Plätzchenquintett. Formen zum Ausstechen, die man ineinanderstecken kann, weil das Platz spart. Ich mag gar nicht daran denken, wie sich meine Plätzchenformen alle nebeneinander in der Schublade herumwälzen. Was könnte ich da noch alles unterbringen! Beispielsweise den kleinen Eierfreund (3 Stück 15,80) oder die Naschkätzchendose (31,80). Ich könnte es natürlich auch bleiben lassen.

Jetzt werden die Bestellzettel verteilt. Die Untermieterin erzählt ungefragt herum, daß ich angebrochene Lebensmittel in Marmeladengläsern und Granini-Flaschen aufbewahre. Ein kurzfristiges Schweigen tritt ein. Höflich wird jeder Augenkontakt mit mir vermieden. Im Gegenzug könnte ich ja sagen, daß die Untermieterin das Kinderbrei-Pulver, worauf sie so steht, direkt aus der Packung frißt. Ich sage aber nichts; zu Hause wird mir schon was einfallen. Jedenfalls fühle ich mich moralisch verpflichtet, einige Tiefkühldosen zu bestellen, obwohl mein Tiefkühlfach schon seit Monaten krankgeschrieben ist.

Die Bestellungen werden zusammengerechnet. 510 Mark! Sabine kriegt 20 Prozent, die Firma wahrscheinlich 2000 Prozent, die Gastgeberin 51 Sterne. Während die Schwiegertochter in einem Extraheft blättert – Gewürzzwerge (23 Sterne), Großer Rühr-Star (52 Sterne) – fällt die Untermieterin über die Dickmanns her.

Mit der Verheißung, im Januar wieder eingeladen zu werden – die ersten drei Wochen im Januar sind Welt-Tupper-Wochen! –, werden wir entlassen.

Zu Hause dann die Nachbereitung. Die Untermieterin: »Als Nächstes machen wir eine Avon-Beratung mit!« »Sonst noch was?« »Yes! – Danach Café Keese. Mit Tischtelefon und Damenwahl. Der Hammer!«

Ich finde, die Untermieterin hat jetzt lange genug bei mir gewohnt.

# Brausepulver

Neulich war ich zu einer Schürzen-Vernissage eingeladen. Ich bin ja allem Neuen und Modernen gegenüber aufgeschlossen, aber – ich sage es schon mal vorweg – dies ging mir dann letztlich doch zu weit. Als ich ankam, war der Laden schon voll mit jungen Leuten, so daß ich zuerst gar nichts sehen konnte. Ich ging denen auch höchstens bis dahin, wo ungefähr deren Bauchspeicheldrüse sitzt. Eintritt mußte man keinen bezahlen, dafür kriegte man aber ein Tütchen mit was drin, das man essen sollte. Ich sage gleich, daß es sich nicht um Rauschgift handelte, sondern um Brausepulver. So was finden auch nur Leute toll, die das in ihrer Jugend nicht essen mußten, bzw. damals, gleich nach dem Krieg (Korea-Krieg!), schmeckte es sogar noch wirklich gut, genau wie die Nappos, die wirklich Klasse waren, gar kein Vergleich zu heute.

Irgendwie wurstelte ich mich zur Mitte durch und konnte dann auch eine Schürze erkennen, die an eine Wand genagelt war. Zwei Wände waren leer, und an der vierten hingen ziemlich dunkle Polaroid-Fotos, auf denen konnte man Leute sehen, die mit ebendieser Schürze bekleidet waren und in verschiedenen zum Teil gewagten Posen vor einem Schrank standen. Darunter waren Zettel befestigt, denen man entnehmen konnte, daß der Schrank etwa 38 000 Mark wert sei.

Ich dachte gerade darüber nach, daß dieser Abend mir wohl nicht viel geben würde, da hörte ich eine Stimme aus der Mitte des Gedränges. Es war die Stimme von einem Bekannten der Untermieterin, der »das Tier« genannt wird. Da schlug ich mich so schnell es ging zum hinteren Teil des

Raumes durch. Dort befand sich der einzig vorhandene Stuhl, auf dem ein grinsender Dichter mit einer stachelhaarigen Flensburgerin auf dem Schoß saß. Daneben stand der ausstellende Künstler, der die Honneurs machte, also zu allen Leuten irgendwie »Hallo« sagte und das Brausepulver verteilte.

Ich sagte dann zu ihm, daß ich alles sehr interessant fände, aber noch zu aufgewühlt sei, um darüber sprechen zu können. Die Flensburgerin sagte »Ssünde« und daß sie und der Dichter auch tierischen Hunger hätten und ob ich mitkommen wolle, sie hätten ein Auto dabei. Ich schlug eine Kneipe in der Nähe vor, aber sie sagte, sie sei eine Liebhaberin der Nouvelle cuisine und könne sich außerdem in jenem Lokal nicht blicken lassen, weil da ihr Mann mit Geschäftsfreunden zeche und sie womöglich erkennen würde. Ich sagte, daß ich auch mal jung gewesen wäre, und dann fuhren wir zu dritt in einen anderen Stadtteil, nachdem wir jeder noch zwei Bier getrunken hatten.

Während der Dichter zusammen mit der Liebhaberin das Auto parkte, ging ich in das Lokal, um zu gucken, ob noch Plätze frei waren. Von einem Ober, der eine Hand in Gips hatte, wurde ich begrüßt, als hätte er mich jahrelang durch Vermißtenanzeigen suchen lassen. Wir mußten aber trotzdem noch eine Weile am Tresen warten, wo wir jeder zwei Proseccos zu uns nahmen. Da zeigte uns die Barfrau den Platz, auf dem neulich Ulrich Tukur gesessen hat. Weil ich meine Fernbrille nicht dabei hatte, konnte ich aber nichts erkennen. Als wir einen Tisch zugewiesen bekommen hatten, bestellte ich Rotwein und Carpaccio, was in Wirklichkeit einige rohe Rindfleisch-Scheiben waren, die man bequem zu einer Kugel von ungefähr einem Zentimeter Durchmesser hätte zusammenrollen können und die 21 Mark kosteten. »Ssünde«, sagte die Flensburgerin. Der Dichter sagte aber, wir seien seine »Gästinnen« bis zur Höhe von 150 Mark, mehr Geld hätte er nicht dabei. Ich wunderte mich, daß Dichter heutzutage überhaupt über solche Summen verfügen, sagte ihm aber, daß meines Wissens nebenan eine Bank mit einem Nachtschalter sei.

Während der Mahlzeit bzw. während des Imbisses unterhielt ich die beiden Turteltauben mit Erlebnissen aus meiner Studentinnenzeit, die ich in diesem Stadtteil verbracht hatte. Jene Zeit verbrachte ich meist in einem Lokal ohne Namen, das wir aber aus unbekannten Gründen »Bei Schorsch« nannten. Die Gespräche damals drehten sich hauptsächlich darum, daß eine Klassenanalyse dringend notwendig sei.

Zum Abschluß tranken wir noch jeder einen Cappuccino und eine Grappa, und dann ging es zurück zur Ausstellung. Dort waren nur noch der ausstellende Künstler und ein Maler vorhanden, der »Fanny, alter Lockenkopf« zu mir sagte, wobei er sich meiner Meinung nach das Adjektiv hätte sparen können, der ist nämlich auch noch mit echten Nappos aufgewachsen. Die Schürze war inzwischen gestohlen worden.

Wir tranken alle noch ein Bier und ein bißchen Rum, und der Aussteller forderte uns auf, jetzt das Brausepulver aus solidarischen Gründen einzunehmen. Dann wurde ich nach Hause gefahren. Als ich meine Wohnung betrat, schienen mir die Wände ein wenig zu schwanken. Ssünde. Am nächsten Tag war mir sehr schlecht. Nie wieder Brausepulver.

# Nachtportier

Als ich neulich abends in meiner Küche zwischen halb renovierten Wänden und keinem Herd herumsaß, erinnerte ich mich an die Einladung, die ein mir bekannter bildender Künstler kürzlich ausgesprochen hatte. Da zog ich los, ihn in seinem Hotel zu besuchen. Links neben dem Hotel befindet sich ein rund um die Uhr geöffneter Waschsalon, rechts ein schwuler Buchladen, und ein kleines Stückchen weiter fängt dann der Kiez an. In der ersten Stunde saßen wir sehr gemütlich in der Lobby auf abgewetzten 50er-Jahre-Sofas zwischen drei räudigen Palmen, hielten ein Gläschen Mineralwasser in der Hand – jedenfalls hoffe ich, daß es auf Außenstehende so wirkte –, und ich fragte ihn über die Gäste aus. Es handele sich hauptsächlich um Russen, Handwerker, Zechpreller und um Leute, die von ihren Schwiegertöchtern gehaßt werden und deshalb von denen ein Wochenende in Hamburg inklusive *Phantom der Oper* geschenkt kriegen, sagte der Künstler. Er muß es wissen, denn er ist der Nachtportier. Er trug ein ungebügeltes weißes Hemd und eine Krawatte, die sich zu seinem geschorenen Kopf eigenartig ausnahm. Manchmal tauchten auch Drogendealer auf, erzählte er, aber mehr die semi-erfolgreiche Sorte, die gleich gefaßt wird, weil sie zu dumm ist, um die verdeckten Ermittler zu erkennen, die gut sichtbar in den Büschen direkt vorm Eingang hocken und in ihre Telefone sprechen. Da hat es auch schon Schießereien gegeben, aber das macht dem Künstler nichts aus. Er ist in einem subproletarischen Stadtteil von Hamburg aufgewachsen, wo es leicht vorkommen konnte, daß Kindern, die neben einer Openairfamilienparty herumturnten, auf die Fresse gegeben wurde, bis die Milchzähne herausflogen. (Anlaß der Feier war übrigens die erfreuliche Tatsache gewesen, daß gerade mal weniger als fünf Familienmitglieder gleichzeitig im Knast saßen.)

Nachdem alle Musical-Besucher abgezogen sind – die Damen in güldenen Sandaletten, die Herren in lila Seidenblousons – hängen wir uns hinter den Empfangstresen, weil man von da aus besser beobachten kann, wie potentielle Gäste versuchen, von draußen ins Hotel zu kommen. Das ist gar nicht so einfach, denn die Klinke hat die Form eines Schiffsruders, was einen schon leicht auf den Gedanken bringen kann, daran zu drehen, rechts, links, rechts... Dabei müsse man nur gegen die Tür drücken, aber die meisten ziehen dran, sagt der Künstler. Wieso geht er denn nicht hin und hilft? – Das fehlte noch! Bißchen Spaß muß sein! Früher sei hier immer hully-gully gewesen, sogar Jimi Hendrix habe hier gewohnt. Und Buddy Holly, der aber noch 15 000 DeEm auf seinem Deckel zu stehen habe, die da wahrscheinlich auch drauf stehen bleiben werden – aber heute müsse man eben zusehen, wie man sich amüsiere. Meistens sei es nachts ziemlich öde, und die paar Schießereien reißen es auch nicht raus. »Genau!« hörte ich mich zustimmen, als seien Schießereien mein täglich Brot. Das muß am Mineralwasser gelegen haben.

## Sprengung

An einem Sonntag im Februar sollte in Hamburg das Iduna-Hochhaus an der Reeperbahn gesprengt werden, weil zu viel Asbest drin war, das wohl demokratischer verteilt werden mußte. Ein paar Tage vorher rief ich bei Knut an, obwohl ich mit ihm nur auf entferntem Duzfuß stehe. Er wohnt nämlich in der Budapester Straße im 4. Stock. Ich hatte gehört, daß er eine Rums-Matinee auf dem Balkon veranstalten würde. Knut sagte, daß ich ruhig kommen könne, es hätten sich schon jede Menge Leute an ihn rangeschleimt, sogar solche, die er zuletzt vor zig Jahren auf seiner Konfirmation im Wiehengebirge gesehen habe.

Auf dem Weg zur Budapester Straße konnte man schon gegen 12 Uhr ein hohes Verkehrsaufkommen beobachten, ungefähr so wie bei einem St.-Pauli-Heimspiel. Ich hatte ein kleines Ohren-Radio mit, da wurde in der Hamburgwelle gesagt, daß sie im Hotel Metropol die Festplatten aus ihren Computern rausgenommen haben, wegen der zu erwartenden Erschütterungen. Das erhöhte schon mal die Vorfreude. Auf dem Heiligen-Geist-Feld, wo sonst St. Pauli spielt, standen die Leute, bauten ihre Stative auf und hauten ihren Kindern eine runter, weil es anfing zu regnen.

Bei Knut war schon viel los. Es gab Kaffee, Sekt und Hefeteilchen. Gleich nach mir kam noch ein Haufen Gäste mit Phönix-Palmen und Bananenbüscheln unterm Arm an. Sie hatten die Nacht durchgemacht und sich anschließend auf dem Fischmarkt mit ein paar Gläschen auf die Katastrophe vorbereitet. Man konnte sie vorher schon auf der Straße singen hören »Auf der Reeperbahn nachts um halb eins«, was der aktuellen Lage inhaltlich nur teilweise gerecht wurde. Ihre ziemlich ramponierte Kleidung versuchten sie uns zunächst als den neuen Desaster-Look zu verkaufen. Dann fragten sie herum, ob auch alle Krankenhaus-kompatible Unterwäsche anhätten, also keinen Body, falls was schief ginge. Das war nur Spaß, denn das Hochhaus war zu weit entfernt, als daß es auf die Budapester hätte fallen können. Eine Frau trieb den Spaß für meinen Geschmack ein bißchen zu weit, denn sie sagte, sie trüge schwarze Unterwäsche, falls das Krankenhaus nicht mehr in Frage käme. Sie sagte auch noch, daß man von Knuts Balkon aus prima zugucken könne, wenn es ein brüllendes Inferno gäbe oder eine Massenpanik oder noch was Besseres.

Im Rundfunk sagten sie jetzt, daß der Sprengmeister sich bereitmacht und daß sein Assistent ein paar Straßen weiter sitzt und auf das Kommando des Sprengmeisters hin den Hebel runterdrückt. Der Assistent hieß Ali Özdek. »Erst verkaufen sie uns ihr vergiftetes Gemüse und dann machen sie unsere Häuser kaputt«, sagte ein Bürger im Radio, den sie live interviewten, aber sie spielten dann schnell Musik ein.

Zum Countdown versammelten wir uns auf dem Balkon. Ich hatte einen Fuß im Zimmer gelassen, weil ich nicht wußte, ob unser Balkon und der Balkon über uns die ganzen Leute aushalten würden. Die anderen hingen über dem Geländer und diskutierten mit dem Balkon unter uns, was man am nächsten Sonntag sprengen lassen könnte. Auf der gegenüberliegenden Straßenseite befinden sich das Telekom-Gebäude, ein Schwimmbad und etwas weiter weg der Bunker an der Feldstraße. Die Telekom kriegte die meisten Stimmen.

Die Frau mit der schwarzen Unterwäsche zählte währenddessen die vorbeifahrenden Krankenwagen und unterhielt uns mit ihrem Halbwissen über die stabile Seitenlage. Sie gab allerdings selbstkritisch zu, daß diese nicht mehr viel nützt, wenn man von einem fliegenden Stahlträger getroffen werde. Die Sprengung dauerte dann bloß drei Sekunden. Es krachte ganz furchtbar, aber nicht so laut wie in den Filmen. Wir klatschten wie verrückt, aber es wurde nicht wiederholt, obwohl die Frau mit der schwarzen Unterwäsche »MAZ ab!« schrie. Eine dunkle Wolke erhob sich und trieb sofort auf das Heiligen-Geist-Feld. Im Radio schrie der Moderator: »Jetzt geht er wech! Jetzt kommt die Wolke! Schirme auf! Wehe, da war Asbest drin!« Damit gab er die Stimmung der Menschenmassen gut wieder. Einige Reisebusse trafen erst verspätet ein, zum Beispiel »Gehle-Reisen« aus Gütersloh. Die konnten nur noch den Trümmerhaufen besichtigen, der aussah wie Grosny, bloß kleiner.

Insgesamt war es fast so schön wie Krieg, nur nicht ganz so spannend, weil, als man hinterher nach Hause ging, man sicher sein konnte, daß die eigene Bude höchstwahrscheinlich noch steht. Knuts Wohnung sah allerdings nicht mehr so gepflegt aus wie vorher.

*15. Kapitel*

Vor der Tür ist draußen.
*Deutsches Sprichwort*

## Vor der Tür ist draußen

Ich weiß nicht, wie es Ihnen nach dem Durchblättern dieses Büchleins geht, aber ich lese am liebsten Bücher, die teils einen Tick über meinem Niveau sind, teils einen Tick darunter. Das kommt wahrscheinlich daher, daß einem lesegierigen kleinen Mädchen nach dem Krieg nur die Bücher zur Verfügung standen, die im Wohnzimmer neben der »Hausbar« lagerten – neue Bücher kaufen stand nicht auf dem Einkaufszettel –, und das waren folgende: *Die deutsche Mutter und ihr erstes Kind* (den Titel soll es heute noch geben, allerdings verkürzt um »deutsche«), *Faust, I. Teil, für die Jugend bearbeitete Fassung, Old Surehand« Band I und II* und ein Benimmbuch der dreißiger Jahre. Aus dem Letzteren konnte ich z. B. erfahren, welchen Platz an der Festtafel man dem Ortsgruppenleiter zuweisen sollte. Eine Information, von der man ja nie wissen kann, ob man sie nicht noch einmal braucht. Damals allerdings vermochte niemand in der Familie mir zu erklären, was ein Ortsgruppenleiter ist, obwohl Opa einer gewesen war, wie sich später herausstellte, wenn auch nur »Stellvertretender«.

*Faust* sagte mir mit neun Jahren nicht viel, das Schwangerschafts-Buch hingegen um so mehr. Ich verstand zwar nur die Hälfte, aber auf jeden Fall widersprach es allem, was ich bisher über diese Angelegenheit mitgeteilt bekommen hatte. Als ich beide Old Surehands jeweils zwölfmal gelesen hatte, wurde es mir doch ein bißchen öde, und ich wandte mich der Mappenzeitung zu. Das war der Himmel! Sie müssen sich vorstellen, daß in jener Zeit die Fortsetzungsromane, die es in jeder Illustrierten gab, nicht etwa in dem Stil »... brutal riß er ihren Slip herunter« verfaßt waren (mal ganz abgesehen davon, daß es keine Slips gab; es gab nur Schlüpfer), sondern ganz im Gegenteil, es wimmelte von keuschen, aber doch irgendwie leidenschaftlichen Schwüren und zarten Küssen, vorwiegend in römischen Palästen gegeben und genommen, was auch sehr schön harmonierte mit der oft gespielten Wunschkonzert-Arie im Radio »... und vom Fenster des Palazzo fallen dun-kel-ro-te Rosen...« Das gefiel mir sehr, auch wenn ich dank der deutschen Mutter und ihres ersten deutschen Kindes schon ahnte, wie wenig romantisch es hinterher zugehen würde. Mit vierzehn fand ich mich dann doch zu gereift für solchen Scheiß, und mit Hilfe eines Leserausweises für die Stadtbücherei versorgte ich mich mit Literatur, in der eine Menge Wörter wie Hermeneutik, Probabilismus, Redundanz und Ontologie vorkamen. Diese Bücher las ich vorzugsweise im Schüler-Café, angetan mit einem schwarzen Pullover und einer kleinen runden Brille, die ich nicht brauchte. Dazu hatte ich auch einen passenden Gesichtsausdruck eingeübt. Zur gleichen Zeit las ich zu Hause Bücher, in denen sich ähnlich schwierige Wörter fanden, nur lauteten diese: Materie-Transmitter, Photonen-Antrieb und »Commander, ich fürchte, wir müssen den Reaktorkern deaktivieren«. Na ja, einmal mußte es ja gesagt werden. Zwischen 15 und heute habe ich dann alles gelesen, was Sie vermutlich auch gelesen haben, und das meiste davon habe ich mit Fassung getragen.

Was ich jetzt gerade lese?

*Die deutschen Sprichwörter* von Simrock. Dieses Buch entspricht genau meinen Vorstellungen von guter Lektüre. Angefangen von einfachen Sätzen wie »Du hast dem Kind die Beine noch nicht gesehen« und »Vor der Tür ist draußen«, über schwierigere Aussagen wie »Hüte dich vor jenen, so zwei Zipfel haben«, bis hin zu genialen und völlig unverständlichen Sprüchen: »Jedes Ding hat seinen Handgriff, nur das Mistspreiten hat seinen Schludder.« Der allerallerliebste aber ist mir: »Gute Nacht Schnepf, wir wollen ins Tirol.«

Ich möchte aber nicht, daß jemand vorbeikommt und mir's erklärt.

# Für Katastrophen
## ist man nie zu alt

*Für die Nichten*

*Altmodische Katastrophen*

**Bommi und Prosecco**

Da sitzt man im sommerlichen Garten herum, nämlich Birgitta und ich, schlürft einen Eistee nach dem anderen – kann auch Prosecco gewesen sein – und spricht schleppend über dies und das und kommt dann auf das beliebte Thema »Böse alte Zeit« – Dinge, Gewohnheiten, Getränke, die aus unserem Leben und damit vielleicht überhaupt auf immer und ewig verschwunden sind. Beispielsweise Bommerlunder mit Pflaume, was in unserer Jugend ein beliebter Komastoff war und Bommipflaume hieß. Weg. Gibt's nicht mehr. Ende. Obwohl es nach wie vor Bommerlunder gibt und Pflaumen auch. Damals verbrachten wir unsere Wochenenden vorzugsweise auf Zusammenkünften, auf denen Salzstangen gereicht wurden. Und Fischli genanntes Eßmaterial, das gleichzeitig scheußlich und nach nichts schmeckte. »Nudelsalat«, wirft Birgitta ein. Ja, Nudelsalat gab es auf den gehobeneren Veranstaltungen, und der ist ebenso ausgestorben wie Buttercremetorten und Herrentäschchen, die mann am kleinen Finger baumeln ließ und die bei Tchibo günstig zu erwerben waren. Auf welchem Friedhof, wenn nicht auf dem der Erinnerung, sind alle diese Dinge eigentlich begraben? »Bettumrannung«, nuschelt Birgitta, die heute eine Einwort-Konversation führt. Genau! Bettumrandungen und Frisiertische mit dreiteiligem Spiegel und einem rosa gerüschten Hockerchen. Im Verein mit Blumenschalen, die Makramee-umhüllt vorm Fenster hingen, während auf dem gläsernen Couchtisch ein Ikebana-Arrangement die Wohnkultur zum Kochen brachte. Alles dahin. Wie Fernsehtruhen. Fernsehen gab es nur im Zusammenhang mit Truhen, und das bringt uns darauf, daß Collies ebenfalls aus der Mode gekommen sind. Die wiederum gab es nur im Zusammenhang mit kleinen Jungs, und wo sind die geblieben? Na ja, die sind jetzt 1,80 m und müssen sich schon lange rasieren. Schon *sehr* lange.

»Aussteuer«, murmelt Birgitta. Das war wirklich schrecklich. Nie bekam man was Vernünftiges zum Geburtstag. Immer nur Handtücher, Bettwäsche und Silberbesteck, das sich heute schwarz angelaufen irgendwo in einer Schublade herumwälzt. »Eisbären«, höre ich Birgitta sagen. Eisbären? Wiewas – ach so – Babies auf Eisbärfellen – worauf werden die heute eigentlich gelegt, wenn man sie fotografiert? Birgitta: »Jutesäcke.« Wenn das mal stimmt.

»Autos«, lautet Birgittas nächster Beitrag. Ach Gott ja, Autos sahen noch aus wie Autos, selbst ich konnte auf 100 Meter die Marken unterscheiden. Müßte ich heute als Zeugin eine Aussage machen, wäre ich rettungslos verloren. Der einzige Wagen, den ich korrekt identifizieren könnte, der Smart, ist aber gar keiner, sondern in Wirklichkeit ein I-Mac auf Rädern.

»Und Papas«, gibt Birgitta jetzt zum ersten Mal zwei Worte zum besten. Das ist wahr. Väter wurden nicht Paul oder Theo genannt, sondern Papa, allenfalls Vati, manchmal sogar von der eigenen Frau. Und was die konnten! Zellophanpapier um einen Kamm wickeln und bekannte Volksweisen darauf blasen. Das möchte man wirklich nicht noch einmal erleben. Oder doch? Bloß nicht sentimental werden. Daran ist nur der Eistee schuld. By the way –

was unsere Kinder später wohl in sich hineinschütten werden, während sie über Prosecco lästern? – Soll nicht unser Problem sein. Prost.

**Dorfkino**

Meine Familie war in der Filmfrage völlig uneins. Opa und ich liebten Filme, meine Eltern gingen ins Kino, weil sonst nichts los war, während Oma der Filmbranche ablehnend gegenüberstand. Sie äußerte sich dahingehend, daß die Leute nur auf dumme Gedanken kämen; beispielsweise sei Küssen auf dem Lande früher völlig unbekannt gewesen und eine brotlose Kunst, und jetzt stünden die Knechte und Mägde herum und knutschten sich ab, statt zu arbeiten.

Oma fand Sexualität ein notwendiges Übel und hatte ein ausgeprägtes, wenn auch nicht gerade fortschrittliches Klassenbewußtsein.

Einmal im Monat, am Sonnabendmittag, kam in einem graublauen Lieferwagen der Filmmann ins Dorf. Im kalten Saal der Gaststätte, nur ein bißchen erwärmt durch die rechts und links eingebauten Kuhställe, gab es nachmittags einen Kinderfilm und abends einen für Erwachsene, mit anschließendem Tanz. Was für Filme gezeigt wurden, war egal. Wenn es schon grönländische Underground-Filme gegeben hätte, wäre man dort auch hinmarschiert. Die Filme hießen meistens »Grün ist die Heide«, oder »Die Dritte von rechts«. Mein erster Film war »Das Dschungelbuch«, in einer alten amerikanischen Fassung. Danach bekam ich Albträume wegen des Waldbrandes, und meine Eltern entschieden, daß ich das nächste Mal mit Opa hingehen sollte. Opa und ich weinten gemeinsam über das Schicksal von Bambis Mutter (obwohl Opa Ortsgruppenleiter gewesen war, oder auch weil, hatte er nahe am Wasser gebaut), und meistens hielt er mir die Augen zu, weil da auch ein Waldbrand drin vorkam. Draußen standen schon die Erwachsenen und warteten auf Sonja Ziemann und Rudolf Prack. Veronika, die Tochter des Schlachters – der Vater hieß Amandus und war auch für die Schulspeisung verantwortlich –, trug ihr Ballkleid auf einem Bügel vor sich her, damit jeder, auch wenn er den anschließenden Ball nicht besuchte, neidisch werden konnte. Das Kleid war lang und hatte einen sehr weiten Rock. Es heiße »Nju Luck«, sagten die Frauen, die alle nur ihre kurzen Kriegskleider hatten oder umgearbeitete Brautkleider. Sie sagten außerdem, daß Veronika ein sowohl leichtes als auch spätes Mädchen sei (sie war 28) und wahrscheinlich ein Techtelmechtel mit einem Verheirateten hätte.

Wenn ich heute in einem Kino sitze, wo es warm ist, wo die Lichter langsam ausgehen, wo die Leute ganz normal angezogen sind und wo mitten im Film keine Kühe anfangen zu brüllen, dann denke ich immer, daß irgendwas nicht ganz richtig ist.

## Mit Opa in die Pilze

Im Herbst, manchmal aber auch schon in den letzten Wochen der Sommerferien, wenn sie erst spät begonnen hatten, ging es mit Opa in die Pilze. Opa war Volksschullehrer gewesen und gleichzeitig Imker und Organist, eine Ämtervielfalt, die auf dem Lande nicht ungewöhnlich ist. Während einer gewissen Zeit war es leider auch nicht ungewöhnlich gewesen, daß der Lehrer das Amt eines stellvertretenden Ortsgruppenleiters bekleidete. Ein Posten, der Opa in relativer Unschuld beließ, denn auf den armen Dörfern der Geest – unseres hatte 600 Einwohner – gab es keine Juden, die geistig Armen wurden mit dem Fegen der Scheunen beschäftigt, und Versammlungen blieb er fern, er war ja nur »Stellvertretender«. Sagt Oma. Doch davon soll hier nicht die Rede sein. Nur so viel, daß er seine Entnazifizierung im Lüneburgischen sehr genossen haben soll. Dort lernte er von einem ostpreußischen PG eßbare und giftige Pilze voneinander zu unterscheiden.

Seine Kenntnisse gab er an meine Schwestern und mich erst dann weiter, als es ihm mehrfach im Wald passiert war, daß junge Frauen, die auch auf der Suche nach Eßbarem waren – umsonst und draußen –, energisch ihre kleinen Kinder an die Hand genommen und den Bäumen verkündet hatten, daß »Papa dahinten« sei. Opa bot nicht den Anblick, den man damals von pensionierten Lehrern gewohnt war, die für gewöhnlich mit durchgedrücktem Kreuz und in Loden gewandet die Natur abmarschierten, um anhand eines oder mehrerer mitgebrachter Bücher (»Was blüht denn da?«) schlechte Noten zu verteilen. Opa war klein und dunkelhäutig und hatte mit 86 Jahren noch pechschwarze

Haare. Eine krumme Nase, ein krummer Rücken; Hose und Joppe, die bei der Erschaffung der Welt schon dabei gewesen waren, vervollständigten das Bild eines »Zigeuners«, bei dessen Erscheinen man schleunigst die Wäsche von der Leine holte. Tatsächlich war sein Vater ein uneheliches Kind gewesen und dessen Erzeuger ein fahrender Scherenschleifer. So wurde in der Familie gemunkelt. Diese Einzelheiten tauchten im Ariernachweis aber nicht auf, weil Opa den gefälscht hatte. Er mogelte auch bei Kreuzworträtseln. Und ging sowieso davon aus, daß ihm nichts passierte und er immer recht hatte. Selbst die Sache mit seinem Auto und dem Führerschein in den Dreißiger Jahren hatte ihn nicht vom Gegenteil überzeugen können. Doch das ist eine andere Geschichte.

Diese Charakterzüge Opas waren sowohl Oma als auch unserer Mutter natürlich bekannt. Deshalb schärften sie uns Kindern ein, alle Pilze vollständig und nicht nur die Hüte mitzubringen und auf gar keinen Fall solche von weißer Farbe, weil das hätten Knollenblätterpilze sein können. Oma hatte sich irgendwo ein altes Pilzbuch verschafft und verglich sorgfältig die abgebildeten Pilze mit den von uns heimgebrachten. Da blieb dann oft nicht viel von unseren übervollen Körben übrig, und die schönsten, so fanden wir, wurden einfach weggeschmissen.

Nie die Pfifferlinge, die waren unverwechselbar, und selbst die »falschen Pfifferlinge« eßbar, wie Oma dem Pilzbuch entnahm. Doch die fanden wir nicht oft, häufiger schon Schweinsohren oder Herbsttrompeten, »die dem Pfifferling an Wohlgeschmack nur wenig nachstehen«, wie es im Pilzbuch hieß. Ebenso gern wie der Pfifferling versteckte sich der Steinpilz, aber auf dem Rückweg vom Wald fanden wir manchmal am Rande der sandigen, von Birken gesäumten Wege Birkenpilze, Maronen, Rotkappen und andere Röhrlinge, von denen Mutter immer ein kleines Stück abbiß, um zu prüfen, ob nicht etwa ein Gallenpilz dabei sei, der die gesamte Mahlzeit versaut hätte. Diese Pilzmahlzeiten! Mit Speck und Zwiebeln und einem kleinen Schuß Sahne, der oben von der Milchkanne abgeschöpft wurde. Und dann Petersilie drüber gestreut! »Und alles umsonst!« betonte Opa, der ja nicht nur in Armut, sondern daraus folgend mehr als sparsam aufgewachsen war, auch wenn Oma nicht »sparsam«, sondern »knickerig« dazu sagte. Ökonomische Fragen kümmerten uns Kinder nicht. Pilzsuche war Abenteuer! Und besonders spannend auch noch deshalb, weil »der Feind« uns auf den Fersen war. Der Förster nämlich pflegte den Wald zu durchstreifen, um nach Verbrechern Ausschau zu halten, die keinen Schein vorzuweisen hatten, der sie zur Pilzsuche berechtigte. Wenn Zweige knackten oder fremde Schritte zu hören waren, lagen wir platt im Unterholz und hielten den Atem an. Das stellte jedes Räuber- und Gendarmspiel weit in den Schatten. Daß der Förster uns wohl kaum verhaftet hätte – schließlich war er bei Opa in die Schule gegangen wie der Rest der Dorfbevölkerung auch –, kam uns nicht in den Sinn. Und Opa klärte uns glücklicherweise und vielleicht auch absichtlich nicht über diese Zusammenhänge auf.

Die Vorbereitungen für unsere Ausflüge waren umständlich. Jedes Kind bekam einen kleinen Korb, dann wurden Margarinebrote, bestreut mit Zucker, in Zeitungspapier eingewickelt; alte Flaschen mit einer Mischung aus Apfelsaft und Wasser gefüllt oder – ganz toll! – mit »Kindersekt«, einem Getränk, das meine Mutter aus Holunderblüten selbst herstellte. Alte Schälmesser wurden auf ihre Schärfe hin – »bloß nicht zu scharf!« – geprüft und mit Ermahnungen, ja aufzupassen, an uns verteilt. Dann holte Opa sein Fahrrad heraus, das er aber schob, damit wir später die vollen Körbe daran hängen konnten. Kinder besaßen zu jener Zeit keine Fahrräder.

Im nahe gelegenen Staatsforst angekommen, wurden das Fahrrad und die Butterbrote am Rande einer Lichtung versteckt, und dann schwärmten wir aus. Opa fand nicht so viele Pilze wie wir, die wir »mit glänzenden Augen und roten Wangen«, wie ich annehme, in die Schonungen krochen, im Gebüsch herumstocherten, Gräben entlang robbten und ganz allgemein eine Geduld und Emsigkeit an den Tag legten, die wir für unsere Schularbeiten nicht aufbrachten, wie Oma häufig betonte. Eines Tages fanden wir einen Riesenbovist, den Mutter dann in Scheiben schnitt, panierte und als »Beamtenkotelett« auf den Tisch brachte.

Waren unsere Körbe voll oder ließ es sich absehen, daß sie nicht mehr voll werden würden, begann das Picknick. Die Hauptattraktion dabei bestand nicht im Verzehr der »Butterbrote«, die traditionell so hießen, obwohl keine Butter im Spiel war, sondern in der Geschichte, die Opa jetzt erzählen mußte. Er langweilte uns nie mit Vorträgen über Tiere, Pflanzen und Bäume, die der Wald ja auch noch zu bieten hatte – die kannten wir sowieso. Seine pädagogischen Intentionen, wenn er denn je welche gehabt haben sollte, hatten sich mit dem Ende seiner Dienstzeit vollkommen verflüchtigt. Bei diesen Geschichten handelte es sich vielmehr um Märchen, genauer gesagt, um ein einziges Märchen, nämlich um das Grimmsche *Schneeweißchen und Rosenrot*, allerdings in abenteuerlichen Variationen. Da wir drei Schwestern waren, spielte ein gewisses »Blauäugelein« die dritte tragende Rolle, bei dessen Erwähnung meine jüngste Schwester, die entgegen den sonstigen Gewohnheiten in der Familie blaue Augen hatte, stolze Blicke um sich warf. Mal waren die drei Schwestern Königstöchter, mal Kinder armer Köhler. Doch konnten ihre Eltern auch Besitzer eines Gemischtwaren-Ladens oder in Übersee verschollen sein. Am liebsten war uns die Variante mit den Fahrrädern: »Und es begab sich, daß Schneeweißchen, Rosenrot und Blauäugelein mit ihren Fahrrädern in die Pilze fuhren und im Wald auf drei verzauberte Pilze... äh, Prinzen trafen...«

Daß hie und da auch Radios, Schwimmbäder, die Bundeswehr und Fußballspieler auftauchten, störte uns nicht.

Entgegen unseren Befürchtungen, daß die Kinderzeit endlos und wir nie erwachsen sein würden, um dann die sensationellsten Geschichten selbst zu erleben, wurden wir doch älter und verließen das Dorf. Es wurde dann doch nicht so spannend, und Geschichten, die andere Männer uns erzählten, kannten wir bald rauf wie runter, denn es waren immer dieselben.

Als wir aus dem Haus waren, ging Opa nicht mehr in die Pilze. Auch er war älter geworden, noch kleiner und krummer, und starb. Überall auf dem Friedhof und auch an seinem Grab wachsen Pilze, Schopftintlinge, die wir damals nicht hatten pflücken dürfen, weil es weiße Pilze mit Lamellen sind. Die Nachbarin, die das Grab besorgt, duldet eine solche Unordnung aber nicht und reißt sie regelmäßig aus.

Meine ältere Schwester hat das Orgelspielen erlernt. Die Jüngste hat das Pilzesuchen auch während und nach Tschernobyl nicht eingestellt und ist überhaupt immer auf der Suche nach »Schnäppchen«. Und ich, ich erzähle Geschichten, die nicht immer ganz wahr sind.

**Faule Ostern**

Ostern ist ein schönes Fest, kann aber auch gefährlich sein, ich habe es selbst erlebt. Das war noch zu der Zeit, als mit Lebensmittelkarten eingekauft wurde, Kaffee »Bohnenkaffee« hieß und ein Ei nur zum Sonntagsfrühstück, wenn überhaupt, auf den Tisch kam. Aber das hatte ganz andere Gründe als heute – Cholesterin und Salmonellen waren noch weitgehend unbekannt, übrigens ebenso wie »freilaufende Hühner«. Alle Hühner liefen frei herum. Wie denn wohl sonst?

Oma nähte damals zur Aufbesserung des Familienbudgets für die Bauern und erhielt zwei Eier für ein Arbeitshemd. Der Bauer ist sparsam und trennt sich nicht gern von Eiern: »Eier in der Pfanne geben Kuchen, aber keine Küken«, hieß es, aber bei drei Hemden waren es dann doch genug für uns alle.

Sensationell, wenn es Ostern »Eier satt« gab. Die brachte nun allerdings Oma ins Haus und nicht der Osterhase. Die einzige Figur, an deren Existenz wir glaubten, war der Weihnachtsmann. Wir hatten ihn ja mit eigenen Augen gesehen, auch wenn er Opa verdächtig ähnlich sah; der Osterhase hingegen gehörte in das Reich der Sagen und Märchen wie Rübezahl und Schneewittchen. Es erschien uns unwahrscheinlich, daß eine Art Karnickel – die kannten wir gut, weil einige fette Exemplare in einem Verschlag in unserem Garten hausten, ununterbrochen Salatblätter mampften und saudumm aus ihrem Pelz heraus guckten – undenkbar also, daß ein doofes Kaninchen so effizient sein sollte, den Hühnern in den schwer bewachten Ställen Eier zu klauen.

Daß ein Hase am Gründonnerstag Eier selber legen sollte,

fanden wir auch ausnehmend komisch; wir kannten ja die »Eier«, die unsere Stallhasen hinterließen. Was Tiere betrifft, kann man Kindern auf dem Lande nichts erzählen. Und schließlich waren wir Kinder ja diejenigen, die die Eier hingebungsvoll, wenn auch ästhetisch gesehen nicht ganz einwandfrei bemalten, und Mutter hatte sie vorher hart gekocht.

Ostern hieß, Ostereier zu suchen, und nicht etwa zur Kirche zu gehen. Lange Zeit blieb mir verborgen, daß Ostern irgend etwas mit Religion zu tun hatte; ich bin eben in einem heidnischen Haushalt aufgewachsen. Allerdings ist das Eiersuchen meinen Recherchen nach auch nicht direkt in der christlichen Tradition verankert. Ebenso wenig wie die Osterfeuer, die den zweitbesten »Event« der Ostertage darstellten.

Aber vor der Suche steht das Verstecken, und darin war meine Mutter eine wahre Meisterin. Da sich das Wetter in den letzten Jahrzehnten entgegen allen privaten Empfindungen zumindest im März und April nicht wesentlich geändert hat, fanden die Aktionen meist nicht im Freien, sondern bei uns im Hause statt. Aber Mutter war nicht nur groß im Verstecken, sondern auch groß im Vergessen. So fanden wir manchmal im Laufe der nachfolgenden Wochen und Monate Eier an sehr merkwürdigen Stellen, wie z. B. im Klavier, in der Kohlenschütte und in der Deckenlampe in Opas kleinem Büro.

Als meine Schwester um Pfingsten herum eins in ihrem Gummistiefel in der Waschküche entdeckte und es heimlich auffraß, obwohl Opa gewarnt hatte: »Alte Eier, alte Freier, alter Gaul sind meistens faul«, mußte der Doktor geholt werden. Seit ich meiner Schwester beim Brechen zugesehen habe, halte ich mich zu Ostern an Schokoladeneier.

# Perlen

Kürzlich wurde ich in der Ankündigung einer Lesung als »Perle norddeutschen Humors« bezeichnet. Das geht ja noch. Meistens ist die Rede von »Kultautorin«, wozu ja schon Werner (Wänä) gesagt hat, daß ein alter Trecker, wenn er angelassen wird, kultkultkult macht. Immerhin komme ich aber im Vergleich mit einem alten Trecker noch ganz gut weg.

Meine Oma Resi war auch einmal Perle, als sie vierzehn war; bei Frau Pastor, um die feine Küche zu erlernen. Wenn man früher vierzehn war, hatte man viel Hunger. Heute hat man mit vierzehn überhaupt keinen Hunger, weil man sonst die angesagten Klamotten nicht anziehen kann. Bei Frau Pastor war es mit der Küche nicht weit her. Wenn am Sonntagmittag Gäste zugegen waren und der Braten schon einmal herumgereicht worden war, hob Frau Pastor die Platte hoch, warf einen Blick darauf und sagte versonnen: »Oh – es reicht noch« gerade für morgen – *möchte noch jemand?*« Da blieb Oma Resi immer hungrig. Später hatte sie selbst eine Perle, die aber die Berufsbezeichnung »Stütze der Hausfrau« trug, was sich als Fehler heraus stellte, denn sie mutierte zur Stütze des Hausherrn. Resi mußte zum Schulrat, mit den beiden Kindern und auf den Knien, um ihn wieder raus zu hauen. Akademikern war es damals nicht erlaubt, mit 14jährigen Perlen oder Stützen was anzufangen. Also, auf jeden Fall war es dann nicht erlaubt, wenn es raus kam.

Heute gibt es keine Perlen mehr, außer bei Derrick, und da sind sie so eine Art Hausdame, die offensichtlich gar nichts tut, sondern mit am Familientisch sitzt und intrigiert und schöner als die Hausherrin aussieht, welche säuft oder psychotische Schübe hat und auch nichts tut, und ich frage mich immer, wer da wohl den Haushalt macht.

Ich selbst war einmal eine Au-pair in einer französischen Familie. Ein Onkel aus dem Schwäbischen nannte mich dann »'s Ohperle«. Das sagte er so oft, bis es wirklich nicht mehr komisch war. Die Kleinkinder kriegten vor dem Spazieren gehen immer Glyzerinzäpfchen, damit sie vorher caca machen konnten. Das Reinstopfen der Zäpfchen in die Kinder war meine Aufgabe, was nicht leicht war, weil die den Arsch zukniffen. Ein Wunder, daß sie nicht pervers geworden sind. Oder ich.

**Katastrophen**

Wenn es die BILD-Zeitung nur in Norddeutschland gäbe, dann müßten die Redakteure noch mehr Schnaps saufen, um eine gute Titelzeile hinzukriegen. Hier gibt es weder Berge noch Schnee und daher auch keine Killerlawinen; Killerregen hört sich ja bloß doof an. Und Killerhundescheiße ist irgendwie zu lang, obwohl das die Sachlage in Hamburg ziemlich genau trifft. Eine kleine Schneekatastrophe wäre da manchmal eine Gnade.

Mal ehrlich: Die meisten Leute sind doch ganz scharf auf Katastrophen. Warum gucken die sich sonst die Formel-1-Rennen an? Oder verbringen Weihnachten mit der Familie? In diesem Winter hätte ich aber gar keine Schneekatastrophe gebrauchen können. Das hätte sich nicht gelohnt, weil ich sowieso krank geschrieben war.

Die letzte habe ich 1979 erlebt, da waren Birgitta und ich plus Anhang über Weihnachten in Dänemark und krochen dort auf der Rückfahrt über die Landstraßen, bis wir endgültig stecken blieben. Die Autoheizung ging nicht mehr, und vorerst kamen auch keine anderen Fahrzeuge vorbei. Wenn doch welche auftauchten, unterhielt Detlef uns mit Ausweichregeln aus der Schiffahrt: »Kommt rotweißgrün voraus in Sicht – mittschiffs das Ruder und Augen dicht.« Das half auch nicht weiter. Michi erzählte uns alles über matlabinterne Richtungsfelder für Wallachsche Wahrnehmungsphänomene, was uns auch nicht gerade aufheiterte. Es wurde immer kälter. Birgitta sagte, daß sie jetzt doch lieber eine Feuerbestattung wünsche, falls es zum Schlimmsten käme. Schließlich wurden wir aber vom dänischen technischen Hilfswerk aufgelesen, das uns in eine Schule verfrachtete, wo sich bereits ein paar Dutzend Menschen aufhielten.

Da habe ich von einem Schweden ein Kartenspiel gelernt, welches »Pouf« heißt und hilft, jede Art von Katastrophen bestens zu überbrücken. Leider waren auch ein paar deutsche Blockwarte dabei, die glaubten, sie müßten jetzt alles organisieren, die Drecksäcke. Die Dänen ließen sie aber nicht. Bei der Neujahrsansprache der Königin im Fernsehen standen alle Dänen auf und wunderten sich, daß wir unsere Hintern nicht von den Sesseln erhoben (bis auf die Drecksäcke), als unser respektives Staatsoberhaupt – wer war das eigentlich, keine Ahnung, wahrscheinlich der Dicke, oder war's der Dings aus Hamburg? – seine Rede vom Stapel ließ.

Leider wurde die Autobahn dann so rechtzeitig geräumt, daß wir alle zu Arbeitsbeginn wieder in Hamburg waren.

Bei Wie-heißt-er-mal-noch fällt mir ein, ich habe ja noch eine Katastrophe mitgekriegt, nämlich die Flutkatastrophe von 1962, da arbeitete ich auf Sylt. Die war auch keine reine Freude, weil die Arbeit nicht ausfiel, sondern ganz im Gegenteil. Die Kollegen, die übers Wochenende aufs Festland gefahren waren, konnten nicht über den kaputten Hindenburgdamm zurück kommen, und da mußte ich dann alles machen, obwohl ich bloß Lehrling war. Der Keller des Restaurants war bis obenhin voll Wasser gelaufen, das durfte ich alleine ausschöpfen. Das Wasser hatte alle Etiketten von den Dosen und Flaschen abgelöst, und der Chef verscheuerte die Sachen später für eine Mark pro Stück. Wenn man Glück hatte, erwischte man einen Spitzenwein und eine Büchse Kaviar. Ich erwischte eine Flasche Küchensherry und Hering in Tomatensoße.

Eine Katastrophe!

*Familiäre Katastrophen*

## Tante Bleimi

Sie haben noch eine Familie? Da können Sie aber froh sein! Wer keine Familie hat, ist arm dran. Wenn Sie von allen Freunden und Freundinnen verlassen wurden, weil Sie ihnen jahrelang die Ohren voll gejammert haben über Ihre Familie – wer bleibt Ihnen dann noch? Die Familie. Oder wenn Sie im Zuchthaus sitzen, weil Sie z. B. mit einem Schraubenzieher Angeberautos markiert haben, wer besucht Sie dann im Knast, und Sie können gar nichts dagegen machen? – Ihre Mutter.

Angeberautos nannte übrigens meine Mutter gewisse Automarken; ich hielt das aber für einen Markennamen und wünschte mir nichts sehnlicher, als eines Tages auch solch ein Angeberauto zu haben wie Onkel Werner, der einen Daimler besaß. Daimler und Fernseher, so damals die Meinung meiner Mutter, besäßen nur Metzger. Das leuchtete mir unmittelbar ein; ich kannte niemanden, der beides hatte, außer Onkel Werner, und schließlich *war* er Metzger. Seine Frau, Tante Hazel, von uns Kindern Tante Bleimi genannt, war eine untypische Metzgersgattin, und damit komme ich direkt zum Thema des heutigen Vortrags. Ohne Familie keine Tanten! Ohne Tanten kein Glamour! Ohne Glamour kein Spaß! Bleimi war die Tochter eines englischen Missionars, der in China das machte, was Missionare so machen, und deshalb Anfang der vierziger Jahre dort raus geworfen wurde. Werner lernte Bleimi irgendwie kennen und vermutlich lieben. Er brachte sie in unser Dorf zurück, wo man nicht daran gewöhnt war, daß Gattinnen Lippenstift trugen, wenn sie im Kolonialwarenladen shoppen gingen, und praktisch ununterbrochen eine Zigarette im Mundwinkel hängen hatten, sogar beim Stricken und Kochen und auf dem Feuerwehrball. Dort erregte sie auch einiges Aufsehen mit ihrer Frage nach einem Tango. Ein Ansinnen, das sofort als anrüchig eingestuft wurde und mit dem die Drei-Mann-Blaskapelle sowieso hoffnungslos überfordert gewesen wäre. Den Tango lernten wir dann in ihrer Küche nach argentinischen Schallplatten. Später, als wir Englischunterricht in der Schule hatten, brachte sie uns Wörter und Sätze bei, die sie von Londoner Taxichauffeuren übernommen hatte, etwa »*Carr blimey, guv'*«, was erst ins Englische und dann ins Deutsche übersetzt »Gott blende mich, Gouverneur« heißt, aber nicht ganz so gut klingt wie das Original, finde ich. Unsere Lehrer fielen in Ohnmacht – na, jedenfalls beinahe, aber wir versicherten glaubhaft, daß wir es in einem englischen Buch aus der Schülerbücherei gelesen hätten.

Zwei der drei älteren Schwestern von Werner, Mimi und Tante Toni, hatten bereits 1937 und 1944 geheiratet, während die dritte, Tante Gretchen, immer noch nichts »in Aussicht« hatte, was Bleimi 1949 dazu veranlaßte, Gretchen damit zu trösten, daß sie noch zwei Jahre Zeit habe: »Carr blimey, deine Schwestern sind ja gegangen weg als die heißen Brötchen (sie meinte warme Semmeln) – alle sieben Jahre eine!« Die Schwestern fanden das taktlos und waren überzeugt, daß man sich später, nach dem jeweiligen Hinscheiden, auf keinen Fall wieder sehen würde. Das entsprach durchaus Bleimis Vorstellungen vom Paradies. Wo sie jetzt übrigens schon seit einigen Jahren weilt. Ich hoffe, es gibt einen Zigarettenautomaten. Und jede Menge Tangoplatten. Oder CDs, falls sie da schon so weit sind.

Blimey!

**Vertun**

Wenn im Büro viel zu tun ist, wie gerade jetzt zu Beginn des Semesters, gerate ich schnell mal ins Schwimmen. Hans-Hermann, der mir am Schreibtisch gegenüber sitzt, behauptet, ich hätte am Telefon was von »Gebührentatbeständen« gefaselt. Na und? Wer sagt denn, daß es so was nicht gibt?

Zu Hause habe ich dummerweise beschlossen, den Frühjahrsputz nachzuholen, und bin gerade beim Fensterputzen, als es klingelt. Susi. Susi wohnt zwei Stockwerke über mir und hat ein Alkoholproblem, wie es heute heißt, und kommt ab und zu vorbei, um zu telefonieren (»Ich möcht ma 'ne Bestellung aufgehm: acht Budweiser und ...«) oder um sich einen Heiermann oder einen Schein zu borgen »bis Donnerstag«. Donnerstags gibt es Sozi. Das Geld kriege ich meistens zurück, aber nie donnerstags und nie in der gleichen Woche. »Du bist doch meine beste Freundin, hehe«, sagt Susi und lehnt schon einigermaßen breit im Türrahmen, »kannst du mir mal n' Pfund leihen?« Ein Pfund sind zehn Euro. Ich seufze, suche einen Schein heraus, gebe ihn ihr und sage: »Dann bis Donnerstag – oder?« »Klar«, sagt sie, »ey – warte ma – das war aber jetzt *mein* Part!« »Oh – tut mir leid, Tschulligung.« Wenn man im Vollstress ist, kann man sich leicht mal im standardisierten Smalltalk vertun.

Meine Tante vertut sich auch öfter, weil sie auch immer im Stress ist, allerdings weiß niemand, wieso. Wenn ich sie besuche, bin ich gleich wieder zwölf. Als wir gemeinsam zum soundsovielten Jubiläum des örtlichen Gesangvereins gingen und ich mir vor dem Festsaal eine Tüte Pommes kaufen wollte, fing sie an, in ihrem Portemonnaie herum zu kramen und drückte mir zwei Euro in die Hand. Ich mußte das Geld nehmen. Bei meinem letzten Besuch hatte ich einmal versucht, in einem Restaurant unsere Zeche zu bezahlen, da hat sie beinahe den ganzen Laden zusammengeschlagen. Das wollte ich jetzt eigentlich gar nicht erzählen. Was ich erzählen wollte, war, wie die Tante Witze erzählt. Sie vergißt immer die Hälfte. Zum Beispiel geht ein Witz original so: »Kommt 'ne Frau zum Arzt und sagt: ›Herr Doktor, ich hab 'nen Knoten in der Brust.‹ Sagt der Arzt: ›Wer macht denn so was!‹« Das ist ja ein bißchen frauenfeindlich oder was – die Tantenversion geht aber anders: »Kommt 'ne Frau zum Arzt. Sagt der Arzt: ›Wer macht denn so was!‹« – Das ist jetzt eher ärztefeindlich, macht aber nichts, denn gut erzählt ist halb gewonnen, wie ich immer sage.

## Dia-Abend bei Helga und Gerhard

Großes Familientreffen bei Helga und Gerhard. In Tateinheit mit einem Dia-Abend. Eigentlich habe ich nur zugesagt, weil solche Veranstaltungen eine Menge schlechten Stoffs für eine Menge guter Geschichten liefern. Oder umgekehrt. Übrigens kenne ich niemanden, denn es ist nicht meine Verwandtschaft, sondern die der Untermieterin. »Das merkt keiner«, hatte sie mir versichert, »letztes Mal bin ich als meine Kusine angetreten, das haben die auch nicht geschnallt.«

Familientreffen – Gott – wann war ich zuletzt auf einem... muß Jahrzehnte her sein, meistens fand es bei Tante Bleimi und Onkel Werner statt. Bleimi hatte ununterbrochen eine Kippe im Mundwinkel, auch beim Kochen und Stricken. Werners Brüder saßen alle auf Bauernhöfen, die waren vielleicht begeistert... Später sah man sich ja nur noch auf Beerdigungen, da sagte sie immer Sachen wie »Kind, ißt du auch genug? Du siehst ja leichenblaß aus. Lei-chen-blaß!«

In Helgas und Gerhards Reihenhaus lungern schon zehn, fünfzehn Verwandte herum. Geschrei, großes Hin und Her. »Sie sind daa!!« Umarmungen, Händeschütteln. »Bist du nicht... ich kenn dich noch, da warst du sooo klein...« Eine Höhe von fünf Zentimetern wird angedeutet. »Und das hier ist Anneke, unsere Hochschulabsolventin!« Tja, dann heißt es »unsere«. Als Edith sich damals scheiden ließ, hieß es ja immer »Hertas Älteste«. Helga ist ein Pumps abhanden gekommen, Gerhard ist genervt, aber beherrscht, hat alles im Griff. Stühle. Es fehlen noch Stühle. Helga kümmert sich ja um NICHTS. »Gisela!« Ich werde von hinten gepackt.

Gisela? Warum eigentlich nicht? Immer noch besser als Edeltraud. »Komme gerade aus Frankfurt«, improvisiere ich, »Mutti läßt grüßen, sie konnte nicht, ihre Arthritis...« – »Die Arme – und was macht ihr Zucker?« Ich ziehe vielsagend die Schultern hoch. »Hattest du eigentlich schon immer so helle Haare? – Na, laß man, man wird nicht jünger.« Jetzt zusammenreißen, immer an das unbestechliche Auge der versierten Beobachterin denken.

Ich sehe mich nach einem Sitzplatz um. Evi legt noch letzte Hand ans Büfett. Gerhard bietet auf einem Tablett Gläschen mit Eckes Edelkirsch an. Eckes Edelkirsch – ist der überhaupt noch frei verkäuflich? Oder fällt der nicht schon unters Betäubungsmittelgesetz?

Gerade soll es losgehen, nur Helga hühnert noch herum und sucht ihren Pumps, da rauscht Frau von W. herein, die Nachbarin von Helga und Gerhard, in Begleitung eines gewissen »Herrn Reinhold«. Solche kalkulierten Auftritte hatte Großtante Mimi früher auch immer drauf. Und solche Pelzhüte und die Nase immer hoch, dabei kam sie auch bloß vom Lande; hatte sich allerdings hochgearbeitet bis zur Schneider-Innungsmeisterin in P. Einmal hat sie angeblich vom Zug aus den Führer gesehen...

Es geht immer noch nicht los, Nachzügler tröpfeln herein. »Blumen bei Helga abliefern« – »Hast du immer noch diese häßliche Brille?« – »Was ist eigentlich mit Onkel Franz?« – »Der ist doch tot!« – »Achwas!« – »Es fehlt noch Tante Hildegard.« – »Was, Erbtante Hildegard lebt noch?« Die käme nicht, läßt sich nun ein junger Mann, Kusin Stefan, vernehmen. Sie sei im Krankenhaus und... Waswaswas – die war doch nie krank! »Kann sie noch unter... ich meine, kann sie noch schreiben?« Und wie ist Stefan überhaupt hierher gekommen, mit der Bahn? – Mit Hildegards Porsche. Aber nicht überschrieben, wie gleich scharf nachgefragt wird, sondern nur geliehen. Immerhin, das gibt zu denken.

Nun aber die Dias. Zankereien über Entstehungsgeschichte und Jahreszahlen werden von Pscht-Rufen übertönt, leben wieder auf an der Frage, ob irgendwer jünger oder älter aussieht... so ziehen Menschen im In- und Ausland, in Städten, Dörfern, Tälern und Höhen an uns vorbei mit den üblichen Erläuterungen: »Da sind wir über die Berge gelaufen. Da ham wir was geguckt. Da ham wir Pause gemacht.« – »Der da rechts in schwarz, das ist der Steuerberater von Hildegard.« Frau von W. will was sagen, es ist aber einfach zu laut. »Frau von W., würden Sie bitte mal Ihr Organ anheben?«

Gerhard, der feinfühlige Organisator, hat ein Gespür dafür, wann es Zeit für eine Unterbrechung ist bzw. für einen Wechsel der kulturellen Darbietungen. Unsere Hochschulabsolventin spielt nun auf dem Piano das Stück, das sie zur Prüfung vorgespielt hat. Anneke hat ein Kleid an, dessen Anblick einen außerhalb von Familienfeiern blind machen würde. Sie verspielt sich und ist nervös. »Anneke, sei doch nicht so nervös!« Riesiger Beifall. Jetzt Dias aus Griechenland, wo Tante Nellie mit Evi ihren Urlaub verbracht hat. Jede Menge unscharfer Säulen und Statuen ohne Arme. »Das ist auch wertvoll, trotzdem es so kaputt ist.« – »Und das ist ein seltenes Foto von der Callas, wie sie gerade...« Evi: »Und das – wartet mal, das war in... Dings... so wie der Grieche bei uns in Henstedt-Ulzburg heißt... da hat Nellie einen Herrn kennengelernt, der war auch so belesen wie sie...« – »Hörthört!« Nellie: »Früher kam die Kultur aus

Griechenland, nicht aus Amerika, wo ja heute alles besser sein soll.« Dann endlich die Büffet-Eröffnung – »Herr Reinhold langt aber ordentlich zu, was?« – und die Polonäse mit Rex Gildo und der »Fiesta Mexicana« (Hossa!), »Mikaela-aha« und »Tanze Samba mit mir«. Helga hat endlich ihren Pumps gefunden.

Ich wanke zur S-Bahn. Hans-Hermann hat mich doch ziemlich rumgeschwenkt, dazu der Edelkirsch... schnell ins Bett jetzt... aber vorher noch Mutti anrufen, die will doch immer alles haarklein... Moment mal – ist doch gar nicht meine Familie und... ist Mutti nicht sowieso 82 gestorben?

## Nichten

Die Nichten sind jetzt in einem Alter, in dem sie nicht mehr kleine Stofftierchen als Geburtstagsgeschenke mitbringen (»Ist der nicht süß, Tantchen?«), sondern tonnenschwere mit Leopardenfell bezogene Sonnenbrillen-Etuis, die, wenn man sie zuklappt, alle in der Nähe herumlungernden Personen zusammenzucken lassen. Im letzten Jahr bekam ich einen Handventilator, den man mit wenigen Griffen zu einem Mixer umbaut, womit man dann in etwa einer halben Stunde ein Sechzehntel Liter Sahne vielleicht steif schlägt. Ich habe es aber noch nicht probiert.

Diesmal hat die jüngste Nichte ein riesiges Plastikauge mitgebracht, das man auf dem Tisch herumrollen lassen kann, falls man so was tun möchte. Ich solle mir wegen des Preises keine Gedanken machen, sagte sie tröstend, sie habe es sowieso in dem Laden geklaut, wo sie in den Ferien jobbe. Ich werde das Auge wohl in mein Büro mitnehmen. Die Kolleginnen haben schon ein paarmal reingeguckt und nachgefragt, ob ich nicht ein Poster aufhängen will oder ob sie mir Topfpflanzen reinstellen sollen, damit es etwas persönlicher aussieht. Das Auge wird mich hoffentlich rausreißen. Persönlicher geht's ja wohl nicht.

Die Nichten sind auch aus dem Alter raus, wo sie sich für die Bahnfahrt eine *Bravo* kaufen. Sie kaufen jetzt eine *Amica* mit dem Sonderheft »100 Singles zum Verlieben«. Darin suchen 33 Frauen und die doppelte Anzahl von Männern, welche Frank und Andreas und Oliver und Boris heißen und alle in lustigen Posen abgebildet sind, einen »Partner«. Während die Nichte auf meinem neuen Computer Solitaire spielte, und ihn hoffentlich nicht kaputtgemacht hat, sah ich alle Interviews durch. »Das kann ja wohl bald nicht wahr sein«, sagte ich schockiert, »hast du das gesehen?« Auf die Standardfrage nach der Vorstellung von einer »idealen Nacht« hatte Andreas aus Dorsten geantwortet: »Locker rein, locker raus.« Ich lese es ihr vor. Sagt sie: »Gott, muß der ein kleines Ding haben.« Das hätte ich nie gewagt, zu meiner Tante zu sagen. Allerdings hätte meine Tante mir so was auch nicht vorgelesen.

*Private Katastrophen*

# Mopeds

Als ich mit dem Mopedfahren anfing, hatte ich schon eine Bandscheibe, und wenn man sich damit hinten auf eine Harley setzt, dann ist das nicht die optimale Therapie. Offen gesagt habe ich meistens gar nicht drauf gesessen, sondern daneben gestanden, weil das Ding natürlich nicht funktionierte und immerzu daran geschraubt werden mußte. Dafür ist es nämlich da, nur wußte ich das anfangs nicht. Meine Betagtheit und ein damit einhergehender gesunder Egoismus erlaubten es mir aber, mich im Falle einer Panne schleunigst vom Ort des Geschehens zu entfernen und damit von der Gefahr, aufgefordert zu werden, dem Schrauber diese und jene Instrumente hinüber zu reichen. Da wir häufig im Konvoi fuhren und alle Fahrer anhielten, wenn bei einem von ihnen mal wieder eine Schraube locker war, konnte ich beobachten, daß die anderen Frauen sich meinem guten Beispiel nicht unbedingt anschlossen. Da wurde dann herumgestanden und Interesse simuliert, daß es nur so krachte. Man konnte direkt sehen, wie irgendeine blöde Technoinformation sich in das eine Ohr hinein pfriemelte, im Hirn hin und her schoß, verzweifelt einen Ausgang suchte und – wusch – zum anderen Ohr wieder herausflog. Eigenartigerweise schien das die Herren Biker nicht zu stören. Ich vermute sogar, daß sie mit Begeisterung ihre Erklärungen auch fünfzigmal wiederholen. Männer lieben es, Frauen was zu erklären. Besonders, wenn sie selbst von dem behandelten

Thema keine Ahnung haben. Und das war meistens der Fall. Nie wußte einer wirklich, warum die Kiste jetzt stehengeblieben war oder warum sie so komische Geräusche machte. Ich wußte, warum.

Sagen wir es anhand eines Beispiels: Nehmen Sie mal an, ich kaufe mir eine Waschmaschine. Was tue ich als erstes? – Als erstes schmeiße ich den Schlauch weg und besorge mir einen antiken Schlauch auf dem Flohmarkt, der nicht ganz paßt. Danach hänge ich die Tür aus und nehme sie auseinander, um sie gleich wieder verkehrt herum zusammenzusetzen. Anschließend klopfe ich eine halbe Stunde mit einem Vorschlaghammer auf die Trommel. Desweiteren drehe ich alle Knöpfe in die falsche Richtung und halte eventuell den Stecker unter fließendes Wasser, bevor ich ihn in die Steckdose tue. Und – was passiert? Die Waschmaschine läuft einwandfrei. Jaha. Weil ich, Damen und Herren, natürlich nichts dergleichen getan und meine Pfoten da rausgehalten habe. Ich bin nämlich eine erwachsene Frau und kenne den Unterschied zwischen einer Maschine und einem Spielzeug.

**Psychologe**

Sabine ist mit einem herzlosen klinischen Psychologen verlobt. Wenn die beiden im Urlaub auf der Terrasse ihres Hotel-Apartments irgendwo auf den Kanarischen Inseln sitzen und Leute beobachten, die mit schiefen Schirmmützen und in Shorts, deren Schritt in den Kniekehlen sitzt, vorüberwandeln, sagt er immer: »Guck ma, die sehen aus wie meine Oligophrenen.« Oligophrene sind Personen, deren Intelligenzquotient so niedrig ist, daß man sie eigentlich jeden Tag gießen müßte. Hotels nennt der Psychologe übrigens »Anstalten«, was gar nicht so verkehrt ist, wenn man alleine an den Krach denkt, den die Zimmermädchen morgens im Flur mit den Staubsaugern machen.

Sabine hat auch ein Pferd, das heißt Kurtchen, ist ein Wallach und ein ziemlich dicker Mecklenburger. Das ist jetzt nicht rassistisch, sondern eine Pferdesorte. Mit Kurtchen will sie demnächst zum Psychologen aufs Land ziehen, jedenfalls so lange, wie das gutgeht. Kurtchen muß zu diesem Behufe in einen Kasten gesperrt und auf der Autobahn dorthin gefahren werden. Sabine hat schon seit Wochen Albträume, ob *das* gutgeht. Das ging schon damals, als sie Kurtchen gekauft und von einem Pferdehof geholt hatte, beinahe schief. Sie hatte einen Jugendfreund gebeten, das Auto zu stellen und den Fahrer zu machen; den Kasten für Kurtchen hatte sie geborgt. Der Jugendfreund hat keine Ahnung von Pferden, er findet die eigentlich doof, und hatte auf dem Pferdehof immer nur von »Zossen« gesprochen und laut überlegt, wie viele Fünfkilo-Dosen man wohl braucht, um ein ganzes Pferd drin unterzubringen, abzüglich Schwanz und Hufe. Das fand er komisch, die Pferdeliebhaber auf dem Pferdehof aber nicht. Als Sabine und der Jugendfreund auf der Rückfahrt eine Pause machten, stellten sie fest, daß Kurtchen sich im Kasten einmal um sich selber gedreht hatte und jetzt mit dem Kopf hinten rausguckte, was er gar nicht darf, weil er dann verrückt wird. Außerdem geht es in Wirklichkeit überhaupt nicht, weil der Kasten viel zu eng und das Pferd viel zu dick ist. Weil es nicht zu erklären war, hatte der Jugendfreund vorgeschlagen, daß sie jetzt beide esoterisch werden könnten.

Jetzt ruft sie den Psychologen wegen der Albträume an: »Ich bin völlig fertig. Du bist doch Psychologe. Tu was!« Der Psychologe zögert keinen Moment: »Was kann schlimmstenfalls passieren?« Sabine: »Der Kasten fällt um und Kurtchen stirbt...« – »Na und? Das ist doch keine Katastrophe!« Eine große Hilfe ist der Psychologe nicht. Sabine: »Huhu. Aber vielleicht hat er bloß alle Beine gebrochen und den Hals und...« Der Psychologe: »Dann wird er eben erschossen!« – »Huhuhu, ich hab doch gar kein Gewehr...« Dann muß sie eben nichts mit einem Psychologen anfangen, sondern mit einem Förster. Oder einem Polizisten. Oder einem Verbrecher. Das habe ich aber dann gesagt.

**Süße Blondine**

Ich war gerade dabei, einen Artikel über Bekanntschafts- und Heiratsanzeigen zu schreiben, und hatte bereits Recherchen angestellt, d. h. mein Arbeitszimmer lag voll mit diversen zerrupften Hamburger und nationalen Zeitungen, aber schön in Stapeln geordnet. Da kam Birgitta reingeschneit, die immer dann kommt, und zwar unangemeldet, wenn man sie wirklich nicht gebrauchen kann. Das sage ich ihr dann regelmäßig, aber ebenso regelmäßig hält sie es für einen meiner Späße. Das ist der Nachteil, wenn man als komische Alte bekanntgeworden ist.

Nachdem sie den ersten Stapel durcheinandergebracht hat, pflanzt sie sich an meinen Arbeitsplatz und nimmt auf der Stelle die Lektüre in Angriff. »Ey, guckma der da, glaubst du, der wär was für mich?« – »Wenn er gleich vorbeikommt und dich abholt, dann ja«, erwidere ich. Birgitta muß herzlich lachen. Sie glaubt, daß ich schon wieder einen Witz gemacht habe. Wenn ich wirklich einen mache, dann versteht sie ihn allerdings nicht. Als ich vor einigen Monaten mehrere Wochen im Krankenhaus verbracht hatte und sie mich nach meiner Genesung anrief, um ein Treffen zu vereinbaren, sagte ich aus Spaß, daß wir uns vielleicht nicht erkennen würden, da ich lange nicht beim Frisör gewesen sei. Sie schlug dann gleich vor, ein Erkennungszeichen auszumachen. »Gute Idee«, sagte ich, »drei lange braune Töne mit der Hecklaterne.« Langes Schweigen am Telefon, dann Birgitta: »Töne können keine Farbe haben.« Ich: »Birgitta! Der Spruch ist von Detlef!« – »Was für'n Detlef?« Detlef ist ihr geschiedener Mann. Ich: »Der war doch Leutnant bei der Marine!« – »Na – und?« – »Bei der Marine sind sie anal fixiert!« – »Ach ja?« – Da gab ich's auf.

Birgitta legt die Füße auf meinen Schreibtisch: »Kannst du nicht mal eben 'n Kaffee...?« Während ich in der Küche das Wasser aufsetze, höre ich sie nebenan schnaufen und kleine Schreie ausstoßen. »Das glaubst du nicht: ›Sylvia, 19 Jahre, wunderhübsch, häuslich und kinderlieb, möchte nach einer schweren Enttäuschung einen ehrlichen Handwerker verwöhnen.‹ – So was gibt es doch gar nicht.« Ich teile ihr mit, daß solche Anzeigen von Instituten ausgedacht werden. »Und das ist erlaubt?« Ich überlege einen Augenblick, ob ich ihr meinen für solche Gelegenheiten bereitgehaltenen Vortrag über die freie Marktwirtschaft und deren Sinn und Blödsinn halten soll, verzichte aber darauf und bringe den Kaffee.

Birgitta ist immer noch am Blättern: »Stück Kuchen hast du nicht zufällig da? – Nein, keinen Zucker, ich mach gerade 'ne Diät – hör mal – könnte ich das sein? – Du süße Blondine im braunen Mantel, die mir neulich am Bahnhof Zoo so nett zugelächelt...« – »Seit wann bist du blond?« Birgitta räumt ein, daß sie nicht direkt blond sei – man kann sie ohne Übertreibung rabenschwarz nennen – und auch keinen braunen Mantel habe, aber ihr dunkelblauer könne bei entsprechender Beleuchtung für braun... »Und wann warst du das letzte Mal in Berlin?« Okay, vor zwei oder fünf Jahren, dann sei sie eben nicht gemeint, hätte aber gut sein können, und wenn ich ihr alles vermiese, wie ich das schon in der Schule immer gemacht habe, dann... geht sie nicht etwa, wie ich einen Moment lang hoffe, sondern greift zum nächsten Stapel. Der Tag ist praktisch für mich gelaufen.

## Unsichtbare Damen

Als ich kürzlich mit einer Freundin in der U-Bahn fuhr, vergnügten sich ihre beiden fünf- und siebenjährigen Töchter damit, die anderen Fahrgäste zu taxieren: »*Die* Frau ist schön. *Die* Frau ist nicht schön.« Ihre Kriterien blieben uns weitgehend verborgen; wir bemühten uns aber, aus dem Fenster zu sehen und vorzugeben, wir hätten mit den Kindern nichts zu tun, um den Blicken der Verurteilten zu entgehen. Kurz bevor wir aussteigen mußten, hatten die Mädels noch ein Opfer entdeckt. Eine Frau um die 50 im Minirock, mit weizenblond aufgetürmten Locken, bunten Ohrclips und superscharfen hohen Pumps schickte sich ebenfalls an, den Wagen zu verlassen. Die Mädels, ganz Auge, waren begeistert: »Guckma Mama, *die* Oma ist schön!« Irgendwie hatten sie die Sachlage ja erfaßt, aber für Mamas und Nenntanten ist das eine Situation, die sie wünschen läßt, daß sie in ihren Erziehungsbemühungen doch eher den Grundsatz »Kinder soll man sehen, aber nicht hören« berücksichtigt hätten.

Nach meiner letzten Lesung gab es am nächsten Tag eine weitgehend positive Rezension in der lokalen Zeitung, außer daß der Journalist – es war natürlich ein Mann – geschrieben hatte: »... eine unscheinbare Dame erklomm das Podium ...« Also, »Podium« ist richtig, weil die Lesung in einem Theater stattfand, »erklomm« ist richtig, weil ich meine Wanderschuhe anhatte und »Dame« stimmt auch, soviel ich weiß, aber »unscheinbar«?? – Was er eigentlich hatte sagen wollen, war »unsichtbar«, das ging aber in diesem Zusammenhang wohl irgendwie nicht, immerhin waren über 200 Augen auf mich gerichtet, und da hatte der Thesaurus ihm eben statt dessen »unscheinbar« angeboten.

Unsichtbar – paß auf! – unsichtbar ist nämlich für einen Mann jeden Alters jede Frau über, sagen wir mal, 40. Vielleicht mit Ausnahme von schönen Omas oder rothaarigen Schlampen mit wogendem Busen (Milva). Der Rest ist schlicht nicht vorhanden. Wahrscheinlich laufen deshalb so oft junge Männer auf der Straße direkt in mich hinein oder machen mir keinen Platz, wenn ich auch durch eine Drehtür will. Bisher hatte ich das auf den allgemeinen Niedergang der guten Sitten geschoben, aber Tatsache ist: Die sehen mich einfach nicht.

Im Gegenzug sollen Männer über 40 ja erst interessant werden für Frauen. Davon weiß ich nichts. Ich habe noch nie näher mit einem zu tun gehabt, der älter war als 38, das mußte jetzt mal gesagt werden. Und ich gedenke nicht, da irgendwas dran zu ändern. Männer über 40 haben Krisen und sind für meinen Geschmack oft allzu sichtbar. Und hörbar.

Was? – Wie ich gekleidet war? – Daran kann's nicht gelegen haben. Ich trug wie immer das kleine Lesungsschwarze, und mein echtes! Bernsteingeschmeide hatte ich auch angelegt. Nicht zu vergessen: Lippenstift! Und nicht zu knapp! »Seriös« wäre ein passender Ausdruck gewesen. »Gediegen« hätte es eventuell gebracht, meinetwegen auch »spießig«... aber unsichtbar?

Die ganze Sache hat natürlich auch ihre guten Seiten. Stell dir vor, welch sagenhafte Perspektiven sich da auftun. Beim Ladendiebstahl. Beim Straßenraub. Beim Terrorismus.

Der Polizeipressesprecher gibt bekannt: »...alle Zeugen erklären übereinstimmend, daß sie am Tatort nichts Auffälliges bemerkt haben...«

Auf geht's, meine Damen!

*Gastronomische Katastrophen*

**Fastenwandern**

Also, da kenne ich nur das Heilfasten nach Dr. Bauchfinger. Man bekommt Frühstück, Mittagessen, Kaffeetrinken, Abendessen, ein Doppelzimmer, Morgengymnastik und abends Vorträge über Heilfasten nach Dr. Buchfink. Die meisten Heilfasten-Provider kombinieren diesen Service mit Wandern, den ganzen Tag wandern. Da kommt man wenigstens nicht auf den dummen Gedanken, mal schnell im nächsten Bistro einen Milchkaffee zu zischen oder einen Früchteeisbecher einzupfeifen. Ach ja, wo wir gerade beim Essen sind: Das Frühstück nach Dr. Birkenstock besteht aus 16 Sorten Tee, den man in der Gruppe an einem adrett gedeckten Tisch einnimmt nach dem Motto: Wer schafft die meisten Tassen. Die Teesorten haben exotische Namen wie Wüstensand, Strandhafer, Herbstgras und schmecken auch so. Das Mittagessen besteht aus einem Fingerhut Demeter-Saft, z. B. Rote Bete, der dann mit einer stets bei sich zu führenden Thermoskanne voll klaren Wassers verdünnt werden muß, damit man keinen Vitamin- oder Kalorienschock bekommt. Das Kaffeetrinken besteht aus viel Mineral- oder Leitungswasser – zum Abendessen gibt es eine Wassersuppe, in der vorher Gemüse der Jahreszeit gebadet wurde. Wenn man ganz doll bittet, gibt's ein paar Krümelchen Petersilie oder ein klitzekleines Teelöffelchen Hefeflocken dazu...

Das Schönste an Dr. Brautfeger ist das Heilfasten und die

Darmentleerung, ganz besonders schön natürlich wieder in der Gruppe.

Dieter, der diplomierte Fastenwanderer mit Klettersandalen und Pferdeschwanz reicht jedem der Reihe nach den TRANK (Glaubersalz in Wasser und ein Schuß Zitrone, damit es nicht so eklig schmeckt) – und dann runter mit dem Zeug. Man will sich ja keine Blöße geben. Dazu kommt es aber dann doch meist schneller als erwartet – einer nach dem anderen verschwindet mit entschuldigendem Blick Richtung Toilette, die anderen verfolgen seinen gekrümmthastigen Laufstil mit mitleidiger, wissender Anteilnahme. Wer ist der Nächste? Dieses kathartische Gruppenerlebnis nach Dr. Bauchfistel ist einfach existentiell und so, jedenfalls irgendwie absolut...

Wer also Bescheid weiß und auf DAS Gruppenerlebnis schei.... also, pfeift, der macht das vor der Anreise ganz allein zu Hause. Allerdings braucht man dann noch einige besonders gute Ausreden, um die abendlichen Vorträge über die Darmreinigung nach Dr. Brumfinger mit liebevoller und detaillierter Präsentation der verschiedensten Darmreinigermodelle erfolgreich schwänzen zu können.

Alles andere ist dann easy. Schließlich sucht man sich fürs Heilfasten die schönsten Wanderorte aus: Mallorca, Südafrika, Usedom, Rügen.

Wir waren auf Rügen und machten unseren gewohnten Abendspaziergang am Strand entlang just auf jenem Weg, auf dem man unweigerlich zu dem kleinen Kiosk gelangen mußte, wo man ein Glas Wein bei einer schönen Zigarette, später auch mal ein Eis, ich bitte Sie, EIN Eis, oder den guten dänischen Apfelkuchen mit Sahne... Wichtig ist, daß man dabei nicht einfach so mit der Tür ins Haus fällt. Durch kleine, subtile Randbemerkungen versucht man in Erfahrung zu bringen, wo die potentiellen Bundesgenossen sich verborgen halten und des Outings harren. Bemerkungen wie:

»Na ja, ganz so ernst muß man das ja alles nicht sehen mit dem Fasten. Sie schon gar nicht, bei Ihrer Superfigur.« Oder: »Meine Ärztin sagt, daß ein Glas trockener Weißwein bei Einschlafproblemen während einer Fastenkur durchaus hilfreich...« Mal so in die Runde streuen und auf Reaktionen warten.

Übrigens, beim Abfasten muß man sich einen schönen Rastplatz in der Landschaft suchen, einen alten Thing-Baum z. B. – und dann reicht einem Dieter ein Achtel meditativ geschälten Apfel, den man 126mal kauen muß. Abends bekommt man dann das andere Achtel. Wem das nicht reicht, der hat ja immer noch den Kiosk.

Dr. Bauermeister, der am letzten Abend persönlich anwesend war und den ich ein paarmal mit »Dr. Bodelschwingh« oder auch mit »Dr. Bruchsal« (»Dr. Brechmittel« hatte ich mir verkniffen) angesprochen hatte, machte mich darauf aufmerksam, daß ich den Wochenendkurs »Konzentration im Alltag mit Hilfe von Ayurveda« mitmachen könne. Den sollte er mal lieber selber machen. Schließlich hatte er mich abwechselnd als Frau Schmidt und als Frau Meier tituliert.

**Toast Hawaii**

Erinnern Sie sich noch an die Fünfziger Jahre? Auch *roaring fifties* genannt? Als richtige Männer noch richtige Frauen zu schätzen wußten und richtige Frauen noch richtiges Essen? – Das waren Zeiten! – Buttercremetorten waren auf jedem festlichen Ereignis ein must. Kroketten wurden zu allen Mahlzeiten gereicht, außer zu Spaghetti. Mayonnaise – wie französisch das klang! – durfte praktisch über jedes Gericht gekippt werden und Remoulade noch obendrauf.

Ach Gott ja, alles was gleichzeitig satt und fett machte und auch so aussah und außerdem noch irgendwie an exotische Länder erinnerte, wurde reingeschaufelt, bis man platzte. Männer mit Bauch liebten Frauen mit Hüften. Und Frauen mit Hüften liebten den Geflügelsalat Florida, die Königin-Pastete und Russische Eier. Vor allem aber liebten sie den Toast Hawaii. Wohlgemerkt: Es ist von Vorspeisen die Rede; danach gab's dann erst das richtige Essen, dessen Ausmaße auch nicht von Überlegungen in Richtung Kalorienzählen oder ähnlichem Quatsch angekränkelt waren. Das ging auch gar nicht, weil die Kalorie noch nicht erfunden war und das Vitamin zu Recht ein Dasein am Rande des Küchentisches fristete.

Toast Hawaii! Wir wußten, daß es auf Hawaii kein Bier gibt, aber wir wußten auch, daß Hawaii die Heimat der Ananas ist. Wäre allerdings diese Insel tatsächlich die Heimat aller in Deutschland im Zuge des TH verzehrten Ananasscheiben gewesen, so hätte sie landauf landab, an Stränden und Lagunen, in Schluchten und Tälern mit Ananasfrüchten bepflastert sein müssen. Und zwar dreimal übereinander.

In Wirklichkeit aber war die Ananas für den Toast Hawaii in Dosen zur Welt gekommen. Die Maraschinokirsche, welche den TH oben krönte, wuchs in kleinen Gläsern auf. Käsescheibletten: Ihre DNS erwachten in einem Rührbottich zum Leben. Toast besaß ein Haltbarkeitsdatum von sieben Monaten, und der Schinken hatte nie eine Sau gesehen.

Das war auch völlig richtig so. Beim TH konnte man sicher sein, daß keine Verbindung zu unappetitlichen Tieren nachzuweisen und keine Zutat durch Menschenhand vergiftet oder beschmutzt war: Es handelte sich um astrein vollsynthetische Fabrikware. Das war gesund und lecker! Das war modern! Schließlich trugen wir ja auch keine Bärenfelle mehr, sondern Nylonblusen und Trevirahosen.

Das Leben war schön!

Dann aber kam der *backlash*. Hirsepicker übernahmen das Kommando. Die Erfinder von Kamikaze und Harakiri reichten rohen Fisch. Nouvelle cuisine trat auf den Plan – eine Richtung, bei der man nie genau weiß: Ist das jetzt schon das Futter oder nur die Tellerbemalung?

Und doch! Was gut und bewährt ist, kann nicht untergehen – der Toast Hawaii lebt! Im Untergrund! In Kneipen, die »Bei Ernst und Käthe« oder »Hella's Bierbar« heißen. In Pensionen namens »Waldesruh«. In versteckten Cafés, wo alte Damen mit beigen Veloursh\u00fcten spannende Geschichten darüber erzählen, was ihre Schwiegersöhne von Beruf sind. Und unsere so viel geschmähte junge Generation sorgt klammheimlich dafür, daß der TH seinen ihm gebührenden Platz wieder einnimmt – kaum verändert, aber größer und schöner denn je: als Pizza Hawaii.

**Eishockey**

Wenn man sich in einem rekonvaleszenten Zustande befindet, glauben sie ja alle, daß sie mit einem machen können, was sie wollen. Der Familienrat trat zusammen und beorderte mich aufs Land – zur Erholung! –, obwohl mir nach endlosen Spitalaufenthalten der Sinn mehr nach »Shopping bis zur Tagesschau« (Slogan des Altonaer Einkaufszentrums Mercado) stand oder nach dem Besuch schicker Nachtclubs. Die gibt's aber wohl gar nicht mehr, außer in Filmen aus den Dreißiger Jahren und in Form von Café Keese. Das ginge zur Not noch; gegen Damenwahl habe ich gar nichts einzuwenden, wenn man sich mal vor Augen führt, wie das Angebot in Hosen heute aussieht.

Neben dem Einatmen der sogenannten frischen Luft soll ich in erster Linie das Haus von Tante Lorchen einhüten. Tante Lorchen erholt sich ihrerseits in New York. Zu behüten ist allerdings weniger das Haus, als »Katze«, wie Lorchens 19 Jahre alte Katze heißt. Katze ist nachts wach und miaut durchs Haus. Wenn die dann Ruhe gibt, ist es auch schon Zeit für die Hähne, und danach fährt man offenbar einmal mit dem Trecker um den Block und sieht nach, ob die Äcker noch da sind.

Ansonsten gewöhne ich mich langsam ein. Ich habe immer etwas Kleingeld dabei, falls mich mal ein Bauer um ein paar Groschen anhaut, aber bis jetzt hat noch keiner gefragt. Und ungefragt will ich hier auch niemandem Geld zustecken, die Leute werden sonst vielleicht zu zutraulich. Vor der Post hängen keine Junkies rum, man kann sie aber trotzdem recht gut finden – die Post – sie haben so ein gelbes Schild davorgehängt, mit einem Posthorn drauf. Wenn man mehr als 30 Mark abhebt, muß man dem BLICK der Postfrau standhalten, der besagt: »...wo wollen Sie – *das* denn hier ausgeben?« In der Post wurde mir von der guten Landluft ein wenig schwindlig, da wurde ich teilnahmsvoll von der Frau Post gefragt: »Eishockey?« Nein, nein, versicherte ich hastig, aus dem Alter wäre ich raus und... Es hieß in Wirklichkeit aber: »Alles okay?«

Rundherum ist es lauter als auf dem Kiez, die Nachbarn feiern nachts und saufen wie die Punks, danach spielen sie wie nicht ganz gescheit Trompetensoli in den Nachthimmel, damit ich wach werde, und wenn ich dann wieder am Einschlafen bin, brüllen sie noch ein paar Geschichten über Schleswig-Holstein-Meerumschlungen oder Nordseewellen mit Akkordeonbegleitung in Richtung Pferdekoppel. Das Schlimmste ist die nicht vorhandene Koffeindealerszene in den Dörfern zwischen den Kuhweiden. In der einzigen Kneipe gibt es praktisch nur »Lütt un Lütt« für die Herren (Bier und Korn) oder das »Damengedeck« (Korn und Bier).

Wie oft habe ich mir dieser Tage im Halbschlaf des marternden Koffeinentzuges einen fahrenden Espressostand gewünscht, der klingelnd übers Land fährt und seine Kundschaft mit den süßen Rufen »Schpressuuu, Naaatas, Krossang mit Ziegekäse«... (Autorin wird von Weinkrampf geschüttelt) lockt. Dazu spielt einem ein Endlostonband Cafégeräusche ein. Dialogfetzen wie »...das erinnert mich an meinen Dreh in Rom...«, »...als Art-Director muß ich da ganz anders rangehen...«, »Emilia, hast du noch zwei Doltsche für mich?« lassen ein Heimatgefühl entstehen, so daß man spontan einen politisch höchstwahrscheinlich unkorrekten Vertriebenenabend einberufen möchte.

*Tierische Katastrophen*

## Alle meine Hunde

Mein erster Hund war kein Hund, sondern ein Fuchs, den die Bauern gefangen und in einen Hühnerkäfig gesteckt hatten. Ich marschierte – so berichtete meine Mutter – jeden Tag dorthin und wartete darauf, daß er »Wauwau« machte, wie ich es aus meinen Bilderbüchern kannte. Irgendwann war er nicht mehr da, und andere, richtige Hunde tauchten in meinem Blickfeld auf (die übrigens auch nicht »Wauwau« machten, das macht kein Hund). Nämlich die Bauernhunde. Die Bauern hielten sich Hunde nicht aus psychischen, sondern aus Gründen praktischer Natur. Sie bewachten den Hof, jagten den Kindern Angst ein und wurden für die Jagd gebraucht. Es waren hauptsächlich grau- oder braungefleckte Jagdhunde, die auf »Tyras« und »Hektor« hörten und fast immer an einer Kette lagen. Herr Bode von der gegenüberliegenden Meierei hatte einen Schäferhund, der versucht hatte, mich zu beißen, als ich sieben Jahre alt war. Seitdem schickte ich meine kleine Schwester zum Milchholen.

Dank des Flüchtlingsstromes besaß das Dorf auch einen Zahnarzt, der unten bei uns im Hause, genauer gesagt: im Keller eine Praxis aufmachte. Er hatte einen Dackel, dessen Namen ich vergessen habe, aber wir tauften ihn »Pipi«, weil er, wo er ging und stand, eine Pfütze hinterließ. Für die beiden kleinen Kinder des Zahnarztes immer wieder ein Anlaß, das arme Tier zu beschuldigen, wenn sie selbst sich vergessen hatten.

Später war ich dann mit einem Herrn liiert, der Hunde haßte, weil die Teckelschar, die in seinem Elternhaus das Kommando übernommen hatte, quasi von Geburt an auf den wertvollen alten Stühlen mit Gobelinstickerei sitzen durfte. Er durfte das erst, als er das Abitur hatte.

Dann zog Martina mit Timber unter mir ein, das war ein Beaucien, ein französischer Schäferhund. Timber war groß und schwarz mit brauner Schnauze und braunen Pfoten und sah so gefährlich aus wie ein Dobermann, was nur von Vorteil sein kann, wenn man eine Frau ist und in Altona wohnt. Wenn nachts in Martinas kleinem Garten irgendwer zugange war, dann merkte sie es daran, daß Timber unter ihr Bett kroch. Sie beschimpfte ihn dann, was ich oben alles haarklein mitkriegte. »Hört sich an, als wärt ihr verheiratet«, sagte ich. »Ist auch so ähnlich«, erwiderte sie, »jetzt hat er auch noch Prostata...«

Der Garten nebenan war das Revier von Trixi, einer komplett haarlosen Dackelin, die zu Frau K. gehörte. Trixi war bösartig. Sie kannte mich seit mehreren Jahren, tat aber so, als hätte sie mich noch nie gesehen und verteidigte ihre Chefin – oder doch eher sich selbst, ich hielt sie für eine Solipsistin –, als sei ich ein gedungener Killer.

Nachts saß sie im Garten und bellte den Mond an oder einfach alles, was nicht Trixi hieß. »Echt taff, dein Köter«, hörte ich einmal einen Punk bewundernd zu Frau K. sagen. Die Punkerhunde sind eher verspielt und harmlos, trotz ihrer martialischen Namen, Satan oder Wotan: »Wotan, beweg deinen Arsch, aber dalli!« Einer heißt sogar »Kacke«. Und die ist es denn auch, die mich, seit ich in Hamburg lebe, von einer tiefer gehenden Sympathie für Hunde abgehalten hat.

**Knuddelschwein**

In der letzten Woche tat es am Nachmittag einen plötzlichen Knall vor meinem Gartenfenster, gleich darauf hörte man eine Art Jaulen. Dann bellte es wie verrückt. Soso, dachte ich, jetzt hat das Heteropack aus dem Dritten endgültig den Stammhalter aus dem Fenster geschmissen, das wurde ja auch mal Zeit... bzw. das ist ja wirklich nicht schön. Ich hoffe jedenfalls, daß ich das gedacht habe. Es stimmte aber nicht, denn mit einem Blick aus dem Fenster stellte ich fest, daß es der Kater von Sönke aus dem vierten Stock war, der jetzt ziemlich platt auf Martinas Gartentisch neben dem Birnbaum lag und jammerte, was das Zeug hielt. Er hatte auf dem Balkongeländer balanciert, das vom Regen noch glitschig war, und subito den Abgang nach unten gemacht. Um den Tisch herum tobte Timber, Martinas Hund, und bellte, als kriegte er dafür bezahlt.

Soviel ich weiß, hat die Angelegenheit Sönke 400 Euro gekostet und den Kater zwei Drittel seiner primären Geschlechtsmerkmale, denn der Tierarzt hatte diese nach der Bandagierung der Rippen »in einem Aufwasch«, wie er sich ausgedrückt haben soll, gleich mit entfernt.

All das Gebelle und Gemaunze, das Spezialfutter und die teuren Arztrechnungen kann man sich aber jetzt ersparen, wenn man sich ein ganz anderes Haustier anschafft: ein Knuddelschwein. Jaha! Das gibt es! Superneu! – Es handelt sich um eine klein gezüchtete Hängebauchschweinsorte »zum Liebhaben«, welche leise, stubenrein, alles fressend (also wie Sie und ich) und superintelligent ist. Wobei ich keinen großen Wert auf Intelligenz lege, ehrlich gesagt. Mein Bonsai-Ferkel hat womöglich einen höheren IQ als ich? Das ist doch kein schöner Gedanke. Den wir übrigens im Freundeskreis bei einer guten Flasche Wein auch schon mal weitergesponnen haben: »Stell dir vor, deine Frau brennt mit einem Schwein durch...«

Dennoch hat solch ein Knuddel immer noch viele Vorteile. Sie können es passend zum Sofa bestellen, denn es ist in den Farben Braun, Beige, Schwarz und Dalmatiner lieferbar. Zudem dürfen Sie Ihre Verwandten mit Katzen- und Hundehaarallergien wieder einladen – natürlich nur, wenn Sie es möchten –, denn von Schweine-Allergikern habe ich noch nie etwas gehört. Zudem müssen Sie nichts extra einkaufen, denn es kann quasi mit am Familientisch sitzen, weil es haargenau das frißt, was auch Ihnen und mir schmeckt. Obwohl mir die Vorstellung, unseren neuen Hausschatz an einem Kotelettknochen nagen zu sehen, ein wenig unangenehm ist.

Und wenn dem Süßen einmal etwas noch Schlimmeres passieren sollte als Sönkes Kater – der allerdings dumm wie Brot ist, deshalb glaube ich das eher nicht –, also auch im potentiellen Trauerfall gibt es kein großes Hin und Her mit Tierarzt und behördlichen Genehmigungen von wegen im eigenen Garten begraben und so weiter, sondern die Sache wird sauber und appetitlich gelöst: Ein wenig Salz, Pfeffer und Salbei nach Geschmack, auch ein Apfel und ein bißchen Petersilie darf dabei sein, und dann den Ofen auf 250 Grad vorheizen.

Kinder haben manchmal etwas eigenartige Ideen in Bezug auf ihre Lieblinge. Denen können Sie ja sagen, es sei gefüllter Hund.

# Evolution

Manche Leute schwärmen ja von der Evolution. Wie sie alles so geschickt gedeichselt hat; Photosynthese, Zellteilung, Archaeopteryx, Lymphdrüsen und so weiter. Aber ich finde, wenn man ehrlich ist, dann muß man zugeben, daß die Evolution in erster Linie viel Scheiß gebaut hat und reichlich chaotisch vorgegangen ist.

Daß sie Atome und Moleküle, aber keine Menschen unsterblich gemacht hat, ist ja soweit in Ordnung. Man stelle sich nur mal vor, mit wem man dann in alle Ewigkeit herumhängen müßte. Aber ihr Prinzip, die Leute einigermaßen funktionsfähig auf die Welt zu bringen, um sie dann nach der Geschlechtsreife und nachdem sie die Art erhalten haben, sich selbst und jeder Menge Viren und Bakterien und Schrumpfungsprozessen zu überlassen, kann man doch wohl nicht gutheißen. (Es gibt bloß ein paar Ausnahmen, z. B. Schildkröten; da hat sie wohl irgendwie nicht aufgepaßt). Einige Personen sind ja ganz begeistert über diese Entwicklung, aber die Evolution hat wahrscheinlich bei ihrem ganzen Gemache und Getue nicht direkt an die mögliche Hervorbringung von Ärztekammern und Pharma-Industrien gedacht.

Überhaupt hätte es genau andersrum laufen müssen. Eine entwickelte medizinische Versorgung wäre zu einer Zeit notwendig gewesen, als unsere Vorfahren noch auf die Erfahrungen älterer Leute angewiesen waren. »Wenn der Mond da oben ziemlich schräg hinter den Palmen steht, kommt meist der Säbelzahntiger aus seinem Versteck«, hätte beispielsweise der Neandertal-Opa der Truppe sagen und damit einige unappetitliche Massaker verhindern können. Konnte er aber nicht, weil er leider kurz zuvor an Karies oder Heuschnupfen dahingeschieden war. Und zwar mit 28 Jahren.

Und heute, wo man viel älter wird und einiges von dem weitergeben könnte, was man so alles gelernt hat, will es keiner mehr wissen. Daß man beim Oberhemdenbügeln mit der Schulterpartie anfängt oder daß man Steaks nicht in lauwarmes Fett legt, dann kann man es ja gleich kochen – das interessiert doch kein Schwein!

Das meiste von dem, was heute wichtig ist, erfährt man normalerweise von zwölfjährigen Knaben in zerknüllten T-Shirts und vollgestopft mit Fast food, die einem die Software wieder in Ordnung bringen, wenn man mit seinen arthritischen Händen und bereits abgebauter Hirnsubstanz irgendwelchen Mist gemacht hat.

Der Gerechtigkeit halber müßte die ganze Entwicklung jetzt mal wieder rückwärtslaufen. Und wenn man sich das Fernsehprogramm anschaut, dann sehe ich da durchaus eine Chance.

**Mehr Demokratie wagen**

Alle zwei Jahre wird mir als der Landwirtschaftsbeauftragten einer Tageszeitung mit dem Schwerpunkt »Kuh« von der Redaktion ein Statement bewilligt. Einmal durfte ich an dieser Stelle unter dem Titel »Gewalt gegen Bauern« über den Unfallort Kuhstall berichten. In bewegenden Worten wußte ich die Unbill zu schildern, der unsere Gummistiefel tragenden und besoffen Dieselmercedes fahrenden Mitbürger Tag für Tag beim Melken ausgesetzt sind. Eine Recherche, die ganz offensichtlich die Landwirtschaftskammern aufhorchen und nach Möglichkeiten rascher Abhilfe suchen – und finden ließ! Es ist soweit, meine Damen und Herren, liebe Kühe: Nicht nur »Unfallverhütung«, sondern auch »Mehr Demokratie wagen« heißt es mit einigen Jahren Verspätung jetzt auch am Standort Kuhstall! Nicht der Bauer, sondern die Kühe entscheiden künftig, wann sie gemolken werden. Und nicht der Bauer kriegt einen mit dem Kuhschwanz gewischt, fällt vom Schemel und bricht sich die Ohren in der Kuhscheiße, sondern der Melkroboter. Wirklich wahr! Auf dem Weg zum Fressen betritt die Kuh die Melkbox – kann sie, muß sie aber nicht –, wird vom Roboter aufgehalten, kriegt vier Zitzenbecher verpaßt und wird abgemolken. Dann schwenkt der Arm des Roboters mit den vollen Bechern zur Seite, die Tür öffnet sich und die Kuh verläßt den Raum.

Sie wird also nicht mehr zweimal am Tag zu regelmäßigen Zeiten gemolken, sondern kann diese Melkbox jederzeit und ganz nach Gusto aufsuchen. Im November soll mit zwei Gruppen von Kühen getestet werden, ob die das packen. Für jemanden wie Sie, liebe Leserin, die höchstens ein bis zwei Kühe zu Hause betreut, wird sich der Spaß allerdings nicht lohnen, denn eine solche Melkanlage kostet 150 000 Euro. Die Begeisterung in Kuhkreisen hält sich also noch in Grenzen.

Deshalb sollte man auch Kritikern keinen Glauben schenken, die meinen, bei dieser Innovation handle es sich vor den Wahlen nur um Stimmenfang.

Das glaube ich nicht. Bei uns gibt doch so oder so jedes Rindvieh seine Stimme ab.

*In- und ausländische Katastrophen*

## Fun 4 you

Ich habe jetzt eine Menge E-Mail-Freundschaften, was sich wirklich lohnt, denn erstens ist es billiger zu E-mailen als einen Brief zu schicken, der in der Vorweihnachtszeit, aber auch zu allen anderen Jahreszeiten, von Lokstedt bis Altona (Hamburger Stadtteile) fünf Tage braucht, und zweitens kann man die E-Mails radikal ausschlachten, wenn einem selbst gerade nichts einfällt.

Herr Marius beispielsweise berichtete von einem Humorfestival in der Schweiz, was ungefähr so passend sei wie ein doppelter Wadenbruch auf einer Skipiste. Sagt er. Aber als Schweizer kann er die Schweiz natürlich nicht leiden.

Das Ganze fand in Arosa statt, das ist ein schnieker Ski-Ort, wo, wie er schreibt, langhaarige braungebrannte Spätdreißiger hinter langhaarigen braungebrannten Frühzwanzigerinnen herstiefeln. Alle haben sie Skier dabei, die sie aber nicht bloß zum Herzeigen haben, sondern ab und zu sogar zum Sichdranlehnen. Ski gelaufen wird auch gar nicht mehr. Man betreibt Scarving oder Snowboarding, was beides aussieht wie Skifahren, schmeckt wie Skifahren und auch so kalte Füße macht wie Skifahren, aber kein Skifahren ist, sondern viel viel amerikanischer. Das erinnerte mich gleich an amerikanisches Essen, das sie hier neuerdings in Restaurants anbieten. Mit dem Unterschied, daß es zwar aussieht wie Essen, aber keines ist. So etwas gibt es in der Schweiz auch, und das heißt Kafi. Es soll so schmecken wie die Leute aussehen, die es trinken. Man erhält es in einem Glas ohne Griff, damit man sich die Pfoten verbrennt, und es besteht aus möglichst oft aufgewärmtem alten Kaffee. Man tut fünf Stücke Zucker hinein und den Schweizer Nationalschnaps, der »Schnaps« heißt. Ich finde aber, das hört sich gar nicht so schlecht an.

Der Ort Arosa hatte sich dem Motto »Fun 4 you« unterworfen, was soviel bedeutet wie »Spaß vier dich«. Herr Marius vermutete sogleich einen ungarischen Zigeuner als Werbetexter (wenn er nicht privat geschrieben hätte, hätte er vielleicht Sinti bzw. Roma geschrieben. Aber nur vielleicht.): »Habä gemacht aine ganz scheene Slogan vier Sie!« Solche Späßchen kennen wir in Deutschland ja auch; nehmen wir nur mal die U2. Ich hatte die U2 immer für eine Hamburger U-Bahn-Linie gehalten, die von Niendorf Markt über Schlump und Barmbek nach Wandsbek-Gartenstadt fährt. Ganz verkehrt. Wie ja alle außer mir schon lange wissen, handelt es sich um eine Musikgruppe, die eigentlich Du zwei heißt. Oder Sie zwei, das weiß man im Englischen ja nie so genau. Es wäre aber logischer: »Sie zwei da, würden Sie ma bidde vonner Bahnsteigkante zurücktreten?«

**Frische Mädchen, frische Brötchen**

Endlich wieder nach La Palma! Auf dem Hinflug saß nebenan ein hüstelnder Herr, der 2,5 Stunden benötigte, um die BILD-Zeitung zu lesen, was ich ja offen gestanden auch gerne können würde, weil man auf die Weise nicht immer so viel zu lesen mitnehmen muß.

In meiner Jugendzeit gehörte es sich, daß junge Mädchen bis 4 Uhr nachmittags schliefen, wenn sie frei hatten. Nicht so die zweite Nichte und Paulina, ihre Freundin, die mich begleitet hatten. Um sieben Uhr morgens standen sie gestiefelt und gespornt an meinem Bett und schmetterten: »Jaja, in Spanien, da gibt es Mädchen, und die sind frischer als frische Brötchen...«

Komisch, ich dachte immer, daß ich mich an jeden bescheuerten Schlager der letzten hundert Jahre erinnere, aber an diesen nicht. »Dann zischt mal ab, um welche zu holen«, ächzte ich. Aber sie ließen mich nicht in Ruhe, sondern schleppten mich in eine Bar, wo wir frühstücken mußten. Zum Glück war es keine Macho-Männer-Bar, wie sie nur in den etwas größeren Städtchen anzutreffen ist.

Von diesen ließen sie dann keine aus. Allerdings guckten sie nur kurz hinein, riefen munter: »Na – so allein??« und marschierten weiter, zur nächsten Bar. Ich bin ja auch sehr für die Emanzipation der Frau, aber nicht im Urlaub.

Mittags, am Strand, unterhielten sie sich über ihre Lehrer, die anscheinend immer nach kurzer Zeit »in die Klapse« kamen. Was mich übrigens überhaupt nicht wundert, denn in einer schönen gemütlichen psychiatrischen Anstalt hätte ich mich bestimmt auch besser erholt.

Anschließend schrieben sie haufenweise Karten an die

daheimgebliebenen Freunde, aber von dem Erwerb von Briefmarken sahen sie ab: »Ja – was denn?! Da ham wir schon den Ärger mit dem Kartenschreiben...«

Eigentlich wollten wir auf La Palma das *girlscamp* nachstellen (also, *ich* nicht!), aber die Super-8-Kamera von Paulina funktionierte glücklicherweise nicht, die war von einem Freund geliehen, dem sie auch schon mal Karten geschrieben hatte. Da war die Nichte sauer, denn sie wollte die blonde Schlampe mit den teuren Badelatschen spielen.

Statt dessen spielten wir das Geld-Spiel. Das ist irgendwas mit Karten. Bube, Dame, König, As legt man auf den Tisch und packt dann Geld drauf. Als ich 2 Millionen Peseten Miese hatte, gab ich auf. Danach spielten wir das Frauennamenspiel: Flair und Ambiente, die begabten Töchter des Innenarchitekten Dr. C.; Aorta von Königsmarck, Freundin von August dem... und die schönen Zwillingsschwestern Antibiotika und Anabolika, geliebte Töchter des 2. Vorsitzenden des Olympischen Komitees...

So reihte sich ein schöner Tag an den anderen.

Auf dem Rückflug kam ich mit einem etwa 10jährigen Jungen ins Gespräch, der neben mir saß, den fragte ich, was Pokemons eigentlich seien. Daß es nichts zum Essen ist, wußte ich schon. Er war sehr erfreut und sagte mir als erstes alle Namen auf. Als er beim 80. angekommen war, sagte ich, daß das jetzt okay wäre, aber da mußten wir schon aussteigen, und er sagte: »Danke für das Gespräch!« Immerhin! Solche Jugendlichen gibt es also auch noch.

## Frankreisch

Wenn es Anfang Juni morgens um 6 elf Grad hat und um 12 Uhr desgleichen, dann muß man sich überlegen, ob man nicht Freunde irgendwo im Süden hat, die dort ein oder zwei Häuser haben...

Ich flog mit Sabena (*Such A Bloody Experience Never Again*), die es jetzt ja gar nicht mehr gibt, wo es als »Snack« tiefgefrorene Käsebrötchen gab, die von ein wenig übergewichtigen Stewardessen serviert wurden, und außerdem gab es ab Brüssel nur fette Belgier, die in Zeitschriften blätterten mit Überschriften wie: *16-jarige geeft een bommelding toe*. Ich grübelte ziemlich lange darüber nach, was wohl ein *bommelding* ist, aber da landeten wir schon in Marseille. Von hier aus fuhr ich mit einem Bus nach Uzès. Es dauerte aber einige Stunden, bis wir dort ankamen, weil eine Benutzung der gebührenpflichtigen französischen Autobahnen vermieden werden mußte. Außer mir waren noch eine Lehrerin und etwa 35 französische Kinder im Bus, die Mohammed, Karim, Juliette und Pascal hießen, also ungefähr so wie hier. Übrigens frage ich mich, wo all die südfranzösischen Namen geblieben sind, wie Marius und Aimée. Und Fanny.

Nach einer Stunde nahmen alle Kinder ihr zweites Frühstück ein – auf einem Picknickplatz neben einer Ausfallstraße mit Supermärkten und McDonald's, die Franzosen lieben so was –, um anschließend im Bus ihre CDs für ihre Discmen auszutauschen und gelegentlich von ihren Sitzen zu fallen. Danach diskutierten sie darüber, wer wen heiraten würde, bis die Lehrerin sagte, morgen würde sie bestimmen, wer wen zu heiraten hätte. Die Kinder waren etwa neun Jahre alt.

Abends wurde ich dann gleich zu einem Aperitif eingeladen. Der fing um fünf an und war um zehn noch nicht zu Ende. Es herrschte eine recht lose Stimmung. Meine Gastgeber hatten allerdings den Verdacht, daß ich was darüber schreiben würde und benahmen sich tadellos. Anfangs unterhielt man sich in etwa vier Sprachen, aber gegen neun Uhr dann nur noch in Form von gutturalen Zisch- und Grunzlauten. Immerhin bekam ich mit, daß man in Andorra prima einkaufen könne – »*Shopping in the mountains*«, wie eine Engländerin betonte – und daß Madame Le Grand neulich ihrer Katze, die in die leere piscine gefallen war, eine Mund-zu-Mund-Beatmung verabreichte. Es nützte aber nichts, da Madame keine Ahnung von erster Hilfe hatte. Ich schätze, daß sie die Katze aufgeblasen hat.

## Paparotti

Jaja, da sitzen wir am Frühstückstisch, und Hedda erzählt, wovon am Geburtstag ihrer Mutter die Rede war. Hat doch Prinz Edward jetzt eine Frau, die genauso aussieht wie Diana. Sie hatten wohl denselben Frisör. Da kann man nur hoffen, daß Sophie einen besseren Chauffeur hat. Noch einmal *Kendl in se wind* und noch einmal verheulter Pavarotti kann ich nicht verkraften.

Aber wie wir nun einmal sind, schweift die eine oder andere ab, das Thema wechselt beizeiten, und es wird das beliebte Spiel »Wo warst du, als ... das Sparwasser-Tor fiel ... die Amerikaner auf dem Mond landeten ...« ausgegraben. Da kommen wir doch schnell wieder zurück auf Diana. Ich zum Beispiel trat damals gegen neun Uhr morgens gutgelaunt auf den Balkon, es war Sonntag, »es war Sommer« (Peter Maffay), und unten im Garten saß Martina völlig zusammengebrochen in ihrer Hollywoodschaukel und teilte mir mit, daß in der letzten Nacht Diana ... »Und deshalb bist du in Trauer?« fragte ich. »Nicht direkt, aber ich bin erst um drei nach Hause gekommen, und um halb sieben rief meine Mutter an, weil sie die Frühnachrichten gehört hat ...«

Hedda ihrerseits war gerade bei Verwandten auf Besuch, und da kam dann die Schwiegermutter von irgendwem rein, um zu sagen: »Stellt euch vor, diese englische Prinzessin ist von Paparottis zu Tode gehetzt worden!«

Aber viel interessanter ist ja doch die Geschichte mit Caroline von Monaco und Ernst-August von Hannover, die, wie sich inzwischen herausgestellt hat, heiraten mußten. Ich muß immer etwas sortieren, wer Stefanie und wer Caroline ist. Stefanie ist die mit dem breiten Schwimmerkreuz, die andauernd von ihren Leibwächtern schwanger ist. Caroline ist folglich die mit den Kindern, die Witwe. Damals war ich quasi dabei, als ihr einer Mann – der dritte? der fünfzehnte? – sich mit dem Rennboot totgefahren hat. Ich saß in Italien vor dem Fernseher und wartete auf eine furchtbar wichtige Sportsendung. Jedenfalls warteten mein Begleiter und jede Menge italienischer Männer darauf, und ich täuschte Interesse vor, als plötzlich alle Programme unterbrochen und Zeitlupenaufnahmen vom zerberstenden Boot gezeigt wurden. Sofort hatte man auch 217 Augenzeugen zur Hand, die seit 54 Jahren mit dem Verunglückten befreundet waren und wußten, warum bei Tempo 120 eine Bö das Boot erfassen und umwerfen konnte. Was sie nicht wußten, ist, daß fast alle Rennbootfahrer Hämorrhoiden haben, weil das Darmgewebe die ständigen harten Aufschläge aufs Wasser bei Wellengang nicht aushält. Das stand übrigens später im *Stern*. Da sieht man mal, wozu der *Stern* gut ist.

Hat nicht dieser Ernst-August neulich oder sowieso immer einen Fotografen mit einem Regenschirm attackiert? Eine Fechtausbildung zeugt von Hochadel. Insofern hat Caroline als Tochter einer Filmschauspielerin und eines Faschingsprinzen nach oben geheiratet. Aber mußte es denn ein Hannoveraner sein? Naja, vielleicht wird Monaco Partnerstadt der nächsten Expo und übernimmt die Schulden.

Fußballerisch böte sich eine Fusion von Hannover 96 und dem AS Monaco an. Der AS Monaco hätte endlich mal wieder Zuschauer und Hannover 96 hätte endlich mal wieder Geld. Ich weiß nur nicht, was Niedersachsenstadion auf französisch heißt. Oder Monaco auf niedersächsisch.

## In Hamburg unterwegs

Wenn man wie ich hauptsächlich mit öffentlichen Verkehrsmitteln unterwegs ist, erhält man nebenbei eine Menge Informationen, auch solche, die man gar nicht haben möchte, z. B. ziemlich ausführliche Gespräche über das Thema, ob man bei einer Bronchitis morgens oder abends stärker verschleimt ist. Oder schrille Kinderstimmen, die Sachen sagen wie: »Mutti, weißt du noch, wie Ulf neulich aufen Kadohm ausgerutscht ist«, oder: »Mutti, du sitzt auf meinem Lolli.« Ich kann jetzt auch in allen Einzelheiten wiedergeben, was sich zwei alte Damen in auberginen Filzhüten über die Familie F. erzählten: Der eine Bruder ist Einzugsbeamter bei der Krankenkasse, der andere Frisör und der dritte ein Krämer, der unfrische Waren an Vorübergehende verkauft. Es war noch die Rede von einem vierten, der aber wohl nur irgendwie eingeheiratet hatte – man kriegt ja nicht immer alles so genau mit. Der jedenfalls wollte Richter werden und hatte sich schon eine Goldrandbrille gekauft und einen Scheitel machen lassen, da ... passierte irgendwas Sensationelles, nehme ich mal an, denn ich mußte die U-Bahn verlassen, weil ich am Bahnhof Kellinghusenstraße in den Bus umsteigen wollte.

Im Bus saßen vor mir zwei Jungs, von denen der eine ein T-Shirt mit dem Aufdruck »Ich bin scheiße, ihr habt schuld« trug und der andere mehrmals zu dem einen sagte »Ey, Suleiman, alter Wichser«. Soviel zur Verwirklichung der multikulturellen Gesellschaft.

Hinter mir saßen zwei Personen (ER und SIE) aus demselben Betrieb und unterhielten sich darüber, wie Fräulein Eberhardt zu ihrem für ihre mentalen Fähigkeiten viel zu verantwortungsvollen Posten in der Versandabteilung gekommen ist. Ich möchte ja keine Verleumdungsklage an den Hals kriegen und deshalb nur folgendes weitergeben: Es handelte sich um ein Komplott! Und zwar auf höchster Ebene!!

Danach war dann die Urlaubsfrage dran. ER: Wir fahren immer nach Schweden. SIE: Ich bleib ja lieber im Lande. ER: Das kann ich immer noch machen, wenn ich auf Rente bin. SIE: Dann kann man vielleicht nicht mehr. ER: Was? – Ach so. Nö.

In der Langenfelder Straße steigt ein Schäferhund mit Frauchen zu. Einen Moment lang herrscht Schweigen, dann hat man sich auf die aktuelle Situation eingestellt.

SIE: Ham Sie auch 'n Hund?

ER: Nö. Wenn man arbeitet, ist das nix. Ne Katze ist besser.

SIE: Ham Sie ne Katze?

ER: Nö.

SIE: Ich auch nicht. Die könn' sich ja nix einteilen.

ER: Was?

SIE: Futter.

ER: Nö.

**Aus dem Berufsleben**

Letzte Woche hatte ich Lesungen in Ulm und Fürth, beides kurze Namen, was angenehm ist, denn beim Signieren dauert's dann nicht so lange. Wenn man x-mal »Garmisch-Partenkirchen« oder »Wanne-Eickel den soundsovielten« geschrieben hat, dann fallen einem schon mal die Flossen ab. Nicht, daß ich da schon gewesen wäre, aber Hannoversch-Münden reicht auch. In Ulm habe ich das Münster besucht, was soll man da sonst schon besuchen, außer der Einkaufsmeile, die so aussieht, wie sie überall aussieht, nämlich Eduscho, Douglas, Hertie und Schlecker. Im Münster hatten sie eine Gebetswand aufgestellt, an der man seine Wünsche hinterlassen kann, z. B. »Lieber Gott, laß mich nicht als Jungfrau sterben. Peter.« Ich habe lieber nichts dran geheftet, weil, man weiß ja nie, falls es den l. G. doch gibt, wird er sauer und findet einen, auch wenn man eine falsche Adresse angegeben hat. Angeblich hat der ja eine weltweite CD-Rom, mindestens aber der Papst.

Zurück in Hamburg erfahre ich von Kollegen, daß sie jetzt einen Puff im Eingang zur Firma aufgemacht haben (nicht die Kollegen). Junge Damen mit ganz oben und ganz unten was an, aber in der Mitte nix. Alles in der Mittagspause. Ich meine, in der Mittagspause der Firma, nicht in deren. Ich weiß ja gar nicht, wann die Mittagspause haben. Zum Glück mußte ich mir das nicht angucken, weil ich schon Zustände kriege, wenn sie im Fernseh die Hüllen fallen lassen. Bin ich 'n Voyeur oder was? Ich geh ja auch nicht mehr an den FKK-Strand, weil da bei schlechtem Wetter Kerle mit 'm Pullover stehn und unten baumelt was, das man außerhalb des Familienlebens gar nicht so genau wissen möchte. Soviel vom Berufsleben.

*Medien-Katastrophen*

**Klassik-Radio**

Am letzten Sonntagabend brüllte der Dreijährige von unten so infernalisch – später erfuhr ich, daß er nicht ins Bett wollte, und wenn ja, dann nur mit seinen dreckigen Turnschuhen –, daß ich schnell das Radio einschaltete, um nicht wahnsinnig zu werden. Das war keine gute Idee. Ich hatte das Klassik-Radio erwischt (wußten Sie schon, daß auch Beethoven Kuschelmusik komponiert hat?) – da gab's gerade die Klassik-Hitparade. Die Titel zehn bis acht waren schon abgehakt, als ich anfing zuzuhören. Jetzt war J. S. Bach dran. Johann Sebastian (Basti) Bach ist ja »immer noch gut dabei«, nämlich mit dem 3. Brandenburgischen Konzert auf sage und schreibe Platz Nr. Sieben. Während George Händel stark abgefallen ist, aber dafür stehen dann auf Platz Nr. Drei »und damit wieder gut erholt – Bronze! – die drei Tenöre, die auch in diesem Jahr die Stadien wieder unsicher machen« mit dem »Evergreen«, also dem Trinklied aus *La Triviata* (kleiner Scherz von mir. F. M.). Und, nach mehreren Wochen auf Platz Eins, jetzt auf Platz Nummer Zwo »*der* Klassiker pah exzellangs« Wolfgang Amadeus Mozart. Wow! Auf Platz Eins dann der »absolute Klassik-Radio-Hot-Tip-Titel *›Nearer my God to thee‹*.« Am Ende der Sendung kam dann die Neuvorstellung für heute, der Pianist Murray Perahia, »der gerade bei Sony seine neue CD eingespielt hat« und »seit langem auf den Konzertpodien zugegen und immer noch ein hervorragender Pianist ist«. Das gibt es nicht! Immer noch! Spielt schon länger als zwanzig Jahre Klavier und ist immer noch zugegen! Womöglich ist er auch schon über dreißig! Der Sprecher hat früher wahrscheinlich Fußball moderiert. Für Eintagsfliegen.

Danach gab es dann ein Wunschkonzert, da konnten die Leute anrufen und auch Grüße bestellen. »Ich hör so gerne Ihre Musik, weil ich so unmusikalisch begabt bin.«

Zum Schluß durfte man noch »Sound of Silence« lauschen, der »ultimativen Musik zum Atemholen«. Und »für meine liebe Frau die Morgenstimmung aus Peter Günt von Eduard Krieg«.

Klassik-Radio. Egal übrigens, zu welcher Stunde man auch immer diesen Sender einschaltet – als erste, spätestens aber als zweite Darbietung erklingt die *Fantaisie impromptu* As-Dur von Chopin. Das ist dieses Stück, von dem die Leute im Konzert hinterher sagen: »Hast du das gesehen! Wie schnell der seine Finger bewegt hat! Und nicht ein-mal verspielt – Wahnsinn!«

Tja, dann doch lieber ultimativ mit Turnschuhen ins Bett.

**Rundfunkgebühren**

Ruft mich da doch morgens einer vom Radio an, ob ich in der Lage sei, mich am Abend während einer »Talk-Sendung« spontan telefonisch zu der Frage »Kann Literatur dem Menschen eine Orientierung geben?« zu äußern. Weil ich noch nicht ganz wach war, sagte ich zu, bereute es aber den ganzen Vormittag. Bin ich vielleicht Orientierungsexpertin? Orientierung hole ich mir gewöhnlich von Fahrplänen und Einkaufszetteln, aber nicht aus Büchern: »Au ja, jetzt mach ich's genauso wie Scarlett O'Hara« – ich bitte Sie! Ich wälzte dann doch so einiges an Nachschlagewerken und Zitatensammlungen und rang mich dazu durch, als Motto meines Lebens »Das Maultier sucht im Nebel seinen Weg« (Goethe) anzugeben und überdies wie nebenbei anzumerken, daß schon Arno Schmidt ungefähr gesagt hat, daß das Leben in Wirklichkeit nur der Abklatsch unserer großen Romane sei.

Nachmittags ruft der Radiomensch wieder an und sagt, sie hätten wegen der aktuellen Bürgerschaftswahlen in Hamburg thematisch umdisponiert und ob ich was zu der Frage »Wählen oder Nichtwählen?« sagen könne. Dazu konnte ich spontan nur »Laßt mich doch mit dem Scheiß in Ruhe« sagen, was er etwas dünn fand, aber ich versprach, daß ich noch mal darüber nachdenken würde. Das tat ich dann auch, und es fielen mir ganz prima Vorschläge dabei ein. Beispielsweise könnte man sich die ganze Hinlauferei zu den Wahllokalen sparen und statt dessen einen Apparat, so was wie diese Lottokiste, anwerfen, wobei dann das Wahlergebnis nach statistischen Gesetzen ganz ähnlich ausfallen würde. Mal würde die CDU ein bißchen mehr Stimmen kriegen, mal das sogenannte kleinere Übel.

Abends sitze ich dann mit dem Telefon neben dem Radio und warte und warte. Und warte. Endlich ruft er an: Sie hätten abermals umdisponiert, mein Beitrag sei jetzt nicht mehr nötig und hoffentlich habe ich nicht gewartet. »Selbstverständlich habe ich gewartet!« – »Tut uns leid. Aber dafür zahlen Sie ja schließlich Rundfunkgebühren!« – »Was??« Na ja, eigentlich stimmt das. Das mache ich schon seit Jahren. Aber jetzt weiß ich wenigstens, wofür.

## Spinnstube

Gibt es eigentlich in irgendeiner europäischen oder außereuropäischen Sprache außer in der deutschen den einleitenden Satz »Kenn' Sie den...«? oder ersatzweise: »Kommt 'ne Frau zum Arzt und sagt...?« Wenn man hier nicht mit einem Trompetensolo beginnt, sodann einen dreifachen Salto macht, um anschließend zu verkünden, daß jetzt ein Witz folge, dann geht es einem wie mir in der Post. Ich gebe ein Päckchen ab. Sagt der Postbeamte: »Sechs Mark neunzig.« Sage ich: »Gott, ist das teuer. Ist heute nicht überhaupt der Tag, an dem Päckchen nichts kosten?« Sagt der Postbeamte: »Nee, das ist immer der erste Donnerstag im Monat.« So weit so gut. Ist ja prima gelaufen. Dann tippt mich aber eine Frau von hinten auf die Schulter: »Sagen Sie ma – schtümmt das würklich?« Drei Häuser weiter gebe ich die Geschichte im Tabakladen zum besten. Sagt ein Kunde verträumt: »Also – donnerstags?« Da habe ich's dann aufgegeben.

Vor einigen Jahren machte ich öfter bei einer Sendung im NDR mit, die hieß »Spinnstube«. Da hätte man sich unter Umständen schon denken können, was einen erwartete. Wir plauderten in einer kleinen Runde über Themen wie: »Mein Hund versteht mich nicht mehr«, oder am Frauentag: »Wir basteln uns den Neuen Mann«. Zwischendurch durften Hörer und Hörerinnen anrufen. In einer dieser Sendungen stellte ich eine Frau dar, die zwar furchtbar gerne in die Oper ging, aber die Musik und die Singerei nervtötend fand. Aus der Runde im Studio wurde ich gefragt, warum ich dann überhaupt die Oper besuchte, und ich erwiderte, daß ich mein neues Paillettenkleid ja nicht gut in der Pizzeria nebenan spazierenführen könnte. Ruft eine Frau an und erklärt empört, daß diese dumme Pute – das war ich – ihr Paillettenkleid doch auf St. Pauli tragen sollte. Da kann man nichts machen. In einer anderen »Spinnstube« wurde bekanntgegeben, daß die Grenzen Deutschlands im kommenden Oktober geschlossen würden – irgend welche hochwissenschaftlichen Begründungen, in denen häufig das Wort »Devisen« vorkam, mußten herhalten – die Grenzen wären also dicht, und die Deutschen könnten nicht mehr verreisen. Im Studio waren wir uns einig, daß das eine klasse Idee wäre, vor allem, weil es uns Gelegenheit gab, Sätze wie »Wer kennt schon die schöne deutsche Heimat?« und »Kein Urlaubsort, wo Vogelmord« zu sagen. Sie können sich wohl denken, daß da alle die Leute anriefen, teils Tränen überströmt, deren Kinder im November in Australien heiraten wollten. Hinterher mußte der NDR dann irgendwas machen, Dementis rausgeben oder so.

Es funktioniert aber auch andersrum: Neulich sagte ich meinem Praktikanten, der aus der Zone kommt – ja, ich habe jetzt einen Praktikanten in der Firma, das bedeutet aber gar nichts, wir sind auch nie allein und außerdem kann man das Praktikantentum ja nicht ausmerzen, bloß weil – ist ja auch egal – jedenfalls sagte ich ihm, daß man hier zwar Steuern automatisch abgezogen kriegt, die Rente aber beantragen muß. Er wußte schon, daß ich ein Spaßvogel bin und mußte herzlich lachen.

Übrigens habe ich *kein* Paillettenkleid, falls es einen Leserbrief dazu geben sollte. Die Grenzen werden *nicht* geschlossen, außer für Urlauber aus dem Kosovo und anderswo. Und Päckchen sind jeden ersten *Dienstag* im Monat umsonst.

**Internet**

Kurz nachdem eine E-Mail bei mir installiert war, habe ich an alle Leute, die auch eine E-Mail haben, geschrieben, und die haben tatsächlich zurückgeschrieben. Nämlich Salo: »Herzlichen Glückwunsch! Gerade wollte ich mal kurz argentinische Pornos gucken, da kam deine...« usw. Wenn man eine E-Mail hat, dann hat man ja automatisch auch ein Internet und außerdem 50 Stunden innerhalb von dreißig Tagen, die nichts kosten. Soll ich der Firma vielleicht was schenken? – Nun surfe ich jeden Tag, und ich muß sagen, es ist gar nicht mal so schlecht. Jeden Morgen kann ich mir mein Tageshoroskop ansehen und Artikel aus Zeitungen lesen, die ich sonst noch nicht mal beim Frisör lesen würde. Außerdem habe ich ein klasse Angebot gekriegt, wie ich ganz schnell ohne Arbeit Geld verdienen kann. Da es auf Englisch war, habe ich nicht alles verstanden. Auf jeden Fall kriegt man aber 50 000 Dollar in der Woche und kann sich dann ein Haus in Florida kaufen – wenn man das möchte, ich möchte aber nicht –, wo man vom Frühstückszimmer aus aufs Meer gucken kann. Das stelle ich mir ziemlich öde vor. Irgendwie verdient man das Geld, indem man nur vor seinem Rechner sitzt und Mails abschickt. Außerdem schreibt der Mann (John? Harry?) noch, daß jedem diese Chance offensteht. Das möchte ich aber mal bezweifeln. Dann würden ja auch der Bäcker und der Schlachter und mein Frisör den ganzen Tag in Florida vor der Kiste sitzen, und ich glaube nicht, daß das erlaubt ist. Außerdem glaube ich auch nicht, daß Florida groß genug ist für alle, und wer soll mir dann bitteschön meine Dauerwellen machen? Das ist doch kein Leben!

In *chat-rooms* war ich auch schon. Da »chatten« Leute, welche Killer heißen. Oder Axt 78, Dreckli, Muffelchen, Funboy und Doc Harmony. – Es gibt auch einen Gandalf und einen Aragon. Das kommt mir doch eigenartig vor, daß Leute, die den Herrn der Ringe verehren, über PC kommunizieren. Wenn man das Kommunikation nennen kann. Ich nenne das ein Quasi-Gespräch unter Primaten:

Dreckli1: EASY!!!

Hugowoman1: sagt ganz lieb Hallo!!!!

Dreckli1: hallo

MrSFS08: holla

Snaker666: buh

Dreckli1: ollah

Dreckli1: bamm

Wenn das so ist, dann kann das von mir gesittete Baby aus dem 2. Stock auch bald ins Internet. Es beherrscht schon »dada« und »umpf«.

In einem weiteren *chat-room* fragt andauernd einer: Ist hier wer aus Remscheid?« Und ein anderer: »Kennt hier einer ne coole Punkband?« Da konnte ich nicht widerstehen und schrieb: »Ich kenn ne coole Parkbank.« Dann habe ich mich aber schnell ausgeloggt. Ganz allgemein würde ich über das Internet sagen, was Gustave Flaubert vor über hundert Jahren über die Eisenbahn gesagt hat: Die würde es bloß noch mehr Leuten gestatten, herumzufahren, sich zu treffen und zusammen dumm zu sein.

# Nazis

Wundert mich eigentlich immer noch, daß am 1. Januar 2000 die Computer doch nicht zusammengekracht sind. Bei all den lustigen Bildchen, die am Jahresende weltweit versandt worden sind. Ich habe diese angehängten Dateien nie aufgemacht, weil man da mindestens 10 Minuten online sein muß – was das kostet! –, und anschließend starrt man dann auf einen nackten Weihnachtsmann, der irgendwas Amerikanisches sagt. Ab und zu kriege ich ellenlange Geschichten per E-Mail geschickt, die meist unter dem Thema stehen: Was macht ein Mann, was macht eine Frau im Badezimmer. Dabei kommt dann raus, daß eine Frau sich duscht und ein Mann vorwiegend damit beschäftigt ist, sein Dings im Spiegel zu bewundern. Das muß ja nicht sein.

Außerdem bekomme ich Mails, in denen versprochen wird, daß ich, wenn ich was Angehängtes öffne, mir Nackedeis ansehen kann. Da ich aber schon weiß, wie die aussehen, schicke ich das Zeugs gleich an eine Stelle weiter, die *lotsenspam* heißt und wo Leute sitzen, die das noch nicht wissen.

Wo man aber garantiert bis obenhin angezogene Menschen erblicken kann, das ist auf der *Web-Site* des Singekreis Theodor Körner. Die stellen sich der Besucherin so vor: »Wir sind ein Kreis von Menschen unterschiedlichsten Alters, leben in einem abgelegenen Dorfe tief im Oberlausitzer Bergland und pflegen dort die Tradition des Singens in der Gemeinschaft. Wir treffen uns ... am Sonntagabend in der Schenke ›Zum Dorfkrug‹, holen Zither, Klampfen und Geigen heraus und singen so fröhlich, daß die schweren Arbeitstage in den Wäldern und auf den Feldern vergessen werden. Wir haben schon einige Klangscheiben aufgenommen, welche unsere Volksmusik in die Welt tragen sollen. Mit unserer neuen Scheibe wollen wir aber eher an die Tradition des Soldatenliedes anknüpfen, singen von Aufopferung, Heimat und dem ewigen Wandern in die Ferne. Hören Sie doch einfach mal hinein in unsere eigene Welt!«

Klangscheiben! Zithern und Klampfen! Wahnsinn! – Ich habe es allerdings noch nicht gewagt, im Beisein meiner Kolleginnen eine entsprechende mp3-Datei mit Klangbeispiel herunterzuladen. Weil ich natürlich nur im Büro ins Netz gehe, wo die Online-Zeit umsonst ist. Jedenfalls für mich.

Wer hätte das übrigens gedacht, daß es so anstrengend zugeht beim Nazi. Das muß ja entmutigend sein für den Nachwuchs: Den ganzen Tag mit dem Pflug die Scholle umbrechen und deutsche Bäume fällen – wenn das man richtig ist! –, abends dann in schwerer Volkstracht hin zur Aufopferung in einen Dorfkrug, wo es garantiert keinen Jim Beam gibt, was nicht schaden kann, dafür aber Met, den zu kippen bestimmt eine Prüfung ist, und im Anschluß daran bis zum Morgengrauen mit Scheiben werfen oder Scheiben einwerfen oder was und zwischendurch auch noch an Web-Sites basteln. Das ist doch kein Leben!

Dann lieber – ähm – links sein: Gegen 10 Uhr ins Büro latschen und das Alsterradio anschmeißen (»Superstars oohhnndd clas-sic hits«) und mit den Kollegen über Bausparverträge diskutieren; nachmittags ein bißchen in der Zeitung blättern, abends Shanghai spielen, mit einem Kreuzworträtsel ins Bett gehen und mindestens 12 Stunden drinbleiben.

Und nur dann mitsingen, um den schweren Arbeitstag zu vergessen, wenn man im Bus sitzt und einen Walkman mit Kopfhörer aufhat. Da haben dann alle was von.

# User unknown

»Ein Internet kommt mir nicht ins Haus!« war immer meine Parole gewesen, aber gute Freunde, die zu faul sind, einen Brief zu tippen – geschweige denn einen mit der Hand zu schreiben –, ihn auszudrucken, in einen Umschlag zu stecken und höchstpersönlich eine Adresse draufzuschreiben, mit einer Briefmarke zu versehen und dann noch zum Briefkasten zu wandeln, also richtig gute Freunde überzeugten mich, daß eine E-Mail-Adresse für die Frau von Welt heute unerläßlich sei. Jetzt kriege ich von ebendiesen Leuten Informationen zugesandt, die sie marginalen Blättern im Internet entnommen haben, z. B. dem Fachblatt *kleintier konkret – die Zeitschrift für die Kleintierpraxis:* »Werden juvenile Sumpfschildkröten mit Blepharo-Ödem und käsigen Massen unter den Lidern vorgestellt, handelt es sich häufig um eine Unterversorgung mit Vitamin A.« Käsige Massen unter den...?? – Käsige Mas...? Das ist ja furchtbar! Da wird einem ja ganz anders, sogar schlecht. So etwas will ich nicht geschickt kriegen! Und so etwas auch nicht: »... werden wir unser analoges Einwahlnetz auf bis zu 56 000 Bits pro Sekunde ausbauen...« Solche Post kriege ich in meinen Apparat hinein von AOL, von denen (oder heißt es »der«?) ich übrigens bis dato angenommen hatte, daß sie meine E-Mails mit ihren Bits, oder wie sie das auch immer machen, nach Amerika beamen und zurück, auch wenn ich bloß Julia, die über mir wohnt, eine geschickt habe. Das fand ich faszinierend. Ich lauschte auch immer ganz gebannt den sphärischen (dudideldjiiitdüö) Klängen beim Einwählen. Jetzt sagt mir aber mein Supporter Sönke, daß alles über Gütersloh gehe. Gütersloh! Das ist doch deprimierend! Fast so schlimm wie Kaiserslautern! Oder Pirmasens! Obwohl ich da schon immer hin wollte – oder war das Paris/New York/Acapulco? Egal. Viel deprimierender war die nächste Info, die ich von AOL erhielt: »Ganz im Sinne von ›Online für alle‹ reagiert AOL auf den sich abzeichnenden Trend, daß immer mehr Frauen...« brabrabra.

»... bei AOELLA« (ich krieg mich nicht mehr ein), »dem Online-Frauenbereich, finden engagierte Onlinerinnen Tips und Infos zu...« – na? Was wohl? – zu Perversionen? Zur Machtübernahme? – Richtig geraten – »... zu Partnerschaft und Familie, Gesundheit, Karriere und Reisen«. Genau in dieser Reihenfolge. Herzlichen Dank – ich habe bereits ein Nudelrezept.

Es kommt aber auch vor, daß ich eine Mail zurückgeschossen kriege. »User unknown« heißt es dann. (Das erinnert mich an meine Hilfsbriefträgerzeit, als auch mal gerne jemand »unbekannt verstorben« war.) Beim ersten Mal fragte ich bei befreundeten Netz-Experten nach, was es wohl damit auf sich habe. »Ich weiß gar nicht, ob es nicht sogar gut ist, wenn eine Mail zurückkommt«, mailte Matthew, »das ist wie nach dem Krieg, da kommen sie auch alle zurück. Es kann aber auch ganz was anderes sein, was Technisches. Ich meine, wer kennt sich da schon genau aus? – O bitte – da nich für – ich hoffe, ich war dir eine große Hilfe.«

Nicht wirklich.

## Verbesserungen

Als Schriftstellerin hat man es ja auch schwer. Es ist nämlich nicht so, daß man Texte an Zeitungen schickt, und dann werden die so abgedruckt. Davor steht dann noch der Redakteur, der Endredakteur, der Setzer und die Putzfrau und wahrscheinlich noch Besucher, die nur kurz mal reinschauen, und die wollen alle was zu tun haben.

Ich habe mal was über meinen neuen Computer geschrieben und dazu bemerkt, daß meine Festplatte einen Namen hat, nämlich »Fanny seine Festplatte«. Das ist auch gar nicht gelogen; zu den üblichen Geschäftszeiten kann man das jederzeit bei mir nachgucken kommen. Daraus wurde dann in einer Zeitung »Fanny ihre Festplatte«. Ich schätze mal, daß da ein Germanist mit sehr gutem Notendurchschnitt zugange gewesen ist. In einer anderen Geschichte zitierte ich ein Gedicht aus dem Internet, wo einer schreibt »Perfekte Menschen – gibt sie es überhaupt?« Daraus wurde dann beinahe – ich hatte es noch rechtzeitig bemerkt – »gibt es sie überhaupt?« Das ist natürlich ein besseres Deutsch, aber es handelte sich um ein Zitat. Daß man ein solches nicht verbessern darf, wird aber auf den Journalistenschulen nicht mehr gelernt. Was da auch nicht gelernt wird, ist, daß man Autorinnen am Telefon keine Vorträge halten darf. Vor kurzem wurde ich angerufen und gebeten, etwas über eine Nachricht in der BILD-Zeitung zu schreiben. Diese Nachricht wurde mir vorgelesen und ging ungefähr so: »...der Sprecher des Ministeriums sagte, der Innenminister habe...« An dieser Stelle unterbrach ich den Redakteur: »Was?? Die BILD-Zeitung schreibt *habe*??« Das hätte ich nicht fragen dürfen, denn jetzt hub er an, mir zu erklären, was ein Konjunktiv ist. Ich schaltete schnell den Lautsprecher des Telefons ein, und Susanne, die gerade bei mir zu Besuch war, mußte auch sehr lachen.

Dort, wo Verbesserungen angebracht wären, sieht man allerdings davon ab, nämlich bei Leserbriefen. Dabei können deren Verfasser sich doch gar nicht wehren. In der *Hamburger Morgenpost*, die auf dieser Welt und auch auf allen anderen Parallelwelten für ihre Auswahl an hochgradig gestörten Leserbriefen bekannt ist, konnte man dazumalen unter »Betr.: Trauerfeier für Prinzessin Diana« folgenden Brief von Tanja W. aus Neumünster lesen: »Ich bin berührt, wie Milliarden anderer Menschen. Diana war nicht nur *Queen of Hearts*, sie war *Queen of all the World* – Sind wir nicht alle ein bißchen Diana?«

Ja, das sind wir.

Wir sind alle ein bißchen.

*Medizinische Katastrophen*

## Arztroman in 5 Kapiteln

*Folge 1: Intensivstation*

Ja ja, ich war schon wieder im Krankenhaus. Die medizinischen Einzelheiten lasse ich mal weg, weil die eh keiner wissen will, aber eines muß ich doch mal sagen: Eine Intensivstation ist *kein* Hort der Ruhe und des Friedens, falls Sie sich so was vorgestellt haben – ganz im Gegenteil: Noch nie habe ich tage- und nächtelang ein solch ununterbrochenes Remmidemmi erlebt; noch nicht mal damals, als ich an dieser Wohngemeinschaft partizipierte, in der... egal.

Jedenfalls ging das Licht an. Dann ging es aus. Und wieder an. Schepper. Wagen rollen raus und rein. Bettpfannen klappern. Schwestern unterhalten sich über einen gewissen Mario. Und so weiter. Dazu vier Patienten. Zwei haben eine Meise, einer röchelt, und nur eine Person, die noch alle Tassen im Schrank hat und so gut wie gar nicht röchelt, nämlich ich.

Nebenan, durch einen Vorhang von mir getrennt, Herr P., weißes Haar und Adlernase, der den ganzen Tag und die ganze Nacht erzählt, daß er ein Hamburger Kaufmann sei und jetzt mal gefälligst seinen Koffer gepackt haben wolle, das Hotel hier gefalle ihm nicht. »Hamburger Kaufmann« ist eine speziell in Hamburg übliche Berufsbezeichnung, die vortäuschen soll, daß hier einer nicht billigen Schrott einkauft und ihn teuer verscherbelt, sondern daß das Ganze irgendwie reell über die Bühne geht, haha. Am zweiten Tag erscheint ein Geschäftsfreund, auch so ein Gauner, dem teilt Herr P. im Bühnenflüsterton mit, daß er »ja 25 Unterführer unter sich« habe, und vorgestern seien sie »drüben im Schloß« gewesen, »kleine Feier bis morgens um sechs, du verstehst«, na ja, und wer kam dann gegen halb sechs noch kurz rüber? (»... meine Männer waren natürlich begeistert!«) – Richtig geraten! ER. Der Größte Gauner Aller Zeiten. Und so was muß man sich nun, ans Bett gefesselt und praktisch von Kopf bis Fuß orange angepinselt, kostenlos anhören!

Apropos kostenlos – darf ich mal wen grüßen? Nämlich das Gesamtpersonal der Station 18 B im Allgemeinen Krankenhaus Altona. Vor allem Willi, den Pfleger. (Und außerdem natürlich alle, die mich kennen, und die Kollegen und Kolleginnen aus dem Büro und die Mädels aus meiner früheren Klasse und ...) Danke! Da kam ich nämlich anschließend hin, nach Altona, und kann eigentlich nicht klagen. Außer über den Morgenkaffee. Ein eigenartiges Phänomen, das ich mir nicht erklären konnte, obwohl ich mir mühsam einige Dinge aus dem Physikunterricht ins Gedächtnis zurückrief. Auf dem Tablett ein leckeres Brötchen, Butter, Honig und Quark und der Kaffee. Über eine kochendheiße Kanne war eine kochendheiße Plastikhaube gestülpt. Und der Kaffee war kalt. Ich glaube, es war Willi, der die These vertrat, daß die Kannen über Nacht im Kühlraum aufbewahrt werden und der Kaffee morgens dazu benutzt wird, sie wieder aufzuwärmen.

Willi war übrigens derjenige, der mich vom Amöbenstatus (ich weiß nicht, ob Amöben das auch tun – aber haben Sie schon mal versucht, im Liegen zu scheißen?) direkt ins Mittelalter katapultierte, indem er mir einen Kackstuhl organisierte. Manchmal bedarf es doch nur ganz weniger und einfacher Dinge, um ein großes und reines Glücksgefühl hervorzurufen. Das heißt, »reines« ist in diesem Zusammenhang vielleicht nicht ganz angebracht.

*Folge 2: Das Durchstreichprogramm*

Raus aus dem Spital, rein in das Spital – jetzt aber Reha genannt. Die Zimmer sind ganz ordentlich, so ungefähr wie Hotelzimmer, bloß ohne Minibar. Darauf war ich ja schon gefaßt, aber nicht darauf, daß ich schnurstracks entmündigt werden sollte. Ich weiß gar nicht, was die Leute immer gegen Lehrer haben; Ärzte sind viel schlimmer.

Der erste Doktor erscheint und stellt die üblichen Fragen. An dieser Stelle muß ich mal jedem Raucher und jeder Raucherin sagen: Geben Sie um Himmels willen nie zu, daß Sie rauchen, selbst wenn Sie mit einer Zigarette in der Pfote erwischt werden. Behaupten Sie dann irgendwas, das Ihnen gerade einfällt, z. B. daß Sie gar nicht wüßten, was das ist: »Was – das ist eine Zigarette? Ohne Scheiß?« Egal nämlich, ob Sie Lungenkrebs haben oder sich ein Bein brechen sollten – immer sind Sie selber dran schuld. Na, ich war so dämlich und habe die Wahrheit gesagt. Darauf der Doktor (der hätte übrigens mein Sohn sein können; jedenfalls vom Alter her, aber nicht vom Aussehen): »Wollen Sie nicht die Gelegenheit nutzen und hier mit dem Rauchen aufhö...« Ich: »Nö.« Überflüssigerweise füge ich noch hinzu, daß dies mein einziges Laster sei. Er, träumerisch die Tapete anstarrend: »Muß man denn überhaupt ein Laster haben...« Ich: »Ja.« Dann schalte ich auf Durchzug, weil jetzt der Vortrag kommt, den ich viel besser hätte halten können. Ich wußte nämlich schon alles übers Rauchen, als der noch kreuzweise in die Windeln geschissen hat.

Als er wieder weg ist, schaue ich in das grüne Heft, das alle Patienten kriegen und worin angekreuzt wird, an welchen rehabilitierenden Maßnahmen man teilnimmt. Der Doktor hat »Raucherentwöhnungsgruppe« angekreuzt. Das habe ich natürlich sofort durchgestrichen.

Am nächsten Tag kommt der nächste Arzt, der, auch wiederum abgesehen vom Aussehen, mein Sohn hätte sein können, und tritt die nächste Mine los. Ich teile ihm dies und das mit und daß ich im übrigen nicht gewillt sei, Margarine und Süßstoff zu mir zu nehmen, so was habe ich nach dem Krieg genug gefressen, jedenfalls Margarine. »Gefressen« habe ich natürlich nicht gesagt, ich bemühte mich sogar um einen elaborierten Code, damit das Medizinerhirn begreift, daß auch ganz normale Menschen Wörter wie »Aortenaneurysma« aussprechen können, ohne zu stottern. Dabei dachte ich flüchtig an Tante Mimi, die nach jedem Krankheitsbericht in ihrer Freitagnachmittags-Tortengruppe immer sagte: »Das ist ja direkt pathologisch!« Jedenfalls kam dann der in diesem Spital vorgeschriebene Standardsatz: »Wollen Sie nicht die Gelegenheit nutzen und ...« Ich soll meine Ernährung umstellen! Ha! Was ich in einer Woche an frischem Gemüse aufesse, hat der in einem Jahr noch nicht gesehen. Meine Ernährung umstellen! Und das an einem Ort, wo das Essen so durchgekocht ist, daß Hundertjährige es problemlos ohne Zähne schlürfen können. Nun ja, ein Blick in das grüne Heft genügte. Angekreuzt hatte er »Ernährungsberatung«. Praktisch war ich die ganze Zeit nur am Durchstreichen.

Bis ich dann zufällig im Fahrstuhl eine ewig nicht gesehene Bekannte traf, die in dem Laden eine Menge zu sagen hat, und die sagte dann auch allen, daß ich eine linke Emanze sei, die alles aufschreibt. Da war dann Ruhe.

*Folge 3: Mahlzeit!*

Die ersten Tage kriege ich noch das Essen aufs Zimmer, aber dann ist Schluß mit lustig, ich esse im Speisesaal. Es ist nicht zu fassen, aber ich bin das Nesthäkchen. Ein Publikum, das man aus Albträumen kennt: Triefauge mit eingewachsenen Zehennägeln (die bemerke ich später beim »Sport«), der die letzten 60 Jahre Frau und Kinder gequält hat, wobei man an seiner Fresse sieht, daß ihn das auch zu keinem besseren Menschen gemacht hat. Ehefrauen anderer Männer, die automatisch zu seinen Scherzen (»Man gönnt sich ja sonst nichts«) lachen. Die Salonschlange. Die Tucke, die sich als Betriebsnudel beliebt machen will. Der Gutsherr von der Privatstation. Die höhere Tochter: in Bad Segeberg geboren, in Bad Segeberg zum BDM gegangen, in Bad Segeberg einen Herzinfarkt gekriegt und bis heute nichts dazugelernt. Es gibt eine Rindfleischsuppe. »Ob das für die Herren...«, die höhere Tochter blickt um sich, »...wohl genug ist?« Solche Sorgen habe ich mir noch nie gemacht. »Finden Sie nicht auch«, fährt sie fort, »daß einige der Herren doch recht gepflegt zum Essen kommen?« Mein Blick fällt gerade auf einen, der seine Freizeitjoppe verkehrt zugeknöpft hat. Sie wissen schon, oberster Knopf im zweitobersten Knopfloch. Egal, ob sieben oder siebzig – wenn Mutti nicht da ist, sehen die Jungs immer aus...

Übrigens würde ich nie auf die Idee kommen, Männer, die den ganzen Tag »Mahlzeit« zu einem sagen, als »Herren« zu bezeichnen.

Es wird viel gelacht, weil alle eine Todesangst haben. Aktivitäten, die zur Angstüberwindung dienen könnten und die man aus der Literatur kennt (Kurschatten), sind allerdings nicht auszumachen. Ich nehme mal an, daß Bypässe und Herzschrittmacher einen nicht gerade zum Poussieren ermutigen. Dafür wird aber viel geredet, und keiner hört zu. Gesprächsthemen sind geschlechtsspezifisch vorgeschrieben. Frau: Mein Sohn ist Zahnarzt. Mann: Ich hatte 40 Leute unter mir. Da kann ich nicht mithalten. Unter 200 Menschen müßte es aber doch mindestens einen geben, mit dem man mal ein vernünftiges Wort wechseln kann. Gibt's aber nicht. Und wie sollte ich das auch rausfinden? Ich kann mir ja schließlich kein Schild um den Hals hängen »Hallo, ich war nicht in der Hitlerjugend und habe einen IQ über 80, ist da noch jemand?«

*Folge 4: Gefangene der Leidenschaft*

Nachdem ich alle meine Bücher durchgelesen habe und das Radioprogramm mich nicht mehr so richtig nach vorn bringt – es gibt nur drei Programme; NDR 3: klassische Musik, NDR 1: deutsche Schlager, die hier Volksmusik heißen (»Bis in alle Ewigkeit bleibt die Spur der Zärtlichkeit«. Igitt. Bloß nicht drin ausrutschen), und NDR 2 am Morgen bzw. Mittag bzw. Abend: »Ein Sender – alle Hits« (»... und jetzt kommt der Bruder von Fernet Branca – Eros Ramazzotti.« Haha.) – nachdem ich mit all dem durch bin, schnüre ich durch die Flure und schaue mich in den Aufenthaltsräumen nach Lektüre um. Da haben ehemalige Patienten ihre weggelesenen Bücher und Zeitschriften deponiert.

Mir schwebt was Leichtes vor. Ich denke an Simenon, meinetwegen auch an Agatha Christie. Eine Wahl gibt es aber nur zwischen einerseits Konsalik und andererseits Lodernde Leidenschaft, Fesseln der Leidenschaft, Lodernde Träume, Gefangene der Leidenschaft und Sturmwind der Zärtlichkeit. Ich entscheide mich für Gefangene der Leidenschaft. Gefangene scheint mir irgendwie passend zu sein für meine derzeitige Situation.

Gefangene der Leidenschaft ist ein historischer Roman und spielt im 12. Jahrhundert in England. Aus irgendwelchen Gründen, die ich mir nun wirklich nicht merken konnte, muß die jungfräuliche Lady Rowena einen Mann vergewaltigen, den man ihr gefesselt bringt. Er entflieht, kommt zurück und vergilt dann Gleiches mit Gleichem. Jedenfalls ungefähr. Leseprobe: »Sie merkte gar nicht, daß er auf sie gestiegen war, doch als sein hartes Glied langsam und dennoch leicht in ihre heiße Grotte glitt...«

So leicht wollte ich die Lektüre dann doch wieder nicht haben. Auf dem Titel ist übrigens ein Gigolo mit gelgestärktem Haupthaar zu sehen, der eine Schlampe mit blauem Lidschatten im Arm hält. »Sie kennt die geheimsten Träume der Frauen... Joanna Lindsey erschafft Märchen, die Wirklichkeit werden«, wird auf der Rückseite über die Autorin berichtet. Das würde ich so nicht direkt unterschreiben. Die Angelegenheit firmiert übrigens unter »romantischer Frauenroman«. Da möchte man sich einen realistischen ja lieber nicht vorstellen. Dann doch lieber zur *Amica* greifen: Aus einer Reportage über Schiesser erfahre ich, daß die deutsche

Frau jährlich 4,5 Slips und 1,3 BHs kauft, der deutsche Mann hingegen 27 Mark pro Jahr für Unterwäsche ausgibt, bzw. seine Frau oder seine Mutter, und »einer Unterhose im Schnitt sieben Jahre treu bleibt«. Wahrscheinlich länger als seiner Frau oder Mutter. Befragung: Was ist Ihnen an einer Männerunterhose wichtig? An 7. Stelle ist Männern an einer Männerunterhose wichtig, daß sie bei 60 Grad gewaschen werden kann. Frauen schon an 3. Stelle.

Ich würde ja 200 Grad vorschlagen; sieben Jahre sind eine lange Zeit. Den Top 9 der Männerunterhosen – Feinripp-Modelle – entnehme ich, daß Nr. 1 Karl-Heinz heißt und Nr. 2 Walter. Karl-Heinz ist weiß mit Eingriff, und Walter ist Karl-Heinz mit Muster.

Apropos Unterwäsche: Für kurze Zeit bekomme ich eine Zimmergenossin. Man glaubt es ja nicht, was auf dem Sektor Damenschlüpfer heutzutage noch im Handel ist. Aber wenn ich noch einmal »Mein Mann sagt auch…« hören muß, dann passiert was.

*Folge 5: Arm dran, Bein ab*

Hätten meine Bekannten mich gesehen, würden sie um meine Psyche gefürchtet haben. In den Gängen, im Aufzug, beim »Sport« – der auf Hockern stattfindet – die Augen stets sittsam gesenkt und immer die Klappe gehalten. In Wirklichkeit wollte ich bloß keinen wiedererkennen und dann womöglich grüßen müssen (»Mahlzeit«).

Aber jetzt ist der letzte Tag angebrochen! Morgen geht es nach Hause, hurra! Da stört es mich auch gar nicht mehr, daß ich beim Frühstücken – das Frühstück kriege ich aufs

Zimmer, sonst hätte ich schon längst gekündigt – daß sich also im NDR 2 in der Sendung »Spaß bei der Arbeit mit NDR 2« das Orthopädische Fachgeschäft Völler-Prothesen aus Georgsmarienhütte einen Schlager wünscht, der dann auch noch abgespielt wird und der mich normalerweise dazu veranlaßt hätte, das gesamte Mobiliar zu zerschlagen.

Zum Abschied schnell noch in *der reporter,* dem Anzeigenblatt der Region, geblättert. Wer weiß, ob ich in Hamburg noch einmal solche Sternstunden des Journalismus erleben darf. »Besser Arm dran als Bein ab. Jeder kennt diesen Spruch. Trotzdem gibt es Menschen, die aufgrund einer chronischen Erkrankung oder eines Unfalls zum Beispiel ein Bein verloren haben und...« Fällt mir ein: Besser Kopf dran als Arsch ab. Jeder kennt diesen Spruch. Trotzdem gibt es Menschen, die sich aufgrund einer chronischen Erkrankung an die Schreibmaschine setzen und...

Gestern abend im Speisesaal fragt mich die höhere Tochter, warum ich den Aufenthalt nicht verlängert habe. »Das hätte ich nicht ausgehalten«, erwidere ich wahrheitsgemäß. »Das ist in Ihrer Lage vielleicht auch besser...« erwidert die dumme Nuß. Eine Unverschämtheit! In meinem ganzen Leben war ich noch nicht »in einer Lage«. Hört sich ja an, als würde ich mich unverheirateterweise und Sozialhilfe empfangend in anderen Umständen befinden. »Ich«, fährt sie unverdrossen fort, »ich kriege ja dreimal die Woche Besuch von meiner Familie...« Ha! Ich kriegte sogar viermal in der Woche Besuch, aber meine Besucher sahen weder nach Ehemann noch nach Kindern noch nach Enkeln aus (dafür aber besser), und damit war ich raus aus dem Wettbewerb. Ihre Familie bestand aus einem 86jährigen Gatten in Lodenmantel und Lodenhut und einer verbitterten Tochter um die fünfzig mit vorgeschobener Unterlippe. Der einzige Enkel studiert Betriebswirtschaft, ward aber als Besucher von keinem menschlichen Auge gesehen. Vermutlich hat er Input und Output ausgerechnet: Wenn das Erbe so und so sicher ist, warum sich dann ein Bein ausreißen...? Betriebswirtschaft! Die sind doch alle bescheuert, das weiß jeder.

Der letzte Tag – da heißt es auch ein Fazit und dann eine Lehre daraus ziehen. Positiv: Das Personal ist jung und sieht gut aus, und die Oberschwester ist ersetzt worden durch eine »Pflegeleitung«, die meist unter dreißig ist und ein anständiges Benehmen hat.

Negativ: Oberschwestern sind ausgestorben. Sie wissen ja – diese Dragoner in gestärkten Häubchen und Gesundheitsschuhen aus den Dieter-Borsche-Filmen, die selbst den Chefarzt zum Weinen bringen (nicht die Filme). Die hätten mir besseren Stoff geliefert. Daraus lernen wir, daß das Leben kein Film ist. Ich hatte es ja schon beinahe geahnt, aber daß ich dafür nun acht Wochen im Spital verbringen mußte...

## Einundzwanzig, zweiundzwanzig

Zur Nachuntersuchung beim Kieferorthopäden trete ich pünktlich an. Der Termin war um 14 Uhr, und tatsächlich erscheint der Onkel Doktor auch schon um 15 Uhr 15. Ich erkundige mich gleich, was er denn an diesem Zahn da für eine Behandlung durchgeführt habe. Dabei zeige ich auf meinen linken oberen Schneidezahn. Doktor: »Keine.« Ich: »Jetzt aber mal ernsthaft!« Er: »Keine, Frau Müller!«

Ich lasse verlauten, daß ich das jetzt nicht mehr witzig finde. Ich habe nämlich an diesem Zahn seit der Operation keine nennenswerte Verbesserung bemerken können, und das sei doch irgendwie komisch. Doktor: »Am 20er habe ich gar nichts gemacht.« Mir fällt dann kurz vorm Explodieren ein, daß 20 nicht 21 ist. Das weiß ich, weil ich während der Wartezeit mein Krankenblatt eigenäugig kontrolliert hatte. Ich meinte nämlich 21. Er sagt dann, daß ich auf den 20er gezeigt hätte. Ich sage nein, es war der 21er. Er: Nein, der 20er. Das geht etwa fünf Minuten so weiter, bis ich ihn daran erinnere, daß wir beide nicht mehr sieben sind.

Das paßt ihm nicht, und jetzt überlegt er, womit er mich sonst noch ärgern kann. Ach ja, mit dem Vermerk in meinem Krankenblatt: »Patientin verweigert den Eingriff an 22.« Aber auch hier muß ich widersprechen, denn letztlich ist 22 weder 21 noch 20, und außerdem ist es ja nur deshalb zu einer Vollnarkose gekommen, weil genau zwei Zähne behandelt werden sollten. Und nicht drei. Kurz vor der OP hatte er nämlich behauptet, daß er auf dem Röntgenbild an meiner uralten Krone auf der 22 etwas erkennen könne und mir rate, drei Zähne (15, 21 und 22) behandeln zu lassen. Dabei sollte ich doch bitte an allen Zähnen auch eine Laserbehandlung für je 90 Euro durchführen lassen, die selbstverständlich die Kasse bezahlen würde. Mein Einwand, daß mir bekannt sei, daß die Kasse das selbstverständlich nicht bezahlen würde und daß ich kein Geld hätte, das mal eben selber zu bezahlen, ließ er mal eben nicht gelten.

Eine weitere Frage meinerseits, ob er denn nicht im Hinblick auf den von mir bereits im letzten Jahr bezahlten Eingriff am 25er drei Zähne zum Preis von zweien lasern könne, hielt er für völlig abwegig, schließlich seien wir nicht in Amerika (?), und die 90 Euro stellten bereits ein Sonderangebot dar. Ich mußte dann wohl oder übel die Behandlung auf zwei Zähne begrenzen. Daher der Vermerk.

Ich erkläre ihm das alles ganz genau, und vorübergehend ist Ruhe im und um den Behandlungsstuhl, weil nachuntersucht wird.

Als ich zum guten Schluß noch frage, warum ich nach der Einnahme von verschiedenen Antibiotika im Verlauf der Zahnbehandlung weiße Flecken auf der Stirn zurückbehalten habe, muß ich mir zunächst anhören, daß erstens er »persönlich« mir nur einmal solches Zeug verschrieben hat und daß es zweitens »davon« nicht kommen könne (von einmal da kann das nicht sein – oder was?), oder ob ich vielleicht gegen Penicillin allergisch bin und es etwa versäumt habe, ihn hierüber aufzuklären? Ich bin nahe dran, ihm an die Gurgel zu gehen. Er faßt zusammen: »Ist das denn so schlimm, die paar Flecken auf der Stirn? Sieht man doch kaum.« Ich zähle langsam von 21 bis 22 und haue ihm eine runter.

Nicht wirklich wahr, weil *das* die Kasse bestimmt nicht bezahlt.

**Im Wartezimmer**

Bei meiner Gynäkologin – ihre Praxis liegt in St. Pauli – hat eine neue Sprechstundenhilfe angefangen. Das Wartezimmer ist mal wieder proppenvoll. Auftritt der neuen Sprechstundenhilfe: »Der Nächste bitte!« Ein kollektiver Aufschrei will sich unseren Brüsten entringen, da erhebt sich eine Patientin und stöckelt zur Tür. Wir sinken auf unsere Stühle zurück. Diese Waden sind nicht als Frauenwaden auf die Welt gekommen. Nun ja – wo sind wir denn? Wir sind auf dem Kiez, die Frauenärztin ist »in«, und wir sind alle progressiv bis auf die Knochen. Also blättern wir weiter stumm in *Emma, Natur* und ähnlichen Zumutungen. Wenn ich bei einem Arzt warte, will ich nicht belehrt werden, ich will mich amüsieren. Schließlich verbringe ich einen nicht unerheblichen Teil meiner Freizeit in Wartezimmern. Ab einem gewissen Alter verwandeln sich die kritischen Tage der Frau in kritische Jahre, und ab diesem Zeitpunkt finden ihre Rendezvous vorwiegend mit medizinisch geschultem Personal statt.

Szenenwechsel: Ein anthroposophischer Arzt ist mir empfohlen worden. Ich betrete das Wartezimmer und falle sogleich über Kieselsteine, die auf dem Boden verstreut herumliegen. Wo keine Kieselsteine herumliegen, liegen Zweige mit vertrockneten Blättern. Sieht aus wie ein Blumenladen, der vor längerer Zeit aufgegeben worden ist. Habe ich die falsche Tür erwischt? Auf dem Fensterbrett die Sorte müder Topfpflanzen, die ich nur in Verbindung mit Ikea-Möbeln zu sehen gewohnt bin. Hier sitzt ein anderes Publikum in dumpfem Schweigen vereint. Viel Loden hängt an der Garderobe, auch der Teint ist naturbelassen.

Hirsepicker, schätze ich. Und Hausmusik. Ich tippe auf Streichquartettabende mit rationierten Käseschnittchen. »Sich mit allzu streng geregelter Lebensweise gesund erhalten ist an sich schon eine ernste Krankheit (Rochefoucault)« hängt eingerahmt an der Wand. Sieh mal an. Und ich fürchtete schon, der Doktor würde mir das Rauchen verbieten. Tat er zwar trotzdem, nützte aber nichts.

Ein anderer Tag. »Ich kann jetzt nicht die Treppe machen, ich muß zu Doktor Tietz«, sagte ich zu meiner Nachbarin, die zwecks Ermahnung bei mir geklingelt hatte. »Ach, der Arschologe«, sagt sie, »da sitzen die Leute immer auf der Stuhlkante.« Sie hatte recht. Außerdem sah man sich hier noch weniger in die Augen als anderswo. Die ausgelegte Lektüre: *Wild und Hund*, *Ausbildung des Pferdes an der Hand* (Wo bin ich?) und eine geschmackvoll gestaltete Broschüre zum Thema richtige Ernährung bei gewissen Problemen, Titel: »Weich rein, hart raus.« Nicht schlecht. Die Hard-coreVersionen kann man sich immer am besten merken.

Eigentlich sollte jetzt ein Bericht über einen Besuch beim Tierarzt folgen. Nun hatte ich aber gerade kein krankes Tier zu Hause, genauer gesagt, ich habe überhaupt keins, noch nicht mal ein gesundes. So was kommt mir nicht ins Haus, dafür bin ich bekannt. Bevor ich mir aber eins leihen konnte – ein Punk von nebenan bot mir eins an, einen Hund, der so groß ist wie ich, eine Stoffwindel um den Hals trägt und auf den Namen »Mozart« hört – geschah etwas sehr Schönes, so daß ich leichten Herzens auf einen Tierarztbesuch verzichten konnte. In der letzten Woche stürmte ich etwas verspätet in mein Büro, wo meine Kollegin mir vorwurfsvoll einen Zettel entgegenhielt: »Eine Kundin für dich. Sie sitzt schon seit 9 Uhr nebenan.«

Ich warf einen Blick auf den Namen und errötete vor Freude. Auf diesen Augenblick habe ich seit Jahren gewartet. Ich fischte einen *Stern* von 1989, den ich 1993 bei meinem Zahnarzt entwendet hatte und für *diesen* Tag aufbewahrt hatte, aus der untersten Schublade meines Schreibtischs und drückte ihn der Kollegin in die Hand: »Den gibst du ihr – ich habe noch zu tun!« Beschwingt verließ ich den Raum in Richtung Cafeteria.

Frauensolidarität hin, Frauensolidarität her – die Kundin war die Frau meines Zahnarztes.

## Madonna!

Sicher, Krankenhaus ist Krankenhaus, aber in Italien muß man das Klopapier mitbringen. Und Messer und Gabeln und Teller und Tassen. Und möglichst auch das Essen. Da ich aber meine Mahlzeiten durch einen Tropf erhielt, was nicht schön war übrigens, war das nicht mein Problem. Außerdem wurde ich auf der Stelle von der Familie Signora Ritas, die in dem anderen Bett lag, adoptiert und akkurat versorgt. Die Mitglieder von Signora Ritas Familie standen zwölf Mann hoch rund um die Uhr zur Verfügung, und draußen auf dem Flur warteten noch vier in Reserve, falls der Pegel drinnen unter zwölf sinken sollte. Das tat er manchmal, weil die weiblichen Angehörigen alle halbe Stunde verschwanden – zum Frisör, glaube ich. Unten vor dem Eingang sei eine Frisurenkontrolle und dahinter ein Frisörladen, behaupteten meine britischen Besucher (mickrige drei Personen, was meinen Status nicht gerade erhöhte), und Frauen würden erst mal durch diesen Laden gejagt, sonst dürften sie das Krankenhaus nicht betreten.

Mein Status war deshalb so niedrig, weil ich kein Italienisch sprechen konnte. Der Chefarzt, der das in Italien vorgeschriebene Aussehen von Chefärzten besaß, also zu gleichen Teilen aus Vittorio Gassmann – erinnert sich noch jemand? –, aus Herrn Agnelli und aus Vico Torriani zusammengesetzt war und dessen roten Lamborghini, mit dem er zum Golfen fuhr, man deutlich vor Augen hatte, wenn er zur Visite auftauchte, war geradezu gelähmt vor Entsetzen, daß ich die einzige Sprache, die wirklich eine ist, nicht beherrschte. Immerhin kann ich auf französisch Essen bestellen, auf englisch über andere Leute reden und auf deutsch über quasi alles, was meine

Freunde schon oft veranlaßt hat »Nun halt doch um Gottes willen endlich mal die Klappe« zu mir zu sagen. Ich hatte dem Dottore also englisch, französisch und spanisch angeboten – wobei spanisch ein bißchen gelogen war, aber ich habe mich schon für einen Volkshochschulkurs Spanisch im Herbst angemeldet, wirklich wahr – und beinahe noch ein paar mir unbekannte Sprachen, bloß um anzugeben, aber ich merkte noch rechtzeitig, daß ihn das nicht beeindrucken würde. Als ein niedrigrangiges Arztmännchen mich ansprechen wollte, wies der Chef es gleich zurecht: »*Non parla! Tedesca!! Muller!!!*«, was übersetzt etwa heißt: »Eine Analphabetin, zudem noch Hunnin und mit einem grauenhaften plebejischen Namen.« Beinahe hätte ich »Arschloch« gesagt, dann fiel mir aber ein, daß dieser Begriff im Zuge der europäischen Einigung inzwischen womöglich in den allgemeinen abendländischen Wortschatz eingegangen ist wie *fuck*, und entschied mich im letzten Augenblick für »blöder alter Sack«.

Schließlich lernte ich dann um ein Haar doch noch italienisch, denn die Briten hatten ein deutsch-italienisches Wörterbuch aufgetrieben. Darin konnte man einerseits wichtige Sachen wie Muffenkupplung, Janitscharenmusik und Glimmleuchtröhren nachgucken, andererseits aber auch Wörter finden, von denen ich noch nicht mal weiß, was sie auf deutsch bedeuten (Federbesen). Ja, schon gut, Muffenkupplung könnte ich jetzt so aus dem Stand auch nicht direkt erklären.

Ausgereicht haben dann letzten Endes »Madonna!« und »Dio!« Das paßte immer. »Cazzo« durfte ich wegen der Signora Rita nicht sagen.

## Müllers Schnuffi oder R2D2

Neulich in der Reha in der Gedächtnisgruppe. Wieso ich da reinkam, weiß ich auch nicht. Mein Gedächtnis ist ausgezeichnet. Ich sage zwar immer: »Der Dings in der Dingsbumsvorabendserie...«, aber alle meine Bekannten versichern, daß es ihnen genauso geht. Jedenfalls ist in der Gedächtnisgruppe neulich einer eingeschlafen, weil wir alle sehr intensiv an unsere PIN-Nummern gedacht haben, jedenfalls an die, die sie uns zum Auswendiglernen gegeben hatten. Das heißt, ich dachte daran, ob ich nachher mit der S-Bahn lieber zum Hauptbahnhof oder doch lieber bis zur Sternschanze... und meine Nachbarin dachte daran – ich habe sie nachher gefragt –, wie sie den ersten und den zweiten Stock in der Reha auseinanderhalten kann, weil sie nie weiß, ob sie sich jetzt in der ersten oder zweiten Etage befindet. Ich sagte ihr dann, daß der erste Stock PVC hat und der zweite Teppichboden. Ihr Problem ist, wie sie P mit dem ersten und T mit dem zweiten Stock zusammenbringen kann. Meinem Vorschlag, die Angelegenheit $P_1T_2$ zu nennen, hielt sie entgegen, daß sie ja ebensogut auch $P_2T_1$ sagen könnte. Das ist wahr. Allerdings habe ich davon Abstand genommen, »$R_2D_2$« in die Debatte zu werfen. Das hätte sie völlig durcheinander gebracht.

Herr Dings, also wie heißt er mal noch... Herr P.! ist allerdings ein Problem. Er ist immer guter Laune und quatscht und quatscht. Das liegt daran, daß er Bauunternehmer ist und ihm nie jemand mal die Wahrheit sagt. In der Reha ist man ja erst mal niemand, da hilft es, wenn man mal ein Wörtchen fallenläßt. Herr P.: »Neulich, als ich mit Bernhard Langer in Thailand zu einem Golfturnier war...« Ich sah Herrn P. mit glasigen Augen an, als würde ich nur Bahnhof verstehen. Langer! Mit dem würde ich ja noch nicht mal in der gleichen Stadt wohnen wollen. Daß Uwe Seeler hier wohnt, reicht mir schon. Danach gingen wir dann alle in die Computergruppe. Da sollte ich sagen, welche Figur nach einem Dreieck, einem Kreis und einem Viereck kommen mußte. Gott ja, ein bißchen komplizierter war's schon, aber nicht viel. So was konnte ich aber noch nie und hatte gleich schlechte Karten. Anschließend zeigten sie mir eine (angebliche!) Zeitungsnotiz, in der stand, daß Schnuffi, der Hund von Familie Müller, krank wäre und der Tierarzt Dr. Meier ihm dreimal am Tag was zum Trinken gäbe und nach vier Tagen wäre er wieder gesund gewesen. Die Fragen: Wie hieß die Familie, wie der Hund, wie der Tierarzt, wie oft soll er was einnehmen und wann wurde er wieder gesund.

Ich bitte Sie! Solche Artikel lese ich nie! Müller konnte ich mir ja gerade noch merken, genauso wie ich mir gerade eben und eben Müller-Westernhagen merken kann, aber wie die blöde Katze jetzt wieder heißt...

Hinterher sagte ich, sehr erschöpft, zum Taxifahrer, ich möchte zu meiner Bekannten in die Dingsstraße. »Hamwer nich!« sagte er. Nachdem er einige Zeit auf seinem Steuerrad herumgetrommelt hatte, sagte ich, er solle mich zur Kellinghusenstraße fahren, die fiel mir irgendwie ein. Von da aus mußte ich noch ziemlich lange laufen. Soll ja sehr gesund sein.

## Grippe

Zwei Tage nach Weihnachten war es dann soweit. Eigentlich wollte ich die diesjährig fällige Grippe auf das neue Jahr verlegen, weil die Inventur in der Firma erst im Januar ist, aber das Schicksal hat es anders gewollt. Das erste, was man machen muß, wenn die Grippe am Horizont heraufzieht, ist einkaufen. Krimis, Kreuzworträtselhefte, große Flasche »meta-virulent«, Pralinen und Tempotaschentücher. Gut ist es auch, viel zu schlafen und Radio und Telefon ans Bett zu stellen. Natürlich hat kein Schwein angerufen. Außer Herr Behrmann, mein Abteilungsleiter. Dem krächzte ich was in den Hörer, da war er zufrieden. Der glaubt nur, daß man krank ist, wenn irgendwas mit der Stimme ist. Da kann man klar und deutlich sprechen, aber gerade das Bein abgefahren gekriegt haben, das glaubt der nicht.

Dafür klingeln meine Bekannten immer dann, wenn ich gerade mal mit Mühe eingedöst bin, bringen Mandarinen vorbei, die ich furchtbar finde, und geben gute Ratschläge. Ich solle heiß und kalt duschen, ich solle nicht heiß und kalt duschen, ich solle mit Kamille inhalieren, ich solle auf keinen Fall mit Kamille inhalieren, sondern mit Salbei, ich solle an nichts denken, ich solle mal darüber nachdenken, welche Probleme ich in Wirklichkeit habe – ha! damit könnte ich Seiten füllen!

Außerdem stellen sie dumme Fragen in der Richtung, ob ich nicht selber schuld sei an meiner Erkältung. Selber schuld! Selber schuld! – Klar, ich hätte Heiligabend vielleicht nicht dieses Glitzerteil mit den Spaghettiträgern und die neue seidene Unterwäsche anziehen sollen. Aber was soll ich machen, wenn Harry mir vorher stundenlang in den Ohren liegt mit »Zieh bloß nicht dieses Teil an!« Man kann sich ja nicht ständig die eigene Persönlichkeit unterminieren lassen! Wenn es nach Harry gegangen wäre, dann hätte ich mit Skisocken und einem Norwegerpullover an der festlich geschmückten Tafel gesessen. Wie hätte das ausgesehen! Jetzt ruft er natürlich auch nicht an und sitzt hundertprozentig mit hochgezogenen Augenbrauen bei sich zu Hause rum. Recht geschieht ihm!

Die *Apotheken-Umschau*, die sie mir in der Apotheke mitgegeben haben, ist auch keine große Hilfe. Da geht es in der Januar-Ausgabe um das trockene Auge, Schwerhörigkeit und Alzheimer. Ich habe eine feuchte Nase, und hören kann ich sehr gut, wenn die nebenan ihre Spezialtherapie gegen die Grippe austoben. Und Alzheimer ist auch noch nicht direkt mein Problem. Das ist wohl eher das Problem des Radiosprechers in der Sendung »Medizin heute«, der sprach von Selbsthilfegrippen. Da durften auch Betroffene anrufen, welche aber vorwiegend Schulkinder waren, die sich hoffnungsvoll und interessiert zeigten an der flächendeckenden Ausbreitung der Krankheit.

Eben rief doch noch einer an. Ein befreundeter Cartoonist, der mir zur Aufheiterung Witze erzählen wollte; solche, die mit »Kommt 'ne Frau zum Arzt...« anfingen. Ich schlug ihm vor, sich welche auszudenken, die mit »Kommt ein Arschloch zum Proktologen...« anfangen. Da legte er auf. Jetzt wieder ein bißchen schlafen. Es klingelt. Die Nachbarin von oben möchte mir ein paar Vitamine vorbeibringen.

Wenn ich wieder gesund bin, kann ich einen Mandarinenstand aufmachen.

## Zahlt alles die Kasse

Es war gerade Visite, daher mußte ich im Zuge meiner Aktion »Kranke besuchen Kranke« eine Stunde im Aufenthaltsraum eines Hamburger Krankenhauses verbringen, bevor ich einer Kollegin den gesammelten Blumenstrauß der Firma überreichen konnte. *Brigitte* (Tabuthema: Darmsanierung) ist schnell weg gelesen, ebenso *Die neue Frau* und *Freundin*. In zirka 3 Minuten habe ich einen Überblick über die wichtigsten Schönheitskliniken gewonnen, über 20 neue Pastarezepte, 19 neue Sommerkleider und echte wahre Lebensgeschichten. Was jetzt?

Wie das funktioniert, weiß ich nicht, aber kaum sitze ich mal irgendwo fünf Minuten, dann kommen Leute und erzählen mir ohne Punkt und Komma ihr Leben, obwohl ich nie eine Fernsehkamera dabeihabe. Wie es *mir* geht, hat allerdings noch keiner gefragt. Diesmal kommt eine alte Dame hereingewackelt und setzt mich sogleich ins Bild. Ihr Mann ist vor sechs Wochen gestorben, nachdem er morgens noch anderthalb Brötchen mit Quark gegessen und sich Caro-Kaffee gekocht hatte. Sogar rasiert hatte er sich noch, was aber total für die Katz war, denn um zehn Uhr war er hin. Obwohl sie sich gegenseitig versprochen hatten, daß sie gemeinsam sterben wollten. Noch vor einem dreiviertel Jahr, als sie im Zug nach Düsseldorf gesessen war, hatte sie unterwegs einen jungen Mann kennengelernt und war mit ihm »über Gott und die Welt und über Freitod« ins Gespräch gekommen. Da hatte der auf einmal eine Pistole gezogen und gesagt, das sei für ihn kein Thema. »Können Sie mir auch so eine besorgen?« hatte sie gefragt. »Null Problemo.« Danach tauschten sie Telefonnummern aus, und sie gab ihm einen Schein, aber was war? Nichts. Sie hatte später die Nummer angerufen, aber das waren Leute, die von nichts wußten. So geht es in der Welt zu.

Diese Vereine für humanitäres Sterben oder was, die taugen auch nichts. Die wollen einem nichts schicken, Sie wissen schon, Tabletten und so, aber Mitglied soll man werden, für 50 Euro im Jahr. »Damit die sich ein schönes Leben machen«, werfe ich ein. »Genau!« Jetzt komme sie gerade vom Mittagessen, da habe sie noch ordentlich zugelangt, weil sie morgen operiert werden soll, und da gibt es abends nichts mehr. Das Essen hier sei so lala, aber im Marien-Krankenhaus, wo sie mit dem Infarkt ... da sei es wirklich sehr gut gewesen. Kartoffeln, soviel man wollte. Allerdings wäre das nichts gegen das AK Wandsbek. Da habe man unter vier Gerichten wählen dürfen, und Apfelmus gab es immer extra. Daraus mache sie sich allerdings nichts.

Zur Beerdigung, kommt sie jetzt wieder auf ihren verstorbenen Mann zurück, seien die Töchter beinahe zu spät gekommen, die sind nämlich beide in Afrika verheiratet, aber nicht mit Ne .... mit Schwarzen, sondern mit Raketeningenieuren bei der Deutschlandwelle. Jedenfalls so was Ähnliches, man kann ja nicht alles behalten. Den Töchtern habe sie gesagt, daß sie ebensogut gleich hierbleiben könnten bis zu ihrer Beerdigung, vielleicht ginge ihre Operation ja schief.

Die Idee des Suizids und dessen Ausführung scheinen mir zwei verschiedene Dinge zu sein. Immerhin hatte die Frau schon vier Herzoperationen hinter sich. Hätte sie da nicht einfach auf eine verzichten können?

Nein. »Das zahlt doch alles die Kasse!«

Auch wieder wahr.

*Erotische Katastrophen*

## Bumsforschung

Die Pille für den Mann? Gab's die nicht schon mal? Und hatte die nicht null Chancen, weil Frauen viel besser Pillen schlucken können als Männer und dann auch ohne viel Tamtam die Krebs-Selbsthilfegruppen aufsuchen?

Okay, okay, ich hab's schon verstanden – diesmal geht es um Viagra.

Der Stoff, aus dem die Männerträume sind, war gerade als Herzmittel gescheitert, aber die Wissenschaft hat keine Anstrengungen gescheut und es eine Etage tiefer noch einmal versucht.

Was Frauen von der Sache halten, war den Berichten nicht zu entnehmen. Eine Blitzumfrage im Freundinnenkreis ergibt, daß Frauen mehrheitlich nicht die Sorge haben, daß sie zuwenig bedient werden, sondern zuviel. Außer Lisa: »Ich finde, die fünf Minuten müssen sein.« Aber sie sagte »fünf Minuten«, nicht »fünfzig«. Irgendwann muß man ja auch noch den Haushalt auf die Reihe kriegen.

Und dann die Nebenwirkungen: Bei der klinischen Erprobung hatten 15 % der Probanden Kopfschmerzen, Durchfall, Gesichtsrötung und eine verstopfte Nase. Was einem in diesem Zustand eine vierstündige Erektion bringen soll, außer daß man erzählen kann »Ich hatte eine vierstündige Erektion, ey«, weiß ich auch nicht. Zudem nahmen einige Männer »ihre Umwelt« vorübergehend mit einem Blaustich wahr. Wenn man Umwelt mal mit Frau oder Freundin übersetzt, dann finde ich es wenig erotisch, in den Armen eines Mannes zu liegen, der mich quasi als Wasserleiche wahrnimmt. Aber von Erotik ist ja vorne und hinten und unten und oben und wohin das Frauenauge auch verzweifelt blickt bei der ganzen Angelegenheit überhaupt nicht die Rede. Erotik hat schließlich was mit dem Kopf zu tun, und gegen Kopfschwäche bei Männern ist bisher noch kein Mittel gefunden worden. Die Frau will bekanntermaßen »alles«, während der Mann »mehr« will. Dies, Damen und Herren, ist der Unterschied zwischen Qualität und Quantität.

Als nächsten Schritt in der Bumsforschung darf man wohl die Vergrößerung des Gliedumfangs erwarten und damit einhergehend eine weitere Verknappung von Wohnraum für Frauen, die lieber alleine leben möchten.

Mädels – legt euer Geld in Immobilien an!

# Weiberviagra

Wieder einmal hatte es der *Spiegel* versäumt, eine im Zuge seiner Viagra-Titelstory (»Pille zum Poppen«, so mein Neffe Matthias, 13) erscheinende Glosse fett mit »Achtung, das ist jetzt bloß Spaß« zu überschreiben. Die Autorin hatte darin gefordert, die Verteilung von Viagra an Männer ausschließlich Frauen in die Hand zu geben. Zwei Ausgaben später äußerte sich ein Leserbriefschreiber dahingehend, daß sich seit Jahrzehnten Männer »krummgelegt« und dazu noch »zu Tode geschuftet« hätten, um den Frauen das Leben zu erleichtern, »siehe Waschmaschine und Strumpfhose« und noch irgendwas, das ich jetzt vergessen habe – Atombombe? –, doch kaum täten sie, die Männer, »mal ein ganz kleines bißchen für sich selbst«, fingen die Weiber mit dem Gekeife an ...

»Ein ganz kleines bißchen« scheint mir doch ein ganz kleines bißchen untertrieben zu sein, sowohl bezogen auf das Zielobjekt von Viagra als auch auf die allgemeine Hoch-Stimmung, die das Auftauchen der Pille in Männerkreisen erzeugt hat.

Nun ist aber alles wieder gut: Wie man hört, sind Wissenschaftler jetzt tüchtig am Forschen, um nach der Wegwerfwindel, dem Staubsauger und ferngelenkten Boden-Luft-Raketen uns Frauen ein Weiberviagra zwecks Lebenserleichterung in die Hand zu geben.

Und das wurde auch höchste Zeit!

Noch vor hundert Jahren war ein weiblicher Orgasmus ungewöhnlich, wenn nicht sogar verdächtig – es reichte Männern, wenn Frauen die Augen schlossen und an England bzw. an Bismarck dachten, eine Vorstellung, die einem eventuell zu gewärtigenden Orgasmus sowieso von vornherein alle Chancen versaute.

Dann aber kam die Zeit, in der ein weiblicher Höhepunkt erwünscht, wenn nicht sogar gefordert wurde, was uns Frauen unter einen gewaltigen Druck setzte, dem sich nur wenige entziehen konnten. Diejenigen, die widerstanden, programmierten damit aber eine Dauerkrise (War es schön für dich? – Ach, du hast schon angefangen?). Daher entschloß sich die Mehrheit, Streit zu vermeiden und einen Orgasmus vorzutäuschen. Was um so besser gelang, je mehr Anschauungsmaterial in Form von Ruckelfilmen in den Privatsendern zur Aufführung kam. Ehrlich gesagt, meine Damen, war diese Schauspielerei doch ziemlich anstrengend – einen Orgasmus vorzutäuschen ist ja ermüdender als einen zu haben und übrigens auch viel langweiliger – anstrengend insbesondere auch deshalb, weil plötzlich von multiplen Orgasmen die Rede war und von G-Punkten, ja, sogar vom vaginalen Orgasmus und was weiß ich.

Inzwischen hat es sich glücklicherweise bei Männern herumgesprochen, daß Frauen – selbstverständlich nur die Frauen der anderen Männer – einen gewissen Nachholbedarf haben. Und erst jetzt – endlich! – sind die Wissenschaftler dabei, sich krummzulegen, um unser Wohlbefinden, ja, unser Glück noch über die Teflonpfanne, Frauenchats im Internet und sogenannte Religionskriege hinaus zu vervollkommnen.

Liebe Schwestern, es ist heute kaum vorstellbar, wie sich mit Hilfe dieser segensreichen Pille unser Leben ändern wird!

Denken Sie nur einmal daran, daß all die für uns erfundenen Haushaltsgeräte zwar die Arbeit erleichtern und das heißt: die Arbeitszeit verkürzen, aber sie helfen uns nicht, mit diesen gewonnenen Stunden etwas Sinnvolles anzufangen. Der Trockner trocknet von alleine, der Herd schaltet sich ab, wenn die Mahlzeit fertig ist, die Kinder hängen wie angenagelt vor ihren Gameboys – und wir? Wir sitzen da mit einem Frauenroman und beneiden die Heldinnen um ihre ultraschicken Lovers, die ihnen einen Orgasmus nach dem anderen bescheren.

Sich mopsen und andere Frauen beneiden, das wird es bald nicht mehr geben! Wenn wir erst die Pille haben! Und wenn wir erst die Pille haben, werden wir auch andere Wartezeiten kurzweilig überbrücken können; auf dem Amt, beim Frisör, beim Arzt, in der Schlange vor dem Postschalter, beim Einchecken auf dem Flughafen und auf den teuren Plätzen im *Phantom der Oper*, die Schwiegermutter uns zur Silberhochzeit geschenkt hat. Das wird ein Leben!

Und denken Sie nur an das öde Vorspiel! Damit ist es jetzt auch vorbei! Vorbei ist es mit den Männerzungen, die überall da waren, wo sie nicht hingehörten, besonders im Ohr, wo es so infernalisch kitzelt, da mußten wir uns immer mühsam ein Lachen verbeißen. Vorbei auch der umständliche Verhütungskram, das Vorher-duschen, Nachher-duschen, vorbei die Zigarette danach (einziger Minuspunkt), vorbei das: Mach-dir-nichts-draus-Schatz-das-kann-doch-jedem-passieren (er nimmt natürlich auch Viagra) oder vielleicht sogar alles vorbei mit den Männern, hehe.

Das Geld verdienen wir schließlich selbst, für kleinere Reparaturen im Haushalt gibt's den Handwerksburschen, Kinder werden von der Samenbank geliefert, am Frühstückstisch muffelig sein, können wir ganz alleine, und um einen Orgasmus zu kriegen, brauchten wir sowieso noch nie einen Mann. Wir werfen nur noch unsere Pille ein, und dann heißt es: »Hoppla, jetzt komm ich!«

O schöne neue Welt, die solche Pillen hat!

**Dessous-Party**

»Nein-nein, keine Tupper-Party – eine Dessous-Party!« versichert Bernadette am Telefon. Das sei der letzte Schrei und die Frau von Welt müsse unbedingt... Seufzend mache ich mich auf den Weg, man sollte ja möglichst auf dem laufenden bleiben.

Die Dessous-Party ist bei Karin, die uns versprochen hat, daß nicht nur geschmacklose Unterhosen zu erwarten sind, sondern auch jede Menge Schweinkram. Jacqueline, die »Beraterin«, erscheint mit einem riesigen und mit einem normal großen Koffer, mustert etwas unsicher das großbürgerliche Ambiente von Karins Wohnung und stellt zu unserer Enttäuschung den kleineren Koffer erst mal beiseite. Die roten, schwarzen und sogar weißen Négligés sind schnell durchgesehen, auch die durchaus nicht geschmacklosen Slips – sie sind eßbar und weisen Geschmacksrichtungen von Schokolade bis Kiwi auf – werden beiseite gelegt. Eine erwartungsvolle Stille tritt ein, die Jacqueline offensichtlich nicht richtig zu deuten weiß. Renate springt in die Bresche und erzählt eine, wie ich weiß, zusammengelogene Geschichte darüber, wie sie neulich bei ihrer Mutter (ihre Mutter ist seit 15 Jahren tot) im Gästebett lag. Mutter brachte ihr spätabends – Überraschung! – noch eine schöne heiße Tasse Kakao, und Renate hatte angeblich große Schwierigkeiten, die Herkunft der Geräusche unter ihrer Bettdecke zu erklären. Sie hatte das Knöpfchen zum Ausmachen nicht gefunden. – Na also! – Es hat gewirkt! Der Wunderkoffer wird geöffnet. »Momentnochmal!« Karin saust in die Küche, um die Flaschen für die zweite Schüttung Sekt zu besorgen, »damit wir das besser verkraften!«

Zunächst gibt es aber nur mehrere Kugeln zu sehen, jeweils zwei miteinander verbunden, davon einige rosa und hellblau umpuschelt. »Zum Fahrrad fahren«, erläutert Jacqueline, »die werden gerne zum Fahrrad fahren genommen.« Das gibt zu denken. Da ist man also jahrelang Fahrrad gefahren, und nie ist man auf die Idee gekommen, daß man dabei noch das Angenehme mit dem Nützlichen hätte verbinden können. Sie wühlt weiter im Koffer und holt nun das heraus, was wir eigentlich erwartet haben. Die Prachtstücke stehen jetzt aufgereiht auf dem Kaminsims. Du liebe Güte! Falls die Evolution so was in früheren Zeiten mal zustande gebracht haben sollte, dann ist verständlich, daß die Träger dieser Apparate ausgestorben sind wg. permanenten auf die Schnauze Fallens. Karin verschwindet wieder in der Küche, um Nachschub zu holen. Jacqueline beginnt derweil mit einer technischen Produktbeschreibung, die ein Waschmaschinenverkäufer auch so ähnlich hingekriegt hätte. Digital, hören wir, Solarzellen, glaube ich zu verstehen, Superbatterien... Karin bringt die dritte Schüttung, die vierte... dann verblaßt der Gedanke an den Liebsten zu Hause, an dessen Grundausstattung es bisher nichts zu mäkeln gab, aber jetzt doch irgendwie oder was... und der einen übrigens im Kino wähnt. Der Rest des Abends bleibt im ungewissen, und ebenso ungewiß bleibt die Hoffnung, daß man Jacquelines Angebot einer »Probefahrt« ganz bestimmt ausgeschlagen hat.

**Baggern**

Besuch von Dörte! Die habe ich mal im Urlaub im Süden kennengelernt. Da haben wir abends sehr viel Rotwein getrunken und anschließend die hübschen kleinen Gläser mitgenommen. Sie ging dann noch in die Diskothek, während ich mich ins Bett legte. Nachmittags saßen wir gemeinsam in Cafés herum, wo wir Sun-downers zu uns nahmen, auch wenn die Sonne noch kreischend im Zenit stand, und beobachteten die Leute und machten unfeine Bemerkungen. Jetzt haben wir uns wieder über alles Mögliche unterhalten. Zum Beispiel darüber, wie man früher angesprochen wurde und was man dann sagte und wie das heute so ist.

Früher waren die ersten beiden Plätze auf den Bagger-Charts: »Sind Sie öfters hier?« und »Kennen wir uns nicht?« Darauf antwortete man als Frau irgendwas, und dann ging es langsam irgendwie weiter oder auch nicht, das kennen Sie ja. Meine Schwester, die in Münster studiert hat, konnte noch von einer speziellen Variante berichten: »Sind Sie *auch* katholisch?« Heute haben die Frauen nicht mehr soviel Zeit, weil Zeit Geld ist und sie Singles sind und alle kleinen Reparaturen persönlich ausführen müssen und sie sowieso einen Beruf haben und Termine und was weiß ich.

Dörte macht die Ansagen jetzt selbst. Was sich ihrer Ansicht nach bewährt hat, ist, jemanden am Pulloverärmel zu packen und zu fragen: »Sachma, das ist doch Kaschmir – *womit* wäschst du das?« Meistens sagen die dann, daß das gar kein Kaschmir ist und ratzfatz ist man schon im Gespräch. Das geht aber nur im Winter.

Sonnabend waren wir zusammen auf einem Straßenfest im Viertel. So viele Wickelröcke und Räucherstäbchen hast du lange nicht mehr auf einem Haufen gesehen. Es gab auch Live-Musik, da standen Jungs auf einem Lastwagen mit riesigen Boxen und sagten, daß sie sich mal so gedacht hätten, daß sie mal so Musik machen wollten, und einer hieße Jens und wohne in der Susannenstraße, und Bernd käme aus der Otzenstraße. Alles sehr persönlich. Die Sehnsucht nach Bullerbü ist auch in langhaarigen Kreisen ungebrochen.

»Können Sie mir sagen, wie spät es ist?« wurde Dörte gefragt. Blitzschnell gab sie zurück: »Ich heiße Dörte.« Das nenne ich eine flotte Decodierung.

*Esoterische Katastrophen*

## Unfug, Humbug & Cie.

Schon vor der Tür der Hamburger Handelskammer, wo die Esoterikmesse stattfindet, werden Andrea und ich angehalten und müssen eine Broschüre annehmen: »Lesen Sie das in Ruhe durch!« schnauzt der junge Mann uns an, »damit Sie mal zur Besinnung kommen!!« Ehe wir womöglich eins über die Rübe kriegen, schnappen wir das Heft und verschwinden. Ich blättere es schnell durch. Aha. Hier spricht die Opposition. Nämlich Jesus, der das alles überhaupt nicht gut und Beten besser findet. Vermutlich hat er recht.

Drinnen riecht es allüberall nach Räucherstäbchen, und auch die Musik versetzt einen in schwerste Adventsstimmung. So was bringt mich immer ganz durcheinander. »Möchten die Damen einen Natur belasteten Saft probieren?« – »*Was* hat der gesagt – so was nehm ich nicht!« Andrea hat aber richtig hingehört, es hieß »Natur belassen«. Sie klärt mich auch darüber auf, daß diese Büchlein da keine »Geschenke für ein leichtes Leben«, sondern für ein lichtes Leben sind, und daß nicht von »Loslassen und Abnehmen« die Rede ist, sondern von Loslassen und Annehmen. Der dazugehörige Verlag heißt übrigens Elfenhelfer.

Ein ähnlich bescheuerter Name ist Omnec Onec. Das ist eine Dame, die sich gerade in der Mittagspause befindet. Sie hat aber einen Zettel am Stand hinterlassen, dem man entnehmen kann, daß sie eine Autobiographie *Ich kam von der Venus* geschrieben hat. Das hätte mich jetzt aber wirklich interessiert, z.B. wie sie dort die Sache mit dem Sauerstoff geregelt hat...

Andrea ist erschüttert vom Anblick der Ausstellenden. Männlein als auch Weiblein gucken aus der Wäsche wie Rotkreuzschwestern, die gerade eine Fortbildung über Dauergrinsen hinter sich haben. Ich bin schon einmal auf einer Esoterikmesse gewesen und weiß Bescheid. »Die sind erleuchtet«, erkläre ich ihr. – »Schön und gut, aber muß man dann so scheußliche Klamotten anziehen?«

Am nächsten Stand gibt es Katzenfelle zu erwerben. Gegen Rheuma, gegen schlechte Vibrationen sowie gegen alles Böse auf der Welt. »Daß die keine Angst vor Tierschützern haben«, bemerkt Andrea. »Sind wahrscheinlich biologische Katzen«, beruhige ich sie.

»Aura Star 2000: Gehirn und Bewußtseinsaktivität im Puls der Reflexzonen... zeigt unbewußte Verhaltensmuster auf.« Andrea zieht mich weg. Sie hat ja recht. Wer will schon seine versteckten Verhaltensmuster aufgezeigt kriegen. Und dazu noch im Aktivierungsreflex der bewußten Pulszonen; dabei fällt mir ein, daß ich zu Hause dringend meine Putzreflexe aktivieren...

Andrea ist schon zwei Stände weiter und liegt auf »Lisetta«, der »Vollholzklappliege«, was ihr Gelegenheit gibt, mehrfach »Vollholzklappliege« zu dem Verkäufer zu sagen. »Ist diese Vollholzklappliege wirklich aus Vollholz?«

Angeboten werden uns sodann Gesegnete Kräuterkerzen, handgearbeitet unter Berücksichtigung der Mondphasen, das Stück 14 Euro, und Halbedelsteine, die gegen jedes denkbare Leiden helfen, vom Hühnerauge bis zu Suizidgedanken.

Höret es denn nimmer auf? Nein. Es folgen noch: Aurafotografie, Salzkristall-Leuchten, Selbsthilfe mit weißer Magie, Mandala-Malen und »Warum wir durch den Tod nicht sterben« – eine Hoffnung, die die gesamte Veranstaltung durchzieht wie Schimmel einen alten Käse.

Mehr umnachtet als erleuchtet treibt uns ein dringendes körperliches als auch spirituelles Bedürfnis vorzeitig aus dem Hause: Doppelte Espresso-Cognacs werden hier nicht angeboten.

## Feng Shui

Wer was auf sich hält, richtet seine Wohnung nach den Prinzipien von Feng Shui ein. Das erfuhr ich heute, als ich Birgitta in ihrem neuen Heim aufsuchte, nachdem ich mit einer, wie sie meint, fadenscheinigen Ausrede den Umzug versäumt hatte – ich war im Urlaub.

Bisher hatte ich den Begriff Feng Shui unter asiatische Kampfsportarten eingereiht wie Tai Chi, Qi Gong und Yin und Yang, welche man im Zusammenhang mit dem Verzehr von ungeschältem Reis und ähnlich leckeren Sachen betreibt. Und dabei stundenlang seine Gliedmaßen zeitlupenartig bewegt, vorzugsweise in öffentlichen Parkanlagen. Wo einen die Kinder dann immer fragen: »Was macht der Mann da – hat der ein Aua?«

»Feng Shui«, erläutert Birgitta, »heißt ›Wind und Wasser‹ und bedeutet, daß alles, was uns umgibt, fließende Energie ist.« – »Okay, okay, und was ist mit den Holzflöten im Flur?« Die Flöten, erfahre ich, sollen das schneidende Chi, das durch Ecken und Kanten der Möbel und Wände hervorgerufen wird und böseböse ist, ablenken und verteilen. »Du meine Güte – und was ist Chi?« – Ich dachte es mir schon: die unsichtbare Lebensenergie. Die am besten in runden Häusern fließt, aber da kann man in Hamburg lange suchen, seufzt Birgitta. Das stimmt. Die einzigen runden Häuser hier sind die französischen Pissoirs, die während des Weinfestes auf dem Rathausmarkt aufgestellt wurden. Daß es da ordentlich floß, ist allerdings wahr.

Birgitta sitzt inmitten einer wüsten Unordnung am Schreibtisch und hantiert mit Lineal und Millimeterpapier. Sie zeichnet ein Bagua. Ach so, alles klar – und? – was ist das? »Da!« Sie reicht mir ein Buch *Die Balance des Lebens finden – Feng Shui*.

Bei einer Tasse grünen Tees – wozu hat sie eigentlich diese teure Cappuccino-Maschine gekauft? – schlage ich das Buch auf. Bagua ist ein Strukturgitter, in das man den Grundriß der Wohnung einzeichnet und in neun Bereiche einteilt. Ruhm, Karriere, Familie usw. »Und in welchem Bereich sitzen wir jetzt?« – »Hilfreiche Freunde.« »Sieht aber scheiße aus, hier.« – »Das wird noch.« Im Buch lese ich nach, daß eine Familie G. ständig unter Nachbarn zu leiden hatte, diese aber zu hilfreichen Freunden wurden, als Familie G. ihre Helferecke aufgeräumt hatte. Das klingt logisch.

Jetzt schnell weitergeblättert zum Bereich Partnerschaft, aber da gibt es leider kein Fallbeispiel à la »Kaum hatte Frau M. das Bett schräg gestellt, da hörte Herr M. mit dem Saufen auf«.

Ich wandere in die Küche, um nach der Kaffeemaschine zu suchen. »Hör mal, hier sieht's ja aus wie bei meiner Mutter!« Birgitta hat alle Borde mit Spitzen- und Fransenborten verziert, die wie die Flöten das schneidende Chi abhalten sollen. Übrigens ist nächste Woche die Reinigungszeremonie, da wird von den Vormietern übriggebliebenes schlechtes Chi ausgetrieben. Mit Kerzen, Glocken, Bachblüten und Händeklatschen. Ach du liebe Zeit. »Nächste Woche kann ich nicht, ich nehme Urlaub.« – »Ha! Du warst doch gerade!« – »Da wohnte ich in einem viereckigen Haus. Zuviel negative Energie. Jetzt hab ich einen Iglu gebucht.«

## Kettenbrief

Dies ist ein Glücksbrief. Er ist dreizehnmal rund um die Erde und einmal um Hamburg gegangen und wird jetzt auch Dir Glück bringen.

Schicke diesen Brief weiter an eine Million Freunde, das wird Dich rund 500 000 Euro kosten. Es brauchen auch nur 10 Freunde zu sein. Du mußt auch gar nicht mit ihnen befreundet sein. Schicke ihn einfach an jeden Idioten weiter, den Du kennst. Das sind bestimmt mehr als 10 Leute.

Auf jeden Fall wird er Dir Glück bringen. Versäumst Du es, diesen Glücksbrief weiterzusenden, so wirst Du innerhalb des nächsten Jahres eine Erkältung kriegen, und die Deutsche Bundesbahn wird ihre Preise erhöhen. Frage Dich, ob Du das wirklich willst. Möchtest Du Dich ohnehin gerne krank schreiben lassen und besitzt sowieso ein Auto, dann vergiß dies alles. Und fahre jetzt mit dem Lesen fort:

Schicke diesen Brief unbedingt weiter. Wenn Du es nicht tust, wird es Dir ergehen wie den folgenden Leuten:

1. J. W. von Goethe, ein Diplomat in den neuen Bundesländern, schrieb gerade an seiner Farbenlehre, als er eines Tages bei Frau von Stein zum Tee geladen wurde. Er vergaß diesen Brief dort, und Frau von Stein gab ihn in die Altpapiersammlung. Goethe schrieb weiter an seiner Farbenlehre, und die ging dann auch voll in die Hose.

2. William Clinton, ein Anlagenbetrüger aus Idaho, erhielt den Brief und benutzte ihn als Fidibus zum Anzünden seiner Zigarre. Am selben Tag stellte sich eine Praktikantin vor. Daraufhin hatte er pausenlos Krach mit seiner Frau.

3. Theo Diogenes, ein griechischer Kommunikationstheoretiker, war beim Empfang dieses Glücksbriefes gerade in ein

Reihenhaus umgezogen. Er paßte einen Moment nicht auf, und sein Hund fraß den Brief. Eine Woche später stiegen die Hypothekenzinsen ins Unermeßliche, und er mußte bis zum Ende seines Lebens in einer Tonne übernachten.

Es gibt aber auch positive Beispiele, die Dich ermutigen sollen, in der richtigen Weise mit diesem Brief zu verfahren:

Vier junge Männer aus Liverpool nahmen diesen Brief entgegen und wollten gerade Joints daraus drehen, als sie feststellten, daß kein Haschisch im Hause war. Sie lasen den Brief, waren begeistert, schickten ihn an alle Agenten, die sie kannten, und schrieben dann ein Lied mit dem Titel *All you need is dope*, was später in *love* umgeändert und ein großer Erfolg wurde, so daß sie sich in Zukunft richtige Zigaretten leisten konnten.

Adolf Hitler, ein unständig beschäftigter Schausteller aus Österreich, verlor den Brief, fand ihn aber in einem Auto-Scooter wieder und schickte ihn an andere arbeitsscheue Elemente, die mit ihm zusammen ein Tausendjähriges Reich gründeten. Daß das nicht hundertprozentig klappte, lag daran, daß die Chefs rivalisierender Gruppen den Brief an noch mehr Leute versandt hatten.

Ich selbst gab diesen Brief an 63 Bekannte weiter, und eine Woche später gewann ich 4,65 Euro im Lotto. Das scheint Dir nicht viel zu sein, aber es handelt sich trotzdem um ein großes Wunder: Ich hatte überhaupt keinen Lottoschein abgegeben.

Wenn Du gerade keine Zeit zum Briefe versenden hast, dann schicke mir die Adressen der Menschen, denen Du viel Segen wünschst, und vergiß nicht, das Geld für die Briefmarken dazuzulegen.

Das Glück sei mit Dir.

## Schlechtes Karma

Mit den Geldern, die ich auf meiner Konfirmation einsammelte, kaufte ich mein erstes eigenes Rad, das kostete 100 Mark und war ein echtes Damenfahrrad. Vorher durfte ich nur das alte Rad meines Vaters benutzen, was sehr anstrengend war – immer mit dem einen Bein unter der Stange durch. Es sah auch bescheuert aus, besonders, wenn man einen Knicks machen mußte, weil man anderen Dorfbewohnern begegnete, und das passierte natürlich ununterbrochen, so daß man aus dem Knicksen praktisch nicht mehr herauskam.

Fahrrad fahren war selbst in den noch autolosen Zeiten nicht nur nützlich, sondern konnte auch gefährlich sein. Die Nietenhose hatte ihren Siegeszug in der Damenwelt noch nicht angetreten, und so geriet der Rock – lange Glockenröcke waren sehr in Mode – nicht selten in die Speichen, was meistens einen Sturz, aber immer einen Riesenkrach zur Folge hatte, wenn man mit zerfetzten Klamotten zu Hause ankam. »Frauen«, behauptete mein Onkel, der lange im Fernen Osten gelebt hatte, »Frauen haben ein schlechtes Karma auf Geräte.« Er spielte damit allerdings hauptsächlich auf unsere Herde, Kühlschränke und Toaströster an, die andauernd ihren Geist aufgaben und auch nicht wieder zu beleben waren, weil meine Mutter zwecks Einsparung von Handwerkern darauf bestand, sie selbst zu reparieren. Aber es paßte auch auf Großmutter, die ein Fahrrad zu besteigen pflegte wie andere Leute ein Pferd. Sie packte die beiden Griffe und hievte ihren Hintern auf den Sattel, während sich das Rad sozusagen in Ruhestellung befand. Zu diesem Zeitpunkt hatten sich schon alle Nachbarn versammelt. Dann ging ein wildes Hin und Her des Vorderrades los, bis sie die Füße auf den Pedalen hatte. Die ersten fünf Meter fuhr sie Schlangenlinie. Jetzt wurde entweder heftig geklatscht oder ein Kind nach dem Erste-Hilfe-Koffer geschickt. Daß Großmutter nicht mehr als zweimal beim Auf-die-Fresse-fallen ihren Oberschenkelhals gebrochen hat, grenzt an ein Wunder. Großvater fiel fast ebenso oft wie Großmutter von seinem Fahrrad mit Hilfsmotor, das er stolz »Moped« nannte und das ihm von der männlichen Dorfjugend sehr geneidet wurde, aber seltsamerweise passierte ihm nichts, außer daß er hier und da mit einer blutigen Nase heimkam. Die Elastizität seiner Knochen, erklärte er uns Kindern, beruhe darauf, daß er immer die angegammelten Reste der Leberwurst und die Dickmilch »mit Pünktchen drauf« aufesse, die wir verschmähten.

Selber Fahrradfahren ist ja okay und prima, aber daß die Leute das auch in Großstädten tun dürfen... in Hamburg fahren sie alle auf den Bürgersteigen wie die Wahnsinnigen; erst neulich hat mich ein Radfahrer beinahe umgefahren, und als ich einen Laut des Unmutes ausstieß, drehte er sich beim Weiterfahren um und zeigte mir den Mittelfinger. Kurz danach traf ich den Kontaktbereichsbeamten und fragte ihn, ob das überhaupt erlaubt sei, auf dem Bürgersteig zu fahren und so. Sagt er, daß es keinen Paragraphen dafür gebe, »aber was nicht direkt verboten ist... äh... das ist nicht verboten.« Klingt irgendwie logisch, aber wo hat Logik schon mal so richtig weitergeholfen? Jedenfalls nicht beim Rad fahren.

## Seelenverwandtschaft

Kurz bevor das Semester beginnt, sind natürlich alle Kollegen noch mal schnell krank geworden, und Herr Behrmann bemühte sich persönlich in mein Büro – ob ich einen Teil der Beratungen für unsere Kurse übernehmen wolle. »Auf gar keinen Fall«, war das erste, was mir einfiel. Das zweite, was mir einfiel, war, daß ich ihn ja demnächst um eine Gehaltserhöhung anhauen will, und da erschien es mir doch angebrachter, mein höchstes Entzücken über diese Zumutung zum Ausdruck zu bringen.

Kaum war Klient Nummer Eins, ein Herr mittleren Alters, der ganz offensichtlich annahm, daß ich Probleme mit den Ohren habe, in meinem Büro aufgelaufen, und kaum hatte ich ihm ein, zwei Kurse und deren Bedingungen erläutert, da schrie er bereits, ich sei große Klasse, ach, was sage er da, su-per-gro-ße Klasse, und hätte ihn su-per beraten – wir zwei seien »akkurat von einem Schlag«. Direkt vorher hatte er mir noch ins Ohr gebrüllt, er sei eigentlich ein »Hippie« – keine Ahnung, ob damit ein richtiger gemeint war oder nur so eine Art Wochenendhippie, denn er trug weder einen selbstgewebten Kittel, noch roch er nach Räucherstäbchen. Außerdem, fuhr er in derselben Lautstärke fort, seien wir ein Jahrgang – woher er das wissen wollte, weiß ich wirklich nicht – und teilten eine Art Seelenverwandtschaft – und das nur, weil ich kurz zuvor doch ein bißchen schmunzeln mußte, als er mir mit schmetternder Stimme zurief, er werde seinem Chef bald eins in die Fresse hauen, er wäre jetzt langsam soweit, ob ich schon einmal einem Löwen mit dem Aszendenten Schütze begegnet sei? Bevor ich noch Pipp oder Papp sagen konnte, lieferte er schon die Antwort, die mich gar nicht überraschte: Es sitze gerade einer vor mir. Der sich zudem nicht verarschen lasse, lärmte er weiter, und dem das Kämpfen Spaß mache. Der alte Sack jedenfalls – sein Chef – würde es dann schon merken und danach nichts mehr. Nichts! Für immer! »Seelenverwandtschaft?« warf ich mit schwacher Stimme ein. Dochdochdoch! Das mit der Seelenverwandtschaft habe er an dem Blitzen in meinen wunderschönen braunen Augen gleich bemerkt, schrie er. Das könne ich nicht verbergen. Ich müsse es auch nicht zugeben. Das sei gar nicht nötig. Er sei jedenfalls tip-top zufrieden mit mir. Das müsse er jetzt mal ganz ehrlich sagen, und das sei als echtes Kompliment gedacht, ohne Scheiß. Und darauf sollten wir unbedingt heute abend einen heben, das sei ja wohl klar. Er kenne da ein lauschiges Plätzchen, wo wir uns mal in aller Ruhe über alles unterhalten könnten. »Mein Mann...« konnte ich gerade noch halb besinnungslos stammeln. Ein Glück, daß das sonst keiner gehört hat; ich gelte in der Firma als Hardcore-Emanze. »Männer!« tobte er, »hahaha!« Männer seien dazu da, daß man sie gleich vergesse. »Ja eben«, murmelte ich.

Jetzt habe ich das Büro mit Hans-Hermann getauscht, der den Auftrag hat zu sagen, ich sei vorübergehend ausgewandert oder gestorben oder niedergekommen, ganz egal. Mit Herrn Behrmann habe ich inzwischen auch abgesprochen, daß ich keine Beratungen mehr übernehme. Ich hatte mir überlegt, daß ich eigentlich gar nicht soviel Geld brauche. Was soll ich mir schon dafür kaufen? Winterklamotten habe ich genug und Sommerklamotten braucht man heutzutage ja quasi gar nicht mehr.

*Lustige Katastrophen*

## Mit Mönchen in der Dunkelkammer
## Bäume ansprechen

In den langen Wintermonaten kann man sich ja gern mal ein bißchen weiterbilden, da kommt das Programm der Volkshochschule gerade richtig: »Auf Wunsch werden auch einheimische Baumarten angesprochen«, heißt es in einer Kursankündigung. Gott ja, warum eigentlich nicht? – Habe ich doch schon Leute mit Hunden und Katzen und Mülltonnen und sogar mit ihren eigenen Ehefrauen und -männern sprechen sehen. Was gipps denn sonst noch – vielleicht was Künstlerisches? Wo man beispielsweise das »Wiedererkennen der eigenen menschlichen Form erleben und gestalten« kann. Oder so. Oder so ähnlich. Damit hatte ich bisher noch keine Schwierigkeiten. Wohl aber mit Ölmalerei, das wäre doch was! »Die Ölmalerei wird von mittelalterlichen Mönchen bis zu zeitgenössischen Verfechtern untersucht.« Das hört sich klasse an. Zufällig bin ich aber kein mittelalterlicher Mönch und auch kein Verfechter von irgendwas (Verfechter mittelalterlichen Mönchtums?), das wäre ja noch schöner. Deshalb vielleicht lieber eine Wien-Exkursion – Wien, ach Wien! Da werden aber bloß »Künstler des Jugendstils an praktischen Übungen erläutert«. Igitt. Wer will denn Übungen mit längst Verstorbenen machen? Ich blättere weiter und sehe mich mit allerhand Kursen konfrontiert, in denen gearbeitet, erarbeitet, erörtert, aufgezeigt und deutlich gemacht wird. Das fehlte noch. Aus dem Alter bin ich ja wohl raus. Und auch aus dem Alter, in dem man »Interesse am Dialog« hat, vor allem, wenn der in einem wie auch immer gearteten Zusammenhang mit Steinbildhauerei steht. Mit Steinen sprechen! Die Nummer hatten wir schon mal mit Bäumen, neenee.

Jetzt mal ganz was anderes: Gesundheit! »Pilze, insbesondere der Pilzbefall des Darmes«, hebt eine Kursbeschreibung an, »sind ins Gespräch gekommen.« Au weia. *Den* Party-Dialog kann ich mir lebhaft vorstellen: »Apropos – dieser köstliche Champignonsalat – wie sieht es denn aktuell mit dem Pilzbefall Ihres Darmes aus?« – »Ach Gott, was soll ich sagen – und selber?« Ich blättere weiter. »Wohnwünsche«, lese ich, die Seiten überfliegend, »Zeitbedürfnisse« und »natürliche Sprechsituationen«. Das finde ich alles bäh-bäh und möchte im Leben nichts damit zu tun haben. Und überhaupt würde mir ein Wochenendkurs reichen. Und den gibt's auch, für Dokumentarfotografie, nein, sogar zwei. Und – ganz toll: einer davon in der Dunkelkammer!!

Solange da keine Jugendstilmönche in eigener menschlicher Form Bäume anbaggern, soll's mir recht sein. Und übrigens, schauen Sie doch mal in das Programm *Ihrer* Volkshochschule, ehe Sie anfangen, dreckig zu lachen.

## Herüberbringung

Heute gab es schon mehrere Schüttungen Sekt in der Firma, weil Kollege Hanno seinen 61. Geburtstag feierte. Ich bewunderte sofort sein neues Seidenhemd. Er sagte, daß man ja nur hundertmal Geburtstag hätte, da könnte man schon mal ein neues Hemd kaufen. Das ist wahr. Danach sprach ich mit ihm über die diversen Broschüren, die demnächst angeliefert werden sollen und anschließend auf die Filialen verteilt werden müssen, und daß Herr Zielonka die Auseinanderfahrung machen wird. Dann erörterten wir das Gewicht der Broschüren, nämlich 300 kg, und ob Herr Zielonka die in den Kombi kriegt. Das entspräche ungefähr dem Gewicht von fünf Leuten, sagte Hanno, aber, so wandte ich ein, nicht dem Umfang, denn unsereins bestünde ja fast nur aus Wasser, woraufhin Hanno ins Grübeln kam und mir dann mitteilte, daß Menschen ja quasi wandelnde Teiche seien. Als wir uns später am Tag auf der Treppe begegneten, hieß es gleich: »Weiher Eins grüßt Weiher Zwo.«

Hauptthema auf der Geburtstagsfeier war die Gesundheit. Der Chef hat auch schon gesagt, daß der Betrieb ein bißchen überaltert ist. Frau v. Borkel hat seit einem halben Jahr ein Ekzem am Arm, da konnte der Arzt nichts zu sagen, jetzt sei es aber so gut wie weg mit Pipi-Behandlung. Das Schwierigste an der ganzen Sache sei nur die Hinunterkriegung des Ellenbogens in den Strahl gewesen. Ich selbst konnte beisteuern, daß erst kürzlich ein Computertomogramm bei mir gemacht worden sei, worauf Hanno mich beglückwünschte und fragte, wohin ich es habe machen lassen. Auf den Oberarm? Auf die Schulter? Oder hinten? Und was drauf wäre – Drache, Panther, Totenschädel, Yin und

Yang aus der Schmidt-Show? Und ob er es mal sehen dürfe? »Tut es wirklich so weh«, unterbrach ihn der neue Lehrling Bastian, »wie immer gesagt wird?« – »Alles Quatsch«, warf Frau Gehren ein, »die Leute haben ja keine Ahnung. Wenn es weh tut, dann heißt es Piktogramm. Und wenn es am Arsch gemacht wird, Kilogramm. Oder Pogrom.«

Hans-Hermann aus der Buchhaltung konnte über sein homogenes KM-Enhancement berichten. Ich hoffe, daß das keine Frechheit war. Dafür seien aber keine retroperitonealen oder mesenterialen LK-Vergrößerungen gefunden worden! Das fanden alle total beruhigend. Fräulein Kölln vom Empfang stellte dann eine »Geometrische Persönlichkeitstheorie« vor, die sie entwickelt hat. Die ist sehr komplex und kann hier nicht in allen Einzelheiten beschrieben werden. Nur soviel: Sind Sie ein Dreieckstyp oder eher ein Vieleck im Übergangsstadium zum Kreis? Sie sei schon bei der Runterschreibung eines Buches, sie glaubt, daß das ganz einfach sein müsse. Später kam noch die neue Kollegin aus der Auslandsabteilung herein, und ich stellte fest, daß wir uns bereits kannten. Sie hat eine Hüftprothese *und* ist die geschiedene Frau eines Ex-Kollegen und erzählte mir, daß dessen neue Freundin die ehemalige Stiefmutter einer Klassenkameradin des Sohnes der Geschiedenen sei. »Ehemalige Stiefmutter« deshalb, weil sie den Vater der Stieftochter wegen des Ex-Mannes der Geschiedenen verlassen hatte, wobei übrigens der besagte Vater sich wiederum ihretwegen vorher hatte von seiner ersten Frau scheiden lassen. So schließen sich die Kreise. War die Herüberbringung klar oder brauchen Sie 'ne Zeichnung?

**Buchmesse**

Auf der letzten oder vorletzten Frankfurter Buchmesse war es eigentlich wie immer, aber darüber will ich jetzt gar nicht meckern, weil ich es manchmal doch gern habe, wenn es furchtbar laut ist und überall schlechte Luft und man ganz herzlich von flüchtigen Bekannten umarmt wird, die einen dann ganz schnell loslassen, weil wer Wichtigeres vorbeikommt.

Meistens saß ich am Stand, der die Bücher von Arno Schmidt ausgelegt hatte. Dort gab es den besten Wein. Einmal kam ein Mann in schmutzigen Sandalen vorbei: »Ey, geil, Arno Schmidt!« rief er. Dann blätterte er in den Büchern herum und sagte entschuldigend zu mir: »Arno Schmidt ist ja jetzt 'n bißchen kultig, aber trotzdem okay.« Ich erwiderte, daß ich es Herrn Schmidt nachher ausrichten würde.

An einem anderen Stand war auch viel los, mit Fernsehen und allem, und da ich nicht sehen konnte, um wen es ging, fragte ich einen der Journalisten, der am Rande stand. Es ging um Veronica Ferres. Da kam ich gleich auf die Idee, daß die wohl ein Buch geschrieben haben muß. Hat sie aber nicht, sagte er. Vielleicht hat sie eins gelesen –?

Ich selbst wurde auch einmal das Objekt von Verehrung, jawohl! Ein netter junger Mann fragte mich, ob ich Fanny Müller sei, was ich bejahte, und sagte anschließend wörtlich: »Ich habe an Ihnen schon sehr viel Vergnügen gehabt!« Gerade wollte ich es abstreiten, weil es nämlich überhaupt nicht sein kann, ich habe sogar schon mehrere schriftliche Aussagen darüber; aber dann fiel mir erstens ein, daß auf mein Kurzzeitgedächtnis überhaupt kein Verlaß mehr ist

437

und zweitens, daß ich *doch* ein Tagebuch schreiben sollte, dann könnte ich da wenigstens nachgucken. Er setzte aber gleich hinzu: »Ich meine – an Ihren Büchern.« – Wußt' ich's doch!

**Geheimnummern**

Geheimnummern sind ja an sich nichts Neues. In meinem Elternhaus auf dem Dorfe gab es einen Raum, Büro genannt, in dem ein sehr alter Geldschrank stand, weil mein Großvater und meine Mutter sich ein Zubrot als sogenannte Leiter einer sogenannten Nebenzweigstelle der Sparkasse verdienten. Das bedeutete, daß die Bauern ab morgens um sieben und noch lange nach 20 Uhr klingelten und »einen Scheck auslösen« oder »für 50 Mark Geld« haben wollten. Der Geldschrank hatte ein Kombinationsschloß, das immer wieder häusliche Debatten auslöste, weil Großvater Spaß daran hatte, neue Zahlen einzugeben, sie aber gleich wieder vergaß. Obwohl sich die ganze Familie am Raten beteiligte, kriegten wir die richtigen Nummern selten zu fassen. Schließlich ging meine Mutter dazu über, das Geld in einem Schuhkarton unter ihrem Bett aufzubewahren, auf den sie »alte Strümpfe« geschrieben hatte, um so potentielle Einbrecher zu überlisten.

Jahre später eroberten Kombinationsschlösser dann auch kleinere Geräte, die »Diplomatenkoffer« genannt wurden und bei Schülern sehr beliebt waren als Ersatz für ihre Schultaschen. Diesen jungen Menschen ging es nicht anders als meinem Großvater, und so mußten sie häufig auf ihre Pausenbrote und Revolverblätter verzichten, die überwiegend den einzigen und schwer geschützten Inhalt dieser Koffer bildeten.

Dann kam die Zeit, als Geheimnummern, die aber *Personal Identity Number* heißen, und Paßwörter die abendländische Welt eroberten. Du lieber Himmel! Ich kann ja noch nicht einmal meine eigene Telefonnummer behalten! In der

Bank wurde mir eingeschärft, daß ich meine PI-Nummer auf keinen Fall irgendwo aufschreiben dürfe, was ich aber glücklicherweise doch getan habe, denn die Methode, wie ich sie für alle Zeiten auswendig lernen kann, war doch nicht so idiotensicher, wie ich es mir vorgestellt hatte. Von den vier Ziffern hatte ich mir die ersten beiden gemerkt, weil sie meinem gefühlten Alter abzüglich sieben entsprachen. Sieben ist meine Glückszahl. Oder war es die fünf? – Eine Woche später konnte ich mich nicht mehr daran erinnern. Ich wußte nur noch, daß die dritte Ziffer auf jeden Fall sechs war. Oder acht. Die vierte entsprach der Anzahl meiner Liebhaber (Entschuldigung). Oder war das die dritte und vierte zusammengezählt? Eine Liste aufzustellen, half auch nicht weiter. Man kann sich ja nicht *jeden* merken. Nachdem ich mich am Bankautomaten an drei falsche Geheimzahlen erinnert hatte und schon ein Polizeiwagen um die Ecke kam, sauste ich schnell ins Büro, wo die Nummer in meinem PC gespeichert ist. Die Kollegen hatten schon nachgefragt – wir sind vernetzt –, was denn die Datei mit dem Titel »Gehnrfm« beinhalte. Reingucken konnten sie nicht, weil sie mein Paßwort nicht wußten. Da ging es ihnen wie mir. Hatte ich nicht den Namen des Hundes von Dings, meiner Schulfreundin, wie hieß sie noch mal, gewählt, und wie hieß um Gottes willen dieser blöde Hund? Also, den könnte ich genau beschreiben, der stank doch wie die Pest, und schielen tat er auch noch ...

Auf jeden Fall, das können Sie sich ja denken, bin ich heute eine Verfechterin der Fingerabdruckerkennung geworden. Noch besser: Handabdruck. Da gibt es nur eine Möglichkeit sich zu vertun, nicht neun.

**Infostand**

Wenn man einen Infostand in der Innenstadt machen muß, dann kommt garantiert jede Knalltüte, die in der Stadt oder in den Außenbezirken wohnt, an genau diesem Tag vorbeigelatscht und sabbelt einem das Ohr ab. Selbst Frau Holtenbrink, meine frühere Nachbarin, blieb wie angenagelt bei mir stehen – »Wie sehn SIE denn aus – oder war'n Sie beim Frisör?« – und versah mich mit Kommentaren zu Gott und der Welt und zum Tode Lady Dis, obwohl der ja schon Jahre zurückliegt, aber sie hat eine wirklich sehr alte Mappenzeitung: »Schade isses ja, aber so nobel gibt nich jeder 'n Löffel ab. Mercedes 600!« Der Sohn von Frau Holtenbrink hatte besagten Löffel bereits vor mehreren Jahren abgegeben, als er mit dem alten und dazu noch von einem Kumpel »ausgeliehenen«, was ein Euphemismus für »geklaut« ist, also mit einem alten Opel Ascona »verkehrt rum« (Originalton Frau H.) in den Elbtunnel hineingefahren war. Die Versicherung hatte nichts gezahlt, weil Dieters Führerschein *verschüttgegangen* – also auf irgendeiner Polizeiwache schon vorher in Gewahrsam genommen worden war. Jetzt hat Frau Holtenbrink die Kinder, weil ihre Schwiegertochter ebenfalls verschüttgegangen ist und zwar mit einem Anwaltsgehilfen, »an dem ja patuh nix dran ist«, wie Frau Holtenbrink damals mehrfach betonte. Nun ja, das kann man nie genau wissen. Man steckt ja nicht drin.

Als ich sie endlich abgewimmelt hatte, kam gleich die nächste. Die war auch nicht mehr jung und ziemlich blond und aufgeregt: Sie war mit Elisabeth zur Schule gegangen, und als sie das Abitur machten, ging Elisabeth ja schon mit Jürgen. Jürgen und sein bester Freund Horst holten sie immer zum Tanzen ab, und dann hat sie Jürgen geheiratet. »Und ist immer noch mit dem verheiratet! Alleine, wie der aussieht!« Das konnte ich bestätigen, ich kenne Jürgen nämlich. Und Horst leider auch. »Und wie Horst aufgestiegen ist, da hat er Jürgen nicht mitgenommen, jetzt hat der immer Schaum vorm Mund.« Horst ist ein bekannter Politiker, deshalb habe ich die Namen geändert, sonst kriege ich womöglich noch eine Klage an den Hals. Die kriegte ich sowieso beinahe, weil noch ein Polizist kam und meine Standgenehmigung sehen wollte. Die hatte ich sogar dabei, aber er hielt sie seitenverkehrt und behauptete erst mal, daß ich von rechts wegen auf der anderen Straßenseite stehen müßte. Danach schauten dann noch die üblichen Männer vorbei, die es auch an den Augen hatten: »Na, so allein, junge Frau?«

Beim Abbauen des Standes hätte ich alle diese Leute gut gebrauchen können.

# Inschriften

»*BSB are the best, forget SYNC and the other shit rest*«, las ich auf der Rückenlehne einer Bank, als ich im Bahnhof Trier auf den Zug wartete. Hätte ich diese Aussage in Hamburg vorgefunden, wäre ich noch verwunderter gewesen, denn BSB ist hier eine Abkürzung der Behörde für Schule und Berufsbildung. Die Aufklärung folgte jedoch auf dem Fuße beziehungsweise gleich darunter: »*I love Nicholas Carter from the Backstreet Boys more than words can ever say by Yvonne*«, hieß es da in nur geringfügig besserem Englisch. By? From? Na ja. Unterhalb dieses Geständnisses fand ich eine weitere Behauptung: »*Nicholas Alexander Brian Kevin Howard that are the sweetest guys from the whole wide world.*« Schon wieder *from*, da kann man nichts machen. Eine Anke wiederum, las ich weiter, liebte einen David Peters, was mir realistischer erschien, allerdings weiß ich nicht, ob sich dieser *guy* nicht eventuell Däiwihd Pieters ausspricht. Warum diese jungen Leute solche Dinge wohl in Englisch mitteilen? Wenn die BSB jemals in Trier aufkreuzen sollten, dann werden die sich wohl kaum auf dem Bahnhof aufhalten. Oder ist es wegen der Rechtschreibung? Die ist in der deutschen Sprache ja schwieriger – heißt es die besten oder die Besten? Die Anderen oder die anderen? Auch die Befehlsformen mancher Verben geraten in Vergessenheit. »Vergeß das mal« und »meß das mal nach« – wem fällt schon noch auf, daß da irgendwas nicht in Ordnung ist? In Hamburg bestimmt niemandem. Da hatte ich mal eine Zimmerwirtin, die nicht anstand, alle Verben so einfach wie möglich zu beugen: »Gestern gehte ich einkaufen.« Die hat übrigens in meiner Abwesenheit immer meine Kontoauszüge kontrolliert, was mich dazu veranlaßte, meinen Freunden ein paar Mark und gewisse Instruktionen zu geben. Peter überwies mir dann zehn Mark und hatte dazugeschrieben »Danke für die wunderbare Nacht«. Das mußte ihr zu denken gegeben haben. Einige Tage später gab sie mir zu verstehen, daß sie früher auch... aber das sei ihr so auffe Beine gegangen, das ewige Rumstehen. Sie hatte ein schlichtes Gemüt. In der Bank haben sie mich allerdings ziemlich komisch angeguckt. Auch bei der Überweisung einer Freundin: »17. Erpressungsrate. Jetzt muß aber bald mal Schluß sein.« Es handelte sich um sechs Mark fünfundneunzig. Ich sagte den Bankangestellten, was ich in solchen Fällen immer sage: »*Honi soit qui mal y pense*«. Das verstanden sie nicht. Besser wäre wohl gewesen: »*A clown who thinks evil from that.*«

*Kriminelle Katastrophen*

**Kein schöner Land**

Auf die schönen Sommernachmittage in Hamburg ist Verlaß. Der Bunker zwei Häuser weiter hat die Anlagen in die Fenster gestellt und gibt eine Retrospektive von Joe Cocker, immerhin. Letzte Woche war es »Fick, fick, fick mich ins Hirn«, was mich zunächst veranlaßt hatte zu vermuten, daß ich es irgendwie an den Ohren habe, bzw. mit meiner Psyche was nicht in Ordnung ist. Der Bademeister in der Nachbarwohnung hatte aber dasselbe gehört, und der hat gar keine Psyche.

Das Altersheim nebenan hängt mal wieder in den Stühlen und Rollstühlen draußen im Garten und wird beschäftigungstherapiert: »Heute wollen wir alle Käsesorten sagen, die wir kennen.« Erwartungsgemäß werden Edamer, Harzer, Schweizer benannt. »Und Romadour«, wirft einer der Alten ein. »Toll, Herr Fischer. Weiß noch jemand einen Käse?« Es folgt Tilsiter. Dann ist Stille. Die Leute sind einfach nicht mit Gorgonzola und Parmesan aufgewachsen. »Und Romadour«, mischt sich Herr Fischer erneut ein. »Ja, Herr Fischer, Romadour hatten wir schon.« – »Romadour!« Herr Fischer ist nun lauter geworden. Die Therapeutin wechselt zu den Obstsorten.

Jetzt ertönen aus Richtung Bunker Schüsse. Hunde bellen wie wahnsinnig. Man hört Schreie. Das ist an sich nichts Neues, aber ich verlasse doch den Küchenbalkon und begebe mich nach vorne ans Salonfenster, um zu sehen, was da los ist. Kaum zwei Minuten später ist schon die Polizei da, übrigens zeitgleich mit dem Fernsehen; etwas später läuft die Feuerwehr ein, und ein Rettungshubschrauber landet auf der Stresemannstraße. Ich eile nach oben. Von Markus' Balkon im dritten Stock kann man alles viel besser sehen. Der Schütze wird gerade abgeführt. Zwei Männer hat er angeschossen, der dritte ist tot. Eine Frau läuft hinter ihm her: »Das hassu gut gemacht, Alder.« Vom Balkon gegenüber ist zu erfahren, daß das »seine Schlampe« gewesen sei. Die Nachbarschaft ohne Balkon wuselt außerhalb der abgesperrten Zone auf der Straße herum und spricht ihre unmaßgebliche Meinung in die Fernsehkameras hinein. Man habe den Verbrecher immer als sehr nett und hilfsbereit erlebt, »aber wenn er mal was trinkt, kommt bei ihm was raus«. Später am Tag wird festgestellt werden, daß wegen der Pistole schon eine Anzeige vorgelegen hat, und das Fernsehen recherchiert bei der Polizei. Die Polizei gibt zu, daß sie von der Waffe gewußt habe, erklärt aber, daß ihre »Bewertung« dahin gegangen sei, daß eine Straftat »nicht unmittelbar bevorgestanden« habe. Oder jedenfalls nicht sofort. So spricht der Hanseat, wenn er offiziell wird. Wie damals Uwe Seeler, als er im NDR wegen der Korruptionsgeschichte im HSV interviewt wurde: »Ich habe Geld weder beh-kom-mehn noch ... geh-kricht.«

Ich gehe doch lieber wieder runter auf meinen Küchenbalkon. Die Sitzung hinterm Altersheim ist scheint's ohne Unterbrechung weitergegangen, schließlich hat man ja ein oder zwei Weltkriege hinter sich gebracht. Und ist jetzt bei den Wurstsorten angelangt. Mettwurst, Leberwurst, Blutwurst, Salami. »Zervelat!« brüllt Herr Fischer. »Ja, Herr Fischer«, sagt die Therapeutin beherrscht, »das sagten Sie schon. Dreimal.« – »Zervelat, Zervelat!« Seine Stimme kippt um. Die Therapeutin macht jetzt den Vorschlag, daß man doch ein Lied singen könne. Man singt »Kein Schöner Land In Dieser Zeit«.

**Verbrecheralbum**

Zum Fischmarkt gehe ich ganz selten und nur, wenn ich Besuch habe, wie am letzten Wochenende von Steffi aus Dithmarschen. Auf dem Fischmarkt ist immer ein furchtbares Gedränge, und überall flitzen Kleinejungsbanden herum, die einem das Portemonnaie klauen. Genau das passierte natürlich. Und nicht etwa Steffi, die, wie ich vermute, ihr Geld im Schlüpfer versteckt hatte, sondern mir. Perso, 80 Euro, Kreditkarten. Super! – Auf zur Davidwache.

Man glaubt es ja nicht, was da am frühen Morgen schon los ist. Vor uns ein schwer Angeheiterter, der berichtet, daß Kuddel aus der Paul-Roosen-Straße die letzten fünf Tage nicht mehr bei »Mama Uschi« gesehen worden sei. Sein Fahrrad habe aber die ganze Zeit vor diesem Etablissement gestanden und beim Türken habe er auch keine Zigaretten mehr gekauft... bei Uschi hatte man vermutet, daß er im Lotto gewonnen hätte. Bis Rosi, die Hausmeisterin, der Gestank stutzig gemacht habe. Sie hätten dann alle zusammen die Tür aufgebrochen und ihn auf dem Sofa sitzen sehen, schon ziemlich aufgebläht, weil »er die Heizung volle Kapelle zu laufen hatte«, und danach sei bei Uschi erst mal 'ne Runde Korn dran gewesen.

Wir sind immer noch nicht dran, denn jetzt zückt ein älterer Herr sein Notizbuch; er möchte eine Anzeige erstatten. Und zwar wäre ein weißer Mercedes, Kennzeichen soundso, vorhin bei Gelb noch über die Ampel Reeperbahn Ecke Talstraße gefahren, und ob er jetzt mal das Verbrecheralbum einsehen könne.

»Sie haben hier ja wohl immer viel Spaß«, sage ich zum Diensttuenden, als ich endlich drankomme. – »Geht so.«

Ich erzähle meine Geschichte und werde gefragt, ob ich die Jungs wiedererkennen würde. Steffi und ich sagen gleichzeitig Ja und Nein. Sie tritt mir auf den Fuß. Alles klar, wann hat man in Dithmarschen schon mal Gelegenheit, ins Verbrecheralbum zu gucken? – Morgen soll ich wieder anrufen. Das tue ich auch, und siehe da, das Portemonnaie ist gefunden worden. Außer dem Zaster sei alles drin. Und dafür hat man nun die Bank mit Sperrung und so derartig verrückt gemacht, daß mich schon drei Filialen angerufen haben, ob ich wirklich alles sperren wolle. Die kriegen wahrscheinlich für jede Sperrung zehn Euro, was sie auf Nachfrage aber abstreiten.

Also wieder zur Davidwache. Das Portemonnaie ist nicht mehr da. Es ist »mit der Stafette« zur Wache Lerchenstraße transportiert worden. Mit der Stafette?? Alle hundert Meter ein Bulle, der sich schon warmläuft, um seinem Vorläufer meine Börse zu entreißen? Und was kriegt der Gewinner? Darf der mein Portemonnaie behalten? – Eine Erklärung bleibt aus, dafür wird aber in der Lerchenstraße angerufen, ob »die Stafette zum Nachteil Frau Müller« schon angekommen sei. Ist sie. Ich erkläre, daß ich gleich vorbeikommen werde. Das darf ich aber nicht, weil gerade ein Verhör stattfindet. »Das macht nichts«, sage ich großzügig, »ich hör einfach nicht hin.« Darf ich auch nicht. Ich soll Dienstag kommen und was mitbringen, um mich auszuweisen. Sehr komisch! Alle Ausweise sind schließlich im Portemonnaie. Am besten nehme ich mein Poesiealbum mit. Oder mein Tagebuch? Den Gedanken, daß man mich nach dem Perso-Foto erkennen könnte, habe ich gleich verworfen. Das stammt nämlich auch direkt aus dem Verbrecheralbum.

# Einbruch

Am Montag abend kamen sie. Um Viertel nach sieben. Die Einbrecher.

In der Küche mache ich schon relativ früh das Licht aus und halte mich vorne im Wohnzimmer oder im Schlafzimmer auf.

Heute war ich früh zu Bett gegangen und las noch irgendwas Einschläferndes. Plötzlich komische Geräusche! Ich raus aus dem Bett, Licht gelöscht und durch die Jalousie gelinst. Meistens stehen dann Jugendliche neben dem Altersheim unter meinem Fenster und machen sich einen Druck. Nicht so heute! Zwei Kerle schwingen sich gerade über den Zaun in unseren Garten.

Ich rase im Nachthemd zum Nachbarn oben: »Zwei Männer. Im Garten. Guck mal vom Balkon runter!« Ich rase wieder zurück, öffne die Wohnungstür und siehe da: Einer der Verbrecher kniet bereits auf meinem Balkon und ist dabei, die Balkontür aufzuhebeln. Wie wahnsinnig sause ich auf ihn zu (immer noch im Nachthemd) und kreische: »Raus hier!« Das muß ihm den Schock seines Lebens versetzt haben. Darüber mache ich mir aber jetzt weniger Gedanken.

Die Polizei war erst mal nicht besonders hilfreich. Die dachten wohl, ich wolle mich irgendwie interessant machen, aber als ich ihnen sagte, der Nachbar hätte die kriminellen Elemente auch gesehen, wurden sie etwas freundlicher. Die junge Polizistin sagte, sie lebe auch im ersten Stock und hätte rund um den Balkon Stacheldraht gelegt. Du liebe Zeit! Ich möchte doch nicht im Archipel Gulag wohnen!

Aber irgendwas muß ich ja wohl machen. Siedendes Öl? – Die Vorschläge meiner Bekannten reichten von »Nägel streuen, die durch Turnschuhe gehen« über »Kampfhund anschaffen« bis hin zu einer Kalaschnikoff. Wenn ich allerdings mal auf den Balkon gehe und nicht dran denke, habe ich das Zeugs selber in meinen Turnschuhen; einen Kampfhund muß man Gassi führen und wird dann womöglich noch gelyncht, und daß ich holterdipolter einen Waffenschein kriege, glaube ich auch nicht. Das ist das Gute an Amerika: Wenn man sie in die Wohnung läßt, kann man sie wenigstens gleich erschießen.

Als erstes habe ich den Balkon mit alten Blumentöpfen vollgestellt. Da können die Desparados sich schon mal die Füße brechen. Als nächstes habe ich mir eine Glocke aus dem Indien-Laden in der Susannenstraße gekauft. Von dem Geläute wird man ja selber taub. Dann war eine Teleskopstange angesagt. Darüber könnte ich noch mal extra was schreiben. Auf jeden Fall ist sie jetzt endlich angebracht (Danke, Eddie!), und der Bewegungsmelder sowie die Zeitschaltuhren sind ebenfalls im Einsatz. Eine Kollegin hat mir noch eine Art Ei, das furchtbaren Krach macht, versprochen, das hole ich heute abend ab.

Im Grunde allerdings kommen Verbrecher bei mir nicht so richtig auf ihre Kosten: Meine Anlage ist über zehn Jahre alt und noch mit einem Plattenspieler(!) versehen, Fernseh habe ich weggeschmissen, den Computer habe ich vor vier Jahren erworben, der war also praktisch schon am Nachmittag des Tages, als ich ihn kaufte, hoffnungslos veraltet. Das einzige, was sich überhaupt noch lohnt, ist mein *i-book*. Das kann ich bei der Hausratversicherung aber auf gar keinen Fall angeben, weil es, naja Gott, wie das im Leben manchmal so zugeht, in Amsterdam versehentlich von einem Laster gefallen ist...

# Fangschaltung

Seit Wochen wird Andrea, die Mama von Lukas, die unter mir wohnt, von anonymen Anrufen tyrannisiert. Tenor: Sie sei eine Schlampe, das Kind bedauernswert und immer Männer zu Besuch... Ihre Oma hat übrigens Weihnachten auch schon in dieser Richtung was anklingen lassen. Unverheiratet, uneheliches Kind, ob sie wohl überhaupt noch einen abkriegen würde... Das hatte Andrea allerdings nicht gestört; Oma hatte schon immer einen an der Klatsche und zwar nicht zu knapp.

Die Stimme, die nur auf den Anrufbeantworter sprach, wenn Andrea weg war – also das Kind in den Kindergarten brachte und dann selbst zur beruflichen Fortbildung weiterradelte –, diese Stimme schien die eines älteren Mannes zu sein – ich habe das Band gehört und tippte eher auf 70 als auf 60 Jahre.

Andrea war in Panik, weil es bekannt ist, daß Kinderschänder sich gerne darauf beziehen, sich um »vernachlässigte« Kinder kümmern zu müssen. Da man nie wissen kann, ob es ihnen nicht irgendwann zu langweilig wird mit der Telefoniererei und sie sich was anderes einfallen lassen, ging Andrea zur Kripo.

Eine Beamtin kam mehrmals, um die Tonbänder abzuholen; die wurde auch ganz bleich, als sie die Tiraden hörte. Die übrigens nie länger als 30 Sekunden dauerten – offenbar einer, der Derrick geguckt hat und glaubte, daß man den Anruf erst nach einer gewissen Zeit zurückverfolgen könne. Was übrigens nicht stimmt, denn man kann mit einer Fangschaltung den Anruf auch noch nach dem Auflegen ermitteln. Die Kripo hat dann eine Fangschaltung legen lassen, die muß Andrea natürlich! selbst bezahlen, denn es ist ja noch nichts passiert...

Da sie davon ausging, daß es sich um jemanden von gegenüber handeln mußte, weil ja immer nur in ihrer Abwesenheit angerufen wurde, und wer sollte das sonst schon so genau wissen, wurde ein entsprechendes Szenario entwickelt. Heute sollte die Fangschaltung zum ersten Mal laufen, also lud Andrea gestern abend drei frühere Freunde zu einer Orgie ein. Die saßen dann auf dem Sofa und sahen Fußball. Ihr aktueller Freund kam noch dazu und blieb extra über Nacht. Also ein richtiges Schlampen-Arrangement.

Heute morgen haute sie dann mit Kind und Freund ab, wie gewohnt, schlich sich aber mit Hilfe von Nachbarn aus dem Hinterhaus in ihren Garten – die Wohnungstür zum Garten hatte sie aufgelassen –, denn der Anrufer sollte ja glauben, es sei niemand da. Die Sache ist die, daß eine Fangschaltung nicht mit Anrufbeantworter funktioniert. Man muß also den Hörer abheben, wenn jemand anruft und dann eine bestimmte Zahl wählen.

Um den Verbrecher ja nicht zu verpassen, bin ich früh um acht im Bademantel durch die Wohnung von Martina, die auch parterre wohnt, und dann durch die Gärten und in Andreas Wohnung gelatscht und habe Wache geschoben, bis Andrea zurück war. Der Anruf kam, als sie meinen Platz wieder eingenommen hatte. Sie hört ein kurzes Ächzen, dann wird aufgelegt. Andrea drückt auf die Zahl.

Anschließend hörte ich sie am Telefon brüllen. Die Telekom hatte ihr die Nummer durchgegeben. Eine Nummer aus Lübeck. Die Nummer von Oma.

Ich habe mir gleich das Copyright gesichert.

PS: Jetzt hat die Kripo bei Oma angerufen, und Oma will Tabletten nehmen. »Soll sie doch«, sagt Andrea. – Wird sie aber nicht, weil sie damit nun wirklich keinen ärgern kann.

*Hausgemachte Katastrophen*

## Gasfete

Paulina hat zu einer Einzugsparty geladen. Das ist ungefähr ein Jahr nach ihrem Umzug auch wirklich angebracht. Ich komme etwas eher, weil ich ihr beim Zubereiten der Speisen helfen soll, und drehe die Anlage etwas leiser. Bis auf die Küche sieht es ziemlich chaotisch aus. Paulina kocht vor Wut: »Als ich heute morgen eingekauft habe, war meine Mutter da. Lies mal den Zettel!« Ich lese: »Ich habe dir mal eben die Küche gemacht.« Paulina tobt: »Mal eben! Mal eben! Was denkt die sich eigentlich? Daß ich drei Tage brauche, um die Küche zu putzen?« Nach meinem Dafürhalten braucht sie einen Monat, und dann ist das Geschirr schon wieder verschimmelt. Aber ich sage lieber nichts. Man soll anderen Hausfrauen ja nicht reinreden. Außerdem fand die Mutter, daß es irgendwie nach Gas riecht, und hat das Gaswerk angerufen, da käme dann später jemand. »Das fehlte noch, daß der mir in die Party reinplatzt!«

Ich suche auf dem Balkon nach den Zucchini. »Die sind neben dem Bücherkarton!« Bücherkarton? Wie lange hat sie den denn schon ... Aber ich werde abgelenkt – weiter oben wird gerade die Straße abgesperrt, Polizei rennt herum, Leute gehen mit Sack und Pack aus ihrer Wohnung. »Komm mal raus, Paulina!« Wir hängen beide über dem Balkongeländer und beobachten die Szenerie. »Fehlt nur noch das Fernsehen«, sagt Paulina, angenehm erregt. Und siehe da, da kommen die Jungs schon, Kameras auf der Schulter und eine Tussi dabei. Während wir gerade deren Outfit kommentieren – Rock *und* ausgestellte Hose, was Schlimmeres gibt es ja wohl nicht – da donnert es an die Wohnungstür. »Bestimmt die Nachbarn, die können kein Heavy Metal ab!«

Ich öffne die Tür, und die ganze Pracht von mindestens zwanzig Feuerwehrleuten in voller Montur, orange-weißer Helm, Gasmaske und alles, bricht über mich herein. »Der Mann vom Gaswerk ist da«, verkünde ich etwas schwach in den Knien. Alle drängeln sich in die Küche. Wo denn der Hauptgashahn sei, wird gefragt. Paulina weiß es nicht, und alle Mann hoch stürmen hinunter in den Keller. Zwei Polizisten in vergleichsweise bescheidener Uniform bleiben da und nehmen ein Protokoll auf. Die Feuerwehr kommt zurück. »Da gibt es kein Vertun«, sagt der Oberboss, ein Gasschaden sei vorhanden, und sie hätten erst mal alles gesperrt. »Super«, sagt Paulina, »und womit sollen wir jetzt kochen?« Sie sieht sich träumerisch in der Küche um: »Hör ma zu, ins Wohnzimmer gehen nur zehn Leute rein, wegen der Kartons, aber in die Küche passen zwanzig, hätt ich ja nie gedacht!«

In der nächsten Stunde ruft sie alle Gäste an, sie sollen »irgendwas« mitbringen. Da aber alle schon »irgendwas zu trinken« gekauft und die Läden sowieso geschlossen haben, gibt es nur Salzstangen, Würmer und altbackenes Brot vom Türken. Sebi bringt seine Kusine mit, die sich als die Tussi vom Fernsehen herausstellt. In den Abendnachrichten sieht man Paulina und mich auf dem Balkon, wie wir feixen. Spätabends donnert es wieder an die Wohnungstür. Dieses Mal sind es aber die Nachbarn, die mit der Polizei drohen. »Keine Chance, daß die Bullen noch mal kommen«, sagt Paulina großartig und macht die Tür wieder zu.

Letzten Endes kehrten wir dann alle bei McDonald's ein.

## Fix bedankt und nix wie weg

Als ich im letzten Sommer bei der ältesten Nichte einhüte, weil sie weggefahren ist, klingelt es. Morgens um 7 Uhr. Kann ja nur ein Handwerker sein. Ich öffne die Tür im Bademantel, Handtuch um den Kopf gewickelt, weil ich mir die Haare gewaschen hatte, und den Mund voller Zahnpasta. Und tatsächlich: ein »Mitarbeiter« der Stadtwerke von K., ein schon älterer junger Mann, dessen Unterlippe einem mitteilt, daß wir alle für sein Leid – was auch immer das ist – verantwortlich seien. Er komme wegen der Stromrechnung. Ach ja – die Nichte erwartete seinen Besuch schon, denn sie hatte eine Stromrechnung bekommen, laut derer sie 1340 Euro nachzahlen sollte. Ein stolzer Preis für eine 45qm-Wohnung, in der sich weder ein Trockner, eine Mikrowelle, ein Geschirrspüler noch ein Massagestab befinden. Als sie wegen der Rechnung bei den Stadtwerken anrief, wurde sie gefragt: »Und wieviel Lampen haben Sie?« Sie war nicht übel versucht zu sagen, daß sie kürzlich ein Lampengeschäft in der Wohnung aufgemacht hätte, nahm aber davon Abstand, weil sie den Humorpegel in den Stadtwerken nicht unnötig strapazieren wollte.

Der junge Mann fragt jetzt nach dem Gaszähler. Ich sage, daß es sich um die Stromrechnung handle. Er: »Ja.« Und fragt wieder nach dem Gaszähler. Da wir so nicht weiterkommen, zeige ich ihm den Gaszähler. »Naja, wenn Ihre Heizung aber mit Gas läuft, das ist ja teurer geworden…«

Ich, immer noch mit Schaum vorm Mund, zeige ihm auf der Rechnung, die er die ganze Zeit in der Hand hält, die betreffenden Zeilen: »Stromverbrauch 9 034 kW«, daneben ein handschriftlicher Kommentar: »Ist ein bißchen viel, oder?

Wir sollten das besser noch mal überprüfen.« Er starrt auf das Papier, als versuche er gerade, alte Francs in Euro umzurechnen – obwohl man das gar nicht mehr braucht –, während ihm in Monte Carlo soeben die Brieftasche geklaut wird, und sagt: »Wo ist denn hier der Stromzähler?« Endlich! Der Groschen ist gefallen! Oder heißt das jetzt Cent?

Der Stromzähler ist im Keller, wohin ich ihn aber wohlweislich nicht begleite, weil da die Mücken herumsausen wie blöd und einen Krach machen wie eine Carrerabahn. Der Mann kommt gleich wieder zurück, kratzt sich an zwei oder drei Mückenstichen auf seiner Wange und am... also nicht wählerisch, was die Stellen angeht, so was kann einem vor dem Frühstück ganz schön auf den Sack gehen, und sagt: »Für den Raum brauche ich einen Schlüssel.« Ich weise ihn darauf hin, daß an dem betreffenden Raum ein Zettel hängt »Schlüssel bei den Stadtwerken«. Hat er aber nicht gesehen und fragt dann unglücklich, was er nun machen solle. Ich, immer noch Schaum vorm Mund, schlage ihm vor, daß er den Schlüssel jetzt wohl holen müsse. Er denkt eine ganze Zeitlang nach und sagt tief aufseufzend: »Ja. Dann müssen wir den wohl holen.« Wir! Ich verkneife mir gerade noch zu sagen: Brauchen Sie dafür'n Bodyguard? »Aber heute schaffe ich das nicht«, sagt er aufatmend, tippt an seine Mütze und trollt sich die Treppe runter. Wie der Zimmermann sagt: Fix bedankt und nix wie weg.

Den werd ich mir auch noch konfirmieren!

Jedenfalls konnte ich mir jetzt die Zähne fertigputzen.

## Glubschauge, Kretin und Fettsack

Die Handwerker sind wieder da! – Andrea unter mir ist vor kurzem ausgezogen, weil sich alle Tapeten von den Wänden lösten und ein von ihr verlegtes Parkett einige unschöne Wellen aufwies, so daß sie andauernd auf die Fresse fiel. Nun sind sie also gekommen. An einem Sonnabend. Um sieben Uhr, was sonst?

Als meine Ex-Untermieterin, die gerade mal wieder bei mir wohnt, und ich aus den Betten katapultiert wurden – Schlagbohrer –, konnten wir uns anschließend nur schreiend unterhalten. Sie floh dann zu einer Freundin, und ich ging in den Park. Das war allerdings nicht viel besser, denn dort waren einige junge Leute zugange, die auf dem Rücken ein Gerät mit sich führten und in der Hand eine Art Phallus, mit dem sie das Laub aufsaugten. So was können sich auch bloß Männer ausdenken. Hauptsache, es macht Krach und sieht wie'n Pimmel aus. Ich ging also wieder nach Hause, rief meinen Rechtsanwalt an, ich habe eine Rechtsschutzversicherung für alles und jedes, und schickte dem Hauswirt ein Fax, das endete mit: »... und werde ich mir vorbehalten, die Miete zu mindern.« Das ist etwas, was er überhaupt nicht abkann.

Daraufhin war einige Tage Ruhe, aber dann ging es wieder los. Ich ging nach unten und traf dort auf drei Maurer, die gerade Mittagspause machten. Glubschauge, Kretin und Fettsack. Die konnten mir erstens nicht sagen, was aus der Wohnung wird – früher soll sie schon mal ein Laden gewesen sein, womöglich wird sie wieder einer, hoffentlich kein Döner oder Puff –, und zweitens konnten sie mir nicht sagen, wann der Krach aufhört. D. h. ich hatte gefragt, wann die Geschichte denn beendet wäre. Glubschauge legte extra die BILD-Zeitung weg, während Kretin sich nur die Bilder anguckte und Fettsack irgendwo hinten schlief, um mir einen Vortrag zu halten, nämlich, daß ich die Frage falsch gestellt habe, und wenn ich gesagt hätte »Wann ist die Renovierung zu Ende?« oder »Wann hören Sie mit dem Bohren auf?«, dann hätte er mir antworten können. Vorträge von Männern habe ich ja schon genug in meinem Leben gehabt. Aber da ich's unbedingt wissen wollte, fragte ich noch einigermaßen höflich, wann der Krach denn zu Ende sei. »Wissen wir nicht!« sagte er triumphierend und griff wieder zur BILD-Zeitung. Ich überlegte kurz, ob ich einen der herumliegenden Bohrer zweckentfremden und alle drei damit abstechen sollte, aber dann ließ ich es lieber bleiben. Meine Rechtsschutzversicherung kommt für solch einen Fall wohl doch nicht auf.

Heute morgen um Punkt sieben bearbeiteten sie dann die Wände mit Vorschlaghammern. Bis fünf nach sieben. Nach dem Motto: »Warum sollt ihr schlafen, wenn wir wach sind?« Die einzige und masochistische Befriedigung von Handwerkern besteht ja nur noch darin, daß sie zwei Stunden vor allen anderen Leuten aufstehen. Ich schleppte mich in die Küche und schaltete besinnungslos das Radio ein: »...der Alsterradio-Superstar John Lennon wurde heute vor 20 Jahren...« Das gab mir dann den Rest. Vor 20 Jahren war das Alsterradio noch überhaupt nicht geboren!

Fällt mir ein: Wenn nach den Maurern die Elektriker, die Fliesenleger und die Maler kommen, werde ich das Alsterradio garantiert den ganzen Tag hören müssen.

Weiß irgend jemand eine Wohnung auf dem Lande?

# Renovieren

Im letzten Monat waren die Handwerker da und haben die Küche und das Bad gestrichen. Das heißt, es war nur einer da, Wolfgang der Schwarzarbeiter, der aber alles sehr penibel und ordentlich gemacht hat. Gegen die weißen Wände sehen die Türen jetzt natürlich scheiße aus (gelb), und ich bin am Überlegen, ob ich die nicht auch noch streichen lassen soll. *Arbeit zieht Arbeit nach sich*, wie mein Großvater immer sagte. Wahrscheinlich tue ich es nicht, denn wenn ich die Türen klar habe, sieht die Auslegware scheiße aus, und ich muß neue kaufen und verlegen. Danach kommen dann die Lampen, und wenn alles optimal und klasse ist, dann wirkt Harry fehl am Platze, und ich muß mir einen neuen Mann besorgen. Das ist ja an sich keine schlechte Idee, aber letzten Endes kann es dann leicht zu dem Punkt kommen, daß *ich* scheiße aussehe und mir eine neue Wohnung suchen muß.

Bis gestern habe ich noch geputzt wie verrückt, weil alle Granini- und Marmeladengläser, in denen ich meine Lebensmittel aufbewahre und die oben auf dem Schrank und auf den Borden standen, völlig versifft waren. Danach habe ich dann tatsächlich noch höchstpersönlich das Gewürzbord gestrichen, weil es anders nicht mehr sauberzukriegen war. Meine letzte handwerkliche Tätigkeit liegt schon einige Jahre zurück, deshalb hatte ich nicht bedacht, daß ich mir noch *vor* dem Wochenende hätte alte Zeitungen und eine Flasche Terpentinersatz besorgen müssen. Jetzt habe ich weißgestrichene Hände, und der Küchenfußboden ist weiß getüpfelt. Auf dem Balkon hatte ich das Bord nicht streichen können, weil da wieder wie im letzten Jahr Amseln im

Blumenkasten zugange sind. Die haben mirnichts dirnichts meine blauen Blümelein beiseite gefegt und ihr dreckiges Nest reingepflanzt. Nun brüten sie schon. Hauptsächlich sitzt SIE auf dem Nest, aber wenn sie mal austreten muß, hockt ER sich auf den Nestrand und versucht, mir Angst zu machen, der Depp. Sowie die Jungen fertig und raus sind, wird der Kasten einbetoniert, das ist versprochen. Ich solle bloß aufpassen, daß ich nicht aus Versehen was Wichtiges mit einbetoniere, sagt Harry, z. B. meinen Kopf. Der soll mal ruhig lachen. Er weiß ja nicht, wie nahe er an einer Generalüberholung vorbeigeschrammt ist.

## Scheißgurte

Das gemeinsame samstägliche Wohnungen angucken wird mir fehlen. Ganz besonders das Herumfachsimpeln mit den Maklern. Die Nichte: »Wieso ist denn kein Stauraum vorhanden, zum Beispiel hier im Flur hinter der Eingangstür?« – »Tja, das Haus wurde in den Siebzigern als Puff gebaut, und da war das nicht so notwendig...«

Die Nichte zieht um. Bei jungen Leuten ist das einfach, weil ihre Bekannten sich noch nicht mit chronischen Lendenwirbelsyndromen herausreden können. Die Sachen müssen vom 5. Stock herunter und dann vier Häuser weiter ins Parterre geschafft werden. Das ist soweit in Ordnung, aber beim Klavier streiken die guten Freunde und machen jetzt doch drohende Bandscheibenvorfälle geltend. Glücklicherweise kennt einer einen, dessen Schwager eine Firma... man ruft den Schwager an und alles wird gut. Er wird nachher kommen und für einen Kasten Bier und 20 Mark pro Nase werden seine Männer die Sache in Angriff nehmen.

Inzwischen unterhalte ich die anderen mit meinen einschlägigen Erfahrungen aus der Branche.

Ich war nämlich schon mal aushilfsweise in einer alternativen Umzugsfirma beschäftigt – Sie wissen schon, die mit angeschlossener Schreinerei, Holzkinderspielzeugwerkstatt und Vollversammlungen –, wo die Schreiner und Holzkinderspielzeughersteller täglich ein Mittagessen für die Gemeinschaft vorbereiteten, das meiner Erinnerung nach meistens aus Grünkernsuppe bestand. Die Möbelpacker sollten ihre Mittagspause eigentlich auch im Kollektiv verbringen, zogen es aber vor, von ihren Auftraggebern zu Zigeuner- bzw. Jägermeisterschnitzeln mit Pommes aus der

Tiefkühltruhe, Champignons aus der Dose und Soße aus der Tüte eingeladen zu werden. Das kann man verstehen. Dem Laden war selbstverständlich auch eine Töpferei angeschlossen, von deren weitgehend unverkäuflichen Produkten ich heute noch welche aufbewahre, falls künftige Generationen an meinen Berichten zweifeln sollten.

Gegen 18 Uhr laufen die Packer ein. Es handelt sich um den Inhaber der Firma, einen ehemaligen Pädagogikstudenten, den eine Karriere im Schuldienst letztlich doch abgestoßen hat, und um zwei seiner Angestellten: flächendeckend tätowierte Riesensäuglinge. Der Chef ist deshalb mitgekommen, weil es gilt, neue Gurte auszuprobieren, die erst heute geliefert worden sind. Außerdem macht er den Eindruck eines liebenswürdigen Dompteurs, der seinen Raubtieren zwar großzügig Fleischhappen zuwirft, aber auch die Peitsche zu handhaben weiß. Die beiden Schnuckel packen an und grummeln Unverständliches vor sich hin. »Nein, Kalle«, hören wir die seidenweiche Stimme des Herrn und Meisters vom Nebenzimmer her, »das sind keine Scheißgurte. Das sind *sehr gute* Gurte!« Rumsrumsrums. Der Chef. »Jetzt wollen wir uns daran erinnern, daß wir hier einen sehr empfindlichen Holzfußboden haben.«

Ich meinerseits erinnere mich, daß das Umzugspersonal

a) eigentlich jeden Kunden haßt,

b) aber insbesondere die Leute mit den bis zum Rand vollgepackten Bücherkisten und

c) die ganze Veranstaltung für ziemlich überflüssig hält, da alle Leute sowieso die gleiche Einrichtung haben.

Genau! Warum tauscht man nicht einfach nur die Leute aus? Die marschieren auf ihren eigenen Füßen in die neue Wohnung, und damit hat sich das Theater.

## Überstundenausgleich

Dienstag hatte ich frei genommen – Überstundenausgleich –, da wollte ich mal die Bügelwäsche in Angriff nehmen und dabei die Kassetten abhören, die ich von den letzten »Fragen Sie Dr. Marcus«-Sendungen aufgenommen habe. Außerdem sollen morgens die Beauftragten des Hauswirts kommen, um die Taubenfallen auf den Fenstersimsen anzubringen, weil die Tauben alles vollscheißen. Im letzten Sommer, als ein Fenster auf dem Dachboden kaputtgegangen war, hatten die wirklich alles zugekackt, sogar die Unterseiten der Stangen auf meinem alten Wäscheständer. Dabei müssen sie kopfgestanden sein. Am Montagabend klingelt Martina bei mir: »Ich muß morgen um neun zum Gericht, kannst du vielleicht meinen Schlüssel...« Kein Problem. Das Telefon läutet: »Hier ist Gila, ich habe meinen Schlüssel in deinen Briefkasten getan, ich muß zu meiner Mutter...« Alles klar, Mütter und Gerichte gehen vor Handwerkern. Den Schlüssel von Antje habe ich sowieso, die ist gestern nach San Francisco abgedüst. Jetzt wird es aber langsam ein bißchen viel. Die Handwerker wurden für halb zehn angekündigt, was außergewöhnlich ist, denn normal kommen die ja grinsend um sieben, das macht das Handwerkerleben so amüsant, jedenfalls für sie. Um halb acht am Dienstag klingelt es. Das ist ja wohl die Höhe. Ist es aber nicht, sondern der Bademeister mit zwei Reisetaschen unterm Arm und seinem Schlüssel in der Hand: »Könnten Sie wohl mal...« Er habe einen Flug für 159 Euro nach Malaga »in der *Morgenpost* gelesen« und gleich zugeschlagen. Ich kann schlecht ablehnen, schließlich leiht er mir andauernd seine Trittleiter und die Bohrmaschine und das Teppichmesser und all die anderen Sachen.

Um 12 kommen die Handwerker. Die kenne ich schon, die sind nämlich beim Hauswirt angestellt und machen alles. Die Elektrogeschichten, den Flur anstreichen, Fliesen legen... Der ältere ist der mit der erloschenen Zigarre im Mundwinkel und der jüngere ist Südländer, der nur Guten Tag und Marlboro sagen kann. Die Fliesenlegerei können sie aber beide gleich schlecht, das weiß ich ganz genau. Taubenfallen sind aber leichter. Um vier Uhr sind sie, penibel von mir überwacht und inklusive Kaffeepause mit »meinen« fünf Wohnungen durch und gehen rauf zu Mira, die alle Schlüssel vom Rest des Hauses bekommen hat. Um halb sechs klingelt Antje bei mir. »Was, du bist schon zurück aus Amerika?« Sie hat aber bloß ihre Eltern in Friedrichskoog besucht, was in der dortigen Mundart »Frisko« heißt. Sie hat in den Kirschbäumen die Dinger aufgehängt, die Stare vertreiben sollen. Mit so was hätte ich auch lieber meine Überstunden ausgeglichen.

*Weihnachtliche Katastrophen*

## Julklapp

Obwohl die Sekretärin des Chefs vor Arbeit nicht aus den Augen gucken kann, wie sie immer klagt, hat sie jetzt wieder eine Einladung an den ganzen Betrieb auf dem Computer komponiert, mit Weihnachtsbäumen und Nikoläusen und Engeln drauf. In diesem Jahr soll ein Julklapp veranstaltet werden. Ach du liebe Zeit! Ich überlege jetzt, ob ich behaupten soll, daß ich Buddhistin bin, *praktizierende* Buddhistin. Ist es wirklich wahr, daß der Buddhismus seinen Anhängern verbietet, irgendwelches Zeugs in Geschenkpapier zu wickeln und Aua-Aua-Gedichte zu schreiben? Allerdings besitze ich eine Auswahl höchst scheußlicher Dinge, die unbedingt mal unter die Leute gebracht werden müßten. Nämlich ein Gemälde, auf dem vorne sterbende Kühe zu sehen sind und hinten ein Atomkraftwerk. Meine Schwägerin nahm wohl damals an, daß ich es ins Wohnzimmer hängen würde, weil ich so »engagiert« war. Dann kann ich mir ja gleich Fotos von verhungerten Kindern an die Küchenwand nageln.

Ein Julklapp kann aber auch gelingen! Gerne denke ich an jenen Tag zurück, als ich vor hundert Jahren, damals noch Lehrerin an einer Gewerbeschule, einen Julklapp mit meiner Sonderklasse veranstaltete. Fünf Jungs und ein Mädchen aus einem Hamburger Prolo-Ghetto. Die nannten sich immer gegenseitig und geschlechtsunabhängig »Alder-du-schdinks-ja«. »Alder-du-schdinks-ja, Tom-ma-te schreibt man mit zwei Emm!« An sich verstanden wir uns gut, auch wenn ihre Scherze manchmal etwas rauh ausfielen; beispielsweise forderten sie mich eines Tages auf, mich an die Tür zu stellen. »Warum?« – »Jeder, der sich anner Tür stellt, kricht was aufer Fresse. Hahaha.«

Haha. Ja. Lustig, wenn man so was gut findet. Ich sage ja immer, daß Humor doch schichtenspezifisch ist. Meistens hatte ich sie aber sehr lieb, weil sie den Kollegen Herrn W. fast in den Wahnsinn trieben, indem sie ihn jeden Tag aufs Neue ausfragten, was denn die Farben auf seinem Schlips zu bedeuten hätten. Die Farben waren schwarz-rot-gold. Herr W. war auch als ehrenamtlicher Ordner auf der Dönitz-Beerdigung zugange gewesen.

Meine Ansage für den Julklapp war deutlich: Auf keinen Fall dürfte das Geschenk mehr als fünf Mark kosten. Wunderbarerweise hielten sie sich daran: eine Schachtel Marlboro und ein Feuerzeug. Und zwar für jeden. Alle waren hochzufrieden und fanden es eine gelungene Feier. Und das war es ja irgendwie auch.

**Geschenke**

Die Nichten schicken mir ein handgeschriebenes Fax mit ihrem Wunschzettel zu Weihnachten. Die Jüngste wünscht sich Strefls. Strefls! Ich kann ja nicht über alles auf dem laufenden sein, möchte das aber nicht gleich zugeben und rufe meinen Thesaurus im Computer auf. Der bietet mir Straßenkämpfe, Straps und Stratosphäre an, deshalb muß ich jetzt doch telefonieren. Die zweite Nichte ist am Telefon. Sie weiß es auch nicht, aber ich könne doch bei Karstadt anrufen, da würden sie mich bestimmt mit der Strefl-Abteilung verbinden. Es waren natürlich Stiefel.

Die anderen Sachen konnte ich gut lesen. Der Sohn der Ältesten ist sechs und wünscht sich »Spielzeug-Autos, bis mein kleiner gelber Eimer voll ist«. Das geht ja noch. Dem muß ich immer Sachen schenken, die seine Eltern sich aus ideologischen Gründen nicht trauen zu kaufen. Im letzten Jahr war es eine Vollplastik-Autoverschrottungsanlage. Oben tat man kleine Autos rein und unten kamen kleine graue Würfel raus. Die Autos kamen natürlich auch irgendwo raus; zuviel Realismus mögen Kinder nicht leiden. Das war der Hit am Heiligabend.

Kurz vor Weihnachten gehe ich nicht mehr aus dem Hause, deshalb habe ich Lisa zu ihrem Vierzigsten auch nichts gekauft. Beinahe wäre ich gar nicht hingegangen, aber sie sagte mir vorher, daß der Hund ins Auto und die sechs Katzen in die Sauna gesperrt würden. »Welche Temperatur?« fragte ich. »Bis sie gut durch sind.«

Ich ging erst um 9 Uhr abends hin, da kommen die meisten Leute, und legte irgendwo eine lustige Karte ab, auf die ich »Viel Spaß damit« geschrieben hatte. Die Karte habe ich mal bei der Post mitgenommen, da gibt es so Ständer mit lustigen Karten, die kosten nichts. Lisa kriegte furchtbar viele Geschenke und stand ganz fassungslos davor. »Sachma«, sagte sie zu mir, »hab ich vielleicht Krebs und weiß gar nichts davon?« Ich wußte es auch nicht und versprach, mal rumzufragen. Einer, den ich fragte, kam mir irgendwie bekannt vor, dann fiel mir ein, daß ich beinahe mal etwas mit ihm angefangen hätte und daß es eine unschöne Szene gegeben hatte. Der fragte, ob wir die alten Geschichten heute nicht einfach vergessen könnten. »Klar, äh – du«, sagte ich. Ich kam und kam nicht auf seinen Namen.

Von dem kriegte Lisa einen Weihnachtsmann, der in einem Bett lag, und wenn man auf einen Knopf drückte, richtete er sich auf und sagte etwas, das sich anhörte wie »Blödes Heilfasten«. Es sollte aber »Frohe Weihnachten« heißen.

# Gesang

Gott sei Dank ist Weihnachten jetzt auch im Radio vorbei. Am 24. mußten wir schon morgens beim Frühstück allen diesen Leuten in der Hamburg-Welle zuhören, die beim Rundfunk anriefen und erzählen durften, wie sie das Weihnachtsfest verbringen wollen. Dieses Mal sollten sie auch noch was vorsingen, und da kennen die ja nichts. Die meisten sangen *I am dreaming of a white Christmas*, danach wußten sie zum Glück nicht weiter. Der Rest sang *Jingle bells*. Ich glaube ja nicht, daß nach *Jingle bells, jingle bells* gleich hinterher »ramtaramtata« kommt. Die Frau vom früheren Hamburger Bürgermeister war auch dran, allerdings war die vom Moderator angerufen worden, und gesungen hat sie nicht. Sie arbeitet beim Berufsförderungswerk und berichtete von der Weihnachtsfeier, die dort für die Mühseligen und Beladenen veranstaltet worden war. »Wir haben uns gegenseitig Mut zugesprochen«, sagte sie.

Mittags fuhr ich mit der jüngsten Nichte nach Kiel zu ihren Schwestern. Der Zug war sehr voll, und es war eine Menge Leute dabei, die in ihre Telefone sprachen. Wir sangen dann ein Lied, das fing an mit: »Sind so kleine Handys, muß man doll drauf hauen.«

Der Quasi-Schwiegergroßvater von der Ältesten sollte abends auch zugegen sein, deshalb verdrehte die Jüngste schon im Zug die ganze Zeit die Augen. Herr Dr. Merz ist 82, heißt Rudolf und nennt sie immer »kleines Prinzeßchen«. (Zu mir sagt er »Jnädichste«, er kommt aus Berlin.) Außerdem ist er halb blind und betrügt beim Kniffeln, weil er denkt, wenn er nicht gucken kann, dann können die anderen es auch nicht.

Die mittlere Nichte ist ein sparsamer Mensch; sie sammelte nach der Bescherung das Geschenkpapier und die Bänder ein, um alles im nächsten Jahr noch einmal zu verwenden. Eigentlich finde ich das ganz in Ordnung, meine Mutter hat es auch so gemacht. Sie hat die Bänder sogar noch gebügelt. Der sechsjährige Sohn der Ältesten hatte die Transaktionen nur ungefähr mitgekriegt und brachte einen nicht allzu zerknitterten Bogen: »Da. Den kannst du auch noch verkaufen.«

Die Jüngste ließ sich von Herrn Dr. Merz dann im Laufe des Abends breitschlagen und knuffelte mit ihm. Weil sie es nicht einsehen kann, daß er immer gewinnt, drehte sie ihre Würfel auch heimlich herum, um viele Paschs zu kriegen. Er merkte es aber und sagte nachher zu uns: »Das kleine Prinzeßchen hat es aber faustdick hinter den Ohren!« Später sangen wir noch die deutsche Fassung von Rudolph the Raindeer (Rudi das Regentier), und dann war Weihnachten zu Ende.

**Fanrg Multer**

Um dem Weihnachtsquatsch in Hamburg zu entgehen, hatten wir eine Wohnung in Friedrichstadt gemietet, deren Einrichtung man ohne hinzugucken sofort in die Winterhilfe hätte geben können. Falls Sie noch wissen, was das ist.

Es handelte sich hauptsächlich um 76 tote Objekte, mal abgesehen von der Sesselgarnitur in der Farbe von Urin, wenn man zuviel gegessen und zu wenig getrunken hat, und mal abgesehen den Raffgardinen. Eingerechnet bereits 2 Meter hohe Aspidistras, 1 Efeu, 1 von der Evolution in dieser Form und Farbe meines Wissens noch nichts Hervorgebrachtes, aber wer weiß, vielleicht kommt das noch; 1 Weihnachtsstern – alle komplett aus Plastik. Strohblumenarrangements in rund und eckig und als Strauß. Ein gewebter Wandteppich – Sujet: ein Bauernhaus, dessen beide Giebel sich auf der Vorderseite befinden, offensichtlich eine Hommage an Picasso, der ja auch gerne mal beide Augen auf nur eine Gesichtshälfte verlegt hat; Porzellanschweine, die Handharmonika spielen. Allein im Wohnzimmer befanden sich drei Mobiles. Bei jeder unbedachten Bewegung wischte man mindestens zwei Weihnachtsengel auf den Teppich, und was man mit einer Hand wieder aufstellte, katapultierte man mit dem Hintern wieder runter. Alles in allem keine reine Freude. Dafür sah ich aber pausenlos fern. Kurz vor Weihnachten habe ich meine Kiste nämlich bei der GEZ abbestellt und wollte mal prüfen, ob das vielleicht ein Fehler gewesen war. War es nicht.

Wir sind dann viel spazierengegangen und haben uns die Fenster der Einwohner angesehen, in denen auch viel Abstoßendes zu besichtigen war. Als wir damit und mit dem

Fernsehen durch waren, nahm ich mir meine Weihnachtspost vor. Seit es Computer gibt, wird eine gute Handschrift ja nicht mehr gepflegt. Mein Verleger hatte eine Karte aus Italien geschickt, die mir schon der Postbote, den ich zufällig an der Haustür traf, als er gerade wieder damit abmarschieren wollte, unter die Nase gehalten hatte: »Sagen Sie ma, wohnt hier eine Fanrg Multer?« Der Text lautete:

»Hutlo Frnny, Wir Dn siekst läußt hin crlbs Knltunprogrmmm, sogan Arch. Musemcol Herculanemm. Bin schon völlig fortag, eher guts Essen & Trinkn crr olls ist gut. Tschan bella.«

Seitdem ich das entziffert habe, fühle ich mich fit genug, um mir nächstens einen Namen zu machen mit der Entschlüsselung der Knotenschrift der Azteken, also jedenfalls mit irgendwas, das bisher noch kein Mensch hat lesen können.

Auf der Rückfahrt wurden wir von einer Dame auf dem Bahnsteig belästigt, die uns fragte, ob sie uns was schenken dürfe – aber immer! –, aber es waren keine Proben von Hormocenta oder was, sondern irgendwelche Erkenntnisse, die was mit Labiallauten zu tun hatten und mit der Tatsache, daß wir seit 5000 Jahren Kriege auf der Erde haben. Dagegen kann man mit diesen Labiallauten irgendwie was machen, aber ich habe es nicht genau verstanden, und so direkt war ich auch nicht interessiert. Soviel ich weiß, habe ich noch keinen Krieg angefangen, und wieso soll ich dann einen beenden? Ich bin ja immer mehr für das Verursacherprinzip gewesen.

Übrigens hatte ich bei meiner Heimkehr – Überraschung! – einen Anruf auf dem Anrufbeantworter von einem Umfrage-Institut. Welche Programme ich so gucken würde.

*Reichsunmittelbare Katastrophen*

## Tanzen und Toben ohne Weiber

Im Februar 45 schrieb meine Mutter an Oma: »Danke für die Wolle, ich habe den Kindern Socken gestrickt. Hoffentlich setzt der Führer bald die Wunderwaffe ein.«

Schon Opa hatte einen Lehrer, der seinen Kopf im Krieg 70/71 gelassen hatte. Ein Unteroffizier, der die Knaben nicht nur am Sedan-Tag mit Holzknüppeln exerzieren ließ. So war Opa körperlich als auch mental gut auf den 14–18er vorbereitet.

Auf den 39–45er war Opa als Ortsgruppenleiter ebenfalls bestens vorbereitet, durfte aber nicht mit, weil er schon zu alt war. Dafür durfte er aber zur Entnazifizierung antreten. Die fand im Sommer 45 in der Lüneburger Heide statt. Dort befand er sich in der Gesellschaft Gleichgesinnter, was auch prima war als Ersatz für die versäumte Kameradschaft im Schützengraben. Der Unterhaltungswert – insbesondere für spätere Erzählungen – war zwar nicht so hoch, wie wenn neben ihm die Jungs reihenweise plötzlich ohne Kopf dagesessen hätten, aber es war schon klasse: Wohin das Auge blickte, keine Weiber, die einem in alles reinredeten. Mein Vater war im Kriege in einem Kaff namens Tutow stationiert, das die Soldaten »Tanzen Und Toben Ohne Weiber« nannten.

Das ist auch einer der Hauptgründe, warum Kriege für Männer schön sind. Dazu kommt zweitens noch jede Menge Technik, angefangen von den Armbrüsten bis hin zu all den

Flugzeugen und Raketen, deren Namen ich mir nicht merken kann. *Cruise midlives* wie meine Nachbarin neulich sagte.

Was drittens eine große Rolle spielte, daß nämlich junge Männer zum ersten Mal aus ihrem Dorf rauskamen und zwar für umsonst, wenn man mal beiseite läßt, daß es meistens der Tod war, der umsonst war, der Reise-Aspekt also dürfte heute als marginal anzusehen sein. Greifen Sie sich auf der Straße irgendein beliebiges Arschloch heraus, und ich schwöre Ihnen, das ist schon überall gewesen.

Was der Krieg weiterhin verspricht, ist viertens Abenteuer unter Lebensgefahr. Kann man aber schneller haben, wenn man sich irgendwo in Amerika eine Zigarette ansteckt. Und alles *unter* diesem Level gibt's auch schon: Bungee-Jumping, Wildwasser-Rafting und alle die Sachen, die hinten mit -ing aufhören wie *sharping*, ausgenommen vielleicht *shopping* and *fucking*.

Apropos: Fünftens darf man Kavaliersdelikte begehen, für die man zu Hause weggesperrt werden kann – jetzt verstehe ich überhaupt erst, warum so viele Leute scharf sind auf Bodentruppen: Vergewaltigungen und Häuser anstecken und Untermenschen abknallen macht ja nur dann wirklich Freude, wenn es nicht virtuell ist.

Was man sechstens auch gerne mal im Zusammenhang mit Krieg hört, ist: »Die eigenen Grenzen kennenlernen«, und damit sind nicht die deutschen Grenzen gemeint, die kann man ja gar nicht richtig kennenlernen, weil sie im letzten Jahrhundert alle naslang verschoben worden sind. Nein, es geht hier um die persönlichen Grenzen. Männer möchten ihre persönlichen Grenzen kennenlernen. Auf Anfrage kann ich zwar jedem auf der Stelle seine Grenzen zeigen, aber mich fragt ja keiner.

Zusammenfassend ist zu sagen, daß Krieg nur für Männer schön ist. Frauen kriegen im zweitschlimmsten Fall ein Telegramm von Sharping oder Strucking oder wie die alle heißen, und im schlimmsten Fall müssen sie sich die nächsten 30 Jahre Geschichten anhören, die anfangen mit »Damals im Kosovo, damals in Afghanistan, damals in...«

**Ordensflut**

Die »Flutkatastrophe« an der Oder hat ja eigenartige Erscheinungen hervorgebracht. In einer Soli-Sendung von N3 haben vier Katzen 25 Euro gespendet (süß!), und die BILD-Zeitung sah sich plötzlich in der Lage, in einem einzigen Satz einen Konjunktiv (ich habe immer geglaubt, deren Computer schmeiße so was gleich raus) sowie zwei Fremdwörter unterzubringen: »... der Bundesinnenminister habe sein Ressort angewiesen, die Modalitäten zur Vergabe einer Auszeichnung ›Fluthilfe Oder‹ zu prüfen.« Vorher wird aber noch gesagt, daß es die Helfer bei der Flutkatastrophe seien, die »möglicherweise« einen Orden erhalten werden. Katzen kriegen keinen.

Merkwürdig, der deutsche Volksmund hat zum Thema Orden nichts zu bieten. In meinem Sprichwörterbuch klafft zwischen »Oportet ist ein Brettnagel« und »Ordnung ist das halbe Leben« eine Lücke, und aus dem Lexikon erfahre ich nur, daß die deutschen Kriegsorden seit 1957 wieder getragen werden dürfen bzw. daß die Schweiz keine Orden vergibt, noch nicht mal für Lawinenhelfer. *Das Handbuch für Psychiatrie* bringt einen auch nicht weiter. Da muß man dann wohl selber mal nachdenken, nämlich darüber, wie so ein Orden aussehen könnte. Dreimal gebrochener Deich mit zween gekreuzten Spaten zum Zeichen der Gnade? ARD & ZDF & Eichenlaub & Mikro? Oder bloß ein schlichter Sandsack? – Sausack? Dummbeutel mit integriertem Sommerloch? Lassen wir uns überraschen. Fast noch wichtiger ist doch die Frage, zu welchen festlichen Anlässen diese Orden anzulegen sind. Da die Mehrzahl der Auszuzeichnenden Soldaten sind, würde ich vorschlagen: beim Einmarsch in die Tschechoslowakei ('tschulligung, kann mir die neuen Namen der neuen deutschen Ostgebiete nie merken). Erstens braucht die sowieso mehr Hilfe, und zweitens hat die sowieso schuld, man denke nur mal an das abgeholzte Riesengebirge – das mußte ja so kommen!

Später helfen wir dann Polen. Holland und Belgien sollen ja auch gefährdet sein. Und danach die ganze Welt.

**Gottkrieg**

»Ist dies ein richtiger Krieg?« hatte ich in meiner Schusseligkeit gelesen, aber in Wirklichkeit hatte die BILD-Zeitung damals gefragt: »Ist dieser Krieg richtig?« 50 »Prominente« antworteten, beispielsweise Jan Ullrich (25), Tour-de-France-Sieger 1997: »Mein Sport ist nur auf friedlichen Straßen möglich. Wo Bomben fallen, hat der Sport verloren. Deshalb bin ich für schnellen Frieden auf dem Balkan...« Auch'n Argument. Ungefähr so einleuchtend wie »Ich trinke Jägermeister, weil...« Oder Oliver Bierhoff (30), Kapitän der Fußballnationalmannschaft: »Es ist nie schön, wenn es Krieg gibt... so ist dieser Krieg wohl die letzte Möglichkeit. Die Politiker haben sich das ganz genau überlegt.« Genau! So wie Politiker das immer machen, das ist bekannt: genau überlegen, ob das Kapital das auch gut findet, und dann: Hau rein, Kapelle.

Auch »Weltmeister« Sepp Maier (55) sagt was: »Solange es so verrückte Menschen gibt, gibt es auch keine andere Möglichkeit. Milosevic ist vergleichbar mit Saddam. Man kann doch nicht einfach plündern und morden.« Sepp! Du Depp! Man kann! Man kann! Man konnte schon immer und zwar – du wirst es nicht glauben – irgendwie ganz einfach.

Gotthilf Fischer (71), Chordirektor, ist auch mit dabei: »Alle Menschen sind Brüder und Schwestern. Es muß jemanden geben, der es ihnen auch vermittelt. Dieser Diktator ist der Falsche...« Tja, diese falschen Diktatoren – immer dasselbe –, die haben die Bruder-Schwester-Nummer noch nie richtig hingekriegt.

Fällt mir ein – gegen diesen Gottkrieg Fischer müßte eigentlich auch mal was gemacht werden. Gibt es für solche Menschen nicht Musiktherapeuten?

Für die Soldatenfamilien gibt es jetzt ja Soldatenfamilientherapeuten und ein Nottelefon und alles. Sehr eigenartig finde ich, daß hier schon gejammert wird, ehe überhaupt ein einziger deutscher Soldat abgemurkst worden ist. Wobei das mit dem Abmurksen ja ganz normal ist. Die sind da doch alle freiwillig hingegangen, und es gibt auch Informationen darüber, daß, wenn Soldaten einen Krieg mitmachen, sie eventuell ohne einige lebenswichtige Teile wieder nach Hause gebracht werden. – Ich meine, wenn ich auf Bademeister lerne, dann muß ich damit rechnen, daß ich irgendwann mal naß werde.

## Nach wie vor

Mein Beitrag zum Thema Terrorismus ist sehr kurz. Als ich vor etwa vier Monaten meinen Frühjahrsputz machte – genaugenommen war es der Frühjahrsputz für 2001, wenn ich mal ehrlich bin –, da fand ich ein Dokument, das stammte noch aus dem Jahre 1986; damals war ich Lehrerin an einer Gewerbeschule und hatte ab und zu mal Zoff mit den Betrieben. Ein Handwerksmeister schrieb an meinen Direktor:

»Ich wäre Ihnen sehr zu Dank verbunden, wenn Sie mir mitteilten, ob die Lehrerin Frau Müller, welche sich selber als Kommunistin bezeichnet hat, nach wie vor an Ihrer Schule beschäftigt ist und ob nach wie vor damit zu rechnen ist, daß Frau Müller, wenn zum Beispiel zwischen dem Betrieb und dem Lehrling Unklarheiten bezüglich der Führung von Berichtsheften auftreten, welche ohne weiteres zwischen Betrieb und Lehrling geregelt werden könnten, durch Frau Müller ein in Hamburg als alternativ bekanntes Anwaltsbüro, welches in der Regel Terroristen und gewalttätige Demonstranten verteidigt, zur Lösung dieser Probleme empfohlen und eingeschaltet wird. Ich möchte Sie bitten, mir mitzuteilen, ob diese Lehrerin nach wie vor als Vertrauenslehrerin fungiert, somit nicht dazu beiträgt, das demokratische Verhältnis in diesem Lande zu stärken, sondern Terrorismus zu schüren.«

Tja, ich habe schon so und so oft versucht, Terrorismus gegenüber demokratischen Verhältnissen zu schüren, aber es ist mir noch nie gelungen.

*Endgültige Katastrophen*


**Vierundachtzig**

Das war an dem Tag, als in Hamburg Sommer war. So gegen vier Uhr nachmittags gehe ich mit einem Buch rüber ins Café auf dem Gelände des Altenheims. Da backen sie den Kuchen selbst, man kann draußen sitzen, und um diese Zeit ist es oft leer, weil es bald Abendbrot gibt.

Heute habe ich Pech. Ein rüstiges Seniorenpaar, wie ich schreiben würde, wenn ich fürs *Hamburger Abendblatt* schreiben würde, sitzt samt mittelalterlicher Tochter am Nebentisch. Vater, trotz seiner vierundachtzig und regelmäßiger Betablockerzufuhr, wie ich bald erfahre, hält sich aufrecht wie 'ne Eins und führt das Wort, während Mutter, quasi unsichtbar, sich in eine eigene Welt verkrümelt hat, was in den letzten sechzig Jahren vermutlich die beste Strategie gewesen ist. Jetzt geht die Tochter aufs Klo. Vater: »Mutter! Du warst doch gestern auf Gretels Geburtstag. Erzähl doch mal!« Mutter: »Pieps.« Vater: »Gretel hat doch bestimmt wieder diesen Käsekuchen gebacken. Haben die anderen auch was mitgebracht? Die Kinder waren wohl auch da.« Mutter: »Pieps.« Vater: »Letztes Jahr war ich noch mit. Da hat Gerhard auf dem Harmonium gespielt. *Das* kann er ja.« Mutter: »Piepspieps.« Vater: »Das glaub ich nicht. Das macht er doch immer.«

Die Tochter kommt zurück und wirft einen unauffälligen Blick auf ihre Armbanduhr. Vater: »Monika!« Die Tochter fährt zusammen. »Monika! Mutter hat gerade von Gretels

Geburtstag erzählt. Mutter, erzähl doch mal! Gretel hat wieder die Käsetorte gebacken, und Gerhard...«

Da packe ich meine Sachen zusammen und gehe nach Hause, um vor der Haustür sozusagen vom Regen in die Traufe zu kommen. Eine Uralte steht davor, an ein Gehbänkchen geklammert. »Ich bin vierundachtzig!« bellt sie mich an, »ich hab Gicht und Rheuma!« Ähm, ja, das tut mir echt leid und so, »... aber bei dem Wetter geht es Ihnen doch sicher besser...?« – »Schlechter!« brüllt sie. »Wollen Sie... soll ich Sie... wo gehen Sie denn hin?« – »Ich geh nirgendwo hin! Ich wohn inn Pflegeheim! Da is meine Todeskammer!« Dagegen kann man schlecht was sagen. Und was Gutes kann man auch nicht dagegen sagen. Ich ergreife die Flucht: »Ich muß jetzt rein, Essen kochen...« – »Das ist ja auch wieder nichts«, schreit sie, »kurz vorm Zubettgehen. Da ißt man nichts mehr!« Auch wieder wahr. Nur, daß mir noch keiner Valium reinstopft und mich um sechs Uhr ins Bett bringt. Lieber Gott oder wer auch immer das regelt: Laß mich nicht älter als dreiundachtzig werden.

# Scheidung

»Männer machen einen bloß krank!« hatte Mutter schon in jungen Jahren prophezeit. Nicht in ihren, sondern in meinen jungen Jahren, als ich noch mit den Masern zu kämpfen hatte und ihre Worte auf den Doktor bezog. Solche Warnungen nützten selbstverständlich auch später nichts. Zügig schritt ich zum Altar bzw. zum Standesamt, denn eine kirchliche Trauung hätte ich nicht ertragen; meine Schwiegermutter pflegte schon bei Fernsehhochzeiten zu heulen wie ein Kojote. Sie gehörte noch zur alten Schule, die einem beibringen will, wie man unschuldige weiße Taschentücher mit pinkfarbenem Garn breitrandig umhäkelt, damit sie auf gar keinen Fall zu irgend etwas zu gebrauchen sind.

Als ich anderthalb Jahre später noch zügiger zum Scheidungsanwalt schritt, sagte sie dann auch, daß Gottes Segen gefehlt hätte, während meine Mutter sich heldenhaft ein »Ich hab's ja gleich gesagt« verbiß und mir das nötige Geld vorstreckte. Geld war nämlich keines mehr da, weil mein Gatte es, während ich mit unklaren Beschwerden im Krankenhaus lag, 1-a-klischeemäßig in Bars und mit Barfrauen verjubelt hatte, denen er erzählte – und die es später mir erzählten –, daß ich ihn nicht verstünde. Das entsprach durchaus der Wahrheit, ich verstand ihn wirklich nicht. Ich verstand nicht, daß er solche tausendfach in Büchern beschriebenen, in Sketchen vorgeführten und in Witzen mitgeteilten Dummheiten von sich geben konnte. Immerhin hatte er das Abitur. Heute weiß ich natürlich, daß Männer alles, was sie lesen, sehen und hören, auf der Stelle als ihr eigenes geistiges Eigentum adaptieren und unerschütterlich daran glauben, daß ihre Dummheiten einmalig und just in diesem Moment von ihnen höchstpersönlich erfunden worden seien. Allerdings nennen sie es nicht Dummheiten.

Ich forderte also die Scheidung, womit er gar nicht einverstanden war und mehrere dumpfe Sätze ausstieß, die meistens etwas mit seinem Freitod, wahlweise Aufhängen oder Erschießen, zu tun hatten. Darauf gab ich nicht viel; er hatte seine Versprechen bisher auch höchst selten gehalten.

Ein wenig bedauerte ich es, daß diese Ehe nicht mit Kindern gesegnet war – das hätte ihm anläßlich meines Scheidungswunsches die Gelegenheit gegeben mit »Die Kinder bleiben natürlich bei mir« zu drohen, und es hätte mir die Gelegenheit gegeben, mit »Aber gerne!« zu kontern.

Zwanzig Jahre vergingen. Er war inzwischen bei einer Zeitung tätig geworden, die zu kaufen niemand zugibt, die aber trotzdem eine Auflage in Millionenhöhe hat und auch angeblich gerne wegen der Sportseiten gelesen wird. »Geheimnisvolle Frauenkrankheit – schon Tote?« hatte er unter anderem getitelt. Das war ein Fehler, denn kurze Zeit später raffte ihn eine geheimnisfreie Männerkrankheit – Suff, schätze ich – in der Blüte seiner Jahre dahin. »Wenn du bei dem geblieben wärst, hättest du heute mit Sicherheit eine prima Rente«, sagte eine Freundin. Mit Sicherheit? – Mit Sicherheit hätte ich heute eine prima Frauenkrankheit.

# Krempelgruft

Jetzt habe ich also noch zwei Benimmbücher gekauft. Eins hatte ich schon, dem konnte ich entnehmen wie z. B. mit Hausangestellten umzugehen ist.

Ratsam ist es, keine übertrieben vertraulichen Scherze mit ihnen zu treiben. Da ich zu übertrieben vertraulichen Scherzen neige, habe ich zum Glück keine Hausangestellten. Außerdem war mir bekannt, daß das Besteck von außen nach innen abgegessen werden muß. Wo ich aber immer wieder mal gern nachgesehen habe: der Handkuß. Merke – nur in geschlossenen Räumen und nie über den Tisch hinweg. Übrigens auch nicht unter dem Tisch. Diese Information nützt mir persönlich nicht viel, denn ich selbst habe seit langem keine Handküsse mehr gegeben, aber ich erinnere mich noch daran, als ich zum ersten Mal einen bekam – ich war so überrascht, daß ich »Achwas!« zu dem betreffenden Herrn sagte.

In meinem neuen Benimmbuch steht drin, wie man sich bei Nachbarn vorstellt, wenn man frisch eingezogen ist. Sie nehmen also Ihre Kinder mit und sagen »Guten Tag. Wir sind Anna und Otto Lehmann. Dann haben wir noch Kinder, das sind der Tim, die Jessica und der Pascal.« Das ist nur ein Beispiel. Sie müssen natürlich Ihren richtigen Namen sagen, und die Artikel können Sie bei den Kindern auch weglassen, und Ihre Kinder heißen hoffentlich anders.

Das dritte Benimmbuch ist eigentlich kein richtiges Benimmbuch, sondern enthält Reden für Trauerfälle. Achtung: Auch hier daran denken, die Namen auszuwechseln! Obwohl die Namen hier allesamt gelungen sind – Hermann Müller, der verhinderte Frontsoldat aus der Gießerei; Frau

Sulzmann-Schwarz, die Gattin des Unternehmensberaters; Herr Adalbert Menger, der Kapitalist aus Tegernsee, und Karlheinz Meier, der – wo? – in der Kesselstation in Bischofsheim seinen Verletzungen erlag. Sehr hübsch auch die Namen der Ärztemafia oder des Vereinsbruders aus dem Turnverein.

Aber sehen Sie selbst:

»... und wir sollten gerade in diesem Schmerz Herrn Dr. Walter vom Städtischen Krankenhaus für seinen selbstlosen medizinischen und menschlichen Beistand danken, den er...«

»Auch du, liebe Inge, hast – fassungslos wie wir – erleben müssen, daß eine heimtückische Krankheit... Krebs! Diese Diagnose von Dr. Wiedenhof hat uns wie ein Schlag...«

»... uns so hilfsbereit und tröstend zur Seite standen: Herrn Dr. Ulrich für den ärztlichen Beistand, Herrn Pfarrer Sonne für die zu Herzen gehenden Worte am Grabe, dem Beerdigungsinstitut Schubert für die würdige Durchführung der...«

»... der langjährige Mitarbeiter unserer Gießerei. Hermann Müller gehörte in diesem Betrieb zu den Männern der ersten Stunde. Er trat zu einem Zeitpunkt in die Firma ein, zu dem viele Mitarbeiter an der Front ihren Dienst leisteten...« (ein Fakt, der etwas später noch als »diese unseligen Geschehnisse« bezeichnet werden wird).

»Sehr geehrte Frau Sulzmann-Schwarz, verehrte Kolleginnen, liebe Kollegen... Herr Sulzmann war schon lange Jahre in freiberuflicher Beratertätigkeit unserem Unternehmen verbunden. Aus dieser Zeit stammte auch das PR-Konzept für unsere Firmengruppe, das auf die Inhaberfamilien so überzeugend wirkte, daß...«

»...in großer Trauer... Abschied von einer großen Unternehmerpersönlichkeit. Herr Dr. h. c. Adalbert Menger ist im Alter von nur 68 Jahren in seinem Ferienhaus am Tegernsee an den Folgen eines schweren Herzanfalles... Herr Dr. Menger hat die Allinvest-Firmengruppe zu ihrer heutigen Bedeutung...«

»...Karlheinz Meier, der an den Folgen der schweren Verletzungen... vor fast drei Wochen in der Kesselstation unserer Zweigniederlassung in Bischofsheim...«

»...Turnverein Stockstadt 1928 trauert mit Ihnen um unseren verdienten und beliebten Turnbruder Willi Stumpf, der...« (auch Willi Stumpf ein Mann der allerersten Stunde, der nach dem Krieg für den Neuanfang in der Turnerschaft...)

»...unser Hansi ist tot. Er ist gestern abend auf der Rückfahrt von der Disco mit seinem Motorrad... und können uns das Leben in unserer Landjugend ohne unseren Hansi kaum vorstellen...«

Was man sich auch gar nicht vorstellen kann, das ist die Todesanzeige im *Hamburger Abendblatt,* die seine Firma Herrn Roepke spendete:

»Roepke 2000, der Karton mit dem reißfesten Krempelgriff, wird weiterleben. Sein geistiger Vater aber
Gustav Adolf Roepke
ist leider am 7. Oktober von uns gegangen.«

Und ruht jetzt wahrscheinlich in seiner reißfesten Krempelgruft.

# Sag ich doch

*Für Andrea St., Andrea T., Hedi, Gila, Jean, Florian, Frauke, Malcolm, Matthew, Paula, Regine, Sönke, Torsten – also für alle, die mir unwissentlich Stichworte oder wissentlich ganze Geschichten geliefert haben.*

## Pdup

Als 1975 »Er gehört zu mir wie mein Name an der Tür« herauskam, hörte ich Marianne Rosenbergs teils weinerliches, teils zickiges Backfischstimmchen zum ersten Mal auf der Fahrt nach Italien im Autoradio. Wir waren mit vier Frauen unterwegs, um uns mal richtig zu amüsieren.

Getarnt war die Reise allerdings als ein Besuch bei der befreundeten Gruppe »Lotta Continua« (LC) in Mailand. Die Genossen von LC sangen uns dann allerhand flotte Parteilieder vor und erklärten uns die Bedeutung der Abkürzungen anderer, verfeindeter Gruppen, zum Beispiel PDUP. »Pdup« sei das Geräusch, welches entstehe, wenn man bis über den Kopf in der Scheiße sitze und dann kurzfristig daraus wieder auftauche.

Diese politischen Diskussionen und Lieder ermutigten uns, ebenfalls mit leicht fäkalisierten Gesangsdarbietungen hervorzutreten, wobei wir Rosenberg verfälschten mit »Er gehört zu mir wie mein Arsch zum Klopapier«. Das gefiel den Genossen, die fast alle gut deutsch sprachen, sehr. Der italienische Kommunist hat, ganz im Gegensatz zum deutschen, ein eher heiteres Wesen.

Ich selbst habe ein eher pingeliges Wesen, welches darauf besteht, daß Reime sich wirklich reimen müssen, also nicht etwa Mondschein auf Rotwein, was weniger genaue Menschen schon einmal durchgehen lassen, ich aber nicht. Rosenbergs Texte lassen in dieser Beziehung einiges zu wünschen übrig, nicht nur in »Er gehört zu mir«, worauf ich gleich zurück kommen werde.

In »Er ist nicht wie du« – was ja an sich schon saublöde und anders irgendwie auch gar nicht möglich ist, solange es noch keine geklonten Personen gibt, was man allerdings nicht genau wissen kann – hier also reimt sich beispielsweise »Augen« auf »glauben« und »lieben« auf »lügen«.

In »Er gehört zu mir« wiederum wird einer nachlässigen Aussprache Tür und Tor geöffnet: »Nein, ich habe es ihm nie leicht gemacht / nanne nanne naa na na ... / mehr als einmal hab ich mich *gefracht* / nanne nanne ... ist es wahre Liebe, die nie mehr vergeht / oder wird die Liebe vom Winde verweht« – Nanana!

An dieser Stelle des Textes wird übrigens auch deutlich, warum die anfangs der 70er Jahre noch recht muntere Frauenbewegung, die ja weniger die Männer als vielmehr den Strand unterm Pflaster besang, mit Rosenberg nicht viel am Hute hatte. Eine Frau, die es einem Mann dadurch nicht leichtmacht, indem sie *sich* fragt, ob es die wahre Liebe sei ... da kamen die 50er Jahre wieder hoch oder die 30er (in denen man punktuell sogar schon etwas weiter gewesen war: »Warum soll eine Frau denn kein Verhältnis haben«) – oder das 19. Jahrhundert. Oder, was wir damals nicht wissen konnten, die 90er Jahre (»Weil ich ein Mädchen bin«, es kommt ja jeder Scheißdreck zurück, dann aber zum Quadrat).

Es einem Mann nicht leichtzumachen, hieß für uns in den 70ern noch, ihm eins aufs Maul zu hauen, notfalls mit einem Bierseidel. Jedenfalls sprachen wir gerne darüber, daß wir das möchten täten.

Bei dem folgenden Vers »Steht es in den Sternen, was die Zukunft brinnt / oder muß ich lernen, daß alles zerringt« habe ich mir Ihnen gegenüber, liebe Leserin und lieber Leser, einen kleinen Scherz erlaubt. Sie dürfen jetzt alles wieder in Ordnung bringen und sich hinterher den Kopf darüber zerbrechen, was das »oder« da eigentlich soll. Durch dieses kleine Wort wird ja eine Alternative angekündigt. Entweder Kaffee oder Tee, entweder steht alles in den Sternen oder man lernt, daß alles zerrinnt. Das denken Sie jetzt mal durch! Wenn Sie damit fertig sind, sich vielleicht noch nebenbei das Zusammentreffen von Parallelen im Unendlichen vorgestellt haben, und man hat Sie wieder entlassen, teilen Sie mir das Ergebnis doch bitte mit.

»Er gehört zu mir, für immer zu mir... / und ich weiß, er bleibt hier.« Daß die lebenslange Verhaftung des Geliebten auch ein Traum einer zumindest nicht unbedeutenden Anzahl von Schwulen ist oder sein soll – okay, d'accord. Schwul sein heißt nicht automatisch schlau sein. Daß sie aber auf Rosenberg stehen wie nichts Gutes, ist ein Rätsel, das ich nicht zu lösen vermag. Daß Schwule aufgedonnerte üppige alte Damen mit Baßstimmen verehren (Mutti), die »Kann denn Liebe Sünde sein?« fragen (Antwort: Nö), ist ein allgemein verständliches Phänomen. Rosenbergs Fragen dagegen sind auf dieser Welt nicht zu beantworten, und zudem ist sie zierlich, nicht alt genug und eher der frisch gewaschene Schwiegertochter-Typ (damals wenigstens). Da stehen noch einige Doktorarbeiten ins Haus! Neuerdings sollen ja beide Geschlechter, sofern sie jung und hip sind, in ihren Discos und auf ihren Partys, wie ich in einer Illustrierten las, total abfahren auf Rosenberg, Jürgens, Drews, Illic und andere Zombies. In gewisser Weise ist mir das sogar verständlich. In Anbetracht der Musik, die man in den letzten Jahren dort zu hören bekam. (»O Schatz – hör mal – jetzt spielen sie *unser* Geräusch!«)

Was wohl als nächstes kommt – Gregorianische Gesänge, Operetten? Ist denn kein Stuhl da für meine Hulda?

Ich will es ja zufrieden sein, solange sie nicht das Horst-Wessel-Lied ausgraben. Pdup.

**Amis**

Amerikanischer Kultur stehen wir Europäer ja fassungslos vis-à-vis, aber früher oder später übernehmen wir sie doch und deshalb kann es nicht schaden, sich frühzeitig damit vertraut zu machen. Das Problem dabei ist, herauszufinden, ob die Sache nach vorne oder nach hinten losgeht. Ganz aktuell wird z. B. heute in den USA beim Militär ein Ehebruch geahndet, daß es nur so kracht wie einst in Preußen. Dort allerdings war nach einem Duell alles wieder paletti und, soweit ich mich erinnere, wurde der Überlebende nicht gleich runterdekoriert.

Ich erinnere mich übrigens nicht persönlich, ich habe es nur gelesen.

Wenn Sie mich fragen: Die Amis haben einen Knall.

Da wird also eine Bomberpilotin entlassen, weil sie was mit einem verheirateten Mann hat. Sehr lustig in einem Land, welches Anzeigen wie »Tolerantes Ehepaar sucht Gleichgesinntes« quasi erfunden hat. Was übrigens ziemlich langweilig sein soll, wie man mir berichtet hat, denn bevor es zur Sache geht, schmeißen die Damen den Grill an und die Herren schauen gemeinsam ein Baseballspiel. In Deutschland übrigens in der Variante Schnittchen schmieren und Sportschau weggucken. In der Schweiz kenne ich mich mit Sportsendungen nicht so aus (Kuhglockenweitwurf?) – die Schweizerinnen braten unterdessen wohl das Fondue an oder wie auch immer so was hergestellt wird.

An sich kann ich diese toleranten Amipaare aber doch irgendwie verstehen – in einigen Bundesstaaten soll ja alles außer der Missionarsstellung verboten sein. Das ist auf die Dauer vielleicht ein bißchen öde, läßt sich jedoch aus frauenemanzipatorischer Sicht auch verteidigen – schließlich ist dies die einzige Stellung, die es der überlasteten Hausfrau ermöglicht, mal in Ruhe ein gutes Buch zu lesen. Es gibt also durchaus positive Aspekte der amerikanischen Kultur, die ich nicht verschweigen möchte. Zum Beispiel das Internet. Da wollte ich zuerst überhaupt nicht ran, genauso wie ich damals Krieg mit meinem ersten Computer hatte, den ich »Drecksack« taufte, was berechtigt war, denn kaum hatte ich ihn eingeschaltet, erschien ein Fenster mit der Mitteilung, daß ein »schwerwiegender Bedienungsfehler« vorläge. Der schwerwiegende Bedienungsfehler bestand darin, daß ich ihn eingeschaltet hatte. Heute habe ich natürlich einen viel besseren Rechner. Der stürzt erst ab, nachdem ich eine Menge wichtiger Dokumente eingegeben habe.

Mit dem Internet habe ich mich inzwischen auch angefreundet. Stellen Sie sich folgende Situation vor: Sie haben vergessen, daß Sie morgen früh einen Vortrag halten sollen über die redundante Ontologie in der Hermeneutik oder so ähnlich, Sie wissen ja, wie das ist. Sie haben natürlich keine Ahnung, die Bibliotheken sind alle geschlossen, und Ihr Bekannter, der ein Faß in diesen Fragen ist, hat gerade ein Alkoholproblem. Kein Thema! Innerhalb von zwei Minuten sind Sie mit Tausenden von Menschen in aller Welt verbunden und tauschen Kochrezepte aus. Oder Bilder von nackten Frauen, falls Sie ein Mann sind. Nun ja. Immerhin kann man feststellen, daß der Ami zwar in Fragen der Erotik und Sexualität einen an der Waffel hat und sich quasi auf Grundschulniveau befindet, in seinen technischen Innovationen aber unübertroffen ist. Unerklärlicherweise aber schaut am Ende nur soviel dabei heraus, als hätten Sie Ihrem vierjährigen Sohn eine Waschmaschine geschenkt, und er bewahrte seine Legosteine darin auf. Dagegen ist nicht viel einzuwenden, außer daß Ihr Haushalts-Budget vielleicht ein wenig zu hoch belastet wird. Aber immerhin ist der Menschheit von den Mondflügen ja die Teflonpfanne geblieben. Coca-Cola hat uns Coca-Cola light hinterlassen und das Fernsehen –

*»Das ist kein Jim Beam«.*

**Chile**

Die Kusine ist aus Südamerika zurückgekehrt und hat eine Menge zu erzählen. Da ging es jedenfalls hoch her!

Mit dem Schulleiter ihrer Kinder an der deutschen Schule allerdings waren sie nicht so ganz zufrieden. Der hat als erstes einen Mercedes gekauft und für drei Jahre in die Garage gestellt. Nach drei Jahren durfte er den im Lande verkaufen; bis dahin waren da 400 Prozent Zoll drauf. Da hat er dann einen schönen Schnitt gemacht, aber wenn man im Ausland ist, möchte man sich ja auch mal was gönnen. Was sie nicht so gut fanden: Im Winter hat er alle Öfen aus den Klassenzimmern entfernt – in Südchile ist es manchmal sehr kalt, aber ich sage immer, es ist einem nicht kalt, wenn man nur die richtige Kleidung anhat – und hat sie in seinem Bootshaus wieder aufgestellt, damit seine frisch gestrichene Yacht trocknen konnte. Es ist sehr wichtig, daß eine Yacht gleichmäßig trocknen kann, sonst verzieht sich alles und das sieht nicht schön aus. Das konnten letztlich auch die Eltern einsehen. Daß er die Schulbediensteten dazu gebracht hat, sein Wohnhaus zu renovieren und einen Bach mitten durch sein Wohnzimmer fließen zu lassen, konnten sie auch noch gerade tolerieren, immerhin war das ja eine gute Idee und fast schon ökologisch oder was. Und es war zwar traurig, daß einer der Schuldiener, die er dazu abgestellt hatte, seine Pferde einzureiten, dabei zu Tode gestürzt war, aber das waren erwachsene Männer, die wahrscheinlich recht wild mit den Pferden umgegangen waren.

Kurz und gut, er hätte sicher noch endlos so weitergemacht, wenn er nicht blöderweise ein Verhältnis mit der Frau des Schulpräsidenten angefangen hätte. Da ging es ihm an den Kragen. (»... und aus dem Chaos sprach eine Stimme zu ihm: Lächle und sei froh, es könnte schlimmer kommen... und er lächelte und war froh und es kam schlimmer.«)

Kam es aber nicht wirklich, denn er wurde zurück nach Deutschland versetzt und wurde dort Schulrat. Im Osten.

»Das ist ja noch gar nichts«, sagt Torsten – er sagt immer, wenn ich was Interessantes erzähle: »Das ist ja noch gar nichts«, und fängt dann selber an: »Am Oberrhein...« Die Geschichte kenne ich schon, von dem Oberbrandmeister, der eine private Öl-Feuerwehr hatte, also, das ging alles auf sein Sparbuch, was die so machten, z. B. umgestürzte Tanklaster, ausgeflossenes Benzin... der hatte diverse Feuerwehrleute mit gefährlichen Übungsaufgaben betraut und einer ist dabei abgestürzt... der Brandmeister hatte Verbindungen in allen Parteien, dem konnte man nichts, aber diesmal doch, und da kam er eben auch in den Osten. (Wo haben wir eigentlich all diese Leute hingesteckt, als wir noch keinen Osten hatten??)

Da hat er wieder dasselbe gemacht, Oberbrandmeister, eigene Öl-Feuerwehr und so weiter. Bloß daß ihm eines Tages eine Frau mit ihrem Fahrrad ins Auto gebrettert ist, die war dann tot. Er hat davon nichts gemerkt, hat aber vorsichtshalber den Wagen ein halbes Jahr lang in der Garage stehenlassen. Irgendwie ist es dann doch rausgekommen, und er hat ein Jahr auf Bewährung gekriegt.

So kann es im Leben zugehen, man macht diesen oder jenen Fehler, bereut ihn vielleicht sogar, aber zum Schluß wird alles gut. Oder beinahe.

Im Osten.

## Homöopath und Physiotherapeut

Die letzten drei Tage habe ich mit einer Erkältung im Bett verbracht. Der Kopf tat mir weh, der Rücken tat mir weh, eigentlich tat mir alles weh. Ich suchte dann meinen Physiotherapeuten auf und meinen Homöopathen, obwohl ich eine Abneigung gegen alles habe, was hinten mit »-peut« oder mit »-path« aufhört, weil mich immer der Gedanke beschleicht, es könnte was Ansteckendes sein.

Oder mit »-loge«.

Der Kardiologe war nämlich auch so einer. Ich war zu ihm gegangen, um mir eine jährlich fällige Computertomogramm-Analyse machen zu lassen, und dachte mir, wenn ich da schon hingehe, kann ich ihn auch was fragen. Das war natürlich ein Irrtum! Es lagen ihm zwar alle meine Daten vor, aber als ich wissen wollte, warum ich diese blöden Beta-Blocker immer einnehmen muß, sagte er: »Ja, das ist so: Wir beobachten genau, ob Ihr Dingsbums (ich nenne die Krankheit nicht mit Namen; ich bin doch keine Psychopathin) größer wird und dann operieren wir...« Ich wagte doch tatsächlich, ihm zu sagen, daß dies bereits vor fünf Jahren geschehen war. Er raschelte mit den Papieren, sagte: »Ähem, jaja...« und teilte mir dann mit, es gäbe heute eine neue Methode, nämlich einen so genannten »Dings«, und den könne man mir dann einsetzen. Triumphierend sagte ich ihm, daß dies bereits vor drei Jahren gemacht worden wäre. Da hatte ich natürlich bei ihm verschissen. Zu allem Überfluß bemerkte ich dann noch, daß ich häufig unter Herzklopfen leide, was er mit den Worten: »Von-den-Beta-Blockern-kann-das-aber-nicht-kommen!«, was ich sofort mit: »Das-stand-aber-im-Beipackzettel!« kommentierte. Da war natürlich alles aus. Wo kommen wir denn hin, wenn die Patienten alles besser wissen! Ich muß mir wohl einen neuen Kardiologen suchen. Und mich dumm stellen, was mir eigentlich ganz leicht fällt, obwohl ich mir da immer vorkomme, als ob ich in einem Film der fünfziger Jahre mitspiele.

Meine Oma, die fast neunzig wurde, die letzten Jahre aber leider unter Alzheimer litt, hielt es auch für ausgemacht, daß sie ständig gefilmt würde.

Wenn sie sich allein glaubte, machte sie kleine gezierte Gesten und sagte mit hoher Stimme: »Ach nein, das wäre doch nicht nötig gewesen...« Das erinnerte mich sehr an meine Kinderzeit (Der liebe Gott sieht alles!), als ich dachte, der kann ja wohl nicht die ganze Zeit gucken, dazu hätte er wohl zuviel zu tun, aber als dann Videos aufkamen, glaubte ich, er läßt Videos von all dem machen, was ich unter der Bettdecke trieb und würde sich die Dinger dann reinziehen, wenn er frei hätte. Ich nehme mal an, daß das hoffentlich nicht stimmt.

Außerdem wähnte Oma sich in einem Hotel, hielt mich für das Zimmermädchen und beobachtete mit Argusaugen, ob ich ihr beim Bettenmachen nicht irgendwas klaute.

Opa hielt sie für den Hausdiener und wußte sogar noch seinen richtigen Namen: Wilhelm. »Willem, Willem!« schrie sie nachts. Er wälzte sich dann aus dem Bett und murmelte: »Du siehst ja aus wie das Leiden Christi zu Pferde!«

Mir gegenüber, die ich ja nur das Zimmermädchen war, sagte sie gerne Wörter wie »Physiotherapeut« oder »Homöopath«, weil das, glaube ich, das letzte ist, was Menschen immer noch drauf haben, auch wenn sie schon komplett verrückt sind – nämlich andere Leute beeindrucken zu wollen.

## Ehrliche Gefühle

*»Gewöhnlich glaubt der Mensch, wenn er nur Worte hört, / es könne sich dabei auch was denken lassen« (Mephisto).*

Die Rede soll sein von etwas, das wir alle kennen: Gefühle. Werfen wir jedoch zunächst einen Blick in das psychologische Wörterbuch, das uns sagt, was Gefühle eigentlich sind: »Emotionen sind Ausdruck umgebungsbezogener, durch Lernprozesse an unterschiedlichste Situationsmerkmale bindbarer organismischer Zustandstransformationen spezieller psychophysiologischer und humoraler Funktionssysteme.«

Organismisch und humoral. Wer hätte das gedacht. Nun ja. Der Ehrlichkeit halber sollten wir jedoch zugeben, daß uns diese Begriffe nicht so vertraut sind, wie sie es vielleicht sein sollten. Kehren wir also zurück zu den Wörtern, die uns allen geläufig sind. Liebe, Haß, Trauer, Verzweiflung und die Depression, die aufkommt, wenn wir ein Busticket gelöst haben und feststellen müssen, daß gar keine Kontrolle ist. Und versetzen wir uns doch einmal in die Gefühlslage einer Dame, die einen Klaps auf den Hintern erhält und glaubt, daß sich hier wieder ein Arschloch Freiheiten herausgenommen hat – diese Wut! Auch wenn sich dann herausstellt, daß es nur Mutter war, die behauptet, einen Fussel von unserer Kehrseite entfernt zu haben. Was gehen die unsere Fusseln an? Die soll sich doch um ihre eigenen Fusseln kümmern! Oder wir lernen einen wirklich gut aussehenden Mann kennen (etwa wie Harvey Keitel, abgesehen von seiner Speckschürze), der dazu noch eine wirklich gute Kinderstube sein eigen nennt (etwa wie Ernst Kahl, abgesehen von seinen Bildern). Und dann finden wir heraus, daß er

Makler ist! Ist dieses Glücksgefühl noch mit irgend etwas auf der Welt zu vergleichen? Besonders, wenn wir uns wohnungsmäßig gerade in einer Formschwäche befinden?

Wie das so ist mit dem Leben und der Sprache; Reichtum setzt Armut voraus, die Nennung von gut impliziert die Existenz von böse. Wer behauptet, alle Männer seien schlecht, sagt dennoch, daß es auch gute gibt, andernfalls beinhaltet die Eigenschaft »schlecht« bereits den Begriff »Mann«, und »schlechter Mann« wäre das gleiche wie »neu renoviert«. Alle Gefühle sind also ehrlich im Sinne von authentisch, liebe Studenten. Was wir Anderen darüber mitteilen, mag geflunkert sein – aus guten Gründen möchten wir unseren Vorgesetzten, unseren Hauswirt, unseren Gatten nicht mit einer korrekten Darstellung unserer Gefühle belasten. Und umgekehrt. Beispielsweise bewog mein Ex-Mann mich durch seine Erklärung, er würde sich in diesem Falle aufhängen respektive erschießen, die Scheidung einzureichen. Sein Vibrato war umwerfend. Er muß es noch bei zwei weiteren Damen eingesetzt haben, denn erst kürzlich begegnete ich ihm, wie er unerschossen und zum dritten Male geschieden durch die Hamburger Kneipen zog.

Halten wir also fest, daß es ungeachtet ihrer jeweiligen Gefühle ehrliche und unehrliche Menschen gibt – solche, die ihrer Hausratversicherung alle Gegenstände angeben, die bei dem Einbruch gestohlen worden sind, und andere, die diese Liste um Gegenstände erweitern, die sie gern gemopst gesehen hätten, wie meinen Wintermantel mit der durchgescheuerten Knopfleiste, den haben die Desperados natürlich nicht mitgenommen ... aber der Zorn oder die Erleichterung nach der Entdeckung des Verbrechens ist immer »ehrlich«. Andererseits wünschen wir uns lieber nicht, jedermann möge seine wahren Gefühle »rauslassen«, wie häufig von therapeutischer Seite empfohlen wird. Dazu kann ich aufgrund eigener Erfahrungen nur bemerken: Aber nicht im Büro! Die Folgen sind bekannt: Totschlag, Mord und Bürgerkrieg, so weit das Auge reicht. Ganz zu schweigen davon, daß man mit der Ablage völlig durcheinander kommt.

Wer aber sind nun diese Menschen, die auf ehrlichen Gefühlen bestehen? Anzunehmen ist, daß es sich um Adjektivabhängige Personen handelt, die glauben, light-cigarettes seien richtige Zigaretten und der »neue Mann« existiere bereits (Ich bin der Günter, du). Die zudem der Überzeugung sind, daß sie, wenn ein Film schwarz-weiß ist und grammatikalisch falsche Untertitel hat, ein klasse kulturelles Erlebnis haben. Die hoffen, daß, wenn irgendwo was draufsteht, auch irgendwas dadrin ist, und daß das Verfallsdatum auf jeden Fall stimmt. Denen man erzählen kann, daß Sex im Pflegeheim es dann zum Schluß noch einmal richtig bringt. Bei solchen Leuten habe ich immer so ein komisches Gefühl. Ehrlich.

## Loslassen

Loslassen. Loslassen. Ich höre immer loslassen. Was heute viel wichtiger ist: festhalten. Und alles aufessen. Und immer feste draufhauen. Ja, das dürfen Sie ruhig mitschreiben.

Lassen Sie mich mit meinen eigenen Erfahrungen beginnen. Meine eigenen Erfahrungen sind nicht die besten, aber gute Erfahrungen anderer Leute will ja sowieso kein Mensch hören. Als ich also das Gehen erlernte und eigenmächtig meiner Mutter Hand losließ, bin ich ganz schön auf die Schnauze gefallen. Sehen Sie? Das hören Sie gerne!

Meiner Frau Mutter hatte man allerdings damals noch nicht gesagt, sie solle, na, Sie wissen schon, während dies heute allen Müttern geraten wird. Das nützt natürlich nichts, daraufhin wird 20 Jahre später den Töchtern geraten, daß die wiederum ihre Mütter ... machen sie aber nicht! Andererseits kenne ich heute eine Menge Leute, die alles außer Mama losgelassen haben, woran sie vorher festgehalten haben. Jedenfalls solange sie Bafög kriegten und sich noch mit Ikea einrichteten. Ikea muß ja nicht sein, aber daß auch gleich alle blauen Bände auf den Sperrmüll geschmissen werden ... aus denen man noch viel lernen kann, beispielsweise, daß bereits Karl Marx die Tierschützer der Kategorie »Bourgeoissozialismus« zugeordnet hat, welcher den Kapitalismus gar nicht abschaffen, sondern ihn bloß ein bißchen netter machen möchte. Jaja, ich komme zum Thema zurück.

Ein Leserbriefschreiber namens Hartmut B. ließ mir vor kurzem die Aufforderung zukommen, ich solle doch mal »loslassen«. Wie man übrigens sein Kind Hartmut nennen kann, weiß ich auch nicht. Finde ich fast so schlimm wie

Horst. Oder Helmut. Was? – Ist ja gut. Sie brauchen bei Fußnoten nicht gleich mit den Füßen zu scharren. Ich hatte jedenfalls in einer Tageszeitung einen wissenschaftlichen Text veröffentlicht, in dem ich an gewissen notorischen Aussagen von Männern – »Das hat mit unserer Beziehung nichts zu tun« – herumnörgelte und beschrieb, wie ich einmal in einer diesbezüglichen Situation einen mittelschweren Eichenschrank auf jemanden gekippt habe. Ausdrücklich hatte ich aber dazu erklärt, daß ich keinesfalls gewünscht habe, er möge sterben; jedenfalls nicht so schnell. Aus Hartmut B.s Leserbrief ging hervor, daß er das Ganze »irgendwo« nicht gut fand, aber was sollte dann seine Aufforderung? Ich *hatte* den Schrank ja schließlich losgelassen. Was mich allerhand gekostet hätte, nebenbei gesagt, wenn der Betreffende nicht im letzten Moment zur Seite gesprungen wäre. Hehe. Heute würde ich das natürlich nicht wieder tun. Oder nur mit einem total abgesicherten Alibi. Ja. Wo war ich stehengeblieben? Was? Ach ja. Genau.

In einer Zeit, in der das entfesselte Kapital ausgelassen durch mindestens drei Kontinente tobt und allerorten Krieg und Krieg hinterläßt, in dieser Zeit also das Motto »Loslassen« zu propagieren – na, wem wird das wohl gefallen? Richtig geraten, Sie da im roten Pullover. Wie schon der Dichter sagt, »Wehe, wenn sie losgelassen«. Damit meinte er aber nicht uns, meine Lieben, sondern *die*. Das interpretiere ich jetzt einfach mal so, jaja, das darf man in meinem Alter, das können Sie mir ruhig glauben. – Denn *uns* fürchtet das Kapital ja leider nicht, wenn wir uns dergestalt präsentieren, daß wir an rein gar nichts mehr festhalten. Und uns mit dem Leben nach dem Tode (ist da vielleicht schon einer zurückgekommen?), dem Tierschutz (wauwau oder heute wohl eher muhmuh) und der Psychotherapie (*Sorry, if it seems selfish, but it's ME ME ME*) beschäftigen. So hat Papi uns nämlich lieb: Hirsepickend auf dem Sofa herumlungern und dabei völlig losgelöst das Jenseits sowie unsere eigene größtenteils grauenhaft öde und schweinelangweilige Befindlichkeit analysieren. Dagegen sollte man – ähem, wie spät isses? Wirklich? So spät schon? Na gut, nächstes Mal erzähl ich dann was über die praktische Umsetzung meiner theoretischen Erkenntnisse. Notieren Sie schon mal: Rauslassen Komma die Sau.

# Input Output

Damen und Herren – liebe Studenten!

Das Preis-Leistungs-Verhältnis stimme nicht, hört man neuerdings immer wieder Menschen vor sich hin murmeln. Und zwar im Zusammenhang beispielsweise mit dem Verzehr einer Bratwurst oder dem Besuch eines Filmtheaters respektive Freudenhauses. Allerdings habe ich das in letzterem noch nicht gehört, weil ich nämlich noch in keinem war.

Aber warum sagt man nicht wie früher, daß diese Pizza scheiße sei und man noch Geld obendrauf kriegen müsse, weil man sie dem Wirt nicht sofort in den Hals gestopft hat? Ist das etwa die »neue Höflichkeit«? Von der ich allerdings nichts bemerke, wenn ich schwer mit Einkäufen beladen vor einer Drehtür stehe, die direkt vor meiner Nase in einen derartigen Schwung versetzt wird, daß ich noch stundenlang warten muß, bevor ich sie ohne Gefahr für Leib und Leben durchschreiten kann.

Es handelt sich vermutlich um eine Abart der Euphemismus-Seuche, die ja bereits »Entsorgungspark« anstelle von Atommüllager hervorgebracht hat und »Partner« für den Freund oder die Freundin – als hätte man mit denen einen Laden aufgemacht.

Was mich aber doch ziemlich wundert, ist, daß der deutsche Begriff Preis/Leistung sich durchgesetzt hat und nicht das englische *input-output*. *Input-output* ist kürzer, man kann es besser aussprechen, und es hört sich viel gemütlicher an, ungefähr so wie *peanuts*. Und man muß hinten kein Verhältnis dranhängen. Da drängt sich einem ja gleich die Vermutung auf, daß es sich um eine zwischenmenschliche Beziehung handle. Die früher auch nicht so hieß, sondern Affäre, Techtelmechtel oder Liaison. Oder eben Verhältnis. Das hatte man, besser gesagt frau, aber nur mit verheirateten Männern. Wo dann Preis und Leistung unmittelbar zusammenfielen. Die Frau brachte die Leistung und zahlte hinterher den Preis. Jedenfalls heute. Früher bekam unsereins wenigstens noch Eigentumswohnungen und Pelze, Juwelen und Straußenfederboas und all solch Zeug, womit sich aktuell nur noch Transvestiten auf die Straße trauen.

Sofort als negativ bewerten darf man das Preis-Leistungs-Verhältnis, wenn man sich, sagen wir mal, luxuriösen Anwandlungen hingibt. Etwa der Kinderaufzucht. Eine Bekannte rechnete kürzlich aus, daß ihr Bengel, der inzwischen 20 ist und nicht die geringsten Anstalten macht, sich aus ihrem Haushalt zu entfernen, sie bisher zirka 100 000 Euro gekostet hat. Was richtig ist – einen Ferrari hätte sie so billig nicht bekommen. Aber immerhin ein kleines Häuschen, in das sie sich in fortgeschrittenen Jahren hätte zurückziehen können. Haha. Das kann sie komplett vergessen. Die von alters her vornehmste Aufgabe der Kinder, nämlich die Eltern später zu versorgen, fällt heute flach, wie allgemein bekannt ist. Auch der Nachwuchs kann ja rechnen. Mütter dürfen sich heute beglückwünschen, wenn ihre vierzigjährigen Söhne bereits ausgezogen sind und lediglich am Muttertag weiß angelaufene Pralinen, halbverwelkte Nelken sowie einen *second hand* gekauften Pürierstab und ansonsten jede Woche die schmutzige Wäsche vorbeibringen. Das heißt dann aber nicht mehr Preis-Leistungs-Verhältnis, sondern Kosten-Nutzen-Rechnung. Ein Thema, das Gegenstand einer unserer nächsten Vorlesungen sein wird. Gute Nacht!

# Für den Mann, dem Sie immer schon mal sagen wollten ...

*... daß er auch nichts Besonderes ist*

Es war einmal eine Frau, die lief an einem Sommerabend mit einer vollen Flasche Rotwein durch Hamburg-Altona.

Wie hatte es dazu kommen können?

Am Nachmittag hatte eine Dame auf ihren Anrufbeantworter gesprochen und mitgeteilt, daß sie jetzt die Heimlichtuerei satt, seit einem Jahr etwas mit Georg habe und entweder er, sie oder die Frau sich entscheiden müßten.

Die Frau, die Georg gut kannte, ging davon aus, daß es unwahrscheinlich sei, daß dieser sich für irgendwas oder irgendwen entscheiden würde, und beschloß, die Sache selbst in die Hand zu nehmen. Beziehungsweise die Flasche Rotwein, um sie auf seinem inzwischen nur noch mit schütterem Haar bedeckten Haupte auszuleeren, nachdem sie sie vorher darauf zerbrochen haben würde. Umbringen wollte sie ihn nicht, weil sie keine Lust hatte, die nächsten fünfzehn Jahre in einem Gefängnis zu verbringen, mit nichts als einem Fernseher und einem Gefangenen-Abo der taz an ihrer Seite. Dieser Plan war schon der zweite Plan, denn zuerst hatte sie daran gedacht, seine Wohnung systematisch zu zertrümmern. Da sie aber selbst darin wohnte, genauer gesagt, es war ganz eigentlich und auch juristisch ihre Wohnung, wußte sie schon, wer nachher würde aufräumen müssen. Das war kein guter Plan gewesen und sogleich verworfen worden.

So irrte die Frau durch Altona, konnte den Mann aber in keiner der Kneipen entdecken. Ein siebter Sinn oder vielleicht auch ein Anruf seiner Geliebten hatte ihn bewogen, sich zu verkrümeln. Anderntags war die Frau schon ruhiger geworden und beschloß, dem Rat von vier Freundinnen, mit denen sie ausgiebig telefoniert hatte, zu folgen. Einem Rat zu folgen, den sie selbst schon unzählige Male anderen gegeben hatte und der ihres Wissens noch nie von irgendeiner Frau beherzigt worden war: Sie schrieb ihm per Adresse seiner Mutter, daß sie ihm vorschlage, mit der Schnalle drei Wochen in Urlaub zu fahren, dann würde er schon sehen, was für ihn das beste bzw. wer für ihn die Beste sei. Und siehe da, so wendete sich alles zum Guten:

Ein halbes Jahr später war er mit der anderen verheiratet, zeugte zwei Kinder, und sein Haar wurde immer schütterer.

Die Frau aber wurde glücklich mit einem Mann, den sie noch während der Suche nach dem Ungetreuen in einem Lokal kennengelernt und mit dem sie im Laufe des Abends die Flasche, und dann noch eine zweite, zusammen geleert hatte.

Noch heute würde sie glücklich und froh mit ihm leben, wenn nicht eines Tages eine Dame auf ihren Anrufbeantworter gesprochen und gesagt hätte, sie habe es jetzt satt... Da ging die Frau hin und zertrümmerte systematisch seine Wohnung. Diesmal hatte sie darauf geachtet, daß er nicht bei ihr eingezogen war.

Und siehe da: Während dieser Aktion lernte sie einen sehr netten Nachbarn des Mannes kennen, der ihr bei den schweren Möbeln seine Unterstützung sowie seine Black & Decker anbot. Mit ihm lebte sie glücklich bis an ihrer beider Ende, denn sie hatte ihren Anrufbeantworter der Telekom zurückgegeben.

*… daß Sie mit ihm nur das kleinere Übel gewählt haben*

Es war einmal eine Frau, die lief an einem Sommerabend mit einem Kosmetikköfferchen in der Hand durch Hamburg-Altona.

Wie hatte es dazu kommen können?

Während des Abendbrots hatte sie ihrem Mann erzählt, was heute im Büro los gewesen war. Ein Bericht, den sie bereits vorher ihrer besten Freundin per Telefon übermittelt hatte, welche wiederum die passenden Ausrufe – »So ein Arschloch!« – und die passenden Geräusche – »Ts-ts-ts« – produziert hatte.

Da die Frau noch jung und zudem jungverheiratet war, glaubte sie, von ihrem Gatten ähnlichen Trost erwarten zu können. Doch weit gefehlt! Auf rätselhafte Weise und in erstaunlich kurzer Zeit hatte ihr Gespräch sich in eine Vorlesung verwandelt, wobei sie die Zuhörerin war. Heiratete man etwa, um sich sagen zu lassen, daß man unklug gehandelt und gesprochen habe und daß der Chef an sich doch ein ganz kommoder Kerl sei? Was man, nebenbei gesagt, selber wußte? Nein und abermals nein!

Sie hatte widersprochen, daraufhin waren seinerseits die Begriffe Unvernunft, Unlogik und Emotionalität gefallen. Emotionalität konnte sie sich natürlich nicht bieten lassen; aus der Küche rauschen, nicht ohne die Tür zuzuschlagen, und dann ihr Köfferchen zu ergreifen, waren eins.

Was tun? Auf der Straße war sie zum Glück gleich Fred in die Arme gelaufen, der sie in eine Kneipe zog, sie mit einigen Kognaks traktierte und anschließend das Hohelied auf seinen Kumpel, ihren Mann, anstimmte. Ein Dritter, ihr Unbekannter, der mit am Tisch saß, griff in das Gespräch ein und wies darauf hin, daß ihr, als Frau, doch ganz andere Mittel zur Verfügung stünden, um ihren Chef... Sie packte ihr Köfferchen und ließ die Herren in angeregter Diskussion über Situationen zurück, in denen sie sich geradezu überirdisch klug gegenüber ihren respektiven Vorgesetzten verhalten und ausnahmslos als Sieger die Arena verlassen hatten.

Der Bruder der jungen Frau war auch keine große Hilfe. Sie traf ihn biertrinkend an seinem Küchentisch sitzend an. Der Vortrag ihres Bruders, der nur leicht durch den Genuß weiterer Biere beeinträchtigt war, handelte im großen und ganzen von den durch die Jahrhunderte bewährten Tugenden von Frauen, als da sind: Einfühlsamkeit, Zurückhaltung und Aufgeschlossenheit gegenüber Vorhaltungen von Personen, die es einfach besser wissen. Das hätte auch von ihrem Vater kommen können, deshalb verzichtete die junge Frau auf einen Besuch bei diesem und kehrte gegen Mitternacht nach Hause zurück.

Ihr Mann hatte schon alles vergessen, weil er sich ein Länderspiel angesehen hatte. »Schatz, du siehst schlecht aus«, sagte er und küßte sie auf die Stirn, »weißt du was? Du kannst doch gut mit deinem Chef – nimm dir Freitag frei und wir fahren auf's Land!« »Aber...«, begann sie, besann sich aber eines besseren und antwortete: »Gute Idee.« Und so lebte sie mit ihm glücklich bis an ihrer beider Ende, denn von Stund an erörterte sie geschäftliche Angelegenheiten nur noch mit ihrer besten Freundin.

*… daß man ihn auch einmal beim Wort nehmen könnte*

Es war einmal eine Frau, die lief an einem schönen Sommerabend mit einer Aktentasche voller Fotoalben durch Hamburg-Altona.

Wie hatte es dazu kommen können?

Nachdem am Mittag beide Kinder zu einer Klassenfahrt aufgebrochen waren, hatte sie abends ihrem Mann nach langem Zögern endlich offenbart, daß sie sich in einen anderen Mann verliebt habe und ihn verlassen wolle. Nach einigem Toben, Brüllen und Mit-Sachen-um-sich-werfen – allerdings hatte er darauf geachtet, daß sein Computer davon nicht in Mitleidenschaft gezogen wurde – war schließlich sein letztes Wort gewesen: »Die Kinder bleiben natürlich bei mir!« Da warf sie die Alben in eine Tasche und lief aus dem Hause.

Auf dem Weg zu ihrem Freund machte sie in einem Gartenlokal halt, bestellte sich ein Glas Wein und breitete die Alben vor sich aus. Der Jüngste bei der Einschulung! Er zog eine Grimasse, und sein rechtes Bein stak in einem Gipsverband, weil er im Kindergarten von einem Schrank gesprungen war, um zu beweisen, daß er genausogut wie Batman sei. Neben ihm stand seine Lehrerin. Dieselbe Lehrerin, die jede Woche mindestens zweimal bei ihr anrief, meist nach 22 Uhr, um ihr mitzuteilen, was ihr Sohn wieder angestellt hatte. In der letzten Woche hatte er versucht, die Turnhalle abzufackeln.

Da, die Große, an ihrem 14. Geburtstag! Wie immer in Tiefschwarz gekleidet, einen Ring in der Nase und mürrisch vor der Kamera weg in ihr, der Mutter, unbekannte und vermutlich grauenhafte Fernen blickend. Ihre Hände waren mit Ringen bedeckt, deren Form und Größe es nicht erlaubten, auch nur die allerkleinste Handreichung im Haushalt auszuführen.

Die Frau bestellte noch ein Glas Wein, packte die Alben zusammen und saß eine Weile in Gedanken versunken da. Dann erhob sie sich, rief ein Taxi und fuhr zurück nach Hause. Ihr Mann war ausgegangen, deshalb gab sie in seinen Computer ein: »Die Kinder bleiben natürlich bei Dir«, packte sorgfältig einige Koffer mit ihren persönlichen Dingen, verließ das Haus und wohnte von diesem Tag an bei ihrem Freund.

Mit ihm lebte sie herrlich und in Freuden, wenn auch mehr und mehr ungehalten darüber, daß er jede freie Minute an seinem Computer verbrachte. Bis eines schönen Tages seine geschiedene Frau zwei halbwüchsige Kinder bei ihm ablieferte mit der Erklärung, sie habe die Schnauze voll und jetzt sei er mal dran. Bei dieser Gelegenheit kam die Frau mit der Geschiedenen ins Gespräch, und kaum drei Wochen später war sie bei dieser eingezogen. An den Besuchswochenenden führten sie gemeinsam die Kinder in Eiscafés, auf Schlittschuhbahnen und in Rockkonzerte, und von nun an wurde allüberall von den Kindern ihr Lob als »beste Mütter der Welt« gesungen. So lebten sie glücklich und zufrieden bis ans Ende ihrer Tage, und wenn sie nicht gestorben sind, dann geht es ihnen superprima für und für.

# Racheregeln

Er hat eine Neue? Und Ihnen geschieht das zum ersten Mal?

Dann ist es höchste Zeit, daß Sie sich an gewisse Regeln gewöhnen.

Die erste Regel lautet: Hören Sie nicht auf Ihre Freundinnen und auf Ihre Mutter, die Ihnen versichern, daß er bestimmt wieder zu Ihnen zurückkehrt. Tut er nicht. Das passiert nur anderen Frauen. Nicht Ihnen. Zu den anderen Frauen kehrt er auch nur zurück, um ein Jahr später mit einer neuen Neuen abzuhauen.

Wenn Sie das begriffen haben, ist der Weg frei für Ihre Rache.

Die zweite Regel lautet: Rächen Sie sich *nie* an Ihrer Rivalin.

Die ist schon ausreichend gestraft, denn eins steht fest: Ein Mann, der eine gut aussehende, intelligente Frau wie Sie wegen einer dummen Blondine ohne Herzensbildung verläßt, wird jene wegen einer noch dümmeren Brünetten mit noch weniger Herzensbildung verlassen.

Die dritte Regel lautet: Rächen Sie sich an *ihm*. Das scheint Ihnen logisch zu sein? Ist es aber nicht. Die meisten Frauen rächen sich an sich selbst. Schauen Sie mal in den Spiegel oder stellen Sie sich auf eine Waage.

Es bieten sich folgende Möglichkeiten an:

a) Körperliche Rache:

1. Was Sie nicht tun sollten: Trommeln Sie nicht mit Ihren kleinen Händchen auf seinem breiten Brustkasten

herum. Das bringt ihn bloß zum Lachen, weil Sie natürlich die Daumen in der Faust drin haben und nicht draußen, was dann beim Zuschlagen Ihnen mehr weh tut als ihm. Wichtig ist: Geringster Aufwand – höchstmögliches Ergebnis. Stellen Sie ihm ein Bein, wenn er gerade die Treppe hinuntergehen will.

2. Sollten Sie lieber den erstbesten Gegenstand ergreifen wollen (meinetwegen auch einen stumpfen), dann achten Sie darauf, daß dies nicht *Ihr* erstbester Gegenstand ist, falls es sich beispielsweise um Teile Ihres Aussteuer-Geschirrs handelt, für das Sie in Ihrer Jungmädchenzeit jahrelang auf anständige Geschenke zum Geburtstag und zu Weihnachten haben verzichten müssen. Nicht *Sie* sollen leiden, sondern *er*.

3. Verspüren Sie eher den Wunsch, eine Flasche Rotwein auf seinem Schädel zu zertrümmern, dann entscheiden Sie sich rechtzeitig für eine preiswerte Marke und verschonen Sie den Chateau Lafitte – der wird Ihnen hinterher noch gute Dienste leisten, wenn der Krankenwagen und die Polizei wieder abgezogen sind.

4. Das Flaschenwerfen sollten Sie auf jeden Fall in *seiner*, nicht in *Ihrer* Wohnung ausüben (ich gehe davon aus, Sie haben getrennte Wohnungen oder Sie wollen die gemeinsame Wohnung für sich behalten), außer, Sie haben die Möglichkeit einer solchen Veranstaltung ausdrücklich in Ihre Hausratversicherung mit aufnehmen lassen.

5. Machen Sie Sachen kaputt, an denen er hängt. Sie könnten beispielsweise jede Keksdose aus seiner antiken Keksdosen-Sammlung einzeln eintreten. Noch besser: Sie treten sie ein, schmeißen sie weg und behaupten, sie hätten den ganzen Ramsch auf dem Flohmarkt für 10 Euro ver-

kauft. Sagen Sie dies aber nur, wenn Sie möchten, daß in Ihrer Gegenwart ein erwachsener Mann in Tränen ausbricht.

b) Geistige Rache:

Lassen Sie das. Erwiesenermaßen bringt das nichts, weil Männer mit subtilen Methoden überfordert sind. Genauer gesagt, sie merken nichts davon. Kreuzen Sie also a) nicht in seiner Stammkneipe mit einem riesigen gut aussehenden Neger (gemietet) auf – er wird bloß froh sein, daß Sie offensichtlich anderweitig beschäftigt sind. Und gratulieren Sie ihm b) nicht zu seiner Wahl mit der Bemerkung, daß er der Neuen ja glücklicherweise keine Ohrringe schenken müßte. Er wird Sie nur für verwirrt halten. Die Neue hat nämlich Segelohren, aber das weiß er nicht. Männer können sich immer nur auf eine Sache zur Zeit konzentrieren, und bei den Ohren ist er in einer so frühen Phase noch nicht angelangt.

Falls Sie zu der intellektuellen Sorte von Frauen gehören, möchten Sie vielleicht trotzdem derartige Mittel anwenden, weil Ihnen das eine gewisse Befriedigung verschafft. Tun Sie, was Sie nicht lassen können; zur Flasche können Sie ja immer noch greifen.

c) Ökonomische Rache:

Besorgen Sie ihm Probe-Abos von sämtlichen verfügbaren Zeitschriften. Schicken Sie ihm die Zeugen Jehovas, die Avon-Beraterin und die Sondermüllabfuhr auf den Hals. Schneiden Sie jeden Coupon aus, der Ihnen unter die Finger kommt und versorgen Sie ihn mit Schnupper-Angeboten – von Flirtkursen an der Volkshochschule über Packungen mit Anti-Schuppen-Shampoos bis hin zu Bachblüten-Sets und orthopädischen Schuhen, die innerhalb von sieben Tagen zurückgesandt werden müssen, sonst muß man sie behalten. Und bezahlen. Lassen Sie ihm diese Sachen schikken, wenn Sie wissen, daß er gerade in den Urlaub gefahren ist.

d) Beste Rache:

Funktioniert leider nur, wenn Sie mit ihm einen gemeinsamen Nachwuchs gezeugt haben: Sie kommen mit den Kindern in seiner neuen Wohnung vorbei und vertrauen ihm an, daß Sie seine Neue für eine bessere Mutter halten als sich selbst. Dann gehen Sie.

*Und lassen Sie die Rotznasen da.*

## Oma wohnte in der Heide

Guck mal, aber ganz unauffällig – siehst du den da hinten an der Theke, der gerade mit der rothaarigen Schnalle herumknutscht? Das ist der, auf den ich zwei Augen geworfen hatte, hab ich dir doch erzählt neulich, oder? – Nanni, ein großes Bier! – Den hatte ich letzte Woche zum Tee bei mir. Wie? Nein, nicht einfach so, ich hab gesagt, ich könnte mein Fax-Gerät nicht programmieren. Was? – Logisch kann ich das programmieren, das kann ich im Schlaf programmieren – aber mit so was lockst du jeden Mann ins Haus. Früher mußte man ja sagen, man kann das Sofa nicht anheben, aber das zieht nicht mehr, die haben es doch alle mit der Bandscheibe. Jedenfalls sitzen wir beim Tee in der Küche, und als ich merke, daß er auf die üblichen Sachen nicht anspringt, du weißt schon: »Erzähl doch mal was von dir...«, da hab ich die Nummer mit meiner Großmutter abgezogen, die kennst du ja. – Kennst du nicht? Hab ich doch praktisch allen erzählt, na gut, ganz kurz: Oma wohnte in der Heide und hat gewahrsagt, Hand aufgelegt, Warzen besprochen, all das. Mir hat sie das Talent vererbt – so was überspringt immer eine Generation, meine Mutter konnte Karten noch nicht mal richtig mischen – und dazu noch was ganz Besonderes. Hat sie mir aber erst letztes Jahr gesagt, kurz bevor sie den Löffel abgegeben hat. – Nanni, wo bleibt mein Bier! – Ich kann nämlich jemandem einen Wunsch freistellen, der erfüllt sich dann. Was? – Nee, bei mir selber geht das nicht, das ist in Hexenkreisen so, du hast die Brüder Grimm wohl nicht gelesen. In dem Fall stünden hier mindestens schon zwei Bier. Du brauchst übrigens gar nicht zu grinsen, warte mal ab! Ich hab ihm jedenfalls erzählt, er habe jetzt einen Wunsch frei, heute sei gerade Neumond, da könne ich das nur – das ist natürlich Quatsch, das kann ich immer, außerdem war gar kein Neumond – er solle aber aufpassen; alles, was er ab jetzt sage, könne gegen ihn verwendet werden, haha. Selbst ein »Auf Wiedersehn« werde schon ein solches provozieren. – Was ich mir dabei gedacht habe? Du bist gut! Seine Traumfrau saß doch praktisch vor ihm! Ja Kuchen! Es klappte nicht. Was klappte, war sein Mund, nämlich zu. Auf jeden Fall war er in Nullkommanichts verschwunden. Seitdem hab ich nichts mehr von ihm gehört. – Nanni, mein Bier! – Nur Gila, die in seiner WG wohnt, die hat Bericht erstattet. Er hat sich tagelang eingeschlossen, und die anderen haben nur seinen PC piepsen hören. Gila hat Zettel im Müll gefunden mit »Brot für die Welt« und »Ewiger Frieden« drauf und so ... jedenfalls ist er voll eingestiegen, der Blödmann.

–Was meinst du? Nee, von ewigem Frieden habe ich auch noch nichts gemerkt. Und wie's scheint, hat er die Bierpreise auch nicht gesenkt, das wäre wenigstens ein humaner Zug gewesen ... aber du kennst ja die Männer, die denken nur an sich. – Nanni, Bie-hier! – Ob er mit seinem Wunschprogramm jetzt durch ist? Logisch! Sieh ihn dir an, der quatscht doch wie nichts Gutes auf die Rote ein. *Die* hat er sich übrigens gewünscht, der Knallkopf. Das war nebenbei gesagt völlig überflüssig, die ist schon seit Monaten hinter ihm her, das hat der Dussel bloß nicht gemerkt – Männer merken ja nie was – die hätte er komplett umsonst haben können. Und dazu noch zig Millionen. Dumm wie Brot!

Was sagst du? Ob ich das bei dir auch machen kann? Logisch! – Schon passiert. – Ach, du gehst? Tu mir doch einen Gefallen und reklamiere unterwegs mein Bier am Tresen. Tschau!

Gott bewahre, Oma, was sind die Leute bescheuert. Bin bloß gespannt, ob jetzt auch mal was für mich dabei rausspringt. Ich hab 'nen Riesendurst.

## 40 Jahre Abitur

Als wir uns dem alten Schulgebäude näherten und schon einige Frauen vor der Tür warteten, dachte ich: O Gott, was für alte Weiber! Nun ja – und ich gehörte zweifellos dazu. Das war nicht schön.

Wir waren gekommen, um unser 40. Abitur-Jubiläum zu feiern, aber die Namen, die mir durchaus noch geläufig waren, kriegte ich nicht mehr mit den Gesichtern zusammen...

Als wir in der 10. Klasse waren, wurde die Schule von »Gymnasium für Mädchen« umbenannt in »Vincent-Lübeck-Schule«. Unsere heiß geliebten Kunstlehrerinnen hatten für Paula Modersohn-Becker gestimmt, aber die Musiklehrer hatten wohl bessere Karten. War da nicht irgendwas mit Paula? Was für junge Mädchen nicht geeignet war? Und war Lübeck nicht schon Jahrhunderte tot, und was uralt ist, ist sowieso besser?

Gut Dreiviertel der Lehrerinnen hatten übrigens ihre Ausbildung vor oder während des Faschismus absolviert und bereits meine Mutter unterrichtet, alte Jungfern mit einem »von« vor ihren Familiennamen und alle, mit wenigen Ausnahmen, fulminante Schreckschrauben. Die Schülerinnen hatten in Schulangelegenheiten nichts zu melden; nicht außergewöhnlich Ende der fünfziger Jahre und noch kein Grund zum Aufruhr.

An Herrn P. (Französisch) erinnere ich mich gut – der sammelte alle Fetzchen Papier ein, die wir heimlich weitergaben und las sie bei der Abitur-Feier vor. »Apropos, ich möchte jetzt heiraten«, hatte ich geschrieben. Kurz vorher ging die Hochzeit der 15jährigen Ira von Fürstenberg durch die Zeitungen... Das war die Zeit, in der ich meinen ersten

Roman schrieb, der aber leider unter der Bank liegengeblieben und vom Hausmeister auf den Müll geschmissen worden war. Darin kamen vor allem Internatsschülerinnen namens Melanie und Valerie vor. Das schien mir höchst exotisch zu sein, wenn man mal unsere eigenen Namen betrachtete: Inge, Monika, Karin, Helga, Gudrun ...

Als ich mündlich in Politik geprüft wurde – oder wie das damals auch immer hieß –, wurde ich von der Oberschulrätin gefragt, auf was denn der neue Präsident der Vereinigten Staaten (Kennedy) geschworen hätte. »Auf die Bibel«, kam es wie aus der Pistole geschossen. »Naja«, sagte sie, »und auf was denn noch?« Hinter ihr standen sämtliche Lehrer und -innen in prima Solidarität, und ich las es ihnen von den Lippen ab: »Ver-fas-sung.« Darauf wäre ich nie gekommen.

Und sonst? Beim Kaffeetrinken nach 40 Jahren gab es natürlich jede Menge Klatsch: Regine beispielsweise war in den Bruder von Sabine verliebt und ging in einen Fechtclub, um ihm näherzukommen. Auf die Art und Weise hat sie dann übrigens später noch Segeln und Skifahren gelernt, was ja nicht verkehrt ist. »... und was macht eigentlich Dings? Hatte die nicht Magersucht und ist dann mit 'ner Bauchtanzgruppe nach Südamerika –?« – »Nee, das war ihre Schwester.«

Karola hielt 1961 die Abiturrede, die sich auf einen Spruch des Konfuzius bezog:

Der Mensch hat dreierlei Wege, klug zu wandeln:
erstens durch Nachahmen, das ist der leichteste,
zweitens durch Nachdenken, das ist der edelste,
drittens durch Erfahrung, das ist der bitterste.

Den dritten Weg sind wir inzwischen alle gegangen.

# Tierreich

Christel habe ich jetzt nach einem Jahr wieder getroffen. Sie wollte schon immer Tierärztin werden. Sie kommt vom Lande und kennt sich total gut aus mit Schweinen und Kühen und Hühnern. Auf der Universität haben sie sie aber bisher nicht genommen, weil ihr Notendurchschnitt zu schlecht war. Da hat sie das Filmen und Schneiden erlernt und kommt mit den Kolleginnen und Kollegen auch gut zurecht, weil sie, wie gesagt, mit Schweinen und Kühen und Hühnern ziemlich viel Erfahrung hat.

Nun hat sie sich doch noch einmal an der Uni beworben, obwohl sie inzwischen dreißig ist, und siehe da – sie wurde zu einem Gespräch geladen. Als sie den Prüfungsraum betrat, hingen die Professoren schon völlig genervt in den Stühlen und fragten mit schleppender Stimme und ohne sie anzublicken: »Ihr Schlüsselerlebnis...?« Christel: »Mein was...?« – »Ihr Schlüs-sel-er-leb-nis!« Es stellte sich heraus, daß die Mädels, die vor ihr dran gewesen waren, alle ein Schlüsselerlebnis gehabt hatten und deshalb Tiermedizin studieren wollten. Christel konnte mit nichts dienen. »Und Sie hatten wirklich keinen Wellensittich, der gestorben ist?« fragte einer ungläubig. »Oder ein Pferd?« hakte ein anderer nach. Christel dachte angestrengt nach, überlegte, ob sie eine Schweinepest auf Onkel Alberts Hof erfinden solle, und verneinte dann tapfer. Da haben sie sie zum Studium zugelassen.

Wir machten dann noch ein paar Witze über Studenten und darüber, daß Christels Arme vielleicht zu kurz wären, um in den Hintern einer Kuh zu passen und stellten einige Vergleiche über das Verhalten im Menschen- und Tierreich an. Obwohl wir uns einig waren, daß so was nicht statthaft ist und Leute wie Konrad Lorenz und Eibl-Eibesfeld wahrscheinlich einen Knall hatten, wobei Eibl-Eibesfeld auch noch Irenäus mit Vornamen heißt, wofür er aber nicht direkt zur Verantwortung zu ziehen ist.

Aber Prinzipienreiterei ist der Kobold kleiner Geister, wie Emerson sagt (solche Bücher lese ich!), deshalb ließ ich mich anderntags bei der Lektüre der *Apotheken-Umschau* auch eines Besseren belehren. Da schrieben sie, daß Geparden in der freien Wildbahn sehr schwer zu beobachten seien, weil sie sich überall und nirgends herumtrieben. Ein Trick helfe aber weiter: »Wo sich ein Gepard abends zur Ruhe legt, da trifft man ihn am Morgen wieder an.«

Genau wie bei mir!

**Ladybodydingsbums**

Das mit Sigrid Palm und ihren Kniestrümpfen fand ich obszön, d. h. damals kannte ich das Wort noch nicht. Ich fand es einfach unanständig von Sigrid Palms Mutter, daß Sigrid, die in der 2. Klasse neben mir saß, schon im März Kniestrümpfe anziehen durfte. Während ich lange braune Strümpfe tragen mußte, die vermittels zweier Groschen und einer Metallschlaufe am Leibchen festgemacht wurden. Groschen deshalb, weil die dafür vorgesehenen Knöpfe immer gleich kaputtgingen. »Du bist nicht Sigrid Palm!« sagte meine Mutter auf mein inständiges Flehen, was ja stimmte, und ich sagte »Scheiße!«, woraufhin ich eine Ohrfeige bekam. Gleichzeitig erhielt ich die Information, daß Mädchen »Mist« sagen dürfen, allenfalls noch »Scheibenkleister«.

Inzwischen hat sich da ja einiges verändert. Kürzlich ging ich an einer Schule in St. Pauli vorbei, als die Kinder herausstürzten. »Tschüs, F... bis nachher!« rief ein kleines Gör seiner Freundin zu. Daß ich das nun richtig gut finde, kann ich auch nicht sagen. Aber: The times they are a-changing. Früher z. B. gab es die Parole, daß man im Haus nur Bücher haben dürfe, die ein junges Mädchen ohne Erröten lesen kann, während man heute auf die Nerven der Großmütter Rücksicht nehmen muß. Und bitte auch auf die der Großtanten.

Telefon Sonntagmorgen um sechs: »Herzlichen Glückwunsch! Sie haben beim Glücksrad gewonnen!« – Was? Glücksrad?? Das gucke ich nie, aber vielleicht hat Birgitta, die sich jeden Scheiß ansieht, meinen Namen...

»Sie haben Waren im Wert von 250 Euro gewonnen«, erläutert der Herr, »aber ich sage Ihnen gleich, wir können nicht bar auszahlen, sondern schicken sie per Post, deshalb haben wir noch ein paar Fragen.« Ich höre im Halbschlaf was von Dessous, Ladybodydingsbums und irgendwas mit *hair*. »Welche Kleidergröße tragen Sie? Und welche BH-Größe?« Ich werde etwas wacher, »Gott, ich trage eigentlich keine BHs«. Aber dann gebe ich doch 85 B an, das Zeug kann ich ja Birgitta zu Weihnachten... Das Gespräch wendet sich dem Ladydingens zu. Ich werde etwas unwirsch. »Schicken Sie's doch einfach. Ist doch egal.« So egal sei das nicht, man könne doch nicht einfach auf Verdacht... »Wie ist denn Ihr Haartyp – wenig, mittel, füllig?« Ich fasse mir an den Kopf: »Soll ich jetzt meine Haare zählen oder was?« Soll ich nicht, denn, so der Anrufer: »Ich meine die Körperbehaarung, es gibt verschiedene Stärken bei unseren Geräten.« Langsam fällt bei mir der Groschen. Ich fange mit Mist und Scheibenkleister an, besinne mich, beginne von vorne mit Arschloch und bin bei Wichser noch lange nicht am Ende. Da hat er aber schon aufgelegt.

Obszönitäten schlimmerer Art kriegt man manchmal nach Lesungen zu hören. Vorletzten Sonntag erst. Da kommt hinterher ein junger Mann auf mich zu, der an sich ziemlich zurechnungsfähig aussieht und fragt, ob ich einen Verlag wüßte, er schreibe nämlich »kritische Lyrik«. Und setzt hinzu: »... immer mit dem Finger in der offenen Wunde, wissen Sie...« (weiß ich nicht) und an wen er sich damit wenden könne. »Am besten an einen Arzt«, hätte ich fast gesagt, aber das habe ich mir dann doch verkniffen. Man möchte unsere kritischen jungen Dichter ja nicht vor den offenen Kopf stoßen.

## Mehr Holz vor der Hütt'n

»Wenn das so weitergeht«, kritisierte mein Vater, als sich bei mir im Alter von dreizehn die ersten kümmerlichen Rundungen zeigten, »dann kannst du bald deine Füße nicht mehr sehen.« Stumm blickte ich auf *sein* sekundäres Geschlechtsmerkmal, den Bauch, der ihm seit langem schon keinen Blick mehr auf irgend etwas darunter gestattete. Doch daran gab es nichts zu mäkeln. Männerkörper hatten sich keiner Mode zu unterwerfen. Es herrschte gerade die Twiggy-Ära, und die weibliche Jugend ersehnte sich als Busen ein Bügelbrett mit zwei Rosinen. Das sollte sich in den folgenden Jahren (Russ-Meyer-Syndrom), auch mit Hilfe der Chirurgie, ändern.

Im Laufe der Zeit, so hört man heute, habe sich der Umfang der weiblichen Brust auf natürliche Weise von selbst vergrößert. Jubel beim BH-Fabrikanten und Depression in der Silikon-Industrie. Jubel bei den Bevölkerungsgruppen, für die Mutti das Sorgerecht übernommen hat: Babys und Männer. Alles schön und gut, meine Herren Säuglinge – aber haben Sie bedacht, was es für die Busenkönigin bedeutet, wenn sie mit mehreren Tüten in den Händen eine Treppe rauf- oder runterlaufen muß? Was da in Bewegung gerät und nur durch schwerste Panzerung kein Aua macht? Und – wehe wenn sie losgelassen – daß das Gesetz der Schwerkraft das Weib in die Knie zwingt, wenn es sich bückt, um einen Fussel aus der Auslegware zu zupfen? Und daß es nicht mal eben wie die kleinbusige Schwester zur Sommerzeit Tops mit Spaghettiträgern überstreifen, sondern unter Verrenkungen Knöpfe, Träger, Reiß- und Klettverschlüsse mühselig schließen, verknüpfen und zurechtrücken muß?

Doch gibt es auch Positiva: Eine Teetasse kann drauf abgestellt und kurze Notizen können angefertigt werden, wenn gerade keine andere Ablage zur Verfügung steht. Tatsächlich aber zu wenig, um einen Ausgleich zu schaffen dafür, daß Servietten auf den Knien nichts nützen; Servietten, um den Hals gebunden, haben aber noch keinen Eingang in die moderne Etikette-Ordnung gefunden, so daß auf das Tragen von Seidenblusen bei der Nahrungsaufnahme in besseren Restaurants verzichtet werden muß. Und kein Ausgleich dafür, daß auch die Ausübung sämtlicher Sportarten auf den häuslichen Bereich begrenzt ist. Dort allerdings können diese mit Hilfe der Fernbedienung in aller Härte durchgeführt werden. Fällt mir jetzt irgendwie ein: Männer – ist eigentlich bei *denen* in letzter Zeit irgendwas von Vergrößerungen bekannt geworden? Eventuell sogar *hirnmässig?* – Ich hätte da sonst 'n paar Vorschläge ...

# Porno

Als ich Anfang der 70er Jahre in der Geschwister-Scholl-Straße in einer Wohngemeinschaft lebte – meine Mutter nannte diese allerdings beharrlich »Kommune« und vermutete das Schlimmste, wobei sie aber nur ihre zweitschlimmste Vermutung offen aussprach, nämlich die Herstellung von Bomben – habe ich zum ersten Mal einen Pornofilm gesehen. Wir wußten alle nicht, was wir am ersten Weihnachtstag machen sollten und gingen dann in das Kino in der Eppendorfer Landstraße. Dort lief ein in wahrscheinlich drei Stunden in Hongkong gedrehter Film, in dem sich immerzu Japaner und Japanerinnen auf Betten herumwälzten. Die Herren behielten dabei eine Art Bermuda-Shorts an, und von den Damen sah man auch nicht viel, außer den Einstichen an ihren Armen oder Beinen. Ob nun von Spritzen herrührend oder von Flöhen, war nicht auszumachen. Nach einer halben Stunde gingen wir wieder nach Hause, zündeten Räucherstäbchen an und legten Platten von Mikis Theodorakis auf. Danach habe ich dann nie wieder einen Pornofilm gesehen.

## Trinkgelder

Als ich während meines Studiums nebenbei als Stewardess auf dem TEE fuhr – das war der Vorläufer des ICE, aber insgesamt vornehmer, denn damals flogen nur die Superreichen zu ihren Terminen, während heute die Flugzeuge voll sind mit Vertretern und ihren Laptops – als ich also auf dem TEE arbeitete, begab sich einmal folgendes:

Ich fuhr zum ersten Mal nach Paris und mußte die Bar machen, die neben dem Restaurant lag und immer eine Extra-Bedienung hatte. In Düsseldorf stiegen die Mitglieder des Stadtrats zu. Was die in Paris wollten, wußte ich nicht. Aber bestimmt nichts Gutes. Sie krakeelten herum und gaben an wie zehn nackte Stadträte, bis ich nicht mehr zuhörte.

Es wurde jede Menge Bier getrunken und zu jedem Bier ein Jägermeister. Kurz bevor sie das Portemonnaie zückten, nahm mich einer der Jungs beiseite: »Die Kollegen sind nicht besonders... ähem... spendabel. Schreiben Sie doch einfach etwas mehr auf.« Das tat ich und siehe da – bei einer Rechnung von über 200 Mark wurde mir großzügig ein Trinkgeld von 60 Pfennig überreicht. (»Stimmt so!«)

Milli, die meine »Chefin« war, sagte mir, daß solche Leute immer »naß« sind, d. h. kein Trinkgeld geben. Milli war übrigens ein Original. Sie sprach fließend französisch, konnte aber keine Zeile zu Papier bringen, denn sie hatte es nur im Bett und nur durchs Zuhören gelernt. So mußte ich in meinen freien Minuten ihre Liebesbriefe schreiben.

Sie hatte immer junge gut aussehende Liebhaber, die sie nur durch flotte Autos und andere Geschenke an ihrer Seite hielt. Deshalb schmuggelte sie auch für ihren Bruder, der ein Restaurant in Hamburg besaß, Champagner, Austern und andere Delikatessen, die wir in den Papierkörben versteckten, bis die Zöllner durch waren. Das mit den Austern ging natürlich nur im Winter.

Im Sommer machte Milli auf Zimmermädchen in angesagten Schweizer Kurorten wie Davos oder auch in Kitzbühel, wo solche Leute wie Niarchos zwei Etagen mieteten, um auf der einen Frau und Kinder und auf der anderen ihre Mätressen unterzubringen, die mit einer *carte blanche* die Boutiquen heimsuchten. Da ging es immer hoch her, und anschließend mußte das Hotel beide Etagen komplett renovieren. Mit den Trinkgeldern sah es da schon besser aus, vor allem, da sie in Schweizer Franken waren.

Auf der Rückfahrt war der Zug schlecht besetzt. Zu mir in die Bar kamen nur zwei Damen, furchtbar alte, wie ich damals dachte, aber in Wirklichkeit waren sie bestimmt jünger, als ich es heute bin. Sie waren gut, aber sehr dezent gekleidet, setzten sich an verschiedene Tische und bestellten eine Kleinigkeit zu essen und einen Wein. Bevor die erste wieder in ihr Abteil ging, bezahlte sie und drückte mir einen Zehnmarkschein extra in die Hand. Ich war fassungslos, denn für zehn Mark konnte man damals noch zwei Hauptgerichte beim Chinesen bekommen.

Die zweite Dame winkte mich an ihren Tisch: »Wissen Sie, wen Sie da gerade bedient haben? – Ich bin auch aus Flensburg. Das war Beate Uhse.«

Seitdem sah ich mir das Geschäftsgebaren dieser Dame doch mit einiger Sympathie an. Wer solche Trinkgelder gibt, kann nicht ganz schlecht sein.

Allerdings bin ich doch nicht so weit gegangen, mir ein diskret verpacktes Paket zu bestellen.

## Mitschreiben

Ich habe ja immer ein kleines Büchlein mit, da schreibe ich Sachen rein, die ich irgendwo mithöre, z. B. was ein junger Mann einer jungen Frau, auf die er scharf war, bei »Emilia« erzählte, nämlich, was ein Typ, mit dem er zusammen in der Meditationsgruppe ist, Tolles über ihn gesagt hat. Wirklich daran interessiert war nur ich; sie unterdrückte nur mühsam ein Gähnen.

Manchmal ist es ganz gut, wenn man Steno kann, sonst hätte ich den folgenden Dialog zweier Damen im Nachtbus niemals für die Nachwelt mitschreiben können:

1. Dame: Was ist los? Ich hab gehört, Bodo hat beim Rundfunk gekündigt und geht jetzt zur BILD-Zeitung?

2. Dame: Da kommt er auch her.

1. Dame: Da gehört er auch hin.

2. Dame: Ich servier den ab. Alleine schon der Name! Bodo! Fast so schlimm wie Horst.

1. Dame: Oder Günter.

2. Dame: Heinzi.

1. Dame: Kevin.

2. Dame: Das ist nicht unsere Generation. – Harvey!

1. Dame: Ha-was?

2. Dame: Harvey Keitel! Das ist ein Mann! Dieser Hintern!

1. Dame: Hat hoffentlich noch mehr wie 'n Hintern.

2. Dame: Arsch ist Arsch.

1. Dame: Auch wieder wahr. Übrigens soll der Keitel ja ziemlich klein sein ...

2. Dame: Ziehst du eben Ballerinaschuhe an.

1. Dame: ... und spricht bloß englisch ...

2. Dame: Ich hör sowieso nie hin, was die reden ...

1. Dame: ... und direkt schön isser auch nicht ...

2. Dame: Mußt ja nicht immer hingucken ...

1. Dame: Überhaupt ist der doch 'n Weltstar. Den lernst du nie im Leben kennen.

2. Dame: Meinst du, ich hätte den sonst aufm Zettel?

1. Dame: Apropos Zettel – hoffentlich schreibt die Frau da nicht alles mit.

Da stieg ich schnell an der nächsten Station aus und mußte noch zwei Kilometer bei Eiseskälte zu Fuß laufen. Alles für die Literatur.

# Die »Kleine Mutti« der Neunziger.
## Auf dem Hühnerhof
## der pseudo-emanzipatorischen Literatur
## mit Amelie Fried

»Ich stieg in meine Jeans, streifte achtlos ein T-Shirt über und schnappte meine Lederjacke.« Solche Informationen führen bei mir normalerweise zu einer tiefen Mattigkeit, die mich veranlaßt, ein Buch achtlos zuzuklappen und mir ein anderes zu schnappen.

Das ging jetzt leider nicht, weil ich dem Verleger versprochen hatte, *Traumfrau mit Nebenwirkungen* ganz durchzulesen. Ein hartes Brot! Der oben angeführte Satz steht nämlich schon auf Seite 8, und da waren noch weitere 312 Seiten von ähnlicher Qualität zu bewältigen. Mal abgesehen davon, daß bereits auf Seite 5 zu lesen ist: »Nimm die Abendmaschine, meine Sekretärin hat dir den Flug gebucht.« In der businessclass, was sonst. Und der »Flieger« geht natürlich nach Rom, wo man »römische Freunde« hat.

Übrigens sind zwei, drei ganz lustige Stellen drin, die Fried aber mit traumwandlerischer Sicherheit im nächsten Satz wieder tottrampelt: »Da mußte ich laut lachen.« Haha.

Ein Buch, das Spaß macht – falls man sich mit drei Freundinnen gemütlich in einem dänischen Ferienhaus eingerichtet und beschlossen hat, gemeinsam mal so einen richtigen oberkacke-scheißschicken Frauenroman runterzurotzen. Da wäre es uns ganz sicher auch eingefallen, die Männer mit Dreitagebärten zu versehen, in italienische Anzüge zu stecken, sie Florian, Raoul und Ivan zu nennen und ihnen Berufe wie »Künstler« und »Redakteur« in Zeitungen namens »Stil« zu verpassen. Wir selbst hießen dann

Cora, wären dreißig (»Meine Haarmähne fiel auf die nackte Haut meiner Schultern, und der einzige Farbtupfer waren meine roten Lippen«), Single mit Edelklamotten (»Am nächsten Morgen schmiß ich mich in mein todschickes Dolce-&-Gabbana-Kostüm und stieg in ein paar hohe Pumps. Ich sah ziemlich gut aus«), hätten einen schwulen Hausfreund, jede Menge unheimlich scharfer Ex- und Gelegenheitslover, einen eigenen PR-Laden sowie einen Magister in Germanistik, connections zu Funk und Fernsehen und 200 Bekannte, die zu unserer Geburtstagsparty kommen.

Nur daß wir dann Ivan begegnen – Ivan fährt einen schwarzen Saab-Cabrio und wohnt in einem Loft, logisch, das hätten wir auch noch hingekriegt –; daß wir also Ivan begegnen, uns ratzfatz sozial engagieren und anschließend von ihm schwängern lassen, und dann ist alles irgendwie gut und irgendwie noch geiler; das wäre uns, glaube ich, nicht so schnell eingefallen. Auch wären wir vermutlich davor zurückgeschreckt, in den zahlreichen Interviews, die mit uns gemacht würden, zu behaupten, daß es sich hier um einen Entwicklungsroman handle.

Daß Trivialliteratur trivial ist, auch wenn jede Menge »Problematiken« darin auftauchen, als da sind: Tantentod und Vatertrauma, geistige Behinderung, Sadomaso-Lesben und alleinerziehende Mütter (es fehlen nur noch Bulimie und Mißbrauch) –; daß solche Romane also dazu da sind, damit die Leserin nicht selber denken muß und nicht durch originelle Ideen ganz konfus wird, ist bekannt und okay. Daß man aber freiwillig 39 Mark dafür bezahlt statt einer Mark oder 50 Pfennige wie z. B. in den fünfziger Jahren für die Serie »Kleine Mutti«, die denselben Schamott brachte, außer daß die Männer anders hießen und Arzt oder adelig waren – das will mir einfach nicht in den Kopf. Und wer einen solchen Schinken kauft, die kauft auch alle anderen. Auf dem Hühnerhof der pseudo-emanzipatorischen Literatur ist Amelie Fried ja nicht die einzige, die gackert, um dann ein krummes Ei zu legen.

Für das Geld würde ich doch lieber achtlos die Abendmaschine nehmen. Ganz egal wohin. Meinetwegen auch zum Iwan. Hauptsache, es gibt dort keinen Caipirinha.

# Bahnleiche

Also, mit dem Zug fahre ich ja nie wieder! Neulich wollte ich von einer Lesung in Dortmund mit dem Intercity wieder nach Hamburg zurückkehren. Der Dortmunder Gastgeber hatte übrigens einen Hund, der »Gerda« hieß und einem unentwegt die Füße leckte. Das darf ich Tante Gerda überhaupt nicht erzählen ... ist ja auch egal. Jedenfalls kam ich um Punkt 20 Uhr am Hauptbahnhof an. Um 14 Uhr 20 war ich losgefahren, nachdem die Hinfahrt nur 2,5 Stunden gedauert hat. Weil sich nämlich kurz vor Bremen ein Selbstmörder »vor den Zuch gepackt hat«, wie ein Bundeswehrsoldat seiner Freundin durchs Handy mitteilte. Das heißt, eigentlich rief er vier Freundinnen an, die er alle »Schatzi« nannte. Da kann man wenigstens nichts verkehrt machen. Er bemühte sich, böse und gemein auszusehen, und ich muß sagen: Er hat es geschafft. Anschließend stellte er zusammen mit einigen Kameraden Mutmaßungen darüber an, wie die Leiche jetzt wohl aussehe. Da mußte ich in ein anderes Abteil umziehen.

Es dauerte dann mehr als zwei Stunden, bis die Polizei, die Feuerwehr, der »Krisenmanager der Deutschen Bundesbahn«, der Staatsanwalt und ein neuer Lokomotivführer eintrafen und die Strecke wieder freigegeben wurde. Was die wohl die ganze Zeit gemacht haben – Beweismittel vernichtet? Der Krisenmanager lief in einer orangefarbenen Jacke herum, auf der »Krisenmanager« stand; scheint wohl ein richtiger Beruf zu sein.

Die Zugführerin hatte uns mitgeteilt, daß sich »ein Personenschaden« ereignet hätte. Früher hieß das noch Bahnleiche. »Verspätungsgrund: Bahnleiche« hatte mir damals ein

Beamter am Bahnhof bescheinigt, weil ich einen wichtigen Termin verpaßt hatte. Es war gar kein wichtiger Termin, aber ich wollte unbedingt diesen Schein haben.

So was soll ja zwei- bis dreimal am Tag passieren. Und meistens handelt es sich um Männer, weil Frauen dem Auge immer noch was bieten wollen, selbst wenn sie mausetot sind. Eine Mitfahrerin: »Die Kerle müssen ja hinterher auch nie aufwischen.« Wundert mich eigentlich, daß sie bei der Feuerwehr noch keine Frauen einstellen.

Zwischendurch gab es Freibier (ich Kaffee) und zum Schluß kriegte jeder einen Bon über 25 Euro, den man auf einer anderen Fahrt innerhalb von zwei Monaten wieder einsetzen darf. So wendete sich alles noch zum Guten. Solche Freifahrtscheine hat die Bundesbahn offenbar immer fertig gedruckt dabei.

Also ich fahre ja erst wieder Zug, wenn sie einem für jeden Staatsbürger in Uniform, der im Abteil sitzt, einen Entschädigungsbon von 25 Euro überreichen. Und für die, die dann auch noch zum Mobiltelefon greifen, gipps Zuschlag: Soldat + Handy = 30 Euro. Und wenn der in der anderen Hand eine Bierdose hat, wird aufgedoppelt. Also Soldat + Handy + Bierdose = 60 Taler. Noch eine Dose macht 120 Taler.

Ja, dann würde ich echt wieder Zug fahren.

## Orientierung

Da alles schon ausgebucht war, fuhr ich 1.Klasse nach Dortmund. Es dauerte eine Weile, bis ich mein Abteil fand. Eigentlich kann man in einem Zug nicht viel verkehrt machen, es gibt ja nur zwei Richtungen. Ich nahm die andere.

Die beiden Damen, die in meinem Abteil saßen, fand ich bereits schnarchend vor. Sie rührten sich die drei Stunden, die der Zug brauchte, nicht von ihren Sitzen. Ich las dann einige Zettel, die jemand auf der Kofferablage vergessen hatte. Es handelte sich um einen Auszug aus dem Wall Street Journal vom 28. August mit dem Titel *The Right Model for a wider Europe* mit dem Untertitel *The EU wants Ukraine to be more like Norway*, was mir doch schwer zu denken gab. Hat die Ukraine wirklich so viele Berge, daß man da Ski fahren kann?

Die Lesung in Dortmund war prima; aber Gerda leckte mir diesmal nicht die Füße, weil ich nämlich Stiefel anhatte. Gerda ist ein Hund.

Aber dann ging es nach V., in die Finkenstraße, wo die B.s wohnen, die dort ein Haus besitzen. Das Haus hat acht Zimmer und ist mit 20000 Büchern recht ausgefüllt. Allerdings kommen noch elf Geigen, drei Schifferklaviere und ein Flügel dazu sowie diverse andere Sammelobjekte, z.B. Zigarettenschachteln, Postkarten und was weiß ich, ganz abgesehen von der Bildergalerie und der CD-Sammlung und noch einer Menge anderer Dinge, die mir jetzt entfallen sind. Immer wenn die Hausfrau nach irgendwas suchte und es nicht fand, sagte sie: »Ach, ich glaube, das ist in Amsterdam!« In Amsterdam haben sie nämlich noch eine Wohnung, in der auch ein Flügel steht. Logisch eigentlich, daß sie jetzt ein weiteres Haus gekauft haben, wo dann der dritte Flügel untergebracht werden kann.

Ich gehe ja gerne mal spazieren, aber wenn ich zweimal um eine Ecke gebogen bin, kann ich mich in einem fremden Ort nicht mehr zurechtfinden. Zu Hause übrigens auch nicht. Jedenfalls hatte ich mich in V. hoffnungslos verfranst und sah niemanden, den ich fragen konnte, weil ich quasi in einem Dorf war, wo ja nie ein Mensch auf der Straße ist, weil alle vor dem Fernseh sitzen um zu gucken, ob gerade ein Nachbar über seine Sexualgewohnheiten erzählt – bis auf einen großen dicken Rollstuhlfahrer. Der wußte auch nicht genau, wo die Finkenstraße ist, aber zeigte mir ungefähr die Richtung. Da fragte ich dann den nächsten Anwohner, einen kleinen alten Mann auf einem Fahrrad. Der stieg sofort ab, sagte mir, wo ich langgehen sollte, und fuhr davon. Da kam mir der Rollstuhlfahrer wieder entgegen, er hätte nachgefragt und ich solle einmal rechts und zweimal links gehen. Kaum war ich in die nächste Straße gewandert, fuhr mir plötzlich der Radfahrer nach, kurvte dann langsam vor mir her und bedeutete mir mit Handzeichen, welche Richtung ich nehmen sollte. Er gab erst Ruhe, als ich direkt vor dem Haus angekommen war. Ich finde, auf dem Land wird sich noch richtig um einen gesorgt.

In Hamburg wieder angekommen, stieg ich aus der S-Bahn und wunderte mich sehr, was sie hier alles innerhalb einer Woche an baulichen Veränderungen geschafft haben. Da war beispielsweise ein Hochhaus mit 14 Stockwerken, das letztens noch nicht dagewesen war. Das brachte mich schließlich auf die Idee, daß ich zwei Stationen später ausgestiegen war, als ich eigentlich sollte.

**Denen dere Sorgen möcht ich haben**

Auf die Schweiz laß ich nichts kommen – immerhin habe ich dort auf einen Schlag so viele Leserbriefe gekriegt wie noch nie. Es wurde sogar von Lesern für mich gebetet. Weil ich eine Männerhasserin bin. Das ist nun wirklich nicht wahr: Immerhin sind einige meiner besten Freundinnen Männer!

Anlaß war damals die Ballonfahrt des Herrn Picard, die ich aufs Korn genommen hatte. Wie das so meine Art ist, kamen darin natürlich die Ballonfahrer vor, aber auch »der Stecher der Monacoschlampe« und die strenge helvetische Sauberkeit, wie man sich's hierzulande vorstellt.

Der »Stecher« stach offenbar direkt ins Auge der Leserbriefschreiber und bescherte mir Ausdrücke wie »gestört, krank, dumm, primitiv, ordinär, frustriert...« und »Fäkalsprache«. Der Stecher aber gehört, wenn überhaupt, zur Genitalsprache. An dieser Verwechslung hätte auch Freud sicher a Freud g'habt. »Die pathologische Psyche ist in ihren Einfällen unerschöpflich«, sagte mir eine befreundete Psychoanalytikerin. Ist sie nicht. Sie wiederholt sich nur.

Übrigens schrieben diese Menschen ihre Briefe keinesfalls anonym, wie es vor zehn Jahren noch Mode war. Neinnein, alles mit voller Anschrift, sogar mit Beruf und E-Mail-Adresse.

Heinrich M. aus 8104 Weiningen hielt sich lobenswerterweise kurz: »Mit diesem Text hat die Redaktionsschlampe am Dienstpult statt zu redigieren sich wohl selbst befriedigt.«

Was um des Himmels Willen ist ein Dienstpult?? – Ich kenne bloß die Besetzungscouch.

Was Leser von einer Glosse erwarten, ist mir bekannt: Feinsinnig verschnarchtes Geschwafel über irgendeinen Blödsinn, womöglich noch mit einem Klassiker-Zitat versehen. Zum kalte Füße Kriegen. Aber natürlich geschmackvoll, bis man einem Gähnkrampf erlegen ist.

Warum im übrigen niemand auf meine Unterstellung eingegangen ist, daß man in der Schweiz die Küchenfußböden bohnere, ist mir ein Rätsel. Sollte das etwa die Wahrheit sein? Die *bittere* Wahrheit? Und sollte das etwa als Kompliment aufgefaßt worden sein?

Der Ballonfahrer endlich brachte mir den Vorwurf der »Nestbeschmutzung« ein (»Denen dere Sorgen möcht ich haben!« Sönke J., Alltagsphilosoph), aber es war ja ein fremdes Nest und da darf man's doch – odr? Und weiterhin stellte man fest, daß ich bloß neidisch sei. Wenn der Picard aus Hamburg wäre oder mindestens aus dem »Großen Kanton«, dann... Na ja, wo so ein Depp herkommt, ist mir ziemlich schnurz. Und außerdem war mir dessen Nationalität verborgen geblieben. Zunächst war ich aber doch irritiert, als es hieß: »Es muß bitter schmecken, wenn der Neid so am Ego frißt« (Leserbrief Victor G.). Da ich normalerweise eine Debatte über die Weihnachtsgratifikation von Schneckenzüchtern aufregender finde, hatte ich die mir von der Redaktion zugeschickten Zeitungsartikel eher flüchtig gelesen: Ich hielt Picard für einen *Franzosen*...

Humor ist so eine Sache. Entweder man hat oder man hat nicht. Die meisten Leute haben nicht. C'est la vie, wie wir alten Damen in Norddeutschland zu sagen pflegen.

Und, ganz klar, im Großen Kanton kapiert man Satire auch nur dann, wenn »Alles bloß Spaß« darüber steht. Und auch dann nicht immer.

## Materialermüdung

Wenn man erst mal 40 ist, kann auch sein, etwas darüber, passiert an einem einzigen Montag folgendes:

Man hat sich (fröstelnd, es ist ungefähr minus acht Grad) zur Arbeit begeben, die ja in der Zwischenzeit auch von niemandem erledigt worden ist. Kurz vor der Mittagspause macht es nahe dem rechten Auge »ping«. Die Brille ist in zwei Stücke zerbrochen. Einfach so. – Materialermüdung?

Da schräg gegenüber meinem Arbeitsplatz der Arbeitsplatz von Peter ist, der sich neuerdings »Logistics« nennt, fragt man ihn nach Sekundenkleber. Er hat keinen und schickt einen eine Etage tiefer zu Tommy, ebenfalls Logistics. Tommy hat auch keinen Sekundenkleber, aber dafür Araldit Zweikomponentenkleber.

Unter lautstarker Assistenz von Peter und Hansruedi, der 3. Mann in der Logistic (ein Schweizer, der immer sagt: »Ich gehe jetzt zur Bankch, odr?« Ich frage ihn dann: »Ja was – gehst du jetzt oder gehst du nicht?« Er: »Ich gehe, odr?« Danach gebe ich es meistens auf) – unter der Assistenz von zwei anderen Männern also wird nun bedächtig die Gebrauchsanweisung gelesen, gemütvoll die Tube geöffnet, umsichtig werden zwei Komponenten gemischt und das Ganze auf die Bruchstelle aufgetragen. Alle fingern drein. Minuten vergehen. Sechs Hände klatschen begeistert.

Dann geht man in die Mittagspause, damit die Brille Zeit zum Härten hat.

Nach der Mittagspause kann man die Brille aufsetzen. Es dauert fünf Minuten, dann sinkt das rechte Glas still ab.

Also nach Hause, denn ohne Brille ist man nicht arbeitsfähig, und auf dem Heimweg direkt zum Optiker.

Der Optiker hat zu, denn es ist Montag und er hatte am Samstag auf. Nach Hause.

Ersatzbrille suchen, was ohne Brille schrecklich ist, aber sicher lustig aussieht, wenn man bloß Zuschauer ist.

Da man nun unverhofft so früh zu Hause ist, kann man die Zeit ja auch sinnvoll nutzen und noch zur Bücherhalle gehen.

Bücherhalle hat zu, denn es ist Montag; sie hatte zwar am Samstag auch nicht auf, aber heute macht sie Inventur.

Wieder nach Hause. Erschöpft und verdächtig erhitzt. Also Fieber messen. Nahe der rechten Hand macht es »ping«. Das Thermometer zersplittert in eine Million Einzelteile. – Materialermüdung?

Die nächste halbe Stunde geht drauf mit Quecksilberkügelchen zusammenschieben und Glassplitter auftupfen. Das Ganze in ein Schraubglas stecken, und bevor man zur Apotheke loszieht, um die Schweinerei wenigstens richtig entsorgt zu haben, fällt einem ein, daß die Apotheke zu hat. Nicht weil Montag ist, sondern weil es 19 Uhr 58 ist.

Okay, Abendbrot. Für die Läden ist es nun auch zu spät, aber als umsichtige Hausfrau hat man ja immer was im Schrank.

Gammeliges Gemüse, zum Beispiel, das man in den Dampfkochtopf wirft, damit es nicht so lange dauert.

Weil man ungeduldig ist, prüft man das Ventil gerne mit dem Finger. Nahe diesem macht es »ping«. Das Ventil ist hin. – Materialermüdung?

Die totale Schadenssumme des Tages beläuft sich über den Daumen gepeilt auf rund 500 Euro. Man geht ein wenig deprimiert zu Bett. Bevor man das Bett besteigt, rutscht man auf dem Läufer aus. »Pong« macht es. Das ist jetzt aber der Musikantenknochen. – Materialermüdung. – Odr?

## Schell-Studie

An manchen Tagen versteht man alles falsch. Da ruft mich einer von der Zeitung an und will etwas »für morgen« von mir haben – na, das stimmte sogar, aber meistens will er ja was »für in anderthalb Stunden« haben, deshalb glaubte ich das erst mal nicht. Jedenfalls gebe es da eine Schell-Studie... Mein erster Gedanke: Wieso Schell-Studie, haben die mit Diana und was weiß ich wem nicht genug zu tun, und überhaupt, ist die Schell jetzt auch hin oder was?

Sie werden es schon erraten haben, es handelte sich um eine Shell-Studie zur Motorisierung in Deutschland: »Immer mehr Frauen fahren eigenes Auto« heißt es da. »Immer mehr Frauen fliegen eigenen Hubschrauber« hätte ich interessanter gefunden. Oder: »Immer mehr Frauen saufen selbstgebrannten Schnaps«, um beim Thema Sprit zu bleiben.

Jedenfalls gebe ich bekannt, daß im Jahre 2020 hier etwa 51 Millionen Stinkeautos herumfahren werden, oder vielmehr zwischen Nyköbing und Budapest meistens herumstehen werden, und daß das Radio Staus unter 500 Kilometern gar nicht mehr durchsagt. Jetzt guckt Harry mir über die Schulter, was ich gar nicht leiden kann, und mault, daß Nyköbing und Budapest überhaupt nicht zu Deutschland gehören. Was weiß denn der, was in 20 Jahren ist!

Außerdem wird noch gesagt, daß die wachsende Motorisierung »Frauen und Senioren« zu verdanken sei. Andere behinderte Minderheiten werden nicht genannt, da gäbe es doch noch einiges auszuschöpfen. »Immer mehr Rauschgiftsüchtige«, könnte es z. B. in wenigen Jahren in einer Aral-Studie heißen, »immer mehr bezahlte Killer, Feuilletonredakteure und Teilnehmer von Talk-Shows fahren...« usw.

Ich finde es nicht gut, wenn so viele Autos verkauft und dann gar nicht benutzt werden. Das Ende vom Lied wird doch sein, daß wieder alle Welt mit dem Fahrrad auf Tour ist. Bisher war man als Fußgängerin ja zumindest auf den Bürgersteigen noch halbwegs sicher. Und kein Autofahrer hat bisher nach meinem Handtäschchen geangelt.

**Italienische Reise**

»Du steigst in Florenz aus, gehst auf den richtigen Bahnsteig, fährst eine halbe Stunde bis Siena, steigst um und bist in zwanzig Minuten in P.«, hatte Antje gesagt, »da holen wir dich ab. Es ist ganz einfach.« Blödsinn. Es ist nie einfach. Es ist immer schwer.

Erschöpft komme ich in Florenz an, weil ich im Zug hatte stehen müssen. Meinen reservierten Platz hatte eine fette Nonne eingenommen. Wäre ich früher katholisch gewesen, hätte ich sie wohl vom Sitz gepustet, aber ich bin ehemalige Protestantin und bis auf die Knochen korrumpiert. Der Bahnsteig ist schnell gefunden, und es fährt sogar ein Zug. Zwei Stunden bis Siena. In Siena ist es Mitternacht und pitschenaß. Einen weiteren Zug gibt es in dieser Nacht nicht mehr. Taxi. Pension. Nicht schlafen, keinen Wecker dabei. Um sieben Uhr aufstehen. Eine Stunde Zugfahren bis Bahnhof P. Keiner da. Die Sonne brennt schon wie verrückt. Namen des Ferienhauses auf italienisch zu Männern in einem Jagdausrüstungsladen sagen. Ausgestreckten italienischen Fingern folgen. Soll das jetzt acht Minuten heißen oder acht Kilometer? Rucksack schultern, auf heißer Straße wandern, achtmal beinahe überfahren werden. Ob die *das* meinten?

Vor einem Bauernhof zusammenbrechen – jedenfalls eine gelungene Simulation hinkriegen. Vater, 90, und Sohn, 70, zahnlos beide, eilen herbei. Vater ist alte Schule. Mit vielen und schnellen italienischen Worten macht er Sohn klar, daß die Signora nach »Le Coste« geschafft werden muß. Auto (?), welches auf drei Rädern fährt. Vorne eins, hinten zwei. Sohn zeigt unterwegs auf verschiedene Punkte in der Landschaft, was ich mit *sisi* und *benebene* quittiere, diese Wörter beherrsche ich einwandfrei, auch in somnambulen Zuständen. Hoch im Osten die Zitrone, im dunkeln Laub die Goldorangen glühn, dahin dahin will ich mit dir, o mein Geliebter... na egal.

Ankunft in »Le Coste«. Die ganze Blase sitzt auf der Terrasse, frühstückt und lacht sich kaputt. Ich ziehe meine Beretta. Nicht wirklich. Antje: »Sei froh. Da kannst du doch eine Geschichte drüber schreiben.«

Was hiermit erledigt wäre, ihr Idioten.

**Charles & Kalle**

Ob Hamburg mir nun gefällt oder nicht – ich habe keine Wahl: Ich wohne hier, und ich arbeite hier. Und die meisten meiner Freundinnen und Freunde auch. Lebten sie und ich in Kiel, dann würde mir Kiel gefallen. Oder Garmisch-Partenkirchen. Eventuell Leipzig oder Lissabon. Aber dann doch wohl eher Lissabon.

Der Gedanke, eine Stadt zu lieben, kommt mir allerdings einigermaßen albern vor. Irgendwo nicht gerne leben zu wollen, weil einem das Klima nicht paßt, sei es nun die Karibik oder Spitzbergen, ist etwas anderes. Aber Hamburg zu lieben hieße für mich, die Bewohner Hamburgs zu lieben, und das scheint mir bei fast zwei Millionen Menschen doch eine Überforderung der christlichen Nächstenliebe zu sein. Seine Familie oder seine Freunde zu lieben ist in Ordnung für einen anständigen Menschen. Meinetwegen auch noch seinen Dackel.

Aber damit ist es auch gut. Der nächste Schritt wäre dann Vaterlandsliebe – und »da liegt kein Segen auf«, wie man in Hamburg ganz richtig sagen würde. »Die Hamburgerin Fanny Müller...« lese ich manchmal in einer Rezension. Das stimmt nicht, ich bin immer noch dieses Mädchen aus dem kleinen Dorf, das ist in Wirklichkeit meine Heimat, wenn ich auch nur sehr selten dorthin zurückfahre – dort habe ich die meiste Zeit meines Lebens verbracht. Auch das ist nicht ganz wahr, denn es waren nur zwanzig Jahre. Aber die ersten zwanzig Jahre muß man dreifach zählen, denn sie dauern am längsten, und wer verändert sich schon wirklich, wenn er aus der Pubertät raus ist?

Das Dörfliche ist insofern geblieben, als ich mich ungerne

aus meinem Viertel herausbegebe und einige Bezirke Hamburgs noch nie gesehen habe. Duvenstedt? Jenfeld? Poppenbüttel? Diese Namen kommen mir fast so unwirklich vor wie Londons Soho oder die Ramblas in Barcelona. Ehe ich die nicht persönlich gesehen habe, glaube ich erst mal nicht, daß sie außerhalb der Literatur existieren. Vorsichtshalber suche ich weder diese noch jene auf, wahrscheinlich um meine ganz privaten Vorstellungen von diesen Gegenden nicht zu zerstören. Private Vorstellungen von Butenhamburgern, nämlich daß es in Hamburg tagein tagaus nur regnet und der Gummistiefel quasi Bestandteil der Hamburger Tracht sei, treffen bekanntermaßen nicht zu, denn die Statistiken sagen etwas anderes. Trotzdem empfiehlt es sich, jederzeit ein kleines Schirmchen mit sich zu führen ...

Weil oder obwohl ich so lange in Hamburg lebe – so genau kann ich das nicht unterscheiden – lebe ich ganz gerne hier. Gründe dafür lassen sich sammeln, einige habe ich schon genannt, aber schließlich gelten die auch für andere Städte. Wäre ich beispielsweise in Köln hängengeblieben, dann hätte ich sicher das dortige Idiom angenommen; im sprachlichen Bereich kann bei mir von Charakterfestigkeit nicht die Rede sein. Ganz sicher kann man aber davon ausgehen, daß ich mit Kölnerinnen und Kölnern prima ins Gespräch gekommen wäre; damit hatte ich noch nie und an keinem Ort der Welt Schwierigkeiten. Bestimmt hätte ich auch eine Frau K. kennengelernt, die dann nicht »Haarfrisur« und »Jienshosen« gesagt hätte, sondern etwas anderes, beispielsweise »Plümmoh« für eine kleine Bettdecke. Vielleicht hätte ich mich auch ans Kölschtrinken gewöhnt, wer weiß.

Selbstverständlich kann ich noch einiges mehr aufzählen,

was mir Hamburg als Wohnort sympathisch macht, den Hafen etwa. Ich habe einen Schleichweg entdeckt, der fast nur durchs Grüne von »meinem« Haus bis zu den Landungsbrücken führt, wo ich gerne am Abend, wenn alle Touristen in den portugiesischen oder griechischen Restaurants sitzen, auf dem Ponton umherwandle und dem Quietschen der Scharniere – oder woher das auch immer kommt – zuhöre, das besonders ohrenbetäubend wird, wenn das Wasser unruhig ist. Aber es gibt andere Hafenstädte, in denen man nachts auch, im Bett liegend, auf das tiefe Brummen der Schiffssirenen horchen kann. Die bringen andere Träume als das Bimmeln von Kuhglocken, das ist sicher.

Das Gute an Hamburg ist, höre ich mich selbst erstaunlich oft zu auswärtigen Besuchern sagen, daß man in kurzer Zeit an der Nordsee und an der Ostsee ist, daß hier eine rege Musik-, besonders eine Jazzszene existiert, es gibt viele Theater, sogar eine Oper, dann die vielen Medien... Wahr ist, daß ich alle diese Angebote kaum nutze; es genügt mir, daß sie vorhanden sind, da kann ich beruhigt zu Hause sitzenbleiben und ein Buch lesen. Das werden die Leute aus den sogenannten neuen Bundesländern auch noch merken, daß es ausreicht, wenn man weiß, man könnte, wenn man wollte...

»Der typische Hamburger?« Kenne ich nicht. Manchmal kommt es mir so vor, als seien die Taxifahrer hier unfreundlicher zu mir als anderswo. Das mag aber daran liegen, daß ein Taxifahrer sofort gute Manieren bekommt, wenn er einen fremden Dialekt hört, weil er sich dann überlegen fühlt.

Das »Hanseatische« ist mir auch noch nicht weiter aufgefallen, wenn man vielleicht davon absieht, daß noch immer ein Euphemismus für Kapitalist oder Pfeffersack in Gebrauch ist: Der Begriff »Hamburger Kaufmann«, der vorgibt, daß es nicht darum geht, Waren möglichst billig einzukaufen und möglichst teuer zu verscherbeln, sondern um irgend etwas Reelles, für die Allgemeinheit Vorteilhaftes, ja, sogar Vornehmes. Und in »besseren Familien« werden Söhne immer noch Charles oder John getauft, in Erinnerung an die lukrativen Handelsbeziehungen zum Vereinigten Königreich. In den unteren Klassen sind diese Namen dann als Kalle und Jonni angekommen. Jedenfalls früher, denn heute heißen die Jungs Marvin und Kevin wie in anderen deutschen Städten und Dörfern auch.

In Hamburg sollen pro Quadratmeter die meisten Millionäre Deutschlands wohnen. Das will ich gerne glauben, aber deren Quadratmeter sind so weit von den meinen entfernt, daß ich diese Herrschaften nicht zu Gesicht bekomme. Zu Gesicht bekomme ich vorwiegend die anderen, die wenig oder nichts ihr eigen nennen und sich auch noch selbst die Schuld daran geben. Und sich dementsprechend was auf die Lampe gießen beziehungsweise in die Vene injizieren. Ein hübscher Gegensatz, wenn man bedenkt, daß diese Stadt politisch-ideologisch von der Sozialdemokratie gemeinsam mit dem »Hamburger Abendblatt« regiert wird. Jedenfalls bis vor kurzem.

Leute, die einen gewissen Überblick haben – wenn auch ein wenig eingeschränkt – wie zum Beispiel Jugendliche in T-Shirts, auf denen »Ich bin scheiße – ihr habt schuld« steht, trifft man immer noch recht selten an. Und ob die nun gerade das revolutionäre Potential bilden werden, welches die Stadt einst auf den Kopf stellen und hoffentlich richtig aufmischen wird, ist auch noch ungewiß. Gewiß ist nur, daß ich das nicht mehr erleben werde – obwohl, das habe ich im Zusammenhang mit der sogenannten Vereinigung Deutschlands auch geglaubt. Um nicht zu sagen: gehofft.

Jetzt ist es hier noch wie überall. Wer Geld hat, kann gut leben, wer keins hat, kann nicht gut leben. Das ist auf der ganzen Welt dasselbe. Von Rejkjavik bis Singapur, von Hamburg bis Haiti.

**So bunt, so multikulturell**

Genau zwanzigmal bin ich bisher umgezogen, allein sechsmal, bevor ich zwölf Jahre alt war. Jetzt habe ich seit vierzehn Jahren dieselbe Adresse, das muß dann wohl die Heimat sein – Heimat ist da, wo man mehr als einmal renoviert hat. Zum Beispiel. In Wirklichkeit ist Heimat natürlich kein Ort; Heimat sind Leute, zu denen man zu Fuß gehen kann und bei denen man dann einfach nur rumsitzt und nicht geistreich sein muß.

Als ich einmal in Neuseeland war, fragte man mich, ob ich nicht Lust hätte auszuwandern. Hätte ich nicht. Ich finde es einen unschönen Gedanken, dort auf einer grünen Aue zu sitzen und mich freuen zu sollen, wenn hier meine Bekannten nichts zu beißen haben.

Nun werde ich meine Bekannten nicht vorstellen, schließlich möchte ich sie noch behalten; und meine Wohnung auch nicht, die ist sowieso uninteressant, seit ich begonnen habe, »originelle und witzige« Gegenstände rauszuschmeißen mit der Intention, am Ende nur noch mit Tisch, Bett und meinem ibook zusammenzuleben.

Es bleibt also doch der Ort übrig, das Schanzenviertel. Da wollen sie alle hin, alle diejenigen, die in der *taz Hamburg* nach einer Wohnung suchen. Weil hier Normale und Verrückte wohnen, Studenten und Rentnerinnen, Junkies und späterziehende Mütter; weil es so bunt ist, so multikulturell und was weiß ich. Tatsächlich heißt das, daß es dreckig und laut ist und man an jeder Ecke, mindestens aber am Sternschanzenbahnhof, Dope angeboten bekommt. Man muß es ja nicht kaufen, aber andere tun's, und die kriegt man dann vorgeführt, auf nüchternen Magen, auf dem Weg zur

Arbeit, was nicht schön ist. Vor kurzem trat ich aus der Haustür und beinahe auf einen Punker mit Bauchschuß, während die Nachbarschaft hemmungslos in Fernsehkameras hineinredete, nachdem sie sich vorher noch schnell gekämmt hatte; auch das finde ich eher deprimierend; ebenso deprimierend wie die Film-, Fernseh- und Werbeleute, die sich in ehemaligen Fabriketagen in den Hinterhäusern des Schulterblatts angesiedelt haben und morgens bei *Emilia* Kaffee trinken gehen, weil dort alles so wahnsinnig authentisch ist. Nachts sollen die ja in der *Daniela-Bar* sein, aber nachts bin ich nicht unterwegs, das ist mir zu gefährlich, da kann man die Hundescheiße nicht sehen. Nachts liege ich in meinem Bett und lausche den Polizeisirenen und dem Krach, der bei günstiger Wetterlage, aber auch bei ungünstiger, vom Hafen oder vom Heiligengeistfeld herübergeblasen wird; Hafengeburtstag, Zirkus, Jahrmarkt, Fußball, Popkonzert: Irgendwas ist immer. Und wenn mal nichts ist, sind da noch das Kleinkind von unten, der Säugling von oben und die Punks aus dem Sozialbunker mit ihrer... Musik, ja, Musik, so nennen die das wohl. Da wächst dann die Sehnsucht nach dem Haus im Grünen, nach ruhigen Nächten und beschaulichen Nachmittagen auf dem Lande, obwohl ich es eigentlich besser wissen müßte, denn ich bin auf dem Lande aufgewachsen. Und deshalb und doch: kehre ich nach einem Besuch in Buxtehude, La Palma oder Hohne zurück, atme ich auf, wenn ich die S-Bahn an der Sternschanze verlasse und um 'ne Maak angehauen werde; es ist nicht zu fassen.

Warum wohne ich hier und will nicht weg? Wegen der billigen Läden und Imbisse und Restaurants, die praktisch immer geöffnet haben? Wegen der Kneipen? Der guten

Verkehrsverbindungen? Daran kann es nicht liegen. Ich koche meist selbst, in Kneipen bin ich nicht oft, und die »Schanze« verlasse ich selten.

Es wird wohl so sein: Ich werde nicht gern überrascht. Und in diesem Viertel zeigt sich früher als anderswo, was auf uns zukommt – die Sorte Elend und die Sorte Schicksein, mit der wir es zunehmend zu tun haben werden, aber auch alles dazwischen. Vielleicht, aber nur ganz vielleicht, geht von hier aus auch etwas anderes los, Sie wissen schon. Das wäre dann Heimat, Leute. Und ich werd's wohl nicht mehr mitkriegen.

**Deal**

Heute war ich beim Frisör, der mir wieder Tratsch und Klatsch aus der Nachbarschaft erzählte.

Einer seiner Kunden hat sieben Zigeuner als Nachbarn (das hat der Frisör erzählt, ich würde ja vielleicht »Roma oder Sinti« sagen, aber nur vielleicht), und eines schönen Tages wurde der junge Mann zu ihnen gerufen. Sie konnten nicht lesen und schreiben. Er möge doch mal in die Geburtsurkunden der Kinder gucken, ob nicht bald eines mal wieder Geburtstag hätte. Und was sieht er? Daß der Jüngste gerade gestern drei geworden ist. Die ganze Sippe war aus dem Häuschen und bewirtete ihn fürstlich. Bei der Gelegenheit fragten sie ihn auch gleich, ob sie nicht mal was in seinem Keller unterbringen könnten, denn für sieben Personen ist ihrer zu klein.

Klar, können sie.

Nur wurde ihm dann etwas mulmig, als er die zwanzig nigelnagelneuen original verpackten Fernseher und Videos in seinem Keller entdeckte. »Kein Problem«, meinte der alte Zigeuner, und flugs waren am nächsten Tag die Geräte gegen andere Sachen getauscht – und das, obwohl keiner von denen einen Schlüssel hatte.

Das brachte mich auf die Idee, auch meinem Alltag ein wenig Würze zu verleihen. Jetzt, wo ich auf Rente und den ganzen Tag mit dem Hackenporsche unterwegs bin. Ich brauche natürlich einen Komplizen. Da bietet sich Torsten an, der mir versichert, daß wir unseren Deal richtig schanzenviertelmäßig ablaufen lassen: »Also, du mischst dich unauffällig bei Emilia (Pasteleria Transmontana, *der* angesagte Schuppen) unter die Leute, wo ich, scheinbar Zeitung lesend, herumstehe. Du sprichst mich unauffällig verschlüsselt an – ›Mach ma Platz, Allda‹ – oder signalisierst mir durch Hochziehen einer Augenbraue dein Interesse. Ich lasse dir blitzschnell ein Stückchen in deine Manteltasche rutschen, du gehst ›auf Toilette‹, überprüfst die Ware auf ihre Reinheit, kommst zurück und läßt mich durch die Worte ›Ach, das tat gut‹ wissen, daß du bereit bist‹ zu unserem Deal. Dann zahlst du bei Emilia deine legalen Drogen, und zwar dergestalt, daß sie dir 1,53 € rausgeben muß. Das ist der momentane Preis für ein Kilo Kartoffeln. Ich nehme das Geld an mich und plaziere dann die Kartoffeln in deinen abseits stehenden Porsche. Mit einem kurzen Nicken ziehe ich mich zurück, du startest mit quietschenden Reifen und verschwindest blitzschnell im Gassengewirr des Schanzenviertels. So läuft das.«

Oder auch anders: Eine ganz alte Lösegeldnummer ist die mit dem verschwunden Dackel. Oma ist verzweifelt, weil »Trine« weg ist. Die dicke Dackeldame verschwand irgendwie beim Aldi. Wenig später liegt ein Drohbrief im Kasten – »Wenn nich bis 14 Uhr 1000 Mack (unbeholfen durchgestrichen, »Euro« drübergeschrieben ...) unter den Pudingpulfer bei Lidl ligen, ham wir Trine ausgeschalltet ...« Problematisch wird das in erster Linie, weil es keine dicken Dackeldamen mehr gibt. Omas haben keinen Dackel mehr, sondern schützen sich vor orientalischen Jugendbanden und kriminellen Politikern mit einem Pitbull oder einem Rottweiler. Die Viecher heißen »Faß« oder »Killer« und sind als Entführungsopfer denkbar ungeeignet. Ich muß mir also noch was anderes überlegen.

**Anneliese**

Letzten Sommer in einem Café, etwa 15 Uhr, die Sonne scheint, ich sitze draußen im Garten. Am Nebentisch zwei 80jährige Frauen, die eine ist blind und hat schon schwer einen an der Waffel, die andere ist noch gut beisammen. Beide wohnen noch bei »sich«, bekomme ich schnell mit, besuchen aber wohl öfter ein Tagesaltenheim. Herta hat Anneliese, die Blinde, abgeholt und hierhergebracht. Anneliese wird offensichtlich in ihrer Wohnung betreut.

Da beide ziemlich langsam und mit Pausen sprechen, kann ich *original* mitschreiben:

– Anneliese, nich das Papier mitessen. Wills du den Zukker so nebenbei lutschen?

– Woanners geben sie weniger Sahne.

– Anneliese, jeder is verschieden.

– Immer hau ich da so rein.

– Nu eß man, Anneliese. Das is der Zucker, wo du schon an gebissen hast.

– Das is der Zucker.

– Ja, Anneliese.

– Ich hab gekleckert (Anneliese putzt sich die Nase).

– Nee, das is aufen Teller gewesen ... Das is ein Stockschnupfen, Anneliese, weil du gestern inn Zuch gesessen hast.

– Anneliese – Kleckerliese ...

– Ja, Anneliese, das is nun ma so ... die Pflegerinnen machen sich das leicht, schreiben anderthalb Stunden auf und sind bloß ne halbe Stunde da. Is doch so.

– Die holen mich nich ab ...

– Müssen die auch nich. *Ich* hab dich abgeholt, Anneliese,

und ich bring dich wieder hin. Das is mein freier Wille, daß ich dich abhol.

– Und du bringst mich jetzt nach Hause?

– Nee, ers um fümf, denn sitzen wir hier noch so lange anner frischen Luft, nich?

– So is das.

– Ja, die kümmern sich um ganix, so sieht das doch aus.

– ... dann muß die Abendpflege doch noch kommen.

– Tut sie auch.

– Ach so.

– Is nu ma so, Anneliese. Die komm', damit du anständig ins Bett kommst und Abendbrot kriegst. Das mußt du ja alles bezahlen.

– Ich?

– Ja.

– Natürlich. Also, du bringst mich nach Hause?

– Die ham das schnelle Geld.

– Glaubs du, daß du umsonst was bein Staat krichst?

– Morgen wirs du abgeholt. Kanns wieder neben dein »Freund« inn Auto sitzen, Anneliese.

– Ach?

– Neulich hab ich zu ihn gesacht, ich sach... (Unterbrechung) ... der hat sie 15 Jahre gefleecht. Das is Treue und Anhängung! Und wenn man sich gerne hat und auch verheiratet is, dann is das auch eine kleine Pflicht, nich, umgekehrt würdest du das auch machen.

– Ich?

– Ja.

– Ja (Pause) ... Haß was gesacht?

– Nee.

– Jetzt muß ich bald ins Bett.

– Tja, Anneliese, das is nu ma der Werdegang von dir ...
was würdest du sagen, wenn eines Tages deine Tochter vor der Tür steht?

– Müßt ich sie behalten. Kann sie ja nich aufer Straße stehenlassen.

– Da mußt du'n Antrag machen, daß du sie aufnimmst, bein Amt.

– Ich glaub nich daßas so kommt.

– Einmal hat er sie ja schon rausgeschmissen. Ich will dir ma was sagen, Anneliese, seine Frau steckt dahinter. Jedes mal wenn seine Frau mit den Kindern kommt, muß sie ja spazieren gehn ... (Unterbrechung) ... guck ma, wenn ich gewollt hätte, dann hätte ich auch'n Mann haben können ... wie ich den kenngelernt hab, da hat der gleich gefragt, ob ich Kinder hab, da hab ich gesacht ... (Unterbrechung) ... bin ja froh, daß ich noch alles machen kann, mit de Blumen und alles, nich daß die Kinder das alles machen ...

– Ich kann ja nix mehr machen.

– *Du* nich!

– Heute abend gehn wir zu Bett.

– Ja, Anneliese, das müssen wir alle.

– So is das Leben.

– Das sach ich dir, Anneliese, wenn du noch was trinken willst, mußt du Bescheid sagen, Anneliese ... (Unterbrechung) ... ja, Anneliese, so einen Professor ham wir hier nich, der deine Augen verbessern kann. Da mußt du nach Amerika.

(Jetzt gehe ich ins Café hinein und kriege den Anschluß nicht mit.)

– ... die sind alle falsch.

– Genau, Anneliese – Emmi, die is ja nu schon lange nich

mehr bei uns, da setzt die sich bei Timmy ann' Tisch, weil die immer so schludern. Über dich auch, Anneliese.
– Über mich?
– Ich sach, wolln ma so sagen, das is bei Anneliese nich angebracht, sach ich.
– Schlimm. Schlimmschlimm.
– Käthe kommt jetzt auch nich mehr. Zun Essen und nichts... So sind die Frauen – aber wenn du kommst, denn heißt das: Oh – da sind Sie ja, eideidei...
– Falschheit!
– Genau!
– Da kommt bei mir noch die Abendhilfe, oder?
– Ja, und Abendbrot.
– Denn müssen wir jetz...
– Noch lange nich. Laß uns man hier draußen sitzen, da is frische Luft, wenn du Durst hast, sachst du Bescheid, Anneliese. Hier – mußt doch nich immer nach vorne sitzen, kannst dich zurücksetzen, da is doch ne Lehne.
– Tante Lene?
– Die Bedienung hier, Anneliese, die hatn Rock an, da kannstu alles sehen.
– Die uns bedient hat?
(Jetzt kommen Leute, es wird laut, ich kann nichts mehr verstehen.)

**Weihnachtsgeschenke**

Sie wissen nicht, was Sie Verwandten und Bekannten zu Weihnachten schenken sollen?

Bevor ich den Katalog »Die moderne Hausfrau« und einen weiteren von Manufactum – Wahlspruch »Es gibt sie noch, die guten Dinge« – am letzten Weihnachten zu Gesicht bekam, ahnte ich z. B. noch nicht, daß man Gläser mit Vakuumverschluß anders öffnen kann, als mit einer Deckelseite kurz auf den Fußboden zu schlagen. Das hat zwar den Nachteil, daß gleich darauf meine Nachbarin von unten anruft, um zu fragen, ob es bei ihr zu laut sei, aber schließlich sind es ihre Telefongebühren und nicht meine.

Ich ahnte auch nicht, daß ich keineswegs den kompletten Haushalt besitze, von dessen Vorhandensein ich bis dato überzeugt war. Hatte ich etwa einen Pflaumensteinentkerner, einen Olivensteinentkerner und einen Sauerkirschensteinentkerner? Ich hatte nicht.

Und? Wie sieht es bei Ihnen und Ihren Verwandten aus? Geben Sie ruhig zu, daß Sie noch keine Messerbänkchen Ihr eigen nennen und daß Sie Ihre Dessertschalen als Fingerschalen mißbrauchen! Ich würde auch als gesichert annehmen, daß Bügeleisengarage, Weintraubenschere und Sardinenheber Ihren Freunden böhmische Dörfer sind. Ehrlich gesagt, waren sie es auch für mich, aber diese Kataloge belehrten mich eines Besseren.

Das einzige, was ich vermißte, war ein Messer zum Nutellaglas-Auskratzen. Es soll da eins geben mit stumpfer Schneidefläche, das man sogar ablecken kann. Aber für Manufactum ist Nutella vermutlich unter Niveau.

Was auch in keinem Haushalt fehlen sollte, sind Teebeutelausdrücker und Ständer für tropfende Kochlöffel. Ich kann mich überhaupt nicht mehr erinnern, was ich mit dem Kochlöffel gemacht habe, bevor ich diesen Kochlöffelständer mein eigen nennen konnte. Hinters Ohr gesteckt? Im Blumentopf geparkt? Einfach auf einen Teller gelegt? Auf jeden Fall irgendwas sehr Unprofessionelles.

Einen ganz ordinären Teller benutzte ich bisher auch zum Wenden von Omelettes oder Röstis. Das ist jetzt vorbei mit dem »Wendeteller für Omelettes und Röstis«. Vorbei auch die Zeiten, als ich noch Eier mit einem Löffel aus dem Kochwasser fischte statt mit dem Profi-Eiersieb. Unglaublich, wie man jahrelang ohne Käsebeil, Schwammbox, Seifen-Trockenhort und Spargeltopf ausgekommen ist!

Was ich mir jetzt gewünscht habe, ist ein Trüffelhobel. Ich wußte nicht, daß so etwas existiert, bis ich neulich in einem besseren Restaurant beobachtete, wie ein bekannter Regisseur einen solchen Hobel aus einer Jackettasche zog, aus der anderen einen Trüffel, und herumging, um jedem seiner Gäste ein paar Späne – oder wie das auch immer bei Trüffeln heißt – auf die Pasta zu hobeln. Dabei murmelte er »... zehn Euro... zwanzig Euro... dreißig Euro...« Das nenne ich gehobenen Lebensstil. Und nicht zu knapp!

Ich will ja keine Werbung für diese Kataloge machen, aber schauen Sie doch mal rein. Zur Not haben Sie Weihnachten ordentlich was zu lachen.

**Rhinozerosse**

Es ist doch immer wieder dasselbe: Man lauert bis zur letzten Minute, ob nicht doch wer eine Silvester-Party schmeißt, und dann sitzt man letztendlich mit ein paar Luschen am Küchentisch und spielt Doppelkopf bis zum Morgengrauen. Wie im letzten Jahr.

An sich fing es ganz lustig an. Ich wurde von ziemlich gut situierten Bekannten in ein feines Restaurant am Hafen eingeladen. Dafür hatte ich extra die Pumps angezogen, die ich zur Hochzeit meiner Schwester gekauft habe, und sie unterm Tisch ausgezogen. Weil ich sie nicht wieder ankriegte, mußte ich zum Taxi getragen werden. Das war insofern gut, als mir ein bißchen schlecht war. Ich hatte alle Austern, die es als Vorspeise gab, aufgegessen. Die anderen grausten sich davor. Ein Haus in der Toscana, aber sonst von nichts eine Ahnung haben!

Um gut Doppelkopf spielen zu können, muß man einen bedingungslosen Erwerbstrieb besitzen. Ich kann da nicht klagen, deshalb war ich auch die ganze Zeit auf 180, weil die anderen herumalberten und immerzu fragten, was denn noch mal Trumpf sei und wieso es eigentlich »Hochzeit« heiße, wenn man zwei Kreuzdamen auf der Hand habe.

Ich habe natürlich gewonnen, aber die Begeisterung über einen Sieg kann keine hohen Wellen schlagen, wenn der Preis dafür ist, daß man zweimal Bleigießen darf statt nur einmal.

Aus den Figuren konnte ich nichts erkennen, was mich nur entfernt an irgend etwas erinnerte, aber die anderen behaupteten, es seien Rhinozerosse, und das bedeute »ungebrochener Optimismus für das ganze Jahr«. Purer Blödsinn! Was ich an diesem Silvester mache? Das weiß ich noch nicht. Ich rechne aber fest damit, daß irgend jemand mich zu einer richtigen Party einlädt.

**Radio und Zuhören**

Oft ziehe ich ja über das Radio her (übers Fernsehen kann ich nicht herziehen, weil ich quasi keins habe), aber jetzt muß ich mal was Lobendes sagen: heute morgen teilte ein Sprecher mit, und zwar ohne irgendeinen Ansatz von Stottern oder Kichern, daß es heute abend im NDR Honkytonk gäbe mit Jens Sülzenfuss.

Gestern wieder prima Sendung mit Hörerbeteiligung im Deutschlandfunk über Potenzstörungen. Jede Menge stotternder Männer, die von Auto-Telefonen aus anrufen. Da würde ich auch Potenzstörungen kriegen. Trotz Einwurfs von Viagra 50 und danach Viagra 100 hatte einer nur »Wärmeempfindungen«. Genau wie ich! Ich kriegs nur billiger und ohne Rezept. Mit der Wärmflasche. –

»Frau Tietze-Stecher, die SPD-Abgeordnete, äußerte sich dahingehend, daß...«
   Was mich mal interessieren würde – ist ihr Mann jetzt der Herr Tietze oder ist er der Stecher? Und war sie Frollein Tietze und er ist jetzt der Tietze-Stecher? Oder umgekehrt? Man weiß ja nichts!

Immer wieder ein Quell der Freude. NDR 4 läßt den FC St. Pauli-Trainer zu Wort kommen. »... haben wir über die Gegenwart gesprochen, das heißt über die nächsten drei Spiele«.
   Und übermorgen ist wie gestern...

Gerade Teil eines Features »Ewigkeit-Endlichkeit« im

Deutschlandfunk gehört. Ein Typ wird interviewt, er läßt sich, wenn er tot ist, bei einer amerikanischen Firma einfrieren, falls in einigen 100 Jahren die Medizin in der Lage sein sollte... usw. Dafür hat er seine Lebensversicherung auf diese Firma übertragen. Er läßt aber nur den Kopf einfrieren (»das is billjer«), für den Rest gebe es dann Ersatz, der besser sei als das, was er heute habe. Kommt drauf an. So wie der sich anhörte, würde er mit seinen eigenen Knochen und einem anderen »Gehürn« (O-Ton) optimaler bedient sein. Es wurde auch noch gesagt, daß diese Firma Arcor heißt. Vermieten die nicht auch Telefone? Für hinterher?

Eben Nachrichten gehört. Danach Grönemeyer: »Die Welt gehört in Kinderhände...« Mein Eindruck: da ist sie schon. PS: Ich glaube übrigens, nach der nächsten Wahl wird es wieder wie vorher, vor allem wird es aber schon vorher wie vorher.

Schon wieder Nachrichten: »Koalition hält an Doppelpaß fest«. – Kann mir das mal einer erklären? Muß man den nicht loslassen? Und weitergeben oder was?

Abends wieder eine dieser berühmten Straßenumfragen des NDR 4 in Hamburg. Passant: »Nee, für Sexuahlverbrecher, da hab ich nix für über.«

**Paarungszeit**

Hamburger Morgenpost: Ein britischer Forscher hat herausgefunden, daß Schafe während der Paarungszeit Ausschau halten nach Böcken mit maskuliner Kinnpartie und daß sie bis zu 50 verschiedene Gesichter auseinander halten können. Da können die mehr als ich.

Womit entgegen anders lautenden Gerüchten endlich bewiesen wäre: Ich bin kein Schaf, ich bin kein Schaf!

## Konto-Eröffnung

Heute beim Gemüse-Bio-Türken: Als ich reinkomme, ist eine junge Kundin vor mir, die mit dem ebenfalls jungen Inhaber rumplänkelt. Gemeinsam lachen wir dann alle drei über die Katze, die sich auf dem offenen Sack mit Sojafleisch zur Ruhe gelegt hat. *Das* Sojafleisch kaufe *ich* bestimmt nicht! Mal ganz abgesehen davon, daß mir so 'n Zeug so und so nicht ins Haus kommt. Die Frau geht und als ich dran bin, bemerke ich, daß sie ein Päckchen hat liegenlassen. »Die arbeitet doch drüben in der Hamburger Sparkasse«, sage ich zu ihm. Da müsse ich gleich noch hin, ob ich das mitnehmen –? Er kuckt. Ich kucke und kapiere. »Oder wollen Sie warten, bis sie zurückkommt?« frage ich. Beugt er sich rüber zu mir und sagt vertraulich: »Ich bagger die schon seit anderthalb Tagen an...«

Alles klar.

Da baggert der Gemüsemann seine Angebetete also schon seit geraumer Zeit an, genauer: einundhalb Tage. Summa summarum 1,5 Tage. Fast zwei Tage also. Im Prinzip seit gestern.

Wird ja allerhöchste Zeit, daß er bei ihr ein Konto eröffnet.

## Deutsches Läutendes Kreuz

Heute war er bei mir! Der DRK-Mann! Es klingelt Sturm, und ich, tierisch erkältet, in meinem Männerbademantel und der peruanischen Strickmütze (Ohrenklappen!) an die Tür. Junger Mann, schreckt etwas zurück, sagt: »D-d-das deutsche rote Kreuz, keine Angst, es ist nichts passiert, ich möchte nur sammeln für...« »Was??« belle ich, »nix passiert? Und dann klingeln Sie?? Zweimal???« und knalle die Tür wieder zu.

**Berufe**

Gerade habe ich mich mit einer Schweizerin getroffen, die erzählte, sie hätte sich mal in Leipzig auf dem Flughafen – Moment, gipps da überhaupt einen? Wird wohl der Bahnhof gewesen sein... hat sich also auf dem Bahnhof in einem Automaten eine Visitenkarte drucken lassen mit ihrem Beruf drauf: Soziallastendisponentin. Da standen lauter Ostler um sie rum und linsten und fragten, was das denn wohl sei. Das wußte sie auch nicht so genau und sagte: »Das gibt es nur im Westen«. – Als mein Vater noch Flüchtlingsbetreuer war, 1947, da hatte er mal eine Frau zu fassen, die ganz und gar und wirklich und ehrlich Kunigunde Rindfleisch hieß und als Beruf »Kuhkontrollerin« angab. Immer noch besser als Arschdirektor bei ner Werbefirma, finde ich.

**Film-Horror**

Neulich habe ich in einem Film mitgewirkt und mußte mit einer vollen Einkaufstüte aus dem Lidl kommen. Das wurde natürlich etwa eine Million mal wiederholt. Die Verkäuferinnen hatten ja das Drehen mitgekriegt und wollten wissen, wann die Sache gesendet wird. Heute redete mich eine der Angestellten an. Sie sagte gleich zu mir, daß sie auch mit Film zu tun hat, denn ihr Onkel dreht auch Filme. Eigentlich nur einen, seit zehn Jahren, nämlich einen Horrorfilm. Da wird die ganze Familie immer eingespannt.

Das sah man auch.

**Im Lidl**

Also heute wieder im Lidl, Dialog zwischen Christa S., der Kassiererin, und einer Kundin über eine dritte nicht anwesende Kundin:
– Drei Zehn ham se ihr abgenomm
– Das kommt alles vonner Diabetis
– Kuckma was ich jetz wieder für die einkaufen muß. Die lernt nix.
– Ehrs die Zehn und denn das halbe Bein ganz wech
– Das kommt auch vonn Rauchen. Gib mir nochma ne Mahlboro
– Wenn das Gewebe ehrs blau wird und denn schwaaz, denn isses aber vorbei
– Will sie ganich wissen. Schühs Christa
– Schöntachnoch Annemarie

Um keinen Preis der Welt möchte ich in Blankenese wohnen.

**Globalisierung**

Heute morgen im Speisewagen: ich zusammen mit drei Fremden am großen Tisch, Kaffee trinken, mit der Zeitung rascheln. Die Serviererin kommt einkassieren mit folgenden Worten: »Zahlen Sie separat oder kann ich eine globale Rechnung machen?«

Sind wir nun schon so weit, daß wir auf die Weltbankschuldenliste kommen?

# MMW

An sich bin ich mit meiner E-Mail-Anlage voll zufrieden. Wenn ich früher – also quasi in der Steinzeit – meine Texte an Redaktionen faxte, dann mußte sich ein Redakteur hinsetzen und alles noch mal abtippen und dabei fiel ihm meistens ein, wie er mich verbessern und auch noch Kommafehler reinbringen konnte, die mir im Traum nicht eingefallen wären. Außerdem kann ich jetzt an alle Welt kleine Mitteilungen schicken, für die ich im Leben keine Briefmarke raustun würde. Zum Beispiel: »Wie ist bei euch so das Wetter?« oder »Heute hat mich beinahe ein roter Sportwagen überfahren« oder »Weihnachten stand ein Mann vorne in der Schlange bei der Thalia-Buchhandlung und als mein Blick ihn zufällig traf, guckte er mich starr an und ich grüßte ihn, weil ich dachte, ich kenne ihn vermutlich und habe mal wieder vergessen, wer das ist. Als ich noch grübelte, ob er bei 1000 Töpfe Verkäufer ist oder einer aus der Hamburger Sparkasse, sagte jemand hinter mir: »Kuckma, da is ja Marius Müller-Westernhagen«.

Ich schämte mich sehr.

# *Nachweise*

*Geschichten von Frau K.*. Verlag Weißer Stein, Greiz 1994.
*Alte und neue Geschichten von Frau K.*, um acht Texte erweiterte Neuausgabe: Edition Tiamat, Verlag Klaus Bittermann, Berlin 2003.

*Mein Keks gehört mir*. Edition Tiamat, Verlag Klaus Bittermann, Berlin 1995.

*Das fehlte noch!* Edition Tiamat, Verlag Klaus Bittermann, Berlin 1997.

*Für Katastrophen ist man nie zu alt*. Edition Tiamat, Verlag Klaus Bittermann Berlin, 2003.

»Pdup« aus: »Schlager die wir nie vergessen«, hrsg. von Rainer Moritz. Reclam, Leipzig 1997.
»Ehrliche Gefühle« und »Loslassen« aus: *Das Wörterbuch des Gutmenschen*. Edition Tiamat, Verlag Klaus Bittermann, Berlin 1994.
»Für den Mann, dem Sie immer schon mal sagen wollten...« aus: *Gute-Nacht-Geschichten für Männer, die nicht einschlafen wollen*. Ingrid Klein Verlag, Hamburg 1996.
»Racheregeln« aus: *Ab in die Wüste*, hrsg. von Annemarie Stoltenberg. Ullstein, München 1998.
»Oma wohnte in der Heide« aus: *Der Rabe 51*, »*Der Schwindel-Rabe*«. Haffmans Verlag, Zürich 1997.
»Die ›Kleine Mutti‹ der Neunziger« aus: *Sorge dich nicht, lese!*, hrsg. von Jürgen Roth & Klaus Bittermann. Edition Tiamat, Berlin 1997.
»Italienische Reise« aus: *Der Rabe 56*, »*Summertime*«. Haffmans Verlag, Zürich 1999.
»Charles & Kalle« aus: *Hamburg satt*. Verlag die Hanse, Carlsen Verlag, Hamburg 1999.
»So bunt, so multikulturell« aus: *Öde Orte*. Reclam, Leipzig 1998.
»Rhinozerosse« aus: *Das wüste wilde Weihnachtsbuch*, hrsg. von Gerd Haffmans. Zweitausendeins, Frankfurt am Main 2003.

*Biogramm*

Fanny Müller gehört zu den ganz wenigen Frauen in Deutschland, die Satire schreiben. Ihr Markenzeichen sind »Miniaturen von hintergründigem Witz«, wie nicht nur »Brigitte« meint. »Erst durch den Blick von Fanny Müller, der Kultautorin der deutschen Literaturszene, kriegt der Alltag plötzlich Witz und Glitter« (Elke Heidenreich im WDR).

Frau Müller wohnt, ißt und arbeitet im Hamburger Schanzenviertel. Hier ist sie umzingelt von Punks mit Schäferhunden, die auf alberne Namen hören (die Herrchen auch) und den Insassen der umliegenden Altersheime, die überhaupt nichts mehr hören. Diese Welt zwischen Werbeleuten und Ökofreaks, Galao und Morgenpost ist der Ausgangspunkt ihrer Streifzüge. »Wenn ihr mich fragt: So soll eine Kolumne sein. Treffer und versenkt. Ein Stück Lebenskraft (Junge Welt).

Fragen zur Frau unserer Zeit in der Gesellschaft, auch solche, die oft aus falscher Scham gar nicht gestellt wurden, finden hier offene und klare Antwort. Männer, die wissen wollen, was »Die Frau« heute bewegt, umtreibt und anwidert, finden hier Einblicke, die sie bisher gar nicht so gesehen haben, nicht sehen wollten und wohl auch nicht sehen konnten.

FANNY MÜLLER wurde geboren, ging zur Schule und so ging es dann immer weiter. Frau Müller absolvierte eine Hotelfachlehre und war nacheinender Büffetstütze, Kaltmamsell, Aupair in Paris, Stewardess auf dem TEE, Privatsekretärin, Gattin, geschiedene Gattin. Anschließend studierte sie Erziehungswissenschaften und Soziologie und wurde Lehrerin an einer Gewerbeschule sowie Bikerbraut; heute lebt sie als Schriftstellerin , Kolumnistin (Titanic, taz, Jungle World, Brigitte, Stern, Weltwoche, Frankfurter Rundschau, Spiegel special) und Vorleserin, der nichts Männliches fremd ist, in Hamburg.

2005 ausgezeichnet mit dem Ben-Witter-Preis.

*Alphabetisches Register aller Geschichten*

Alle meine Hunde 356
Alles Karl 52
Altmodische Katastrophen 313
Amis 496
Amsel 232
Anneliese 562
Arbeit 200
Arbeiten oder nicht arbeiten 47
Aromatherapie 180
Arztroman in 5 Kapiteln 389
Aus dem Berufsleben 45, 114, 374
Aus dem Familienleben 79
Aus dem Vereinsleben 124
Ausreden 114
Autos 255

Baggern 420
Bahnleiche 540
Beerdigung 55
Berufe 575
Betroffenheit 116
Bommi und Prosecco 313
Brausepulver 299
Brunftzeit 294
Buchmesse 227, 437
Bumsforschung 412
Butterkremtorte 272

Chakren 177
Charles & Kalle 552
Chile 499
Chippendales 190

Damen! 281
Das Horoskop 67

Deal 560
Denen dere Sorgen möchte
  ich haben 544
Der Bekannte 21
Der Keks 102
Der Mantel 119
Der Regen fällt von oben
  nach unten 104
Der Schirm 159
Deutsches Läutendes Kreuz 574
Dessous-Party 418
Dia-Abend bei Helga und Gerhard 335
Die Jacke 79
Die »Kleine Mutti« der Neunziger
  auf dem Hühnerhof der pseudo-
  emanzipatorischen Literatur mit
  Amelie Fried 537
Diskretionszonen 111
Dorfkino 316
Drecksack 225

Ehrliche Gefühle 503
Einbruch 450
Eine Nacht mit Fanny M. 32
Eine peinliche Begegnung 121
Einfach gar nicht ignorieren 167
Einhüten 81
Einkaufen 36
Einundzwanzig, zweiundzwanzig 399
Eishockey 354
Elefanten 165
Emmi 25
Endgültige Katastrophen 483
Endlich daheim 49
Erotische Katastrophen 412

Esoterik 53
Esoterische Katastrophen 422
Evolution 360

Familiäre Katastrophen 330
Fangschaltung 452
Fanrg Multer 473
Fastenwandern 349
Faule Ostern 324
Feng Shui 425
Feuerwehr I 124
Feuerwehr II 126
Film-Horror 576
Fix bedankt und nix wie weg 457
Frankreisch 368
Frau Maibohm 57
Freche kleine braune Jeans 169
Frische Mädchen,
   frische Brötchen 366
Frisör 274
Frühstücken 289
Für den Mann, dem Sie immer
   schon mal sagen wollten… 511
Fun 4 You 364
Fußball 249

Gasfete 455
Gastronomische Katastrophen 349
Geheimnummern 439
Gesang 471
Geschenke 469
Globalisierung 578
Glubschauge, Kretin
   und Fettsack 459
Goldene Hochzeit 99
Gottkrieg 480
Grammatik 265
Grippe 408

Hamburgensien 155
Handwerker 212
Handys 63
Hassu ma ne Maak 12
Hausgemachte Katastrophen 455
Herüberbringung 435
Heteropack 217
Hexenschuß 193
Hochzeit 88
Homöopath und Physiotherapeut 501
Hottehüs 198
Hühnerwaschen 234
Husten 209

Im Kino kann man was erleben 135
Im Lidl 577
Im vegetarischen Restaurant 138
Im Wartezimmer 401
Immer wir 35
In Hamburg unterwegs 372
In- und ausländische
   Katastrophen 364
Infos 292
Infostand 441
Inner, auffer und anner 155
Input Output 509
Inschriften 443
Internet 381
Intuition 183
Italienische Reise 550

Jienshose 214
Julklapp 467

Katastrophen 328
Katzenmörderin 206
Kein schöner Land 445
Kettenbrief 427
Klapskalli 260

Klassik-Radio 375
Knöterich 175
Knuddelschwein 358
Konfirmation 31
Kontoeröffnung 573
Krankheit 162
Kranz & Schleier 185
Krempelgruft 487
Kriminelle Katastrophen 445
Kultur 133

La Gomera (Hóla) 241
La Palma (Olé) 236
Ladies first 161
Ladybodydingsbums 528
Langeweile 284
Laster 221
Liebe und Erotik 14
Literatur und Leben 95
London (Hello) 245
Loslassen 506
Lustige Katastrophen 433

Madonna! 404
Männer! 279
Materialermüdung 546
Medien-Katastrophen 375
Medizinische Katastrophen 389
Mehr Demokratie wagen 362
Mehr Holz vor der Hütt'n 530
Mit Mönchen in der Dunkelkammer Bäume ansprechen 433
Mit Oma ins Krankenhaus 84
Mit Opa in die Pilze 318
Mitschreiben 535
MMW 579
Mopeds 341
Müllers Schnuffi oder R2D2 406
Mutter werden ist nicht schwer 27

Nach wie vor 482
Nachrichten aus der Provinz 97
Nachtportier 302
Nazis 383
Nehm sie kein 18
Nestlé 40
Nicht schön 30
Nichten 339
Normalität 253

Okey-doke 269
Oma wohnt in der Heide 521
Ordensflut 478
Orientierung 542

Paarungszeit 572
Paparotti 370
Pdup 493
Perlen 326
Phallus 43
Polizei 229
Porno 532
Potenzamt 247
Postboten 202
Primzahlen 251
Private Katastrophen 341
Provence (Allô) 239
Psychologe 343
Pubertät 61

Quarksprudel 276
Quastenflosser 286

Rabattmarken 219
Racheregeln 517
Radio 257
Radio und Zuhören 570
Rallye 128
Reichsunmittelbare Katastrophen 475

Regen ist nicht schlimm 156
Renovieren 461
Rhinozerosse 568
Romeo & Julia 195
Rundfunkgebühren 377

Sadisten 204
Schamverletzer 107
Scheidung 485
Scheißgurte 463
Schell-Studie 548
Schlecht zuwege 75
Schlechtes Karma 429
Schlimmes Alzheimer 69
Schnäppchen 187
Schöne neue Welt 110
Seelenverwandtschaft 431
Selber 24
So bunt, so multikulturell 557
Sommer in der Stadt 34
Sonnenaufgang 223
Spinnstube 379
Sprengung 304
Stark sein gibt weniger 22
Straßenfest 65
Süße Blondine 345

Tante Bleimi 330
Tanzen und Toben ohne Weiber 475
Telefon 263
Terrorismus 28
Tierreich 526
Tierische Katastrophen 356
Tischmanieren 19
Toast Hawaii 352
Totensonntag 73
Trauerfälle 16
Trinkgelder 533
Trixi 11

Tupperparty 296

Überall ist Hafenstraße 38
Überstundenausgleich 465
Ufos 267
Unfug, Humbug & Cie 422
Unsichtbare Damen 347
User unknown 385

Vatertag 71
Verbesserungen 387
Verbrecheralbum 448
Vergewaltigung 51
Vertun 333
Vierundachtzig 483
40 Jahre Abitur 524
Vor der Tür ist draußen 307

Weiberviagra 414
Weihnachten 59, 152
Weihnachtliche Katastrophen 467
Weihnachtsgeschenke 566
Wenn Frauen zu sehr
   Rommé spielen 130
Wider die Ehe 106
Wie ich einmal beinahe Theodor W.
   Adorno kennenlernte 140
Wie ich einmal einen berühmten
   Zeichner kennenlernte 144
Wie ich mich einmal gefreut habe 93
Wie Rex Gildo einmal beinahe meinen
   Kugelschreiber behalten hätte 148
Wien (Küss die Hand) 102

Yin & Yang 102

Zahlt alles die Kasse 410
Zu Hause 159

## *Inhaltsverzeichnis*

### GESCHICHTEN VON FRAU K.

| | | | |
|---|---|---|---|
| Trixi | 11 | Nestlé | 40 |
| Hassu ma ne Maak | 12 | Phallus | 43 |
| Liebe und Erotik | 14 | Aus dem Berufsleben | 45 |
| Trauerfälle | 16 | Arbeiten oder nicht arbeiten | 47 |
| Nehm sie kein | 18 | Endlich daheim | 49 |
| Tischmanieren | 19 | Vergewaltigung | 51 |
| Der Bekannte | 21 | Alles Karl | 52 |
| Stark sein gibt weniger | 22 | Esoterik | 53 |
| Selber | 24 | Beerdigung | 55 |
| Emmi | 25 | Frau Maibohm | 57 |
| Mutter werden ist nicht schwer | 27 | Weihnachten | 59 |
| Terrorismus | 28 | Pubertät | 61 |
| Nicht schön | 30 | Handys | 63 |
| Konfirmation | 31 | Straßenfest | 65 |
| Eine Nacht mit Fanny M. | 32 | Das Horoskop | 67 |
| Sommer in der Stadt | 34 | Schlimmes Alzheimer | 69 |
| Immer wir | 35 | Vatertag | 71 |
| Einkaufen | 36 | Totensonntag | 73 |
| Überall ist Hafenstraße | 38 | Schlecht zuwege | 75 |

### MEIN KEKS GEHÖRT MIR

*Aus dem Familienleben*

| | | | |
|---|---|---|---|
| Die Jacke | 79 | Nachrichten aus der Provinz | 97 |
| Einhüten | 81 | Goldene Hochzeit | 99 |
| Mit Oma ins Krankenhaus | 84 | | |
| Hochzeit | 88 | *Yin & Yang* | |
| Wie ich mich einmal | | Der Keks | 102 |
| gefreut habe | 93 | Der Regen fällt von | |
| Literatur und Leben | 95 | oben nach unten | 104 |
| | | Wider die Ehe | 106 |

Schamverletzer ............... 107
Schöne neue Welt ............. 110
Diskretionszonen ............. 111

*Aus dem Berufsleben*
Ausreden .................... 114
Betroffenheit ................ 116
Der Mantel .................. 119
Eine peinliche Begegnung ...... 121

*Aus dem Vereinsleben*
Feuerwehr I .................. 124
Feuerwehr II ................. 126
Rallye ....................... 128
Wenn Frauen zu sehr
   Rommé spielen ............. 130

*Kultur*
Kultur ....................... 133
Im Kino kann man was erleben . 135

Im vegetarischen Restaurant ... 138
Wie ich einmal beinahe Theodor
   W. Adorno kennenlernte ..... 140
Wie ich einmal einen berühmten
   Zeichner kennenlernte ...... 144
Wie Rex Gildo einmal beinahe
   meinen Kugelschreiber... ... 148
Weihnachten ................. 152

*Hamburgensien*
Inner, auffer und anner ........ 155
Regen ist nicht schlimm ........ 156

*Zu Hause*
Der Schirm ................... 159
Ladies first .................. 161
Krankheit .................... 162
Elefanten .................... 165
Einfach gar nicht ignorieren .... 167
Freche kleine braune Jeans ..... 169


DAS FEHLTE NOCH!

*1. Kapitel*
Knöterich .................... 175
Chakren ..................... 177
Aromatherapie ............... 180
Intuition .................... 183

*2. Kapitel*
Kranz & Schleier ............. 185
Schnäppchen ................. 187
Chippendales ................. 190

*3. Kapitel*
Hexenschuß ................. 193

Romeo & Julia ............... 195
Hottehüs .................... 198
Arbeit ...................... 200

*4. Kapitel*
Postboten ................... 202
Sadisten .................... 204
Katzenmörderin ............. 206

*5. Kapitel*
Husten ...................... 209
Handwerker ................. 212
Jienshose ................... 214

*6. Kapitel*
Heteropack . . . . . . . . . . . . . . . . . . . 217
Rabattmarken . . . . . . . . . . . . . . . . 219
Laster . . . . . . . . . . . . . . . . . . . . . . . . . 221
Sonnenaufgang . . . . . . . . . . . . . . 223

*7. Kapitel*
Drecksack . . . . . . . . . . . . . . . . . . . . 225
Buchmesse . . . . . . . . . . . . . . . . . . . 227
Polizei . . . . . . . . . . . . . . . . . . . . . . . 229
Amsel . . . . . . . . . . . . . . . . . . . . . . . 232
Hühnerwaschen . . . . . . . . . . . . . . 234

*8. Kapitel*
La Palma (Olé) . . . . . . . . . . . . . . . 236
Provence (Allô) . . . . . . . . . . . . . . 239
La Gomera (Hóla) . . . . . . . . . . . 241
Wien (Küß die Hand) . . . . . . . . . 243
London (Hello) . . . . . . . . . . . . . . 245

*9. Kapitel*
Potenzamt . . . . . . . . . . . . . . . . . . . 247
Fußball . . . . . . . . . . . . . . . . . . . . . . 249
Primzahlen . . . . . . . . . . . . . . . . . . 251
Normalität . . . . . . . . . . . . . . . . . . 253
Autos . . . . . . . . . . . . . . . . . . . . . . . . 255

*10. Kapitel*
Radio . . . . . . . . . . . . . . . . . . . . . . . . 257
Klapskalli . . . . . . . . . . . . . . . . . . . . 260

Telefon . . . . . . . . . . . . . . . . . . . . . . 263

*11. Kapitel*
Grammatik . . . . . . . . . . . . . . . . . . 265
Ufos . . . . . . . . . . . . . . . . . . . . . . . . . 267
Okey-doke . . . . . . . . . . . . . . . . . . 269
Butterkremtorte . . . . . . . . . . . . . 272

*12. Kapitel*
Frisör . . . . . . . . . . . . . . . . . . . . . . . . 274
Quarksprudel . . . . . . . . . . . . . . . . 276
Männer! . . . . . . . . . . . . . . . . . . . . . 279
Damen! . . . . . . . . . . . . . . . . . . . . . 281
Langeweile . . . . . . . . . . . . . . . . . . 284

*13. Kapitel*
Quastenflosser . . . . . . . . . . . . . . . 286
Frühstücken . . . . . . . . . . . . . . . . . 289
Infos . . . . . . . . . . . . . . . . . . . . . . . . 292
Brunftzeit . . . . . . . . . . . . . . . . . . . 294

*14. Kapitel*
Tupperparty . . . . . . . . . . . . . . . . . 296
Brausepulver . . . . . . . . . . . . . . . . 299
Nachtportier . . . . . . . . . . . . . . . . 302
Sprengung . . . . . . . . . . . . . . . . . . . 304

*15. Kapitel*
Vor der Tür ist draußen . . . . . . . . 307

## FÜR KATASTROPHEN IST MAN NIE ZU ALT

*Altmodische Katastrophen*
Bommi und Prosecco . . . . . . . . 313
Dorfkino . . . . . . . . . . . . . . . . . . . . 316
Mit Opa in die Pilze . . . . . . . . . . 318

Faule Ostern . . . . . . . . . . . . . . . . . 324
Perlen . . . . . . . . . . . . . . . . . . . . . . . 326
Katastrophen . . . . . . . . . . . . . . . . 328

*Familiäre Katastrophen*
Tante Bleimi .................. 330
Vertun ....................... 333
Dia-Abend bei Helga
 und Gerhard ............... 335
Nichten ...................... 339

*Private Katastrophen*
Mopeds ...................... 341
Psychologe ................... 343
Süße Blondine ................ 345
Unsichtbare Damen ........... 347

*Gastronomische Katastrophen*
Fastenwandern ............... 349
Toast Hawaii ................. 352
Eishockey .................... 354

*Tierische Katastrophen*
Alle meine Hunde ............. 356
Knuddelschwein .............. 358
Evolution .................... 360
Mehr Demokratie wagen ....... 362

*In- und ausländische Katastrophen*
Fun 4 You .................... 364
Frische Mädchen,
 frische Brötchen ............ 366
Frankreisch .................. 368
Paparotti .................... 370
In Hamburg unterwegs ........ 372
Aus dem Berufsleben .......... 374

*Medien-Katastrophen*
Klassik-Radio ................ 375
Rundfunkgebühren ........... 377
Spinnstube .................. 379

Internet ..................... 381
Nazis ....................... 383
User unknown ................ 385
Verbesserungen ............... 387

*Medizinische Katastrophen*
Arztroman in 5 Kapiteln ....... 389
Einundzwanzig,
 zweiundzwanzig ............ 399
Im Wartezimmer .............. 401
Madonna! ................... 404
Müllers Schnuffi oder R2D2 .... 406
Grippe ...................... 408
Zahlt alles die Kasse .......... 410

*Erotische Katastrophen*
Bumsforschung .............. 412
Weiberviagra ................. 414
Dessous-Party ................ 418
Baggern ..................... 420

*Esoterische Katastrophen*
Unfug, Humbug & Cie ........ 422
Feng Shui ................... 425
Kettenbrief .................. 427
Schlechtes Karma ............. 429
Seelenverwandtschaft ......... 431

*Lustige Katastrophen*
Mit Mönchen in der
 Dunkelkammer Bäume
 ansprechen ................ 433
Herüberbringung ............ 435
Buchmesse .................. 437
Geheimnummern ............. 439
Infostand ................... 441
Inschriften .................. 443

*Kriminelle Katastrophen*
Kein schöner Land ............ 445
Verbrecheralbum ............. 448
Einbruch .................... 450
Fangschaltung ............... 452

*Hausgemachte Katastrophen*
Gasfete ..................... 455
Fix bedankt und nix wie weg ... 457
Glubschauge, Kretin
 und Fettsack .............. 459
Renovieren .................. 461
Scheißgurte ................. 463
Überstundenausgleich ........ 465

*Weihnachtliche Katastrophen*
Julklapp .................... 467

Geschenke ................... 469
Gesang ...................... 471
Fanrg Multer ................ 473

*Reichsunmittelbare Katastrophen*
Tanzen und Toben
 ohne Weiber ............... 475
Ordensflut .................. 478
Gottkrieg ................... 480
Nach wie vor ................ 482

*Endgültige Katastrophen*
Vierundachtzig .............. 483
Scheidung ................... 485
Krempelgruft ................ 487


## SAG ICH DOCH

Pdup ........................ 493
Amis ........................ 496
Chile ....................... 499
Homöopath und
 Physiotherapeut ........... 501
Ehrliche Gefühle ............ 503
Loslassen ................... 506
Input Output ................ 509
Für den Mann, dem Sie schon
 immer mal sagen wollten ... 511
Racheregeln ................. 517
Oma wohnte in der Heide ..... 521
40 Jahre Abitur ............. 524
Tierreich ................... 526
Ladybodydingsbums ........... 528
Mehr Holz vor der Hütt'n .... 530

Porno ....................... 532
Trinkgelder ................. 533
Mitschreiben ................ 535
Die »Kleine Mutti« der Neunziger.
 Auf dem Hühnerhof der
 pseudo-emanzipatorischen
 Literatur mit Amelie Fried ... 537
Bahnleiche .................. 540
Orientierung ................ 542
Denen dere Sorgen möcht
 ich haben ................. 544
Materialermüdung ............ 546
Schell-Studie ............... 548
Italienische Reise .......... 550
Charles & Kalle ............. 552
So bunt, so multikulturell .. 557

| | | | |
|---|---|---|---|
| Deal | 560 | Deutsches Läutendes Kreuz | 574 |
| Anneliese | 562 | Berufe | 575 |
| Weihnachtsgeschenke | 566 | Film-Horror | 576 |
| Rhinozerosse | 568 | Im Lidl | 577 |
| Radio und Zuhören | 570 | Globalisierung | 578 |
| Paarungszeit | 572 | MMW | 579 |
| Konto-Eröffnung | 573 | | |